Gustav Kramer

A.H. Francke, ein Lebensbild dargestellt von Dr. Gustav Kramer

Erster Teil, mit einem Bildnis Franckes

Gustav Kramer

A.H. Francke, ein Lebensbild dargestellt von Dr. Gustav Kramer
Erster Teil, mit einem Bildnis Franckes

ISBN/EAN: 9783743310148

Hergestellt in Europa, USA, Kanada, Australien, Japan

Cover: Foto ©Raphael Reischuk / pixelio.de

Manufactured and distributed by brebook publishing software
(www.brebook.com)

Gustav Kramer

A.H. Francke, ein Lebensbild dargestellt von Dr. Gustav Kramer

August Hermann Francke.

Ein Lebensbild

dargestellt

von

D. Gustav Kramer,
Geh. Regierungsrath.

Erster Theil.
Mit einem Bildniß Franckes.

Halle a. S.,
Verlag der Buchhandlung des Waisenhauses.
1880.

Vorwort.

Eine Lebensbeschreibung A. H. Franckes, aus welcher ein einigermaßen vollständiges und anschauliches Bild seiner Entwicklung, Wirksamkeit und innersten Eigenthümlichkeit gewonnen werden könnte, ist nicht vorhanden. Die einzige ausführlichere Schrift über ihn, welche Guerike zur Säcularfeier seines Todes i. J. 1827 veröffentlicht hat, bietet eine solche, trotz der reichlichen Auszüge aus seinen Predigten und sonstigen Schriften, die sie enthält, nicht. Sie konnte es auch nicht. Denn es fehlte dem Verfasser an dem zu einer Darstellung, wie sie gewünscht werden muß, nöthigen Material. Das ist seit den beiden letzten Decennien anders geworden. Es liegt jetzt, außer den von Francke selbst herausgegebenen zahlreichen und wichtigen Schriften, eine Anzahl in dieser Zeit erschienener Beiträge zu seiner Geschichte vor, welche für das eingehendere Verständniß derselben einen reichen, durchaus urkundlichen Stoff enthalten. Dazu kommen noch die mehr oder weniger bedeutenden Ergänzungen, welche die handschriftlichen, durch die unlängst ausgeführte vollständige Katalogisirung erst recht zugänglich gewordenen Schätze der öffentlichen Bibliothek und des Archivs des Waisenhauses gewähren. So war die Möglichkeit gegeben, mit Benutzung aller dieser Hülfsmittel ein der Wirklichkeit wenigstens sich annäherndes Lebensbild Franckes herzustellen. Daß ein solches aber nicht nur um seiner außerordentlichen Persönlichkeit willen, sondern auch insbesondere wegen des tief und weit greifenden Einflusses, den er auf die evangelische Kirche und Schule überhaupt, so wie durch die von ihm ins Leben gerufenen, bis auf den heutigen Tag segensreich wirkenden Stiftungen auf das Geschick unzähliger Einzelner geübt hat, bringend wünschenswerth ist, unterliegt keinem Zweifel.

Der Versuch, der darin liegenden Aufforderung Folge zu leisten, wurde mir, nachdem ich in Folge meines Rücktritts von der Direction der Franckischen Stiftungen die nöthige Muße gewonnen, durch meine eben erwähnte langjährige Stellung, die mich vielfach darauf hinwies, nahe gelegt. Ich habe mir indeß die große Schwierigkeit des Unternehmens nicht verhehlt. Welche Aufgabe es ist, das Leben eines bedeutenden Mannes in einer desselben würdigen Weise zur Darstellung zu bringen, weiß ich aus Erfahrung. Sie wird aber in dem vorliegenden Falle noch in hohem Grade dadurch erschwert, daß die ganze Wirksamkeit Franckes, als eines Hauptträgers des Pietismus, im engsten Zusammenhange mit der in diesem hervortretenden kirchlichen Bewegung steht. Denn neben dem darin sich offenbarenden neuen Glaubensleben, welches vornämlich in seinen ersten Vertretern, zumal in Francke, sich mächtig erwies, hafteten demselben gleich Anfangs bedenkliche Mängel an, die in seinem weitern Verlauf sich immer stärker geltend machten. In Folge davon ist eine überwiegend ungünstige Beurtheilung des Pietismus überhaupt weit verbreitet. Dies alles erschwert eine unbefangene Auffassung der bezüglichen Personen und Thatsachen nicht wenig. Auf die in neuerer Zeit oft behandelten ihn betreffenden Fragen hier näher einzugehen, enthalte ich mich. Es genügt, auf die bekannten Werke von Schmid, Tholuck und insbesondere Dorner zu verweisen. Nur dies Eine mag als wichtig hervorgehoben werden, weil es häufig nicht hinlänglich beachtet ist, daß der Pietismus eine durch die Entwickelung, welche die lutherische Kirche genommen hatte, mit Nothwendigkeit herbeigeführte Erscheinung war. Er ist der durch die bei seinem Auftreten im Allgemeinen herrschende Veräußerlichung des kirchlichen Lebens aus den tiefsten Bedürfnissen der menschlichen Seele hervorgerufene Gegensatz, und hat als solcher seine unzweifelhafte Berechtigung und hohe Bedeutung. Aber er gerieth, wie es bei Reactionen zu geschehen pflegt, durch Ueberspannung der in ihm liegenden berechtigten Principien in ein einseitiges, die Kirche als Gemeinschaft und Institution verkennendes Betonen der subjectiven Frömmigkeit und eines zur Weltflüchtigkeit neigenden Strebens nach Heiligung, wie es bereits bei Francke zugleich mit seiner wahrhaft großartigen, von unerschütterlichem Glauben getragenen Thatkraft auftritt. Wenn dies neue Gegensätze hervorrief, oder ihnen die Wege bahnen half, so offenbarte sich darin nur das in der Gestaltung der menschlichen Dinge immer wiederkehrende Gesetz, wonach die Entwickelung derselben anstatt in geradem Fortschritte sich in Gegensätzen zu vollziehen pflegt. Denn bei der Beschränktheit unseres Geistes sind wir nur zu sehr geneigt, das als richtig Erkannte als allein berechtigt gelten zu lassen und auf die Spitze zu treiben, was zum Widerspruch reizt. Dies ist auch in der Beurtheilung der Vorgänge, denen wir auf dem vorliegenden Gebiete begegnen, immer festzuhalten.

Bei der Fülle dieser Vorgänge, die sich im raschen Laufe über den größten Theil der lutherischen Kirche verbreiteten, habe ich mich in der Besprechung derselben, wie es meine Aufgabe mit sich bringt, auf das beschränkt, was in unmittelbarer Beziehung zu Francke steht. Und wie eng auch sein Zusammenhang mit der gesammten Entwickelung des Pietismus ist, und wie groß auch sein Einfluß auf dieselbe war, so bildet sein Leben doch ein so selbständiges Ganzes, daß es eine besondere Betrachtung möglich macht, ja fordert.

Der vorliegende Band, den ich zunächst veröffentliche, umfaßt die Ereignisse desselben bis zum Jahre 1702. Wenn ich ihn vor Vollendung des Ganzen herausgebe, so hat dies hauptsächlich seinen

Grund in meinem vorgerückten Alter, welches mir einerseits die Sorge, ob mir jene vergönnt sein wird, andrerseits den Wunsch, wenigstens einen Theil ganz fertig zu sehen, aufdrängt. Dazu kommt, daß der Character dieses Lebensabschnittes Franckes in vieler Hinsicht sehr verschieden ist von dem, was dem spätern angehört. Die ganze Zeit, welche von seinem Auftreten in Leipzig nach seiner Bekehrung in Lüneburg, dem Abschluß seiner Jugendentwickelung, bis zu jenem Jahre verfloß, ist erfüllt mit den heftigsten Kämpfen und den Anfängen seiner mannichfaltigen Wirksamkeit überhaupt, wie der von ihm ins Leben gerufenen Anstalten insbesondere bis zu deren festern äußern und innern Begründung. Damit ist für diese ein gewisser Abschluß erreicht, der sich auch nach manchen andern Seiten hin zeigt. Francke selbst aber bewährt gerade in dieser Zeit die volle Kraft seines Glaubens und Eifers für die Förderung des Reiches Gottes, die ihn trieb, in der verschiedensten Weise dafür zu wirken, und zugleich befähigte, in den damit verbundenen Anfechtungen und Prüfungen auszuharren, bis der Sieg errungen und das Ziel erreicht war.

Von jenem Jahre an gewinnt Alles, obwohl es an Angriffen, welche Abwehr forderten, sowie an Prüfungen des Glaubens nicht fehlte, je länger je mehr eine andere Gestalt. Es beginnt eine Zeit ruhiger Entwickelung. Neben manchen jetzt wie früher gefaßten kühnen Plänen, die unausgeführt blieben, ist es vor Allem die Weiterführung und Durchbildung der nunmehr festgeordneten Anstalten, die zugleich auf die eng mit ihnen verbundene Universität einen wachsenden Einfluß ausübten, welche Francke in Anspruch nimmt. Daran schließt sich aber allmählich eine weit über dieselben und seinen amtlichen Wirkungskreis hinausgehende Thätigkeit, wie sie sich namentlich in dem offenbarte, was durch ihn für die ostindische Mission und in der Förderung der von dem Freiherrn von Canstein gegründeten Bibelanstalt geschah. So dehnte sich seine Einwirkung auf immer weitere Kreise, bis in die höchsten, aus, und er trat aus der einsachen Stellung eines Hallischen Professors und Pastors mehr und mehr in die des angesehensten und einflußreichsten Theologen der evangelischen Kirche Deutschlands. Dies darzustellen, wird die Aufgabe des zweiten Theils sein.

Bezeichnend für die mit dem angegebenen Jahre eintretende Veränderung ist, daß der vor demselben so lebhafte und wichtige Briefwechsel mit Spener in demselben aufhört. Die letzten vorliegenden Briefe beider fallen auf den 1. Juli und 1. August 1702. Bei Spener mochte die mit vorschreitendem Alter sich geltend machende Abnahme der Kräfte dazu mitwirken, daß er seiner Thätigkeit, außer dem, was die Pflicht gebot, engere Schranken setzte, bei Francke aber die wachsende Menge der auf ihm lastenden Arbeiten häufigere Mittheilungen hindern: der Hauptgrund jedoch ist wohl, daß die Veranlassungen aufgehört hatten, durch welche der früher so rege Verkehr der beiden Männer herbeigeführt worden war. Francke bedurfte fortan weniger des Raths und der Hülfe seines väterlichen Freundes.

Nicht unbemerkt will ich lassen, daß ich es für Pflicht gehalten habe, die mehr oder weniger ungenauen Angaben über Francke, welche sich in solchen Schriften befinden, die eines verdienten Ansehens genießen, anzuführen und zu berichtigen. Dies gilt besonders von den Nachrichten, welche in der von dem Directorium der Franckischen Stiftungen gegen Ende des vorigen Jahrhunderts unter dem Titel „Franckens Stiftungen" herausgegebenen Zeitschrift enthalten, und bisher als urkundliche Quellen angesehen sind. Die wichtigsten darunter sind diejenigen, welche von Knapp in dem zweiten Theile aus einer damals handschriftlich noch vorhandenen paraenetischen Lection „von verschiedenen merkwürdigen Lebensumständen des sel. A. H. Francke," die der jüngere Francke nach dem Tode seines Vaters gehalten, veröffentlicht sind. Sie sind ohne Zweifel aus ursprünglich von diesem gemachten mündlichen Mittheilungen geflossen, aber durch die Ueberlieferung mehr oder weniger modificirt.

a

Die in dem Anhange mitgetheilten Schriftstücke, welche als besonders characteristisch für wichtige Momente des in diesem Bande behandelten Abschnittes des Lebens Franckes erschienen, werden, denke ich, dazu beitragen, einen lebendigern und tiefern Einblick in sein Wesen und die ihn und seine Freunde beherrschenden Anschauungen zu gewähren.

Kramer.

Inhalt.

Erster Abschnitt.

Herkunft und Eltern Franckes. Seine Geburt, Erziehung und Entwickelung bis zu seiner Bekehrung.
(1663—1687.)

August Hermann Francke stammt väterlicherseits aus dem Dörfchen Helbra, welches in dem hessischen Thüringen am Fuße des Helbrasteins nahe bei Treffurt sehr lieblich gelegen ist, nicht weit von Möhra, dem Stammort Luthers. Dort wurde sein Großvater Hans Francke, wie sein Vater in seine Bibel geschrieben,[1] im Jahre 1587 geboren. Als Voreltern desselben werden als „eben dort bürtig und wohnhaftig" genannt dessen Vater Hermann Francke und sein Großvater Hans Francke, so daß die Existenz der Familie daselbst bis in den Anfang des sechzehnten Jahrhunderts zurückgeht. Näheres über dieselbe ist nicht zu ermitteln, da die vorhandenen Kirchenbücher des Orts erst mit dem Ende des 17ten Jahrhunderts beginnen. Ueber die Stellung der Familie läßt sich einigermaßen daraus ein Schluß ziehen, daß, wie in derselben Notiz seines Vaters angegeben ist, die Mutter seines Großvaters, also die Frau des Hermann Francke, Catharina mit Namen, eine Tochter des Mag. Nicolaus Leimbach, „Pfarrherrn der Orten", war. Sie scheint also zu den angeschenern des Orts gehört zu haben. Der älteste Sohn beider, der Großvater August Hermanns, erlernte das Bäckerhandwerk und kam, ohne Zweifel auf der althergebrachten Wanderschaft, nach Lübeck. Dort heirathete er 1617 die Wittwe eines Freibäckers, der nach einer kurzen Ehe, die nur sechs Wochen gedauert hatte, in hohem Alter starb und seiner Wittwe das Backhaus gegenüber St. Catharinen,

---

1) s. Kramer, Beiträge zur Geschichte A. H. Franckes S. 1 flgde.

welches noch heut zu Tage besteht und demselben Handwerk dient, als Erbe hinterließ. Auf diese Weise kam er in eine wohl begründete und angesehene bürgerliche Stellung, in welcher er sich bis zu seinem 1650 erfolgten Tode in jeder Beziehung als tüchtig bewährte. Er war, wie sein Sohn in der angeführten Notiz bezeugt, „ein frommer, ehrlicher, aufrichtiger und von jedermänniglichen, hoch und niedrigen, wohl aestimirter und beliebter Mann." Daß er in gutem Wohlstande lebte, geht aus der sorgfältigen und liberalen Erziehung seines Sohns hervor, welcher, nachdem ein älterer Bruder im zwölften Jahre gestorben war und ein anderer todt geboren wurde, als einziger Sohn neben zwei ältern Schwestern seinen Eltern geblieben war.

Dieser Sohn, der Vater August Hermanns, wurde 1625 den 24. Februar geboren, und erhielt in der heil. Taufe den Namen Johannes, oder, wie er selbst schreibt, Hans. Nach vollendetem fünften Jahre wurde er bereits in die lateinische Schule seiner Vaterstadt geschickt, und besuchte darauf, nachdem er einen tüchtigen Grund namentlich in der lateinischen Sprache gelegt, zu besserer Vorbereitung auf die academischen Studien das berühmte Gymnasium zu Danzig. Er widmete sich dann dem Studium der Rechte auf den Universitäten zu Königsberg und danach zu Rostock, überall unter der persönlichen Leitung von Professoren, in deren Haus er nach der Sitte der damaligen Zeit aufgenommen war. Nach vollendeten Studien begab er sich auf Reisen, besuchte zunächst Holland, wo er sich eine Zeitlang vornämlich in Leyden aufhielt, gieng dann durch Frankreich über Paris und die vornehmsten Universitäten, um die hervorragendsten Männer seiner Wissenschaft kennen zu lernen, nach Basel, wo er, wie es damals von Auswärtigen gerade dort oftmals geschah [1], zum D. J. U. promovirte, und zwar zugleich mit vier andern, unter denen er den dritten Platz einnahm. Gegen Ende des Jahres 1648 kehrte er nach Lübeck zurück und begann, nachdem er eine langwierige Krankheit überstanden, seine juristische Praxis. In dieser erwarb er sich durch seine Geschicklichkeit und Rechtlichkeit sowohl in mehreren ihm von verschiedenen Seiten übertragenen Stellen, insbesondere dem Syndicat des Domcapitels, sowie der gesammten Landstände .des Fürstenthums Ratzeburg, als auch später als Rechtsanwalt in seiner Vater

---

1) s. Tholuck, Das academische Leben rc., I, S. 303.

stadt großes Vertrauen. Dies war auch der Grund, weshalb einer
der angesehensten Bürger der Stadt, der Dr. jur. David Gloxin,
damals Syndicus und später Bürgermeister derselben, keinen Anstand
nahm, ihm eine seiner Töchter, Anna, zur Ehe zu geben. Er
heirathete sie 1651, nachdem sein Vater ein Jahr vorher gestorben.
Die Verbindung mit dieser Familie wurde später für August Hermann
dadurch von Bedeutung, daß ein naher Verwandter der Frau des
Dr. Gloxin ein sehr bedeutendes Stipendium gestiftet hatte, welches
ihm zur Ausführung seiner Studien wiederholentlich gewährt wurde.
Im Jahre 1666 trat sein Vater als Hof- und Justizrath in die
Dienste des Herzogs Ernst des Frommen von Gotha, der ihn
gelegentlich einer Verhandlung mit dem Landgrafen Wilhelm Christoph
von Hessen, in dessen Dienste er ein Jahr zuvor als Rath getreten
war, kennen und schätzen gelernt hatte. In Folge dessen siedelte er
mit seiner Familie nach Gotha über, starb aber bereits 1670 in einem
Alter von nur 45 Jahren, nachdem er bereits längere Zeit vorher
gekränkelt hatte. Die nach der damaligen Sitte der auf sein Ab-
scheiden gehaltenen Leichenrede beigefügten Personalien [1] schildern ihn
als einen gewissenhaften und fleißigen Staatsdiener und der Kirche treu-
ergebnen und um seiner Seele Heil aufrichtig besorgten, friedfertigen
Mann. Daß er diese Eigenschaften neben seiner geschäftlichen Tüch-
tigkeit auch wirklich besessen, läßt sich in gewissem Sinne auch daraus schon schließen, daß Herzog Ernst, der auf dieselben bei allen
seinen Beamten und Dienern das größte Gewicht legte, ihn in seine
Dienste zog. [2]

Seine Gattin, welche 1635 geboren, also 10 Jahr jünger war
als er, überlebte ihn fast 40 Jahr. Sie starb im Jahre 1708. So

---

1) s. Kramer, a. a. O. S. 17 flgde.

2) Wenn es in der Zeitschrift „Franckens Stiftungen" II, S. 420, angeblich
nach von Francke selbst herrührenden Nachrichten heißt, daß „Herzog Ernst der
Fromme ihn hauptsächlich deswegen nach Gotha berief, um durch ihn das Kirchen-
und Schulwesen, und andere nützliche Stiftungen, die unter den Namen der
Ernestinischen bekannt sind, einzurichten, und, daß er so ganz das Vertrauen seines
Fürsten genoß, daß dieser ihm überließ, sich einige Theologen auszuwählen, um
mit ihnen gemeinschaftlich den Plan zu jenen musterhaften Einrichtungen zu ent-
werfen," so findet sich davon in den sehr eingehenden Werken über Ernst den
Frommen, auch in dem neusten sehr sorgfältigen von Dr. Beck, keine Spur. Es ist
auch an sich nicht wahrscheinlich.

lag ihr die Sorge für die nachgebliebenen 6 Kinder (3 waren bereits vor dem Vater gestorben), deren ältestes, ein Sohn, das achtzehnte Jahr erreicht hatte, allein ob, eine Sorge, die um so schwerer auf ihr lastete, als auch ihr Vater wenige Monate nach dem Tode ihres Mannes starb, und sie der Stütze, die sie an ihm hätte haben können, entbehren mußte. Sie erfüllte die daraus erwachsenden Pflichten mit aller Treue, und führte ihren Wandel, wie die vorliegenden Personalien [1] berichten, in großer Zurückgezogenheit und Stille, um so mehr als ihr mehrere ihrer Kinder durch den Tod entrissen wurden, unter andern auch ihr ältester Sohn, der 1690 in der besten Manneskraft als Dr. jur. und Kammer-Procurator starb. Auch sonst hatte sie viel Kreuz zu tragen, worunter die über ihren Sohn August Hermann ungefähr in derselben Zeit ergangenen Verfolgungen nicht die geringste Stelle eingenommen haben mögen. Die von ihr noch vorhandenen Briefe an diesen ihren Sohn, welche vom Ende 1691 bis Anfang 1698 reichen, sind sehr einfach und kurz und beziehen sich fast nur auf äußere Angelegenheiten, zeigen aber herzliche Liebe zu ihm und ruhige Ergebenheit in Gottes Willen bei mancherlei Leiden ihres Leibes und Schwierigkeiten ihrer Lage. Eine tiefere persönliche Einwirkung auf ihren Sohn hat sie, nach ihnen zu schließen, kaum ausgeübt, wie denn auch Francke, obwohl er es einer, wie wir sehen werden, ältern Schwester nachrühmt, dies nirgends erwähnt.

Dies waren Franckes Vorfahren. Was nun ihn selbst betrifft, so besitzen wir über seinen Lebensgang und seine Entwickelung von seiner ersten Jugend bis zu seinem Eintritt in den Dienst der Kirche als Diaconus zu Erfurt im Jahre 1690 zwei wichtige, von ihm selbst geschriebene Schriftstücke, welche beide in den von dem Verfasser herausgegebenen Beiträgen zur Geschichte A. H. Franckes (S. 28—79) mitgetheilt sind. Das erste trägt die Ueberschrift „Anfang und Fortgang der Bekehrung A. H. Franckes" und geht von seiner Geburt bis zu seiner in Lüneburg 1687 erfolgten Bekehrung. Es ist von ihm im Anfang des Jahrs 1692, also bald nach seiner Ankunft in Halle, wie aus einem Briefe an Spener vom 15. März (s. Beiträge ꝛc. S. 219) hervorgeht, mit einem bestimmten practischen Zweck geschrieben. Es heißt nämlich in jenem Briefe: „Wegen des jüngst uns zugesandten

----

1) s. Kramer, a. a. O. S. 24 flgde.

Briefes eines mit dem Atheismo luctirenden Menschen sende hiebei den Anfang und Fortgang meiner Bekehrung, weil die Exempel mehr zu moviren pflegen und gewiß eben desgleichen in meinem Gemüthe vorgegangen. Könnte solchem, so es rathsam befunden wird, quamquam nomine meo plane suppresso, communicirt werden. Es kommt doch alles darauf an, daß die Vernunft sich dem Glauben unterwerfe und der Mensch nicht den Ruhm behalte, daß er es selbst erlaufen habe, sondern daß Gott sich über alles erbarme." Diese Erklärung ist zum richtigen Verständniß des Ganzen überaus wichtig, indem daraus hervorgeht einerseits, daß es zu einer Zeit niedergeschrieben wurde, wo die erzählten Vorgänge dem Gedächtnisse noch frisch gegenwärtig waren, andrerseits, daß es in Folge einer äußern Veranlassung in vollster Unbefangenheit und darum auch ohne Zweifel in voller Wahrhaftigkeit, die überhaupt der durchgehende Grundcharacter Franckes ist, verfaßt wurde. Ganz anderer Art ist das zweite Schriftstück, indem es aus Nachrichten besteht, die Francke in den letzten Jahren seines Lebens, wo ihn der Rückblick auf seinen Lebensgang lebhafter beschäftigt zu haben scheint (s. Kramer a. a. O. Vorrede S. VII), nach der Reihenfolge der Jahre, in welche die wichtigsten Ereignisse desselben fielen, bis zu seiner Berufung nach Erfurt zusammengestellt hat. Mehrere darin befindliche, auf die frühsten Jahre seiner Kindheit bezügliche Angaben sind falsch (auffallenderweise ist das Todesjahr seines Vaters hier sowohl, als in dem ersten Schriftstück, obwohl beide Male verschieden, falsch angegeben), wie aus den sonst vorhandenen sichern Notizen hervorgeht.

Bei dieser Natur der vorhandenen einzigen Quellen für die Entwicklung Franckes bis zu dem angegebenen Zeitpunct, erscheint es am angemessensten, daß in der nachfolgenden Darstellung derselben das erstere, zusammenhängende Schriftstück zu Grunde gelegt, und aus dem letztern die wichtigern Thatsachen in Anmerkungen und weiterhin als Fortsetzung hinzugefügt werden. Francke berichtet in jenem Folgendes, was wir vollständig und unverändert mittheilen:

Gott hat mich an diese Welt lassen geboren werden in der Stadt Lübeck Anno 1663 den 12 Martii.[1] Mein Vater ist gewesen Johannes

---

1) Es ist selbstverständlich der 12. März a. St., der nach der bis zum 24. Febr. 1700 geltenden Rechnung dem 22. n. St. entspricht: dies ist also der Geburtstag

Francke, beider Rechte Doctor und weiland J. Fürstl. Durchlaucht zu Sachsen-Gotha Ernesti Pii Hof- und Justitienrath, eines Bäckers zu Lübeck, Johann Franckens eheleiblicher Sohn. Meine Mutter, welche mir Gott bis anher erhalten, ist Anna Franckin, geborne Gloxinin, David Gloxins kaiserl. Raths und ältesten Bürgermeisters zu Lübeck, eheleibliche Tochter. Diese meine lieben Eltern haben mich bald nach meiner leiblichen Geburt zur h. Taufe als zum Bad der Wiedergeburt befördert,¹ auch, da ich im dritten Jahr meines Alters mit ihnen und den übrigen Geschwistern von Lübeck nach Gotha gekommen, mich gar zeitig zur Schule (d. h. Unterricht), und da anfänglich wegen zarter Kindheit, und darnach wegen anderer Umstände es sich mit der öffentlichen Schule nicht schicken wollen, mir mehrentheils zu Hause, theils aber auch außerhalb Hauses Privat-Praeceptores gehalten.² Gott hat mir Liebe zum Worte Gottes und insonderheit

---

Franckes, nicht der 23., wie oftmals, auch von Guerike (f. A. H. Francke, eine Denkschrift ꝛc. S. 19) angenommen ist. Allerdings bezeichnet Francke selbst wiederholt (f. Franckens Stiftungen II, 300 u. III, 63) den 23. als seinen Geburtstag, und hat demnach zu der Zeit, als er jene Stellen schrieb, diesen Tag unzweifelhaft dafür angesehen. Beide Stellen sind aber in den letzten Jahren seines Lebens, also im 18. Jahrhundert geschrieben. Er hat darin offenbar die für dieses geltende Differenz beider Kalender von 11 Tagen auf das vorhergehende übertragen, wie er es auch bei andern Daten thut, z. B. Segensvolle Fußtapfen VII, 5. Daß dieses Verfahren aber irrig ist, leuchtet ein.

1) Seine Pathen waren nach einer vorliegenden Notiz 1) die durchlauchtige Fürstin und Frau, Frau Sibylla Hedewig, geborne und vermählte Herzogin zu Sachsen, Engern und Westphalen (auf dero Begehren ist der Name August beliebt worden, weil ihr Herr Vater so geheißen), 2) Herr Hermann von Dorne, damaliger ältester Bürgermeister zu Lübeck, nach welchem er Hermann geheißen, 3) Herr George von Daßel, 4) Herr Caspar Harz, Kaufmann und Handelsmann, nebst 5) seiner eben angetrauten Frau Elsabe Harzin, geborne Dreyerin, welche des Vaters Schwestertochter gewesen.

2) In den Lebensnachrichten erwähnt er, daß er in seinem vierten Jahre „von einem großen Schrank befallen, mit dem Haupte in einen spitzen Stein geschlagen und so schwer dadurch verwundet worden, daß man ihn als für todt hervorgezogen, indem die Wunde über den Kopf sehr weit und bis an die Hirnschale gegangen, so ihm aber, nachdem er glücklich geheilet worden, nachher in seinem ganzen Leben, obgleich er die Narbe davon behalten doch Gottlob am Haupte nicht weiter die allergeringste Beschwerung gemacht. Im darauf folgenden Jahre erkrankte er an der Ruhr bis auf den Tod, wurde aber, durch Gottes Segen, glücklich geheilt."

zum h. Predigamt von Kindesbeinen an ins Herz gesenket, daß sich
solches in äußerlichen Bezeigungen vielfältig herfür gethan, und also
auch meine Eltern beiderseits, soviel mir wissend, nie einen andern
Sinn gefasset, als mich dem studio theologico zu widmen. Von
meinem Vater wurde ich auch in solchem Sinn fleißig erhalten, dazu
die genaue Aufsicht bei seinen Lebzeiten nicht wenig that. Da er aber
Anno 1671 (vielmehr 1670, s. S. 3) Todes verblichen, wurde ich
zugleich mit andern Kindern von privat-Praeceptoribus einige Jahre
unterrichtet, welche obwohl kleine Gesellschaft und tägliche Conversation
außerhalb Hauses meinem Gemüthe, wie ich nach der Zeit wohl erkannt,
nicht wenig Schaden verursachte, und es durch die vermeinte zulässige,
aber nie in den Schranken bleibende Kinderlust gar sehr von Gott
abgewendet, bis ich in meinem elften bis zwölften Jahr, soviel ich
mich erinnere, da ich wieder unter eigner Praeceptorum Privataufsicht
lebte, durch ein gar schönes Exempel meiner recht christlichen und Gott
liebenden, nunmehr in Gott ruhenden und seligen Schwester Anna
Franckin, welches ich täglich vor Augen hatte, und ihre ungeheuchelte
Furcht Gottes, Glauben, Liebe, Demuth, Lust und Liebe zum Worte
Gottes, das Verlangen nach dem ewigen Leben und viel andres Gutes
an ihr erkannte, auch über dieses von eben derselben durch gute
erbauliche Reden zu allem Guten gereizet ward.[1] Solches war bei
mir so durchbringend, daß ich bald anfieng das eitle Wesen der Jugend,
in welches ich mich schon durch das böse Exempel anderer Kinder
ziemlich verliebet und vertieffet hatte, daß es von mir (weil man es
an mir als einem Kinde, wie der Lauf ist, ohne großen Widerspruch
eine Zeit lang erdulbet hatte) fast vor gar keine Sünde mehr geachtet
ward, ernstlich zu hassen, mich der unnützen Gesellschaft, Spielens
und andern Zeitverderbs zu entschlagen, und etwas Nützlicheres und
Besseres zu suchen. Daher mir auch von den Meinigen ein Zimmer
eingeräumt ward, darinnen ich täglich meiner Andacht und Gebets zu

---

1) Nach einer in „Franckens Stiftungen“ II, 421 gemachten Mittheilung
(s. das Vorwort), war diese Schwester 3 Jahr älter als er, und die froheste und
heiterste unter seinen Geschwistern, die ihn, wie er sie, innigst geliebt habe. In
den Personalien Francke's (in Epicedia auf A. H. Francken S. 19) ist angegeben,
„daß sie ihn zur Lesung heiliger Schrift, Johann Arnds wahren Christenthums und anderer guten Bücher angeführet.“

Gott herzlich pflegete und Gott bereits zu der Zeit gelobete, ihm mein ganzes Leben zu seinem Dienst und h. Ehren aufzuopfern.[1]

Ob nun wohl auf diesen guten Anfang einer wahren Gottseligkeit von meinen damaligen Anführern nicht genugsam Acht gegeben ward, so segnete doch der getreue Gott, der die Fehler der Kindheit aus Gnaden übersah, dazumal sonderlich meine studia, daß ich im 13ten Jahr meines Alters in classem selectam des Gothischen Gymnasii gesetzet und daraus im 14ten Jahre öffentliche Vergünstigung der Oberen erlangete, die Academien zu besuchen, welches aber von den Meinigen noch fast auf 2 Jahre wegen meines allzu geringen Alters ausgesetzet ward.[2] Dieses muß ich Gott zum Preis von meinem ganzen Leben bekennen: je mehr ich mich zu Gott gehalten, und je weniger ich mein Gemüth mit Liebe der Welt beflecket, je mehr hat mir Gott seine Gnade und Segen wie in Allem, also absonderlich in meinen studiis wiederfahren und merken lassen. Hingegen je mehr ich mein Herz von Gott abgewendet und weltlich gesinnet worden, je mehr bin ich in der Irre herumgeführt worden, und habe wohl mit großer Arbeit wenig ausgerichtet, welches ich mehrentheils nach der Zeit erst erkannt, da ich wohl vorhin gemeinet, daß ich gar herrlich geführet würde und treffliche profectus hätte. Also ist mirs recht in die Hände

---

1) In den Lebensnachrichten giebt er das Jahr 1673 als dasjenige an, in welchem er „den göttlichen Zug zum ersten kräftig an seiner Seele verspüret" und von seiner Mutter eine eigne Kammer auf seine Bitte erlangt habe, damit er „daselbst in der Stille studiren und beten könnte." Vergl. die Personalien.

2) In den Lebensnachrichten erwähnt er, daß er sich da „sonderlich der Information des sel. Herrn Mag. Rumpels als ordentlichen praeceptoris in selbiger Classe, der nachhero Superintendens in Salzungen worden, bedienet und zwo orationes publice speciminis loco gehalten." Nicht im Einklang mit der obigen Angabe, daß er dimittirt sei, die auch in den Lebensnachrichten unter 1677 wiederholt ist, steht eine in dem Schülerverzeichniß des Gothaischen Gymnasiums aus diesem Jahre befindliche Bemerkung zu Frances Namen, welche ich der gütigen Mittheilung des Herrn Director Marquardt verdanke. Sie lautet: In classem selectam precibus fratris Licentiati receptus, cum per eundem legibus observantiam praestitisset, abiit sine praescitu Dni. Ephori et Rectoris sino lux crux (sic!) ut amamus loqui, homuncio subdolus (bei der äußersten Flüchtigkeit der Schrift nicht sicher), ingratissimus. Das letztere bezieht sich wohl darauf, daß er ohne Abmeldung bei dem Rector abgegangen, was schwerlich auf seine Rechnung fällt.

gekommen: die Furcht des Herrn ist der Weisheit Anfang. Daher mir allezeit dieses zu einer Regel hat dienen müssen, daß es nicht genug sei, die Jugend zur wahren Gottseligkeit anzuweisen, sondern man müsse sie auch bei Zeiten für der listigen Verführung der Welt warnen. Wie es denn die tägliche Erfahrung bezeuget, daß stille und sittsame Gemüther, wenn sie in die Welt kommen und unter große Gesellschaft auf hohen und niedrigen Schulen gerathen, sich durch böse Exempel leicht verleiten und gleichsam mit dem vollen Strom hinwegreißen lassen. Insonderheit ist solches Alter von 13, 14, 15 Jahren der Gefahr der Verführung wol am meisten unterworfen, und daher in der Auferziehung am fleißigsten und sorgfältigsten in Acht zu nehmen. Denn wol Mancher mit der Welt nicht so roh dahin leben würde, wenn er zu solcher Zeit, da die Lüste der Jugend und die Verliebung in den äußerlichen Schein dieser Welt sich zuerst bei ihm herfürgethan, in gebührenden Schranken wäre gehalten worden. An meinem Orte halte gewiß davor, wenn man nicht allein durch Gottes Wort einen wahren Grund der Gottseligkeit in mein Herz zu pflanzen gesucht hätte, sondern mich auch für zukünftiger Verführung gewarnet und mir die listigen Anläufe der Welt mit lebendigen Farben abgemahlet hätte, es würde das öffentliche Schulgehen, welches an sich keineswegs zu verwerfen, mir nicht eine Gelegenheit zu meiner abermaligen Verführung gewesen sein. Denn da ich erst in das Gymnasium gesetzet war, suchte ich noch in fleißigem Gebet das Angesicht des Herrn, und erinnere mich, daß ich Gott mit großem Ernst angerufen und gebetet, daß er mir solche gute Freunde geben wolle, die mit mir eines Sinnes wären, ihm zu dienen, aber da ich so viel Exempel sah, und mit einigen auch allmählich in Bekanntschaft gerieth, verlor sich nach und nach der vorige Eifer, hingegen begann ich mich der Welt gleichzustellen, Ehre bei der Welt groß zu achten und um deswillen nach Gelehrsamkeit zu streben und es andern zuvorzuthun. Das Beste für mich war, daß ich von den Meisten wegen meiner geringen Jahre, da sie fast noch einmal so alt waren als ich, verachtet ward, was mir Gott nicht wenig zur Demüthigung dienen lassen. Je mehr aber die Verachtung von mir wegfiel, insonderheit da ich aus dem Gymnasio dimittirt war, je mehr war auch die Thür zu meiner Verführung geöffnet, daß ich schon damals wohl erfahren, daß einem die Welt viel weniger schadet, wenn sie einen verachtet und verschmähet, als wenn sie einen liebkoset und schmeichelt. In den studiis ließ ich mich wol nichts hindern, sondern suchte immer mehr darinnen zuzunehmen. Aber solches geschah nicht mehr aus einer rechten Absicht, zur Ehre Gottes und zum Dienst des Nächsten, sondern um eigner Ehre und Nutzens halber. Daher ich auch in der lateinischen Sprache mich mit einer leichten und natürlich fließenden Schreibart nicht behelfen wollte, sondern diejenigen Auctores am meisten liebte, die fein hochtrabend schrieben, und solche mit Fleiß imitirte, sonderlich da ich von Andern darinnen gelobet und noch weiter aufgeblähet ward, bis mir endlich von einem dieser Fehler entdecket und anstatt anderer Auctorum des Ciceronis scripta wieder in die Hände gegeben worden, aus dessen Laelio, Tusculanis quaestionibus, epistolis ich mich einer fließenden und ungezwungenen Schreibart befleisse. Wiewohl auch darinnen dem bereits verdorbenen Gemüthe gar sehr geschadet ward, daß ich die heidnischen Dinge ohne Unterschied ergriffen und also mehr einen heidnischen als christlichen stylum führen lernte, indem heidnische Reden als heidnische Laster sowohl aus meinen als aus der Heiden Schriften, welche ich mir zur Regel fürgestellet, herfürblicketen. Welche Fehler ich wol damals gar nicht erkannt, noch von andern deswegen erinnert ward, bis ich darnach solchen Greuel nach erlangter Erkenntniß des rechtschaffenen Wesens, das in Christo Jesu ist, erkannt, wie denn die Jugend insgemein in solchem Fehler stecket, was doch leichtlich könnte verhütet werden, wenn der Informator selbst die Reden, welche aus dem Glauben fließen oder wenigstens damit bestehen können, von den andern, welche aus dem Unglauben fließen, unterscheiden könnte, und darinnen den Lernenden gebührende Anweisung thäte. Eben diese Eitelkeit und Begierde bald gelehrt zu werden, trieb mich auch, daß ich gern einen guten Vorschmack von den studiis academicis haben wollte, da ich doch noch wol nöthigere Dinge hätte excoliren können; z. E. da ich in der Hebräischen Sprache noch unerfahren war, und diese ja als für allen Dingen zum studio theologico nöthig hätte treiben sollen, fiel ich auf das studium philosophicum und wandte viel Zeit darauf, ja auf das theologicum selbst, und weil man mich also gehen ließ, ja es auch an mir lobete und mir Bücher dazu recommandirete, meinete ich, es wäre recht wohl gethan und verwickelte mich immer weiter, und kam also mit großer Arbeit und Mühe von dem rechten Grund und Zweck des studii theologici immer weiter ab.[1] Das Beste war, daß der Grund in Latinis und Graecis so geleget war, daß ich mich damit behelfen konnte.

Indessen wurde ich im 16ten Jahre meines Alters auf Universitäten geschicket, und ward Erfurt erwählet, weil es in der Nähe war, und man einen guten Freund daselbst hatte, dessen als eines alten Academici Aufsicht und Information ich sollte anvertrauet werden.[2] Derselbe hielt mir nun ein Collegium hebraicum über des Schicardi horologium, dabei ich auch den hebräischen Text lernete analysiren, desgleichen ein Collegium logicum und metaphysicum, in welchem ich mich ziemlich in diesen studiis vertiefete und die besten Logiken und Metaphysiken zusammenschleppte, unter welchen ich nebst D. Bechmanni Logica und Stahlii Metaphysica rechnete Hoepsneri commentarium in organon Aristotelis, Corneli Martini de analysi materiae et formae, P. Musaei Metaphysica etc., welche ich dann mit allem Fleiße tractirte. Ferner hielt ich auch bei demselben ein Collegium geographicum und weil er Bosii Jenensis discipulus privatissimus gewesen war, ein Collegium de notitia auctorum theologicorum, welches ihm, seinem Berichte nach, privatissime von Bosio communiciret war. Dieses war mein Anfang der academischen Studien, dabei aber wol des rechten Zwecks am wenigsten gedacht ward. Vielmehr ward mein Gemüth immer mehr in die Welt und deren Eitelkeit verwickelt, daß ich mich andern studiosis, mit welchen ich conversirte gleichstellete, und große Beförderung, Ansehen vor der Welt, zeitliche Ehre, hohe Wissenschaft und gute Tage zu meinem

1) In den Lebensnachrichten bemerkt er über diese Zeit, daß er in derselben „unter Privat-Anführung des Herrn Hessen, damals Sub-Conroctoris zu Gotha, nachher Roctoris zu Lübeck, auch vornämlich durch eigne Bemühung das studium philologicum excoliret, auch sonderlich auf die griechische Sprache sich geleget, nicht weniger in studiis philosophicis und der Theologia selbst einen Anfang gemacht habe.‟

2) Nach den Lebensnachrichten hieß derselbe Conrad Rudolph Hertz, bei dessen Mutter, „einer alten gottseligen Predigerwittwe‟ sich Francke zugleich ins Haus und an den Tisch gab. „In welchem allen,‟ heißt es weiter, „man sonderlich dem Rath seines ältesten Bruders sel. David Balthasar Franckens Doctoris juris auch Hof- und Kammerraths und Advocati zu Gotha Rath gefolget.‟ Dieser hat wohl überhaupt auf die Erziehung Franckes, seit dem Tode seines Vaters, den größten Einfluß gehabt. Das oben angegebene Verhältniß war übrigens in damaliger Zeit ein nicht seltenes.

Zweck setzte, welches alle Zeit bei mir zunahm, je mehr ich in den studiis zu proficiren schiene. Indessen fand ich auch in meinem Gemüthe wenig Ruhe und Vergnügung, weil ich wohl erkannte, daß ich von dem ehemaligen guten Anfang eines wahren Christenthums, den ich in der Kindheit gehabt, weit abgewichen. In eben demselbigen Jahre, welches war Anno 1679, ward ich von den Meinigen nach Kiel gesandt, auf Aufforderung meiner Mutter Bruders, Ant. Henr. Glorins S. A. als patroni des stipendii Schabbeliani, welches mir als nächsten Anverwandten des Schabbelischen Stammes sollte gereichet werden.[1] Also begab ich mich auf dessen Befehl daselbst am Tisch und ins Haus zu Hrn. D. Kortholt, jetzigen Procancellario und Prof. primario daselbst, dessen Information und Inspection zugleich ich und die übrigen Alumni des stipendii vornämlich recommendiret waren. Daher ich daselbst fast völlig 3 Jahr, nämlich von Michaelis 1679 bis Pfingsten oder Trinitatis 1682 blieben. Hier habe nun meine studia continuiret, erstlich philosophica, welche ich nun gar ernstlich vermeinete zu excoliren, und derowegen Collegia disputatoria und andere darüber anstellete, insonderheit suchte ich Metaphysicam und Ethicam aus dem Grunde zu tractiren und war fürnämlich um deren usum in theologica bekümmert. Physica trieb bei Herrn D. Morhofio und tractirte zu dem Ende sein collegium de historia naturali. Sonst suchte bei erwähnten Hrn. D. Morhofio in latinitate mich besser zu üben, und solidiora fundamenta eloquentiae tum sacrae tum profanae zu untersuchen, darinnen ich auch privatissime bei ihm informiret ward. Dazu kam bald, daß ich mich in das studium polyhistoricum oder cognitionis Auctorum sehr verliebte, als wozu der in Erfurt gemachte Anfang gute Gelegenheit gab. Daher ich auch das jetzt gedruckte collegium polyhistoricum, so damals gehalten ward, fleißig mit besuchte. Mein Vetter in Lübeck erkannte

---

1) Nach den Lebensnachrichten wurde dieses Stipendium angeblich von dem Bruder seiner Großmutter mütterlicher Seits, der Schabbel hieß, und zwar „zu dem Ende gestiftet, damit Leute davon erzogen würden, die Professores Theologiae würden und universae ecclesiae nützliche Dienste leisteten, da es sonst wie man geurtheilt an kleinen stipendiis eben nicht fehlte, aber an solchen großen und zulänglichen stipendiis ein Mangel wäre." Es betrug damals 160 bis 180 Thaler; es besteht noch und beträgt jetzt 240 Thaler. Das Kapital ist so bedeutend, daß es an 5 Studierende vertheilt werden kann.

wohl, daß ich mich mehr darinnen vertiefte als mir zu meinem studio
theologico nöthig wäre, und rieth mir davon abzustehen, aber mein
Gemüth war bereits so sehr darinnen verstricket, daß ich wol meinte,
man riethe mir nicht treulich und hielt dasjenige für absolute noth=
wendig, was doch auch nur von seinen Liebhabern für eine Zierde
der übrigen Wissenschaften angegeben wird, und nach dem elenden
Zustande meines Gemüths nur ad pompam von mir gerichtet war.
Das studium theologicum setzte ich fort bei Hrn. D. Kortholt,
hielt bei demselben collegia thetica, polemica und exegetica, sowohl
publice als privatim, las daneben seine Schriften und welche er mir
sonst recommendirt fleißig.   Daneben wollte ich predigen lernen und
gerieth über den methodum Helmstadiensem, las zu dem Ende fleißig
Rhetoricam Aristotelis cum commentario Schraderi, machte auch
secundum methodum Schraderi locos communes Biblicos, und
getrauete mich auch in öffentlicher Gemeine in der Stadt und auf
dem Lande zu predigen,[1] welches aber wol nicht aus dem Grunde
geschehen, wie Paulus erfordert 2 Cor. IV „ich gläube, darum rede
ich," wiewol ich damals meiner Meinung nach ganz recht daran that.
Ueberdies hielt auch fleißig mit D. Kortholti collegia, die er in
historia Ecclesiae publice und privatim hielt, unter die auch eines
über Eusebii historiam ecclesiasticam publice gehöret. So hielt auch
bei ihm ein Collegium de officio ministrorum ecclesiae, in welchem,
wie auch in den übrigen lectionibus, ich dem werthen Mann das
Zeugniß geben kann, daß er die studiosos fleißig und ernstlich von
dem ärgerlichen Weltwesen abgemahnet, und die schwere Verantwort=
lichkeit eines Predigers wohl fürgestellet.[2]   Wodurch denn auch ge=
schehen, daß der gute Funcke der noch in meinem Herzen war, ziemlich
und oft aufgeblasen ward.   Daher ich auch wol manchmal einen Vor=

<hr>

1) Nach den Lebensnachrichten that er dies „von anno 1681 nach dem neuen
Jahre mehreremale."

2) Ueber Kortholts Spener zugeneigte Richtung s. Tholuck, „Das academische
Leben &c. II, 71. Von ihm schreibt Spener 1688: „Wo ich einen Sohn bereits
hätte, der theol. studirte, stünde meine sonderliche Hoffnung auf D. Kortholt, dem
ich keinen andern vorzuziehen hätte." Und Francke rühmt 1715 in einem Briefe
an den Sohn die pietas paterna, quae exemplo mihi adolescenti fuit. In den
Personalien (s. S. 18) ist angegeben, daß er Francke und den Sohn Scrivers
privatissimo in der philosophia instrumentali et theoretica unterwies.

satz faßte, mich von der Welt und ihrer Eitelkeit zu entreißen, sah und erkannte wohl, daß das Leben der studiosorum wie es gemeiniglich geführet ward und wie ichs selber mit führete, nicht mit dem Worte Gottes übereinstimmte, und daß es unmöglich also bestehen könnte, fieng auch wohl dann und wann an, mich zu ändern, aber der große Haufe riß mich bald wieder dahin, daß es dann hieß, daß das Letzte mit mir ärger ward, denn das erste. Also war ich bei allen meinen studiis nichts als ein grober Heuchler, der zwar mit zur Kirche, zur Beichte und zum H. Abendmahl gieng, sang und betete, auch wohl gute Discurse führete und gute Bücher las, aber in der That von dem allen die wahre Kraft nicht hatte, nämlich zu verläugnen das ungöttliche Wesen und die weltlichen Lüste und züchtig, gerecht und gottselig zu leben, nicht allein äußerlich, sondern auch innerlich. Meine theologiam faßte ich in den Kopf und nicht in das Herz, und war vielmehr eine todte Wissenschaft als eine' lebendige Erkenntniß. Ich wußte zwar wohl zu sagen, was Glaube, Wiedergeburt, Rechtfertigung, Erneuerung 2c. sei, wußte auch wol eins vom andern zu unterscheiden, und es mit den Sprüchen der Schrift zu beweisen, aber von dem allen fand ich nichts in meinem Herzen, und hatte nichts mehr als was im Gedächtniß und Fantasie schwebte. Ja ich hatte keinen andern Concept vom studio theologico, als daß es darinnen bestehe, daß man die collegia theologica und theologischen Bücher wohl im Kopfe hätte und davon erudite discouriren könnte. Ich wußte wohl, daß Theologia ein habitus practicus definiret würde, aber ich war in meinen collegiis, welche ich hielt, nur um die theoriam bekümmert. Wenn ich die H. Schrift las, war es mehr, daß ich gelehrt werden möchte, oder damit ich der guten Gewohnheit ein Genügen thäte, als zur Erkenntniß des göttlichen Wesens oder Willens zur Seligkeit. Ich setzte darauf sehr viel, daß ich Alles aufs Papier schriebe, wie ich denn deswegen etliche ziemliche volumina zusammengeschrieben von collegiis, aber ich suchte es nicht, wie Paulus will 2 Cor. III. durch den Geist Gottes auf die Tafeln des Herzens zu schreiben.

In solchem Zustande war ich, da mir mein Vetter als Patronus stipendii Schabbeliani vergönnete von Kiel wegzureisen, indem es, wie er berichtete, damals mit dem stipendio Schabbeliano auf eine Zeit lang ins Stocken gerieth. Darauf reisete ich nach Hamburg, weil es in Kiel mit dem Hebräischen nicht recht mit mir fortgewollt, da ich zwar etliche Mal einen neuen Anfang gemacht hatte, aber zu keiner gründlichen Wissenschaft darinnen durch den gemeinen methodum hatte gelangen mögen, da man erst sich mit der Grammatica und dem Analysiren sehr lange aufhält, ehe man die Bibel selbst durchzulesen sich getrauet. Daher suchte ich bei dem Hrn. Lic. Edzardo in Hamburg diesen Fehler zu ersetzen, begab mich an seinen Tisch und nahm die Stube in seiner Nachbarschaft, und wandte alle Zeit darauf nach seinem methodo[1] so gut ich konnte linguam hebraeam zu tractiren. Ich rühme auch hierinnen des lieben Mannes Treue und Fleiß von Grund meines Herzens, als der sich auch die Mühe nicht verdrießen lassen, ohne leiblichen Entgelt viel Zeit auf mich zu wenden, und mir in meinen dubiis, welche mir in Lesung der Schrift oder auch quoad methodum vorkamen, zu helfen. Ich kam also bei ihm mit Lesung des A. T. bis an den Propheten Esaiam, so viel ich mich erinnern kann, und da ich nach zwei Monaten von den Meinigen nach Hause gefordert ward, nahm ich von dem erwähnten Hrn. L. Edzardo weitere Instruction, wie ich das Studium continuiren möchte. Da mir denn gerathen ward, erstlich die lectionem cursoriam zu absolviren, und dann in secunda lectione grammaticam gründlicher zu erlernen, in tertia lectione den Glassium, in quarta das Chaldäische, in quinta das Michal Jophi, in sexta die biblia Buxtorfi zu tractiren. Welchem methodo ich auch nachzukommen bedacht war, weil ich mich aber auf die anderthalb Jahre bei den Meinigen aufhalten mußte, fehlte es mir an Gelegenheit zu einem und dem andern. Daher ich

---

1) Diese Methode bestand, wie in der Zeitschrift „Francke'sche Stiftungen" II, 417 angegeben wird, darin, daß Edzardi Francke rieth, sich die 4 ersten Capitel der Genesis mit Hülfe einer Uebersetzung so bekannt und geläufig zu machen, daß ihm kein Wort darin fehle, ohne sich dabei um die Grammatik ängstlich zu bekümmern. Nachdem er dies gethan, habe jener ihm nachgewiesen, daß er nun schon den dritten Theil der hebräischen Wörter inne habe. Er wisse denen, die zu einer Fertigkeit in dieser Sprache gelangen wollten, keinen sicherern Rath zu geben, als diesen: lege Biblia, relego Biblia, repete Biblia; das tiefere Sprachstudium müsse dann nachfolgen. Die Richtigkeit dieser ohne Zweifel auf Francke's mündlicher Mittheilung beruhenden Angabe, wird nicht allein durch das, was er selbst that, sondern auch durch die später in den von ihm gegründeten Schulen befolgte Methode bewiesen. Er setzt dieselbe eingehend aus einander in der Manuductio ad lectionem Scripturae sacrae S. 16 flgde. (s. unten).

währender Zeit die ebräische Bibel an sich selbst nebst der Philologia sacra Glassii desto fleißiger durchtractirte, und, soviel ich mich erinnere, Biblia hebraea wohl sechsmal absolvirte.[1] Der Zustand meines Gemüths, da ich von Hamburg kam, war sehr schlecht und mit Liebe der Welt durch und durch beflecket. Gott gab mir auch zu erkennen, daß er seine Hand immer mehr von mir abgezogen, weil ich seiner kräftigen Vaterhand, die mich so nachdrücklich zur Bekehrung so mannichmal gereizet, nicht Platz gegeben, sondern mich immer tiefer in die Liebe der Welt versenket. Da fieng ich nun gleichsam von Neuem an, Gott mit Ernst zu suchen. Aber es bestand mein Suchen doch mehr im Aeußerlichen als im Innerlichen. Ich sang und betete viel, las viel in der Schrift und andern geistlichen Büchern, gieng viel zur Kirchen, bereuete auch äußerliche Sünden und kam wol mit Thränen zur Beichte, aber das blieb noch alle Zeit in meinem Herzen stecken, daß nach Ehre, Reichthum und guten Tagen trachten keine Sünde sei, da doch Johannes ausdrücklich schreibt 1 Joh. II: „Habt nicht lieb die Welt, noch was in der Welt ist; so Jemand die Welt lieb hat, in dem ist nicht die Liebe des Vaters. Denn Alles, was in der Welt ist, nämlich Fleisches Lust, Augenlust und hoffärtiges Leben ist nicht vom Vater, sondern von der Welt." Wenn ich auch alle Sünden bereuete, so bereuete ich den Unglauben nicht, der doch tiefe Wurzeln hatte in meinem Herzen. Denn wo die Früchte des Glaubens nicht sind, als Liebe, Freude, Friede, Geduld, Freundlichkeit, Gütigkeit, Glaube, Sanftmuth, Keuschheit, da ist auch nicht Glaube, sondern eine bloße Einbildung von Glauben, und in der That nichts als Unglauben. Doch war in solchen anderthalb Jahren, da ich zu Hause war, dem Aeußerlichen nach mein Zustand besser als vorhin. Denn ich lag dem Studieren ob mit großem Fleiße und suchte auch im Uebrigen ein äußerlich ehrbares Leben zu führen, mein Herz kam aber nicht zur rechten Ruhe. Meine Studia faßte ich inzwischen in bessere Ordnung, wiederholete guten Theils die Dinge, die ich auf Universitäten und sonsten gefasset, tractirte fleißig V. et N. T. in Hebräischer und griechischer Sprache, daneben lernete ich auch die französische Sprache, und übete mich in der englischen Sprache, die ich

---

1) Die in Franckens Stiftungen a. a. O. und danach von Guerike gemachten, hiervon abweichenden Angaben hierüber verdienen demnach keinen Glauben.

zu Kiel gelernet. Für der Welt ward ich wol für einen frommen und fleißigen Studenten gehalten, der seine Zeit nicht übel angewandt, ward auch von vielen lieb und werth gehalten, aber in der That war ich nichts als ein bloßer natürlicher Mensch, der viel im Kopfe hatte, aber vom rechtschaffenen Wesen, das in Jesu Christo ist, weit genug entfernt war.

Nach verflossener solcher Zeit fand sich ein studiosus zu Leipzig, der Gefallen trug, einen auf die Stube zu sich zu nehmen, der ihn in Hebraicis privatissime anwiese.[1] Demselben ward ich fürgeschlagen, und kam also zu ihm nach Leipzig anno 1684 vor Ostern, da ich Gelegenheit fand, meine studia weiter zu continuiren. Ließ mich also informiren in studio Rabbinico von Hrn. Christiani, Lectore Rabbinico in Leipzig, und von einem discipulo Etzardiano, der sich in Leipzig aufhielt, jetzo Adjuncto philosophiae in Wittenberg, Hrn. M. Gerh. Meyern, welcher viel Zeit, so ich ihm noch viel danke, auf mich wandte. Daneben hielt ich auch einige andere Collegia als ein disputatorium über libros symbolicos, ein Anti-Syncretisticum, item ein collegium historicum unter Hrn. Lic. Rechenbergio, item ein examinatorium über distinctiones theologicas unter Hrn. Lic. Cypriano, item ein disputatorium über dicta Script. S. unter Hrn. D. Oleario, item ein examinatorium über Königs theol. positivam, welches zugleich disputatorium war und sein Absehen auf die ganze theologiam systematicam hatte; desgleichen hielt ich auch mich zu dem sogenannten großen Prediger-Collegio und Collegio oratorio, so unter den Magistris von vielen Jahren her in Leipzig gehalten werden. Ich hielt auch collegia concionatoria bei Hrn. D. Joh. Benedicto Carpzovio, erstlich welches er Mittwochens vielen andern hielt, darnach selbvierte des Freitags, da allemal einer predigte und Hr. D. Carpzovius die Predigt nach denen praeceptis homileticis censirte. Theologiam praeceptorum hatte in einem collegio homiletico bei Hrn. Mag. Dornfeld, Diacono an der Niclas Kirchen daselbst, meinem damaligen Tischwirth, gehöret, ohne was ich privatim wandte auf lectionem Hülsemanni und anderer, deren praecepta ich

---

1) Er hieß, wie in den Lebensnachrichten angegeben ist, Wichmannshausen, war in Gotha auf dem Gymnasio gewesen und dort mit Francke bekannt geworden. Er wurde später Professor der hebräischen Sprache in Wittenberg.

mir bekannt machte. Daneben excolirte ich die französische und englische Sprache, wie auch die italiänische, als zu welchen allen ich sehr bequeme und gute Gelegenheit fand, solche auch fast in täglicher Conversation zu gebrauchen. Dieses geschah also successive. Inzwischen nahm ich anno 1685 gradum Magistri an und habilitirte mich auch im selbigen Jahre profitendo,[1] dabei wohl keinen andern Zweck hatte, als desto besser Geld mit collegiis zu verdienen und dadurch besser befördert zu werden. Daß ich die Ehre Gottes sollte dabei gesuchet haben, kann ich mich nicht erinnern, obwohl ich damals, wenn ich danach wäre gefragt worden, würde geantwortet haben, daß ich diesen Hauptzweck präsupponirte. Den äußerlichen Zweck aber, den ich gesucht hatte, erhielt auch leichtlich. Denn ich bald darauf genug zu thun kriegte, und ein collegium nach dem andern anfieng und endete. Daneben ward mir auch ein anderer privatim zu informiren anvertrauet, welches ich also fort trieb, bis ich fort reisete.,

Das Beste unter Allem ist gewesen das Collegium philobiblicum, von dessen Anfang und Fortgang ich nöthig erachte, weitläuftigern Bericht abzustatten. Mag. Paulus Antonius, jetzo Theol. Lic. und Superintendens zu Rochlitz fiel einmal mit mir auf den Discours, daß das Studium der beiden Fundamentalsprachen, nämlich der griechischen und hebräischen so wenig excolirt würde, welches wir beide also mit einander beklagten, bis endlich gedachter Hr. Antonius wünschete, daß die Magistri selbst sich darinnen unter einander üben möchten, welches mir sofort wohlgefiel, und auch mit dazu rieth, daß wir dergleichen je eher je lieber anfangen möchten, und da wir es also unter einander abgeredet, sprachen wir unsäumig einige gute Freunde unter denen Magistris drum an, daß sie mit uns zusammentreten und dergleichen Collegium anfangen möchten. Welches von ihnen auch gleich beliebet, und der Anfang dazu des nächsten Sonntags gemachet

---

1) Dies geschah nach den Lebensnachrichten „durch eine Disputation, die er praesidendo do grammatica ebraea gehalten“. Von den collegiis, die er von da an gehalten, habe er, wie er bemerkt, „sein Auskommen gnüglich gehabt, so daß er nicht nöthig gehabt habe, sich nach einem stipendio oder beneficio umzusehen.“ Als bemerkenswerth erwähnt er, daß er in eben dem Jahre den spätern Mag. Joh. Caspar Schaden, „der um selbige Zeit auf die Universität gekommen, zu sich genommen und ihn eine ziemliche Zeit bei sich gehabt, welches der Anfang und Grund ihrer beider nachmaligen Verbindung in dem Herrn gewesen ist.“

war.[1] Die erste Abrede war diese, daß wir alle Sonntage zwei Stunden von 4 bis 6 Uhr, nämlich nach geendigter Predigt, wollten beisammen sein, da dann erstlich einer ein Capitel aus dem A. und dann einer Capitel aus dem N. T. kürzlich expliciren und appliciren sollte,

---

1) Bei der Wichtigkeit des Collegium philobiblicum mag es gestattet sein, über die Veranlassung zu seiner Gründung mitzutheilen, was Prof. Anton in einer 1721 gehaltenen Vorlesung de historia pietistica, welche handschriftlich vorliegt, darüber sagt. Nachdem er zunächst hervorgehoben, daß Joh. Beneb. Carpzov, der spätere heftige Gegner Speners, das Collegium pietatis Francofurtense cum piis desideriis auf der Canzel lebhaft wie auch sonst vertheidigt und empfohlen und dadurch die Aufmerksamkeit der Studiosen darauf gerichtet habe, fährt er fort: „Da geschah es, daß ebenderselbe an einem Bußtage in der Predigt bei der Application die Bursche excitirte zu besserer Tractirung der heil. Schrift und sagte, daß die studiosi in Leipzig allerhand amica Collegia hätten, als das Collegium anthologicum, da sie flosculos sammelten, manche hießens Collegia Gelliana, da sie so viele Collegia oratoria unter sich hätten, nebst den homileticis in unglaublicher Menge, warum sie nicht auch ein Exercitium biblicum anträten? In derselben Bußpredigt saß ich neben Hrn. Professor Francken, und sahen darauf einander an, als die wir auch an einem Tische damals waren, bei Ottone Menkenio, berühmten prof. ord. philosophiae moralis, und was der eine sagte, sagte der andere auch, wenn wir es thäten? Darauf fiengen wir es an auf meinem museo in Menkenii Hause, da aber kaum neune Platz haben konnten. Da aber ein dritter, Namens Springer, nahe stund, sagten wir ihm auch davon, und wir machten den Schluß, ein solches Collegium anzustellen, darinnen sowohl das N. Testament griechisch, als das A. Testament hebräisch durchgegangen würde. Wir fiengen auch gleich den folgenden Sonntag nach dem Gottesdienst diese Exercitationem an." Eingehendere Mittheilungen über das Collegium giebt Illgen auf Grund der vorhandenen Acten in dem Herbstprogramm der Leipziger Universität von 1836. In der Einleitung der daselbst mitgetheilten, im November 1686 definitiv redigirten Gesetze ist der 15. Juli (a. St.) 1686 als der Tag genannt, an welchem der Entschluß gefaßt wurde. An dem darauf folgenden Sonntage, den 18. Juli, trat es ins Leben. Die Zahl der regelmäßigen Mitglieder wurde auf 12 festgesetzt und als erste Mitglieder werden aufgeführt folgende acht Magister: Anton, Springer, Westphal, Möller, Wichmannshausen, Francke, Gleitsmann, Heiber. Die Zahl der Theilnehmer hatte sich also schnell vermehrt. Als Zweck des Collegium ist in der Vorrede der Gesetze (s. Illgen S. 8) Folgendes angegeben: — — constituendae cujusdam societatis ceperunt consilium, qua in solius Dei triunius gloriam, in novi hominis, piae eruditionis theologiaeque exegeticae incrementum nec non in exemplum sanctae convorsationis certo tempore sacri Bibliorum fontes tam Veteris quam Novi testamenti legerentur, exponerentur et varios in usus converterentur. Vgl. Speners Vorrede zu (Seckendorfs) „Bericht und Erinnerung auf eine neulich im Druck zc. ausgestreute Schrift Imago pietismi genannt."

2*

und zwar nach der Ordnung der biblischen Bücher, wie ich denn in der ersten Lection explicirte Cap. 1 Geneseos und Hr. Antonius in derselben Lection Cap. 1 Matthaei. Solches war nun nicht etwa was Neues oder Ungewöhnliches auf der Universität Leipzig. Denn man wohl über funfzig Jahre zurück solche Collegia zählen kann, welche die Magistri unter sich angefangen, sich über gewisse leges darinnen vereiniget und dieselben unter sich festgesetzet, wie dessen Zeugniß geben können das oben erwähnte große Prediger-Collegium, welches sich darnach auch getheilet in zwei Collegia, da in einem des Montags, im andern des Donnerstags in der Pauliner Kirche einer auftritt und prediget, die andern zusammentreten und die Predigt censiren, haben auch dabei ihren fiscum, daraus die erforderten Unkosten pflegen genommen zu werden. Desgleichen das collegium oratorium, collegium anthologicum, darinnen excerpta, so viel mir wissend ist, gemachet werden, desgleichen das collegium Gellianum, so noch einige von jetzo lebenden Herrn Professoribus mit gehalten, und welches des Sonntags Nachmittag gehalten worden. Welches alles ich um deswillen erinnere, weil die Welt über die sogenannten collegia philobiblica und pietatis so viel Schreiens machet, als wärens Neuerungen und conventicula, aus welchen nichts als Unordnungen zu erwarten. Da nun oben erwähntes Collegium angefangen war, kam bald darauf Hr. D. Spener als Kurf. Oberhofprediger nach Dresden,[1] welches Hrn. Lic. Antonio Gelegenheit gab eine disputationem, welche er gehalten, in Erinnerung der in Frankfurt an denselben gesuchten Kundschaft,[2] ihm zuzusenden, und einen kleinen Bericht obiter von diesem unsern instituto anbeizufügen. Den theuern Mann hatte nicht wenig erfreuet, daß er gleich bei seiner Ankunft von einer unter

---

1) Diese Angabe findet sich auch bei Spener (s. Gründliche Beantwortung einer mit Lästerungen angefüllten Schrift ꝛc. S. 75) und bei Anton sowohl in dem „Ausführlichen Bericht" ꝛc. S. 5, als in der Vorlesung, in welcher überdies der Anfang des Coll. philob. in den August gesetzt ist. Sie ist ungenau; Spener kam am 6. Juli nach Dresden und trat dort am 11ten sein Amt durch eine Predigt über Matth. 5, 20—26, das Sonntagsevangelium, an.

2) Anton erzählt in der Vorlesung, daß er als halbjähriger Student Spener auf einer Reise besucht, von ihm freundlich aufgenommen und ermahnt worden sei, worauf er von der Zeit an sich vorgenommen habe, wenigstens den Sonntag zu seiner Erbauung, nicht zu den Studien zu verwenden.

benen studiosis entstehenden Liebe zum Worte Gottes vernehmen sollte, und ob er wohl erkannte, daß wir mehrentheils vom rechten Zwecke ziemlich möchten entfernet sein, suchte er dennoch durch guten Rath und zu Gottes Ehre reiflicher zielende Vorschläge unserm geringen Anfang aufzuhelfen. Welches wir auch mit Dank annahmen und uns barüber vereinigten, daß wir nicht so große Texte auf einmal, und dieselben zu unseren mehren Erbauung tractiren wollten.[1] Die praxis selbst gab uns auch immer ein Mehreres an die Hand, daß wir also immer eifriger wurden, dieses collegium mit Ernst zu treiben, auch gewisse leges, wie in ben oben erwähnten collegiis bräuchlich, unter uns zu Bestätigung und Fortpflanzung des collegii aufzurichten, welche ben Zweck des collegii und die Ordnung, so darinnen sollte observiret werben, vor Augen legten. Da warb nun das collegium immer stärker, und funden sich auch von benen studiosis, welche baten als auditores mit zugelassen zu werben. Daher uns balb die Stube zu klein warb, und wir uns nach einem größern Platz umzusehen genöthiget waren, insonberheit ba bazumal selbiges collegium von vielen, auch von benen Hrn. professoribus gar wohl aufgenommen und als nützlich angesehen warb, so daß sie uns auch ihrer Gegenwart würbigten und zu fernerem Fleiß ermahneten. Hiezu kam, daß erwähnter Hr. Lic. Antonius, auf bessen Stube es gehalten warb, nach weniger Zeit zum Reiseprebiger ber Hochf. Durchl. bes Pr. August bestellet warb, daß wir auch baher eine Veränberung zu machen genöthiget wurben. Begrüßten bemnach Hrn. D. Val. Alberti, Theol. prof. extr. zu Leipzig, daß er bas Directorium bes erwähnten collegii philobiblici auf sich nehmen, und in seiner Wohnung uns bazu einen Platz einräumen möchte. Beibes wurde von ihm mit allem Willen eingeräumet, baß er nicht allein selbst orbentlicher Weise unserm collegio als Director beiwohnete, sonbern auch nach geenbigter Lection uns seiner Censur und Anmerkung über ben tractirten Text wür-

---

1) Das betreffende Schreiben Speners an Anton vom 7. Sept. 1686 ist abgebruckt in Consilia lat. I, 243 sqq. In Folge bessen wurde die ursprüngliche Einrichtung bahin verändert, baß man sich in jeder Versammlung entweder nur mit bem A. ober mit bem N. T. beschäftigte, und zwar ist in ben oben erwähnten Gesetzen bestimmt, baß von je brei Versammlungen eine bem A. zwei bem N. T. zu wibmen seien.

bigte.[1] So ward auch die Zahl der Magistrorum als membrorum collegii immer stärker, daß also damals solches collegium sowohl mit großem Eifer als vieler Vergnügung und nicht ohne Nutzen fortgesetzt ward, daß auch sowohl einige der Hrn. Professoren, als von fremden Orten kommende angesehene Männer ihre herzliche Vergnügung, so sie daran hatten, durch ihre oftmalige Besuchung an den Tag legten. In solchem Zustande hatte ich das collegium verlassen, als ich von Leipzig wegreisete (s. unten). Ich kann versichern daß ich solches collegium für das nützlichste und beste rechnen muß, welches ich je auf Universitäten gehalten, wenn ich den Nutzen ansehe, der mir daraus erwachsen. Denn mich dieses erst recht in das studium textuale hineingebracht, daß ich die großen Schätze, welche uns in der Hl. Schrift dargereichet werden, besser erkennen und aus der Hl. Schrift selbst hervorsuchen lernete, da ich zwar vorhin auch die Bibel fleißig tractirte, aber mehr um die Schaale als um den Kern und die Sache selbst war bekümmert gewesen. Wolffg. Frantzius de interpretatione Scripturae S., Lutheri comm. in Genesin und andere Schriften, welche ich dabei gebrauchte, zeigten mir nun besser, wie ich mit der hl. Schrift umgehen, sie recht verstehen und zu Nutzen anwenden sollte, und da die vielfältige praxis dazu kam, wurde mirs immer leichter, absonderlich da ich dem guten Rath, welcher mir gegeben ward, treulich folgete, nicht nur blos auf fremde Gedanken, welche ich etwa in Büchern fände, zu sehen, sondern auch selbst zuzusehen, was ich aus einem jeglichen Text für einen deutlichen Verstand fassen, und für Lehren, Ermahnungen und Trost schöpfen konnte.

Mittlerweile geschah es, daß eine disputatio de Quietismo contra Molinosum öffentlich daselbst gehalten ward, da der Autor disputationis öffentlich bekannte, daß er bei Verfertigung der Disputation das scriptum des Autoris selbst nicht gesehen, sondern daß er seine Disputation theils auf die Advisen, theils auf den Extract, welcher in

1) In der Wohnung des D. Alberti, in dem sogenannten Fürstenhause, versammelte sich das Collegium vom 16. Febr. 1687 an. Ohne Zweifel wurde die Versammlung damals vom Sonntag auf den Mittwoch verlegt, an welchem Tage sie nach Spener (s. Vorrede zu (Seckendorfs) „Bericht und Erinnerung auf die Imago pietismi" S. 4 und „Wahrhaftige Erzehlung dessen was wegen des sogenannten Pietismi in Teutschland ꝛc. vorgegangen" S. 57) gehalten wurde. Anton reiste den 26. April ab.

den Actis eruditorum Lipsiensibus aus dem Segnerio, dem Adver-
sario des Molinosi, gründete. Hievon ward nicht allein in der publica
oppositione, ſondern auch darnach vielfältig geredet, und daher von
vielen gewünſchet, daß man doch den Autorem ſelbſt leſen möchte,
bis mir endlich von einem fürnehmen Mann daſelbſt an die Hand
gegeben ward, den Autorem an die Hand zu ſchaffen, und aus der
italiäniſchen Sprache in das Lateiniſche zu überſetzen nur zu dem
Ende, damit man historice wiſſen könnte, was doch der Mann für
Lehre führe. Ich überlegte ſolches noch mit einem andern von den
Hrn. Profeſſoren, welcher es mir gleichfalls rieth. Folgete alſo ihrem
Rath und Gutdünken, conferirte 2 exemplaria, welche mir communicirt wurden, und überſetzte die beiden Tractätlein des Molinosi,
nämlich ſeine Guida spirituale und della communione cotidiana,
ſchlug darauf die Autores mysticos, auf welche er ſich beziehet, in
bibliotheca Paulina ſelbſt auf, und unterließ mit meinem Willen
nichts, des Autoris Meinung klar und deutlich an den Tag zu legen.
Hr. D. J. Ben. Carpzovius rieth mir auch mit allem Ernſt dazu
nebſt Hrn. Prof. Feller (in deſſen Gegenwart auf der Bibliothek es
geſchah), erbot ſich mir einen Verleger dazu zu ſchaffen (da ich mich
aber bereits gegen einen verbindlich gemacht hatte) und nahm es auch
nachgehends als Decanus fac. theol. in ſeine censuram, welches um
deswillen nach der Wahrheit anführe, weil mir nach der Zeit ſolche
Ueberſetzung von einem und dem andern übel gedeutet worden, da ich
doch mit öffentlicher Genehmhaltung ſolches gethan ohne den allerge-
ringſten Widerſpruch, auch mit Vorſetzung meines Namens und einer
kurzen Präfation meine Intention zur Genüge bezeuget. So iſt mir
auch nach der Zeit von meinen Widerwärtigen, welche ihren Schmähungen gern einen Schein anſtreichen wollen, fälſchlich beigemeſſen
worden, ich hätte des Molinosi irrige principia gefaſſet, mich dadurch
verleiten laſſen und darnach anderen wieder ebendieſelben beigebracht:
da doch erſtlich dieſes nicht der Anfang meiner ernſtlichen Bekehrung
zu Gott geweſen, wie ich darnach ausführlich erzählen werde, zum
andern ich niemals weder beſonders noch öffentlich geſagt habe, daß
ich Alles, was im Molinos ſtehet, billigen oder behaupten könne,
ſondern vielmehr gerathen, die H. Schrift und andere zur Erbauung
durch einen lautern Grund der H. Schrift führende Schriften zu leſen.
Dabei ich aber nicht läugne, daß mir allezeit ſehr mißfallen, daß viele

so blind über diesen Autorem hergefallen, und ihn verdammet darinnen sie ihn nicht verstanden, ja nicht einmal gelesen, und ihm daher opiniones beigemessen, die dem Autori wohl Lebenslang nicht in den Sinn gekommen, ja daß ich im Gegentheil auch wohl gesaget, daß viel Nützliches und zur Erbauung höchst Vorträgliches in dem Buche enthalten, welches ich in Ewigkeit nicht verwerfen oder verdammen könnte. Denn man ja die Wahrheit allezeit lieben soll, sie finde sich bei einem Freunde oder Feinde, ja man soll Alles prüfen und das Beste behalten 1 Theff. V: z. E. was der Autor in seinem 3. Buche von der Demuth schreibet, hat mich alle Zeit herzlich vergnüget, ingleichen giebt er auch im 2. Buche für die Beichtväter einige Erinnerungen, welche guten Theils werth sind, beachtet zu werden; desgleichen ist es gut und nicht zu verwerfen, daß er ausbrücklich lehret, daß Christus der einige Weg und die einige Pforte sei, dadurch wir zu Gott gelangen können, und in dessen Blut wir müssen gereiniget und abgewaschen sein, wenn wir Gott gefallen wollen; desgleichen sind die Reden, welche hin und wieder darinnen von geistlichen Anfechtungen geführet werden, in der Erfahrung gegründet, davon der natürliche und weltlich gesinnete Mensch nicht geschickt ist zu urtheilen, wer aber dergleichen selbst erfahren hat, wird bald finden, was mit seiner Erfahrung übereinstimmet, und was ihm darinne dienlich sein könne; dergleichen Dinge würden sich noch mehr finden, welche ich nicht verwerfen kann, auch kein Rechtgläubiger in Ewigkeit verwerfen wird, weil sie in der H. Schrift gegründet sind, und unsern libris symbolicis keineswegs entgegenstehen. So aber Jemand immer darinnen etwas wider die Schrift zu sein erkennet, der wisse, daß ich mich dessen nicht begehre theilhaftig zu machen, werde aber auch nie Menschen zu gefallen dasjenige, was ich nicht verstehe, beurtheilen, oder was ich der Schrift gemäß zu sein erkenne, um beswillen verwerfen oder geringer achten, weil es einer, der nicht unserer Religion verwandt ist, gesaget hat. So wäre es auch sehr unchristlich gehandelt, wenn man einem, der in einem Buche was gut und recht ist, billiget, zugleich auch Alles was irrig in demselben Buche ist, beimessen wollte. Sonst müßte man einen für einen Heiden halten, der sagte, daß in Officiis Ciceronis etwas Gutes stehe; für einen Römisch-Katholischen, der aus dem Estio, Cornelio a Lapide und andern dergleichen commentatoribus eine gute Erklärung eines biblischen Spruchs entleh-

nete; für einen Reformirten, der sagte, daß ihm durch Dikens
Selbstbetrug sein Sündenelend entdecket, durch Sontoms gülbenes
Kleinod sein Gewissen gerühret, und daß er durch andere dergleichen
der Reformirten Schriften erbauet sei. So wird sich auch befinden,
daß diejenigen, welche mit ihren Beschuldigungen so fertig heraus sind,
gemeiniglich keinen andern Grund als ihren bösen Argwohn davon
zu geben wissen, welches unzeitige Richten ihnen der gerechte Richter
nicht gut sprechen wird. Mit einem Worte: Ich habe des Molinosi
Schriften ohne Intention mich daran theilhaftig zu machen gelesen
und übersetzet, und habe sie nie weiter gebilliget, als sie der gött=
lichen Wahrheit der H. Schrift gemäß sind; habe sie zum Grund des
Christenthums nie recommendiret, und nie also davon geredet, daß
jemand sollte auftreten können, der sich an meiner Rede zu stoßen
Ursach gefunden hätte. Ob nun von einem Wahrheit liebenden und
gewissenhaften Menschen ein Mehreres könne gefordert werden, mag
ein Jeder urtheilen, für den aber, der da recht richtet, will ich dies=
falls wohl mit Freudigkeit stehen.[1]

Was mein Christenthum betrifft, ist dasselbe, sonderlich in den
ersten Jahren da ich in Leipzig gewesen, gar schlecht und laulicht
gewesen. Meine Intention war, ein vornehmer und gelehrter Mann
zu werden; reich zu werden und in guten Tagen zu leben, wäre mir
nicht unangenehm gewesen, ob ich wohl das Ansehen nicht hätte haben
wollen, als wenn ich darnach trachtete. Die Anschläge meines Herzens
waren eitel und giengen aufs Zukünftige, welches ich nicht in meinen
Händen hatte. Ich war mehr bemühet, Menschen zu gefallen und
mich in ihre Gunst zu setzen, als dem lebendigen Gott im Himmel.
Auch im Aeußerlichen stellete ich mich der Welt gleich in überflüßiger
Kleidung und andern Eitelkeiten. In summa: ich war innerlich und
äußerlich ein Weltmensch, und hatte im Bösen nicht ab = sondern zu=
genommen. Das Wissen hatte sich wohl vermehret, aber dadurch war

---

1) Die Uebersetzung des Molinos erschien in der Ostermesse 1687. In der=
selben Zeit etwa hat Francke, wie er in den Lebensnachrichten bemerkt, Spener
in Leipzig gesehen, gesprochen und predigen hören. In den Personalien (S. 19)
wird angegeben daß er damals eine Reise nach Wittenberg gemacht „um die dasigen
Theologen und andere berühmte Männer kennen zu lernen, und von ihnen liebreich
aufgenommen sei“. Francke selbst erwähnt nirgends etwas davon.

ich immer mehr. aufgeblaſen. Ueber Gott habe ich wol keine Urſache mich diesfalls zu beklagen. Denn Gott unterließ nicht, mein Gemüth oftmals gar kräftig zu rühren, und mich durch ſein Wort zur Buße zu rufen. Ich war wol überzeuget, daß ich nicht im rechten Zuſtande wäre. Ich warf mich oft nieder auf meine Knie und gelobte Beſſerung, aber der Ausgang bewies, daß es nur eine fliegende Hitze geweſen. Ich wußte mich wohl zu rechtfertigen vor den Menſchen, aber der Herr erkannte mein Herz. Ich war wol in großer Unruhe und in großem Elend, doch gab ich Gott die Ehre nicht, den Grund ſolches Unfriedens zu bekennen, und bei ihm allein den wahrhaftigen Frieden zu ſuchen. Ich ſah wohl, daß ich in ſolchen principiis, darauf ich mein Thun ſetzte, nicht acquieſciren könnte, doch ließ ich mich durch die verderbte Natur immer mehr einſchläfern, meine Buße aufzuſchieben von einem Tage zum andern. Demnach kann ich anders nicht ſagen, als daß ich wol vier und zwanzig Jahre nicht viel beſſer geweſen als ein unfruchtbarer Baum, der zwar viel Laub, aber mehrentheils faule Früchte getragen. Aber in ſolchem Zuſtande hat mein Leben der Welt gar wohl gefallen, daß wir uns mit einander gar wohl vertragen können. Denn ich liebete die Welt und die Welt liebete mich. Ich bin da gar frei von Verfolgungen geweſen, weil ich bei den Frommen dem Schein nach fromm, und mit den Böſen in der Wahrheit bös zu ſein und den Mantel nach dem Wind zu hängen gelernt hatte. Man hat mich da der Wahrheit wegen nicht angefeindet, weil ich mir die Leute nicht gern zum Feinde machte, ſie auch mit rechtem Ernſt nicht ſagen konnte, weil ich ſelbſt nicht darnach lebte. Doch hat ſolcher Friede mit der Welt meinem Herzen keine Ruhe bringen können, ſondern die Sorge für das Zukünftige, Ehrſucht, Begierde, Alles zu wiſſen, Geſuch menſchlicher Gunſt und Freundſchaft, und andere dergleichen aus der Weltliebe fließende Laſter, inſonderheit aber der immer heimlich nagende Wurm eines böſen Gewiſſens, daß ich nicht in einem rechten Zuſtand wäre, trieben mein Herz als ein ungeſtümes Meer bald auf die eine, bald auf die andere Seite, obzwar ſolches ſich öfters gleichſam verſteckte, daß ichs in äußerlicher Fröhlichkeit oft andern zuvorthat. In ſolchem Zuſtande habe ich die meiſte Zeit in Leipzig zubracht, und kann mich bis Anno 1687 nicht erinnern, daß ich eine recht ernſtliche und gründliche Beſſerung vorgenommen hätte. Aber gegen das 24te Jahr meines Alters fieng ich an in mich zu schlagen, meinen elenden Zustand tiefer zu erkennen und mit größerem Ernst mich zu sehnen, daß meine Seele davon möchte befreit werden. Sollte ich sagen, was mir zuerst Gelegenheit dazu gegeben, wüßte ich außer der allezeit zuvorkommenden Gnade Gottes von Aeußerlichem nichts gewisser anzuzeigen, als mein studium theologicum, welches ich so gar ins Wissen und in die Vernunft gefasset, daß ich vermeinete, ich könnte die Leute unmöglich damit betrügen, noch mich in ein öffentliches Amt stecken lassen, den Leuten vorzusagen, wes ich selbst in meinem Herzen nicht überzeuget wäre. Ich lebte noch mitten unter weltlicher Gesellschaft, war mit An= lockungen zur Sünde um und um begeben. Darzu kam die lange Gewohnheit, aber des alles ungeachtet war mein Herz vom allerhöch= sten Gott gerühret, mich vor ihm zu demüthigen, ihn um Gnade zu bitten und oftmals auf meinen Knieen anzuflehen, daß er mich in eine andere Lebensbeschaffenheit setzen und zu einem rechtschaffenen Kinde Gottes machen wollte. Es hieß nun bei mir (aus Ebr. V, 12): Die ihr solltet längst Meister sein, bedürfet ihr wiederum, daß man euch die ersten Buchstaben der göttlichen Worte lehre und daß man euch Milch gebe und nicht starke Speise. Denn ich hatte ungefähr 7 Jahr Theologiam studieret, wußte ja wohl was unsere Thesis war, wie sie zu behaupten, was die Adversarii dagegen einwandten, hatte die Schrift durch und wieder durchgelesen, ja auch von den libris practicis nicht wenig, aber weil dieses Alles nur in der Vernunft und ins Gedächtniß von mir gefasset, und das Wort Gottes nicht bei mir ins Leben verwandelt war, sondern ich hatte den lebendigen Samen des Wortes Gottes bei mir ersticket und unfruchtbar sein lassen, so mußte ich nun gleichsam aufs Neue den Anfang machen, ein Christ zu werden. Ich fand aber babei meinen Zustand so verstricket, und war mit so mancherlei Hindernissen und Abhaltungen von der Welt umgeben, daß es mir gieng als einem, der in einem tiefen Schlamm stecket, und etwa einen Arm herfür= strecket, aber die Kraft nicht findet, sich gar loszureißen, oder wie einem, der mit Banden und Fesseln an Händen und Füßen und am ganzen Leibe gebunden ist und einen Strick zerreißet, aber sich herzlich sehnet, daß er auch von den andern möchte befreiet werden. Gott aber, der getreue und wahrhaftige, kam mir mit seiner Gnade allezeit zuvor und bereitete mir gleichsam den Weg, ihm von Tage zu Tage

gefälliger zu leben. Er hub bald durch seine starke Hand die schwersten
äußerlichen Hinderungen, daß ich deren auch ohne Vermuthen entladen
wurde und weil er zugleich mein Herz änderte, ergriff ich mit Begierde
alle Gelegenheit, ihm eifriger zu dienen. In solchem Zustande war
ich gleichsam in der Dämmerung, und als hätte ich einen Flor für
den Augen. Ich hatte gleichsam einen Fuß auf die Schwelle des
Tempels gesetzet, und ward dennoch von der so tief eingewurzelten
Weltliebe zurückgehalten, nicht vollends hineinzugehen. Die Ueberzeugung war sehr groß in meinem Herzen, aber die alte Gewohnheit
brachte so vielfältige Uebereilungen in Worten und Werken, daß ich
daher sehr geängstet war. Hiebei war dennoch ein solcher Grund in
meinem Herzen, daß ich die Gottseligkeit sehr liebte und ohne Falsch
gar ernstlich davon redete, und guten Freunden meine Intention hinfüro Gott zu Ehren zu leben ernstlich bezeugete, so daß ich auch wol
von einigen für einen eifrigen Christen gehalten ward und mir nach
der Zeit gute Freunde bekennet, daß sie eine merkliche Aenderung
bereits in solcher Zeit an mir gespüret hätten. Ich aber weiß wohl,
und ist Gott dem Herrn nicht unbekannt, daß der Sinn dieser Welt
damals noch die Oberhand bei mir gehabt, und daß das Böse so stark
bei mir worden als ein Riese, dagegen sich etwa ein Kind auflehnt.
Wer wäre elender gewesen als ich, wenn ich in solchem Zustande
blieben wäre, da ich mit der einen Hand den Himmel, mit der andern
die Erde ergriff, Gottes und der Welt Freundschaft zugleich genießen
wollte, oder doch bald dem Einen, bald dem Andern widerstrebete und
es also mit keinem recht hielt. Aber wie groß ist die Liebe Gottes,
die er in Christo Jesu dem menschlichen Geschlechte erzeiget hat! Gott
warf mich nicht weg um meines tiefen Verderbens willen, darinnen
ich gestecket hatte, sondern hatte Geduld mit mir und half meiner
Schwachheit auf, daß ich dennoch den Muth nicht sinken ließ, sondern
noch immer hoffte, ich würde besser durchbrechen zu einem wahrhaftigen
Leben, das aus Gott ist. Ich habe an mir recht erfahren, daß man
nicht Ursache habe sich über Gott zu beklagen, sondern daß er bereit
sei Thür und Thor aufzuthun, wo er ein Herz findet, das es redlich
mit ihm meinet und sein Angesicht ernstlich suchet. Gott ist mir allemal gleichsam vorgegangen und hat die Klötzer und Pflöcke aus dem
Wege gehoben, damit ich überzeuget würde, daß meine Bekehrung nicht
mein, sondern sein Werk wäre. Gott nahm mich gleichsam bei der

Hand und leitete mich, wie eine Mutter ihr schwaches Kind leitet, und so groß und überschwänglich war seine Liebe, daß er mich auch wieder ergriff, wenn ich mich von seiner Hand losgerissen hatte, und ließ mich dafür die Ruthe seiner Züchtigung wohl fühlen. Er erhörete auch endlich mein Gebet darin, daß er mich in einen freien und ungebundenen Zustand setzte, da ich mit der Welt nichts oder doch so wenig zu schaffen hatte, daß ich mit größerem Unrecht über äußerliche Hindernisse und Abhaltungen meines Christenthums würde geklagt haben. Denn Gott fügte es, daß ich Leipzig, da mich noch immer diese und jene Hindernisse gefangen hielten, verlassen mußte, indem er meines Vetters D. Gloxini Herz dahin gelenket, daß er mir das stipendium Schabbelianum wieder reichte, und weil er mit allem Ernst verlangete, daß ich das studium exegeticum für allen Dingen prosequiren sollte, mir nach Lüneburg zu reisen auftrug und daselbst mich Hrn. Sandhagens, damals Superintendentis zu Lüneburg, jetzo General-Superint. in Holstein, Information in solchem studio mich zu bedienen. Dahin reisete ich also um Michaelis 1687 [1] und zwar mit besto größerer Freudigkeit, weil ich hoffete, durch solchen Weg mich meines Hauptzwecks, nämlich ein rechtschaffener Christ zu werden, völliger zu versichern. Hier waren die äußerlichen Hindernisse vom lieben Gott gleichsam auf einmal weggenommen. Ich hatte mein Stübchen allein, darinnen ich nicht verunruhigt, oder von jemanden in guten Gedanken gestöret ward, dazu speisete ich bei christlichen und gottseligen Leuten. [2]

---

1) Er reiste am 19. October von Leipzig ab (s. Ilgen a. a. O. S. 22, n. 48), und gieng nach den Personalien (s. S. 49) über Magdeburg, wo er den trefflichen Christian Scriver besuchte.

2) Näheres über die äußern Verhältnisse seines Lebens in Lüneburg giebt Francke in den Lebensnachrichten, wo es heißt: „Hier hatte ich, nachdem Gott die große Barmherzigkeit durch meine Belehrung an meiner Seele gethan, Herrn Hermann von der Harbt, der von dem sel. Dr. Spener auch zu dem Herrn Superintendenten Sandhagen nach Lüneburg kam, zum Stubengesellen und Mitgenossen des stipendii Schabbeliani, und waren sie beide bei dem jüngern Sandhagen, einem Prediger, im Hause, speiseten bei dem damaligen Con-Rectore Hrn. Mezendorf, der hernach daselbst Prediger worden, einem gottseligen Manne, der ihnen auch Gelegenheit gab, den sel. Lic. Scharffen (der das Buch, so den Titul Lünische Rechnung hat, geschrieben), Superintendenten in Kloster Lüne bei Lüneburg, mehrmals zu ihrer Erbauung zu besuchen, und seine Treue und großen Ernst, so er im Amt bewiesen, mit Augen zu sehen, auch wie er in Allem nach des Groß-

Ich war kaum hinkommen, so ward ich um eine Predigt in der Johanniskirche daselbst abzulegen, angesprochen und zwar eine geraume Zeit vorher, ehe die Predigt sollte abgeleget werden. Nun war doch bereits mein Gemüth in solchem Stande, daß ich nicht die bloße Uebung im Predigen, sondern fürnämlich die Erbauung der Zuhörer abzielete. Indem ich nun darauf bedacht war, gerieth ich über den Text: Dieses ist geschrieben, daß ihr gläubet, Jesus sei Christ, und daß ihr durch den Glauben das Leben habet in seinem Namen Joh. XX, 31. Bei diesem Texte gedachte sonderlich Gelegenheit zu nehmen von einem wahren lebendigen Glauben zu handeln, und wie solcher von einem bloßen menschlichen und eingebildeten Wahnglauben unterschieden sei. Indem ich nun mit allem Ernst hierauf bedacht war, kam mir zu Gemüth, daß ich selbst einen solchen Glauben, wie ich ihn erfordern würde in der Predigt, bei mir nicht fände. Ich kam also von der Meditation der Predigt ab und fand genug mit mir selbst zu thun. Denn solches, nämlich daß ich noch keinen wahren Glauben hätte, kam mir immer tiefer zu Herzen. Ich wollte mich hiermit und damit aufrichten und gleichsam die traurigen Gedanken damit verjagen, aber es wollte nichts hinlänglich sein. Ich war bishero nur gewohnet, meine Vernunft mit guten Gründen zu überzeugen, weil ich im Herzen von dem neuen Wesen des Geistes wenig erfahren hatte. Darum meinte ich auch durch solchen Weg zu helfen, aber jemehr ich mir helfen wollte, je tiefer stürzte ich mich in Unruhe und Zweifel. Ich nahm zur Hand Hrn. Joh. Musaei collegium systematicum manu scr., welches ich mir bishero für andern bekannt gemachet hatte, aber ich mußte es wieder weglegen, und fand nicht, woran ich mich hätte halten mögen. Ich meinte, an die H. Schrift würde ich mich doch halten, aber bald kam mir in den Sinn, wer weiß, ob auch die H. Schrift Gottes Wort ist, die Türken geben ihren Alcoran und die Juden ihren Talmud auch dafür aus, wer will nun sagen, wer Recht habe. Solches nahm immer mehr die Ueberhand, bis ich endlich von dem Allen, was ich mein Lebenlang, insonderheit aber in dem über acht Jahre getriebenen

gebauers Wächterstimme, von welchem Buch er auch sagte, daß es ihn zum Prediger gemacht, sein Amt regulirte, aus seinem Munde zu vernehmen und in der That solches an ihm zu erkennen."

studio theologico von Gott und seinem geoffenbarten Wesen und Willen gelernet nicht das Geringste mehr übrig war, das ich von Herzen geglaubet hätte. Denn ich glaubte auch keinen Gott im Himmel mehr, und damit war Alles aus, daß ich mich weder an Gottes noch an Menschen Wort mehr halten konnte, und ich fand auch damals in Einem so wenig Kraft als in dem Andern. Es war nicht etwa bei mir eine solche Ruchlosigkeit, daß ich aus weltlich gesinntem Herzen die Wahrheit Gottes in den Wind geschlagen hätte; wie gerne hätte ich Alles geglaubt, aber ich konnte nicht. Ich suchte auf diese und jene Weise mir selbst zu helfen, aber es reichte nichts hin. Inzwischen ließ sich Gott meinem Gewissen nicht unbezeuget. Denn bei solcher wirklichen Verläugnung Gottes, welche in meinem Herzen war, kam mir dennoch mein ganzes Leben vor Augen, als Einem, der auf einem hohen Thurm die ganze Stadt übersiehet. Erstlich konnte ich gleichsam die Sünden zählen, aber bald öffnete sich auch die Hauptquelle, nämlich der Unglaube oder bloße Wahnglaube, damit ich mich selbst so lange betrogen. Und da ward mir mein ganzes Leben und Alles was ich gethan, geredet und gedacht hatte, als Sünde und ein großer Gräuel für Gott fürgestellet. Das Herz war hart beängstiget, daß es den zum Feinde hatte, welchen es doch verläugnete und nicht glauben konnte. Dieser Jammer pressete mir viel Thränen aus den Augen, dazu ich sonst nicht geneiget bin. Bald saß ich an einem Ort und weinete, bald gieng ich in großem Unmuth hin und wieder, bald fiel ich nieder auf meine Knie und rufte den an, den ich doch nicht kannte. Doch sagte ich, wenn ein Gott wahrhaftig wäre, so möchte er sich mein erbarmen. Und solches trieb ich oft und vielfältig. Wenn ich bei Leuten war, verstellete ich mein innerliches Elend, so gut ich immer konnte.

Einsmals, da ich abgespeiset hatte, verlangete ich zu einem in der Nähe wohnenden Superintendenten mit meinem Tischwirth zu gehen, welcher es auch einwilligte. Ich nahm inzwischen für dem Tische stehend das griechische N. T. in die Hand, darinnen zu lesen. Als ichs aufschlug, sagte mein Tischwirth: Ja, wir haben wol hieran einen großen Schatz. Ich sah mich um und fragete ihn, ob er sehe, was ich aufgeschlagen hätte. Er sagte nein. So, sagte ich, sehe er die Antwort: wir haben aber den Schatz in irdischen Gefäßen 2c. 2 Cor. IV. Solche Worte mir gleich, als er solches gesaget, ins Gesichte fielen. Dieses gieng mir zwar ein wenig zu Herzen, und gedachte, daß es wol nicht ungefähr also kommen möchte, es schien auch gleichsam ein verborgner Trost dadurch sich in mein Herz zu senken, aber mein atheistischer Sinn brauchte bald die verdorbene Vernunft zu ihrem Werkzeuge, mir die Kraft des göttlichen Worts wieder aus dem Herzen zu reißen. Ich setzte nebst meinem Tischwirthe den fürgenommenen Weg fort, trafen auch erwähnten Superintendenten zu Hause an, welcher uns in die Stube führete und uns niedersitzen ließ. Kaum hatten wir uns niedergesetzet, fieng erwähnter Herr Superintendent an zu discouriren, woraus der Mensch erkennen sollte, ob er Glauben habe oder nicht? Ueber solche Frage ward Unterschiedliches unter ihnen geredet, so wohl einen Gläubigen hätte stärken mögen. Ich saß aber dabei, verwunderte mich anfänglich, und gedachte, ob sie auch von ungefähr auf solchen mir höchst nöthigen discours kommen könnten, da doch keiner von meinem Zustande, wie auch sonst kein Mensch in der ganzen Welt, das Geringste wußte. Ich hörete ihnen auch fleißig zu, aber mein Herz wollte sich dadurch nicht stillen, sondern ich ward vielmehr dadurch überzeuget, daß ich keinen Glauben hätte, weil ich gerade das Gegentheil von denen Kennzeichen des Glaubens, so sie aus dem Grunde der Schrift anführeten, an mir erkannte. Da wir Abschied genommen hatten, und ich mit meinem Hrn. Tischwirth wieder zurück in die Stadt gieng, offenbarte ich demselben mein Herz, sagend: Wenn er wüßte in welchem Zustand ich wäre, würde er sich wundern, wie sie eben auf solchen discours kommen wären. Und da er fragte, in welchem? antwortete ich: Ich hätte keinen Glauben. Er erschrak dessen, und sucht Alles herfür mich aufzurichten. Ich legte mich dagegen mit meiner Vernunft und sagte endlich zum Beschluß: Was er angeführet, möchte ihn wohl stärken, aber mir könnte es nicht helfen. Nun hätte ich auch wünschen mögen, daß ichs bei mir behalten hätte.

Inzwischen fuhr ich in meinem vorigen Thun fort, und hielt an mit fleißigem Gebet auch in der größten Verläugnung meines Herzens. Folgenden Tages, welches war an einem Sonntage, gedachte ich mich gleich also in voriger Unruhe zu Bette zu legen, war auch darauf bedacht, daß ich, wenn keine Aenderung sich ereignete, die Predigt wieder absagen wollte, weil ich im Unglauben und wider mein eigen Herz nicht predigen und die Leute also betrügen könnte. Ich weiß auch nicht, ob es mir würde möglich gewesen sein. Denn ich fühlete es gar zu hart, was es sei, keinen Gott haben, an den sich das Herz halten könne, seine Sünden beweinen, und nicht wissen warum, oder wer der sei, der solche Thränen auspresset, und ob wahrhaftig ein Gott sei, den man damit erzürnet habe; sein Elend und großen Jammer täglich sehen, und doch keinen Heiland und keine Zuflucht wissen oder kennen. In solcher großen Angst legte ich mich nochmals an erwähntem Sonntag Abend nieder auf meine Knie, und rief an den Gott, den ich noch nicht kannte, noch glaubte, um Rettung aus solchem elenden Zustande, wenn anders wahrhaftig ein Gott wäre. Da erhörete mich der HErr, der lebendige Gott, von seinem h. Throne, da ich noch auf meinen Knien lag. So groß war seine Vaterliebe, daß er mir nicht nur nach und nach solchen Zweifel und Unruhe des Herzens wieder benehmen wollte, daran mir wohl hätte genügen können, sondern damit ich besto mehr überzeuget würde und meiner verirreten Vernunft ein Zaum angeleget würde, gegen seine Kraft und Treue nichts einzuwenden, so erhörete er mich plötzlich. Denn wie man eine Hand umwendet, so war alle mein Zweifel hinweg, ich war versichert in meinem Herzen der Gnade Gottes in Christo Jesu, ich konnte Gott nicht allein Gott, sondern meinen Vater nennen, alle Traurigkeit und Unruhe des Herzens ward auf einmal weggenommen, hingegen ward ich als mit einem Strom der Freuden plötzlich überschüttet, daß ich aus vollem Muth Gott lobete und preisete, der mir solche große Gnade erzeiget hatte. Ich stand ganz anders gesinnet auf, als ich mich niedergeleget hatte. Denn mit großem Kummer und Zweifel hatte ich meine Knie gebogen, aber mit unaussprechlicher Freude und großer Gewißheit stand ich wieder auf. Da ich mich niederlegte, glaubte ich nicht, daß ein Gott wäre, da ich aufstand, hätte ichs wohl ohne Furcht und Zweifel mit Vergießung meines Bluts bekräftiget. Ich begab mich darauf zu Bette, aber ich konnte für großen Freuden nicht schlafen, und wenn sich die Augen etwa ein wenig geschlossen, erwachte ich bald wieder, und fieng aufs Neue an den lebendigen Gott, der sich meiner Seele zu erkennen gegeben, zu loben und zu preisen. Denn es war mir, als hätte ich in meinem ganzen Leben gleichsam in einem tiefen Schlaf gelegen, und als wenn ich Alles nur im Traum gethan hätte, und wäre nun erstlich davon aufgewachet. Es durfte mir niemand sagen, was zwischen dem natürlichen Leben eines natürlichen Menschen und zwischen dem Leben, das aus Gott ist, für ein Unterschied sei. Denn mir war zu Muth, als wenn ich todt gewesen wäre, und siehe, ich war lebendig geworden. Ich konnte mich nicht die Nacht über in meinem Bette halten, sondern ich sprang für Freuden heraus, und lobete den HErrn, meinen Gott. Ja es war mir viel zu wenig, daß ich Gott loben sollte, ich wünschte, daß Alles mit mir den Namen des HErrn loben möchte. Ihr Engel im Himmel, rief ich, lobet mit mir den Namen des HErrn, der mir solche Barmherzigkeit erzeiget hat. Meine Vernunft stand nun gleichsam von ferne, der Sieg war ihr aus den Händen gerissen, denn die Kraft Gottes hatte sie dem Glauben unterthänig gemacht. Doch gab sie mir zuweilen in den Sinn: sollte es auch wol natürlich sein können, sollte man nicht auch von Natur solche große Freude empfinden können; aber ich war gleich dagegen ganz und gar überzeuget, daß alle Welt mit aller ihrer Lust und Herrlichkeit solche Süßigkeit im menschlichen Herzen nicht erwecken könne, als diese war, und sah wohl im Glauben, daß nach solchem Vorschmack der Gnade und Güte Gottes die Welt mit ihren Reizungen zu einer weltlichen Lust wenig mehr bei mir ausrichten würde. Denn die Ströme lebendigen Wassers waren mir nun allzulieblich geworden, daß ich leicht vergessen konnte der stinkenden Mistpfützen dieser Welt. O wie angenehm war mir diese erste süße Milch, damit Gott seine schwachen Kinder speiset! Nun hieß es aus dem 36. Psalm: Wie theuer ist Deine Güte, Gott, daß Menschenkinder unter dem Schatten Deiner Flügel trauen. Sie werden trunken von den reichen Gütern Deines Hauses und Du tränkest sie mit Wolluft, als mit einem Strom. Denn bei Dir ist die lebendige Quelle und in Deinem Licht sehen wir das Licht. Nun erfuhr ich wahr zu sein, was Lutherus saget in der Vorrede über die Epistel an die Römer: Glaube ist ein göttlich Werk in uns, das uns wandelt und neu gebieret aus Gott, Joh. 1, 12, und töbtet den alten Adam, machet uns ganz andere Menschen von Herzen, Muth, Sinn und allen Kräften und bringet den H. Geist mit sich ꝛc. Und: Glaube ist eine lebendige, erwegene Zuversicht auf Gottes Gnade, so gewiß, daß er wohl tausendmal darüber stürbe. Und solche Zuversicht und Erkenntniß göttlicher Gnade machet fröhlich, trotzig und lustig gegen Gott und alle Creaturen, welches der H. Geist thut im Glauben ꝛc. Gott hatte nun mein Herz mit Liebe gegen ihn erfüllet, dieweil er sich mir als das allerhöchste und allein unschätzbare Gut zu erkennen gegeben. Daher konnte ich auch des folgenden Tages meinem Herrn Tischwirth, der um meinen vorigen elenden Zustand gewußt hatte, diese meine Erlösung nicht ohne Thränen erzählen, darüber er sich mit mir erfreuete. Des Mittwochens darauf verrichtete ich nun auch die mir aufgetragene Predigt mit großer Freudigkeit des Herzens und aus wahrer göttlicher Ueberzeugung über den oben angeführten 21. Vers des XX. Cap. Johannis, und konnte da mit Wahrheit sagen aus 2 Cor. IV: Dieweil wir nun eben denselbigen Geist des Glaubens haben, nachdem geschrieben stehet, ich gläube, darum rede ich, so glauben wir auch, darum reden wir auch. Und das ist also die Zeit, dahin ich eigentlich meine wahrhaftige Bekehrung rechnen kann. Denn von der Zeit an hat es mit meinem Christenthum einen Bestand gehabt, und von da an ist mirs leicht geworden zu verläugnen das ungöttliche Wesen und die weltlichen Lüste, und züchtig, gerecht und gottselig zu leben in dieser Welt; von da an habe mich beständig zu Gott gehalten, Beförderung, Ehre und Ansehen für der Welt, Reichthum und gute Tage und äußerliche weltliche Ergötzlichkeit für nichts geachtet; und da ich mir vorher einen Götzen aus der Gelehrsamkeit gemachet, sah ich nun, daß Glaube wie ein Senfkorn mehr gelte, als hundert Säcke voll Gelehrsamkeit, und daß alle zu den Füßen Gamaliels erlernete Wissenschaft als Dreck zu achten sei gegen die überschwängliche Erkenntniß Jesu Christi unsers Herrn. Von da an habe ich auch erst recht erkannt, was Welt sei, und worinnen sie von den Kindern Gottes unterschieden sei. Denn die Welt fieng auch bald an, mich zu hassen und anzufeinden, oder einen Widerwillen und Verbruß über mein Thun spüren zu lassen, auch sich zu beschweren, oder mit Worten mich anzustechen, daß ich auf ein ernstliches Christenthum mehr, als sie etwa nöthig vermeinten, dränge. Aber ich muß auch hierinnen die große Treue und Weisheit Gottes rühmen, welche nicht zulässet, daß ein schwaches Kind durch allzu starke Speise, eine zarte Pflanze durch einen allzu rauhen Wind verderbet werde, sondern er weiß am besten, wann und in welcher Maaß er seinen Kindern etwas auflegen, und dadurch ihren Glauben prüfen und läutern soll. Also hat es auch mir nie an Prüfungen gefehlet, aber Gott hat dabei meiner Schwachheit allezeit geschonet und mir erst ein gar geringes und dann nach und nach immer ein größeres Maaß des Leidens zugetheilet, da mir aber

3 *

allezeit nach der von ihm ertheilten göttlichen Kraft das letztere und größere viel leichter worden zu tragen, als das erstere und geringere.

So weit geht der Bericht Franckes, dessen überaus große Bedeutung Niemand verkennen wird, der einen tiefern Blick in das wahre Wesen der Bekehrung gethan hat. Characteristisch ist, wie gegen Ende des vorigen Jahrhunderts Niemeyer in der von ihm gegebenen Uebersicht über das Leben Franckes unter Mittheilung der wichtigsten von ihm in Bezug auf seine Bekehrung erwähnten Momente über diesen ganzen Vorgang urtheilt (s. Franckens Stiftungen I, 32 flgde). Er meint, daß „gewisse richtigere theologische und psychologische Ideen, welche die bessern Menschen jenes Zeitalters noch nicht genug kannten, ihn vor manchen Aengstlichkeiten bewahrt haben würden," und sieht in dem ganzen Vorgang doch nur eine durch die „Beschaffenheit des Sinnes und Herzens herbeigeführte Verirrung des Verstandes." Anders spricht sich allerdings Knapp in derselben Zeitschrift (II, 419 flgde) aus, wo er denselben aus den paraenetischen Vorlesungen des jüngern Francke, der ihn nach dem Bericht seines Vaters darin mitgetheilt und mit Bemerkungen begleitet hatte, wenigstens der Hauptsache nach hat abdrucken lassen. Aber er hält doch nach seiner schüchternen Art mit seiner Ansicht zurück, und stellt es jedem anheim „darüber zu urtheilen, wie er es glaubt verantworten zu können." Dagegen enthalten die angefügten Bemerkungen des jüngern Francke viel Treffendes und durchaus Richtiges. Francke selbst erkannte voll und ganz was ihm zu Theil geworden war, nämlich daß er durch die Gnade Gottes in Christo Jesu, auf das Schreien seiner geängsteten Seele, zu einem neuen Leben wiedergeboren sei, in welchem Freude, Friede und Seligkeit ihm reichlich geschenkt war. Diese ihm gewordene lebendige Erfahrung der hierdurch empfangenen Kindschaft Gottes begleitete ihn durch sein ganzes Leben also, daß er bis an sein Lebensende Lüneburg seine zweite und geistliche Geburtsstadt, wie Lübeck seine erste und leibliche zu nennen pflegte. Noch in seinem letzten Gebete,[1] in welchem er am letzten Tage vor seiner Todeskrankheit am 24. Mai 1727, im Waisengarten in Gegenwart einiger Freunde seinen inbrünstigen Dank gegen Gott ergoß, und das von diesen seinem Haupt-

---

1) s. die Personalia S. 24 Anm.

inhalt aufgezeichnet ist, gedachte er vor Allem der Gnade, die ihm
damals zu Theil geworden sei „wie Gott ihn ganz kräftig zu ihm
gezogen, und, da er mit seinen vielen Sünden ganz etwas Anderes
verdienet, ihn mit Wollust getränket als mit einem Strom, seine
Trauerthränen, welche er über sein tiefes Elend vergossen, in lauter
Freuden- und Lob-Thränen verwandelt, und seine Liebe in seiner
Seelen so lebendig werden lassen, daß sein Herz von derselben ganz
durchströmet worden, daß da alle Angst und Traurigkeit auf einmal
verschwunden wäre, daß er hätte ausrufen müssen: O, Du lieber Abba,
ist das die süße Milch, damit Du Deine zarte Säuglinge speisest?“
Es wird hinzugefügt, daß er am Tage vorher, als er auch dieses
erwähnte, gesagt habe: „es sei ihm da recht gewesen, als wenn er
an der Brust Gottes gehangen; da habe er auch gedacht: wenn du
in deinem Leben hieran gedenken wirst, wirst du auch wol können
ungläubig sein? und so oft er denn auch daran gedacht hätte, habe
er allezeit Kraft und Stärke genug gehabt, Alles zu überwinden. Zwar
habe er auch nach seiner Bekehrung vielmals gestrauchelt und gefehlet,
doch habe ihn Gott nicht lange nach Gnade schreien, sondern ihm sein
Antlitz wieder leuchten lassen, ihm seine Fehler vergeben und ihn mit
neuer Kraft angezogen.“ Bei Francke bewährte sich, was Spener in
Bezug auf die von einigen separatistisch gesinnten Gliedern seiner
Frankfurter Gemeinde aufgestellte Forderung schreibt, daß ein jeder
Christ durch einen schweren Bußkampf zu dem beseligenden Genusse
der göttlichen Gnade hindurch bringen müsse,[1] „daß ein Jeglicher zu
seiner Wiedergeburt durch eine solche Verwesung gehen müßte, daß die
Seele eine Weile eben so wenig Labsal von innen und außen empfinde,
als Christus am Kreuz, saget mir die Schrift nirgends, obwohl ich
nicht läugne, daß der Herr freilich auch manche und etwa diejenigen,
welche er zu seinen wichtigsten Geschäften bereiten und kräftigere Werkzeuge aus ihnen machen will, in eine dergleichen Hölle führe, gemeiniglich aber nicht in ihrer Bekehrung und Wiedergeburt, als da sie
schon in der Gnade eine gute Weile gestanden und dergleichen einer
Probe fähig geworden sind, wodurch gewiß ist, daß viel Stattliches
und Himmlisches in ihnen dadurch gewirket werde. Daß aber alle
Wiedergeburt und Bekehrung auf solche Weise geschehen müßte, wird

---

1) s. Bedenken III, 588.

weder Gottes Wort noch die Erfahrung lehren 2c." Eine solche Forderung methodistischer Art hat Francke auch nie gestellt. Für ihn
aber war es bei seiner durch und durch energischen Natur von der
höchsten Wichtigkeit, daß er zum Bewußtsein voller Entschiedenheit
gelangte. Aehnlich wie Luther einst im Kloster zu Erfurt in dem
Ringen nach der Gerechtigkeit in die tiefste Verzweiflung geführt
ward, bis es ihm durch Gottes Gnade zur beseligenden Gewißheit
wurde, daß wir gerecht werden durch den Glauben allein, erfuhr
Francke in seinem Ringen nach diesem Glauben, nachdem er bis in
die Tiefe des Elends, die mit dem Unglauben, der Trennung von
Gott, dem Urquell alles wahren Lebens verbunden ist, geführt war,
durch dieselbe Gnade, daß solcher Glaube wahrhaft das Werk Gottes
sei, welches der Mensch trotz aller seiner Gaben und Kräfte nicht
erringen könne, daß darin aber allein Leben, Friede und Seligkeit,
und alles Andere, was die Welt dagegen bieten könne, nichts
sei. Diese Erfahrung wurde für beide der Ausgangspunct ihres
fernern Wirkens, das sich ja freilich bei beiden sehr verschieden gestaltete nach der Verschiedenheit aller persönlichen und sonstigen Verhältnisse. Für Luther, den großen Reformator, galt es der Wahrheit
aus Gott Geltung zu schaffen im Gegensatz gegen die in Irrthümer
und Menschensatzungen verwickelte römische Kirche; für Francke, durch
sein Leben und seine Wirksamkeit in der evangelischen Kirche im Gegensatz gegen eine mehr und mehr veräußerlichte Theologie das Bewußtsein zu wecken, daß die Wahrheit nichts hilft, wenn sie nur mit dem
Kopfe erfaßt und nicht so aufgenommen wird, daß sie Herz und Sinne
in allem Thun regiert als das was einzig Werth hat, einzig Seligkeit
und volle Genüge zu geben vermag. Das ist von diesem Augenblick
an der einzige Zweck seines Lebens, dem er mit unermüdlicher Thätigkeit und Hingebung aller Kräfte des Leibes und der Seele in den
verschiedensten Lebens- und Berufskreisen, in welche der Herr ihn
führt, und auf die mannigfaltigste Weise dient, wie sich wenige Beispiele in dem Laufe der evangelischen Kirche finden. Die außerordentliche Veränderung, die mit ihm vorgegangen war, offenbarte sich
alsbald.

Zweiter Abschnitt.

Nach seiner Bekehrung blieb Francke noch bis um die Fastenzeit 1688 in Lüneburg. Er benutzte daselbst, wie er berichtet, die Unter-weisung Sandhagens „in Exegeticis, sonderlich in Propheticis und in Harmonia Evangelistarum," und stellte auch mit Studenten einige Uebungen nach der Art des Collegii philobiblici an. Zu der ange-gebenen Zeit begab er sich mit dem erwähnten von der Harbt, der sich aber bald von ihm trennte, um verschiedene Aemter, zuletzt als Professor der Hebräischen Sprache in Helmstädt zu übernehmen, nach Hamburg. Doch reiste er inzwischen verschiedene Male nach Lübeck zu seinem Oheim Glorin wegen des ihm verliehenen Stipendiums. In dem 1689 mit ihm wegen der pietistischen Unruhen abgehaltenen Ver-hör berichtet er,[1] daß „er Willens gewesen wäre, auch den D. Schmidt in Straßburg zu hören, weil aber dazumal schon die Kriegsunruhen erregt gewesen, hätte er sich der Information des Hrn. Winklers zu Hamburg bedienen müssen, in welcher Zeit er vornämlich dem studio biblico obgelegen." So trat er in enge Beziehung zu diesem durch gründliche Gelehrsamkeit namentlich in der Exegese ausgezeich-

---

1) f. Gerichtliches Leipziger Protocoll rc. 1692 S. 34. Unter dem D. Schmid ist ohne Zweifel der als Exeget berühmte Sebastian Schmidt gemeint, dessen Auslegungen er bei seinem Aufenthalt in Lüneburg zusammen mit von der Harbt unter Sandhagens Leitung vornämlich las (f. Büchner, Unpartheiische Kirchenhistorie S. 1038).

ncten,[1] mit Spener seit lange innig befreundeten Manne, war jedoch nicht sein Hausgenosse, wie ich anderwärts irrthümlich ausgesprochen habe. Von Wichtigkeit für ihn war außerdem, daß er damals den Candidaten Nicolaus Lange,[2] den ältern Bruder des spätern hallischen Professors Joachim Lange, kennen lernte. Dieser war ein specieller Schüler Scrivers und ein geistlich tief erweckter, begabter, aber von der Neigung zu Excentricitäten nicht freier Mann, und übte in Verbindung mit einem ihm engbefreundeten andern Candidaten, Namens Zeller, durch Unterricht verschiedener Art und Erbauungsstunden einen großen Einfluß aus. Beide wohnten damals wohl noch im Hause Wincklers, den sie bei der Erziehung und dem Unterricht seiner zahlreichen Kinder unterstützten. Dieser fand sich aber dennoch veranlaßt, sie um ihrer Ansichten willen aus demselben zu entlassen, und sie wurden sogar von dem Stadtministerium aus demselben Grunde auf einige Zeit vom Heil. Abendmahl ausgeschlossen. Wie nahe Francke jenem stand, bezeugt er selbst, indem er ihn in den Lebensnachrichten seinen „sehr guten“ Freund nennt, und nach seiner Rückkehr nach Leipzig seinen jüngern Bruder Joachim, der damals auf die Universität nach Leipzig kam, auf seine Empfehlung zu sich auf seine Stube nahm. Auch mit den Winckler gleichgesinnten Pastoren Horb, dem Schwager Speners, und Hinckelmann hatte er ohne Zweifel Verkehr, wie auch aus einem spätern Brief an Spener (s. Kramer a. a. O. S. 197) hervorgeht.

Von eigenthümlicher Bedeutung wurde dieser Aufenthalt in Hamburg für Francke, wie er selbst es ausdrücklich hervorhebt, dadurch, daß er sich veranlaßt sah, vielleicht durch Langes Beispiel dazu ermuntert, einige Kinder in Unterricht zu nehmen. Auf Grund der in dem Vorwort erwähnten Mittheilungen des jüngern Francke hat Knapp,[3] und nach ihm viele Andere, erzählt, er habe eine Privatschule für Kinder angelegt. Wenn dies schon wegen der Kürze seines Aufenthalts nicht wohl möglich erscheint, und deshalb mit Recht wiederholt bezweifelt ist, so hat eine directe Aeußerung von Francke selbst die Sache in das

---

1) s. Geffcken, Joh. Winckler S. 369 flgde, wo sich auch Näheres über seine bezügliche Thätigkeit findet.

2) s. über ihn Graf Henckel, Die letzten Stunden rc. III, S. 79 flgde.

3) Franckens Stiftungen II, S. 434 flgde.

klarste Licht gesetzt. In dem von seinem Amanuensis Köppen überaus sorgfältig geführten Tagebuche über seine im Jahre 1717 unternommene Reise in das südliche Deutschland[1] wird unter dem 15. November berichtet: „Der Herr Professor erzählte den ersten Anfang, wie er zu einer Erkenntniß vom Schulwesen gekommen, aus welcher hernach alle Anstalten geflossen wären. Selbiger war ein Gewissensscrupel über etliche Conditionen bei Genießung des Stipendiums" (diese hatten wohl die oben erwähnten Reisen nach Lübeck veranlaßt) „da ihn der erweckte Disput mit den Curatoren desselben dahin gebracht, daß er in Hamburg einige Kinder aufgenommen und dieselben ein Vierteljahr lang informirt, bei welchen er die naevos des gewöhnlichen Informirens kennen gelernt, und eine gründliche Idee von einer gebührenden Information bekommen habe." Eine interessante Erläuterung hiezu giebt eine von Geffcken[2] aus einem in den von ihm benutzten Actenstücken befindlichen Gedenkbüchlein des Kaufmanns Matthias Lütkens mitgetheilte Notiz. Darin bemerkt dieser, daß ihm 1685 den 5. December ein Sohn Gustav geboren worden und er „1688, 29. August seinen Sohn Gustav im Nahmen Gottes bei Hr .... Francken in die Schule gethan." Wenn Geffcken hieraus den Schluß zieht, daß danach eine Franckische Schule in Hamburg wohl nicht in Zweifel gezogen werden dürfe, so beruht dieser auf der unrichtigen Auffassung des Worts „Schule" der nichts Anderes als „Unterricht" bedeutet (f. S. 6). Wenn er aber, allerdings nicht mit Unrecht, fragt, was Francke mit einem so jungen Kinde anfangen konnte, so hat diese Thatsache vor Allem die Bedeutung, daß wir daraus sehen, wie Francke, der bereits mehrere Jahre hindurch an der Universität Vorlesungen gehalten, und sich auch seitdem mit gelehrten Studien beschäftigt hatte, es nach seiner Bekehrung nicht verschmähte, auch zu den kleinsten Kindern herabzusteigen und sie nach ihren Bedürfnissen zu unterweisen.

Anziehende Erinnerungen an diesen Aufenthalt Franckes in Hamburg und seine Beziehungen zu Winckler sind zwei vorhandene Briefe aus späterer Zeit.[3] Der eine ist von Winckler selbst, worin er auf eine von Francke ihm gemachte Mittheilung über die von ihm

---

1) f. Kramer, Neue Beiträge rc. S. 187 flgde.
2) f. Geffcken a. a. O. S. 444.
3) f. Geffcken a. a. O. S. 212.

begonnene Armenschule (vielleicht hatte er ihm die von Spener mit seiner Predigt über die „Christliche Verpflegung der Armen" 1697 herausgegebene „Historische Nachricht" 2c. gesandt) den 15. September 1697 schreibt: „Ich habe etlichen Seelen Ihre angelegte Armenschule nach Vermögen angepriesen, es hat sich aber bisher keiner gefunden, der mir ein Opfer eingehändigt, vielleicht haben sie es im Verborgenen überschicket, damit ich schon zufrieden bin; wo nicht, so schreiben Sie es dem großen Anlauf der Armen zu, der uns täglich vor Augen ist. Aus meinem Ueberfluß sende 50 Thaler" 2c. Der andere ist von Winklers Frau nach dessen 1705 erfolgten Tode an Francke geschrieben, und enthält eine ergreifende Antwort auf einen trostreichen Brief desselben.

Gegen Weihnachten 1688 verließ Francke Hamburg, um sich mit Genehmigung seines Oheims, „der ihm freigestellet hatte, eine Universität die er wollte zu beziehen", (die Irrungen wegen des Stipendiums müssen also gehoben sein) wieder nach Leipzig zu begeben. In den Personalien wird erzählt, er habe dies erwählt „in der einigen Absicht, um dem Spruch nachzukommen: Wenn du dich einst bekehren wirst, so stärke deine Brüder" (Luc. 22, 32). Er gieng über Lüneburg, um die dort gewonnenen Freunde, namentlich seinen frühern Tischwirth Meßendorf und den Superintendenten Scharffe zu begrüßen. Dort wandten sich zwei junge Leute, Julius Elers und Heinrich Westphal, beide aus Bardewick, an ihn, um sich wegen ihres Christenthums und ihrer Studien mit ihm zu besprechen. Es wurde verabredet, daß sie ihm nach Leipzig nachkommen sollten, was auch im Frühjahr geschah, wo sie denn zu ihm auf seine Stube zogen. So bildete sich die engste Verbindung zwischen beiden und ihm, die bei dem ersten bis zum Tode Franckes dauerte. Es wird von ihm noch näher die Rede sein. Auch an andern Orten, die er auf seiner Reise berührte, machte er verschiedene Bekanntschaften, die ihm mehr oder weniger wichtig waren.

In Leipzig selbst blieb er zunächst nur acht Tage und begab sich dann am letzten Tage des Jahrs nach Dresden zu Spener, der ihn bereitwillig in sein Haus und an seinen Tisch aufnahm. Dort blieb er beinahe zwei Monate. Dieser Aufenthalt legte den Grund zu der innigen Verbindung zwischen den beiden Männern, die bis zu Speners Tode bestand, und von den wichtigsten und tiefgehendsten Folgen für

die evangelische Kirche Deutschlands wurde. Wie enge und welcher
Art diese Verbindung war, tritt am klarsten aus dem fast vollständig
vorhandenen, überaus wichtigen und inhaltreichen Briefwechsel beider[1]
hervor. Die Eigenthümlichkeit beider zeigt sich darin aufs Deutlichste.
Während Francke einerseits in wahrhaft kindlicher Verehrung Spener
stets als seinen Vater in Christo bezeichnet und ihm Alles, was ihn
angeht, berichtet, zugleich aber nirgends sein kühnes, nur auf Gott,
auf keinen Menschen vertrauendes Vorgehen verhehlt, so erkennt dieser
andrerseits, auch wo er nach seiner milden und besonnenen Weise
Manches nicht billigen kann, und es ihm mit Besorgniß erfüllt, wiederum
stets die aus der reinsten Wurzel hervorgehende unermüdliche Thatkraft und die überraschenden Erfolge seines jüngern Freundes freudig
und neidlos an, und fördert nach Kräften, was derselbe unternimmt.
So stehen denn auch beide in der Geschichte der evangelischen Kirche
aufs Engste mit einander verbunden da, Spener als der geistige Vater
und Träger, Francke als der kraftvollste Förderer der neuen geistigen
Richtung in derselben, die, lange vorbereitet und im Stillen wirksam,
nun unter der Gestalt des Pietismus in die Oeffentlichkeit treten
sollte. Derjenige aber, der sie ins Leben führte also, daß sie eine die
Kirche umgestaltende Macht wurde, war vornämlich Francke.

Bezeichnend ist was Spener bei Franckes Rückkehr nach Leipzig
(sie fand am 21. Februar 1689 statt) an seinen Schwiegersohn, den
Professor Rechenberg, schrieb: Porro redit jam ad Vos M. Franckius
vester pietate totus ardens. Deus eum in veritatis via ducat et
servet.[2] Sogleich nach seiner Ankunft daselbst begann er wieder Vorlesungen zu halten, nunmehr aber, während sie früher sich auf das
Alte Testament bezogen hatten, ausschließlich über verschiedene Briefe
des N. Testaments, den Brief an die Philipper, dann später über den
an die Epheser und den zweiten an die Corinther. Nach der Beendigung
der ersten, welche zehn Wochen bis zur Jubilate-Messe dauerte, gieng
er mit den inzwischen in Leipzig angekommenen beiden jungen Freunden
Elers und Westphal wieder zu Spener nach Dresden, und blieb
während der Messe, wie früher, bei ihm im Hause. Eine Frucht dieses

---

1) s. Kramer, Beiträge ꝛc. S. 193—475.

2) Diese und die folgenden Mittheilungen aus Briefen Speners sind aus
Jügen a. a. O. entnommen.

Aufenthalts war wohl eine Vorlesung allgemeinerer Art, die er gleich nach demselben noch vor Pfingsten täglich hielt de impedimentis et adjumentis studii theologici. Nach Pfingsten begann er die Vorlesungen über die beiden letztgenannten Briefe, die er zugleich, die eine Morgens früh, die andere Abends hielt. Der Beifall, welchen diese Vorlesungen fanden, wuchs dermaßen, daß die Zahl der Zuhörer bis hundert stieg und das Zimmer, welches er auf dem Pauliner Collegium gemiethet hatte, dieselbe nicht faßte. Er wandte sich deshalb an den Professor D. Olearius und bat ihn, das große Auditorium, die Lampe, welches er selbst zu seinen Vorträgen benutzte, ebenfalls benutzen zu dürfen, was ihm auch mit der Zustimmung des Prof. Alberti, der die Entscheidung darüber hatte, gewährt wurde. Bei dieser Gelegenheit habe Olearius, ein Mann von milder und frommer Gesinnung, so erzählt Francke in den Lebensnachrichten, mit Thränen in den Augen gesagt, „er sehe den Nutzen seiner Vorlesungen an seinem Sohn (Gottfried Olearius, später Prof. der Theologie in Leipzig), der diese Collegia mit besuchte, und da er vorher solche Hoffnung nicht von ihm gehabt, nun anfienge nicht allein sich selbst, sondern das ganze Haus mit zu bekehren." Indessen reichte auch dieses Auditorium bald nicht aus, so daß es zu klein wurde und die Zuhörer zum Theil vor der Thür, zum Theil am Fenster stehen mußten. Noch mehr stieg die Zahl derselben, als ihm von dem Decan der theologischen Facultät Prof. D. Möbius die sogenannten Lectiones cereales, welche nach damaliger Sitte von ältern Studiosis theologiae gehalten zu werden pflegten, übertragen wurden. Es waren dies, als amtlich übertragene, eigentlich theologische, die sich auch auf das dogmatische Gebiet erstreckten, während die andern als der Philologia sacra angehörig, nur biblische d. h. auf die Erläuterung des biblischen Textes beschränkt waren, und Francke darin, wie er in der Apologie ausdrücklich hervorhebt, dogmatische Erörterungen vermied. Er hielt sie über den zweiten Brief an den Timotheus zu einer bequemen Vormittagsstunde in dem großen Auditorium Paulinum, welches ziemlich besetzt zu sein pflegte, indem gegen 300 Zuhörer gewöhnlich da waren. Diese Vorlesung dauerte 4 Wochen, während welcher auch die andern Vorlesungen fortgiengen.

Indessen so groß die darin entwickelte Thätigkeit Franckes war, so beschränkte sie sich darauf nicht. Zunächst widmete er dieselbe mit großem Eifer dem Collegium philobiblicum. Dieses hatte zwar nach seinem Fortgang nach Lüneburg fortbestanden, indessen, da schon vor Francke auch Anton, der Mitbegründer desselben, gegen Ende April desselben Jahrs Leipzig verlassen hatte, um den Prinzen Friedrich August auf einer mehrjährigen Reise als Prediger zu begleiten, hatte es an Leben und Bedeutung sehr verloren.[1] Durch Franckes Wiedereintritt wurde die Theilnahme sehr bald wieder gesteigert und die Uebungen in demselben mit einem neuen Geiste erfüllt. Die im Juni erfolgte Rückkehr Antons nach Leipzig trug ohne Zweifel das Ihrige dazu bei. Aber damit begnügte sich Francke nicht, sondern er bestimmte außerdem anfänglich auf seinem Zimmer, hernach, da die Zahl der Theilnehmer zunahm, in einem Auditorium (der Lampe) wöchentlich gewisse Stunden zu biblischen Uebungen mit andern Magistern, denen sich bald mehr und mehr Studenten anschlossen. Er behandelte in denselben den Brief an den Titus und zwar überwiegend in practischer Beziehung sowohl auf die eventuelle Verwaltung des Predigtamts, als auch auf die Führung des Lebenswandels überhaupt. Es geschah dies vornämlich in deutscher Sprache, wogegen er in den übrigen Vorträgen sich vorwiegend der lateinischen bediente. Auch freie Aeußerung der Betheiligten fand statt. Das Ganze hatte den Character eines freiern Verkehrs. In ähnlicher Weise behandelte der mit Francke seit früherer Zeit eng verbundene und durch ihn tiefer erweckte M. Schade den ersten Brief Johannis und Petri. Auch Anton wirkte in gleichem Geiste durch Vorlesungen, welche er über Theile des Evangelium Johannis und die erste Epistel an den Timotheus hielt. Außerdem benutzte Francke, sowie durch ihn angeregt seine Freunde, in dem persönlichen Verkehr jede sich ihm darbietende Gelegenheit für die Weckung eines lebendigen Glaubens. Dazu kam endlich, daß er nicht selten predigte, einmal sogar auf Carpzovs Kanzel in der Thomaskirche, ein anderes Mal während eines Besuchs bei Spener auch in Dresden in der Kreuzkirche, öfter jedoch auf dem Lande bei Leipzig.

Der Erfolg dieser so mannichfaltigen Thätigkeit war ein außerordentlicher, in seiner Art wohl beispielloser. Es entstand eine unerwartete, stets wachsende tiefe Bewegung der Geister, deren Ausgangspunct Francke war. Daß sie die allgemeine Aufmerksamkeit auf sich

---

1) s. Jlgen a. a. O. S. 22. Spener, Cons. lat. II, 669—72.

zog, und eine sehr verschiedene Beurtheilung erfuhr, war natürlich, da sie die tiefsten Interessen Aller im Innersten berührte. Interessant ist, wie Spener sich in einem Brief an Rechenberg unter dem 19. Juli äußert. Er schreibt: Benedictioni, quam Franci nostri informationi largitur coelestis Pater, ex animo gratulor, et, ut verum fatear, tam uberem non exspectassem: sed celebremus DOMINUM, qui vel ultra spem gratiam suam auget. Ego invideo nemini, si DEUS nos, in quibus convertendis cuneos frustra exegissem, alterius opera intra paucas horas alios faceret. Certe nos non DEUM amamus, si non aeque grata sunt, quae per alios quam nos efficere maluit; und unter dem 23. Juli: M. Franci successus in parte felicitatis, quin ipsum vel potius in caussam DEI intentum animum toto pectore diligo. Qui vero DEUM amant non possunt invidere, si aliis ille ministris utatur efficiendis ad quae nos non suffecimus: qui vero invident, DEUM non amare, sed se ipsos satis oftendunt.

Die in diesen Aeußerungen enthaltenen Andeutungen des durch Franckes Erfolge erregten Neides waren nur zu sehr begründet. Bei dem durch die angeführten Vorlesungen lebendig erweckten Eifer für das damals auf den Universitäten so außerordentlich vernachlässigte zusammenhängende Studium der Heil. Schrift wandten sich die Studieren-den von den bisher eifrig besuchten systematischen Vorlesungen ab, so daß dieselben nur wenig besucht wurden. In welchem Maaße dies der Fall war, geht aus dem Bericht der theologischen Facultät an den Kurfürsten über diese Vorgänge hervor, wo es, vielleicht mit einiger Uebertreibung, heißt:[1] „Seit der Zeit die sogenannten Pietisten sich herfür gethan und Zulauf gewonnen, haben die Studiosi keine andern Collegia, weder lectoria noch disputatoria geachtet; ganze Collegia systematica, auch disputatoria in Libros symbolicos sind eingegangen; intimirt man dergleichen aufs neue, sind der Auditorum so wenige, daß man sie nicht einmal anfangen kann, da sie bei so ansehnlicher Frequenz auf dieser Universität sich in großer Menge vorher einzufinden pflegten. Redet man von Collegiis philosophicis, logicis, metaphysicis und dergleichen, so lächeln sie darüber, der Meinung, daß sie ihr Studieren leichter hinauszuführen wüßten." Dies wurde geschrieben, nachdem seit Franckes Auftreten in Leipzig kaum sechs Monat verflossen waren!

---

1) s. Die doppelte Vertheidigung des Ebenbildes der Pietisterei :c. S. 54.

Zur Bekräftigung jener Urtheile wurde sogar erzählt, daß ein Studiosus ein Heft über Metaphysik verbrannt habe, was nach der oben angeführten Vorlesung Antons wirklich geschehen zu sein scheint, doch wird dabei bemerkt, daß derselbe schwachen Geistes gewesen sei.

Daß solche Uebertreibungen und verkehrte Urtheile Platz greifen konnten, wird Niemanden verwundern, der die Jugend kennt und die Macht geistiger Strömungen zu beurtheilen versteht. Dies waren jedoch nicht die einzigen Folgen der durch Francke hervorgerufenen Bewegung. Da es ihm bei seinen Vorlesungen wesentlich darauf ankam, die Zuhörer zur Erfassung des lebendigen Inhalts der Heil. Schrift im Glauben und zur Bethätigung desselben in einem frommen Leben zu führen, und er darin, durch seine eigne geisterfüllte Persönlichkeit getragen, einen außerordentlichen Erfolg hatte, so unterschieden sich die Studierenden, welche sich ihm und seinen in gleichem Sinne wirkenden Freunden anschlossen, bald in ihrem Verhalten von den übrigen Studierenden. Auch in dieser Beziehung mag es an Uebertreibungen nicht gefehlt haben. Wie überaus besonnen aber Francke selbst sich verhielt, geht aus den „XXX Regeln zur Bewahrung des Gewissens und guter Ordnung in der Conversation oder Gesellschaft," welche er damals in Leipzig, wie er berichtet, „fürnehmlich zu seiner eignen Erbauung zu Papier gebracht und die auf Begehren eines guten Freundes zum Druck gebracht und später unter seinem Namen wiederholentlich aufgelegt sind." Bei allem Ernst und aller Strenge halten sie sich durchweg in bescheidenen Grenzen und maaßvoll, und sind im Wesentlichen höchst beherzigenswerth. Ohne Zweifel sind sie von entschiedenem Einfluß auf Viele gewesen.[1]

Bei den durch alles dieses hervorgerufenen Partheiungen geschah es, daß Francke und seinen Freunden und Anhängern von ihren Gegnern der Name Pietisten zum Spott beigelegt wurde. Dieser

---

1) Diese Regeln sind zusammen mit einem etwas später geschriebenen und von einem Unberufenen ohne Francke's Wissen herausgegebenen zweiten Theile unter dem Titel „Schriftmäßige Lebensregeln" 2c. von ihm veröffentlicht und wiederholt gedruckt. Sie finden sich in dem „Oeffentlichen Zeugniß vom Dienste Gottes" 2c. S. 147 figde. Der erste, öfter allein herausgegebene Theil fand viele Verbreitung, und war der Gegenstand vielfacher Angriffe. Wir theilen ihn im Anhange mit als Zeugniß der Lebensauffassung Francke's, bei der wohl zu beachten ist, daß er damals 26 Jahr alt war.

Name war, wie Spener unter dem 29. Juli an Rechenberg schreibt, bereits etwa vor 15 Jahren zu Frankfurt a. M. solchen Leuten, die vor Andern sich der Frömmigkeit befleißigten, beigelegt, hatte aber damals keine weitere Bedeutung gewonnen. Jetzt war es anders. Er wurde förmlich zum Sectennamen gestempelt, und die übertriebensten Gerüchte über die Lehren und das Leben dieser Secte wurden verbreitet. Einen besondern Anlaß dazu gab vornämlich eine Leichenpredigt, welche der Prof. und Pastor D. Joh. Benedict Carpzov auf einen Studiosus, der ein eifriger Anhänger Franckes gewesen war, am 4. August hielt. Er nahm darin eine scharfe Censur einer von demselben zurückgelassenen Predigt vor, und griff die Collegia pietatis sammt benen, die sie hielten, stark an. Auf eben diesen Studiosus hatte der Professor poeseos Feller ein Gedicht in bester Absicht gemacht, welches so begann:

> Es ist jetzt stadtbekannt der Nam der Pietisten,
> Was ist ein Pietist? Der Gottes Wort studirt,
> Und nach demselben auch ein heilig Leben führt.
> Das ist ja wohl gethan, ja wohl von jedem Christen.

Dieses Gedicht wurde nach Dresden geschickt zugleich mit Mittheilungen der übertriebensten, ja lächerlichsten Art. In Folge dessen ergieng unter dem 12. August vom Kurfürstlichen Kirchenrath ein Befehl an die Universität nach eingezogener Erkundigung über die Leute, welche Pietisten genannt würden, Bericht abzustatten. Unter demselben Datum hatte auch bereits die theologische Facultät ein gegen Francke überaus feindseliges, sein Verhalten zum Theil falsch darstellendes Schreiben [1] an den Kurfürsten gerichtet, in welchem schließlich ausgesprochen wird: „Weil aber nunmehro ein Rumor sich hin und wieder ausbreitet, als ob er viele andere irrige Dogmata der Jugend mit beibringen sollte, so haben wir uns vorgenommen, eine genauere Inquisition wider ihn anzustellen, und die Collegia unterbessen, sobald er von Dresden, dahin er vor 8 Tagen verreiset, wieder kommen

---

1) s. Gerichtliches Leipziger Protocoll 2c. 1692 S. 2. Auch alles andere auf diese Angelegenheit Bezügliche ist darin enthalten. Diese wichtige ohne Franckes und Speners Zuthun (der letztere hätte sie gern gehindert) gemachte Publication wird in der Vorrede der „doppelten Vertheidigung" theils als unvollständig, theils als gefälscht dargestellt, offenbar ohne Grund. Man würde sonst nicht ermangelt haben, Beides zu beweisen, was nicht geschehen ist.

wird, ferner zu continuiren zu untersagen." Dies geschah denn auch, obwohl die angeführten Gründe durchaus nicht stichhaltig waren. Denn von irrigen Dogmata wußte man weder damals etwas, außer allerlei unsicherem Gerede, noch vermochte man später nach gehaltener Inquisition etwas davon aufzubringen. Der gegen ihn erhobene Vorwurf aber, daß er seine Vorlesungen ohne Erlaubniß der Facultät gehalten, war völlig aus der Luft gegriffen. Francke hatte jetzt nichts Anderes gethan, als was er früher und Unzählige vor ihm zu Leipzig nach alter Gewohnheit gethan hatten. Ueberdies war es, wie wir oben gesehen, unter der Kenntniß und Zustimmung der Professoren geschehen. Auch war die Mehrzahl der Professoren mit dieser Darstellung nicht einverstanden. Sie gieng wesentlich von Carpzov aus, der überhaupt die Seele und der Hauptträger von Allem war, was seitdem gegen Francke und die Pietisten geschah. Zum Theil erklärt sich dieses aus persönlicher Feindschaft gegen Spener, die er früher zwar nicht gehegt hatte (er hatte mit ihm, so lange jener in Frankfurt war, in freundlicher Correspondenz gestanden, und in seinen „Tugend- sprüchen" sowie auch in Predigten die Collegia pietatis öffentlich empfoh- len, (vgl. oben S. 19 Anm.), aber nachdem jener gegen Ostern 1689 beim Kurfürsten in Ungnade gefallen war, rücksichtslos, zunächst durch Angriffe auf seine Anhänger, offenbarte.[1] Er war das Haupt einer an der Universität zu Leipzig seit langer Zeit hochangesehenen Familie,

---

1) Spener spricht sich hierüber in den Letzten Bedenken III, 565 so aus: „Als ich in Sachsen berufen ward, bin ich bereits in Frankfurt erinnert worden, daß mir die Carpzovii heimlich würden entgegen sein" (der Bruder des Prof. war Superintendent und Mitglied des Consistoriums in Dresden), „als die dafür hiel- ten, daß einer unter ihnen die Stelle billiger haben sollen. Obs nun so sei, kann ich nicht gewiß sagen, denn man sichs nicht merken lassen. Vielmehr hat der Bruder in Leipzig mit freundlichen Gebehrden und Worten gegen mich wohl allen Andern es zuvorgethan, und mir wider Willen den größten Respect erwiesen. Sobald ich aber des Kurfürsten Gnade wegen Amts halber gethaner Erinnerung verlor, brach Herr D. Carpzov aus und zeigte sein feindseliges Gemüth, sonder- lich weil zu gleicher Zeit meine Tabulae hodosophicae Dannhauerianae heraus- kamen, in deren Vorrede ich den Studiosis Anleitung gab, was sie vorzunehmen und wovor sie sich zu hüten hätten. Denn weil auch Einiges, so zu der Profes- sorum Amt gehöret" (es betraf die Vernachlässigung der Exegese), „nothwendig mußte mit berühret werden, darüber ihn sein Gewissen mag geschlagen haben, so stieß er sobald darüber Drohworte aus."

ein stolzer, herrschsüchtiger, hinterlistiger und in der Wahl seiner Mittel rücksichtsloser Mann.[1] In der Facultät war Niemand, der, zumal in dieser Sache, seiner Autorität sich entgegenzusetzen gewagt hätte oder auch besonders geneigt gewesen wäre.

Dem Beschlusse der Facultät gemäß hielt Francke ferner keine collegia biblica mehr, sondern begann nach seiner Rückkehr von Dresden ein philosophisches Collegium über J. Thomasii tabulae de affectibus, aber auch dieses gab Anstoß, weil er seine Beispiele aus der H. Schrift nahm und dieselben ausführlich erklärte. In Folge dessen stellte D. Alberti, der Professor der Moral, den Antrag, daß ihm auch dieses untersagt würde, weil er nur unter anderem Namen denselben Zweck als in den Biblischen Vorlesungen verfolge. Jedoch kam es nicht dazu. Indessen wurde endlich der sorgfältig vorbereitete Hauptschlag gegen ihn ausgeführt, indem auf Veranlassung der oben angeführten Verfügung des Ober=Kirchenraths eine förmliche Inquisition über die sogenannten Pietisten, insbesonders gegen Francke angestellt wurde. Es wurde eine Anzahl Personen, theils Studenten, theils Magister, theils auch einige Bürger, zuletzt namentlich Francke, der, als die Sache sich verzog, selbst darauf gedrungen hatte, dieselbe zum Abschluß zu bringen, vom Ende September bis zum 10. October, auf Grund einer großen Zahl Fragen, welche die theologische Facultät aufgesetzt hatte, verhört. Das Resultat des Verhörs ergab, obwohl unter den sieben als Zeugen aufgeforderten Studierenden zwei Francken entschieden feindlich gesinnt waren, durchaus nichts Gravirendes für ihn. Das ganze Verfahren aber war der Art, daß Francke, dem auf seinen Antrag die Acten mitgetheilt waren, sich veranlaßt sah, sich darüber von Christian Thomasius ein rechtliches Gutachten ausstellen zu lassen, und dasselbe nebst einer von ihm selbst verfaßten Apologie an den Kurfürsten einzuschicken. Thomasius deckt in seinem Gutachten mit rücksichtsloser Schärfe die ganze Unregelmäßigkeit und Feindseligkeit des Verfahrens auf. Er steht nicht an als

---

1) Wie begründet dieser letztere Vorwurf ist, zeigt besonders sein Verfahren gegen Olearius, als dieser Deputirter der theologischen Facultät bei den 1692 zusammenberufenen sächsischen Landständen war: f. Spener, Gründliche Beantwortung des Unfugs 2c. S. 194 flgde. Vgl. Walch, Religions=Streitigkeiten der Evangelisch=Lutherischen Kirche. I. S. 600. Es geht aber auch aus seinen Schriften und seinem sonstigen Verhalten genugsam hervor.

Urheber desselben namentlich Carpzov und Alberti zu bezeichnen unter Hinzufügung mancher beißenden Persönlichkeiten, zu denen er bekanntlich sehr geneigt war. Francke selbst aber vertheidigt sein Verhalten mit ruhigem, jedoch entschiedenem Freimuth, und hebt zugleich die Gehässigkeit der von der theologischen Facultät, insbesondere einiger Mitglieder derselben gegen ihn ergriffenen Maaßregeln hervor. [1] Dieser Schritt war allerdings sehr unvorsichtig, worauf Francke jedoch nicht achtete.

Den Eindruck desselben berichtet Spener in einem Brief an Rechenberg, der damals Rector war, vom 26. November. Er schreibt darin: Absolutus licet sit Franckius noster a criminibus intentatis, in proximo tamen est, ut collegium de affectibus omittere jubeatur. Apologia, quod praevidi causam ejus magis evertit quam juvit. In ea auctoritate esse et haberi videntur Theologi, ut solis credatur, et soli arbitrium rerum sacrarum, tanquam quarum cognitio ad ipsos unice spectet, sibi vindicare permittantur.

Auf Begehren der Facultät wurde ihr die Apologie mitgetheilt und im Februar 1690 durch ein Bedenken [2] beantwortet, in welchem sie ihren Standpunct behauptet und die verschiedenen von Francke erhobenen Vorwürfe unter vielen auf ihn gehäuften Schmähungen

---

1) Wenn Schmid (s. Geschichte des Pietismus S. 138) diesen Freimuth als „Heftigkeit und Maßlosigkeit" bezeichnet, so wird dies kein Unbefangener als berechtigt anerkennen. Dagegen kann man nur dem beistimmen, was Francke darüber in der „Abgenöthigten Fürstellung" (s. unten) § 32 sagt: „Ich bezeuge vor Gott, daß ich noch im allergeringsten nicht weiß, daß ich in meiner Apologie oder Schutzschrift etwas anderes sollte geredet haben, als was zu Gottes Ehre, der studierenden Jugend zum Besten und zur Rettung meiner und Anderer Unschuld nöthig und dienlich erachtet worden, welches ich denn ohne Scheu einer mir daraus besorglichen Gefahr dürre und trocken herausgesaget, wie es an sich selber gewesen, und danke ich meinem Gotte, daß ich weder um des Ansehens der Menschen willen in einer Sache, da es Gottes Ehre betroffen, geheuchelt noch etwas Falsches oder Irriges, welches eines Widerrufs bedürfte, fürgebracht." Dies entspricht ganz der Handlungsweise Franckes, die er seit seiner Belehrung in allen Fällen befolgte. Die Hauptsache war ihm stets, sich ein unverletztes Gewissen vor Gott zu bewahren. Tholuck (s. Das academische Leben ꝛc. I, 106) erkennt mit Recht die Männlichkeit der Apologie an.

2) Dies Bedenken ist abgedruckt in „Doppelte Vertheidigung des Ebenbildes der Pietisterei." 1692.

abzuweisen sucht. Bezeichnend für diesen Standpunct ist, daß sie als Aufgabe der Professoren hinstellt die studiosos doctos, der Geistlichen aber sie pios zu machen, wichtig aber vor Allem dies, daß darin als Grund des nach ihrer Ansicht gegen Francke zu erlassenden Verbots „Vorlesungen, unter was für Namen und Prätext zu halten" geltend gemacht wird, daß sie einen „Unterschied mache zwischen errores formaliter et aperte propositos, deren er aus den actis nicht überführet sei, und zwischen semina errorum tecte et clanculum dispersa, deren sie sich nicht unbillig besorge." Aus diesem höchst gefährlichen, wahrhaft jesuitischen Grundsatz läßt sich in der That Alles ableiten, und ist im Laufe der pietistischen Streitigkeiten alles Mögliche abgeleitet. Schließlich geht das Bedenken in dem Antrage an den Kurfürsten aus, „daß endlich diesem Unwesen der Pietisten nachdrücklich gesteuert, alle ihre Conventicula, die sie sowohl auf den Stuben, als in der Pauliner Kirche haben, zerstöret, insonderheit aber M. Francken seine collegia, unter welchem praetext er sie auch zu halten vorgebe, gänzlich verboten, und die ziemlich verwirrete Academie wieder in Ruhe gesetzet, auch größerem Uebel, so der ganzen Kirchen zu befahren stehet, damit vorgebeuget werde."[1] Diesem Antrage wurde durch einen überaus strengen Befehl vom 10. März desselben Jahrs Folge gegeben. Dieser war namentlich dadurch herbeigeführt, daß an die collegia Schades, welchem die Fortsetzung derselben gestattet war, sich allmählich, weil sie großentheils deutsch gehalten wurden, wider seinen Willen Bürger angeschlossen und, nachdem er dieselben, um Mißdeutungen zu entgehen, beendigt, erbauliche Zusammenkünfte des Sonntags Nachmittags in ihren Häusern gehalten hatten. Dies hatte vielfach Veranlassung zu Tadel auf den Kanzeln gegeben, und war nach Dresden als nicht zu duldende Unordnung berichtet worden.[2] Damals hörte auch das Collegium philobiblicum, obwohl es von dem Befehl nicht betroffen wurde, auf, weil der Prof. Alberti ihm sein Local zugleich mit dem bisher geführten Vorsitz kündigte.

---

1) Das höchst besonnene Gutachten Speners über diesen Bericht s. Bedenken III, 777—805.

2) Das Nähere s. in Speners Vorrede zu (Seckendorfs) „Bericht und Erinnerung" rc. S. 19 und „Wahrhaftige Erzählung" rc. S. 82. Walch a. a. O. S. 582 flgde.

Als dieses vorgieng, war Francke nicht mehr in Leipzig. Um Advent 1689 bereits unternahm er eine Reise nach Altenburg und von da nach Meuselwitz zu dem als Schriftsteller und Staatsmann hochangesehenen Geheimen Rath von Seckendorf, dem Zögling Ernst des Frommen und Freunde Speners, wo er auch predigte. Außerdem besuchte er auch Halle und Eisleben, wo er verschiedene Bekanntschaften machte, die ihm in der Folge wichtig wurden. Unter diesen erwähnt er außer andern den Pastor zu Ammendorf Ehrius, der später sein Beichtvater wurde. Er predigte dort für ihn am 2. Advent. Gegen Weihnachten nahm er sich vor, die Seinigen in Gotha zu besuchen. Er gieng über Jena, wo er bei dem Prof. Sagittarius, dem gothaischen Historiographen auf der Hin-, und länger noch auf der Rückreise wohnte, woraus ein sehr nahes Verhältniß zu ihm erwuchs. Auch den Prof. D. Bayer, seinen spätern Collegen in Halle, bei dem er den Tisch nahm, lernte er damals kennen. Von dort begab er sich nach Erfurt zu D. Breithaupt, der damals bereits Senior des dortigen Ministeriums und Prof. der Theologie an der Universität war. Er hatte ihn schon in Kiel kennen gelernt, wo er mit ihm zusammen bei Kortholt im Hause und am Tisch gewesen war. Die nahe Beziehung, in welche beide zu Spener getreten waren, hatte sie später noch enger zusammengeführt. Er fand Breithaupt am Fieber krank und zu Bette. Dies wurde die Veranlassung, daß er bei seinem damals auf der Hin- und Rückreise stattfindenden zweimaligen Aufenthalte in Erfurt fünfmal daselbst in verschiedenen Kirchen predigte. Auch in Gotha, wohin er von dort gieng, wurde er wegen einer Predigt angesprochen, und danach von Herzog Friedrich, der davon gehört hatte, beauftragt, bei Hofe vor ihm zu predigen. Aus alle dem geht hervor, daß sein Ruf als Prediger, so wie seine besondere Begabung als solcher bereits bedeutend war.

Während dieses Aufenthalts in Gotha geschah es, wie er in den Lebensnachrichten erzählt, „daß er sein Herz geneigter fand, eine Kirchenbedienung anzunehmen, als vorhin, da er wegen der schweren Verantwortung und ihm unübersteiglich scheinenden Mißbräuche, so bei dem Predigtamt wären, sehr davon abgekehret war, und vielmehr nur gedachte mit Dociren auf der Universität oder sonst sein Leben hinzubringen. Jetzo aber, da er, ohne jemandes Vorstellung, einmal in der Frühstunde die Sache vor Gott erwog, ob es auch gut wäre, daß diejenigen, so Gott zu lebendiger Erkenntniß seiner Wahrheit gebracht, sich wegen der vielen und schweren Mißbräuche den Kirchendiensten entzögen, fand er sich, wie gedacht, ziemlich anders als vorhin (aus guten Gründen, sonderlich aber durch Betrachtung der Nothwendigkeit, dem Nächsten mit dem empfangenen Pfunde zu dienen, und deswegen Alles, was nur mit gutem Gewissen geschehen könnte, wenns gleich mit äußerlicher Trübsal und mancher Beschwerung geschehen müßte, zu versuchen und zu unternehmen) incliniret und beinahe gänzlich überzeuget. Er wußte aber nicht, daß eben zu dieser Zeit, da er diese Veränderung in seinem Gemüthe vor dem Angesichte Gottes empfunden, zu Leipzig eine Vocation an ihn von Wurzen zum Diaconat daselbst eingelaufen wäre, die er hernach bei seiner Rückkehr vorgefunden." Er lehnte dieselbe indessen ab, und schlug den M. Schade für diese Stelle vor, mit welchem man aber, obwohl er seine Probepredigt mit größtem Beifall gehalten hatte, bei dem Consistorium zu Leipzig nicht durchbringen konnte. Francke erkannte daraus, daß man mit seiner Person, die damals am meisten verhaßt war, noch viel weniger durchgedrungen wäre. Schade gelang es auch nachher nicht, trotz eines ausdrücklichen für ihn erlassenen Kurfürstlichen Befehls, bei dem Consistorium, in welchem die Mitglieder der theol. Facultät saßen, die Prüfung zu erlangen.[1] Bekanntlich wurde er 1691 als Diaconus an die Nicolaikirche zu Berlin berufen.

Francke selbst, für welchen diese Reise, wie sich bald zeigen sollte, von entscheidender Wichtigkeit wurde, begann nach seiner Rückkehr nach Leipzig wieder eine Vorlesung zu halten, und zwar de informatione aetatis puerilis et pubescentis. Diese würde ohne Zweifel dem Antrag der theologischen Facultät gemäß gewaltsam geschlossen sein, wenn er nicht bald nach Beginn des Jahrs 1690 die Nachricht bekommen hätte, daß sein Oheim Gloxin gestorben sei. Hierdurch wurde er genöthigt, sofort eine Reise nach Lübeck zu unternehmen, namentlich um die Angelegenheit des Stipendiums zu ordnen. Er trat die Reise im Februar an, ungefähr in der Zeit, in welcher das Bedenken der theologischen Facultät nach Dresden abgieng. Da er nicht wieder nach Leipzig zurückkehrte, auch das Bedenken, trotz seines Verlangens ihm nicht mitgetheilt wurde, so hatte die Sache in unmit-

---

1) f. Spener, Wahrhaftige Erzählung ꝛc. S. 91.

telbarer Beziehung auf ihn ein Ende, oder, wie Spener sich ausdrückt, „blieb ersitzen."

In Lübeck blieb Francke zwei Monate im Hause seiner verwittweten Tante, wo ihm die Stille nach der Unruhe der letzten Zeit in Leipzig außerordentlich wohl that. Er suchte sich dieselbe durch Gebet und Meditation der Heil. Schrift möglichst zu Nutze zu machen, und empfieng so reichen Segen davon, daß er dieser kurzen Zeit „eine seiner Seelen verliehene klarere Erkenntniß Christi und seines Evangelii zuschrieb, mit welcher er nicht allein in so viel größerem Segen an andern arbeiten, sondern auch in mehrerer evangelischer Freudigkeit hernach das Predigtamt antreten und führen können." Er wurde auch während dieser Zeit verschiedentlich aufgefordert zu predigen, zuerst außerhalb Lübeck, dann in Lübeck selbst, wo er trotz des Widerstrebens des Superintendenten D. Pfeiffer, der vorher Professor in Leipzig gewesen war und angab, daß D. Carpzov an ihn geschrieben und Klage über Francke geführt habe, zweimal, das eine Mal sogar auf der Kanzel Pfeiffers, predigte. Von großem Segen war für ihn, daß er mit einer Anzahl von Leuten meist geringen Standes, die Gott in aller Einfalt und Lauterkeit dienten, bekannt wurde. Unter diesen war besonders ein stockblinder und ganz armer Mann, Namens Peter Köhn, den er in seiner Hütte öfters besuchte, und von dem er immer selbst gestärkt gieng. Nachdem er zwei Monat dort gewesen, und Briefe von Leipzig einliefen, daß man dort ein Patent wider die Collegia pietatis angeschlagen habe, beschloß er alsbald wieder dorthin zu reisen. Aber an eben dem Tage empfieng er von der Gemeinde zu den Augustinern in Erfurt die Aufforderung zur Ablegung einer Gastpredigt wegen des dort erledigten Diaconats. Er bekam dabei sofort, und noch mehr hernach unter anhaltendem Gebet den Eindruck in seinem Gemüth, daß dies ein Ruf von Gott sei. Er antwortete also, er wolle kommen und die Predigt halten, das Amt möchten sie dann geben wem sie wollten. Nicht ohne Einfluß darauf mochte ein Traum sein, den er in den Lebensnachrichten erzählt, worin ihm sowohl der letzte Leipziger Vorgang, als seine Berufung nach Erfurt angedeutet war. Er hatte sich ihm so tief eingeprägt, daß ihm die Einzelheiten desselben noch gegen das Ende seines Lebens, wo er jene Nachrichten aufschrieb, gegenwärtig waren. Aeußerliche Vortheile, die ihn zu einer solchen Antwort hätten bewegen mögen, waren nicht dabei. Denn er hatte damals die höchste Portion des Stipendiums, welche 180 Thlr. betrug, und die er hätte behalten können bis zur Erlangung eines Amts, das dem Zweck des Stipendiums (s. oben S. 12 Anm.) gemäß wäre; hingegen sah er zu Erfurt ein Amt vor sich, da er jährlich 70 Gulden einzunehmen hätte. Mit dem Stipendio hätte er leben können, wo er wollte, und war ihm keine Arbeit dabei aufgelegt, sondern er hatte nur seine studia auf einer Universität abzuwarten. Hingegen wußte er wohl, daß es ihm in Erfurt an Arbeit und Widerwärtigkeit nicht fehlen würde. Aber der Finger Gottes war ihm bei dieser Sache so offenbar, daß er alle solche äußerliche Vortheile dabei aus den Augen setzte und lieber dem Willen Gottes gehorsam sein wollte. Es gelang ihm auch den damaligen Curator des Stipendiums, der Anfangs Schwierigkeiten machte, zu bestimmen, in seinen Entschluß einzuwilligen, und er rüstete sich zur Abreise. Vor derselben besuchte er auch noch den blinden Peter Köhn, welcher, als er von diesem Rufe hörte, wie Francke berichtet, zu ihm sprach: Ich will ihm diesen Spruch mit auf den Weg geben Jer. 15, 19—21: „Wo du dich zu mir hältest, so will ich mich zu dir halten, und sollt mein Prediger bleiben. Und wo du die Frommen sich sondern lehrest von den bösen Leuten, so sollt du mein Lehrer sein; und ehe du solltest zu ihnen fallen, so müssen sie ehe zu dir fallen. Denn ich habe dich wider dies Volk zur festen ehernen Mauer gemacht, ob sie wider dich streiten, sollen sie dir doch nichts anhaben, denn ich bin bei dir, daß ich dir helfe, und dich errette, spricht der Herr, und will dich auch erretten aus der Hand der Bösen, und erlösen aus der Hand der Tyrannen." Mit dieser trostvollen Verheißung machte sich Francke auf den Weg.

Ehe wir ihn jedoch nach seinem neuen Aufenthalt begleiten, erscheint es angemessen, einen kurzen Rückblick auf das verflossene Jahr zu werfen. Es war ja von der äußersten Wichtigkeit nicht allein für die Entwickelung des weiteren Lebens Franckes, sondern auch der ganzen evangelischen Kirche Deutschlands. Denn in ihm liegen die Anfänge und Wurzeln der pietistischen Streitigkeiten, welche dieselbe aufs Tiefste erschütterten und ihre wesentliche Umgestaltung herbeiführten. Zugleich aber eröffnen die Vorgänge desselben einen lebendigen Einblick in das eigenthümliche Wesen Franckes und fordern deshalb zu einer eingehendern Betrachtung auf. Dazu kommt, daß, obwohl sie oft besprochen und im Allgemeinen bekannt genug sind, doch im Einzelnen sich gar manche Irrthümer finden, die zu beseitigen für die richtige Beurtheilung derselben und insbesondere auch Franckes von Wichtigkeit ist.

Zunächst ist die Stellung des Collegium philobiblicum, wie bedeutend dasselbe auch für die Entwickelung Franckes war, zu jenen Vorgängen meist unrichtig aufgefaßt. [1] Ganz falsch ist, was Dorner in seiner so vortrefflichen Geschichte der protestantischen Theologie (s. S. 627) sagt, daß „sich demselben bald Studierende, ja Bürger anschlossen“ und weiter „daß das Unternehmen den überraschendsten Fortgang hatte, Hunderte von Studierenden nun die heilige Schrift eifrigst studierten, die collegia der Professoren versäumten“ rc. Darin liegt zunächst eine unklare Vermischung ganz zu trennender Dinge. Das Collegium philobiblicum hatte mit den erwähnten Folgen unmittelbar nichts zu thun. Es bewahrte seinen gelehrten Character im Wesentlichen bis zu seiner Auflösung, wurde auch, wie oben bereits bemerkt ist, durch das Edict vom 10. März 1690 nicht betroffen, sondern gieng einzig und allein in Folge des Rücktritts des Prof. Alberti von der Leitung desselben ein. Um seinen Fortbestand zu sichern richtete Spener die Bitte an Olearius, den Vorsitz zu übernehmen, der es aber aus Furcht vor Verdächtigungen ablehnte. Daß Francke durch seinen Wiedereintritt in dasselbe nach seiner Rückkehr aus Hamburg zu seiner Wiederbelebung wesentlich beitrug, ist oben hervorgehoben, aber sein Haupteinfluß, welcher die oben geschilderte Bewegung hervorrief, lag dort durchaus nicht. Der wurde durch seine collegia biblica, welche von jenem völlig zu scheiden sind, ausgeübt, über die oben das Nähere mitgetheilt ist. Wenn aber Dorner und andere die Theilnahme von Bürgersleuten erwähnen, und mehr oder weniger als Ungehöriges betonen, so war dieselbe in dem Collegium philobiblicum schon um seines Characters und des von einem Professor geführten Vorsitzes nicht möglich, aber auch in den eigentlich für die Studiosen bestimmten Vorlesungen, die überwiegend lateinisch gehalten wurden, schon dadurch ausgeschlossen. Selbst in denjenigen, welche Francke in freierer Weise mit vorwiegend

---

1) In fast unglaublicher Weise ist alles Betreffende durcheinander gemischt bei Frank, Geschichte der protestantischen Theologie II, 138 flgde.

practischen Zwecken (s. oben S. 45) und deshalb zum Theil deutsch hielt, fand eine solche in irgend nennenswerther Weise nicht statt. In dem über die Leipziger Inquisition, welche auch auf diesen Punct gerichtet wurde, geführten Protocoll (s. oben S. 48) werden nur zwei Personen erwähnt. Anders war es in den Vorlesungen Schades, der aber, wie oben erzählt ist, in dieser Beziehung durchaus correct und verständig verfuhr. Daß der Einfluß Franckes und seiner Freunde sich auch auf die Bürger in mannichfaltiger Weise erstreckte, ist unzweifelhaft und sehr natürlich. Aber wenn es bei Schmid (s. a. a. O. S. 131) heißt „daß die Magistri und Studenten sich mit Bürgern in Beziehung setzten und Bürger an den exegetischen Vorlesungen theilnahmen," wenn er „von dem Besuch derselben durch Massen von Bürgern" und „einer Vermischung von Vorlesung und Andachtsübung" redet, so ist dies in seiner unbestimmten Allgemeinheit höchst ungenau und irreführend. Allerdings erhebt Carpzov in seinem giftigen, vornämlich gegen Francke gerichteten Pfingstprogramm von 1691, von welchem unten die Rede sein wird, einen gleichen Vorwurf, das Leipziger Protocoll aber ergiebt ebensowenig über den ersten Punct, obwohl auch darauf die Inquisition sich richtete, irgend etwas Gravirendes, als über den zweiten. Von besonderer Wichtigkeit, namentlich in Bezug auf Francke ist, was Spener in dem Brief vom 14. Januar 1690 (s. Jllgen a. a. O. S. 82) an Rechenberg schreibt: Aliquos ex optimi Franci auditoribus terminos ab ipso servatos transgredi, auditu injucundam est: experimento tamen didici proprio difficile esse continere animos aliquo zelo incensos, ne nonnihil excedant, donec iterum, modo non cum caussae piae dispendio, in ordinem redigantur: quod prudentia illius fieri quam maxime opto. Welche unter jenen Zuhörern Franckes, und was unter jenen Ausschreitungen er verstehe, ist nicht klar, daß aber Francke selbst von solchem Vorwurfe frei sei, geht deutlich daraus hervor. Den von Spener ausgesprochenen Wunsch konnte er freilich nicht erfüllen, da er um eben jene Zeit Leipzig verließ und nicht wieder dahin zurückkehrte.

Zur Herbeiführung der außerordentlichen Erfolge seiner Wirksamkeit aber, wie sie oben geschildert sind, bedurfte es der agitatorischen Thätigkeit, die ihm von seinen Gegnern vorgeworfen, aber freilich nicht nachgewiesen wurde, und ihm auch stets fern lag, durchaus nicht. Sie waren die Wirkung seines innersten Wesens einerseits und der im Allgemeinen, insbesondere in Leipzig herrschenden Verhältnisse andrerseits. Seit jener sein Gemüth in seinem tiefsten Grunde erfassenden Erfahrung, die er in Lüneburg gemacht hatte, war die von Spener in den Pia desideria aufgestellte Forderung, daß mit dem Wissen vor Allem der die Liebe, wie überhaupt ein neues Leben erzeugende Glaube verbunden sein müsse, in ihm nicht etwa blos eine Forderung des Verstandes, sondern ein für ihn Alles bestimmendes Lebensprincip geworden. Damit standen in engster Verbindung die andern daselbst ausgesprochenen Forderungen, insbesondere daß das Studium der heil. Schrift, als des sicherten Mittels zur Erweckung und Bekehrung, vor allem Andern auch in den theologischen Studien zu pflegen, und zugleich das Leben der Studierenden dem Geiste derselben entsprechend zu gestalten sei. Für die Ausführung dieser Gedanken trat er mit der vollen Energie seines Wesens „ganz brennend von Frömmigkeit," wie Spener an Rechenberg schrieb, bei seinem Auftreten in Leipzig ein. Und daß dieses in ihm erwachte Feuer eines neuen Lebens, welches zugleich von seiner sonstigen großen Begabung unterstützt wurde, in den Studierenden mit immer wachsender Macht zündete, ist um so weniger zu verwundern, als der Boden dafür längst vorbereitet war. Denn die aus dem Streben, die Lehre immer genauer auszugestalten und zu sichern, in der evangelischen Kirche allmählich entwickelte und mehr und mehr herrschend gewordene Scholastik und das damit verbundene, immer mehr veräußerlichte Kirchenthum hatte sich überlebt, und das allerdings nie verschwundene Bewußtsein, das darin immer stärker hervortretende Betonen der Lehre und des verstandesmäßigen Wissens sei eine beklagenswerthe und verderbliche Einseitigkeit, war nach und nach immer allgemeiner und mächtiger geworden. Nicht allein hatten Andere vor Spener ähnliche Grundsätze und Wünsche, wie er, und zum Theil viel nachdrücklicher ausgesprochen, sondern von unzähligen Seiten, von Männern sehr verschiedener Stellungen, waren ihm, als er mit denselben in seinen Pia desideria hervorgetreten war, beistimmende Zuschriften zugegangen,[1] zugleich unmittelbar danach mehrere ähnliche Schriften erschienen. Die seit längerer Zeit, wie bereits bemerkt, auf

---

1) s. Spener, Gründliche Beantwortung des Unfugs S. 25 flgde.

ben Universitäten, und so auch in Leipzig völlig vernachlässigte Exegese der H. Schrift,[1] hatte gewissermaßen einen Hunger danach erzeugt (s. die Anm.). Dazu kam die Art und Weise der Behandlung, durch welche Francke sich bemühte, den Zusammenhang des erklärten Textes mit dem Leben darzulegen, indem er, wie er in der Apologie sagt, „die Studiosos darauf gewiesen, daß es nicht genug sei, in der Schrift zu critisiren, sondern man müsse durch die Lesung der Schrift frömmer werden, wie einer, der in der Sonne wandele, davon erwärmet werde. Dieses aber habe er gethan mit Freudigkeit des Gewissens, beide für Gott und den Menschen, und habe es angefangen mit Gebet und Flehen für Gott, ohne Gesuch eitler Ehre, Gewinnes oder dergleichen, auch auf ernstliches und vielfältiges Ersuchen gottseliger Studiosorum und nachgehends mit ihrer bezeugten Vergnügung, auch frei und ungescheut.“ Als Grund dieses Verfahrens aber führt er eben da an: „Ich habe nach reifer Ueberlegung gefunden, daß ich mein Gewissen würde verletzt haben, wenn ich so lange das theure Wort Gottes im Munde geführt und meinen auditoribus nichts als ledige Hülsen und leere Schaalen davon fürgetragen und ihnen das Gehirn mit pleonasmis und ellipsibus angefüllt hätte, ohne einige Absicht auf den Hauptzweck, wozu uns die Schrift gegeben ist.“

Dieses in seinem innersten Wesen wurzelnde und seine ganze Persönlichkeit beherrschende, all seine Thätigkeit characterisirende, in sich einige und klare Glaubensleben, gewann ihm nicht allein die achtungsvolle Zuneigung und Hochschätzung bedeutender älterer Männer, wie Speners, Seckendorfs, des Sagittarius, Breithaupts und Anderer, sondern war auch der Grund des außerordent-

---

1) Näheres s. bei Walch a. a. O. I, S. 605, Spener, Letzte Bedenken III, 347, Tholuck, Das academische Leben ꝛc. I, 104 flgde. Wenn der Letztere aber als besonders klaren Beweis jener Vernachlässigung eine angebliche Aeußerung Franckes in den Lectt. paraen. IV, 108 anführt, „daß zu seiner Studienzeit in Leipzig nicht einmal eine Bibel oder ein Neues Testament bei einem dortigen Buchhändler gefunden werden konnte,“ so ist dieß ein starkes Mißverständniß. Francke sagt vielmehr, daß zur Zeit seines Auftretens (1689) „keine Bibel oder Testament mehr in Leipzig in allen Buchläden zu finden war, so freueten sich die Studiosi, daß ihnen die Bibel in die Hände gegeben ward.“ Indessen ist jene Angabe Tholucks von Andern z. B. Frank a. a. O., wie es zu geschehen pflegt, unbesehen wiederholt.

lichen Einflusses, den er damals, wie später in den verschiedenen Verhältnissen, in die er trat, auf Unzählige übte, die mit ihm in nähere Beziehung kamen, ganz besonders auf jüngere Leute. Dies war das Geheimniß seiner Macht. Zugleich aber weckte es durch die rückhaltlose Entschiedenheit und Wahrheit, mit der es sich offenbarte, eine um so heftigere Feindschaft aller, die es nicht verstanden, und es als gefährliche Neuerungssucht und Schwärmerei bekämpfen zu müssen glaubten. Daß aber in Folge davon Francke in der That wesentlich den Anstoß zu der ganzen damals in Leipzig entstandenen und von da aus bald über ganz Deutschland verbreiteten Bewegung gab, wenn auch seine Freunde, besonders Schade dazu mitwirkten (Anton blieb nach seiner Rückkehr von der Reise mit dem Prinzen August nur einige Monate in Leipzig, und gieng dann ungefährdet als Superintendent nach Rochlitz, nachdem er pro Licentiatu disputirt), geht vor Allem daraus hervor, daß gegen ihn besonders von den Gegnern der aufgetretenen neuen Richtung vorgegangen, und er vornämlich von den gegen dieselbe ergriffenen Maaßregeln betroffen wurde. [1]

Daß dies aber geschah, ist bei den damals an der Leipziger Universität bestehenden Verhältnissen nicht zu verwundern. Allerdings waren nicht alle Mitglieder der theologischen Facultät (Rechenberg, Speners Schwiegersohn, gehörte ihr damals noch nicht an) ungünstig für Francke gestimmt. Bei Olearius beweist dies sein oben (s. S. 44.) erzähltes Verfahren und namentlich die dabei angeführte Aeußerung ihm gegenüber; [2] bei Möbius aber der Umstand, daß dieser ihm noch im Juli, also wenige Wochen vor der unter dem 12. August von der Facultät an den Kurfürsten gegen Francke gerich-

----

1) Carpzov spricht dies in einem handschriftlich vorliegenden Brief vom 16. Januar 1690 einfach aus, worin er sagt „daß nunmehr fast ein Jahr sich durch Verleitung eines sonst stattlichen subjecti M. Augusti Hermanni Francken Lubecensis der sogenannte Pietismus hervorgethan.“

2) Zu bemerken ist, daß er seit November 1689, wo Anton seine älteste Tochter heirathete, in enge Beziehung zu diesem trat. In einem zum Reformationsfest 1704 von ihm als Senior der Facultät verfaßten Programm spricht er Anschauungen aus, die denen der Pietisten sehr verwandt sind. Auch in spätern Schriften über die „Erleuchtung,“ über die er mit Löscher in Streit gerieth, zeigt sich dieselbe Richtung.

teten Anklageschrift die Lectiones cereales übertrug, deren wichtige
Bedeutung oben hervorgehoben ist. Aber Olearius war schwach und
Möbius alt. Auch hatten sie schwerlich eine tiefere Einsicht in die
neue Geistesrichtung, die plötzlich mit solcher Macht aufgetreten war.
Ueberdies mochten auch sie den Abbruch, der durch dieselbe in ihrer
academischen Wirksamkeit herbeigeführt war, unangenehm empfinden.
Denn dies ist ja bekanntlich fast ausnahmslos ein schwacher Punct
academischer Docenten. Anders stand es mit den übrigen Mitglie-
bern der Facultät, Carpzov, Lehmann und Alberti, der übrigens
als Prof. extraord. der Facultät in engerem Sinne nicht angehörte.
Diese waren der neuen Richtung entschieden entgegen, wenn auch die
beiden letztern die Leidenschaft und den Haß des erstern nicht theilten.
Doch ließen sie denselben gewähren.

Und diese Feindseligkeit ruhte auch nicht, als in Leipzig selbst
Alles, was mit jener Bewegung im Zusammenhang gestanden, unter-
drückt war, auch nicht einmal als Spener Dresden verlassen hatte,
um nach Berlin überzusiedeln. Sie trug wesentlich dazu bei, daß der
in Leipzig zum Ausbruch gekommene Brand zu einer Flamme ange-
facht wurde, welche die verschiedensten Gebiete der deutschen evangelischen Kirche in Unruhe, zum Theil sogar in die äußerste Verwirrung versetzte. Von Leipzig giengen, namentlich durch Carpzov, Mittheilungen über die entstandenen gefährlichen Neuerungen nach den
verschiedensten Gegenden aus, die nur gar zu gern ergriffen und
weiter verbreitet wurden. So entstand bald ein allgemeines Geschrei
von einer neuen Secte, das um so lauter und zuversichtlicher war,
je weniger faßbar Thatsächliches vorlag und je mehr Spielraum der
Phantasie blieb.

Diese ganze Entwickelung hatte aber ihren tiefern Grund nicht
in der persönlichen Leidenschaft einzelner Menschen, obwohl sich dieselbe von Seiten der sogenannten orthodoxen Parthei lange Zeit hindurch in der äußersten Heftigkeit und in seltener Rohheit und Gemein-
heit zeigte, sondern in dem scharfen Gegensatze der neu aufgetretenen
Richtung, des Pietismus, gegen die in der lutherischen Kirche
damals im Allgemeinen herrschenden Grundsätze und Zustände. Wenn
von jener vor Allem der im Leben sich durch die Liebe bethä-
tigende Glaube betont wurde, so galt auf der andern Seite das
Festhalten an der Reinheit der Lehre und der äußern Gestalt

der Kirche, wie sie sich entwickelt hatte, als hauptsächlichste und
unverbrüchliche Forderung. Dieser Gegensatz war zu stark, als daß
eine ruhige Ausgleichung möglich gewesen wäre. Dazu kam, daß es,
wie es zu geschehen pflegt, auf beiden Seiten an Uebertreibungen
nicht fehlte. Die beiden einander entgegenstehenden Partheien stützten
sich, die eine auf die Pflicht, das Bestehende in allen seinen Puncten
zu erhalten und vor jeder vermeinten Gefährdung zu schützen, die
andere auf die aus der Tiefe eines lebendigen Glaubens erwachsene
ihrer selbst bewußte Kraft. Es vollzog sich in den zwischen ihnen in
Folge dieses Gegensatzes ausbrechenden und Jahrzehnte hindurch fortgesetzten Kampfe eine jener in der Geschichte der Menschheit überhaupt,
und auf dem Gebiete der christlichen Kirche insbesondere wiederholt
auftretenden Entwicklungsphasen, durch welche die im Laufe der Zeiten entstandenen, allmählich aber, trotz ihrer ursprünglichen Berechtigung in Folge der dem menschlichen Geiste inwohnenden Beschränktheit zur Einseitigkeit und Unhaltbarkeit herabgesunkenen Zustände zu
neuen Gestaltungen geführt werden. Man kann diese Kämpfe und
die dabei hervortretenden Ausbrüche der Leidenschaft beklagen, aber
darf nicht vergessen, daß diese leider eine unausbleibliche Folge der
in dem menschlichen Herzen tiefgewurzelten und in den heiligsten und
wichtigsten Angelegenheiten nur zu oft sich geltend machenden Selbst-
sucht sind. Sie ist es, welche Haß und damit Verdunkelung des
Urtheils erzeugt, welche jeder Verständigung im Wege stehen. Dies
zeigte sich, wenn je, auch in den pietistischen Streitigkeiten.

Von größter Wichtigkeit für die Beurtheilung der neuen Richtung
ist die richtige Erkenntniß der Stellung Speners zu derselben. Es
kann scheinen, als ob darüber kein Zweifel herrschen könne: wenn
aber Tholuck, eine auf diesem Gebiete gewiß hervorragende Autorität,
ausspricht,[1] daß er „nicht der Urheber, sondern der durch seine
Persönlichkeit und Gaben wirksamste Förderer und Vertreter derselben gewesen sei, um welchen sich alle geistesverwandte Elemente
der Zeit als ihren Mittelpunct sammelten und concentrirten," so
muß dagegen bemerkt werden, daß dies letztere zwar unzweifelhaft
richtig ist, aber keineswegs hinreicht, seine Stellung zu ihr klar und
voll zu bezeichnen. Er ist es, der, wie sehr dieselbe auch allmählich

---

1) s. Das kirchliche Leben ꝛc. Zweite Abtheilung S. 37.

durch vorangegangene, mit fortschreitender Zeit immer häufiger hervortretende Erscheinungen vorbereitet war, sie doch durch sein ganzes Auftreten, insbesondere durch die in seinen so tief eingreifenden Pia desideria gegebene bestimmte Formulirung der zu stellenden Forderungen und die von ihm in den Collegia pietatis ausgegangene practische Anregung, in der ganz bestimmten Gestalt des Pietismus wesentlich ins Leben gerufen, und derselben durch seine zahlreichen sonstigen, namentlich durch die weitere Entwicklung hervorgerufenen Schriften, von seiner besonnenen, maaßvollen und gesalbten Persönlichkeit unterstützt, ihr eigenthümliches Gepräge aufgedrückt hat. Er ist, wie oben gesagt wurde, der Vater und Hauptträger der neuen zu einer kirchlichen Macht sich entwickelnden Erscheinung. Als solcher wurde er auch sowohl von ihren Gegnern, als auch von ihren Anhängern allgemein angesehen. Darum wurde er von den erstern hauptsächlich angegriffen, und von den letztern als Führer auf ihren Wegen hochverehrt und anerkannt. Wie sehr dies der Fall war, hat Tholuck selbst in der weitern Entwickelung der oben angeführten Stelle dargelegt. Wunderbar aber ist es, wie die eigenthümliche Führung seines Lebens, die ihn aus dem südlichen Deutschland[1] zuerst nach Dresden in das streng lutherische Sachsen, dann nach Berlin in das unter der Regierung eines reformierten Fürsten stehende Brandenburg rief, dazu beitragen mußte, die von ihm gehegten Wünsche und Hoffnungen für die gesammte evangelische Kirche Deutschland zur Ausführung zu bringen. Wie bedeutenden Antheil Francke durch sein Auftreten in Leipzig daran hatte, sie in Fluß zu bringen, haben wir gesehen. Wie sehr dieser, allem Anschein zuwider, durch das, was ihm in Erfurt begegnete, sich steigerte, wird sich zeigen.

---

1) Wie wichtig dies für die gesammte Lebensanschauung Speners war, zeigt Göbel, Geschichte des christlichen Lebens in der rheinisch-westphälischen evangelischen Kirche II, 541—545 und 555—558.

Dritter Abschnitt.

Kurz vor Ostern, welches in jenem Jahre auf den 20. April fiel,
langte Francke in Erfurt an. Er trat damit in eine Periode seines
Lebens, die recht eigentlich als die Prüfungszeit des neuen in ihm
erweckten Glaubens bezeichnet werden kann. Denn kaum ist in der
Geschichte der evangelischen Kirche ein zweites Beispiel planmäßiger
bitterer Feindseligkeit und ungerechter Verfolgung vorgekommen, wie
sie Francke während der kurzen Zeit seiner dortigen Wirksamkeit erfuhr.
Aber wie sehr auch seine Widersacher es darauf anlegten, ihn zu
kränken und als Verführer darzustellen, wie schimpflich auch dem äußern
Anschein nach für ihn der Ausgang des gegen ihn gerichteten Verfahrens durch seine Absetzung und schließliche Ausweisung aus der
Stadt war, so vermochten sie doch nicht, ihn einen Augenblick von dem
ihm durch die lebendige Erkenntniß Jesu Christi klar vorgeschriebenen
Wege abzudrängen oder in fleischliche Erregung zu treiben. Im Gegentheil nahm er die Schmach, die ihn um Christi willen traf, mit größter
Freudigkeit auf sich und pries den Herrn um der Leiden willen, deren
er ihn in seiner Nachfolge für würdig erachtete. So gieng er, obwohl
er äußerlich unterlag, dennoch siegreich aus dem dort ihm verordneten
Kampfe hervor, und bewährte so thatsächlich die Kraft, die in dem
lebendigen Glauben liegt, den er durch Gottes Gnade empfangen hatte,
und den auch in Andern zu wecken sein einziges Ziel war.

Das Widerstreben gegen ihn begann bereits vor seiner Ankunft
in Erfurt. Die Leipziger Vorgänge waren, wie anderwärts, so auch
dort bekannt geworden und Francke dabei als der Hauptträger der
entstandenen Bewegung, wie er es in der That auch war, bezeichnet.

Nachdem also seine Berufung zu einer Gastpredigt erfolgt war, hatten einige Mitglieder des Raths, ohne Zweifel auf Veranlassung von Mitgliedern des geistlichen Ministeriums, sich an die theologische Facultät zu Leipzig um eine gutachtliche Aeußerung gewandt. Von dieser war unter dem 26. März ein, wie zu erwarten war, sehr wenig günstiges, aber zugleich unklares und auf Schrauben gestelltes Gutachten eingegangen, worin im Allgemeinen auf die Gefährlichkeit der versuchten Neuerungen hingewiesen, im Speciellen aber hervorgehoben wird, daß „in der Lehre zwar selbst sich bishero keine Neuerungen herfürgethan haben, als daß von Einigen fürgegeben worden: man könne das Gesetz Gottes halten; man könne in der Gottesfurcht vollkommen werden; wahre Christen hätten den allgemeinen Beruf, einander zu lehren und zu erbauen, und es wäre demnach rühmlich, wenn sie zu dem Ende zusammen kämen ꝛc." Schließlich wird hinzugefügt, daß „man nicht gemeinet sei, jemand an zeitlicher Wohlfahrt und Beförderung zu hindern" was natürlich nur auf Francke bezogen werden kann, und auf Hamburg hingewiesen, wo man namentlich durch Hrn. Edzardi Näheres über seine Person erfahren könne. Wegen der Zweideutigkeit der in dem Gutachten auf die Lehre bezüglichen Aeußerungen, welche die Freunde Francke's geltend machten, wandte sich ein Mitglied des Ministeriums, das, obwohl eins der jüngsten, doch zu den rührigsten in der Gegnerschaft Francke's gehört zu haben scheint, der M. Jacobi, Diaconus an den Kaufherrn, an D. Lehmann, um eine bestimmtere Erklärung zu erlangen. Diese fiel denn dahin aus „daß M. Francke unter dem Worte Einigen von der theologischen Facultät allerdings gemeinet, und daß aus der Apologia, so M. Francke an kurfürstliche Durchlaucht zu Sachsen unterthänigst abgehen lassen, so viel zu ersehen sei, daß er die phrases de servatione legis et de perfectione christiana, de sacerdotio christianorum etc. nicht sensu orthodoxo et tolerabili, sondern si non heterodoxo, saltem periculoso et ad fanaticas opiniones proclivi verstanden und gebraucht habe." Schließlich waren auch hier die Worte hinzugefügt: „Doch wünschet man, daß er sich noch ändern und sowohl in diesen als in andern Stücken sich rechtgläubig erklären möge," woraus die eigne Unsicherheit deutlich genug hervorgeht.

So wurde denn auch der Abhaltung der Probepredigt kein Hinderniß in den Weg gelegt, welche am zweiten Ostertage den 21. April

statt fand, und zugleich auf das einhellige Verlangen der Gemeine dem
Senior des Ministeriums D. Breithaupt vom Rathe aufgetragen,
das Examen Franckes schleunigst anzustellen. Dieses geschah bereits
am folgenden Donnerstage. Indessen waren dazu mehrere Mitglieder
des Ministeriums, vor welchem es abzuhalten war, theils aus verschiedenen Gründen nicht erschienen, theils aber, obwohl sie sich eingefunden, da ihrem Verlangen, das Examen noch aufzuschieben, von
Breithaupt auf Grund des Rathsbeschlusses nicht gewillfahrtet war,
vor Beginn desselben fortgegangen. Nichts destoweniger wurde es
von vier Mitgliedern, die zurückgeblieben waren, öffentlich im Gymnasium in Gegenwart vieler Zuhörer während vier ganzer Stunden vollzogen, und Francke darin, wie es in dem Bericht an den Rath, dem
das leider nicht vorhandene Protocoll beigefügt war, heißt „ganz ido-
neus et orthodoxus" befunden. Zugleich wird darin die Bitte ausgesprochen „die Confirmation desselben ohne Verzug vorzunehmen,
damit die Ordination stattfinden und die Gemeine in gänzliche Zufrie-
denheit gesetzt werden könne." Hiegegen trat nun bereits am folgenden Tage die Mehrzahl der Geistlichen mit einem förmlichen Protest
auf, worin sie die Bitte an den Rath richteten, „nicht nur das Examen für ungültig zu halten, sondern auch fernere Anstalt und Verordnung zu machen, daß mit Beförderung dieses gravirten Subjecti
soweit eingehalten werde, bevor er sich zu Leipzig wegen der hochwich-
tigen Rescriptorum (es ist wohl das Rescript vom 10. März gemeint,
s. oben S. 52) und des Antwortschreibens von einer Hochlöblichen
Theologischen Facultät an E. Hochw. Rath legitimirt habe." Hierdurch
wurde der Rath veranlaßt, eine Deputation von drei Personen, je
einem Mitgliede des Raths, der Geistlichkeit und der Augustiner-Ge-
meine, mit einem Berichte nach Leipzig zu schicken, worin es einestheils heißt, daß „Ehr. M. Francke in dem jetzt gedachten Examine
auf diejenigen Artikel, welche seinetwegen insonderheit zu tractiren für
nöthig befunden worden, sich gründlich expectoriret, erkläret, auch
seine Antwort aus unsern Libris symbolicis, wozu er sich biesfalls
mit Mund und Herzen bekennet, dergestalt behauptet habe, daß die
Herrn Examinatores ihn pro maxime idoneo ad officium ecclesia-
sticum et orthodoxo zu erkennen bewogen worden seien," anderntheils aber ein Responsum vom hasigen Consistorium, und ein anderes
von der Universität über die ganze Angelegenheit erbeten wurde. Die

5*

erhaltenen Antworten waren aber auf Grund der Erklärung, daß die betreffenden Acten in Dresden lägen, so ausweichend, daß daraus weder etwas für noch gegen Francke gezogen werden konnte.

Inzwischen hatte der bereits erwähnte M. Jacobi, in Folge der in dem Gutachten der theologischen Facultät enthaltenen Andeutung, sich nach Hamburg an Pastor Mayer, den erbitterten Gegner Speners und seiner Anhänger gewandt und von diesem die Antwort erhalten, daß Francke sich gegen einen dortigen Professor, seinen Tischgenossen bei Edzardi „expresse erklärt habe, daß er dem Perfectionismo zugethan sei, meine, man könne dem Gesetz ein Genüge leisten und ohne Sünden leben, worauf dann Lic. Edzardus, dem dies offenbart sei, solche gräuliche Irrthümer in seinen Collegiis und Examinibus geahndet habe, wornach sich Francke wegbegeben." [1] In derselben Zeit hatte ein Mitglied des Raths an Friedrich Benedict Carpzov, den jüngsten Bruder des oft erwähnten Joh. Benedict, einen „Vornehmen des Raths und Baumeister," wie ihn Schulze in der Geschichte der Universität Leipzig S. 140 nennt, und durch seine Gelehrsamkeit als Polyhistor berühmten Mann, um Mittheilungen über Francke und die Leipziger Vorgänge gebeten. Diese trafen ungefähr um dieselbe Zeit wie die Antwort von Mayer ein, und waren überaus günstig für Francke und höchst verständig. [2] Die durch alle diese Schritte herbeigeführten Verhandlungen verzögerten die Ordination Franckes bis gegen Pfingsten. Es gelang Breithaupt endlich, eine Verständigung dahin herbeizuführen, daß in die von Francke zu unterschreibenden Reversalien außer der gewöhnlichen Verpflichtung auf die symbolischen Bücher der Lutherischen Kirche auch noch die Worte aufgenommen werden sollten, „daß er, wie er insonderheit bei dem mit ihm angestellten publico Examine auf die Articulos de justificatione, bonis operibus, impletione legis et perfectione sei befraget worden, und davon öffentlich sein Bekenntniß abgestattet, daß er in keinem derselben Puncten wider erwähnte libros symbolicos ichtwas hegete, sondern seine

---

1) Diese Hamburgischen Vorgänge sind in dem Leipziger Protocoll S. 40 flgde. ebenfalls behandelt, wo sie freilich eine ganz andere Gestalt haben.

2) Den Wortlaut der betreffenden Schreiben s. bei Kramer, Beiträge rc. S. 110 flgde. Ueber die Stellung des letztern Schreibers zu seinem Bruder s. den Brief desselben an Francke, dem er seine Tochter zur Erziehung im Gynaeceum übergeben, vom 8. März 1699 a. a. O. S. XIII.

selbsteigne Seligkeit nicht anders, denn durch den Glauben allein hoffete, also auch bei solcher gesunden reinen Lehre christgläubig und beständig bis an sein Ende bleiben, auch niemals weder neuerliche, ungewöhnliche oder sonst verdächtige Redensarten einmengen, sondern derselben sich gänzlich enthalten wolle." Hierauf fand nach erfolgter Confirmation durch den Rath die Ordination am Montage den 2. Juni unter Theilnahme der gesammten Geistlichkeit statt, und Francke hielt am ersten Pfingsttage den 8. Juni seine Antrittspredigt über 2 Cor. 4, 1. 2: „Dieweil wir ein solch Amt haben, nachdem uns Barmherzigkeit widerfahren ist, so werden wir nicht müde; sondern meiden auch heimliche Schande, und gehen nicht mit Schalkheit um, fälschen auch nicht Gottes Wort, sondern mit Offenbarung der Wahrheit und beweisen uns wohl gegen aller Menschen Gewissen vor Gott." Er selbst hatte sich übrigens während dieser ganzen Zeit des Kampfes um ihn ganz ruhig gehalten in der Ueberzeugung, daß, hätte Gott ihn ins Predigtamt berufen, es Menschen nicht hindern würden, hätte er ihn aber nicht berufen, es auch ferne von ihm sein sollte, zu predigen, da er nicht gesandt wäre. Wenn man ihn bereden wollte, zur Beförderung seiner Sache dieses oder jenes beizutragen, gab er zur Antwort, daß er seines göttlichen Berufs nicht besser versichert sein könnte, als wenn er sich aller Eigenthätigkeit enthielte und dem Herrn der Ernte schlechterdings überließe, ihn in seine Ernte zu senden oder nicht. Und diesen völlig gottgelassenen Sinn hat er je und je in seinem ganzen Leben bewährt.

In seinem Amte nun, nachdem er es angetreten, bewies er von Anfang an den größten Eifer in den ihm darin unmittelbar obliegenden Pflichten, zunächst in der Predigt und in der hergebrachten Catechisation der Jugend. Weiterer Wirksamkeit enthielt er sich, so lange ihm keine Veranlassung oder Aufforderung, worin er eine göttliche Handleitung sehen konnte, gegeben war. Sobald dies aber geschah, zögerte er auch nicht, zu folgen und nach Kräften zu thun, wodurch das Heil der Seelen und das Reich Gottes gefördert werden konnte. Das war das Gesetz, dem er in all seinem Thun damals und später in seinem ganzen Leben folgte, wodurch ihm so Großes gelang. „Ich suche nicht für mich dieses oder jenes zu thun," schreibt er am 15. Juli an Spener, „sondern stehe durch die Gnade des Herrn in kindlicher Gelassenheit, so aber der Herr etwas durch mich elenden Wurm thun

will, so will ichs gerne thun und nicht durch menschliche Furcht oder
Klugheit, wie es Namen haben mag, den Lauf des Worts hemmen,
und will denn auch darüber leiden, was die Hand des Herrn über
mich beschlossen hat." Auch ließen solche besonderen Veranlassungen
in Folge des lebendigen und anfassenden Eifers, der vollen Hingebung
seiner Seele, mit welcher er sein Amt verwaltete, nicht lange auf sich
warten. Dieselbe trat in der Gemeine in ein um so helleres Licht,
als sein Amtsvorgänger, Joachim Kistner, wegen groben Aergernisses (es war die Anklage wegen Ehebruchs gegen ihn erhoben) und
verschiedener Unordnungen hatte abgesetzt werden müssen. Franckes
ganzes Wesen dagegen, sein ernstes, aus dem innersten Herzen kom-
mendes Dringen auf wahrhaftes Christenthum, erweckte in seiner
Gemeine in steigendem Maaße hohe Achtung und zugleich herzliches
Vertrauen.

Dies zeigte sich zuerst bei den Kindern. Er war kaum etliche
Wochen im Amte gewesen, als mehrere Kinder von 8 — 9 Jahren aus
der Mädchenschule, deren Aufsicht ihm oblag, nach seiner Predigt zu
ihm kamen und ihn baten, sie aus derselben zu examiniren. Das
Vertrauen, diese Bitte an ihn zu richten, mochte ihnen daraus erwachsen
sein, daß er von Amts wegen verpflichtet war, sie wöchentlich in der
Kirche aus dem Catechismus zu examiniren, wozu er sie denn auch
in ihrer Schule etlichemal in der Woche zu präpariren pflegte. Mit
welcher Liebe er das gethan haben mag, zeigt, was er in dem oben
angeführten Brief an Spener schreibt: „An den lieben Kindern finde
meines Herzens Lust. Viele sind gar begierig und freudig zum Guten,
haben sich auch von selbst auf meiner Stube offerirt, sie wollten sich
aus der Predigt examiniren lassen." Francke gieng, wenn auch nicht
sogleich, darauf ein, und dieses Kinder-Examen, zu welchem in Folge
der gleich Anfangs gemachten Erinnerung auch die Bibel mit gebracht
wurde, hatte während des Sommers in der Stille ruhigen Fortgang.
Um Michaelis etwa erfolgte auch, was Francke in dem angeführten
Brief an Spener als Hoffnung ausspricht, „daß der Herr das Herz
der Eltern zu den Kindern bekehren werde." Sei es nun, daß in
Folge der Kunde, es sei ihm eine Beförderung nach einem andern
Orte angetragen, oder sonst wie eine lebhaftere Bewegung unter den
Kindern und ihren Angehörigen herbeigeführt worden, es geschah um
jene Zeit, daß ohne alles Zuthun Franckes sich auch erwachsene Leute

zu jenen catechetischen Uebungen einfanden. Die Zahl derselben mehrte sich von Woche zu Woche, und Francke verlegte deshalb auf Anrathen eines seiner Amtsbrüder dieselben aus seiner Privatwohnung, wo sie bisher gehalten worden, um jeden bösen Schein zu meiden, am ersten Advent in die der Pfarrwohnung zunächst gelegene Augustiner-Schule. Zuvor jedoch hatte er mit dem Senior Breithaupt, der seinerseits seit längerer Zeit ein Gleiches gethan, Berathung gepflogen, auch dem Pastor der Augustiner-Kirche M. Heß, in dessen Hause er wohnte, und mit dem er, wie er in dem angeführten Briefe schreibt, „in brüderlichem Vertrauen und herzlicher Verbindung lebte, mit gesammter Hand das Werk des Herrn zu treiben" Mittheilung davon gemacht. Der Erfolg dieser Uebungen ließ sich bald durch wachsenden Segen an den Seelen der Theilnehmer sichtlich spüren.

Aber auch sonst dehnte sich seine Wirksamkeit mehr und mehr aus. Das Vertrauen zu ihm steigerte sich alsbald nicht nur unter den Mitgliedern seiner Gemeinde, sondern auch unter seinen Zuhörern, die aus andern Gemeinden der Stadt in seine Predigten kamen. Sie besuchten ihn nicht allein selbst fleißig, um sich bei ihm wegen ihres christlichen Lebens und Glaubens Belehrung zu holen, sondern luden ihn je länger je mehr zu sich zu Tische, um eine bessere Gelegenheit zu einem christlichen Gespräche zu haben. Francke, der von dem damals unter den Geistlichen im Allgemeinen herrschenden Amtsstolze völlig frei war, was ihm schon in Leipzig zum schweren Vorwurf gemacht wurde, und jede sich ihm darbietende Gelegenheit zu wirken, freudig ergriff, gieng um so lieber darauf ein, als er unverheirathet war und allein stand. So kam es, daß er bei der Größe der Stadt und seiner wachsenden Bekanntschaft allmählich fast täglich zu solchen Besuchen aufgefordert wurde, die wohl, wie es die bürgerlichen Tagesgeschäfte mit sich brachten, öfters des Abends stattfanden. Wie es dabei zugehen mochte, ist aus der Aussage zu ersehen, welche bei einer später gegen den Pastor Weidenhayn in Schloß Vippach bei Erfurt, der sich Francke angeschlossen hatte, angestellten Untersuchung gemacht wurde. Es heißt darin, daß er einer solchen Erbauung beigewohnt habe im Beisein etlicher Studenten, auch anderer Manns- und Weibspersonen. Sie hätten ein erbaulich Gespräch gehalten und gesungen. Nach Gelegenheit und nachdem es Gott gegeben, hätte einer um den anbern das Wort geführet und die Sprüche erklärt, wie in einer Conversation. Sie seien wohl bis 9 Uhr zusammen gewesen und hätten endlich mit einander gespeist.

Bei diesen nahen Beziehungen zu den Gliedern seiner Gemeinde und andern seiner Zuhörer wurde er inne, wie die Heil. Schrift in den Händen der allerwenigsten sei, wie sich aber die Nachfrage nach derselben, insbesondere nach dem Neuen Testamente mehr und mehr steigerte. Dies veranlaßte ihn, von Lüneburg eine Anzahl Neuer Testamente, zunächst 200, kommen zu lassen, welche für den geringen Preis von 2 ggr. verkauft, zum Theil auch an ganz arme Leute von Wohlthätern verschenkt wurden, aber dem erwachten Verlangen bei Weitem nicht genügten. Er ließ demnach neue Sendungen theils von Lüneburg, theils von andern Orten kommen, so daß die Zahl der so verbreiteten Neuen Testamente nahezu 1000 betrug. Diese wieder-holten Sendungen führten, wie Breithaupt mehrfach in Predigten mit großer Schärfe rügt, dahin, daß der Rath, in der Hoffnung, Verdäch-tiges zu entdecken, nicht allein Packete, sondern auch Briefe, die an Francke gerichtet waren, öffnen ließ, wodurch er sich indessen ihm gegenüber nur blos stellte.[1] Auch auf die katholischen Einwohner Erfurts dehnte sich der Einfluß Franckes aus, indem gar manche seine Predigten fleißig besuchten und auch Exemplare der von ihm verschriebenen Testamente sich verschafften. Ja eine katholische Magd, die aus Neugierde in seine Predigt gekommen, wurde so ergriffen, daß sie, nachdem sie unter Franckes Aufsicht von einem Studiosus der Theologie unterrichtet war, troß der ihr deshalb drohenden Anfech-tungen durch die Theilnahme am heiligen Abendmahle zur evangeli-schen Kirche übertrat, und zwar bei ihm, obwohl er lieber gesehen hätte, es wäre in einer andern Kirche geschehen. Auch außerhalb Erfurt machte sich sein Einfluß hier und da bemerkbar, so daß es wenige Beispiele von einer gleichen Wirksamkeit in so kurzer Zeit geben möchte.

Neben dieser unmittelbar mit seinem Amte in Zusammenhang stehenden Thätigkeit hatte er gleich nach Antritt desselben angefangen, ein Collegium zunächst über den Brief an die Colosser zu lesen. Später

---

1) In „Franckens Stiftungen" II, 97 ist dieser Vorgang, angeblich nach Franckes Mittheilung, dramatisch erzählt (s. das Vorwort).

las er auch ein collegium hermeneuticum und ein anderes de educatione et informatione aetatis puerilis et pubescentis. Da nämlich an der Univerſität nur e i n Profeſſor der evangeliſchen Theologie, damals der Senior Breithaupt, war, ſo hielten mehrere Geiſtliche dergleichen. Schon in dem oben angeführten Brief an Spener vom 15. Juli ſchreibt er: „Mein collegium, ſo ich mit den Studiosis in lateiniſcher Sprache halte, wächſet täglich, und finden ſich immer noch von fremden Orten einige herbei." Von Leipzig waren ihm nämlich mehrere, die ihn dort gehört hatten, gefolgt, andere kamen von Jena, gar manche aus Neugierde, die dann aber feſtgehalten wurden von dem neuen Geiſte, der dort herrſchte, und blieben. Intereſſant iſt es, was J. A. Freylinghauſen in dem vorhandenen Fragment ſeines eigenhändig geſchriebenen Lebenslaufs über den bei ſeinem erſten Beſuch in Erfurt empfangenen Eindruck berichtet. Dieſer fand zu Oſtern 1691, nachdem er bereits zwei Jahre in Jena ſtudiert hatte, ſtatt. „Es beredeten ſich einige Studenten," heißt es, „daß ſie auf Oſtern zuſammen eine Reiſe nach Erfurt thun und D. Breithaupt und M. Francke, der wegen ſeiner ernſtlichen Predigten in großem Rufe war, zu hören: da mir gefallen ließ, ihnen Geſellſchaft zu leiſten. Wir giengen bald nach unſerer Ankunft zu dem letztern, der zwar eben nicht viel redete, doch war alles, was er ſagte, mir als e i n e n e u e Sprache und ganz annehmlich zu hören, daß ich auch alles, ſobald ich nur in mein Quartier zurückkam, mir zum Gedächtniß notirte und aufſchrieb. Und ſo gieng es mir auch bei dem Herrn D. Breithaupt. Die Predigten, ſo ich von ihnen hörte, giengen mir gleichfalls gar ſüß ein, daß ich den Unterſchied zwiſchen denſelben und denen, ſo ich bisher in Jena gehört, gar wohl merkte." Die weitere Entwickelung ſeiner Beziehungen, zunächſt namentlich zu Breithaupt, wodurch er veranlaßt wurde, obwohl er es nicht beabſichtigt hatte, doch nach Erfurt überzuſiedeln, gehört nicht hieher, nur dies möge hervorgehoben werden, daß dabei die Uebernahme der Erziehung der Kinder einer den höhern Ständen angehörigen, durch Breithaupt und Francke erweckten Frau von weſentlichem Einfluß dabei war. In ähnlicher Weiſe, wie es in dieſem Falle geſchah, traten nicht wenige der Studierenden, welche ſich an Francke anſchloſſen und meiſtens durch ihn hingezogen waren, als Erzieher in Erfurter Familien ein. Sie trugen in Folge dieſer Stellung nicht wenig dazu bei, den von ihm beſonders lebendig hervorgerufenen neuen Geist weiter zu verbreiten und zu nähren. Denn obwohl Breithaupt seit seiner 1687 erfolgten Berufung nach Erfurt in demselben Sinne wie Francke gewirkt hatte, so war es ihm seiner ganzen Natur nach doch nicht gegeben, einen gleich zündenden Einfluß auszuüben. Mit welchem Ernst er aber für die Vertretung der Wahrheit eintrat, werden wir sehen. Der Einfluß Franckes auf die Studierenden wurde noch dadurch gesteigert, daß er mehrere in seine Wohnung und an seinen Tisch nahm.

Diese überraschenden Erfolge der Thätigkeit Franckes und das dadurch in vielen Bürgern der Stadt erweckte neue geistliche Leben rief, wie es nicht anders sein konnte, bald einen starken Gegensatz hervor, zumal da er nach seiner Weise in seinen Predigten mit aller Entschiedenheit vorgieng. Er spricht sich darüber in einem Brief an Spener vom 18. December aus, worin es heißt: „Ich habe am Sonntage ausführlich den Greuel vom H. Christwesen" (es wurde damals dabei viel Unfug getrieben) „fürgestellet, damit das Kalb in die Augen geschlagen, so daß sich auch viele Scheinchristen geoffenbaret. Das Schmähen und Lästern der Welt ist sehr groß. Aber je ärger sie es machen, je mehr wollen wir gebrauchen die Macht, die uns Jesus Christus gegeben hat, zu predigen Buße und Vergebung der Sünden. Der Herr aber wird uns Barmherzigkeit verleihen, daß wir nicht um Menschen und besorglichen übeln Ausgangs willen weichen und sein Werk verlassen. Die Welt muß wissen, daß wir ein Haupt haben, das uns schützen kann, das ist Christus. Herr, Dein Name sei gelobet." Insbesondere war ein Theil des Stadtministeriums, zusammen neun, Pastoren und Diaconi, wogegen vier mit Breithaupt auf Franckes Seite standen, in immer größere Feindseligkeit gegen ihn gerathen. An der Spitze desselben stand der Pastor zum Barfüßern Kromayer. Dieser war, abgesehen von seinem Gegensatz gegen die von Francke vertretene Richtung noch besonders darum gegen ihn erzürnt, weil seit dessen Auftreten in Erfurt die Vorlesungen, welche er ebenfalls hielt, von den Studierenden nicht mehr besucht wurden, die Zahl der Zuhörer Franckes dagegen stets zunahm. So mischte sich persönliches Interesse, wie in Leipzig, auch hier in die Beurtheilung und Behandlung der kirchlichen Verhältnisse und trug dazu bei, sie zu vergiften. Wie in Leipzig Carpzov, so war in Erfurt Kromayer die Seele von Allem, was gegen Francke geschah.

Zunächst benutzte er die Kanzel, um heftig gegen neu aufgetretene Lehren und der Kirche daher drohende Gefahren zu predigen, worin ihm andere, namentlich einer, folgten. Dann aber mußte er und seine Parthei gegen Ende des Jahres den Rath der Stadt zu bestimmen, auf Veranlassung des kurfürstlichen Statthalters (Erfurt gehörte damals zum Kurfürstenthum Mainz) eine Inquisitionscommission zu ernennen, „um" wie es in dem Beschluß heißt, „dem in letzter Zeit eingerissenen schädlichen und weit aussehenden Wesen bei Zeiten vorzukommen und solche Irrung mit der Hülfe Gottes gründlich auszutilgen." Als Grund dafür wird angegeben, daß „sich unterschiedene Leute (studiosi theologiae) von Leipzig und andern Orten eingefunden, die unter dem Schein der Gottseligkeit falsche Lehren verbreiteten und allerlei Zusammenkünfte bei Tag und nächtlicher Zeit veranstalteten." Francke ist dabei nicht genannt, doch war die ganze Maaßregel gegen ihn und Breithaupt, der sich desselben stets mit aller Wärme angenommen hatte, gerichtet, wie sich bald auf die schlagendste Weise zeigte. Die Commission verfuhr, ohne sich an die billigen Vorschriften der ihr gegebenen Instruction im Mindesten zu binden, von ihrer Einsetzung an mit äußerster Willkühr, und war das wesentliche Werkzeug aller gegen beide, namentlich gegen Francke gerichteten, in ihrer Feindseligkeit sich stets steigernden Schritte. Sie ruhte nicht eher, als bis sie ihr Ziel, die Absetzung Franckes und den unmittelbar sich daran anschließenden Abgang Breithaupts erreicht hatte. Der Rath in seiner großen Mehrheit zeigte sich mit Ausnahme eines Falles, wo er endlich für Breithaupt eintrat, ihr gegenüber, besonders in Allem, was Francke betraf, durchweg schwach und gehorsam. Ein gleiches Verhalten bewies der kurfürstliche Statthalter, dem, als Beamten eines katholischen Kirchenfürsten, natürlich die auch auf die katholischen Einwohner Erfurts mehr und mehr ihren Einfluß äußernde Thätigkeit Franckes gefährlich erscheinen mußte. Er ließ die Commission nicht allein in ihrem willkührlichen und ungerechten Verfahren, trotz aller Reclamationen dagegen, vollständig gewähren, sondern unterstützte dieselbe schließlich dadurch, daß der endlich erfolgte Befehl der Regierung, Francke abzusetzen, durch ihn vermittelt und herbeigeführt, auch trotz der inständigen an ihn gerichteten Bitten mit Härte aufrecht erhalten wurde.

Die Commission bestand aus sechs Mitgliedern. Die einflußreichsten derselben, welche die übrigen vollständig beherrschten, waren der

Ober-Rathsmeister von Brettin und der Syndicus Lic. Sömmeringk. Ihnen zur Seite stand der Stadtschreiber Hogel, der als
Protocollführer und Ausfertiger der von ihr ausgehenden Verfügungen
von besonderem Einfluß war. Diese Zusammensetzung der Commission
war besonders noch dadurch wichtig, daß die beiden erstgenannten
Schwäger und der letztere ein Bruder des Rectors des Gymnasiums
Hogel war, mit welchem Breithaupt, der als Senior des Ministeriums die Inspection des Gymnasiums führte, einige Wochen vorher
über einen Lehrpunct in Streit gerathen war. Derselbe betraf die
Haltung der Gebote. Der Rector hatte im Gymnasium gelehrt „es
sei wider die Heilige Schrift und alle Orthodoxiam, daß man die
Gebote Gottes halten könnte; und daß man einen Unterschied mache
zwischen halten und erfüllen, wäre nichts als irrig, es wohne in
uns nichts Gutes und also müßte es falsch sein, daß man die Gebote
halte." Dagegen hatte Breithaupt, dem dieses hinterbracht war, in
einem ausführlichen Schreiben an den Rector dargelegt, in welchem
Sinne die H. Schrift sowohl als die hervorragendsten lutherischen
Dogmatiker, wie Chemniz und Gerhard, die Möglichkeit die Gebote
zu halten lehrten, und daß sie jenen Unterschied zwischen halten und
erfüllen durchaus festhielten. Der hier auftretende Widerspruch war
indessen nicht ein blos persönlicher, sondern es offenbarte sich in demselben der Gegensaz, der zwischen der damals in der Kirche herrschenden Parthei und der von den Anhängern Speners vertretenen Richtung bestand, und sich in ihrer Stellung zu einander in hohem Grade
geltend machte. Dies war Francke gegenüber schon in der Leipziger
Inquisition und dem oben (s. S. 66) angeführten Gutachten der Leipziger theologischen Facultät hervorgetreten. Welche Bedeutung jenem
scheinbar geringfügigen Vorgange beigelegt wurde, geht daraus hervor,
daß von beiden Theilen, von Hogel sowohl als von Breithaupt, theologische Bedenken von Universitäten und Consistorien eingeholt wurden.
Von diesen ergiengen sich die an Hogel eingegangenen der Wittenberger
Facultät und von D. Hanneken in Gießen, besonders das des letztern, neben schwacher und sophistischer Behandlung des Hauptpunctes,
in heftigen Invectiven gegen die Pietisten; die andern, von der Facultät
in Jena und den Consistorien zu Gotha und Lübeck, erklärten sich für
Breithaupt. Die weitere Entwickelung dieser Angelegenheit im Einzelnen zu verfolgen, liegt uns hier fern. Doch verwickelte sie sich

vielfach mit den von der Commission gegen Francke ergriffenen Maaßregeln. Nachdem dieselbe nämlich ins Leben getreten war, nahm sie keinen Anstand, auch sie, obwohl sie ihrer Aufgabe ganz fern lag, in ihre Hand zu nehmen. Sie verfuhr dabei allmählich mit so schreiender Ungerechtigkeit und in so verletzender Weise gegen Breithaupt, daß endlich, nachdem mehrere von ihm an die verschiedenen concurrirenden Behörden gerichteten Vorstellungen erfolglos geblieben waren, der gesammte Rath, mit Ausschluß zweier in der Commission sitzenden Glieder, sich auf sein äußerstes Andringen an den Statthalter mit der Bitte wandte, diesen Ungerechtigkeiten ein Ende zu machen. Durch diesen wurde denn auch die Commission in ihre Schranken gewiesen, und es gelang endlich durch eine vom Rath und dem Ministerium, unter dem von Breithaupt geforderten Ausschluß des Pastor Kromayer, gehaltene Conferenz einen Vergleich zwischen dem Senior und dem Rector herbeizuführen. Auf Grund desselben kam eine von beiden angenommene und schließlich am 11. Juni unterschriebene ausführliche Erklärung über den streitigen Punct zu Stande, worin die von dem Erstern vertretene Ansicht vollständig anerkannt, außerdem aber ihm von Seiten des Letzteren alle verlangte Genugthuung geleistet wurde. In dieser Sache kam also die Commission nicht zum Ziele. Breithaupt gieng aus derselben als Sieger hervor.

Anders war der Verlauf der Maaßregeln, welche sie gegen Francke ergriff. Sie begann ihre Thätigkeit damit, daß sie gegen ihn, ohne alle vorhergegangene Untersuchung, unter dem 30. December, dem Tage ihrer Einsetzung, folgendes Decret an ihn erließ:

„Demnach E. E. und Hochwl. Rath hieselbsten Evangelischen Theils mißfällig vorkommen, daß unter andern auch Ehr. M. Francke sich bisher einiger Privat-Information beides Weibes- und auch Manns-Geschlechts sowohl in den Schulen als auch in den Häusern angemaßet, welches sogar von Hoher Obrigkeit übel aufgenommen worden, und aber sich keineswegs gebühren will, daß dergleichen außer denen öffentlichen Kirchhäusern ohne darüber mit wohlgedachtem Rathe und gesammtem Ministerio gemachtem Schluß vorgenommen werde, zu welchem Ende denn von denen Hrn. Evangel. Raths-Senioren ein dahingehender Schluß gemacht worden, daß die nicht allein hierzu, sondern auch zu andern dergleichen Neuerungen verordnete Inquisitions-Commission solches ernstlich untersagen solle, als wird ihm, Ehrn. M. Francken,

von angeregter Commission hiemit bedeutet, daß derselbe fürohin der=
gleichen gänzlich abstelle und abwarte, was E. E. Rath mit E. E. Mini=
sterio über der anzielenden Verbesserung des Christenthums für einen
einhälligen Schluß machen und darauf für behörige Verordnung thun
werde, welchem derselbe nachzukommen wissen wird."

Francke gehorchte dem Decret und stellte die Predigt=Examina
ein. Als Breithaupt aber von demselben Nachricht erhielt, richtete
er ein nachdrückliches Schreiben an den Rath, worin er sich bitter
über dieses Verfahren beschwerte. Sein Amt als des Inspectors der
Kirchen= und Schuldiener sei dadurch gegen das Versprechen, das ihm
nicht allein beim Antritt desselben gethan, sondern auch bei der kürz=
lich an ihn gelangten Vocation nach Hildesheim vielfältig bekräftiget
wäre, „ihn bei seinem Amt zu schützen und darwider nichts vorgehen
zu lassen, sondern ihn in allewege zu vertreten," im höchsten Grade
gekränkt, indem einem Geistlichen ohne irgend eine Mittheilung an
ihn, und ohne ihn vorher zu hören in Bezug auf die Führung seines
Amts ein Verbot zugeschickt sei. Aber auch gegen die Einsetzung der
Inquisitions=Commission, zu der man selbst in weltlichen Dingen nur
in bringender Noth schreite, und zu der man in Bezug auf die geist=
lichen nicht hätte vorgehen dürfen, ohne ihn als Präses des Ministe=
riums zu hören, protestirt er darin mit aller Entschiedenheit. Zugleich
hebt er hervor, daß völlig unerfindlich sei, was man in dem Decret
unter der Privat=Information Franckes in den Häusern verstehe, falls
man nicht etwa Gespräche meine, die er bei Gelegenheit erfolgter Ein=
ladungen führe, die zu verbieten denn doch gradezu unchristlich und
gegen die Heil. Schrift sei.

Da diese Vorstellung indessen durchaus keinen Erfolg hatte, und
durch die Einsetzung der Commission die von den Gegnern Franckes
verbreitete Meinung, als wären gefährliche Lehren und Neuerungen
eingeführt, einen um so größern Schein der Wahrheit erlangt hatte,
so fühlte sich Breithaupt gedrungen, sich öffentlich darüber auszuspre=
chen. Er hielt gegen Ende des Monats eine Predigt, in welcher er
ohne allen Rückhalt scharfe Klage über das von dem Rathe gegen ihn
sowohl als gegen Francke befolgte Verfahren führte. Zugleich trat er
darin auch gegen die Verläumbungen und Lügen auf, welche gegen
sie, selbst von den Kanzeln aus, in Verbindung mit der verderblichen
Lehre, daß es unmöglich sei, die Gebote Gottes zu halten, fort und

fort verbreitet würden. Damit trat man gewissermaßen in den offnen Kriegszustand ein.

Dies zeigte sich zunächst darin, daß der Rath eine Conferenz mit dem Ministerium, unter Ausschluß jedoch von Breithaupt, Francke und zweien ihnen befreundeten Geistlichen veranstaltete, in Folge deren er dem Senior durch den Stadtschreiber entbieten ließ, er solle sich hinführo der scharfen und anzüglichen Predigten enthalten. Der Pastor Kromayer aber hielt eine scharfe Predigt wider die Pietisten, worin er unter Anderm aufstellte, sie lehrten, daß der Mensch nicht allein das Gesetz Gottes halten könne, sondern auch dadurch selig werde. Dies veranlaßte Breithaupt seinerseits unmittelbar darauf die Lehre von der Haltung der Gebote in einer Predigt ausführlich darzulegen. So trat die zwischen ihm und Hogel erhobene Streitfrage mehr und mehr in den Mittelpunct, wie sie denn in der That auch der Hauptpunct war, um den es sich handelte. Zugleich aber veranlaßte das ganze bei dieser Angelegenheit befolgte, durchaus illegale Verfahren eine Anzahl angesehener Männer aus der Bürgerschaft, in Voraussicht der in Folge desselben zu fürchtenden steigenden Verbitterung, ein Gesuch an den Statthalter zu richten, den Lic. Sömmeringk in der Commission durch ein anderes Mitglied des Raths zu ersetzen, und dem Stadtschreiber Hogel, der wegen seines Bruders suspect sei, einen andern Actuarius zu abjungiren. Von jenem heißt es darin, daß „er bei der Commission sich fast Alles annimmt und dirigiren will, gleichwohl er, wie stadtkundig, bishero vielerlei unnöthige Zänkereien moviret, auch in diesem Falle seine Lust und Freude hat, das angeglimmete Feuer weiter aufzublasen und größere Uneinigkeit unter den Geistlichen und andern Evangelischen zu erwecken." Dieser Schritt hatte indessen keinen Erfolg. Dagegen überschickte die Commission offenbar in Folge jener Conferenz zehn in höchst verfänglicher Weise gestellte Fragen, die sich, obwohl kein Name genannt war, deutlich auf die von Breithaupt und Francke vertretenen Lehren bezogen „den Herrn Pastoribus und Diaconis, soviel deren unverdächtig sind, mit dem freundlichen Ersuchen, ehester Tage zusammen zu kommen, sodann auf selbige puncta ihr theologisches Bedenken in der Furcht Gottes, und alle passion bei Seite gesetzet, gründlich zu stellen." So wurden diese Geistlichen gleichsam zu einem Glaubensgericht nicht allein über ihre Amtsbrüder, sondern sogar über ihren Vorgesetzten erklärt. Man

wollte dadurch eine Handhabe gegen Breithaupt in dem Streit mit
Hogel und zugleich gegen Francke gewinnen. Gegen diese so höchst
feindselige Maaßregel protestirte Breithaupt in verschiedenen sowohl an
die Commission, als an den gesammten Rath, und endlich an die zur
Sonder=Conferenz berufenen Amtsbrüder gerichteten Schreiben mit
allem Ernste, doch ohne Erfolg. Die Commission gieng ungestört auf
dem betretenen Wege Breithaupt gegenüber, wie oben bereits erwähnt
ist, in verletzendster Weise vorwärts, und die gegnerischen Geistlichen
gaben, trotz der inzwischen erfolgten ernsten Abmahnung des Raths,
auf erneuerte Aufforderung derselben das verlangte Bedenken auf die
gestellten zehn Fragen ab. Diese über alles Maaß hinausgehende
Willkühr und Rücksichtslosigkeit führte endlich die oben dargelegten
Schritte des Raths herbei, durch welche der Streit zwischen Breithaupt
und dem Rector beigelegt wurde. Damit war aber der Friede keineswegs hergestellt, sondern der Kampf entbrannte bald nur um so heftiger. Die Veranlassung dazu war folgende. Zu derselben Zeit, als
jene zehn Fragen gestellt wurden, „nach Lichtmessen" wie Breithaupt
sagt, ließ ihm die Commission durch zwei ihm befreundete Geistliche
sagen, „sie müßten noch immer erfahren, daß er in der Schule die
Predigten repetire, welches aber eine Neuerung und ohne Communi-
cation mit dem Rathe angefangen wäre; er solle diese Repetition in
der Schule einstellen, weil zumalen die kurfürstliche Regierung außer
der Kirche nichts mehr leiden wolle. Man verspreche ihm hingegen,
wenn die Tage etwas länger würden, solche Repetition öffentlich in
der Kirche sollte permittirt sein zu halten" (darum hatte schon zu
Anfang des Jahrs eine Anzahl von Mitgliedern seiner Gemeinde in
einer Eingabe an ihn bringend gebeten), „ja er sollte sich nicht allein
darauf verlassen, sondern man sähe auch gerne, daß in andern Kirchen
dergleichen geschähe, dafern nur im Ministerio ein einhelliger Beschluß
gemacht würde." Obwohl Breithaupt erkannte, daß dies blos geschähe,
um ihn zu kränken, und ihn in diesem Theil seiner Amtsführung der
Entscheidung seiner Widersacher zu unterwerfen, so gehorchte er doch.
Indessen zeigte das Ministerium wenig Geneigtheit, einen Beschluß
zu fassen, bis auf vieles Anhalten des Raths endlich die Vota abgegeben wurden, welche „unanimiter dahin ausgefallen, daß Breithaupt
als Senior die Repetition anstellen möchte in der Kirche gegen den
Abend, da auch vor Zeiten in seiner Kirche eine Abendpredigt gehalten

worden; im Uebrigen möchte es wegen anderer Gemeinden ausgestellet bleiben, bis dieselben selbst würden darum sollicitiren." Trotz dieses Beschlusses konnte Breithaupt die Confirmation desselben nicht erlangen, indem ungeachtet des Dringens der Gemeinde Schwierigkeiten wegen der Zeit erhoben wurden. Jener Beschluß gab aber Veranlassung zu einer weiteren Entwickelung, die der Anstoß zu einem neuen heftigen Angriff gegen Francke wurde.

Unter dem 15. April nämlich reichten „die sämmtlichen Eingepfarrten zu St. Augustini und deren incorporirte Gemeinden" auf Grund desselben eine Petition beim Rathe ein, worin sie die Gestattung der Wiederholung der Predigt nach dem Nachmittagsgottesdienst in der Kirche nachsuchten „anheimstellend, ob der Rath zu Verhütung einiger besorglich widrig scheinenden Sonderlichkeit, wenn dies bei ihnen allein geschehe, eine solche durchgehende und generale Verordnung in der Stadt zu machen geruhen wolle, daß die Herren Pfarrer und Diaconi, welche bei ihren Zuhörern einen Trieb des heiligen Geistes zu mehrerer göttlichen Erkenntniß verspüreten, dergleichen nützliche Mühe auch möchten übernehmen." Als die Entscheidung darüber verzog, begleitete eine Anzahl Leute an einem Sonntage aus ungeduldiger Erwartung der allzu lange ausbleibenden Antwort Francke in das Pfarrhaus, und nöthigte ihn durch ihre bringenden Bitten zu einem kurzen Gespräch, nur um sie zu entlassen. Darauf erfolgte alsbald ein Decret des Raths (d. h. der Commission), worin ihm, „weil er am Sonntage eine verbotene Zusammenkunft auf dem Pfarrhause gehabt hätte, ein solches sub poena suspensionis" verboten wurde. Hierauf richteten die „Inspectores, Aeltesten, Altaristen und Hauptleute der Kirchen S. Augustini alias Johannis und deren incorporirten Gemeinden" unter dem 6. Mai ein ausführliches Memorial an das Ministerium, worin sie um Einführung der Predigtrepetitionen bitten und ihr Gesuch zu begründen suchen. Dieser mit aller Bescheidenheit gethane Schritt hatte jedoch einen von dem erwarteten ganz entgegengesetzten Erfolg. Es war inzwischen unter der Auctorität des Rectors der Leipziger Universität das von Carpzov verfaßte, aber ohne Namen desselben als officielle Schrift publicirte Pfingstprogramm des Jahres 1691 erschienen, worin die Pietisten überhaupt und Francke persönlich auf das Heftigste angegriffen und geschmäht werden. Hievon nahmen die ihm feindselig gesinnten Geistlichen, in ihrem Hasse gegen ihn noch mehr bestärkt, Veranlassung, unter dem 19. Juni eine Supplik[1] bei dem Rath einzureichen, in welcher sie baten, die Predigtrepetitionen, abgesehen von dem Senior, welchem sie zugestanden sei, nicht allein keiner andern Gemeinde zu gestatten, sondern auch insbesondere dem „unordentlichen Beginnen einiger neugierigen Augustiner keineswegs zu willfahren;" außerdem aber, was von weitgreifender Wichtigkeit war, Francke „die collegia cujuscunque nominis zu verbieten und solche Subjecta, welche bei ihm collegia halten, bis zu völliger Erörterung der Streitsache und zuverlässiger Erklärung auf keine Canzel, noch zu einiger Beförderung zu lassen; endlich dafür zu sorgen, daß eine Religions-Erklärung aufgesetzt und von einem jeglichen Membro unterschrieben werde, widrigenfalls, wenn man sich dessen bei allen nicht versichern könnte, consilia sapientum einzuholen, wie man sich zu verhalten hätte, damit man der Beschuldigung einiger Spaltung und des Abtritts von der wahren Religion (wie denen Pietisten eine Separation und Pharisäismus beigemessen wird) bei Zeiten vorbauen könnte."

Gegen dieses einseitige, feindselige und namentlich in dem letzten Puncte höchst gefährliche Vorgehen der Majorität (es waren 9 Geistliche unterzeichnet) legte die Minorität (sie bestand aus 7 Mitgliedern) beim Rathe entschiedenen Protest ein. Zugleich aber richtete der Senior ein sehr ausführliches Schreiben an die gegnerischen Amtsbrüder, worin er nach Hervorhebung der äußersten Unregelmäßigkeit und Feindseligkeit des gethanen Schrittes, alle betreffenden Puncte mit Entschiedenheit zwar, aber mit großer Ruhe beleuchtet, Francke vertheidigt und zum Frieden mahnt, ja auf das Dringendste darum bittet.

Aber alle diese Versuche, die herrschende, aus der Majorität des Ministeriums und des Raths bestehende Parthei auf den Weg der einfachsten Gerechtigkeit zurückzuführen, waren vergeblich. Zunächst ließ der Rath ohne die mindeste Untersuchung der erhobenen Anklagen, Francke durch einen Achtknecht mündlich entbieten „er solle sich derer mit den Herrn stud. theol. bishero gehabten collegiorum bis zum Austrag der Hauptsache enthalten." Die betreffenden Studiosen wandten sich darauf an den Statthalter, als Rector der Universität, mit der Bitte um Schutz, und Francke selbst richtete auf Rath eines befreun-

---

1) Den Wortlaut f. bei Kramer, Beiträge 2c. S. 123.

beten Rechtsgelehrten eine Protestation gegen das in Bezug auf ihn
geübte Verfahren an die kurfürstliche Regierung in Mainz. Dieser
Schritt aber wurde ihm von seinen Gegnern, sobald sie ihn erfuhren,
als von einem evangelischen Geistlichen, der sich nur an den Rath
als patronus jus episcopale exercens zu wenden habe, zum äußersten
Vorwurf gemacht. Wie wenig jedoch dieser Vorwurf in diesem Falle
zutraf, liegt auf der Hand. Beide Schritte hatten übrigens keinen
Erfolg, es wurde nicht einmal eine Antwort darauf ertheilt. Ebenso
wenig fruchtete die Protestation und das Schreiben Breithaupts bei
den gegnerischen Geistlichen. In einem ausführlichen, unter dem
28. Juli an ihn gerichteten Beantwortungsschreiben suchten sie alle
gegen sie erhobenen Anschuldigungen ihrerseits zurückzuweisen, und
ihre gegen Francke und seine Anhänger erhobenen Anklagen, unter
Beifügung der bei seiner Berufung erforderten Gutachten der Leipziger
theologischen Facultät und D. Mayers, die oben angeführt sind,
und namentlich des Leipziger Pfingstprogramms, das sie mit einem
gewissen Schein des Rechtes als einen unwiderleglichen Beweis gegen
ihn geltend machten, völlig aufrecht zu erhalten. Gerade wie er es
in Leipzig getrieben und wie es in dem Programm geschildert sei,
habe er es auch in Erfurt begonnen, indem er, sobald er nur angekommen „eine nicht geringe Zahl von Studenten, Bürgern, Weibern,
Jungfern, Mägdchen und aus dem geringsten Haufen der Leute, die sich
von Tage zu Tage vermehret, an sich gehängt, und seine Collegia
pietistica sowohl des Tages als des Nachts gehalten, nicht allein in
seiner ihm anbefohlenen Gemeinde und Pfarrstuben, sondern ohne
Unterschied, wo er nur in der Stadt hinkommen und wo man ihn
habe wollen einlassen; habe sich auch trotz des Verbots des Raths nicht
stören lassen, habe sich auch an etliche mehrere Meilen entlegene Oerter
begeben, um eine sonderbare Brüder- und Schwesterschaft aufzurichten,
und nach allem Vermögen eine Trennung in der evangelischen Kirche
zu stiften; was ihm auch insoweit gelungen, daß man die Pietisten
an ihrer Haltung und Kleidung und einer absonderlichen stoischen
Lebensweise erkenne. Was die dogmata angehe, so habe man benebst
dem, daß M. Francke seine politischen Lebensregeln als articulos fidei
bei den Seinen austheile, von nichts mehrs gehört, als ein Wider-
geborner könne das moralische Gesetz halten, welches sie zwar Alles
mit einiger Distinction entschuldigen wollen, womit sie aber doch in

6*

der Wahrheit nichts Anderes als den Perfectionismum inculciret. Dabei strebe er und sein Anhang auf alle Weise das Heilige Predigtamt zu vernichten und die evangelischen Prediger mit ihrer Lehre zu verunglimpfen, ihnen selbst aber einen großen Anhang zu machen. In summa, welcher nach der Pietisten Willen seine Lehre und Leben nicht will einrichten, der müsse ihnen ein verworfener Zweig sein und nicht rechtschaffen heißen" 2c.[1] Das waren die hauptsächlichsten Klagen, die man gegen ihn erhob.

Inzwischen hatte Francke sich veranlaßt gesehen, gegen das Pfingstprogramm, in welchem nicht allein dieselben Beschuldigungen als Thatsachen erhoben, sondern auch er selbst, obwohl nicht mit Namen genannt, doch in deutlicher Weise gekennzeichnet, mit den äußersten Schmähungen bedeckt war,[2] eine Erwiederung unter dem Titel „Abgenöthigte Fürstellung der ungegründeten und unerweißlichen Beschuldigungen und Unwahrheiten, welche in dem jüngst publicirten Pfingstprogramm enthalten sind 2c." herauszugeben, wie es durch die Auctorität, mit welcher dasselbe auftrat, durchaus geboten war. Sie ist mit der größten Ruhe, trotz der gegen ihn geschleuderten Beleidigungen, aber zugleich mit voller Entschiedenheit verfaßt und beschränkt sich einfach auf die Widerlegung der zahlreichen darin aufgeführten Thatsachen, „nach welchen man dasselbe als eine öffentliche Darstellung der pietistischen Irrthümer und nachdrücklichen Beweis aller bisherigen Beschuldigungen ausgeben und annehmen will, damit denn eine neue Ketzerei geschmiedet und ausgemacht sein soll." Zuvörderst aber hebt er als das Wichtigste hervor „daß das Programm, wie man glaubwürdige Nachricht habe, weder mit Vorbewußt des Rectoris, noch mit Rathspflegung der Academie herauskommen, sondern nur von einem Manne herrühre." Er unterläßt es indessen, wie er ausdrücklich erklärt, ihn zu nennen, doch ist es bekannt und war es wohl auch damals schon ziemlich allgemein, daß es, wie oben bemerkt, Carpzov war, der nach dem kurz vorher erfolgten Weggang Speners von Dres-

---

1) Den Wortlaut des ganzen Schreibens, soweit es Francke betrifft s. a. a. O. S. 125.

2) Die stärkste Stelle lautet: praecipuus eorum veterator quidam, quamvis adhuc juvenis — — librum sat grandem Serenissimo offert, quem ipse quidem Apologeticum inscripsit, sed mendaciis, calumniis, injuriis, quasi a Cacodaemone, certe ab Alastore ad calamum dictatus esset, refertissimum etc.

ben seinem Haß gar keinen Zügel mehr anlegen zu dürfen glaubte. Die Widerlegung im Einzelnen, zu deren besserem Verständniß das Programm im Originaltext und in deutscher Uebersetzung von Francke beigefügt ist, war nicht schwer. Sie gab ihm zugleich Gelegenheit, sich über mehrere wichtige zwischen den beiden im Kampfe stehenden Richtungen streitige Puncte ausführlich klar und deutlich auszusprechen. In welchem Geiste aber die ganze Schrift abgefaßt ist, und er überhaupt dachte, lebte und handelte, geht am deutlichsten aus dem Gebete hervor, mit welchem er dieselbe schließt. Wir lassen es zur Characterisirung seines Wesens folgen. Es lautet: „Vor Dir, o ewiger und lebendiger Gott, und vor Deinem heiligen Angesichte breite ich beides, die Schrift meiner Widerwärtigen und diese meine Antwort aus. Du weißt es, mein Vater, daß ich von der Zeit an, die Dir bekannt ist, da Du mich von der Welt zu Dir bekehret, und mir ein neues Herz und einen neuen Sinn, den die Welt nicht kennet, durch Deinen H. Geist aus lauter Gnaden geschenket hast, Deines Namens Ehre mit aufrichtigem und redlichem Herzen und mit Hintansetzung zeitlichen Reichthums, Ehre und guter Tage gesuchet habe. Ja Du weißt es und hast mein Herz darinnen kräftiglich gestärket und durch Deinen H. Geist versiegelt, daß ich mit getrostem und freudigem Muth bis auf diese Stunde solchen meinen einigen Zweck, Dich allein zu ehren, mit Worten und Werken nachgejaget. Und nun siehe, Herr, welche Schmach, Lügen und Lästerungen sind mir von derselbigen Zeit an von der Welt, die vorhin, da ich Dich noch nicht erkannte, mein Freund war, angethan worden. Dieses und was Du noch fernerweit für Leiden über mich willst ergehen lassen, will ich gerne und willig erdulden, gleichwie ich es auch bishero für eitel Freude geachtet habe, denn Du giebst mir darzu Kraft und Stärke, daß ich solches alles achte als Rauch und Dampf, der in der Luft verschwindet. Weil aber nicht allein ich, sondern auch andere unschuldige Leute, die Deinen Namen kennen und fürchten, in dieser Schrift fälschlich verklaget und angegeben sind und solches nicht auf uns, sondern auf Deine heilige Wahrheit und auf die Ehre Deines Namens ankommt, so habe ich nicht aus Ungeduld oder Rachgier, wie Du weißest, o Herzenskündiger, sondern gedrungen und genöthigt, die Sünden wider Dich begangen öffentlich angezeiget. Siehe und erkenne, mein Vater, ob ich in einem Worte, welches ich vor aller Welt darlege, wider mein

Gewissen geschrieben. Du weißt es ja und siehest es, daß ich allein zur Rettung Deiner Ehre meinen Mund aufgethan, und wenn es Dir gefallen möchte, lieber schweigen als reden wollte. So sei denn, o Gott, selbst Richter zwischen mir und meinen Beschuldigern, und wer etwas aufbringen will wider dies, was ich in Deinem Namen geschrieben, der habe es nicht mit mir zu thun, sondern mit Dir, und was er redet und wider mich aufzubringen suchen möchte, das prüfe Du selbst, ob es durch die Wirkung Deines guten Geistes fürgebracht werde. So aber auch meine Widerwärtigen mir etwas anzeigen können, wie ich Dir noch eifriger und redlicher dienen könne, als bishero geschehen, so weißt Du Herr, daß ichs auch gerne annehmen wolle. Denn mir ja nichts mehr angelegen ist, als daß ich möge immer unsträflicher wandeln vor Deinem Angesicht.

Schone indessen meiner Widerwärtigen, die noch zu bekehren sind, und lasse sie Gnade finden, wenn sie sich demüthigen vor Dir, dem lebendigen Gott, ihren bisherigen Fehl erkennen und wahre Buße thun. So sie aber bis ans Ende Deinem H. Geiste widerstreben, so will ich dennoch auch verharren, Gott, in Deiner Furcht, ja im Glauben und Vertrauen auf Deine Güte und Wahrheit, und will es getrost, freudig und unerschrocken in Deinem Namen und durch die Verheißung Deiner göttlichen Kraft wagen, auf einen beständigen Kampf wider die Sünde und alles gottlose Wesen und alle Lügen. Du wirst dem Müden Kraft geben und Stärke genug dem Unvermögenden. Mir lieget nichts ob, als die Wahrheit frei zu bekennen und der Mahlzeichen Jesu Christi, indem Du mich angenommen hast zu Deinem Kinde und Erben, mich nicht zu schämen. Hier bin ich, Vater, Dir diene ich, Deine Wahrheit bekenne ich, Deine heilige Ehre suche ich und sonst nichts. Herr, hilf mir, Dich will ich preisen in der großen Gemeine. Amen." — Hienach war die Hoffnung nicht ungegründet, die er in einem Briefe an Spener vom 7. August ausspricht, daß „seine Defension gegen Carpzov bei nicht gar Verstockten nicht vergebens sein solle, wie wohl dieses vermuthlich ein Grundstein sein werde vieler Entdeckung der unterdrückten Wahrheit." Zugleich aber schreibt er, nach Aufzählung mehrerer trostreicher Beispiele von Glaubens-Erweckungen bei Frauen und Männern in demselben Briefe: „Dabei feiert nun Satan nicht, und ist der Sturm auf mich noch nie so arg gewesen, als er nun ist, weil mir aber Gott seinen innerlichen Trost erhält und vermehret, halte ich, habe ichs noch nie weniger geachtet."

In der That steigerten sich die Angriffe gegen ihn und seine Freunde mehr und mehr. Zunächst erschien in Folge der von Sagittarius, dem warmen Freunde Franckes, im Juli lateinisch und deutsch herausgegebenen Theses theologicae de Pietismo genuino, worin die Sache der Pietisten sehr entschieden vertheidigt wird, eine äußerst heftige Gegenschrift unter dem Titel „Casparis Sagittarii etc. Untheologische und abgeschmackte Lehrsätze vom Pietismo etc." Den Schluß derselben machte eine „Lista oder Rolle etlicher neuen Prophetenkinder und Pietisten-Schüler, so unter dem sonst werthen Namen Studiosorum Theologiae bei der uralten Academie zu Erfurt zum Theil sich angeben und von ihrem selbst aufgeworfenen Praeceptore oder vielmehr verführerischen Lehrmeister M. Augustus Herm. Francken das pietistische Gift neben grobem bäurischem Hochmuth einzusaugen und solches sowohl unter selbiger Bürgerschaft, als dermaleinst in ihrem Vaterlande zu vieler Seelen ewigem Verderben auszustreuen suchen, aber deswegen von E. Hochwohlehrwürdigen Ministerio von den Evangelischen Canzeln ausgeschlossen sind, männiglich zur Nachricht, Warnung und Abscheu aus ihrem an des Herrn Rectoris Academiae Hochadeligen Magnificenz um fernere Vergünstigung ihrer verbotenen Conventicul abgelassenen Schreiben (s. oben S. 82) abgedruckt."[1] Es folgen hierauf die Namen von 34 Studenten mit Angabe ihres Vaterlandes, unter denen sich auch Joh. Anastas. Freylinghausen und Joachim Lange befanden. Diese Liste wurde sogar an den Galgen genagelt. Die von den Studenten in Folge davon an die Regierung gerichtete Bitte um Schutz und Bestrafung des Verfassers hatte so wenig Erfolg, daß im Gegentheil dem Rathe anbefohlen wurde, das pietistische Wesen aufs Neue mit allem Ernst anzugreifen. Demgemäß wurde denn auch am 10. August Francke durch ein Decret eine Strafe von 20 Thlr. auferlegt, weil „ohnerachtet E. E. Hochw. Raths Wider-

---

1) Nach der Versicherung von Just. Sam. Schaarschmidt, einem damals in Erfurt lebenden, später vornämlich in Rußland wirkenden Schüler Franckes, in seiner handschriftlich vorhandenen Autobiographie war der Rector Hogel der Verfasser der Schmähschrift. Er suchte sich wohl dadurch für die im Streit mit Breithaupt erfahrene Niederlage zu rächen.

spruchs derselbe nichts desto minder seine bishero gehaltenen collegia ferner fortgesetzet, welche ihm doch als einer diffamirten und von der bei dem Ober-Consistorio zu Dresden hangenden Inquisition noch nicht losgewirkten Person soviel weniger zu verstatten sein wollen, als auch andere wichtige Ursachen hiebei concurriren." Zugleich werden die collegia von Neuem verboten, „wie auch die täg- und nächtlichen Einschleichungen in die Häuser, zumalen außer seiner Pfarre, zusammt der Aufnehm- und Beherbergung fremder verdächtiger und mit dem Pietismo berüchtigter Personen bei Strafe der Remotion." Wenige Tage darauf wurde er in Folge eines Schreibens der Universität Leipzig (d. h. seiner alten Gegner), worin wegen der „Abgenöthigten Fürstellung," die als Schmähschrift confiscirt war, Genuthuung ver-langt wurde, aufs Rathhaus gefordert, und ihm das gedachte Verlangen eröffnet. Doch erfolgte auf seine Ablehnung desselben weiter nichts.

Unterdessen war zwischen Breithaupt und dem Rath oder vielmehr der Inquisitionscommission, die auch hier ohne Weiteres im Namen des Raths handelte, ein neuer Conflict ausgebrochen. Der erstere hatte nämlich, da er die Confirmation des oben (s. S. 80) erwähnten Beschlusses des Ministeriums wegen Wiederholung der Predigt von Seiten des Raths nicht erlangen konnte, auf Bitten seiner Gemeinde beschlossen, dieselbe, vorläufig in Verbindung mit der sonntäglich statt-findenden Catechisation, wieder zu beginnen. Dieses sein Vorhaben zeigte er „aus tragender Observanz und Schuldigkeit" dem Rathe unter dem 17. Juli an, erhielt aber sein Schreiben bereits am folgenden Tage mit der kurzen Bemerkung zurück, daß man „bis das Schisma im Ministerio nicht gehoben sei, seinem Petito nicht deferiren könne." Da jedoch Breithaupt zu jener Einrichtung der Erlaubniß des Raths gar nicht nöthig zu haben glaubte, sie auch gar nicht nachgesucht hatte, so begann er die Repetition an demselben Tage und setzte sie auch an dem folgenden Sonntage fort. Zugleich richtete er eine ausführliche Darlegung der Sache, sowie überhaupt der mannigfaltigen in letzter Zeit ihm vom Rath widerfahrenen Kränkungen an die zwölf evange-lischen Exseniores, „als welche den Seniorem Ministerii jedesmal erwählten, und in Sachen das Evangelische Kirchenwesen betreffend, eigentlich zu consultiren hätten," und bat schließlich, „nothbürftige Ver-mittlung zu verschaffen, daß man einmal ablasse, ihn dergestalt feind-selig zu tractiren." Indessen dieser Schritt fruchtete durchaus nichts, sondern auf Grund des oben erwähnten, von der Regierung an den Rath gerichteten Befehls wurde Breithaupt an demselben Tage, wie Francke, eine Strafe von 30 Thlr. auferlegt, und ihm zugleich „pro futuro bei Suspension seines Amts untersagt, sich führohin solcher Neuerung und Repetition der Predigt gänzlich zu enthalten." Als in Folge hievon Breithaupt in einer Predigt „bezeuget, mit was für Treue er E. E. und Hochweisen Rath verbunden wäre, indessen bedauert und gestrafet, daß einige Personen ihres obrigkeitlichen Amtes mißbraucheten," so wurde unter dem 22. August ein äußerst feindseliges Decret gegen ihn erlassen, und auf Befehl des Raths von seinen Gegnern im Ministerium, ohne irgend welche vorhergehende Verhandlung mit ihm, von den Canzeln verlesen. Es wird darin „der eingeschlichene sogenannte Pietismus" als die Ursache der entstandenen Verwirrung und Spaltung angegeben und Breithaupt vorgeworfen, daß er „bis hieher das Werk secundiret, des bekannten Diaconi Francken, als der größeste und wichtigste Theil des Ministerii wider denselben Klage erhoben, sich angenommen und schriftlich vertreten habe 2c." Auf dieses unerhörte Verfahren richteten die Vertreter der Gemeinde Breithaupts sogleich an dem darauf folgenden Tage ein bringendes Gesuch an den Kurfürsten von Mainz, worin sie „super denegata justitia" klagen und bitten, „nachdrückliche Verordnung ergehen zu lassen, daß diejenigen, so einer Ketzerei oder einer neuen Secte beschuldiget, nahmhaft gemacht und solcher rechtmäßig überführt würden, widrigenfalls aber die diffamationes bei ernstlicher Strafe ins künftige zurückbleiben müßten." Indessen auch dieser Schritt war völlig vergeblich, ja hatte, wie wir sehen werden, die der beabsichtigten entgegengesetzte Wirkung.

In derselben Zeit sandte Breithaupt und die Minderheit des Ministeriums eine Protestation gegen die von den Gegnern gethanen Schritte an den Rath, und er selbst ein Schreiben an eben diese Gegner, in welchem er ihre Darlegung vom 28. Juli kurz, aber bestimmt widerlegt. Diesem fügte er die Beantwortung, welche Francke auf die in derselben enthaltenen Beschuldigungen an ihn gerichtet hatte, als wesentlichstes Stück bei, und theilte schließlich Alles zusammen in Abschrift dem Rathe mit. Die Beantwortung Franckes[1] ist nach seiner

---

1) Sie ist vollständig abgedruckt bei Kramer a. a. O. S. 131.

Weise mit voller Ruhe, aber größter Bestimmtheit abgefaßt und widerlegt alle wider ihn vorgebrachten Puncte aufs Vollständigste und
Klarste. Um den falschen Ansichten über seine Lehre entgegen zu
treten, fügte er einen früher bereits abgefaßten und wie er sagt, „in
Vieler Hände gekommenen" Aufsatz in 15 Thesen bei, in denen von
der Rechtfertigung durch den Glauben und von der Heiligung, sowie
ihrem Verhältniß zu einander in klarer, durchaus schriftgemäßer
Weise gehandelt wird.[1] Das ganze Schreiben schließt er mit folgenden
Worten: „Das ist es nun, Hochehrwürdiger Herr Senior, welches ich
auf das mir communicirte Schreiben hauptsächlich einzuwenden gehabt.
Ich beklage hierunter keineswegs mich selbst, als der ich wohl weiß,
an wen ich glaube, und gewiß bin, daß er mir meine Beilage bewahren kann bis an jenen Tag, dahero ich auch gar ruhig und sanft
schlafen werde, es gehe nun nach dem Rath Gottes so wunderlich als
es immer wolle; sondern vielmehr diejenigen, welche meinen, daß sie
Gott einen Dienst daran thun, wenn sie mich aufs Schärfste verklagen und für ein untüchtiges Mitglied des Ministerii erklären, und
dadurch viel Aergerniß, Lästerung und andere Sünden, wie am Tage
ist, in unserer Stadt anrichten. Gott gebe es ihnen zu erkennen und
bringe die Wahrheit ans Licht, damit jedermann erkennen möge, für
wen Immanuel streite, und wer das, was Jesu Christi ist, gesuchet."

Alle diese Vorstellungen hatten so wenig Erfolg, daß bereits am
Tage nach ihrer Einreichung, am 27. August, ein Beschluß des Raths
gefaßt wurde, „daß diejenigen Bürger, so dem sogenannten Pietismo
anhangende Studiosos bei sich haben, dieselben zu dessen Steuerung
und zwar ein jeder bei einer gewissen Geldbuße alsbald von sich lassen
sollten." Dieser Beschluß wurde ihnen unverweilt auf dem Rathhause
angekündigt. Die wegen dieser gewaltsamen Maaßregel von den
dadurch betroffnen Studenten an den kurfürstlichen Statthalter gerichtete Bittschrift wurde ihnen einfach zurückgegeben mit dem Befehl, den
Concipienten anzuzeigen. Da man überdies demselben vorgestellt hatte,
daß Francke auch politische Zwecke verfolge, so erschien ein kurfürstliches Edict gegen die Haltung von Conventikeln, worinnen es heißt,

---

1) Dieser Aufsatz ist unter dem Titel: „Von des Christen Vollkommenheit"
als Anhang der Lebensregeln in dem „Oeffentlichen Zeugniß vom Dienste Gottes"
S. 190 flgde abgedruckt. Wir theilen ihn im Anhang mit.

daß sie nicht können geduldet werden „angesehen als solches in den statum politicum mit einläufet und dadurch die tranquillitas publica zerstöret wird, auch hiermit nichts anders als lauter Uneinigkeit gestiftet, der Bürger Gemüther unter sich selbsten, so auch gegen die Obrigkeit verhetzet, dissensiones unter selbigen causirt, und unterm gleißnerischen Schein des an andern Orten vorlängst gänzlich erstirpirten und verdammten Pietismi viel Unheil, Zerrüttungen, Unthaten und andere Aergernisse verursachet und angestellet werden ꝛc." Es wird demnach darin Allen, „wes Standes sie seien, ernstlich und zwar bei hundert Thaler Strafe anbefohlen, sich führohin aller Conventiculorum, unter wes Namen oder Schein sie auch solche anstellen, sowohl in als außer der Stadt Erfurt gänzlich zu enthalten, auch keinen Anlaß hiezu zu geben ꝛc."

In Folge dieses Edicts richteten fünf Mitglieder des Raths ein Schreiben an den Statthalter, worin sie bitten, „daß alle drei Räthe zusammenberufen, und mit Zuziehung etlicher unpartheiischer Geistlicher berathschlaget und erörtert werden möchte, worin etwa der gefährliche und auf benachbarten Universitäten condemnirte Pietismus eigentlich bestehe, damit nicht allein die Gemeinden, sondern auch jeder Privatus insonderheit nachdrücklich dafür gewarnet, und also die darauf abzielenden Conventicula mit desto mehreren Ernst verhütet und gestraft werden könnten." In diesem Schreiben ist deutlich ausgesprochen, daß „nur etliche aus dem Mittel des regierenden Raths bisher also einseitig verfahren." Zugleich mit diesem Schreiben wurde von denselben Männern unter Mittheilung desselben an den Kurfürsten das Gesuch gerichtet, es möchte der „dem äußerlichen Vernehmen nach jüngsthin nomine des jetzigen regierenden Raths abgegangene weitläuftige Bericht, die gegenwärtigen Differentien im hiesigen Evangelischen Ministerio betreffend, vor Ertheilung eines Decisiv-Befehls den drei Räthen communicirt und derselben unterthänigster Bericht dabei gnädigst gehört werden." Allein an demselben Tage, dem 2. September, an welchem dieses Schreiben abgegangen war, wurde auf Grund der in dem darin erwähnten Bericht „wegen Supprimirung des sehr eingerissenen also genannten Pietismi unter den Lutherischen Religionsverwandten, wie auch wegen der demselben vornämlich beipflichtenden Urheber und Patronen" enthaltenen Anträge ein entscheidendes Decret des Kurfürsten an den Rath erlassen. Darin heißt es: „Nachdemmalen diese herfürbrechende Trennung von nicht geringem Nachdenken, und in dem gemeinen Wesen leicht allerhand schädliches Unwesen und Verwirrung verursachen dürfte, wenn derselben lange nachgesehen und darüber weitläuftige Cognition angestellet werden sollte; so will uns, als dem Landesfürsten, billig an und obgelegen sein, solchem Unwesen durch nöthige Vorsorge zeitlich zu begegnen. Und weil hiezu nicht wenig dienen wird, wenn diejenigen, welche bishero den also genannten Pietismum und die zu dessen Uebung angeordneten Conventicula geheget und unterhalten, mit gehörigem Ernst angesehen und bestraffet werden: als befehlen wir hiermit, daß, nachdemmalen der Diaconus Francke angeregtem Pietismo vornämlich beigepflichtet und durch seine actiones die wegen dieses Pietismi in unserer Stadt Erfurt obhanbene Mißhelligkeiten guten, wo nicht meistentheils verursachet hat, ihr denselben in Kraft der Euch von uns gnädigst aufgetragenen Verwaltung unsers juris Episcopalis von seinem officio Diaconatus förbersamst amoviren und darneben andere, sie mögen sein, wer sie wollen, alles Ernstes und bei eben dergleichen, auch andern empfindlichen Strafen verwarnen sollet, sich mehrberührten Pietismi und deren zu dessen Uebung angeordneten Conventiculen und Zusammenkünfte gänzlich abzuthun." Nachdem dieses Decret am 12. September eingegangen, wurde es zwei Tage darauf in der Sitzung des Raths, zu welcher jedoch mehrere Mitglieder, insbesondere der berühmte Gelehrte Hiob Ludolf, der sich wiederholentlich gegen das bisher befolgte Verfahren erklärt hatte, nicht eingeladen waren, publicirt. Auf die davon sich verbreitende Kunde reichten sämmtliche Eingepfarrte der Kirche S. Augustini eine flehentliche Bitte bei dem Rathe ein, Francke in seiner Stellung zu belassen. Aber weder hierauf, noch auf das von Ludolf eingegebene schriftliche Votum, worin er auf die Unregelmäßigkeit des ganzen Verfahrens von Neuem hinweist, wurde Rücksicht genommen, und der Beschluß, Francke zu entfernen, festgehalten. Doch ließ man „zur Abwendung eines vermeinten Schimpfs" ihm antragen, um seine Demission selbst nachzusuchen. Diesen Antrag lehnte er sogleich entschieden ab, und richtete dann ein ausführliches Schreiben an den Rath,[1] worin er nochmals um des Gewissens willen die Ablehnung erneuert „in Betracht daß ein Gottloser und Miethling fliehe, der

---

1) Den vollständigen Wortlaut s. bei Kramer a. a. O. S. 144 flgde.

Gerechte aber getrost sei als ein junger Löwe" (Sprüchw. 28, 1) und
den Rath beschwört, wie er bereits mündlich gethan, die gegen ihn
erhobenen Klagen mitzutheilen und seine Verantwortung zu gestatten,
welche man ja Dieben, Mördern und Ehebrechern nicht versagen würde
noch könnte. Der Schluß lautet: „An meinem Orte werde ich das
Amt, welches mir Gott anvertrauet hat, nach dem Willen meines
Gottes wieder hinlegen, als der ich darinnen traun nicht das Meinige,
sondern das was meines Gottes ist, aufrichtig gesuchet. Aber Gewissens halber bitte ich nochmals M. h. H. ganz inständigst, mein bemüthig-
stes Ansuchen nicht in den Wind zu schlagen, sondern Ihrer eignen
Gewissen zu verschonen und mich zu meiner rechtmäßigen Defension
zu lassen, damit weder in dieser Zeit, wenn der ganze Proceß, wie
mit mir verfahren worden, aller Welt sollte offenbaret werden, Ihr
guter Nachruhm Gefahr leide, noch dermaleins, wenn wir mit einander
vor dem Richterstuhl Christi sollen offenbaret werden, Christus Sie
nicht erkennen möchte, allbieweil Sie seine Glieder unverhört verur-
theilt hätten."

Dieses Schreiben wurde so wenig beachtet, daß, obwohl, wie Francke
anderwärts sagt, „in Senatu sich rechtschaffene Leute gefunden, welche
solchem Urtheil mit allem Ernst und Eifer widersprochen" ihm am
Nachmittage desselben Tages, des 18. Sept., bereits ein Decret[1] zugeschickt wurde, durch welches er unter derselben Begründung wie in dem
kurfürstlichen Decret „seines Diaconat-Amts, welches er bei der
Augustiner-Kirche hieselbst zeither versehen, in Kraft dessen erlassen,
mit Bedeuten, sich desselben und was dem anhängig von dato an
gänzlich zu erhalten, auch seine Förderung anderweit zu suchen."
Zugleich wurde an demselben Tage der Pfarrer Kromayer, der Hauptgegner Franckes, beauftragt, die gewöhnliche Gebetsformel zur Wieder-
besetzung der durch Franckes Remotion vacant gewordenen Stelle, da
Breithaupt dies verweigert hatte, im Namen des Seniors bekannt zu
machen. So wurde dieselbe an dem zwei Tage danach fallenden
Sonntage von den Kanzeln verlesen. Breithaupt aber hielt an demselben Sonntage und dem darauf folgenden Montage zwei Predigten,
worin er das Verfahren des Raths aufs Schärfste strafte und laut
Zeugniß für Francke ablegte, an dessen Leben und Lehre man nichts

---

1) Den Wortlaut s. bei Kramer a. a. O. S. 147.

zu tadeln habe. Ja er stand nicht an, auszusprechen: „Ich weiß, daß ich derjenige nicht bin, so dem Hrn. M. Francken zu vergleichen und der in seiner Lehre ihm gleich zu schätzen, bin auch nicht werth, daß ich eine solche Marter=Krone empfange. Ich sage zwar darum diese Worte nicht, als wollte ich Gott widerstreben, der ein solches Gericht über ihn ergehen lassen. Ach, Erfurt hat ein großes Licht verloren 2c."[1] Da man nach den früher gemachten Erfahrungen sich eines solchen Verhaltens von Seiten Breithaupts versehen konnte, war ein Notar beauftragt, von Amtswegen den Predigten beizuwohnen und dieselben so genau wie möglich zu Protocoll zu nehmen, um auf Grund derselben weitere Schritte gegen ihn zu thun. Francke selbst wiederholte am 23. nochmals auf das Allerdringlichste sein Gesuch,[2] „ihn mit seiner Defension gebührend zu hören, und dieses sein billiges Gesuch sämmtlichen dreien Räthen zu communiciren, da er denn nach rechtlichem Austrag seiner Sache, so er schuldig befunden würde, auch noch einem schärfern Urtheil sich ganz willig unterwerfen würde." Dieses Gesuch wurde Francke am folgenden Tage mit dem auf der Rückseite desselben geschriebenen nachfolgenden Decret vom 24. September zurückgegeben: „Supplicanten wird hiemit zur Nachricht ertheilet, daß, weil es nicht mehr res integra ist, und man in dieser politischen Sache gethan, worzu man angewiesen gewesen, dahero Selbigem in seinem Suchen nicht deferiret werden könne; und weiln auch bemerkt wird, daß durch die bisherige Predigten und seine Gegenwart das Volk nur aufrührerisch und ungehorsam gemacht werde, wird ihm Ehrn. M. Francken hiermit bedeutet, daß er bei Vermeidung unausbleiblichen Schimpfs binnen zweien Tagen von dato an sich von hier hinweg und anderstwohin begeben solle."

Die Begründung der letzten, wahrhaft schreienden Gewaltmaaßregel, bezog sich auf die verschiedenen Versuche, welche von der Augustinergemeinde gemacht waren, um die ausgesprochene Absetzung Franckes rückgängig zu machen. Allein die Mitglieder derselben, welche sich nach dem Rathhause begeben hatten, „um allen solchen illegalen und übereilten Beginnen zu widersprechen" wurden nicht einmal in die Rath-

---

1) Die betreffenden Predigten sind ihrem Hauptinhalte nach, namentlich die zweite, mitgetheilt in „Dr. Volz Beiträge zur Geschichte des Pietismus."

2) Den vollständigen Wortlaut s. bei Kramer a. a. O. S. 148.

stube gelassen, geschweige denn angehört. Ja drei derselben, seßhafte
Bürger, wurden auf Befehl des Raths endlich in Verhaft auf dem
Rathhause genommen. Sie richteten demnach unter dem 24. September
ein ausführliches und dringendes Schreiben an den Statthalter, worin
sie erklären, daß sie, „so lange Francke nicht rechtlich verhöret, seine
Defension geführet und darauf ein förmlicher Spruch ergangen sei,
von ihm unmöglich Gewissens halber ablassen, noch einen andern
erwählen mögen." Zugleich bitten sie „den Stadtrath seiner Pflicht,
welche er Gott und der Gerechtigkeit schuldig ist, gnädig zu erinnern,
daß decretum dimissionis zu cassiren, den Hrn. M. Francken vor
allen Dingen völlig zu restituiren und ihn mit seiner Verantwortung
genüglich zu hören — — die rechte Erkenntniß aber in der Hauptsache nicht von den zwei widrigen Raths-Senioribus allein, sondern
auch von den andern Exsenioribus zugleich geschehen und eine andere
Direction als Hrn. Sömmeringen darzu verordnen zu lassen." Allein
dieses Gesuch hatte ebenso wenig Erfolg, als eine wenige Tage vorher
im Namen der Schulmägdlein aufgesetzte Supplik, welche sie dem
Statthalter fußfällig zu überreichen beabsichtigten. Sie wurde ihnen
sogar ohne Resolution mitten durchgerissen zurückgegeben. Die Schul-
meisterin aber wurde auf das Rathhaus gefordert, weil man vermu-
thete, daß die Bittschrift der Kinder durch Francke veranlaßt sei, was
sich jedoch als ganz unbegründet ergab.

Somit waren alle Mittel, der Gerechtigkeit Bahn zu machen,
erschöpft, und es blieb Francke nichts übrig, als der Gewalt zu weichen. Er verließ Erfurt am 27. September und begab sich nach Gotha
zu den Seinigen. Wie seine Stimmung war, bezeugt er selbst:[1] „Ich
bezeuge mit freiem und gutem Gewissen, und der Herr weiß, daß ich
mir weder meine Remotion noch solches Remotionsdecret vor eine
Schande rechne, noch mich jemals darüber betrübet, sondern vielmehr
preise ich hierinnen die große Barmherzigkeit Gottes an mir Elenden,
der mich nicht allein solcher Wahlzeichen meines Heilandes, nämlich
von der Welt verworfen zu werden, gewürdigt, sondern mir auch ein
freudiges, frisches und getrostes Herz und einen sanften und göttlichen
Frieden eben zu solcher Zeit, da die Welt mich am meisten zu kränken

---

1) s. M. A. H. Franckens Verantwortung gegen die sogenannte Beschreibnng
des Unfugs der Pietisten rc.

vermeinet, gnädiglich verliehen, daß wohl Niemand von denen allen, die mich damals gesehen und gesprochen, wird auftreten und mit Wahrheit sagen können, daß er mich im allergeringsten betrübt oder verunruhigt gesehen. Ich halte das für das Beste, so mir von der Liebe meines Heilandes in meinem Leben widerfahren ist, insoweit man das Kreuz für der Christen ihren besten Schmuck rechnet. Daß ich aber solche Schmach mit allen Freuden über mich nehmen durfte, war vornämlich die Ursache, daß ich in meinem Gewissen versichert war, daß ich mein Amt mit aller Treue und Redlichkeit für Gott und meinem Heilande geführet hatte, und ich also unschuldig, ungehöret und unüberwiesen verworfen ward." Bekanntlich wird auch nach einer Tradition die Abfassung seines schönen, von glühendster Liebe zum Heilande erfüllten Liedes „Gottlob ein Schritt zur Ewigkeit" in diese Tage der Verbannung gesetzt.

Nachdem Francke in Gotha angekommen war, richtete die Herzogliche Regierung, da schon vorher der Herzogliche Geh. Rath Hiob Ludolf sich im Auftrage seines Herrn an den kurfürstlichen Statthalter in Erfurt in dieser Angelegenheit ohne irgend welchen Erfolg gewandt hatte, auf Grund der zwischen dem Erzbisthum Mainz und dem gesammten Kur- und Fürstlichen Hause zu Sachsen zum Schutz der Evangelischen errichteten Recesse, eine ernstliche Protestation gegen das durchaus widerrechtliche und gewaltsame Verfahren, welches in dieser Sache beobachtet war. Von dem Erfolg derselben ist nichts bekannt.

Auch Breithaupt blieb nicht unangefochten. Denn da er dem Rath unter dem 25. September angezeigt hatte, daß er zum Consistorialrath des Herzogthums Magdeburg und Professor der Theologie zu Halle berufen und diesem Rufe zu folgen gesonnen sei, und seine Abschiedspredigt am Michaelistage zu halten gedenke, wurde ihm sowohl diese als jede andere fernere Predigt verboten, weil er außer „so vielfältigen, so münd- als schriftlich vormals gebrauchten Invectiven in verwichnen Sonntags- und Montags-Predigten der Hohen Obrigkeit Erkenntniß und die allhier angeordnete Execution heftig perstringiret habe." Er wurde schließlich aufgefordert, „einen genugsamen Bevollmächtigten wegen mehr besagtem Rathe zugefügten Injurien und zu Fortsetzung seines Processes mit dem Ministerio zu stellen." Breithaupt beantwortete das ihm zugegangene Decret durch ein sehr ruhig und würdig gehaltenes Schreiben, das mit den Worten Samuels schließt: „Es sei aber ferne von mir, mich also an dem Herrn zu versündigen, daß ich ablassen sollte für Euch zu beten." Er verließ Erfurt, ohne weiter behelligt zu werden, den 14. October. Die gegnerischen Geistlichen aber reichten gegen Ende des Jahres noch ein Schreiben gegen ihn zu den Acten ein mit der Bitte, dieselben nach Wittenberg zu verschicken, um von dort ein Responsum zu erlangen, und sich wo möglich von der Schande einer frevelhafter Weise angerichteten Verfolgung zu befreien. Das Responsum erfolgte auch in That, verdient jedoch weitere Berücksichtigung nicht. Francke war darin als turbator erklärt.

So gieng die orthodoxe Parthei mit Hülfe einiger weniger, aber energischer mit ihr verbundener Mitglieder des Raths, die denselben beherrschten, und der katholischen Regierung, von der weder ein Interesse für die Belebung der evangelischen Kirche, noch die Fähigkeit einer unbefangenen Beurtheilung der entstandenen lebhaften Bewegung zu erwarten war, vollständig als Siegerin aus dem von ihr hervorgerufenen Kampfe hervor. Aber der Sieg war nur ein äußerlicher, für die Entwickelung des Verhältnisses der beiden entgegenstehenden Richtungen war es gewissermaßen der Anfang der Niederlage der orthodoxen Parthei. Die von ihr gegen Francke in Bewegung gesetzten Mittel, bei denen auch die niedrigsten Verläumdungen nicht verschmäht wurden, einerseits, und die durchaus ruhige und von wahrhaft christlichem Geist erfüllte Haltung Franckes andrerseits konnten auf alle unbefangenen und für die Wahrheit empfänglichen Gemüther des Eindrucks nicht verfehlen; das zeigte sich denn auch unmittelbar darauf in weiten Kreisen. So schlug die von seinen Feinden böse gemeinte Verfolgung für ihn und, durch die gnädige Führung Gottes, für die ganze evangelische Kirche zum größten Segen aus.

Einen wichtigen Einblick in die ganze Lebensauffassung Franckes in dieser Zeit giebt, außer dem bereits in dem Obigen Vorliegenden, ein sehr ausführlicher Brief von ihm an Prof. Sagittarius,[1] den er kurz vor Pfingsten des Jahrs, also vor Erscheinen des Carpzovschen Pfingstprogramms als Antwort auf mehrere Schreiben desselben gerichtet hatte. Jener hatte ihn darin theils aufgefordert, seine Apologie herauszugeben, theils ihm seine Bedenken über die von Francke und seinen

---

1) Er ist abgedruckt in Kramer, Vier Briefe A. H. Franckes 2c. Halle 1863.

Freunden vertretene strenge Ansicht über die Einrichtung der Studien, das Tanzen und die Enthaltung von aller Bewerbung um ein geistliches Amt ausgesprochen. Auf alle drei Puncte, insbesondere die beiden letzten, geht Francke ausführlich mit ebensoviel kindlicher Bescheidenheit, als ihres Standpunctes in der Gnade Gottes gewisser und darum in allen Dingen seiner Führung sich völlig hingebender Festigkeit in höchst beherzigenswerther Weise ein. Die Erwähnung der von Sagittarius geäußerten Absicht, Historiam de Collegiis pietatis eorumque promotoribus zu schreiben, giebt ihm Veranlassung, seine Meinung darüber auszusprechen, die für das innerste Wesen seines Characters so bezeichnend ist, daß ich nicht anstehe, sie herzusetzen. „Ich bekenne," schreibt er, „daß ich besorge, es möchte dem Worte Gottes nicht zuträglich sein, wenn man von seinen Werkzeugen viel Rebens machte. An meinem Orte versichere ich, daß ich einen rechten horrorem dafür habe, daß mein stinkender Name in dem Werke Gottes sollte erhoben werden, würde auch aufs Beste darwider protestiren, wenn meiner im geringsten honorifice gedacht würde, daß ich lieber wünschen möchte, daß Gottes Werk stehen und mein Name untergehen möchte; und so werden verhoffentlich auch die übrigen gesinnet sein, welche von Gott bisher zu dem Werke seiner Gnaden sind gebrauchet worden. Ich habe es allzuwohl erfahren, daß die Leute gar leicht auf einen oder auf etliche Menschen fallen, die sie ansehen als ob sie das Directorium oder die Meisterschaft führeten, welches gewißlich der nächste Weg ist, Secten und Rotten zu machen, dafür ich einen Abscheu habe. Denn die Leute machen bald solche, auf die sie fallen, zu Abgöttern, lassen ihr Gewissen von ihrem Ansehen fesseln und binden, und sehen nicht lauterlich auf Christum und sein Wort. Darwider hatte Paulus zu kämpfen 1 Cor. 1. 2. 3. 4, und die ganze Historie zeugt davon. Ich will mich lieber, so lange ich lebe, als ein geringes Mitglied am Leibe Christi und ein schwacher Mitknecht ansehen lassen und in Einfältigkeit des Herzens des Werks des Herrn warten, so weit mich mein Vater seines Dienstes würdiget, als ein promotor pietatis heißen. Gott weiß am besten, was die Meisterschaft auch in unserer Kirche für Schaden gethan hat."

Bezeichnend ist auch, was er über D. Petersens Meinung vom tausendjährigen Reich, gegen den Sagittarius, wie es scheint, ihn aufgefordert hatte aufzutreten, äußert. „Ich bin wohl," schreibt er, „zu

schwach, ihm darinnen einzureden. Es hindert mich aber diese seine
Meinung nicht, ihn für einen rechtschaffenen Christen und wahres
Kind Gottes zu halten, gleichwie auch seine Liebste, der Gott gewiß
ein großes Maaß seiner Gaben verliehen. — — Ich befehle ihn dem
Herrn und seiner unerforschlichen Weisheit. Selbst aber bin ich
gesandt zu predigen Buße und Vergebung der Sünden im Namen
des Herrn Jesu, und danke meinem Vater, daß ich ohne solchen und
andern Anstoß das Evangelium predige." In gleicher Weise nimmt
er sich Sebastian Francks an, den Sagittarius bei Gelegenheit
der neu herausgegebenen Paradoxa einen alten Schwärmer genannt
hatte: „denn ich glaube," schreibt er, daß der Mann ein Kind Gottes
gewesen, und anjetzo in dem Schooß seines himmlischen Vaters der
Seele nach gar wohl ruhe. Ich habe Anfangs auch eine sehr böse
opinionem praeoccupatam von ihm gehabt, da ich aber eines und
anderes von seinen scriptis gelesen und sein Ende betrachtet, daß er
als ein Märtyrer für die Ehre seines Gottes gestorben, indem er die
Welt wegen des schändlichen Lasters der Trunkenheit in einem besondern Büchlein, so ich auch gelesen, gestraft, und beswegen von einem
Trunkenbolde in seinem Gemach überfallen und ermordet worden, ist
mir diese böse Meinung von dem Manne gar geschwunden, und habe
ihn erfunden als einen Mann, in den Gott große Weisheit geleget.
Hat er denn worinnen gefehlet, warum sollte man ihn denn nicht so
wohl tragen als die Väter, deren fast ein jeder auch seine Gebrechen
gehabt. Lutherum credo in reprehendendo hoc viro aliquid humani
passum esse etc."

Faßt man alle die einzelnen Züge, wie sie in dieser Zeit seines
Aufenthalts in Erfurt in seinem ganzen Verhalten und allen seinen
Aeußerungen hervortreten, zu einem Bilde zusammen, so wird man
sich nicht wundern, daß er dort eine wahrhaft wunderbare Wirksamkeit
ausübte. Aber dieselben Eigenschaften, welche sie herbeiführten, beglei-
teten ihn überall hin, wohin er kam, und bewährten je länger je mehr
ihre Kraft.

———

Vierter Abschnitt.

Franckes Berufung als Pastor in Glaucha und Professor der griechischen und orientalischen Sprachen an der Universität. Seine Wirksamkeit. Streitigkeiten mit der Hallischen Geistlichkeit. Erste Untersuchungs-Commission. Schriften verschiedener Art. Die Lectiones paraeneticae. Seine Verheirathung.

(1692 — 1694.)

In Gotha hielt sich Francke zunächst still. Allerdings war ihm an dem Tage, wo er beschlossen hatte, Erfurt zu verlassen, von Breithaupt ein Schreiben Speners an diesen mitgetheilt, worin derselbe berichtet, daß „ein vornehmer Geheimer Rath zu Berlin gesaget, wenn er zu Erfurt verjaget würde, sollte er nur nach Berlin kommen, man wollte ihn da schon accommodiren." Diese Aufforderung war jedoch zu allgemein gehalten, als daß Francke nach seinen Grundsätzen ihr hätte folgen können. Er blieb also ruhig in Gotha, bis etwa drei Wochen nach seiner Ankunft daselbst ein Brief Speners und ein Memorial des Kammerraths Kraut, der vornämlich die Angelegenheiten der Universität Halle leitete und von bedeutendem Einfluß war, eintraf, worin ihm die Stelle des Pfarrers zu Glaucha „der wegen angemutheter Unzucht im Beichtstuhl auf Giebichenstein geführet worden und removirt werden müsse" angetragen wurde, wobei zugleich die Professur der Hebräischen Sprache ins Auge gefaßt war. Auch in Gotha hatte man den Wunsch, ihn zu halten, doch glaubte er nicht darauf eingehen zu können, weil er schon vor Empfang jenes Briefs auf Breithaupts Veranlassung an Spener geschrieben hatte, daß er sich in seinem Gemüth geneigt fände, einen schon vorher von jenem ihm mitgetheilten Ruf nach Halle anzunehmen, und sich dadurch für gebunden hielt. Um so viel mehr lehnte er nach Empfang jenes Briefs den danach an ihn gerichteten Antrag des Herzogs von Weimar, als Hofprediger und Erzieher seines kleinen Prinzen in seine Dienste zu treten, ab.

Inzwischen predigte er, zuerst bei Hofe auf Verlangen der verwittweten Herzogin, und dann noch in Folge einer Aufforderung in der

Augustinerkirche, wozu eine ziemliche Menge von Zuhörern aus Erfurt gekommen war, mit denen er sich, wie er sagt, „nochmals gelezt." Ueberhaupt wurde er von seinen „lieben" Erfurtern sehr fleißig und fast täglich besucht, mit denen er sich erbauete. Auch verschiedene Studenten aus Erfurt hielten sich beständig bei ihm auf, und sezten ihre Studien und Uebungen der Gottseligkeit bei ihm fort; auch mit andern, bereits in Gotha anwesenden Studiosen und sonstigen erweckten Personen unterhielt er erbaulichen Verkehr, und hielt den erstern ein collegium exegeticum über den ersten Brief an den Timotheus, genug, er kaufte, wie er in Erfurt gethan, seine Zeit im Dienste Gottes auf das Sorgfältigste aus.

Die Reise nach Berlin machte er in Begleitung mehrerer Studiosi. Er benuzte dieselbe, um unterwegs Freunde, welche seine Zusprache verlangt hatten, zu besuchen. Längere Zeit, fast drei Wochen, hielt er sich in Queblinburg bei dem Hofdiaconus Sprögel auf. Er machte hier die Bekanntschaft der Aebtissin, einer Herzogin von Weimar, und insbesondere der Frau Stiftshauptmannin von Stammer, die für ihn in der Folgezeit sehr wichtig werden sollte. Auch besuchte er von dort aus wiederholentlich Halberstadt, wo damals M. Achilles, mit welchem er in Leipzig zusammen gewesen, Diaconus war, und predigte dort zweimal. In beiden Orten, doch vornämlich in Queblinburg, fand er „einen solchen Lauf des Worts und so willige und fleißige Annehmung desselben, daß er sich fast dergleichen nicht erinnern könnte." Auch an andern Orten machte er noch einen kürzern Aufenthalt und langte endlich den 15. November in Berlin an, wo er bei Spener seine Wohnung nahm. Es war unzweifelhaft eine wunderbare Fügung Gottes, daß dieser zu Ostern dieses Jahres, also gerade in der Zeit, wo die Verfolgungen Franckes in Erfurt in der Entwickelung waren, nach Berlin kam, und der Plan, in Halle eine Universität zu gründen, mehr und mehr reifte. Bei der hervorragenden Stellung, die er einnahm, und den nahen Beziehungen, die er zu den einflußreichsten Männern der Regierung hatte, war es natürlich, daß er auf die Besetzung der theologischen Professuren wesentlichen Einfluß hatte,[1] um so mehr, als die in der Regierung herr-

---

1) Wenn Schmid a. a. O. S. 165 angiebt, daß Thomasius den meisten Einfluß darauf hatte, so entbehrt dies der Begründung. Thomasius war sogar,

schende Richtung, die für den Character der neuen Universität maaß-
gebend war, sich mit der seinigen begegnete. Indessen schien die
Angelegenheit Franckes Schwierigkeit zu finden. Dieselbe durch Besuche
bei den Geheimen Räthen, bei welchen die Entscheidung lag, zu fördern, wie Spener rieth, lehnte er ab, um des Willens Gottes, ob
er ihn senden wolle oder nicht, ganz gewiß zu werden. In dieser
Zeit der Ungewißheit kam die Anfrage von dem Hofprediger Hassel
in Coburg, ob er noch frei und geneigt sei, ein Pastorat in der Stadt
Coburg nebst einer extraordinären Professur der Theologie anzunehmen.
Dies eröffnete er Spener, um dadurch eine Entscheidung herbeizuführen. Am Tage darauf, den ersten Advent, hatte er eine Predigt
für den Probst Lütkens übernommen, welcher der damals allmächtige
Minister von Danckelmann, auf Veranlassung des Hrn. von Seckendorf, der gerade nach Berlin gekommen war, sowie mehrere Geh. Räthe
beiwohnten. In Folge davon beschlossen dieselben einmüthig, ihn nicht
wegzulassen. Nichtsdestoweniger machten sich doch in Bezug auf Halle
wieder Bedenken geltend, wahrscheinlich weil man Seitens der dortigen
Geistlichkeit Feindseligkeiten fürchtete, die zum Nachtheil der Universität ausschlagen könnten. Vielleicht trug auch dies dazu bei, daß die
Sache des Pastor Richter rechtlich noch nicht ausgetragen war. Da man
ihn hienach von seinem gegebenen Worte entbunden, schrieb er, obwohl
sein kräftigster Zug nach Halle gieng, nach Coburg, daß er frei sei, und
eine Vocation, falls sie ihm schriftlich zugeschickt würde, nicht ablehnen
könne. Inzwischen eröffnete sich durch den eingetretenen Tod des
Archibiaconus an der Kirche S. Petri die Aussicht, ihn in Berlin zu
behalten, was von Seiten der Regierung sehr eifrig betrieben wurde.
Aber weder von der einen noch von der andern Seite kam es zur
Entscheidung während eines vollen Monats. Francke, der, wie er
gesteht, zu keiner der beiden Aussichten die geringste Freudigkeit hatte,
hielt sich nach wie vor still, und that keinen Schritt irgend einer Art.
Da gestaltete sich auf Veranlassung des Kammerrath Kraut, der in
Halle gewesen war, und den ursprünglichen Plan wieder aufs Tapet

wie aus mehreren Stellen in den Briefen Speners hervorgeht, in Berlin nicht
wohl angesehen. Am 9. Juli 1692 schreibt er, „Hr. Dr. Thomasius darf nicht
gebraucht werden, weil er extrem verhaßt ist," und ähnlich sonst, namentlich in
dem Brief vom 16. Juli.

brachte, die Sache, um einem Rufe von Coburg zuvorzukommen, rasch
also, daß man noch vor Weihnachten den Beschluß, ihn nach Halle als
Pastor in Glaucha und Professor der griechischen und orientalischen
Sprachen zu senden, faßte, und die Vocation dazu sogleich ausfertigte.
Sie wurde ihm noch vor dem Schluß des Jahres überreicht.

Während der sechs bis sieben Wochen, welche sein Aufenthalt in
Berlin dauerte, hielt er nach der bereits in Gotha befolgten Gewohnheit mehreren Studiosen ein Collegium über den Jesaias, und betheiligte sich an einem collegium biblicum, welches er in Speners Hause
vorfand und in welchem die 1. Epistel Johannis behandelt wurde.
Außerdem predigte er oft, im Ganzen zehnmal, wodurch er in vielen
angesehenen Kreisen bekannt wurde. Welchen Eindruck seine Predigten
und sein ganzes Wesen machten, ist deutlich daraus zu ersehen, daß
ihm, da er ja keine öffentliche Stellung und Einnahme hatte, auch
selbst keine Subsistenzmittel besaß, von den verschiedensten Seiten Gaben
an Geld und Sachen, Kleidern, Essen und Trinken, Büchern und
sonstiger Nothdurft zuflossen, obwohl er sie vielfach abwies.[1] Von
größerer Wichtigkeit war, daß er den in der Regierung maaßgebenden
Persönlichkeiten genau bekannt geworden war, und deshalb in den
Kämpfen, die er auch in der neuen Stellung erwarten mußte, um so
sicherer auf Schutz rechnen konnte. Dieser wurde ihm auch, namentlich
ausdrücklich von dem bereits erwähnten Hrn. von Dankelmann, als
er Abschied von ihm nahm, mit dem größten Wohlwollen zugesichert.
Wie sehr das nöthig war, gieng daraus hervor, daß die Angriffe gegen
die Pietisten seit Eintritt Breithaupts in seine Professur von Seiten
mehrerer Geistlicher in Halle bereits begonnen hatten. Ein dagegen
schon vorher erlassener kurfürstlicher Befehl hatte so wenig Erfolg
gehabt, daß bald (unter dem 8. Januar 1692) ein zweiter, genauer
gefaßter nöthig wurde, in welchem drei Geistliche, M. Schrader, Consistorialrath und lutherischer Pastor am Dom, M. Stißer, Pastor,
und M. Roth, Archidiaconus an der Ulrichskirche, namentlich hervorgehoben werden. Außer dem erneuerten Verbot, der Pietisten auf
den Kanzeln zu gedenken, wurde darin „dem Ministerio injungiret,
wo es wegen D. Breithaupten oder der sogenannten Pietisten halber

---

[1] Diese Unterstützungen begannen schon zu der Zeit, wo er aus seinem Amt
in Erfurt entlassen war: s. Kramer a. a. O. S. 165.

etwas zu erinnern hätte, solches an Uns (den Kurfürsten) zu denun-
ciren und einzuschicken, zugleich aber auch, was sie vorstelleten, gebührend darzuthun."

Am 7. Januar 1692 kam Francke in Halle an. Damit war er
an den Ort gelangt, wo er nach Gottes weiser und wunderbarer
Fügung die Verhältnisse fand, auf deren Grund die in ihm angelegten
reichen Gaben und Kräfte zur vollen Wirksamkeit und Ausgestaltung
gelangen konnten und sollten. Allerdings hatte weder er selbst, noch
irgend ein anderer Mensch eine Ahnung davon, welche eigenthümliche
Entwickelung seine Wirksamkeit nehmen würde, und jede darauf bezügliche Berechnung lag durchaus fern. Um so mehr ist, nachdem diese
Entwickelung stattgefunden hat, die Betrachtung darauf hingewiesen,
das Zusammenwirken der verschiedenen Elemente ins Auge zu fassen,
durch welche sie möglich wurde. Je eingehender dies geschieht, desto
mehr wird man inne werden, daß in der That darin, wie in der
ganzen bisherigen Lebensführung Franckes, die Hand Gottes in besonderem Maaße sich offenbarte. Daburch aber, daß er selbst sich ihr
ganz überließ, seinen eignen Willen und alle seine Kräfte ganz und
ausschließlich in den Dienst des Herrn stellte, geschah es, daß jene
Momente zu ihrer Wirkung kamen und so Großes durch ihn ins Leben
gerufen wurde.

Das Erste und Nächstliegende von Wichtigkeit in seiner Stellung
war die Vereinigung des Pfarramts mit der Professur an der in der
Bildung begriffenen Universität zu Halle. Jedes dieser beiden Aemter
hatte jedoch durch die Eigenthümlichkeit ihres Characters seinen besondern Einfluß. Die Amtsstadt Glaucha, zu deren Pfarrer Francke
ernannt war, gehörte damals trotz ihrer unmittelbaren Nähe nicht
wie heute zur Stadt Halle als integrirender Theil derselben, sondern
war eine selbständige bürgerliche Gemeinde, die ihre eigne Verwaltung
hatte. Sie war auch äußerlich von jener, die durch ihre Mauern und
Thore streng abgeschlossen war, viel mehr getrennt, als man nach der
jetzigen Gestaltung der Dinge glauben sollte, nach der es unendlich
schwer ist, sich den damaligen Zustand auch nur vorzustellen. Für die
kirchlichen Verhältnisse war es unter den damals herrschenden Umständen im höchsten Grade wichtig, daß die Ernennung des Pfarrers
von der Regierung, und nicht, wie bei den geistlichen Stellen der Stadt
Halle, von dem Magistrat derselben abhieng, und daß Francke, wie

oben erzählt ist, bei Uebertragung seines Amts der entschiedenste Schutz
zugesagt war. Von Bedeutung war es auch, daß er, zunächst wenigstens, als einziger Geistlicher an seiner Gemeinde stand, und in dem,
was er für angemessen hielt und einführte, keine Gegenwirkung von
einem Amtsgenossen zu fürchten hatte. Endlich war der äußere und
innere Zustand der Gemeinde, in die er trat, insofern für die Entwickelung seiner Wirksamkeit von Wichtigkeit, als darin, wie wir sehen
werden, vielfach eine dringende Aufforderung zu derselben lag. Was
aber die Professur betrifft, so war es von höchster Bedeutung, daß
die Universität, die im Entstehen begriffen war (ihre Einweihung
erfolgte bekanntlich erst am 1. Juli 1694) keine Tradition vorfand,
durch welche leicht eine freiere Bewegung gehindert wird, und namentlich daß die Richtung der theologischen Facultät wesentlich durch Spener
bestimmt wurde, aus dessen Anhängern sie hervorgieng. Zu ihnen
gehörte, wie aus den oben erzählten Vorgängen auf das Entschiedenste
hervorgeht, Breithaupt, der zuerst und schon vor Francke an dieselbe berufen war. Zu beiden kam, nachdem Bayer, ein von Jena
kurz vor der Einweihung der Universität berufener, Spener wenigstens
nicht feindseliger Theologe, nach einer nur einjährigen Zugehörigkeit
zu derselben, Halle mit Weimar vertauscht hatte, wo er Generalsuper-
intendent wurde, 1695 Anton, der Freund Franckes von Leipzig
her. Zunächst gehörte Francke allerdings als Professor graecae et
orientalium linguarum nicht zur theologischen, sondern zur philoso-
phischen Facultät, thatsächlich aber trugen seine Vorlesungen einen
durchaus theologischen Character, indem sie sich ausschließlich auf die
Exegese biblischer Bücher des Alten wie des Neuen Testaments bezogen.[1]
Durch diese Professur wurde so in Halle auf Speners Veranlassung
gleich vom Anfang an als bleibend eingeführt, was auf den andern
Universitäten abhanden gekommen war, und Francke nach seiner Bekeh-

---

1) Genauer geht dieser Character noch hervor aus dem Programm, mit welchem er am Sonntag Invocavit 1692 seine Professur antrat. Es enthält eine
Adhortatio ad culturam linguarum SS. Der Kern desselben ist der Satz: Per-
suasissimum mihi est, quo magis florebit vera pietas, eo magis Christiani de-
peribunt Scripturam Sacram, et hanc quo amabunt sincerius, eo majori, qui
studiis se dicarunt, linguarum originalium ardebunt desiderio, non illo qui
sciendi aviditate terminetur, sed sancto quod gloriam Dei unice intendat.
Frömmigkeit und gründliches Schriftstudium war für Francke untrennbar.

rung in Leipzig und später in Erfurt einen so großen Einfluß auf
die Studierenden gesichert hatte. Es wurde denn auch später in die
Statuten der theologischen Facultät zu Halle die ausdrückliche Bestimmung aufgenommen, daß „man nicht nur hier und da etliche loca
vexata behandeln, sondern daß man über ganze libros biblicos lesen
solle, damit man die Schrift lernete im Zusammenhange kennen," was
jetzt freilich längst auf allen Universitäten geschieht. Das war also
die Hauptaufgabe Franckes an der Universität, und er setzte diese Vorlesungen auch fort, nachdem er 1698 zum Professor der Theologie
ernannt war, doch schlossen sich Vorlesungen über practische Theologie an.

Beide Seiten seiner neuen Stellung ergriff Francke mit dem ganzen
Eifer seines energischen Characters und der ersten Kraft seines männlichen Alters ·(er stand in dem 29sten Jahre desselben) an. Zunächst
nahm ihn vor Allem sein Pfarramt in Anspruch. Die Gemeinde, in
die er eintrat, bestand großentheils, wie noch heute, aus ärmern Leuten, und war von seinem Amtsvorgänger, der sich, obwohl er später
von der gegen ihn erhobenen Anklage des Ehebruchs gerichtlich los-
gesprochen wurde, durch sein ganzes Verhalten in derselben unmöglich
gemacht hatte, in hohem Grade vernachlässigt, und in Folge davon
in vieler Beziehung in einem wenig befriedigenden geistlichen Zustande.
Dazu kam, daß sich in derselben eine große Zahl Schank- und Wirthshäuser befand (Francke giebt ihre Zahl auf 37 an, gegen 200 Häuser,
aus denen die Gemeinde bestand),[1] die wegen ihrer freien, mit Gärten
verbundenen Lage vielfach von Bewohnern Halles besucht wurden,
und zu vielen Unordnungen Anlaß gaben. Aber es herrschte trotz alledem dort, wie im Allgemeinen überall, zu jener Zeit ein noch unge-
brochner Sinn kirchlicher Ordnung. Auch muß es nicht an einem
tiefern Bedürfniß nach gewissenhafter geistlicher Pflege in der Gemeinde
gefehlt haben. Denn trotz der Vorgänge in Leipzig und Erfurt, die
bekannt genug waren, und des heftigen Predigens auf den Hallischen
Kanzeln gegen die Pietisten, wurde ihm, als die Haltung seiner Probepredigt sich etwas in die Länge zog, wiederholentlich das Verlangen,
daß sie bald stattfinden möchte, durch Deputationen aus der Gemeinde
ausgesprochen, und er, als er sie gehalten hatte, einstimmig von derselben angenommen. Mit Recht sah er darin gewissermaaßen eine

---

1) S. Kramer, Vier Briefe A. H. Franckes re. S. 74.,

Beſtätigung ſeiner Berufung, und begann mit um ſo größerer Freudigkeit ſeine Arbeit in der Gemeinde. Seine Antrittspredigt hielt er am 7. Februar über 1 Cor. 2, 1. 2 „Und ich, lieben Brüder, da ich zu euch kam, kam ich nicht mit hohen Worten oder hoher Weisheit, euch zu verkündigen die göttliche Predigt. Denn ich hielt mich nicht dafür, daß ich etwas wüßte unter euch, ohne allein Jeſum Chriſtum den gekreuzigten.“ Einen bezeichnendern Text für den Kern ſeiner ganzen Thätigkeit hätte er nicht wählen können. Uebrigens ließ er dieſe ſich allmählich entwickeln, indem er ſich zunächſt auf die unmittelbaren Amtspflichten in den Sonntags Vormittag und Nachmittag, ſowie Freitags zu haltenden Predigten beſchränkte.[1] Nachdem er aber ſeine Dienſtwohnung bezogen, was erſt Mitte März geſchah, und dadurch in unmittelbare Beziehung zu ſeiner Gemeinde getreten war, entwickelte er ſie bald weiter. Namentlich führte er alsbald die von ſeinem Vorgänger, nach der damals nicht ſeltenen Gewohnheit, in hohem Grade vernachläſſigte Catechiſation der Kinder unter Theilnahme der Alten in Verbindung mit der Repetition der Predigt ein. Dem Beichtſtuhl widmete er eine ganz beſondere Sorgfalt, indem er ſich nicht, wie es meiſt geſchah, mit dem Aufſagen der Beichtformel begnügte, ſondern ſich von dem Seelenzuſtande ſeiner Beichtkinder zu unterrichten ſuchte. Er forderte ſie deshalb auf, ehe ſie im Beichtſtuhl erſchienen, ſich vorher bei ihm zu melden, wo er Veranlaſſung nahm, ſich mit ihnen über denſelben eingehend zu unterreden. Bei der großen Unwiſſenheit, die er bei Vielen fand, und den mancherlei Feindſchaften unter Gemeindegliedern, die er antraf, ſah er ſich nicht ſelten genöthigt, die Ertheilung des heil. Abendmahls wenigſtens aufzuſchieben oder gar zu verſagen. Doch verſäumte er nicht, von allen dieſen Vorgängen dem Inſpector des Miniſteriums gewiſſenhaft Anzeige zu machen. Beſondere Beachtung widmete er dem Unterricht der Jugend, die er ſehr verwildert fand. Da dieſelbe die Schule vielfach ſehr unfleißig beſuchte und die Eltern ihre Armuth vorſchützten, traf er mit den Kirchenvorſtehern und Mitinſpectoren der Schule die Abrede,

---

1) Ueber einige damals bereits bei mehreren Studenten und auch ſonſt hervortretenden Erweckungen und damit in Zuſammenhang ſtehende kirchliche Verhältniſſe handelt ein in der zweiten Hälfte des Februar geſchriebener ausführlicher Brief an Spener. S. Kramer, Beiträge S. 216 flgde, vgl. ebenda S. 176 flgde.

daß aus dem Klingebeutel für die Kinder das Schulgeld bezahlt und sie zur Schule angehalten würden. Er selbst aber hielt bald nach Ostern mehrere Wochen hintereinander an den Freitagen Predigten ausdrücklich über die Kinderzucht, ihre Nothwendigkeit, ihren rechten Endzweck und ihre Hauptbedingung.[1] Neben allem diesem entwickelte sich allmählich eine tägliche Abendbetstunde in seinem Hause, indem sich der um 9 Uhr Abends mit seinen Hausgenossen von ihm gehaltenen Betstunde zunächst einige Nachbaren und nach und nach immer mehr Glieder seiner Gemeinde anschlossen. Auch wurde der von ihm bewiesene Eifer von der Gemeinde in wachsendem Maaße anerkannt, was sich namentlich darin zeigte, daß, als gegen den Herbst hin sich die Nachricht verbreitete, daß ihm eine andere Stelle übertragen werden sollte, worüber das Nähere weiter unten, sich der dringende Wunsch zeigte, ihn zu behalten und sich einige Glieder derselben deshalb an den Kanzler der Universität Herrn von Seckendorf wandten. Auch nach außen hin übte er eine bedeutende Wirksamkeit, indem häufig von andern Orten Freunde kamen, ihn zu hören, zu Pfingsten sogar, wie er berichtet (s. Kramer a. a. O. S. 191), „auf 30 und mehr Personen aus Leipzig, Erfurt, Pöseneck, Queblinburg und andern Orten, und hat Gott dadurch uns nicht wenig unter einander erwecket."

Ganz anders war freilich die Stimmung der Hallischen Geistlichkeit gegen ihn. Die hervorragendern Glieder derselben waren bedeutend älter als Francke, ja auch als Breithaupt, der ja nur wenige Jahre vor ihm (1658) geboren war, und gehörten nach ihrer ganzen theologischen Bildung der entschieden orthodoxen Parthei an. Die heftigsten unter ihnen waren die bereits oben genannten nebst dem Diaconus an der Moritzkirche Nicolai. Aber auch D. Olearius, der Inspector des Ministeriums, theilte die von ihnen vertretenen Ansichten, hielt sich jedoch um seiner Stellung willen einigermaaßen zurück. Obwohl Francke ihm bei seinem ersten Besuche vertrauensvoll ausgesprochen hatte, „daß seine Intention nicht sei, neue dogmata zu stabiliren oder alte löbliche Ordnungen umzustoßen, sondern nur Gottes Ehre in der Ordnung, wie es Gottes Wort mit sich brächte, zu befördern, und ihm nur darum zu thun wäre, wie er seine Seele erret-

---

1) Die Texte s. bei Kramer, Beiträge ec. S. 190.

tete,"[1] und jener ihm seinerseits alles Gute verheißen, zeigte er sich je
länger je mehr lau, ja feindlich, so daß Francke wenige Monate nachher
an Spener schrieb, „er habe den Muth zu ihm gar sehr sinken lassen."[2]
Besondere Nahrung hatte der Haß gegen die Pietisten durch die im
Jahre 1691 lateinisch und deutsch unter dem Titel „Imago pietismi
oder Ebenbild der Pietisterei," anonym erschienene Schrift erhalten,
für deren Verfasser der M. Roth galt.[3] Darin sind alle bereits land-
läufig gewordenen Anklagen gegen die Pietisten sowohl in Bezug auf
ihr Leben als auf ihre Lehre in übertriebenster und giftigster Weise
zusammengestellt und ihr ganzes Treiben als durchaus sectirerisch und
sowohl der Kirche als dem Staat gefährlich bezeichnet. Personen sind
darin nicht genannt, um so freier war der Spielraum in der Anwendung. Allerdings erschien eine ganze Zahl von Widerlegungen, unter
denen die bedeutendste von Seckendorf unter dem oben (S. 25 Anm. 2)
angegebenen Titel verfaßt war, die auch mehreren Räthen der Regierung in Berlin vorgelegen hatte. Dieser ist eine ausführliche Vorrede
Speners vorgesetzt, worin die ganze Entwickelung der Vorgänge in
Leipzig von der Gründung des Collegium philobiblicum im J. 1686
bis zu dem 1690 erfolgten scharfen Decrete gegen die Conventikel
der Wahrheit gemäß dargestellt und eingehend beleuchtet wird. Die
Schrift wurde den sächsischen im J. 1692 versammelten Landständen
vorgelegt und wirkte dazu mit, daß ein von Carpzov hinterlistiger
Weise bei denselben eingereichtes Bedenken gegen die Pietisten seinen
Zweck nicht erreichte. Dies Bedenken gab 1693 Schelwig heraus.
(Das Nähere s. bei Spener, Gründliche Beantwortung 2c. S. 193 flgde).
Indessen wurde durch diese Widerlegungen keine allgemeinere Wirkung
hervorgebracht. Die Angriffe der Hallischen Geistlichen, deren Eifer-
sucht überdies durch die immer mehr sich entwickelnden Erfolge sowohl
Breithaupts, als namentlich Franckes gereizt wurde, steigerten sich mehr
und mehr. Besondern Anstoß nahmen sie an dem von Breithaupt
eingerichteten sogenannten Exercitium sabbaticum oder Collegium

---

1) s. Franckes Tagebuch bei Kramer a. a. O. S. 167, wo noch Weiteres
über die erste Unterhaltung zwischen beiden sich findet.
2) s. ebenda S. 237.
3) s. Walch, Religionsstreitigkeiten der Lutherischen Kirche I, 599. Dreihaupt, Beschreibung des Saalkreises II, 702.

biblicum,[1] in welchem Sonntags Nachmittags um 4 Uhr unter seiner oder Franckes Leitung ältere Stubierende in der Erklärung biblischer Abschnitte (nach der Weise des Collegii philobiblici) geübt wurden, und zu welchem, da die Erklärung in deutscher Sprache geschah, der Zutritt auch Nichtstudierenden gestattet war; ferner an Franckes Abendbetstunden, an der von ihm geübten Sorgfalt und Strenge im Beichtstuhl und bei der Zulassung zum heil. Abendmahl, endlich an der ganzen Art seines freilich von dem ihrigen überaus verschiedenen Verhaltens. Einen besonders heftigen Sturm erregte eine von ihm am 6. Sonntage p. Trinit. am 3. Juli über das Sonntags-Evangelium „von der Pharisäer Gerechtigkeit" (Matth. 5) gehaltene Predigt, worin er zur Aufklärung seiner Gemeinde die Beschuldigungen, die man bisher gegen ihn vorgebracht hatte, beleuchtete und widerlegte. Er gab diese Predigt in den Druck unter dem Titel: „Der Fall und die Wiederaufrichtung der wahren Gerechtigkeit — — für dem Angesicht der ganzen christlichen Kirchen zur Ablehnung vieler bisheriger und Abwendung fernerer ungegründeter Auflagen und besserem Unterricht vorgestellet" und widmete sie den verschiedenen Vorstehern und sämmtlichen Gliedern seiner Gemeinde. Dadurch gewann die Predigt eine allgemeinere Bedeutung und Wichtigkeit, und obwohl darin alle persönlichen Beziehungen und Andeutungen vermieden sind, so konnte es nicht fehlen, daß der darin mit allem Freimuth dargestellte Verfall der evangelischen Kirche, auf die Hallischen Verhältnisse, auf welche ja auch gar Vieles nur zu sehr paßte, bezogen wurde.

So steigerten sich denn nicht allein die Angriffe auf den Kanzeln, so daß Francke an Spener unter dem 19. Juli schrieb:[2] „Sie sind ja, als wenn sie rasend und unsinnig worden wären, daß auch nur einigermaaßen ehrbare Leute einen Abscheu davor haben," sondern Noth verfaßte sogar auch eine ausführliche Schrift, in welcher er außer vielen Persönlichkeiten auch den Nachweis einer großen Zahl von Irrlehren in jener Predigt zu geben versuchte. Diese Schrift wurde nicht nur handschriftlich in Halle verbreitet, sondern es verlautete auch, daß sie gedruckt werden sollte. Auf das von Francke an ihn gerichtete Gesuch um eine Zusammenkunft zur Herbeiführung einer Verständigung

---

1) Dies trat schon sehr früh hervor: s. den Brief Franckes an Spener in Kramer, Beiträge S. 217 flgde.   2) s. Kramer a. a. O. S. 237.

und Vermeidung größeres öffentliches Aergernisses gieng er nicht ein
mit der Erwiederung „daß er in seiner Predigt aus den terminis
defensionis herausgeschritten sei und publicum ecclesiae nostrae
accusatorem abgegeben habe; er sei auctor des hier entstandenen
schismatis, und wie durch seine Predigt ein scandalum publicum
erwachsen, also würde es mit dem angebotenen Privat-Colloquio nicht
genug, sondern nöthig sein, daß das Aergerniß auch publice wieder
gehoben würde." Dies war natürlich unmöglich. So hatte sich der
Gegensatz scharf zugespitzt und Francke richtete eine Supplik um Abhülfe
an die Regierung. In Folge derselben wurde das Consistorium beauftragt, Roth über sein den kurfürstlichen Verfügungen zuwiderlaufendes
Verfahren zu vernehmen und hinfüro nichts, was denselben zuwider
sei, zu verstatten. Das Consistorium nahm Roth, der durch allerlei
Winkelzüge und Ausflüchte sich zu rechtfertigen suchte, das Versprechen
ab, „weder die von ihm verfaßte Schrift noch eine andere Refutation
der Franckischen Predigt drucken zu lassen, noch daß es von Andern
geschehe, sondern dasselbe, soviel ihm möglich, verhindern zu helfen."
Nichts desto weniger erschien die gedachte Schrift unmittelbar darauf
im Druck. Da Roth inzwischen zum Nachmittagsprediger an der
Thomaskirche in Leipzig berufen wurde, so ergieng eine neue kurfürstliche Verfügung, wonach „er von dannen nicht eher abreisen sollte,
bis die Sache abgethan und er M. Francken dessen, so er ihm beschul-
bigt, auch genugsam überführt haben werde." Man dachte dabei an
die Entscheidung durch eine außerordentliche Commission, deren Absen-
bung bereits als nothwendig erschienen war. Auch führten die namentlich von Roth, der abzureisen wünschte, herbeigeführten Verhandlungen
zu keinem Resultat, indessen reichte Francke eine Specification von
mehr als 60 in der Rothischen Schrift enthaltenen Unwahrheiten beim
Consistorium ein, deren Beantwortung dasselbe binnen zwei Tagen
forderte. Roth reiste jedoch, ohne dieselbe zu geben, trotzdem er
sie zu Protocoll versprochen hatte, ab, unter Zurücklassung eines
Schreibens, worin er seine Abreise wegen der nothwendig zu haltenden
Antrittspredigt anzeigt und hinzufügt, „daß er, wenn es nöthig sei,
und er Dimission erlangen könne, auch die Reise- und Zehrkosten ihm
dazu erleget würden, sich allezeit wieder zu stellen bereit sei." So
fügte er dem Hohn gegen Francke auch noch den gegen die Behörden
und die Regierung hinzu.

In derselben Zeit, wo diese Angelegenheit sich entspann, erschien eine andere auf die Blossstellung der Pietisten, insbesondere Franckes, berechnete Schrift, deren Titel so abgefaßt war, daß Jedermann Francke für den Herausgeber derselben halten mußte. Sie enthielt 10 Briefe, welche theils an Francke, theils an Breithaupt von Freunden derselben zu Quedlinburg, Halberstadt und Erfurt über die ekstatischen Zufälle dreier in diesen Städten befindlichen Mägde gerichtet waren. Diese Briefe, welche Francke seinem Beichtvater Pastor Ehrius in Ammendorf mitgetheilt hatte, waren von einem zu diesem zum Besuch gekommenen Studiosus während der Abwesenheit jenes auf dessen Zimmer, wo sie unvorsichtigerweise unverschlossen lagen, abgeschrieben und unter die Leute gebracht. Endlich hatte sie ein Gegner Franckes, ein Leipziger Magister, Namens Marquardt, in der gedachten Weise drucken lassen. Francke nennt dies in dem Briefe, an Spener, worin er es ihm meldet (s. Kramer a. a. O. S. 243) mit Recht „einen Streich des Satan, der nicht viel ärger taugete." Denn diese Briefe, in denen die bei jenen Mägden durch religiöse Exaltation, wie sie damals nicht selten sich zeigte, hervorgerufenen ekstatischen Zustände im Tone gläubiger Bewunderung erzählt werden, galten, insbesondere seit der von dem bekannten Chiliasten Petersen ein Jahr vorher ausgegangenen Veröffentlichung der Visionen und Offenbarungen der Rosamunde von Asseburg bei den Gegnern der neuen Richtung nicht ohne einen Schein des Rechts als handgreifliche Beweise der Schwärmerei und der Irrlehren, deren sie die Anhänger derselben beschuldigten. Und um Francke möglichst in den Verdacht derselben zu bringen, war der Titel der Schrift in der oben angegebenen Weise eingerichtet, obwohl der wirkliche Herausgeber dies nachher listig anders zu wenden wußte. Francke legte in einer unter Billigung der Behörden in Berlin verfaßten Gegenschrift,[1] worin er zunächst die von seinen Gegnern fort und fort und auch in dieser Sache gegen ihn bewiesene Bosheit nachweist, seinen Standpunct in der Frage von den ekstatischen Zuständen überhaupt mit großer Klarheit dar. Bei der Wichtigkeit, welche sie für die Beurtheilung seiner religiösen Stellung hat, wird es nicht unangemessen erscheinen, die Hauptpuncte wörtlich

---

1) Der Titel derselben ist: M. A. H. Franckens Entdeckung der Bosheit ꝛc. Cöln an der Spree 1692.

mitzutheilen. Er sagt: „Was die gegenwärtige Sache insonderheit betrifft, kann niemand mit Wahrheit sagen, daß ich jemals auf Offenbarungen, Entzückungen und andere dergleichen außerordentliche Dinge entweder selbst baue oder ichtwas darauf setze oder andere darauf weise und führe. Das ist meine bisherige beständige Meinung: 1) daß der Glaube, so durch die Liebe thätig ist, eine höhere und herrlichere Gabe sei, als hohe Offenbarungen und Entzückungen bis in den dritten Himmel; 2) obgleich dem Menschen dergleichen ohne sein Gaffen und Warten wiederführe, daß doch das prophetische und apostolische Wort die einzige Regul und Richtschnur sei und bleibe, danach alles müsse geprüft werden; 3) und daß diejenigen, so darauf warten und gaffen wollten, gar leichtlich könnten verführet werden und mannichfaltigen Illusionen würden unterworfen sein; 4) daß auch die Welt vergeblich darauf warten soll, daß ich vermessentlich zuplatze, und nur gleich sage, es sei alles vom Teufel, da ich dessen durch sattsame Proben in meinem Gewissen noch nicht überzeuget bin, daß dem geoffenbarten Worte Gottes etwas zuwiderlaufe, und mich zum wenigsten, wo sich die wahren Früchte der Busse, daraus man einen von Gott gewirkten Glauben prüfen soll, sehen lassen, nothwendig befahren muß, ich möchte Gottes Werk zugleich antasten, obgleich dies oder jenes von menschlichen, absonderlich weiblichen Schwachheiten mit unterliefe. Worinnen mir Gott noch keine genugsame Gewißheit gegeben hat, da wird er keineswegs von mir fordern, daß ich mit der Welt nur ins Horn schreie und eine Gewißheit vorgebe, die ich nicht habe." Diese auch von Spener im Wesentlichen getheilte Ansicht wird kein Unbefangener mißbilligen, aber sie verräth allerdings, um Schmids vorsichtigen Ausdruck zu gebrauchen, eine Geneigtheit, in diesen Dingen die Hand Gottes zu erkennen, die in dem Briefwechsel Franckes mit Spener entschieden hervortritt.[1] Auf seinen Gegner übte die Schrift Franckes

---

1) Am entschiedensten spricht sich Francke in einem Briefe an Spener vom 10. Dec. 1692 aus, wo er nach Erwähnung „wunderlicher Vorgänge unter ihnen" geradezu sagt: „Es mag solches dem Teufel oder der bloßen Natur zuschreiben, wer da will, ich halte, daß Gott auf solche Weise anfange, seine Wunder kund zu thun, und noch immer herrlicher hervorbrechen werde." Viel vorsichtiger, zurückhaltender und bedenklicher ist Spener, wie überhaupt seiner ganzen Natur und Lebensführung nach, so auch in der Beurtheilung dieser einem dunkeln Gebiete angehörenden Vorgänge. Seine Auffassung derselben ist eingehend dargelegt von

nur den Einfluß, daß er eine Replik erscheinen ließ, in welcher er die gegen ihn angeführten Beschuldigungen mit Hohn zurückweist und Francke zu einem Schwärmer und Sectirer stempelt. Ziemlich in derselben Zeit war eine andere überaus giftige Schmähschrift, wie Francke

---

Hoßbach (s. Philipp Jacob Spener ꝛc. II, 16 flgbe). Interessant ist, wie er sich in einem Briefe an Francke vom 6. Mai 1693 ausspricht: „Sonsten," schreibt er, „habe ich seiter wiederum einen starken Anstoß gehört, daß Jungfer Gräfin in ecstasi von dem Untergang der Stadt Queblinburg in 7 Tagen prophezeiet, deswegen auch einige aus derselben gewichen, so nun aber der eventus vanitatis redarguiret. Wie mir auch von der Anna Maria Schuchartin bergleichen Dinge erzählet worden, die allerdings einem Christen nicht anstehen, so höre nun auch von den beiden größten Ecstaticis zu Queblinburg und Halberstadt, daß sich ihr Christenthum sehr schlecht bezeuge. Welches neue Scrupel macht. So hat Hr. Köster Hrn. Falcknern dahin gebracht, daß er nun keine ecstases mehr habe. Auch hat dieser gesagt, wie er daran gekommen, und daß er ex imaginatione intensa göttlicher Dinge sich die erwecken könne, auch nun, da er Anderes intendiret und einen äußern Weg, sei er ruhiger. Wäre ich in dieser Materie, die extraordinaria angehend, auf eine oder andere Seite gewisser, so deucht mich, sollte ein großes Stück Sorgen gehoben sein, da ich mir jetzt in Vielem nicht zu helfen weiß." Ueber die traurigen Vorgänge in Halberstadt, in welche M. Achilles, ein Freund Franckes, und ein Schüler des letztern, Semler, so schwer verwickelt waren, äußerte er sich unter dem 31. December 1692, obwohl sehr bedenklich, doch noch zweifelhaft, sprach sich aber im Anfang des folgenden Jahres in einem ihm abgeforderten Bedenken, das auch gedruckt ist, entschieden verwerfend über den angeblichen Propheten Kratzenstein aus, den Francke unter dem 26. Januar noch einigermaßen vertritt, indem er aber hinzufügt: „ich will ihn aber auch nicht recht sprechen." Wenn übrigens Schmid sagt, daß „sich durch den ganzen Briefwechsel Speners und Franckes Mittheilungen über die Personen ziehen, welchen Offenbarungen und Entzückungen zu Theil geworden seien," so ist dies eine große Uebertreibung. Diese Mittheilungen finden sich nur in einigen Briefen aus den Jahren 1692 und 93, sie verschwinden nach dem oben angeführten vom 6. Mai. Jene Erscheinungen schwanden mehr und mehr und hörten allmählich auf, vielleicht in Folge des Ausgangs der beklagenswerthen Vorgänge in Halberstadt, welche die äußere Veranlassung der weiter unten zu erwähnenden Schmähschrift „Ausführliche Beschreibung des Unfugs der Pietisten ꝛc." war. Als im J. 1713 auf Veranlassung der seit 1707 in Folge der Vorgänge in den Cevennen in England aufgetretenen „Neuen Propheten" ähnliche Erscheinungen, aber in viel ausgedehnterem und tiefer greifendem Maaße, in Halle sich zeigten und große Unruhe erregten, trat Francke mit größter Entschiedenheit dagegen auf, und erklärte in einer Predigt, daß diese Bewegungen nicht aus Gott wären (s. Heineccius, Prüfung der sogenannten Neuen Propheten ꝛc. S. 29 flgbe. J. Lange, Nothwendiger Unterricht von unmittelbaren Offenbarungen ꝛc. S. 227 flgbe).

allem Anschein nach mit Recht vermuthet, von einem Hallischen Magister Namens Drachstetter unter dem Titel: „Wohlgemeintes Bedenken über die von M. A. H. Francken .... gehaltene Defension-Predigt" erschienen. In derselben waren in Anknüpfung an die bereits erwähnte Predigt die verschiedensten und gehässigsten Angriffe gegen sein Leben und seine Lehre erhoben.

Diese fortgesetzten, sowohl in den Predigten der Geistlichen, als auch in Druckschriften gegen Francke gerichteten Angriffe (Breithaupt blieb, wenn auch nicht völlig, doch viel mehr verschont), über die er auch wiederholentlich bei der Regierung Klage zu führen Veranlassung fand, hatten, wie oben bereits bemerkt ist, zeitig den Gedanken hervorgerufen, durch eine kurfürstliche Untersuchungs-Commission der Unruhe und den Mißhelligkeiten, welche troz der ergangenen ausdrücklichen Befehle entstanden waren, ein Ende zu machen. Es erschien dies durchaus nothwendig, nicht blos um die kurfürstliche Autorität aufrecht zu erhalten und die angegriffenen Männer zu schützen, sondern auch namentlich die eben im Entstehen begriffene Universität von dem Vorwurfe der Heteroborie, der so vielfach gegen dieselbe erhoben war, zu reinigen und zu sichern. Eine solche wurde auch Anfangs September beschlossen, doch zog sich die Ausführung des Beschlusses bis in den November hin. Sie bestand aus dem Geh. Rath Veit von Seckendorf, der zum Kanzler der neu eröffneten Universität ernannt war, dem Propst von S. Petri in Berlin D. Lütkens und den Herrn von Platen und von Dießkau (die drei leztgenannten waren den Pietisten wenigstens nicht geneigt) und eröffnete die Verhandlungen am 18. November. Dieselben wurden mit großer Umsicht und Sorgfalt geführt und dauerten bis zum 27. Nov. Die schriftlich eingereichten Klagen des Ministeriums enthielten eine Reihe von theils abgeschmackten, theils auf bloßem Hörensagen beruhenden Anklagen, von denen keine sich auf die Lehre bezog, und deren Widerlegung oder Zurückweisung den beiden Angeklagten leicht wurde. Dagegen waren die von diesen erhobenen Klagen von größerem Gewicht, doch wesentlich der Art, daß die Gegner nicht genöthigt werden konnten, sie als begründet zuzugestehen. Immerhin waren sie ein wichtiges Zeugniß, das, amtlich abgelegt, an sich nicht geringe Bedeutung hatte. Nachdem die beiden Partheien gehört und eine Anzahl Zeugen vernommen wurde von der Commission ein gütlicher Vergleich in Vorschlag gebracht,

8*

ber auch von beiden Theilen angenommen und in einem ausführlichen
Receß zusammengefaßt wurde.[1] Von den vier Puncten, aus denen er
besteht, ist der wichtigste der erste, in welchem ausgesprochen wird,
„es habe sich nach fleißiger Untersuchung nicht befunden, daß D. Breithaupt oder M. Francke einiges Irrthums in der Lehre — — oder
einiges widrigen dogmatis überführet worden, also diesen beiden Professoren von benenjenigen allhier, welche ihnen falsche Lehren beigemessen und sie mit dem Namen Pietisten und andern ungebührlichen
und übel ersonnenen und applicirten Schmähworten angetastet, oder
ihnen, was von etlichen wenigen Personen Ungleiches obgedachter-
maaßen verlautet, imputirt haben, unrecht und wehe geschehen, dergleichen jedoch gethan zu haben, keiner von dem Ministerio geständig
gewesen, sondern dessen Membra sammt und sonders haben ernannte
beide Männer auf die auch vor jetzo, wie mehrmals münd- wie schriftlich gethane Erklärung und Betheurung von aller Heterodoxia frei
und unbefleckt erkennet" 2c. Die übrigen Puncte sind practischer Art
und beziehen sich auf das zukünftig zu befolgende gegenseitige Verhalten. Auch die Frage wegen der Ecstaticae, über welche die Commission sich hatte genauen Bericht abstatten lassen, der vorhanden ist
(die Schuchartin war damals in Halle), ist darin behandelt, ganz in
dem Sinne der Zurückhaltung Speners und Franckes.

In hohem Grade erleichtert war dieses Abkommen dadurch, daß
die beiden Hauptgegner Franckes Roth und Schrader vor Abschluß
desselben Halle verlassen hatten. Roth war, wie wir gesehen, bereits
am 22. September gegen den strengen Befehl, bis zur Erledigung seiner
Sache in Halle zu bleiben, nach Leipzig gegangen, und erschien trotz
des frühern Versprechens, zu erscheinen, wenn es nöthig sei, als er von
der Commission gefordert wurde, unter der Vorwendung, daß er die
Dimission nicht erhalten, nicht. Schrader aber gieng, während die
Commission versammelt war, als Oberconsistorialrath und Superintendent nach Dresden, nachdem er seine Beschwerden schriftlich eingereicht
hatte, die ebenso wenig von Belang waren, als die der übrigen Geistlichen. Neben jenem Receß war noch eine ausführliche, den wesentlichen Inhalt desselben zusammenfassende warme Ansprache an die
Gemeinden von der Commission im Einverständniß mit beiden Theilen

---

1) Der Receß ist abgedruckt bei Dreihaupt a. a. O. II, 126 flgde.

aufgestellt, die von allen Kanzeln der Stadt verlesen wurde. Es tritt darin sichtlich das Bestreben hervor, die neue von Breithaupt und Francke in der Führung ihres Amts befolgte Weise zu schützen und zu empfehlen. Beide, der Receß sowohl als die Ansprache, wurden durch den Druck veröffentlicht. Jene Verlesung fand an demselben Tage, dem 18. December, statt, an welchem Seckendorf unvermuthet gestorben war. Sein Tod war ein großer Verlust für die junge Universität, doch war es wenigstens eine glückliche Fügung gewesen, daß die Commission unter seinem Vorsitz hatte gehalten werden können. Seiner Besonnenheit, Geschäftserfahrung und allgemein anerkannten Autorität war der günstige Erfolg derselben vornämlich zu danken.

Außer den in dem Receß erwähnten Puncten war noch über die beiden Angelegenheiten lebhaft von der Commission verhandelt, welche, wie oben bemerkt wurde, dem Ministerium vielfach Anstoß gegeben hatten, nämlich das sogenannte Exercitium sabbaticum Breithaupts und die Abendbetstunden Franckes. Die Geistlichen erklärten sich namentlich gegen die Theilnahme von Bürgern an dem erstern, obwohl dieselbe sehr gering war, unter dem Vorwande, theils daß diese sich dadurch von dem Besuch des Nachmittags-Gottesdienstes abhalten ließen, theils daß von den Studiosen öfter Falsches vorgetragen würde, ohne corrigirt zu werden. Obwohl Breithaupt die Hinfälligkeit beider Gründe nachgewiesen, ließ er sich um des Friedens willen bestimmen, den Vorschlag der Commission anzunehmen, wonach die Uebung zwei Stunden dauern sollte, und in der ersten bei der Auslegung Breithaupts auch Bürger zuzulassen seien, in der zweiten aber, wo die Studiosen exponirten, nicht, und da die Geistlichen sich schließlich auch damit nicht einverstanden erklärten, die Entscheidung der Sache dem Kurfürsten anheimzustellen. Sie fiel zu seinem Gunsten aus. An Franckes Abendbetstunde aber hatte sich, weil sie, wie oben bemerkt, sehr spät stattfand und Personen beiderlei Geschlechts sich dabei betheiligten, allerlei Gerede, wie es zu geschehen pflegt, gehängt. Es wurde bestimmt, daß dieselbe „vor der Mahlzeit"[1] gehalten werden sollte. Francke war darüber sehr erfreut. „Die Veränderung meiner Betstunde," schreibt er am 10. December an Spener, „bin wohl gewiß,

---

1) Schmid a. a. O. S. 172 versteht darunter wunderlicherweise die Mittagsmahlzeit.

daß sie von Gott sei, und ist mir darüber etwas Sonderliches begegnet, so mich des göttlichen Willens sehr herrlich versichert. Frühe und Abends habe ich die Alten, und Nachmittage die Kinder. Es läßt sich nun doch ein wenig ansehen, als weide man die Heerde und lernten die Schaafe den Hirten kennen." Aber gerade dieser Erfolg (Francke schreibt, daß einmal 2½ hundert Theilnehmer gezählt seien), erregte von Neuem den Neid der Geistlichkeit. Olearius, der sich schon vorher darüber beschwert hatte, daß Leute aus der Stadt in die Betstunden kämen, stellte bei der Hallischen Regierung den Antrag, dieselben zu verbieten, der auch angenommen, aber auf Franckes entschiedene Einsprache, die sich auf die Entscheidung der Commission stützte, vom Consistorium dahin geändert wurde, daß die Betstunde in die Kirche verlegt werden sollte, was Francke sehr willkommen war.[1] Dies gab ihm Veranlassung, nunmehr die täglichen gottesdienstlichen Uebungen in der Kirche fester zu ordnen, wie er es in dem Briefe an Spener vom 17. Februar 1693 darlegt (vgl. das unten näher zu besprechende „Glauchische Gedenkbüchlein" §. 109).

Eine andere ihm ebenfalls sehr wichtige Bestimmung, welche bei Gelegenheit der Commission getroffen wurde, bestand darin, daß ihm durch dieselbe eine kurfürstliche Verfügung zugestellt wurde, daß sich die Beichtkinder einige Tage vor der Beichte bei ihm angeben sollten. „Ich wollte," schreibt er an Spener, „dieses nicht um Vieles entrathen, als welches mir eine Thür ist zu vielem Guten, und ein gut Exempel giebet, auch der Bürde des Gewissens von wegen des Beichtstuhls eine gute Erleichterung giebet."

Uebrigens hätte er gewünscht, daß die Commission auch auf verschiedene gegen ihn gerichtete Schriften eingegangen wäre und Schritte dagegen gethan hätte. Dazu war jedoch einestheils keine Zeit, anderntheils war es auch sehr schwierig. Er erkennt aber mit Spener „den von Gott verliehenen Sieg" freudig an. „Ich habe," schreibt er, „Gott um nichts gebeten, als daß ich ein rein Gewissen von der Commission bringen möchte. Das hat mir Gott verliehen und noch mehr, als ich hätte bitten und verstehen mögen."

---

1) Die in „Franckens Stiftungen" II, S. 438 flgde gegebene Darstellung dieser Angelegenheit ist ganz ungenau (s. das Vorwort).

. Während durch alles dieſes die Stellung Franckes befeſtigt erſchien, wurde von einer gewiſſen Seite her eifrig daran gearbeitet, ihn aus derſelben wieder zu entfernen. Es wurde dies vornämlich durch den Kammerrath Kraut betrieben, der, wie oben berichtet iſt, vornämlich die Berufung Franckes nach Halle bewirkt hatte. Nach einer Andeutung in dem Briefe von Spener, vom 17. Mai 1692, ſcheint er durch die Excluſion des Conſiſtorialſecretär Kraut, offenbar eines ſeiner Verwandten, durch Francke, die auch ſonſt in den maaßgebenden Kreiſchen mißfallen hatte und die Spener beklagte, verletzt zu ſein. Doch ſpricht Francke bei der Ausſicht, daß er nach Halle kommen werde, unter dem 19. Juli die Hoffnung aus, ihn zu überzeugen, daß „er es mit allen ſo gut meine.“ Nichts deſto weniger verfolgte derſelbe den Gedanken, ſeine Verſetzung herbeizuführen, mit großer Entſchiedenheit. Die erſte Erwähnung davon findet ſich in dem Briefe Franckes vom 20. Auguſt, wo er ſchreibt: „Hr. Kammerrath Kraut hat ziemlich an mich geſetzt wegen des Inſpectorats zu Kalbe, ſo gar, daß er auch geſagt, daß morgen ſchon Leute von Kalbe mich zu hören da ſein würden, auch es ſofort in der Stadt propagiret quasi certo futurum. Ich erkenne nil minus als characteres divinae vocationis in der Sache, hoffe dennoch ihm allezeit aufs Beſcheidenſte geantwortet zu haben, verſichere mich aber, daß des Hrn. von Seckendorffs Widerſpruch ihn in etwas zu andern Gedanken werde gebracht haben. Meine Gemeinde iſt dadurch ſehr allarmiret, daß ſie gehöret, daß ich von ihnen kommen ſollte, und werden mir dadurch vieler Herzen Gedanken offenbar; die meiſten laſſen ſichs einen Ernſt ſein, mich zu behalten, und ſind beswegen einige auch ohne mein Geheiß bei Hrn. von Seckendorff geweſen. Hingegen verurſachet mir es allerhand Unruhe und Verwirrung und dürfte noch mehr verurſachen. Der Herr aber weiß allemal aus dem, was böſe ſcheinet, etwas Gutes zu machen.“ Die Sache gieng indeſſen ihren weitern Gang, und wurde von dem Rath Kraut ſo eifrig betrieben, daß er, nachdem die Verhandlungen der Commiſſion, auf deren Abſchluß dieſelbe von der Regierung verſchoben worden war, ihr Ende erreicht hatte, ein Reſcript erlangte, wonach die Verſetzung bereits beſchloſſen ſei. Indeſſen ſchreibt Spener unter dem 17. Dec., daß Hr. von Danckelmann, dem er ausführlich die Gründe, warum ſie durchaus nicht zu wünſchen ſei, ihm erklärt habe, „er wolle Hrn. von Seckendorff und ihm nicht zuwider sein, und also sollte es unterbleiben." Er fügt dann hinzu, daß er soeben erfahre, „die Versetzung sei nicht anders beliebet worden, als wo Hr. von Seckendorff und Francke selbst darmit frieblich, wie man sie dann vielmehr für ein beneficium, denn als Strafe hielte und auch so geachtet werden sollte." Nichts besto weniger behandelte der Rath Kraut, der nach Halle gekommen war, die Sache als abgemacht. Er mochte auch denken, daß Francke sich durch die vortheilhafte Veränderung seiner Stellung zum Nachgeben bestimmen lassen würde, und hatte in diesem Gedanken sich sogar gegen Spener geäußert, daß „jener sich dazu nicht ungeneigt selbst erklärt habe, indem es eine Verbesserung, da er statt des Pastorats über eine Vorstadt und Inspection über einen Schulmeister ein Pastorat in einer freien Stadt und Inspection über 30 Pfarrherrn bekäme." Einen Kämmerer von Calbe, der nach Halle gekommen war, schickte er zu Francke mit dem Auftrage: „Saget ihm nur, er solle es nicht ausschlagen, die kurfürstliche Vocation werde bald nachkommen." Dieser aber ließ ihm, da er nicht zu Hause angetroffen war, sagen, daß er nicht darauf eingehe, und sie sich nicht weiter bemühen möchten. Zugleich schrieb er an Spener unter dem 20. December: „Ich finde plane nullos characteres divinae vocationis, wollte mich lieber zehnmal absetzen lassen, als solches annehmen. Ich würde von meiner Gemeinde abgerissen werden, wie eine Mutter von einem säugenden Kinde. Wenn die Sache für Gottes Angesicht getragen werden soll, so muß in ein Danken ausbrechen, daß er mein Herz so fest gemacht hat, daß ich ne quidem scrupulum conscientiae besorge. Ich kann nicht einmal mit meinem Gemüthe zur deliberation de affirmativa kommen. Auch ist die Gelegenheit, dem Herrn zu dienen, hieselbst augenscheinlich größer, da man unter Studiosis immer ein neu Auditorium hat, und dem ganzen Lande bienet; ist auch hier der Anfang noch zu schwach und brauchet Befestigung." Leider war der Herr von Seckendorff, ehe die Sache mit ihm behandelt werden konnte, gestorben. Dies mochte Kraut, der in dieser Angelegenheit sich wenig gewissenhaft zeigte, den Muth geben, trotz der entschiedenen Ablehnung Franckes nach Berlin zu berichten, „daß er, weil die Leute von Calbe ihn so herzlich verlangten, mit solcher Vocation auch wohl zufrieden sei." Inzwischen war in der Gemeinde die Unruhe mehr und mehr gewachsen, so daß, wie er schreibt, „sie zusammenlaufen und Anschläge machen, wie sie nochmal bei kurfürstlicher Durchlaucht anhalten wollen. Und da vorhin keiner der Richter unterschrieben, hat nun der eine auch, wie ich vernehme, mit Thränen sein gutes Herz bezeuget und sind sonst auch schon viele Thränen darüber vergossen worden." In der That wurde eine Supplik der Gemeinde eingereicht. Nichts desto weniger schreibt Spener unter dem 31. December an Francke: „Es wird dessen Versetzung aus Halle so ernstlich allhier betrieben, daß ich nicht weiß menschlicherweise, ob sich solche werde abwenden lassen: wird also nöthig sein, zu dem Herrn so viel inbrünstiger zu flehen, daß er nichts wider seine Ehre verhängen, und seinen Willen mit völliger Gewißheit zu erkennen geben wolle." Indessen unter dem 26. Januar 1693 schreibt Francke: „In der Calbischen Sache, höre ich, ist ein Rescript eingegangen, daß ich hier bleiben soll."[1] So war denn auch von dieser Seite her Ruhe eingetreten.

———

1) Die in „Franckens Stiftungen" II, 442 gegebene Darstellung dieses Vorgangs ist vielfach ungenau und unrichtig (s. das Vorwort). Wenn derselbe darin mit der Berufung des berühmten Rechtsgelehrten Stryck nach Halle in der Art in Beziehung gebracht ist, daß dieser die Entfernung Franckes zur Bedingung seines Kommens gemacht habe, so ist dies sehr unwahrscheinlich. Nicht allein war Stryck, ebenso wie seine ganze Familie, bald ein Verehrer und einer der wärmsten Förderer der Unternehmungen Franckes (was allerdings in jener Darstellung als eine Umwandlung desselben angesehen wird), sondern er war nachweislich auch vorher keineswegs ein Gegner der Pietisten (s. Spener, Gründliche Beantwortung des Unfugs S. 194). Allerdings findet sich in dem Briefe Franckes vom 17. Dec. bei der Erwähnung des Einzugs Strycks „unter Pauken und Trompeten," eine Aeußerung, aus der man einen Zusammenhang seines Kommens und dem Versetzungsplan schließen kann. Sie ist aber so unbestimmt, daß Näheres sich daraus nicht ableiten läßt. Aus einem Briefe Speners vom 16. Juli geht hervor, daß man schon damals seine Uebersiedlung nach Halle erwartete und daß bei ihm nichts weniger als Feindseligkeit gegen Francke vorausgesetzt wurde. Auch zeigt sich weder in den sonstigen Briefen Speners und Franckes, noch in der Darlegung der Gründe, die Spener gegen die Versetzung Breithaupts (denn auch an diese dachte man) und Franckes dem Herrn von Dandelmann eingereicht hatte (s. seinen Brief vom 13. Dec.), und welche vorliegen, von jener Forderung Strycks irgend eine Spur. Der Hauptgrund für jenen Plan scheint die Befürchtung gewesen zu sein, die Stryck vielleicht theilte, daß der Ruf des Pietismus, in dem beide standen, dem Aufblühen der Universität hinderlich sein möchte. Diese sucht Spener in jenen Gründen zunächst zu entkräften. Dann hebt er die Ungerechtigkeit und die Schmach hervor, die darin liegen würde, wenn man diese Männer nach dem für sie so ehrenvollen Ausgang der Commission entfernte.

Die Angriffe auf den Kanzeln hörten freilich nicht auf, namentlich trieben es die Geistlichen der an Glaucha anstoßenden Gemeinde von St. Moritz, Reichhelm und Nicolai, wie Francke schreibt, mit Schmähungen schändlicher denn je, indessen machte es nicht mehr den gleichen Eindruck wie früher. Francke konnte sich dem Bauen der Gemeinde mit größerer Ruhe hingeben, wobei ihm wachsender Segen geschenkt wurde. Und er beschränkte sich nicht blos darauf, ihr auf die mannichfaltigste Weise durch persönliche Einwirkung zu dienen, sondern richtete damals unter dem Titel: „Glauchisches Gedenkbüchlein" eine Schrift an sie, worin er sie auf das Eingehendste und zugleich Liebevollste wie Ernsteste in populärer Weise von den wichtigsten Aufgaben des Predigtamts und der rechten, fruchtbaren Benutzung der durch dasselbe gebotenen Segnungen von Seiten der Gemeinde belehrt. Es erschien zuerst gegen Ende des Sommers in einem handlichen Octavformat, mit Beifügung einer 1691 in Halberstadt gehaltenen Predigt von der „wahren Glaubens-Gründung, Kräftigung, Stärkung, Vollbereitung." Später wurde es, nachdem mehrere Ausgaben erschienen, in der 1703 veranstalteten Sammlung: „Oeffentliches Zeugniß von dem Dienste Gottes" in Quart unter dem ausführlichen Titel: „Einfältiger Unterricht von der Führung des Predigtamts und dessen heilsamer Anwendung an Seiten der Zuhörer, die Heiligung der Sonn-, Fest-, Apostel-, Buß- und Bettage, wie auch der Fastenzeit, die Wiederholung der Predigten, Catechisation, Wochen-Predigten, Betstunden und insgemein die Handlung des göttlichen Worts betreffend" zuletzt und zwar ohne die Predigt herausgegeben.[1] Wie ausführlich aber auch jener Titel ist, so ist er doch nicht erschöpfend, indem keine Seite des geistlichen Lebens der Gemeinde, abgesehen von den Sacramenten, dem Hausgottesdienst und der Kinderzucht, deren Behandlung, wie er ausdrücklich ausspricht, er sich, „so Gott und die Zeit es gestatten" besonders vorbehalten, darin unberücksichtigt bleibt. So ist die specielle Seelsorge nach ihren verschiedenen Seiten, das Verhältniß des Pfarrers zu den Gliedern der Gemeinde, die Unterweisung der Kinder, und diese mit besonderer Liebe, sorgfältig behandelt. Wie eingehend alle diese wichtigen Materien

---

1) Die Schrift hat selbständige Paginirung, und ist daher ohne Zweifel auch besonders ausgegeben.

besprochen sind, geht schon daraus hervor, daß die Schrift 153 Quart-
seiten füllt. Den Zweck, den er dabei sich vorgesetzt habe, spricht er
schließlich so aus: „Dieses ist es nun, durch Christi Blut erkaufte und
herzlich geliebte Pfarrkinder, dessen ich euch habe zu erinnern nach
meinem tragenden Amte für hochnöthig erachtet. So ihr nun solches
mit Fleiß gelesen und erwogen, werdet ihr meinen Hauptzweck erkennen, wie nämlich derselbe dahin gehe, daß ihr 1) nicht in den Wind
schlaget, sondern recht bedenket alle die Gnade und Barmherzigkeit,
welche Gott an euch thut, und daß er euch sein heiliges Wort so
reichlich verkündigen lässet, daß es euch an keiner Gelegenheit fehlet,
euch zu stärken und zu erbauen in eurem Christenthum, und daß auch
Alte und Junge in allen Stücken der christlichen Lehre und des wahren Christenthums täglich und reichlich und nach ihrem eignen Gefallen
können unterrichtet werden — — 2) Wenn ihr nun erkennet, wann
und wie reichlich Gottes Wort unter euch gehandelt wird, so möchtet
ihr doch noch nicht erkennen und verstehen, wie und auf was für
Weise ihr euch solches alles recht zu nutze machen sollet, so findet ihr
nun in diesem Buche eine kurze Anweisung. — — Und so ihr denn
auch 3) euch noch nicht in alles finden könntet, so wird euch durch
dieses Büchlein nicht allein die Freiheit, sondern auch bessere Gelegenheit gegeben, daß ihr euch bei mir fernern Raths und Unterrichts
erholen könnet." Den Schluß macht eine bringende Ermahnung an
alle, namentlich die Hausväter und Hausmütter, das Buch recht zu
gebrauchen und endlich ein langes, überaus inniges Gebet für die
Gemeinde.

Diese ebenso herzliche, wie Jedermann verständliche Ansprache, die
zugleich ein lebendiges Bild davon giebt, wie er sein Amt verwaltete,
konnte nicht ohne großen Segen bleiben. Wie sehr derselbe überhaupt
zunahm, geht aus Franckes Brief vom 12. Mai 1694 hervor, worin
er schreibt: „In meinem Amte achte ich jetzo für einen neuen Segen,
daß in unserer Glauchischen Kirche eine neue Porkirche von 20 bis
30 Ständen für die Herren Professores, unter denen auch der Herr
Stryck, und Studiosos, wie auch ein Weiberstand für acht Personen
aus der Stadt Halle, da die Frau Geheimeräthin Stryck zwei genommen, erbauet wird, auch fast fertig ist. So erweiset sich auch sonst
der Segen gar merklich und finden sich noch immer, die aufs neue
sich von Herzen zu Gott bekehren, und an denen, die die Wahrheit

erkannt, findet sich ein ziemliches Wachsthum, wiewohl es leider auch an solchen nicht fehlet, welche mir Amt und Gewissen schwer machen und als zweimal erstorbene Bäume dem Fluche nahe scheinen. Im Beichtstuhl bin ich einer ziemlichen Last entledigt, weil die Leute sich großer Freiheit gebrauchen in der Stadt zu beichten, da sie frei angenommen werden, wodurch ich der Schlimmsten guten Theils, wo nicht ganz los bin. Gott wird ferner helfen." So hatte er sich bereits über seine Gemeinde hinaus unter den angesehensten Bewohnern Halles Anerkennung und Einfluß erworben.

In demselben Jahre, in welchem das Gedenkbüchlein erschien, gab er auch eine auf seine Wirksamkeit als Professor bezügliche Schrift unter dem Titel: „Manuductio ad lectionem scripturae sacrae una cum additamentis, regulas hermeneuticas de affectibus et enarrationes ac introductiones succinctas in aliquot epistolas Paulinas complectentibus" heraus. Es war eine Neubearbeitung einer Schrift, die nach einer von ihm in Erfurt gehaltenen Vorlesung ohne sein Wissen in Jena sehr mangelhaft gedruckt worden war. Von den angefügten Enarrationes waren die über die Episteln an die Römer und die Corinther von Breithaupt. Sie erschien in einfachem Duodez und Francke bezeichnet sie in der Vorrede als tenuia rudimenta et quasi incunabula hermeneuticae sacrae, er spricht überhaupt mit der größten Bescheidenheit davon. Interessant sind darin die Rathschläge, welche er in Bezug auf die Erlernung der griechischen und hebräischen Sprache giebt (s. S. 16 flgde), auf die bereits oben (s. S. 15 Anm.) hingewiesen ist. Die Schrift ist wiederholt gedruckt und in deutscher Uebersetzung in das „Oeffentliche Zeugniß vom Worte Gottes" (s. unten) aufgenommen.

Zu einer andern schriftstellerischen Arbeit wurde er, sehr wider seinen Willen, durch eine Schrift genöthigt, die unter dem Titel: „Ausführliche Beschreibung des Unfugs, welchen die Pietisten in Halberstadt im Monat December 1692 gestiftet, dabei zugleich von dem pietistischen Wesen insgemein etwas gründlicher gehandelt wird" zu Anfang des Jahrs 1693 anonym erschien. Sie war hauptsächlich gegen Spener, dann aber auch gegen seine vornehmsten Anhänger, auch gegen Francke, gerichtet, und mit der äußersten Gehässigkeit geschrieben. Es war ein allgemeiner Sturmangriff gegen die neue Richtung, durch den man dieselbe zu vernichten hoffte, sie aber in den

Augen aller nur einigermaaßen Unbefangenen durch die darin herrschenden Maaßlosigkeiten, Lügen und Verdrehungen, welche ausführlich
von Spener in der „Gründlichen Beantwortung einer mit Lästerungen angefüllten Schrift 2c." dargelegt sind, nur förderte.[1] Sie rief
außer jener Spenerschen eine ganze Anzahl von Gegenschriften der
besonders Angegriffenen, wie Breithaupts, Antons und Fergens,
auch eine von Francke hervor, die wir hier allein ins Auge fassen.
Er gab dieselbe zu Anfang des folgenden Jahrs unter dem Titel:
„Verantwortung gegen die sogenannte Beschreibung des Unfugs" 2c.
heraus und fügte, um zugleich damit der Erbauung zu dienen, eine
„Betrachtung von Gnade und Wahrheit" hinzu. In welchem Sinne
er jene Schrift geschrieben, geht aus der durch und durch vortrefflichen
Einleitung hervor. Wir führen nur Einiges daraus an: „Ich sage
von Herzen," schreibt er, „daß mir alle Schmiereien, damit man
sich anhero bemühet, wider rechtschaffene Knechte Gottes zu streiten,
so verächtlich fürkommen, daß mirs sauer wird, daß ich nur die Zeit
dazu nehmen soll, solche zu lesen, ich geschweige etwas darwider zu
schreiben. Lutherus vergleicht solche Menschen einem, der die Sonne
vom Himmel stechen wollte und thäte einen Stich in die Luft, und
meinte, er hätte eine große That ausgerichtet. Es sind ja nun über
vier Jahre, daß man einen Streit wider mich erhoben, und noch bis
auf diesen Tag kann man über der Frage nicht eins werden, was man
mir eigentlich imputiren soll, und spricht der eine dies, der andere
das, daß ich auch das thörichte Beginnen wohl mit Mitleiden und
Erbarmen ansehen muß. Im Geringsten hat es mir ja nicht geschadet,
sondern habe es nun in beständiger Erfahrung, daß je ärger es die
Welt mit mir vorgenommen, je reichlicher und je überflüssiger ist mir
der Segen von Gott zugeworfen und die Thüre des Worts zur Verherrlichung des Namens Gottes geöffnet worden. Daher liege und
schlafe ich ganz mit Frieden, ob sich gleich viel 100 000 wider mich
legen, und ist mir nie besser, als wenn ich nur stille sein darf und

---

1) Der Verfasser der Schrift ist mit Sicherheit nicht bekannt. Die meisten
Gründe sprechen für D. Carpzov, der mehrfach als solcher geradezu bezeichnet
wird. Die Besitzerin der Buchhandlung, wo sie erschien, war seine Schwieger-
mutter. Jedenfalls war er stark dabei betheiligt. Die Schrift wurde in Folge
eines von Berlin gestellten Antrags auf kurfürstlichen Befehl confiscirt.

meine Sache dem Herrn befehlen. — — Der Nutze, den ich bis anhero aus meinen Widerwärtigkeiten geschöpfet, ist ganz unschätzbar und wollte ich dessen nicht um aller Welt Gut entrathen. Darum, so viel mich betrifft, mag die Welt immer fortfahren und es machen, so arg sie immer kann. Trotz sei ihr zu tausendmal geboten, daß sie mir meine Hoffnung im Geringsten zu Schanden mache, und mich im Geringsten des Zwecks beraube, darnach ich ringe und kämpfe durch die Gnade Gottes, welche in mir wirket. Was ich an mir erkenne und noch ferner erkennen werde, das noch nicht lauterlich in Gottes Ehre und des Nächsten Nutzen gerichtet ist, darum bitte ich Gott ganz herzlich und inniglich, daß er es verhindern, zerstören und zernichten wolle nach allem seinem Wohlgefallen. Sind nun Anderer Waffen eben dahin gerichtet, so sollen sie den Sieg mit meiner eignen großen Freude leicht erhalten. Greifen sie mich aber an, worin ich dem Herrn doch wahrhaftig diene, so sollen und müssen sie doch endlich mit ihrem Schmerz erfahren, daß hier ist Immanuel. Der lebendige Gott kennet mich, und ich kenne ihn und weiß, daß ich ihm diene mit wahrhaftigem Herzen, und wenn ich sagete, ich kennete ihn nicht, so wäre ich ein Lügner; nun aber weiß ich, daß ich sein Knecht bin, und meine Wege sind vor ihm offenbar, und sein Wort ist meines Fußes Leuchte, und er ist mit mir gewesen bis auf diese Stunde, und hat mich errettet aus aller Trübsal und mich überschwänglich getröstet durch den Segen, welchen er mir durch die Verkündigung seines Worts an Andern sehen lassen, und welchen er noch täglich über mich ausgießet in himmlischen Gütern in Christo Jesu. Wer mit mir ist, der ist nicht mit mir, sondern mit Gott, dem ich diene. Wer wider mich ist, der ist nicht wider mich, sondern wider Gott, und schadet nicht mir, wird mir auch in Ewigkeit nicht schaden, sondern sich selbst und seiner eignen Seele; mir aber wird er auch wider seinen eignen Willen und Dank noch dazu dienen müssen, daß ich meines Zwecks desto besser theilhaftig werde. Und wenn noch tausend Schriften wider mich herausgegeben würden, so kann ich weder zur Rechten noch zur Linken. Denn ich weiß, daß ich auf dem rechten Wege bin, beides in Lehr und Leben, der mich und Andere zur ewigen Seligkeit führen wird; und auf solchem Wege übe ich mich täglich im Glauben und herzlicher, brünstiger, mit Christo mich genauer und fester zu verknüpfen und der Heiligung nachzujagen in der Furcht Gottes. Ich thue (ob zwar noch lange nicht so vollkömmlich als ichs verlange) was ich erkenne aus dem Worte Gottes, daß es mir zu thun obliege, die Welt mag darüber lachen oder murren, bis sie beides überdrüßig wird. Hochgelobet sei Gott, der mir diesen Sinn gegeben. Ewiglich will ich ihn loben, und mit Freude und Wonne ihm danken, wenn ich stehen werde vor seinem Angesichte, gegen alle die mich geängstet und meine Arbeit verworfen haben, da der Herr ans Licht bringen wird, was im Finstern verborgen ist und den Rath der Herzen offenbaren." Wenn er trotz dieser Ueberzeugung dennoch dazu schritt, die angegebene Schrift zu schreiben, so giebt er die Gründe, die ihn dazu bewogen, an. „Weil mir denn nun," sagt er, „von solchen, die mehr Erfahrung haben als ich, zu vielen Malen umständlich zu Gemüthe geführet worden, daß ich mit gutem Gewissen nicht länger schweigen könnte, sondern nothwendig mich verantworten müßte, wo ich anders nicht den Segen meines Amts in der christlichen Kirche bei vielen hindern und unterbrechen wollte; da ohnedem ich mich nicht entbrechen könnte, von wegen unser neu angehenden Universität, mich von solchen ungebührlichen Auflagen zu entledigen; ja auch eben daraus viele einen größern Verdacht gegen mich schöpfen würden, wenn alle Andern ihre Verantwortung dagegen schrieben und ich allein damit zurückbliebe, da man mich zum wenigsten einer unzeitigen Singularität beschuldigen dürfte: als habe ich dahero mich endlich in der Furcht Gottes entschlossen, mit Wenigem meine Unschuld gegen solche Schrift in denen mir aufgebürdeten Dingen zu bezeugen."

Dieses wurde ihm nicht schwer. Die Angriffe bezogen sich theils auf die Vorgänge in Leipzig, theils auf die in Erfurt, theils auf die in Halle, namentlich auf die Commission, und sind sämmtlich in ihrer Nichtigkeit und Gehässigkeit dargelegt, worüber nach den von uns gegebenen Darstellungen Weiteres zu sagen überflüssig ist. Da endlich mit besonderem Triumph auf das „Eilfertige Bedenken" des M. Roth über Franckes Predigt hingewiesen und ausgesprochen war, „daß er sich nicht verantworten könnte," so nahm er hievon Gelegenheit, sich mit diesem, was zu seinem Bedauern vor der Commission nicht hatte geschehen können, und was er bisher aus Widerwillen vor den öffentlichen Streitigkeiten vermieden hatte, auseinanderzusetzen. Er wies darin 36 Unwahrheiten (in dem oben erwähnten, an das Consistorium erstatteten Bericht hatte er mehr als 60 aufgezählt) nach, und beleuchtete sie in mehr oder weniger ausführlichen Erörterungen. Einige, namentlich die über die Indifferentia (Mittelbinge) und seinen göttlichen Beruf in seiner jetzigen Stelle, weswegen ihn sein Gegner angegriffen hatte, sind sehr eingehend und lehrreich. In Betreff des letzten Punctes war von dem Gegner besonders betont, daß er durch allerlei gesuchte Protection in seine Stelle eingetreten sei, ehe sie definitiv erledigt gewesen, wogegen es ihm nicht schwer war sich zu vertheidigen. Characteristisch aber und bezeichnend für seine Glaubensstellung ist die unerschütterliche Ueberzeugung von der Göttlichkeit seines Berufs, die er bei dieser Gelegenheit ausspricht. „Mich aber," sagt er, „kann das im Geringsten nicht irre machen, weil mir das allzufest versiegelt ist, daß ich ein Knecht bin meines Gottes nach seiner unaussprechlichen Barmherzigkeit an mir Elenden, der mir einen Sieg und Segen nach dem andern in meinem Amte gegönnet, mein Gebet erhöret, mich kräftig in allen Trübsalen gestärket, ja überschwänglich getröstet, und mir die Malzeichen seiner wahrhaftigen Knechte gegeben, daß ich von der Welt gehasset und verfolget werde. In dem allen bin ich so gewiß in meinem Herzen, daß ich ein Knecht Gottes bin, als gewiß ich bin, daß ich ein Kind Gottes bin, und so gewiß weiß ich, daß ich ein Kind Gottes bin, als gewiß ich weiß, daß ich ein Mensch bin, wiewol dieses durch die Natur, jenes durch die Gnade des heiligen Geistes, der in mir wohnet. Und gebe ich es meinen Widerwärtigen zur Prüfung über, ob sie mir das mit gutem Gewissen nachsprechen können." Bei dieser vollen und sichern Hingabe seines ganzen Wesens an den Herrn und dem ihn ganz erfüllenden Bewußtsein, daß er ihm allein angehöre, wie es sich in diesen Worten ausspricht, ist es nicht zu verwundern, daß seine Wirksamkeit eine außerordentliche und fort und fort wachsende war. Alles, was er sprach, trug, wie es auch in dieser Schrift der Fall ist, das Gepräge der innersten, vor dem Angesicht Gottes dargelegten Ueberzeugung, und übte deshalb so siegreichen Einfluß.

Bemerkenswerth in Bezug auf seine wachsende Wirksamkeit ist insbesondere noch dieses, daß er im Jahre 1693 begann, den Studiosis theologiae zunächst in seinem Hause wöchentlich eine lectio paraenetica zu halten, die dann bei der Zunahme der Theilnehmer in das öffentliche Auditorium verlegt und bis an sein Lebens-Ende von ihm gehalten wurde. Es wurde von ihm, sowie von seinen Collegen ein so großes Gewicht auf dieselbe gelegt, daß in der Stunde, wo sie gehalten wurde, Donnerstags von 10—11, keine andere theologische Vorlesung stattfand. Ueber die Behandlung und das Wesen derselben spricht sich Francke in der Vorrede zu dem ersten Bande der 1726 begonnenen Herausgabe einer Auswahl derselben aus. Er sagt darin: „An eine gewisse Methode habe ich mich darinnen nicht gebunden, sondern meine Hauptregel sein lassen, daß in einer jeden hora paraenetica das denen Studiosis Theologiae sagte, was ich jederzeit ihnen zu sagen am allernöthigsten gefunden, beides zu ihrer gründlichen Bekehrung und daraus fließendem christlichen Wandel und zu ordent= licher und weislicher Fortsetzung ihrer Studien, damit sie dermaleinst als treue und kluge, mithin recht brauchbare Arbeiter in dem Weinberge des Herrn, ein jeder nach der von Gott ihm verliehenen Gabe dar= gestellet werden könnten. Ich muß auch frei und öffentlich bekennen, daß ich in aller folgenden Zeit von keiner andern academischen Arbeit mehr Nutzen und Segen gehabt, als von eben dieser. Sehr viele, so vorhin dieses Collegium frequentiret, haben mir nachhero, da sie in öffentlichen Aemtern gestanden, in ihren Briefen ihr Bekenntniß von dem daraus geschöpften großen Nutzen gethan, und wie nicht nur das der Weg zu ihrer Bekehrung gewesen, sondern wie sie auch nun, da sie in die Erfahrung kämen, sich gar vieles wieder erinnerten, was sie damals zwar gehört, aber weil sie keine Erfahrung gehabt, nicht genugsam verstanden, noch es recht angewendet, welches ihnen nun, da sie mehr Erfahrung hätten, erst recht zu statten käme." Vom Jahre 1695 wurden sie, wie auch die Predigten Franckes, nach einem beson= dern System wörtlich nachgeschrieben, und danach die oben erwähnte Herausgabe unter dem Titel „Lectiones paraeneticae" gemacht. Francke selbst hat zwei Bände herausgegeben, denen sein Sohn noch fünf hinzugefügt hat. Sie enthalten einen Schatz wichtiger practischer Lehren.

Das Jahr 1694, bei dessen Beginn die obige Schrift erschien, brachte ein für Francke überaus wichtiges Ereigniß, seine Verheirathung. Unter dem 12. Mai schreibt er an Spener: „Es hat endlich der, so Alles in Händen hat, mein Herz kräftiglich gelenket, mich nach einer Gehülfin umzusehen, welche die Last und den Segen mit mir theilen möge, und habe nach herzlichem Gebet und Flehen vor Gott und fleißig gepflogenem Rath mit unserm lieben Herrn D. Breithaupt einen

gewissen Entschluß diesfalls gefaßt, und weil mir unter allen Weibes-
personen, so mir bekannt, keine fürkommen, welcher ich sowol zutrauen
könnte, daß sie alle Trübsal und Schmach freudig übernehmen und
auch selbst in dem Werk des Herrn mir nicht ohne Hoffnung eines
großen Segens beistehen, auch hiernächst die häusliche Sorge über sich
ergehen lassen könnte, als Frl. Anna Magd. Wurmin von Klein
Furra bei Nordhausen (von welcher ich nicht weiß, ob vielleicht schon
in einigen meiner Schreiben gedacht worden sei), so habe ich mich im
Namen des Herrn um dieselbe beworben, und auch sofort ein freudiges
und getröstes Jawort von derselben vorgestern schriftlich erhalten.
Es ist dieselbe vor geraumer Zeit ihres Herrn Vaters und nun auch
vor etwa einem Jahre ihrer Frau Mutter beraubet worden, nach
deren Tode sie sich bei der Frau Stiftshauptmannin zu Queblinburg
aufgehalten, durch welche Gelegenheit ich auch mit ihr ohnlängst zu
Rammelburg, des Herrn Stiftshauptmanns adelichem Hause, 5 Meilen
von hier, als die Taufhandlung eines Türken vorgegangen, bekannt
worden, wiewohl wir vorhin schon über 1½ Jahre Briefe gewechselt
hatten und mir das Zeugniß ihres gar ernstlichen Christenthums schon
in Erfurt bekannt gewesen. Es ist jetzt nur noch übrig, daß auch
ihrem Herrn Vormund und Herrn Brüdern, deren einer doch allhier
mein Beichtkind gewesen, Nachricht davon gegeben werde, und suchen
wir ihnen durch Vermittlung des Herrn Stiftshauptmanns also bei-
zukommen, daß Alles mit ihrem guten Consens und gutem Willen
geschehe, ehe wir zu der wirklichen Eheverlöbniß schreiten, und gehet
meine Intention dahin, daß noch vor der Inauguration unsrer Universität auch die Hochzeit vollzogen werde, und hoffe ich aus Allem
ohne äußerliche Weitläuftigkeit zu kommen. Inzwischen bitte noch zur
Zeit die Sache geheim zu halten, ohne daß auch hierzu Hrn. M. Scha-
bens Gebet verlange, wie denn auch nicht zweifele, mein theuerster
Vater werde mir von Gott erbitten helfen, daß des Vormundes und
der Anverwandten Herzen, welche wohl theils übel von mir informirt
sind, und es auch um des weltlichen Adels willen ihnen werden
schimpflich achten, nach unserm Wunsch gelenket werden, und auch
sonsten dem Satan nicht vergönnet werde, sein Spiel drein zu machen.
Ich tröste mich indessen, daß auch Christus spricht in dem morgenden
Evangelio: Ich sage nicht, daß ich den Vater für euch bitten will,
denn er selbst, der Vater, hat euch lieb." Nachdem er dann in eben

diesem Briefe von dem Segen gesprochen, den der Herr ihm in seinem Amte geschenkt, wie oben daraus berichtet ist, schließt er mit den Worten: „Ich bitte, mir beten zu helfen, daß ich ja in keinem Stücke nachlässiger werde in dem Ehestande, sondern daß der Segen und der Nachdruck sich vermehre." Und so geschah es.

Der Inhalt des obigen Briefs giebt über alle Verhältnisse der in Rede stehenden Angelegenheit Andeutungen, zu deren vollem Verständniß Folgendes dienen möge. Das Fräulein, um welches es sich darin handelt, war die am 19. November 1670 geborene Tochter des verstorbenen Erbherrn auf Hopperode und Wiederkaufsinhabern der Gräflich Hohensteinschen Güter und Gerichte Klein=Furra und Morbach, Otto Heinrich von Wurm. Darüber, daß Francke „das gute Zeugniß ihres gar ernstlichen Christenthums schon in Erfurt bekannt gewesen," wie er in dem Briefe an Spener ausspricht, ist Näheres nicht bekannt. In einem frühern Briefe an denselben vom 16. Mai 1693 bezeichnet er sie als ein theures werthes Fräulein, die Gott sonderlich herausgerissen. Dies mochte Francke, nachdem er in Halle sein Amt angetreten hatte, und die erste Zeit der Unruhe vorüber war, veranlassen, an sie zu schreiben, um sie in ihrem Christenthum zu stärken. Denn auch in dieser Weise suchte er Seelen für das Reich Gottes zu gewinnen, und er sowohl, als die mit ihm in gleicher Gesinnung Verbundenen, entwickelten, wie Spener selbst, in dieser Beziehung eine außerordentliche Thätigkeit. Das Tagebuch Franckes (s. Kramer a. a. O. S. 181 flgde) und sein Briefwechsel mit Spener zeigen an vielen Stellen, ein wie lebhafter persönlicher und brieflicher Verkehr zwischen ihm und vielen an verschiedenen Orten wohnenden Personen stattfand,[1] so daß es schwer ist zu begreifen, wie er zu Allem, was er zu Stande brachte, Zeit fand. Es ist auch dies ein Beweis der ungemeinen geistigen Spannkraft und Leichtigkeit, die er besaß.

Die auf dieses Verhältniß bezüglichen Briefe Franckes selbst sind leider nicht vorhanden, dagegen sind die des Fräulein von Wurm vollständig erhalten, und, nachdem sie vor einigen Jahren wieder ans Licht gekommen, in den von mir herausgegebenen „Neuen Beiträgen

---

1) Dieser lebhafte Verkehr mit Auswärtigen gab seinen Gegnern vielfach Veranlassung zu Spott und Angriffen, „sein Haus sei gleichsam ein Gasthaus".

zur Geschichte A. H. Franckes" mitgetheilt. Der erste ist vom 15. Juni 1692, und es geht aus demselben hervor, daß der Briefwechsel von Francke angeregt wurde. Es heißt darin: „Dem allergütigsten Gott sei insonderheit herzinniglich gedanket vor diese neue Gnade, daß er dero gottgeheiligtes Herz zu mir geneiget, daß Sie auch abwesend mich zu erbauen und durch schriftliche Unterredung in dem wahren Christenthum zu unterhalten suchen." Es würde sehr interessant und lehrreich sein, wenn Franckes eigne Briefe vorlägen, doch läßt sich im Allgemeinen der Character derselben aus den darauf ertheilten Antworten schließen. Was diese selbst betrifft, so geben sie trotz der verhältnißmäßigen Jugend der Schreiberin Zeugniß von ebenso viel Bildung und Tact, als christlicher Erkenntniß und inniger Frömmigkeit. Von irgend welcher Ueberschwänglichkeit oder ungesundem Wesen ist keine Spur darin zu bemerken. Die Förderung und Stärkung eines klaren, festen und lebendigen Glaubens bildet, wie sie der Zweck des Briefwechsels war, den Inhalt desselben. Außer dem darauf abzielenden Inhalt der Briefe Franckes, den wir freilich nur vermuthen können, werden zu diesem Zweck Predigten gesendet, insbesondere die wichtige vom 6. Trinitatissonntage, „Vom Fall und Wiederaufrichtung der wahren Gerechtigkeit" (Matth. 5, 20—26), die so viel Aufsehen machte (s. oben S. 110), und eine von ihm verfaßte Schrift über „Gesetz und Evangelium". Zugleich vermittelt er weitere Correspondenzen zwischen der Schreiberin und andern ihm nahestehenden geförderten Christinnen, der Hofräthin Schreiber in Halberstadt, der Stiftshauptmannin von Stammer in Queblinburg, und der Frau von Marschall in Weimar. Durch alles dieses steigert sich die verehrende Hingebung der Schreiberin, die bald ihren Ausdruck in der Anrede „Auserwählter Freund in dem Herrn" und Aehnlichem findet. Noch näher wird das Verhältniß, als nach dem am 7. September 1693 erfolgten Tode der Mutter des Fräulein von Wurm diese allein stand, und wie sie am 13. Sept. schreibt, in dem väterlichen Hause nicht bleiben konnte. Francke hatte sichtlich an alledem den herzlichsten Antheil genommen und sie in dem darauf bezüglichen Brief mit dem Schwesternamen und dem „Du" begrüßt, wie es in diesen Kreisen nicht ungewöhnlich war.[1]

---

[1] Unter den Vorwürfen, welche das Erfurter Ministerium gegen Francke erhoben, fand sich auch der (s. oben S. 83), daß „er sich nicht entblödet, eine

Er hatte auch den Vorschlag gemacht, daß sie zu der Frau von Stammer ziehen möchte, indessen fand derselbe bei einem Theil der Verwandten Widerspruch; wohl weil diese in dem Rufe einer Pietistin stand. Dennoch kam es dazu. Sie trat in der Mitte des Februar 1694 in die Familie der Stiftshauptmannin ein. Voller Freude meldet sie Francke unter dem 20ten „daß sie durch die Güte des Herrn an diesem lieben Orte sei, wo sie erst sieben Tage gewesen, aber schon viel unaussprechlicher Freude und Erquickung genossen, dafür der Name des Herrn gelobet sei vom Aufgange der Sonne bis zu ihrem Niedergange." Sehr merkwürdig ist, was sie hinzufügt: „Weil ich hier schöne Gelegenheit habe, etwas in griechischer Sprache zu profitiren, darnach mich eine geraume Zeit herzlich gesehnet, werde ich solche mit großer Begierde im Namen des Herrn ergreifen. Unser lieber Herr M. Arnoldi (es ist der bekannte Gottfried Arnold, welcher damals Hauslehrer in dem Stammerschen Hause war) ist von Herzen willig, mir davon etwas beizubringen, was ihm der Herr vergelten wolle. Ich ersuche aber Dich, geliebter Bruder, daß Du mir dazu die Gnade von oben wollest erbitten helfen. Der mich kennet, weiß, daß meine Absicht nicht auf Kunst und Wissenschaft zu erlangen gerichtet ist, sondern ihm noch mehr gefällig durch weiteres Erkenntniß zu werden." Durch diese Beziehung zu dem Stammerschen Hause wurde die oben erwähnte Gelegenheit einer persönlichen Bekanntschaft zu Rammelburg bei Mansfeld herbeigeführt, welche im Anfang März stattfand. Diese Begegnung war wohl von entscheidendem Einfluß, wie aus ihrem Brief vom 7. März hervorgeht, der mit großer Innigkeit geschrieben ist.

In Francke reifte bald danach der Entschluß, um ihre Hand anzuhalten, was er durch die Vermittlung der Frau v. Stammer im Anfang des Mai that. Die Art, wie diese Werbung geschah und wie sie aufgenommen wurde, ist in dem Briefe vom 8. Mai ausgedrückt, den wir hersetzen, weil sich darin der ernste und tüchtige Sinn, in welchem die Schreiberin den Antrag aufnahm, aufs Deutlichste offenbart. Er lautet: „Jesus! unser treuer Hirte lehre uns thun nach seinem Wohlgefallen. — Auserwählter Freund Gottes in Christo herzlich geliebet!

---

sonderbare Brüder= und Schwesterschaft aufzurichten." Das darin sich offenbarende Streben nach einer engern Gemeinschaft hatte seinen Grund in Speners Gedanken, es seien ecclesiolae in ecclesia zu bilden.

Nachdem die liebſte Mama, mit der der Herr mich ſehr in Liebe verbunden, durch die Leitung des himmliſchen Vaters heute früh zu unſerer
großen Vergnügung allhier glücklich und wohl angelangt, dafür dem
treuen Gott Preis, Lob, Ehre und Dank geſaget ſei, hat ſie auf vorher geſchehenes Gebet und Flehen für dem Herrn mir ſobald meines aus-
erwählten Freundes chriſtliche Neigung zur ehelichen Liebe, die auf mich
gerichtet, hinterbracht, davon dann auch das von demſelben erhaltene
liebe Schreiben mir mit mehrerem Verſicherung gegeben.   Nun muß
ich ja wohl geſtehen, daß der Herr, der die Herzen leitet nach ſeinem
Rath, wie die Waſſerbäche, mich alſo regierete bei der mir ganz uner-
warteten Anſuchung, daß ich ohne einiges Bedenken der lieben Mama
ſagte, auf meiner Seite finde ich keinen Widerſpruch.   Der liebe treue
Vater, der unſere Herzen alſo geneiget und dermaßen vereiniget hat,
daß wir auch hierinne ein Herz und eine Seele ſind, gebe uns ferner
den Geiſt der Beſtändigkeit und vollende das Werk, welches ich wahrhaftig als das ſeinige erkenne zu ſeinem ewigen Preis.   Hiernächſt
danke meinem auserwählteſten Freunde Gottes von Herzen vor dero
gutes Vertrauen und Zuneigung zu meiner Wenigkeit und gebe ſo
viel an mir iſt in dem Namen des Herrn wiederum völlige Verſicherung meiner aufrichtigen und ungefärbten Liebe und Treue; der Herr
laſſe den Zweck, darinne wir beide eins ſind, erreichet werden zu Lobe
ſeiner herrlichen Gnade.   Hiebei aber will ich, geliebteſter Freund,
ſeines guten Raths pflegen, ob ſolches meinem Vormunde zu berichten,
welches mir eine große Hinderniß zu ſein ſcheinet; und gleichwohl weiß
ich auch nicht, ob es verantwortlich, ſolches zu unterlaſſen.   Das bin
ich gewiß, ſobald er es vernimmt, wird er es meinen Brüdern berichten; dieſelben kenne ich und weiß, wie ſie ſich ehemals herausgelaſſen
gegen mich, wo ich mich unterfangen würde, alſo zu heirathen.   Derowegen gebe ich ſolches zu bedenken anheim, ich will gern als ein gehor-
ſames Kind mich führen laſſen, und in der Kraft Gottes Trübſal und
Leiden über mich nehmen.   Nebenſt inbrünſtigem Gebet möchte wohl
das Nöthigſte ſein, eine münbliche Unterredung zu pflegen, indem nicht
möglich in Schriften Alles vorzutragen, was wohl zu beachten nöthig.
Meinen Willen habe alſo auf Begehren eröffnet, wie der Herr ihn
gelenket, das Uebrige ſei ihm befohlen.“

Wenn in dieſem Briefe bei aller Entſchiedenheit der Zuneigung
doch eine gewiſſe Verſtändigkeit der Auffaſſung des Verhältniſſes über-

wiegt, ja manche Sorge durchblickt, so ist dies bei der Eigenthümlichkeit der Verhältnisse begreiflich, und ein Beweis der Besonnenheit und Festigkeit der Schreiberin. In den weitern Briefen, die sich nun rasch auf einander folgen, tritt dagegen, nachdem das Verhältniß geknüpft und festgestellt ist, die allerinnigste und herzlichste Liebe auf. So heißt es bereits unter dem 10. Mai: „Mein allerliebstes Herz, hat das erste Schreiben von Deiner inniglichen und brünstigen Liebe gegen mir gezeuget, so hat es gewiß dieses letztere noch weit mehr gethan. So sei denn mein Herzenskind versichert, wie Du es denn bist, daß ich Dir von Herzen ergeben bin, davon auch mein abgelassenes Schreiben bereits wird gezeuget haben;" und dann später, nachdem Francke persönlich in Queblinburg gewesen, unter dem 31. Mai: „Heute habe mich, wie wohl ohne einige Beunruhigung, herzlich nach Dir gesehnet, welches wohl Dein liebstes Schreiben verursachet, dadurch ich gleichsam in Dein werthestes Herz, welches vor Liebe gegen mir überfließet, gesehen. Glaube nur, mein Engel, daß meine Liebe nicht geringer, will nicht sagen brünstiger ist gegen Dir, als die Deinige zu mir. Du bist ja wohl derjenige, den mir allein der Herr ausersehen. Der Vater hat mich lieb, darum habe ich keinem andern werden mögen, als Dir, der Du von dem Vater überschwänglich geliebt wirst." Bei dieser Gesinnung ist es begreiflich, daß die Anstrengungen der Brüder dagegen, denen der Vormund, obwohl er sich nach der ihm durch den Hof-Diaconus Sprögel, dem Freunde Franckes, persönlich überbrachten Anzeige des geschehenen Schrittes, der Billigung desselben nicht abgeneigt gezeigt, Vollmacht zur Hintertreibung der Ehe ihrer Schwester ertheilt hatte, und die selbst vor einer gewaltsamen Wegführung derselben ihrer Aeußerung nach nicht zurückschreckten, aber dieselbe nicht auszuführen vermochten, keinen Eindruck auf sie machten. Die Trauung fand am 4. Juni in Rammelburg statt und wurde von dem oben erwähnten Sprögel vollzogen. Ueber die mancherlei Schwierigkeiten, die dabei zu überwinden waren, giebt ein Bericht Sprögels an den Kurfürsten Friedrich III. vom 6. Dec. 1700 Auskunft (s. Kramer, Neue Beiträge S. 37).

So hatte Francke die Gehülfin, die er suchte, gefunden, die ihm von da an bis zu seinem Tode treu zur Seite gestanden und mit ihm die Kämpfe und die Arbeiten, die sein ganzes Leben erfüllten, wie er diese Hoffnung in dem Briefe an Spener ausspricht, getragen hat.

Es war ein nicht geringer Entschluß derselben, aus ihrer äußerlich nach vielen Seiten hin bevorzugten Stellung in die damals überaus einfachen Verhältnisse Franckes einzutreten, von denen er noch 1696 sagt (s. den Brief an Spener vom 7. März), „daß er manchmal mit den Seinigen hätte Hunger und Durst leiden müssen, wenn er davon nur hätte leben sollen, was man ihm gleichsam zur äußerlichen Belohnung seiner Arbeit gegeben, da er für das eine Amt (die Professur) bis auf diese Stunde nichts kriege, die Einnahme des andern aber, wenn er sein Gewissen nicht gröblich verletzen wolle (dies bezieht sich auf das Beichtgeld, auf welches er verzichtete) ad alendam familiam nicht hinlänglich sei.[1]" Aber weder dies, noch die Schmach, welche durch die immer sich erneuernden Angriffe auf Francke gehäuft wurde, konnte sie irre machen, sie war der Führung des Herrn in dieser Sache gewiß, und folgte ihr ohne Zweifel und Bedenken. Und sie trug großen Segen davon. Auch an ihren Brüdern erfüllte sich, was sie unter dem 17. Mai schreibt: „Die armen Kinder! Der Herr gebe ihnen zu erkennen, daß es mit zu ihrem Frieden dienet, denn ich weiß, daß sie an Dir, mein Kind, eine Säule des Gebets haben werden, und daß Du um ihre Seele wirst ringen. Zweifle auch nicht, der Herr werde sie uns schenken." Und also geschah es. Das Verhältniß zwischen Francke und ihnen wurde allmählich das beste; einer von ihnen zog sogar später nach Halle.

Ueber das eheliche Leben der beiden nun Verbundenen selbst ist wenig bekannt. Doch gewähren nicht wenige Aeußerungen in den

---

1) Es wird nicht unpassend sein, bei dieser Gelegenheit einige Worte über die äußern Existenzmittel Franckes zu sagen. Eigenes Vermögen besaß er nicht; das mit der ihm übertragenen Pfarre verbundene Einkommen war und ist noch heute sehr gering. Von den Vermögensverhältnissen seiner Frau ist nichts bekannt. Allem Anschein nach brachte sie ihm nichts zu. Von einer Mitgift ist in den Briefen nirgends die Rede; daran war bei der Stellung ihrer Verwandten zu ihrer Verbindung und der Schnelligkeit, mit der sie vollzogen wurde, nicht zu denken. Sie vertrauten beide in Bezug auf diese Aeußerlichkeit mit voller Zuversicht auf Gott, und ihr Vertrauen betrog sie nicht. In dem angeführten Briefe schreibt er: „In Erfurt ist mir nicht besser gelohnet, da man mir 20 Gulden Besoldung in anderthalb Jahren gegeben. Doch hat mich der Herr weder hier noch dort Noth leiden lassen." Eine gleiche Durchhülfe hatte er in Berlin erfahren (s. oben S. 103). Die Frage nach den äußern Mitteln stand ihm immer in zweiter Linie, was sich in der Folge auf die großartigste Weise zeigte.

Briefen Franckes einen lebendigen Einblick in die Innigkeit, welche
in demselben herrschte. Unter dem 27. October 1694 schreibt er an
Spener: „Im Uebrigen lebe mit meiner mir von Gott geschenkten
Gehülfin in einer recht gesegneten Ehe, und finde sonderlich auch die
Erfüllung des von meinem theuersten Vater uns gethanen christlichen
Wunsches, daß beiderseits von Gott verliehene Gaben dadurch erweckt
werden. Ich bitte diesfalls sonderlich den Namen des Herrn zu preisen
und meine so werthe Gehülfin fürnemlich bei ihrem jetzigen Zustande
der gnädigen Beschirmung Gottes zu empfehlen. Casta animorum
nostrorum in Domino et matrimonii vinculo conjunctio Paradisus
mihi est meaeque in mediis turbis et quotidianis afflictionibus."
Dieselbe Innigkeit tritt an nicht wenigen Stellen der mehr als 20 Jahre
später von Francke auf seiner im Jahre 1717 unternommenen Reise
in das südliche Deutschland an seine Frau geschriebenen Briefe hervor,
welche in den von mir herausgegebenen „Neuen Beiträgen" mitgetheilt
sind. Sie beweisen, daß eine gegen das Ende des Jahrs 1715, als
Francke sein Amt als Ober-Pfarrer an der Ulrichskirche angetreten,
und die damit verbundene Amtswohnung bezogen hatte, aus nicht
bekannten Ursachen auf einige Tage eingetretene ernste Verstimmung
der Frau (das Nähere s. Neue Beiträge S. 38) in keiner Weise Nach-
wehen hinterlassen hatte. Als Beweis jener Innigkeit erlaube ich mir
nur eine Stelle, den Anfang des Briefs vom 6. Januar 1718, anzuführen. Sie lautet: „Es ist mir mit Deinem geliebten vom andern
Christtage fast so gegangen, wie Dir mit meinem vom 20. December.
Denn ich empfing es heute vor der Mittagsmahlzeit, und freute mich
so sehr darüber, daß mir der Appetit zum Essen davon vergangen;
doch fand er sich wieder, als ich meine Freude im Gespräch mit meinen
Gefährten ein wenig auslassen konnte, und die Wirthin mir ein so
appetitlich Gericht von Krammetsvögeln und Kraftbrot vorsetzen lassen.
Indessen sind mir alle Worte, die Du mir geschrieben, viel ein ange-
nehmer Gericht, als alle leibliche Speise, und beantworte ich Alles
mit dem einen Worte: Ich habe Dich von Herzen lieb, mit der Liebe,
die aus der Wurzel der Liebe Christi erwachsen." So warm schrieb
der damals fast 55 jährige Mann!

Die Ehe wurde mit drei Kindern, zwei Söhnen und einer Tochter,
gesegnet, von denen jedoch der ältere Sohn früh starb. Einen lebendigen und sehr anziehenden Einblick in das Verhältniß der Mutter zu

ihren Kindern gewähren sowohl die zahlreichen vorhandenen Briefe, welche ihr Sohn theils von der Reise in das südliche Deutschland, auf welcher er seinen Vater begleitete, theils von Jena während seiner danach dort verlebten Studienzeit, als auch diejenigen, die sie selbst nach dem Tode Franckes, namentlich während des Aufenthalts jenes bei König Friedrich Wilhelm I. und später an ihn richtete. Einige derselben sind in den „Neuen Beiträgen" (f. S. 63 flgde) mitgetheilt. Es tritt darin bei aller Lebhaftigkeit herzlichster mütterlicher Liebe ein überaus großer Ernst der ganzen Lebensauffassung und eine auf eine seltene Vertrautheit mit der Heiligen Schrift gegründete Klarheit und Festigkeit des Glaubens hervor. Sie zeigt sich darin ganz als Wittwe A. H. Franckes.

Ein allgemeines Bild von dem in der Familie Franckes herrschenden Leben und Geist giebt Professor Rogall in Königsberg, der in seiner Studienzeit, die in die spätern Lebensjahre Franckes fiel, mehrere Jahre dessen Tischgenosse gewesen war, in der nach dem Tode desselben von ihm gehaltenen Erweckungsrede an die Studiosos theologiae auf der Königsbergischen Universität (f. Epicedia A. H. Franckes S. 187 flgde). Er bezeichnet die Haushaltung desselben als eine apostolische und fügt hinzu: „Wie sich der selige Mann allenthalben als einen Diener Gottes zu beweisen pflegte, so that er es auch über Tische bei seinem Essen und Trinken. Es wurde da nicht bald hin und her, bald von diesem und jenem geredet, sondern er communicierte uns entweder einige erbauliche Nachrichten von dem Segen und Wegen Gottes an andern Orten, oder führete ein erbauliches Gespräch, oder ließ in der Ermangelung der Gelegenheit von seinen geliebtesten Enkeln, einem jeden der über Tisch saß,. einen erwecklichen biblischen Spruch zur Erbauung geben. Und so wurde Essen und Trinken zur Ehre Gottes geheiliget. In seinem Hause herrschte ein ruhiges, sanftmüthiges Wesen, und wurde keine κραυγή, πικρία, θυμός etc., kein Geschrei, Bitterkeit, Zorn gehöret, und wie ich keines von den vitiis domesticis, die Paulus Ephes. 4, 20—31 bestrafet, in seinem Hauswesen herrschen gesehen, so habe ich wohl alle virtutes domesticas, die v. 32 recommandieret sind, in seinem Hause gefunden. Kurz es war Alles so eingerichtet, wie Paulus es erfordert: „Ihr esset oder trinket oder was ihr thut, so thut Alles zu Gottes Ehre" (1 Cor. 10, 31).

Fünfter Abschnitt.

Die Berufung J. A. Freylinghausens als Adjunct Franckes. Die Observationes
biblicae und andere Schriften. Anfänge und Entwickelung der Unterrichts-
und Erziehungsanstalten. Bau des Waisenhauses. Reise nach Berlin. Ernennung Franckes zum Professor der Theologie und Ertheilung der Privilegien.
Die hervorragendsten Mitarbeiter Franckes. Anfang der Buchhandlung und
der Apotheke (die Medicamente).

(1694—1698.)

Bei dem großen Eifer, mit welchem Francke die beiden ihm übertragenen Aemter verwaltete, entstand sehr bald der Gedanke, daß es
leicht zu viel für ihn werden möchte und eine Erleichterung der
Arbeit wünschenswerth sei, theils zur Schonung der Kräfte, theils
um mehr Zeit für eine schriftstellerische Thätigkeit zu gewinnen. Diesen
Gedanken spricht Spener bereits unter dem 6. Mai 1693, wie es
scheint in Folge einer Aeußerung Franckes, aus, indem er schreibt: „Im
Uebrigen gönnete demselben herzlich gern eine Sublevation in seinem
Amte, und daß, was noch durch einen andern verrichtet werden könnte,
auf andere Schultern geleget, darmit aber dessen Kräfte theils geschonet,
theils zu wichtigern Dingen angewendet würden: aber ich sehe noch
große Schwierigkeit, die ich, der sonsten, wo es bei mir stünde, keine
acht Tage warten wollte, daß nicht gratificiret würde, noch nicht zu überwinden weiß, indem sorgen muß, wo es proponirt werde, der Schluß
ehe dahin ausfallen möchte, wo er nicht Alles verrichten könnte, daß
er entweder einige Arbeiten, welche Andere nicht verrichtet, unterlassen
sollte, oder man demselben selbst etwas, zum Exempel die Profession,
abnehmen müßte. Bitte mir also nur erstlich zu berichten, was für
labores derselbe einem Andern aufzutragen gedächte, ob nicht etwa
dieselben durch einige Studiosos möchten versehen werden können rc."
Auf diese Anfrage antwortete Francke unter dem 16. Mai: „Weil ich

wegen eines Adjuncti melden soll, wozu ich ihn wolle gebrauchen, ist meine Intention 1) daß er mir allezeit die Nachmittagspredigt abnehme. 2) Daß er fast täglich bald in der Knaben- bald in der Mägdlein-Schule mit arbeiten helfe, weil in diesem Stück bei meiner Gemeine noch ein Hauptfehler ist. 3) Daß er Kranke, Alte und Andere, die es von Nöthen haben, es auch herzlich verlangen, fleißig besuche, und sie mit Gottes Wort erquicke, dazu meine Zeit und Muße gar nicht hinreichet. 4) Weil bei denen überhäuften Verrichtungen meine Gesundheit leicht einen Anstoß leidet, daß er mir sodann bald in denen Amtsverrichtungen unter die Arme greife, daß ich mich an denen Kräften ein wenig erholen könne. 5) Daß er sowohl als ich Beichte sitze, und man desto mehr Zeit habe, solches mit gutem Nutzen der Beichtkinder zu gebrauchen. 6) Daß er Taufen und andere dergleichen zufällige actus ministeriales verrichte 2c. 2c. Hieraus ist nun leicht zu sehen, daß mir diesfalls kein Studiosus dienen kann. Sonst habe schon einen, Namens Kühnholz, in meinem Hause, der sonst eben nicht so viele dona naturalia hat, aber mit allem Fleiß täglich die Kinder catechisiret, wird auch sowohl von Jungen als von Alten sehr geliebet, und bauet nicht wenig, daß ich eine große Hülfe des Amts an ihm habe. Die Sorge ist freilich gar leicht zu machen, daß, wenn ich um einen Diaconum anhalten sollte, man mir die Profession würde abnehmen wollen" 2c.

Um dieser in der Sache liegenden Schwierigkeiten willen wurde dieselbe lange Zeit hindurch nicht verfolgt. Gegen Ende des Jahrs 1694 wurde sie jedoch wieder aufgenommen. Unter dem 27. October schreibt Francke: „Nachdem mich Gott eine Zeit hero mit einiger Unpäßlichkeit beleget, hat der wertheste Herr D. Breithaupt daher aus herzlicher Liebe Gelegenheit genommen, mit mir zu überlegen, ob es nicht sollte zu erhalten sein, daß mir in Pastoratu ein Adjunctus gegeben würde. Nun wird sich geliebter Vater erinnern, daß ich schon einmal im Schreiben davon Meldung gethan, daß aber fürnemlich demselben im Wege gestanden, daß man sich befahren müßte, es würde ein solcher abjungiret, davon man mehr Verdruß als Erleichterung im Amte hätte. Welches mich denn auch bishero zurücke gehalten, nicht weitere Reflexion darauf zu machen. Jetzo aber fasse ich die Hoffnung und das Vertrauen zu der herzlenkenden Kraft Gottes, er werde in Allem einen erwünschten Ausgang verleihen. Habe es aber zuvor abermals mit meinem theuresten Vater in Rath stellen wollen, ob derselbe es für gut ansehe, daß ich theils von meiner bisherigen Unpäßlichkeit, theils von dem jüngsten Rescript vom 12. Oct., darinnen mir ausdrücklich versprochen worden, daß man ehestens wegen meiner Salarirung ratione Professionis Versehung thun wolle, Gelegenheit nehme, sowohl nach solchem gütigen Erbieten um meine Salarirung, als auch um Adjungirung eines frommen und gelehrten Studiosi, dazu ich Hrn. Freylinghausen von Gandersheim, dessen donum mir sonderlich nach meinem und der Gemeine Zustand zu solchem Zweck am bequemsten scheinet, fürschlagen wollte, unterthänigst anzuhalten, welchen Adjunctum ich mich erbieten wollte, zu mir in die Kost zu nehmen, weil sonst weder mein Salarium hinlangen möchte, einem andern davon eine ordentliche Besoldung zu vermachen, noch die Gemeine damit zu beschweren, und dahero auch ein solcher Mensch dazu zu nehmen, der sich in solchem Falle mit mir comportiren und vergnügt sein wollte, welches man von einem Fremden und Unbekannten nicht vermuthen könnte. Es würde dann ein solcher Adjunctus ordentlicherweise installiret werden, damit er alle Ministerialia verrichten könnte. Und würde ich dann dem Publico und insonderheit der Universität besser dienen können, da mir durch Reichung einiges Salarii mehr Mittel und Gelegenheit Professionem zu orniren, und durch die sublevationem in Pastoratu mehr Zeit gegeben würde, den Studiosis zu dienen ꝛc. ꝛc. Erhalte ich dieses, hoffete ein Großes von Gott erhalten zu haben, wie ich denn hoffe und glaube. Bitte nur mit Gebet und gutem Rath mir darinnen beizustehen. An Hrn. Freylinghausen, der sich jetzo bei seinen Eltern aufhält, habe geschrieben und erwarte seine Resolution, ob ihn auch sicher vorschlagen dürfe, daran doch eben nicht zweifele. So würde es auch an einem andern guten Subjecto nicht fehlen. Der Herr aber lehre uns in Allem thun nach seinem Willen."

Freylinghausen gieng, wie Francke vermuthet hatte, auf den Vorschlag desselben gern ein, und auch die Behörden in Berlin waren günstig dafür gestimmt. Von diesen schreibt Spener unter dem 1. December: „Ich halte mich auch gewiß, daß die Gemüther allhier in diesem Jahr durch Gottes Gnade ziemlich geändert, hingegen viele Verdachte und widrige Conceptus hingefallen sind." Dies bezieht sich, wie es scheint, vornämlich auf den Kammerrath Kraut, der, wie oben dargelegt ist, Francke gern von der Universität entfernt hätte, sich aber jetzt geneigt zeigte, seine bezüglichen Wünsche zu unterstützen. Francke schreibt unter dem 16. Febr. 1695: „Wegen der Adjungirung des Hrn. Freylinghausen halte ich mich noch versichert, daß es vom Herrn sei. Hr. Kammerrath Kraut hat ultro ben Vorschlag zu einem Adjuncto gethan und omnem operam constantissime promittiret und auch schon das Memorial ad Electorem und ein Schreiben an die Curatores Academiae übernommen zu recommandiren. Und weil ers für gut befunden, der Gemeine Consens zuvor zu erhalten, habe ich ihm wie in dem andern praemissis precibus ad Deum einfältiglich gefolget, aber consensum der Gemeine noch nicht erhalten, welches doch die Sache nicht hindern kann, noch mich im Glauben, daß Gott Alles hinausführen werde, irre machen lasse. Ich suche es nur zu Seiner Ehre und der Gemeine Besten, so habe ich auch das Vertrauen zu meinem Vater, daß es geschehen werde. Mein Glaube wird nicht fehlen. Hr. Freylinghausen ist selbst durch sonderliche Fügung Gottes hergekommen, hat dreimal für mich geprediget, und die Gemeine sehr contentiret, daß sie ihn vor allen Studiosis gelobet. Ich zweifele nicht, mein theurester Vater werde mich diesfalls Deo occasionem suppeditante bestens secundiren. Scio quod Deus eventum largietur exoptatum. Und ob gleich schreiben wollte, ich zweifelte, so wäre es nicht in meinem Herzen." Indessen fand die Sache von Seiten der Gemeinde, in welcher von einer Francke immer noch feindseligen Parthei dagegen agitirt wurde, Widerstand. Denn unter dem 12. März schreibt Francke: „Wegen Hrn. Freylinhausens Adjungirung ist heute ein Rescript an das Consistorium kommen des Inhalts, daß man nicht ungeneigt sei zu willfahren, weswegen man nur de vita et doctrina des Freylinghausens berichten solle. Indessen nun hat sich der Richter (b. h. einer der Vorsteher der Gerichtsverwaltung von Glaucha) Vogler, mit dem ich ehemals wegen des Schenkens viel Streit gehabt, mit dem Prediger Nicolai zusammengethan, und sind die consilia dahin gerathen, daß man ein bitteres Schreiben nomine der Glauchischen Gerichte eingegeben, davon ich Herrn Kammerrath Krauten weiteren Bericht gethan. Doch wird es Alles der Sache nichts schaden, weil die Sache mit Gott im Glauben und mit Gebet angefangen ist, welches die Widersacher nicht gethan haben, darum bin ich getrost, und lieget mir gewiß nicht wenig an dieser Sache, welches verhoffentlich der Ausgang lehren soll." Abgesehen von dem persönlichen Wiberwillen der

Opponenten, „davon die meisten," wie Freylinghausen in seiner Autobiographie sagt, „lieber gar keinen als zwei Prediger, die sich ihrer
Seelen ernstlich annähmen, gehabt hätten," besorgten sie, daß ihnen
aus der Abjunctur eine Last erwüchse, obgleich ihnen alle Versiche-
rungen, daß sie ihnen keinen Heller kosten sollte, gegeben waren.
Durch diese Gegenstrebungen wurde die Entscheidung, wie es scheint,
allerdings aufgehalten, indessen erfolgte sie doch endlich gegen Ende
des Jahrs. Unter dem 10. December schreibt Spener: „Hiemit habe
berichten sollen, daß Gott nach seiner herzenslenkenden Kraft Gnade
gegeben zu unserem Vorhaben. Ich habe also gegen Ende voriger
Woche und noch heut theils schriftlich theils mündlich die Sache der
Abjunctur Hrn. Freylinghausens, sowohl Hrn. Präsidenten von Fuchs
als den Herrn Ober-Curatoribus der Universität pro rei momento
bestens recommandiret: dahero gnädigste Kurf. Willfahrung erfolget,
und nächst ausgefertiget werden wird. Gott lasse es als ein Werk,
welches seine Ehre allein zum Zweck hat, auch zu dero Vermehrung,
geliebten Bruders theils Erleichterung theils kräftiger Verrichtung seiner
beiden Aemter und der Gemeinde reicherer Erbauung gesegnet werden."
Das betreffende Rescript traf noch vor Ende des Jahrs in Halle ein,
und Freylinghausen hielt seine Antrittspredigt am 3. Sonntage nach
Epiphanias. Aber auch vorher hatte er schon fast während eines
halben Jahrs alle Sonntage die Nachmittags-Predigten gehalten, überhaupt Francke, wo und wie er konnte, unterstützt, insbesondere bei
der in jene Zeit fallenden Einrichtung der Armenschule, der Freitische
und des Pädagogii, wovon in dem Nachfolgenden eingehend die Rede
sein wird. Er war der erste jener Mitarbeiter und Gehülfen Franckes,
die ihm mit der größten Hingebung und Uneigennützigkeit zur Seite
standen und deren unermüdlicher Thätigkeit er, wie er mit Dank gegen
Gott freudig anerkannte, großentheils verdankte was ihm gelang.
Irgend welchen Gehalt ihm zu gewähren, war Francke nicht im Stande,
da die Hoffnung, für die Professur einen solchen zu erhalten, trotz
des gegebenen Versprechens, sich nicht realisirt hatte. Darum machte
er sich aber nicht die allermindeste Sorge. „Wiewol ich," sagt er in
seiner Autobiographie, „von meiner Arbeit weder Salarium noch Acci-
dentia zu genießen hatte, so war ich doch mit den damaligen Umständen sehr zufrieden, und kann Gott zu Preise sagen, daß darin keine
Begierde, ein Mehreres zu haben, oder zu andern und einträglicheren

Diensten zu gelangen, mich angefochten hat, sondern daß ich darin wohl gern bis an mein Ende geblieben wäre. Ich habe indeß auch nicht zu klagen, daß mir nicht anders woher, ohne mein Denken, Sorgen und Bitten, sollte zugefallen sein, was mir von Zeit zu Zeit damals noth gewesen ist. In der ersten Zeit meines Amts empfieng ich die Kleider von meinen Eltern. So habe auch bei Niemanden Schulden machen dürfen, sondern immer so viel übrig gehabt, daß anderen Nothleidenden etwas zuwerfen können. Eine große Versüßung und Erleichterung des Amts war mir, daß solche Collegen und Mitarbeiter hatte, mit denen ich, und die mit mir Ein Herz und Eine Seele waren." Seit dem Antritt seines Amts übernahm er einen großen Theil der in der Gemeinde eingeführten geistlichen Arbeiten, nebst den ordentlichen Nachmittagspredigten die Katechisationen, die Vorbereitung der Beichtkinder, die Betstunden 2c. So erhielt Francke in der That durch ihn eine große Erleichterung in seinen Arbeiten, denen er ohne dieselbe unzweifelhaft bald erlegen sein würde, wie er denn in dem letzten Jahre bereits wiederholentlich krank gewesen war. Freylinghausen blieb, unter Ablehnung verschiedener Rufe nach auswärts, 19 Jahre in diesem Verhältniß, bis er 1715 Francke, als dieser zum Ober-Pfarrer an der Ulrichskirche erwählt war, als Adjunct dorthin folgte und durch die Verheirathung mit dessen Tochter einen eignen Hausstand gründete.

Zu Anfang des Jahrs 1695 begann Francke die Herausgabe einer Schrift unter dem Titel Observationes biblicae, welche großes Aufsehen erregte und ihm mehrere sehr heftige Angriffe zuzog, gegen die er seinerseits genöthigt war, sich zu vertheidigen. Sie erschien in der Form einer Monatsschrift, weshalb sie schlechtweg mit dem Namen der „Monate" bezeichnet wurde. Er war zur Herausgabe derselben durch eine Veranlassung bewogen, die seinem Herzen die höchste Ehre machte, die er aber weder öffentlich noch auch selbst Spener gegenüber zu seiner Vertheidigung erwähnte,[1] obwohl in dem Septemberhefte eine

---

1) An diesen schreibt er unter dem 16. Febr.: „Ich habe jüngst ein Exemplar der Observationes biblicae gesendet, bitte mir doch frei zu schreiben, so etwas darinnen zu strafen an mir gefunden wird. Professioni aliquid dandum est. Für den Anfall der Weltgelehrten fürchte ich mich nicht, denn ich suche nichts als die Wahrheit. Wiewohl ein gar besonderer Umstand dazu Gelegenheit gegeben, daß es in der Liebe und im Glauben angefangen worden."

freilich nur Eingeweihten verständliche Andeutung sich findet, die er aber seinem Freunde Schade, der ihn nach seiner lebhaften Weise wegen der Herausgabe heftig getadelt hatte, in einem wahrhaft köstlichen Briefe mittheilte.[1] Er erzählt darin, wie er gegen Ende des Jahrs 1694 über 2 Cor. 9, 8 („Gott aber kann machen, daß allerlei Gnade unter euch reichlich sei, daß ihr in allen Dingen volle Genüge habt, und reich seid zu allerlei guten Werken") eines Tages Betrachtungen angestellt habe, und wie ihm gerade an demselben Tage der Brief eines Freundes aus Magdeburg eingehändigt sei, worin dieser seine Armuth aufs Schmerzlichste geschildert und um Hülfe gebeten habe. Dieses sei ihm durchs Herz gegangen und er habe sogleich den Vorsatz gefaßt, etwas über Sprüche der H. Schrift zu schreiben und sich die Zeit zu dieser Arbeit vom Abendessen abzubrechen. Dies habe er denn auch auf seine Weise im Vertrauen auf Gott ohne Aufschub ausgeführt.[2] Das Wesen dieser Schrift aber besteht darin, wie es auch auf dem Titel derselben nach der damaligen Sitte ausführlich angegeben ist, daß „an einigen Oertern der Heil. Schrift (es sind zunächst nur Stellen des N. T. behandelt, da es in der Druckerei an hebräischen Typen fehlte) die deutsche Uebersetzung des Sel. Lutheri gegen den Originaltext gehalten und bescheidentlich gezeigt wird, wo man dem eigentlichen Wortverstande näher kommen könne, solches auch zur Erbauung in der christlichen Lehre angewendet und im Gebet appliciret wird." Einer jeden Stelle sind nämlich mehrere daraus gezogene Lehren und endlich ein darauf bezügliches Gebet beigefügt. Der Zweck ist demnach keineswegs ein blos gelehrter, sondern zugleich ein wesentlich practischer. Francke spricht sich darüber klar und vollständig im Monat September aus, wo er sagt: „Ich habe solche Arbeit eigentlich für diejenigen übernommen, welche von dem rohen Wesen dieser Welt sich zu einem rechtschaffenen Wesen in Christo bereits gewendet und in deren Herzen Gott der Herr schon einige Lust und Liebe eingepflanzet, daß dahero die Begierde in ihnen nach dem lautern Verstande der Hl. Schrift und der Erbauung aus demselbigen zuge-

---

1) Der Brief ist größtentheils abgedruckt in „Franckens Stiftungen" II, 444 flgde.

2) Vgl. die „Segensvollen Fußstapfen" zc. S. 6, wo zugleich berichtet wird, daß der Freund in einem Jahre als Ertrag des Verkaufs der Schrift „auf anderthalb hundert Thaler empfangen und sich der Armuth erwehret habe."

nommen und feuriger worden. Denn es kann auch andern nicht unbekannt sein, daß eben dadurch, weil in denen Predigten so gar oft gemeldet wird, daß dieses oder jenes in dem Grundtext anders oder doch weit nachdrücklicher laute, als in unserer teutschen Uebersetzung, viele, die nach dem Befehle Christi und der Apostel sich selber in der Betrachtung des göttlichen Wortes fleißig üben, erwecket und aufgemuntert werden, daß sie gern ein solch Buch haben wollten, dadurch sie deutlich angewiesen würden, welches der Unterscheid des Nachdrucks im Grundtext und in der deutschen Uebersetzung sei, bieweil sie selbst sich darinne nicht helfen können, indem sie in denen Sprachen unerfahren sind. Von dergleichen christlichen Gemüthern, da ich mich wohl versichern können, daß sie nicht von einer eitlen Curiosität, sondern von einer wahren Liebe zum Worte Gottes getrieben wurden, bin ich nun auch manchmal ersuchet worden, mich an dergleichen Arbeit zu machen, als der ich auch meines äußerlichen Berufs wegen etwa vor einigen andern ein Recht dazu hätte." Dieser Zweck, sowie die oben angegebene Veranlassung, bestimmte auch die Form der Publication, die wie gesagt monatlich, in Duodezformat und in deutscher Sprache geschah. Francke spricht sich darüber in demselben Monat so aus: „Daß ich die Sache in Anmerkungen vertheilet, geschiehet darum, bieweil ich erstlich wegen anderer überhäufter Verrichtungen ein großes oder nur ein wenig weitläuftiges Werk wohl gar nicht ausarbeiten würde, wenn ich es Alles zusammen sparen wollte, daher ich mir durch solche Vertheilung gleichsam selbst ein Gesetz machen wollen, eine geringe Portion nach der andern zu absolviren; zum andern bieweil die meisten verdrüßlich werden, wenn sie einen großen Tractat lesen sollen, und wenn etwas weitläuftig ist, solches selten ganz oder doch nicht mit Fleiß lesen; keineswegs aber, daß die Gelehrten monatlich neue Zeitung hätten. Wenn dieses meine Intention gewesen wäre, so hätten diejenigen Recht, welche immer schreien, ich hätte lateinisch schreiben sollen, welches ich sonst Gottlob auch nicht vergessen habe, noch mehr aber hätten diejenigen Recht, welche sagen, was die Lehren und sonderlich was die Gebetlein dabei nutzen sollen, und wie sich solche in die Monate schicken" ꝛc.

Da indessen diese Gedanken, so klar und lebendig sie auch Francke bei der Herausgabe dieser Schrift vor der Seele standen, bei dem Erscheinen derselben nicht ausgesprochen waren, so fand dieselbe, da

man vor Allem das Bestreben darin sah, Luther zu corrigiren und
dadurch seiner Autorität Abbruch zu thun, bei den ihm nächststehen-
den Freunden eine bedenkliche, bei den Gegnern eine überaus feindselige Aufnahme. Spener, obwohl er an dem Inhalt des ihm
übersandten ersten Monats nichts auszusetzen fand, schreibt unter
dem 3. März: „Was die Obs. bibl. anlangt, bin ich nicht in Abrede,
daß wünschete, davon vorher gewußt zu haben, da ich getraue, eine
Art zu zeigen, wie der Zweck ebenso kräftig erreicht und die invidia
becliniret worden wäre. Geliebter Bruder weiß, wie verhaßt es
vielen, auch so gar nicht übelst gesinnten, ist, da unsere gemeine
Dolmetschung angetastet wird, ist auch nicht ohn, daß wir um der
Schwachen willen in der Sache behutsam gehen müssen, daher derselbe
leicht erachten kann, da auch sobald der Titul eine Censur der Version
Lutheri andeutet, daß es bei vielen weite Augen machen und vielleicht
härtere Urtheile erwecken werde. — — — Ob aber nach gemachtem
Anfang sich noch etwas ändern lasse, weiß ich nicht, sondern stelle es
zu christlichem Ermessen. Lasset uns indessen glauben, es sei, zu jetziger
Zeit sonderlich,[1] dieses eine der vornehmsten Regeln christlicher Klugheit, daß wir nichts des befohlenen und auszurichten möglichen Guten
unterlassen, und doch soviel von demselben ohne Abgang der Sache
selbst das ungleiche Urtheil der Welt und obschwebender Widerstand
abgewendet werden kann, dessen nichts versäumen: da wir nachmal,
wo wir dieses gethan, was der Herr dennoch verhänget, so viel wil-
liger und getroster angehen." Francke erwiedert darauf in seiner
muthigen und zuversichtlichen Weise: „Wegen der Monate habe einfältiglich nach meiner Erkenntniß gehandelt, und meinete ich hätte es
mit dem Titel aufs Leiseste gemacht. Hier hat es sich auf den Kanzeln
sehr dawider gereget, haben mich auch im Consistorio verklagen wollen.
D. Carpzov soll einen Magistrum wider mich ausmustern. Mir ist
aber alles Freude und bin gewiß, daß es zur Ehre Gottes gereichen
muß. Ich weiß, daß Gott mit mir ist, und nicht mit denen, die sich

---

1) Gerade in dieser Zeit waren die heftigsten Angriffe auf Spener, abgesehen
von dem bereits besprochenen „Unfug," von den Vorfechtern der orthodoxen Parthei
Carpzov, Schelwig, Mayer und der Wittenbergischen theologischen Facultät
gerichtet, die freilich ebenso große geistige Impotenz, als Leidenschaftlichkeit bewiesen. Ueber seine Besorgnisse wegen der Obs. bibl. vgl. Bedenken III, 954 und
Cons. lat. III, 758.

wider mich legen. Es ist mir auch um der bloßen Observationes willen nicht zu thun. Gott wird es schon seinen Kindern zu mehrerem Segen gereichen lassen." In anderer Weise spricht er sich in dem bereits erwähnten Brief an Schade aus, dem er Exemplare der Schrift (wohl des Januar) zugeschickt hatte, um sie zu vertreiben, der ihm aber, wie es scheint, als Erwiederung harte Vorwürfe gemacht hatte, wohl aus denselben Gründen, die Spener zu seinen milden Vorstellungen veranlaßt hatten. Anstatt darüber zu zürnen, schreibt Francke: „Es gefällt mir wohl, lieber Bruder, daß Du wider mich geeifert hast: denn Du eiferst um des Guten willen, für Gott, und aus Liebe zur Gemeine Gottes und zu mir. Deswegen hasse ich Dich nicht, daß Du mir einen solchen harten Brief geschrieben hast, sondern ich liebe Dich nun vielmehr als vorhin, und dieser Brief ist mir lieber als die andern alle." Nachdem er dann die oben angeführte Veranlassung zu der Schrift erzählt, fährt er fort: „Der Monate wegen habe ich keinen Scrupel in meinem Herzen gehabt: denn die Monate sind nicht unheilig, sondern die, welche sie mißbrauchen. Wegen der Sprüche der H. Schrift erkenne ich gar keinen Mißbrauch. Sollte ich nicht auch öffentlich schreiben, was ich öffentlich predige? Ich setze nichts als was ich nützlich zu sein glaube und erkenne. Die Lehren und Gebete sind auf den Zustand jetziger Zeit gerichtet, sonderlich aber auf den verderbten Zustand, der unter denen ist, die Kinder Gottes heißen wollen. Will die Welt ihre Schwerter wetzen an mir oder dem Worte Gottes, glaube mir, mein Bruder, daß ich froh bin, daß ich mit Dir nur eine Sache zu ihnen habe. Glaubst Du mir aber nicht mehr, so harre, daß Du sehest, ob der Herr mit mir sei, oder nicht. Ich habe dies im Glauben an Gott, und aus Erbarmen gegen einen armen Bruder unternommen. Daran soll die Welt nicht zum Ritter werden. Ich fürchte mich auch wahrlich vor den Weltgelehrten nicht, die keinen Glauben an Gott haben." Endlich fügen wir noch den Schluß hinzu, der gar köstlich ist: „Wie stehts denn nun, mein lieber Bruder? Können wir wieder eins werden? Siehe, Du schreibst: fehle ich, so bitte ichs zugleich ab. Ich begehre keine Abbitte, sondern danke Dir: aber Dir bitte ichs freundlich ab, daß ich Dir zwar ohne mein Wissen und Willen, Aergerniß und Unruhe gemacht habe. Kennst Du aber Deinen alten Francken nicht besser? Ach, daß wir nur etwa zu kriegen hätten mit den Feinden der Wahrheit! Daß nicht ein Bruder

so leicht mit dem andern anbände, sondern glaubten nicht eher, als
bis wirs so gewiß wären, als wir unseren Finger in der Hand sehen!
Doch strafe ich Deinen Eifer nicht, denn du trägst die Malzeichen des
sterbenden Jesu.   Willst Du aber eine Strafe Deiner Liebe haben?
Der liebe Freund hat aus Noth seine Bibel versetzen müssen: löse sie
ihm ein.   Doch verbindet mein Gesetz Dein Gewissen nicht.   Der Herr
Jesus sei Deine große Kraft!   Grüße die Brüder, die um Dich sind,
und benimm ihnen den Anstoß.   Ich sende Timotheum,[1] daß er Dich
vollends versöhne und erwarte bald Antwort."   Sie erfolgte sogleich.
Schade nahm seine Anklagen zurück, legte Geld für den dürftigen
Freund bei und schrieb dazu: „Hier schicke ich meine Strafe".

Die von Spener befürchteten härtern Urtheile ließen auch nicht
lange auf sich warten.   Außer der Disputation eines Wittenberger
Magisters Knoblach, der seine Sporen im Kampf gegen Francke zu
verdienen suchte, erhob sich der Hauptklopffechter der orthodoxen Parthei
D. Mayer, der, nachdem er die hamburgische Kirche durch seine wü-
thenden Angriffe gegen den Pastor Horb, den Schwager Speners,
zerrüttet, und jenen geistig und leiblich vernichtet hatte, zum Ober-
Kirchenrath, Generalsuperintendenten über Pommern, Prokanzler und
Professor der Theologie in Greifswalde ernannt worden war.   Dieser
richtete bald nach Erscheinen des Januarheftes die Vorrede seiner
„Anweisung zum recht lutherischen Gebrauch des Heiligen Psalterbuchs"
an „alle Studiosos theologiae, Jhro K. Majestät von Schweden Landeskinder in Deutschland, sich von Herrn M. A. H. Franckens Observationibus biblicis nicht verleiten zu lassen."   Es war natürlich, daß
ihm, sowie allen ihm Gleichgesinnten, die Schrift Franckes als ein
Angriff auf die Autorität Luthers erschien, und zugleich die ganze Art
der Behandlung mit ihren aus den einzelnen Stellen gezogenen Lehren
und Gebeten, überdies in deutscher Sprache und monatlichen Heften,
zuwider war.   Das machte sich denn nach allen Seiten hin Luft, vor
Allem in der Schrift Mayers, worin es heißt, daß „der Satan abermal unter dem Schein der Christenandacht und Heiligkeit suche, die
arme bedrängte und sonst überall verfolgte evangelische Kirche in
Unglück zu bringen, ein Babel daraus zu machen, so daß man ihr
mit Thränen das Begräbniß bestellen müsse, und daß, da man schon

---

1) Es ist die Schrift, von der weiter unten die Rede sein wird.

angefangen, die symbolischen Bücher gering zu achten, den Religions-
eid zu verlachen, der Teufel die Pietisten immer weiter treibe, daß
sie sich nunmehr unterständen, Lutheri Uebersetzung zu tadeln." Er
scheut sich nicht auszusprechen, daß „Francke, von Eitelkeit getrieben,
Gebete zur Schande Luthers verfertiget, mit der Zunge dem Vater
(Luthero) fluche, und aus solchem Fluchen Gebete mache und für Gott
damit trete"; wobei er den Spruch Sirachs anzieht: „Ach wenn einer
betet und fluchet, wie soll den der Herr erhören!"

Gegen diese Angriffe, die, wie oben erwähnt ist, auch von den
Kanzeln und ohne Zweifel auch nicht blos in Halle erschollen, sah sich
Francke genöthigt, sich zu vertheidigen. Er that es in den Monaten
Mai bis zum September, mit welchem diese Publicationen aufhörten.
Er beginnt diese seine Vertheidigung mit einem langen, brünstigen
Gebet, in welchem er sein Herz vor Gott ausschüttend seine Stellung
zu der ganzen Sache ausspricht. Es mag gestattet sein, wenigstens
Einiges daraus anzuführen. „Du weißest ja nun auch, lieber Vater,"
heißt es darin, „daß die Arbeit, welche ich monatlich in diesem Jahr
in der Untersuchung des rechten Verstandes Deines Heiligen Wortes
unternommen habe, im Glauben und in der Liebe und mit Gebet und
Flehen angefangen sei, und daß ich mich dahero nicht davon zurück-
halten lassen, als ich leichtlich vorhergesehen (wie auch von Deinen
Freunden erinnert worden) daß die Welt sich über solche Gelegenheit
freuen würde, ihre Zähne wider mich zu wetzen. Die Wahrheit habe
ich gesuchet, und sie also geschrieben, wie ich sie erkannt, das weißest
Du, und solches gethan, weder mich damit zu erheben, noch andere
zu verunglimpfen. Ob die Welt solches glaubet, welche den Geist der
Wahrheit nicht kennet und Deine Kinder nach der Eitelkeit ihres
Sinnes beurtheilet, daran liegt mir nichts. Genug, daß Du mich
kennest, mein Vater, und weißt, daß ich dieses in Wahrheit schreibe
und nicht willst, daß ich das, was ein Werk ist Deiner Gnade, dem
Triebe des Satans oder meiner verderbten Natur zuschreiben lasse.
Mein kreuzflüchtiges und liebloses Fleisch und Blut hätte mich leichtlich bereden können, mich einer solchen Arbeit zu entziehen, darinnen
ich meinem Nächsten ohne meinen äußerlichen Vortheil mit meinem
Ungemach und in Erwartung vieler Widerwärtigkeiten dienen müßte.
Denn Du weißest am besten, welche äußerliche Umstände mir nicht
ohne Deine Regierung die Gelegenheit gewesen, mich in solche Arbeit

einzulaffen, welche Du an jenem Tage zur Beschämung meiner Widerwärtigen, so sie sich nicht bekehren, offenbaren wirst. Nun aber hast Du gesehen, Herr mein Gott, welch Schreien, Schmähen, Schelten und Lästern sich um solches Werkes willen diese Zeit her erhoben hat. Die, so längst gern eine Sache wider mich hätten aufbringen wollen, meinen nun endlich etwas Wichtiges gefunden zu haben, darin sie wider mich streiten, und mich als einen gottlosen Menschen und Verführer des Volks öffentlich überzeugen können. So weit ist es ihnen gelungen, daß sie eine große Menge der Schmähungen und Lästerungen wider mich an vielen Orten erreget derer, welche sich durch ihr Geschwätz einnehmen lassen und entweder zu schwach oder zu boshaftig sind, die Wahrheit von der Lügen, und Licht von Finsterniß genau zu unterscheiden ..... Aber Du siehest es, mein Vater, und ist Alles vor Dir auf Dein Buch geschrieben, damit Du Rechenschaft forderst von einem Jeglichen, der das Werk Deiner Knechte zu verhindern sucht. So habe ich auch in dem allen, o Du Vater der Barmherzigkeit und Gott alles Trostes, große Freudigkeit vor Deinem Angesicht, weiß und bin gewiß in Dir meinem Gott, daß es dem Satan und seinen Werkzeugen nicht gelingen werde, und wenn sich gleich die Pforten der Hölle öffneten und ihr ganzes Heer auf mich zustürmete, solche doch alle nicht so viel vermöchten, mir eine einzige Seele zu entziehen, welche Du nach Deiner unendlichen Liebe von Ewigkeit her hast wollen erbauet, gestärket und errettet wissen ..... Und nun bitte ich Dich, Du wollest diese ganze Sache in Deine Hand nehmen und sie ferner also gehen lassen, wie Du weißest und erkennest, daß sie zur Ehre Deines heiligen Namens am allerbesten gereiche. Wie ich mich von menschlichen Fehlern, Gebrechen und Unvollkommenheiten nicht ausnehme, also wollest Du mir dieselben auch je mehr und mehr zu erkennen geben und mich bewahren durch den Geist der Wahrheit, daß ich solche zu vertheidigen und zu beschönigen niemals in meinen Sinn nehme. Denn was lieget mir daran, ob die Menschen meine Unvollkommenheit oder Fehler erkennen oder nicht, nachdem ich durch Deinen Geist gelehrt bin, mich keines Dings zu rühmen nach dem Fleisch, sondern allein Deine Gnade zu preisen? Dein Werk soll und muß bestehen, was von mir ist muß untergehen 2c." Schließlich bittet er für seine Widersacher, daß ihnen ihre Schmähungen nicht behalten werden, und für alle, welche diese Schrift und Anderes, was er zur

Erbauung seiner Nebenmenschen geschrieben habe, daß sie erkennen möchten, daß er nicht das Seine suche, sondern um der Liebe willen zu Gott und dem Nächsten sich der Schmach der Welt unterwerfe.

In der Vertheidigung selbst läßt er sich nicht auf Einzelnheiten ein, sondern faßt die Erörterung dessen, was überhaupt einer solchen zu bedürfen schien, in die Beantwortung der drei Fragen zusammen: 1) Was er von Lutheri Person, Reformation und Lehre halte? 2) Was er insonderheit von des sel. D. Martini Lutheri deutschen Uebersetzung der Hl. Schrift halte? 3) Ob Lutherus in seiner deutschen Version der Hl. Schrift an allen und jeden Orten den rechten buchstäblichen Verstand des Grundtextes getroffen, und nichts verbessert werden könne? Alle drei Fragen beantwortet er, ohne die mindeste leidenschaftliche Erregung gegen seine Gegner, so eingehend, so durchweg verständig und besonnen, daß ein jeder Unbefangene damit einverstanden sein mußte. In Bezug auf die beiden ersten erkennt er Luther freudig als ein besonders begnadigtes Rüstzeug des Herrn an, der ihn „zu dem großen Werk, die reine evangelische Lehre wieder ans Licht zu bringen, erwecket und gebrauchet habe, in welcher und keiner andern wir zu Gott kommen und selig werden können, also daß er selbst (Francke) dabei zu leben und zu sterben gedenke. Damit streite aber keineswegs, daß er Luther nicht höher erhebe, als sich gebühre, sondern glaube, daß er auch ein Mensch, der seinen Fehlern und Gebrechen unterworfen gewesen sei." In gleicher Weise erklärt er, daß die Version Luthers „eine sehr große Wohlthat Gottes sei, die er den Deutschen widerfahren lassen, und daß er die Absicht nicht geführet, einigen Menschen verdächtig zu machen, als ob eine unrichtige und ungöttliche Lehre darin enthalten sei und jemand einiger Verführung in Lesung derselben sich befahren müsse" ꝛc. Auf die dritte, welche eigentlich der Angelpunct des ganzen Streites ist, antwortet er frei und offenherzig, daß, so hoch er auch die Version Lutheri halte, dennoch dieselbige an vielen Orten mit dem Grundtext nicht übereinstimme und verbessert werden könne. Zum Beweis dafür führt er eine überaus große Zahl von Stellen namentlich des Alten Testaments (im Ganzen weit über 300) an, in welchen von andern, meist angesehenen Theologen, insbesondere von D. Sauber, die Uebersetzung Luthers als irrig nachgewiesen und verbessert sei. Diese Nachweisungen füllen die Monate Juni und Juli. Da er in dem letztgenannten Monat auch eine Anzahl Stellen angeführt hatte, welche von dem Professor der hebräischen Sprache zu Wittenberg Dassov in einer Vorlesung über die kleinen Propheten als unrichtig übersetzt nachgewiesen und verbessert waren, wie er aus danach gemachten Nachschriften ersehen, so fand sich dieser veranlaßt, um dem Verdacht, wie er sagt, als ob er es mit Francke halte, zu entgehen, eine Epistola amica an ihn zu richten, worin er, ohne eigentlich denselben anzugreifen, sich doch beschwert, „daß er seine collegia zum Zeugniß gegen seine Widersacher gebrauchet, als in welchen er einen gar andern Zweck und Intention gehabt, als den jener sich in seiner monatlichen Arbeit fürgenommen." In Bezug darauf schreibt Spener unter dem 29. Febr. 1696 an Francke: „Nächst dem habe auch communiciren sollen, was mir ein berühmter Theologus aus dem Reich geschrieben, so also lautet: In lacrimas prope soluti fuere quidam pii et docti viri, cum Dn. Franckii insultus in biblicam B. Lutheri versionem animadvertissent. Per hunc igitur virum B. Bugenhagio non amplius licuisset, textum translationis celebrare. Speramus autem eum non aspernaturum monita celebris Dassovii. Retrahe quaeso virum a continuatione laboris perniciosi. Quod si te vel Dassovium non esset auditurus, paratus est ipsi novus adversarius, cui poenas inscitiae et temeritatis dabit. Nihil detraham eruditioni ipsius, certus autem sum eum antagonistam nacturum, in literatura hebraica et biblica ipso longe superiorem. Ich habe noch nicht geantwortet, weiß auch fast nicht, was antworten sollte, entsinne mich aber immer meiner ersten Gedanken über die Monate, daß der scopus zur Genüge auf andere Weise erreichet, und der große Lärm durch Gottes Gnade gleichwohl evitiret werden könne. Der Herr zeige auch darinnen noch, was seines Raths ist." Hierauf antwortet Francke unter dem 7. März in seiner der Reinheit seiner Absicht gewissen und kühnen Weise: „Was ein berühmter Theologus aus dem Reiche schreibet, irret mich gar nicht. Er sei, wer er sei, so kennet er weder meinen Sinn, noch mein Werk in dem Herrn, hats auch vielleicht nicht einmal oder doch nicht recht gelesen und erwogen, was ich geschrieben. D. Bugenhagen hat selbst in seinem commentario in psalmos eine andere als Lutheri Version gebrauchet, und ist von mir im Augusto zum Zeugen angeführet. Die Antwort auf Hrn. Dassovii Schreiben kann er nun im Augusto und Septembri lesen.

Wiewohl man es ja auch gar hart empfindet, daß ich so frei die Wittenberger Professores theologiae für unwiedergeborne Christen erkläre. Ich habe meine Arbeit um Menschen willen nicht angefangen, um Menschen willen will ichs auch nicht unterlassen. Daß er mich inscitiae et temeritatis beschuldiget, ist mir ein Geringes. Der Tag wirbs klar machen. Doch kennete er mich in dem Herrn, er würde vielleicht sanfter reden. Für den neuen Goliath aber fürchte ich mich nicht. Es mag ankommen, wers nicht lassen kann. Den Ruhm der Gelehrsamkeit will einem gerne lassen. Auf wessen Seite die Wahrheit ist und für ihn streitet, der ist doch der gelehrteste für Gott und muß endlich siegen. Ich rüste mich mit Gott, und damit fürchte ich mich nicht für die ganze Rotte der fleischlich Gelehrten, die sich ohne Gott rüsten. Die Tochter Zion schüttelt den Kopf über sie. Giebt mir nur Gott Zeit und Kraft, ich will sie nicht fragen, was ich thun und lassen will. Es lieget mir nicht an Menschen Zeugnissen, sonst hätte ich Zeugen genug von Gelehrten und Ungelehrten, die sich sehr über meine monatliche Arbeit erfreuen, und deren Continuation mit Verlangen erwarten." Aber diese erfolgte nicht. Mit der Auseinandersetzung dem Prof. Dassov gegenüber, in welcher er klar und ruhig darlegt, wie er durchaus keine Ursach gehabt habe, die von ihm gemachten Einwendungen zu erheben, schloß, wie oben bereits bemerkt, diese Publication, die in der letzten Zeit augenscheinlich schon nicht in der regelmäßigen Ordnung stattgefunden hatte. Der Grund davon lag einzig in den durch die inzwischen eingetretene Einrichtung der Schulen entstandenen sehr gesteigerten Ansprüchen an die Thätigkeit Franckes.[1] Von Seiten seiner Gegner waren nach der Erscheinung

---

1) Dies spricht Francke selbst aus in der Vorrede zu dem 1707 wieder herausgegebenen „Wahrhaftigen Bericht von den Observationibus biblicis." Dazu war er veranlaßt durch die von Mayer im Jahre 1706, wo die schwedische Armee in Alt-Ranstädt unweit Halle stand, die er glaubte vor dem pietistischen Gifte schützen zu müssen, unter dem Namen „eines schwedischen Theologi" und dem Titel „Kurzer Bericht von Pietisten" gegen die Hallische Universität gerichtete, überaus heftige Schmähschrift. Darin war unter anderem jene Publication Franckes als Beweis der Nichtachtung der Lutherschen Uebersetzung der Heil. Schrift bei den Pietisten angeführt. In Folge der alsbald erschienenen Verantwortung der theologischen Facultät, in welcher auch die gegen Francke erhobene Beschuldigung zurückgewiesen war, gab Mayer die oben erwähnte, längst vergessene Vorrede als besondere Schrift unter dem Titel „Warnung an die Studiosos theologiae" mit Hinzu-

des Maiheftes zwei Abhandlungen herausgegeben, die eine wiederum von M. Knoblach, die andere auf Veranlassung Mayers von einem M. Serpilius in Hamburg, beide im Tone und Geist der frühern. Ein Hauptargument beider gegen Francke ist, daß, was er von Luther Gutes bekenne, nur eine Scheinerklärung sei, darunter eine andere Absicht stecke, ein Argument, welches damals vielfach gegen die Pietisten anzuwenden man sich nicht entblödete, und für dessen tiefe Unsittlichkeit das Gefühl bei ihren Gegnern ganz verschwunden war. Gegen diese Schriften gieng Francke eine anonyme Widerlegung zu, die er mit dem Juliheft veröffentlichte. Auch Dassov gab eine zweite Schrift heraus, in welcher er sich ausführlich über Franckes Einwendungen ausließ. Näher darauf einzugehen, lohnt nicht die Mühe, ebenso wenig wie auf die weiteren Vorgänge, die sich ohne Franckes Betheiligung daran schlossen (s. Walch a. a. O. I, 735 flgde, Hosbach, Ph. J. Spener, 2. Ausg. II, 52). Dieser selbst ließ die Observationes biblicae in dem 1702 erschienenen „Oeffentlichen Zeugniß vom Worte Gottes" doch mit Weglassung aller Apologetica und Personalia wieder abdrucken und sie haben in der neuesten Zeit, wo die Revision der Lutherschen Bibelübersetzung ernstlich ins Auge gefaßt ist, die verdiente Anerkennung gefunden.

Zugleich mit dem Beginn dieser Publication ließ Francke ein Schriftchen unter dem Titel „Timotheus zum Fürbilde allen Theologiae studiosis vorgestellet" erscheinen. Sie war, wie er in der Vorrede des ersten Bandes der Lectiones paraeneticae sagt, aus diesen, wie oben bemerkt, nicht lange vorher von ihm begonnenen Lectionen erwachsen, und „gleichsam ein Extract" aus denselben. Es ist eine höchst einbringliche, durch und durch practische Ermahnung der Studiosen von großem Ernst. Spener schreibt davon unter dem 19. März: „Ich finde darin viele unwidersprechliche, aber harte Wahrheiten." Und so ist es. Die Schrift fand starken Absatz und es mußte bereits in demselben Jahre ein zweiter Abdruck veranstaltet werden. Später

fügung einer besondern, Francke anderweitig angreifenden Vorrede, heraus. Dies veranlaßte Francke seinerseits, den früher in den Monaten vom Maihefte an dagegen gerichteten „Wahrhaften Bericht" ebenfalls abdrucken zu lassen. In der Vorrede dazu stellt er die Lieferung der für jenes Jahr fehlenden drei Monate und die völlige Abfertigung Mayers in Aussicht. Es ist aber nichts weiter erschienen.

nahm sie Francke in das „Oeffentliche Zeugniß vom Dienst Gottes"
(s. S. 194 flgde) auf. Auch sonst ist sie wiederholt gedruckt.

In demselben Jahre beschäftigte Francke, wie aus seinem Briefwechsel mit Spener hervorgeht, die Lehre von dem tausendjährigen
Reiche ernstlich, die ja überhaupt damals seit dem Auftreten der bezüglichen Schriften Petersens und seiner Frau eine wichtige Rolle spielte.
Obwohl weder in den vorliegenden Briefen, noch in sonstigen Schriften
Franckes seine Ansicht über diesen Lehrpunct bestimmt ausgesprochen
ist, so erscheint es doch nicht unwichtig, die darauf bezüglichen Stellen
des Briefwechsels mitzutheilen, insbesondere weil die gesammte An-
schauungsweise beider Männer, die trotz der innigen Verbindung beider
miteinander so überaus verschieden war, darin auf das Schlagendste
auftritt, die weise Besonnenheit und Mäßigung Speners und die
unerschrockne Thatkraft Franckes, die keine äußere Rücksicht kennt,
wenn es sich um das Zeugniß der Wahrheit und dessen handelt, was
er als den Willen Gottes erkannt hatte.

Mit welcher Zurückhaltung Francke die Ansichten Petersens, nachdem sie bekannt geworden, beurtheilte, haben wir aus der oben (s.
S. 98) mitgetheilten Stelle seines Briefs an Sagittarius gesehen.
Später muß er diesen Ansichten, welche damals die theologischen Kreise
in hohem Grade beschäftigten, näher getreten sein. Die erste Erwähnung davon findet sich in dem Brief Speners vom 19. October 1695,
worin dieser schreibt: „daß im Uebrigen geliebter Bruder von dem
Chiliasmo nunmehr Erkenntniß habe, hat mir bereits Hr. D. Petersen,
als er hier war, Nachricht gegeben, und Hr. Henrich gesagt, als er
denselben in Erfurt besucht (in jener Zeit hatte Francke einen längern
Besuch in Gotha gemacht und war ohne Zweifel auch in Erfurt
gewesen), hätte er ihn in der Versammlung gefunden, daß sie Apoc. 20
vorgehabt: ob aber geliebter Bruder es in Allem mit Hrn. D. Petersen
halte, oder nur zum Theil, möchte wissen. Ich bitte auch Gott herzlich, der darin Weisheit geben wolle, zu erkennen sowohl die Wahrheit,
als wem, wann und auf was Weise dieses Stück derselben bei Andern
vorzutragen sei. In unsern Gemeinden, achte ich, haben wir fast
lauter Leute, denen wir nichts mehr als Christum den Gekreuzigten
in Buß und Glauben vorzupredigen und, bis dies recht verbauet, mit
keiner andern härtern Speise sie mehr zu beschweren (oder ihren Gelüsten
Genüge zu thun) haben, als da ihr geistliches Leben dadurch befördert

würde. Welchen aber solche Erkenntniß dienlich, und die in jenem bereits feste stehen, denen kann bei andern Gelegenheiten was ihnen nützlich, beigebracht und sie in den Predigten nur mit solchen gemeinen Worten, daran sich die Uebrigen nicht stoßen, darauf gewiesen werden." Die darauf erfolgte Erwiederung Franckes, wie überhaupt die Briefe desselben aus dieser ganzen Zeit, ist leider nicht vorhanden. Spener kommt in einem Brief vom 31. Dec. auf die Sache zurück, worin er schreibt: „Was Hrn. D. Petersens Chiliasmum anlangt, will doch nicht glauben, daß geliebter Bruder auch die Reinigung der Seelen und Vergebung nach dem Tode statuiren werde. Wäre zwar eine Lehr, die man lieber wünschen sollte, aber die zu solchem Ende führenden Stellen der Schrift kommen mir nicht genugsam vor, eine solche wichtige Materie zu gründen. Aufs wenigste wollte nicht, daß geliebter Bruder darvon gegen jemand Meldung thäte: denn wo solches auskäme, hätte Gegentheil sein Verlangen, und kann ich nicht genug den Jammer übersehen, der daraus mit äußerstem Aergerniß erfolgen würde. Der Herr aber verleihe den Geist der Wahrheit und der Weisheit." Hierauf scheint Francke eine eingehende Darlegung seiner Ansicht an Spener gesandt zu haben, die leider nicht vorhanden ist. Darauf schickte ihm Spener mit einem Briefe vom 29. Febr. 1696 sehr eingehende „Anmerkungen über den Zustand der Seelen nach dem Tode," in denen er alle bezüglichen Puncte sorgfältig erörtert. Genau läßt sich die von Francke aufgestellte Ansicht nicht daraus erkennen, doch geht daraus hervor, daß sie in nicht wenigen Puncten über das, was Spener als aus der Schrift erweisbar hält,[1] hinausgieng, obwohl dabei bekannt wurde, daß „metus contrarii übrig bleibe." Schließlich fordert er darin bringend auf, daß, so ein Scrupel gegen die Lehre der Kirche entstanden, ohne zu einer völligen Gewißheit gelangt zu sein, man aus Liebe sowohl zum Nächsten, um ihn nicht etwa in Irrthum zu führen, als zur Kirche, um nicht Unruhe und Aergerniß zu erregen, denselben bei sich behalte. Dieselbe Ansicht hatte Schade, wie er ausdrücklich in einem beigefügten Zettel hervorhebt, mit dem er die Sache vielfach besprochen hatte. In dem Begleitschreiben selbst

---

1) Speners eigne, vielfach von ihm dargelegte Ansicht von der „Hoffnung besserer Zeiten", die von seinem Gegner als chiliasmus subtilissimus heftig angegriffen wurde, ist bekannt (s. Hoßbach a. a. O. II, 213 flgde).

heißt es: „Ich hoffe, derselbe werde erkennen, ob auch seine Scrupel nicht ganz gehoben wären, daß aufs wenigste gezeiget sei, daß sich einmal nicht thun lasse, von einer aufs wenigste so ungewissen und zweifelhaftigen Sache mit Andern zu reden, als die sich wo nicht völlig helfen können, doch aufs wenigste weder einnehmen lassen, noch auch die Meinung zum Nachtheil der übrigen guten Sache zur Gelegenheit vieler Lästerungen offenbar machen. Ich habe von vornehmer und gottseliger Hand nächst einen wehmüthigen Brief aus Dresden bekommen, da auch wegen geliebten Bruders geschrieben wird, daß er auf diese Meinung verfallen sein solle, mit schmerzlichem Bedauern, wo solches noch auskommen sollte, wie die Feinde der Wahrheit darüber frohlocken und vollends die Hallische Universität in Mißcredit setzen würden: wie auch versichern kann, woselbst dergleichen hier bei Hof kund werden sollte, daß es gewiß ganz aus sein, und die Widriggesinnten, Gott wollte dann Wunder in der Sache thun, völligen Sieg zu dessen Unterdrückung erhalten, ja uns übrige alle mit solchem Argwohn, der uns nicht weniger niederschlüge, beladen würde. Daher bitte ich um Christi willen, sowohl selbst die Sache vor Gott zu überlegen, ob derselbe seine Scrupel überwinden könnte, als auch, da solches noch nicht geschehen könnte, sich wenigstens zu hüten, damit Niemand, sonderlich unter den Studiosis, davon hören möchte, wie gleichfalls diejenigen, die etwa bereits davon wissen möchten, zu aller Stille anzuweisen. Der Herr aber gebe selbst Weisheit und lehre uns, was Wahrheit und Liebe erfordert." Auf diesen Brief sandte Francke unter dem 7. März eine überaus merkwürdige und characteristische Antwort. Es ist aus derselben bereits oben (s. S. 136 und S. 153) Mehreres mitgetheilt, hier beschränken wir uns darauf, dasjenige herzusetzen, was sich auf den vorliegenden Gegenstand bezieht. Es beginnt: „Dero geliebtes habe wohl erhalten und danke herzlich für die zu meinem Besten angewandte Mühe. Es dauert mich aber herzlich, demselben einige Bekümmerniß zugezogen zu haben, wiewol ich versichern kann, daß in der Sache so retiré gewesen, daß ich deswegen etwa zu weit in Verdacht gezogen worden, als ob ich liberius davon geredet. Es möchte ja wohl sein, daß außer dem Hrn. von Schweinitz, der mich doch selbst auf die Materie gebracht, daß ihm auch mein Stillschweigen vielleicht noch anstößiger gewesen sein, oder anstatt der Antwort gewesen wäre, auch Hr. D. Petersen selbst sich von mir etwas

vermerken laffen, wiewol ichs nicht weiß, fonft wüßte ich nicht, wie
es an die vornehme Perfon nach Dresden und Andere kommen fei.
Auf die Sache felbft behalte ich mir vor, künftig zu antworten, wie
fich mein Gemüth darinnen faffe. Noch fteht mir die Sache immota,
und müßte ich von dem Reich Chrifti und der daran hangenden erften
Auferftehung gar einen andern Concept faffen, wenn mein Gemüth
allen Scrupel davon weglegen follte. Ich fuche die Wahrheit, die
wolle mir Gott zeigen. Der mich aber verfiegelt hat, daß ich weiß,
daß ich unter feinen Knechten ewig vor feinem Thron ftehen foll, wird
mich wohl bewahren, daß ich nicht in Lügen und Irrthum falle. Der
wird mir auch Weisheit geben, zu reden, was und wie ich foll reden,
darum ich bitte ferner für mich zu beten. Ich bin deswegen ohne
Angft und Bekümmerniß und ift mir leid, daß fich jemand um meinetwegen ängftet. Ich fage aber mit Paulo: Meinetwegen dürfet ihr
euch nicht ängften, daß ihr euch aber ängftet, das thut ihr aus herzlicher Meinung. Was der Hof vertragen könne oder nicht, dienet nicht
zu meinem Reglement, noch wird fich irgend ein wahrer Knecht Gottes
darnach richten. Hätte ich mich bis dahero wollen darnach richten,
ich wäre oft im Glauben fchwach worden in Dingen, da mir doch
Gott der Herr manchen herrlichen Durchbruch gegeben. Es hat unfer
gnädigfter Landesherr und feine Gewaltigen mehr Segen von mir,
als ich von ihnen habe. Ja auch im Leiblichen bin ich gewiß, daß
das Land mehr Nutzen und Segen von mir gehabt (doch nicht von
mir, fondern vom Herrn, der mich gefegnet) als ich im Leiblichen
genoffen. (Hier folgt die oben S. 136 angeführte Stelle über feine
Gehaltsverhältniffe.) Mein Glaube ift aber Gottlob bei diefer großen
Undankbarkeit, damit man mich lohnet, nicht fchwach worden, ja ich
habe durch eigne Kraft noch dazu gewaget, einen Gehülfen im Amt
nebft mir zu unterhalten, und habe auch das Beichtgeld, dieweil mir
mein Gewiffen wegen mancher Umftände dabei zu enge worden,
heimlich abandonniret, indem ich es entweder nicht nehme und zwar
von vielen, oder doch, fo ichs gefchehen laffe, daß fie mir etwas hinlegen, folches den Armen alles gebe, wodurch mir faft die Hälfte von
meinem ohne dem geringen Gehalte weggefallen,[1] daß ich menfchlicher

---

1) Später verzichtete er völlig darauf, und künbigte dies in einer am grünen
Donnerstag 1699 über den „Mißbrauch des heiligen Abendmahls in der evange-

Weise nicht sehen kann, wovon ich lebe mit den Meinigen ..... Daß man mir aber verstattet, das Werk des Herrn zu treiben, darinnen gebe ich die Ehre nicht Menschen, sondern dem lebendigen Gott, der wird mich nicht unfruchtbar sein lassen, so lange ich lebe. Können mich Menschen nicht mehr vertragen, so ists zu ihrem eignen Schaden. Mir aber, ich weiß was ich schreibe, wird die Thür des Worts immer weiter aufgethan werden, und wird der Herr noch größere Barmherzigkeit thun als er gethan hat. Das ist Amen und ja, und wirds der Ausgang lehren, daß mein Glaube mir nicht gefehlet hat. Mein theuerster Vater halte mir ein Wort zu gute, wiewohl ich ihn ehre wie ein Kind seinen Vater, und dahero schuldig bin, in Niedrigkeit und Demuth zu reden. Wenn er solche ängstliche und sorgliche Briefe schreibet, wie fast alle Zeit geschiehet, wenn sich etwa vor Menschen Augen eine geringe Gefahr zeiget, wundere ich mich nicht, daß solche, die ohnedem noch mehrerem Regiment der Vernunft unterworfen sein, und mehr sich mit der Vernunft nach Menschen, als mit dem Glauben nach Gott richten, dadurch sehr verhindert werden, daß sie nicht das Werk des Herrn mit freudigem Glauben treiben. Ich meines Orts kann nicht läugnen, daß ich dergleichen sorgliche Briefe manchmal mit Furcht gelesen, weil ich dadurch mehrmals eine Niederschlagung der Kräfte des Glaubens und dessen Freudigkeit innen worden, und an mir zu thun gehabt, daß meine Seele sich wieder in Lauterkeit in Gottes Regiment einergeben. Gott aber sei Dank, der mir doch alles allemal wohl gelingen lassen, und mir in allen Dingen, die ich im Glauben fürgenommen, Sieg gegeben hat. Er wirds auch ferner thun und mir geben, daß ich mich ferner nur durch Sein Wort und Geist regieren lasse, und dabei freudig und getrost sei. Mein theurester Vater weiß aber, daß ich ihn von Herzen liebe und ehre, und auch seine Worte und Ermahnungen nicht gering achte; sondern sie in Gott führe und mich danach richte, soviel ich kann, stehend unter meinem

---

lischen Kirche" gehaltenen Predigt mit folgenden Worten an: „Ich habe um deswillen aus gutem Bedacht und vorher wol überlegtem Rath mir fürgenommen unsrer christlichen Liebe anzudeuten, daß hinführo bei uns im Beichtstuhl Niemand mit Gelde mehr sich blicken lasse." In einem Anhange zu der Predigt ließ er die Gründe dieses Schrittes unter dem Titel „Ursachen, welche mich bewogen, den sogenannten Beichtpfennig hinfort nicht anzunehmen," drucken.

Gott. Ich weiß auch seine so herzliche Liebe, daß er alles in Liebe und zum Besten von mir aufnimmt." Hieran schließt sich dann, was er Spener auf die oben (s. S. 153) mitgetheilte Aeußerung eines „berühmten Theologi aus dem Reiche" geantwortet.

Diese freimüthige Aussprache Francke's störte nicht im Mindesten das innige Verhältniß beider Männer. Denn beiden war bei aller Verschiedenheit ihres Wesens das höchste Ziel die Ehre Gottes und ein aufrichtiger Wandel vor seinem Angesicht. Die von Francke in Aussicht gestellte Antwort über die vorliegende Frage ist nicht vorhanden und wahrscheinlich auch nicht erfolgt. Was seine schließliche Ansicht darüber betrifft, so ist in Bezug darauf nichts Anderes bekannt, als was die theologische Facultät in ihrer 1706 gegen D. Mayers Schmähschrift „Kurzer Bericht von Pietisten" gerichteten Verantwortung über diesen Punct, ohne Zweifel nach sorgfältiger Berathung und unter voller Zustimmung Francke's sagt (s. Nr. XXIX, S. 148). „Von den tausend Jahren" heißt es, „halten wir nichts weiter, als was die H. Schrift Apoc. XX ausbrücklich saget, lassen uns auch in keine Determinirung particulärer Umstände gar nicht ein, sondern überlassen dieselbe einfältiglich göttlicher Weisheit. Wir führen unsere Zuhörer nur auf dogmata fundamentalia de novissimis, nicht aber auf ungewisse particularia ...... und solches thun wir aus wichtigen Ursachen, theils weil wir kaum so viel Zeit finden, als zur Kirchen-Erbauung nöthig ist, der studierenden Jugend die nothwendigen Grundlehren in einem jeden Jahre getreulich vorzutragen, theils weil wir längst wahrgenommen, daß der Satan die allzu neugierige Jugend durch Neben-Quaestiones mit einer nichtigen Curiosität zu fangen trachtet, und sie von der allernöthigsten Sorgfalt, den Grund des Glaubens recht feste zu legen, nach und nach abzurücken und in eitelen Conjecturen und Opinionen herumzutreiben. Darum wir auch kein Bedenken nehmen, einen jeglichen von dergleichen Ventilirung abzumahnen und dahin anzuweisen, daß die Nebenpuncte zu versparen seien, bis man in dem Worte Gottes und in den symbolischen Büchern sammt der Kirchenhistorie genugsam gegründet sei, und alsdann Licht von Finsterniß genugsam unterscheiden könne."

Von entscheidender Wichtigkeit für alle nachfolgende Zeiten wurde das Jahr 1695 dadurch, daß Francke in demselben diejenigen Einrichtungen begann, aus denen sich unter der augenscheinlichen Leitung

Gottes die unter dem jetzt allgemein geltenden Namen der „Franckischen Stiftungen" befaßten Anstalten hervorgiengen, die bis auf den heutigen Tag vielen Tausenden zum äußern und innern Segen geworden sind, und auf die evangelische Kirche, so wie überhaupt auf die geistige Entwickelung Deutschlands in mannigfaltigster Weise einen unberechenbaren Einfluß ausgeübt haben. Den Ursprung und die Veranlassung, so wie die allmähliche Entwickelung dieser Anstalten hat Francke selbst in der von Spener als Anhang einer von ihm gehaltenen Predigt „Von der Verpflegung der Armen" nach einem von jenem ihm mitgetheilten Bericht herausgegebenen „Historischen Nachricht, wie sich die zu Verpflegung der Armen und Erziehung der Jugend in Glaucha an Halle gemachten Anstalten veranlasset" 2c. und später in den 1701 veröffentlichten „Fußstapfen des noch lebenden und waltenden liebreichen und getreuen Gottes" 2c. ausführlich erzählt. Diese Erzählung ist oftmals danach wiederholt, so daß sie in allen wesentlichen Puncten sehr allgemein bekannt ist. Nichts besto weniger dürfen wir nicht unterlassen, sie hier ebenfalls mitzutheilen, weil sie einen höchst bedeutenden und im höchsten Grade characteristischen Theil seines Lebens bildet: denn gerade hierin erweist sich mehr als in irgend etwas Anderem die lebendige Kraft seines Glaubens und die besondere und immer wachsende Stärkung desselben, die ihm jene unerschütterliche Zuversicht gab, wie sie sich in dem so eben angeführten Briefe an Spener in so entschiedener Weise ausspricht, die leicht als Selbstvertrauen erscheinen kann, aber doch nichts anderes ist als vollstes Gottvertrauen.

Der Ursprung jener Einrichtungen geht auf das Jahr 1694 zurück. Das Angemessenste erscheint, darüber den eignen Bericht Franckes, wie er ihn in den Fußstapfen giebt, herzusetzen. Er lautet: „Es war vormals in Halle sowohl, als in der Vorstadt gewöhnlich, daß die Leute einen gewissen Tag bestimmeten, an welchem die Armen zugleich vor ihre Thür kommen und also die Almosen wöchentlich einmal abfordern sollten. Weil nun solches in meiner, als Pastoris zu Glaucha, Nachbarschaft des Donnerstags geschahe, so kamen die armen Leute von sich selbst darauf, daß sie eben an dem Tage vor meiner Thür zu gleichem Ende sich häufig versammleten. Ich ließ ihnen eine Zeitlang vor der Thür Brot austheilen; bedachte aber bald dabei, daß dies eine erwünschte Gelegenheit sei, den armen Leuten, als bei welchen mehrentheils große Unwissenheit zu sein, und viele Bosheit vorzugehen pfleget, auch an ihren Seelen durchs Wort Gottes zu helfen.

Daher als sie einsmals auch vor dem Hause auf die leiblichen Almosen warteten, ließ ich sie alle ins Haus kommen, hieß auf die eine Seite die Alten, auf die andere das junge Volk treten und fieng alsofort an, die jüngern freundlich zu fragen aus dem Catechismo Lutheri von dem Grunde des Christenthums, ließ die Alten nur zuhören, brachte mit solcher Catechisation nicht mehr Zeit als etwa eine Viertelstunde zu, beschloß mit einem Gebet, und theilete darauf nach Gewohnheit die Gaben aus mit beigefügter Vorstellung, daß sie also künftig allezeit das Geistliche und Leibliche zugleich haben sollten, und ermahnete sie allezeit des Donnerstags auf gleiche Weise in meinem Hause zu erscheinen, welches sie denn auch thaten. Dieses ist zu Anfang des 1694sten Jahres angefangen.

Weil ich nun bei dem armen Volke solche grobe und gräuliche Unwissenheit fand, daß ich fast nicht wußte, wo ich anfangen sollte, ihnen einen festen Grund ihres Christenthums beizubringen, bin ich von solcher Zeit her bekümmert gewesen, wie ihnen nachdrücklicher geholfen werden möchte, wohl erwägend, daß dem christlichen und gemeinen Wesen ein sehr großer Schade daraus entstehe, daß so vieles Volk als das Vieh ohne alle Wissenschaft von Gott und göttlichen Dingen dahingehet, insonderheit aber, daß so viele Kinder, wegen Armuth ihrer Eltern weder zur Schule gehalten werden, noch sonst einiger guten Auferziehung genießen, sondern in der schändlichsten Unwissenheit und in aller Bosheit aufwachsen, daß sie bei zunehmenden Jahren zu nichts zu gebrauchen sein und daher sich auf Stehlen und andere böse Thaten begeben. Der Anschlag, die Kinder zur Schulen zu halten und ihnen das wöchentliche Schulgeld zu reichen, wollte nicht gelingen. Denn es befand sich, daß sie zwar das Schulgeld richtig abholeten, aber entweder nicht in die Schule giengen oder doch keine Besserung dadurch von sich spüren ließen.

Hiezu kam, das mir die Noth der Hausarmen, die sich von dem öffentlichen Almosensammlen enthalten, sehr zu Herzen gieng. Diesen nun auf einige Weise zu dienen, kaufte ich eine Almosenbüchse, ließ bei christlichen Studiosis und andern Leuten, die sich freiwillig dazu verstanden, solche wöchentlich herumgehen und kam auf diese Weise

11*

etwa wöchentlich ein halber Thaler ein, welches ich zur Versorgung der Hausarmen zu Hülfe nahm. Es währete aber nicht lange, so schien diese Büchse einigen beschwerlich zu werden und kam so wenig ein, daß es sich der Mühe fast nicht verlohnete, sie noch ferner herum zu geben, sonderlich da man sie Niemanden offerirte, als wo man sich eines guten Willens versichert hielt, solche aber am wenigsten das Vermögen dazu hatten und die Reichen von ihrem Ueberfluß nichts darzu gaben, wie mans auch von ihnen nicht begehrete, dieweil sich keine Kennzeichen einiger wahren Verläugnung an ihnen zeigten, obwohl einige derselben das Ansehen haben wollten, als ob sie sonderliche Liebhaber des Wortes Gottes wären.

Daher stellte ich dieses gar ein, ließ aber in der Wohnstuben des Pfarrhauses eine Büchse festmachen und darüber schreiben 1 Joh. 3, 17: So jemand der Welt Güter hat und siehet seinen Bruder darben und schleußt sein Herz vor ihm zu, wie bleibet die Liebe Gottes bei ihm? Und darunter 2 Cor. 9, 7: Ein jeglicher nach seiner Willkühr, nicht mit Unwillen und Zwang: denn einen fröhlichen Geber hat Gott lieb. Dieses sollte diejenigen, so bei mir aus- und eingiengen, oder von andern Orten zu mir kämen, selbst erinnern, ihr Herz gegen die Armen aufzuschließen. Solches geschah zu Anfang des 1695ten Jahr, daß ich es mit dieser Büchse anfieng. Und also habe ichs eine geraume Zeit auf diese und andere Weise versuchet, wie die Armen recht versorget werden könnten, und ist jedes in seiner Maaße von Gott gesegnet worden.

Da etwa ein Viertel-Jahr die Armen-Büchse in der Pfarrwohnung befestigt gewesen, gab eine gewisse Person[1] auf einmal vier Thaler sechzehn Groschen hinein. Als ich dies in die Hände nahm, sagte ich mit Glaubens-Freudigkeit: Das ist ein ehrlich Capital, davor muß man etwas Rechtes stiften; ich will eine Armenschule anfangen. Ich besprach mich nicht darüber mit Fleisch und Blut, sondern fuhr im Glauben zu und machte noch desselbigen Tages Anstalt, daß für zwei Thaler Bücher gekauft wurden, und bestellete einen armen Studiosum, die armen Kinder täglich zwei Stunden zu informiren, dem ich wöchentlich sechs Groschen dafür zu geben versprach, der Hoffnung, Gott werde indessen, da ein paar Thaler auf

---

1) Es war dies die Gattin des spätern Commissionsraths Knorr.

diese Weise in acht Wochen ausgegeben würden, mehr bescheren. Die Bettelkinder nahmen die neuen Bücher mit Freuden an, aber von sieben und zwanzig Büchern, die unter sie ausgetheilet worden, wurden nicht mehr als vier wiedergebracht; die andern Kinder behielten oder verkauften die Bücher und blieben weg. Ich ließ mich das nicht abschrecken, sondern kaufte für die übrigen sechzehn Groschen aufs neue Bücher, welche mir die armen Kinder allezeit, wenn die Schule aus war, mußten da lassen, wozu einige Wochen danach ein eigener Schrank gemacht ward, daraus die Bücher bei Anfang der Schule genommen, und wenn sie aus war, wieder darin verschlossen wurden; wie es auch noch jetzo in allen Armenschulen so damit gehalten wird.

Um Ostern 1695 fieng sich die Armenschule mit so geringem Vorrath an. Denn die oben erwähnten vier Thaler und sechzehn Groschen, oder sieben Sechzehn-Groschen-Stücke (die es eigentlich waren) sind der rechte Anfang und das erste Capital, woraus nicht allein zuerst die Armen-Schulen angerichtet, sondern auch sofort hernach das Waisenhaus veranlasset und erwachsen ist.

Ich bestimmte zu der Armenschule im Sommer einen Raum vor meiner Stubierstube und ließ daselbst an der Wand eine Büchse affigiren mit der Ueberschrift: Zur Information der armen Kinder und der dazu nöthigen Bücher und anderer Zugehör An. MDCXCV. Unter die Büchse ließ ich setzen den Spruch Prov. XIX, 17 Wer sich des Armen erbarmet, der leihet dem Herrn, der wird ihm wieder Gutes vergelten. Auf dem heiligen Pfingstfest ward ich von einigen Fremden besucht, welche sich über diese neue Anstalt freueten und zur Fortsetzung des Werks einige Thaler beitrugen. Auch haben nach der Zeit einige bis hieher etwas in diese Büchse gesteckt, und ist dadurch dem Werk immer einiger Beitrag geschehen.

Bald nach Pfingsten, da einige von den Bürgern sahen, daß die armen Kinder mit Fleiß unterrichtet wurden, wollten sie ihre Kinder auch gerne zu eben demselben Informatore thun, und erboten sich, ihm wöchentlich einen Groschen zu geben. Daher der Informator täglich insgesammt fünf Stunden informirete und dafür nunmehro sechzehn Groschen wöchentlich empfieng.

Denen armen Kindern wurden wöchentlich zwei bis dreimal Almosen ausgetheilet, damit sie desto lieber in die Schule giengen und desto besser in Ordnung gehalten werden könnten. Einige hörten auswärts von dieser Anstalt und sendeten etwas von Gelde zum Beitrag, darzu andere etwas von Leinwand sandten, daß ihnen Hembder gemacht werden konnten, damit sie durch solche Wohlthat bewogen würden, das Gute desto besser anzunehmen. Und also ward diese Armenschule den Sommer über gehalten und war die Zahl der armen und Bürgers-Kinder, so darinnen unterrichtet wurden, etwa funfzig bis sechzig. Inzwischen konnte doch auch von dem zufließenden Segen Gottes einigen Hausarmen Gutes geschehen. Denn es wurde kein Capital gesammlet, sondern was Gott gab, gieng drauf.

Um Pfingsten wurde auch ein Anfang gemacht mit Unterrichtung adelicher und anderer junger Leute, die auf ihrer Eltern Kosten hier lebeten, und von mir mit Informatoribus versehen wurden, welche nach meiner Einrichtung die Information und Education wahrnahmen. Die Veranlassung zu diesem Paedagogio (wie es so fort benamet wurde) ist diese gewesen, daß einige Eltern Studiosos von mir zu Privatinformatoren verlangten. Da ich nun diesen nicht nach ihrem Wunsch dienen konnte (indem die dazu sonst wohl tüchtigen Studiosi lieber noch hier einige Zeit lang ihre studia treiben wollten) gab ich ihnen den Rath, sie möchten ihre Kinder anhero schicken, da sie von mir mit Informatoribus sollten versorget werden: worauf sofort einige Kinder hieher gebracht wurden, denen bald andere folgeten, nachdem die Sache etwas kund worden war. [1]

Im Sommer des zuvorgedachten Jahres 1695 empfieng ich ein Schreiben von einer christlichen Standesperson, in welchem mir ohne alles mein Suchen und Hoffen fünfhundert Thaler offerirt wurden, solche nach meinem Belieben unter die Armen zu vertheilen, sonderlich aber arme Studiosos dabei zu bedenken. Da nun auch die Zahlung der fünfhundert Thaler bald darauf geschah, merkte ich den offenbaren Segen Gottes zu dem angefangenen Werk und erlangte

---

1) Die Veranlassung zu der Sache gab ohne Zweifel die Uebersiedlung Freylinghausens nach Halle. Das erwähnte Gesuch an Francke gieng von einer Frau von Geusau aus Gandersheim, woher auch Freylinghausen stammte, aus. Die ersten drei Zöglinge waren sämmtlich aus diesem Orte. Sie wurden in einem der Pfarre benachbarten Hause untergebracht und von Studiosen unterrichtet. Freylinghausen übernahm ihre Aufsicht und war somit der erste Inspector Paedagogii. Näheres s. in „Die Stiftungen A. H. Franckes in Halle" S. 157 flgde.

daburch nicht wenig Freubigkeit', in demſelben getroſt fortzufahren. Denn bisher hatte ich nur einzelne Thaler dazu empfangen. Und weil bei dieſer großen Beiſteuer die armen Studioſi ſonberlich bedacht werben ſollten, nahm ich bald ſolche Studioſos, die der Wohlthat am meiſten bürftig unb werth zu ſein ſchienen, unb gab ihnen wöchent= lich, etlichen vier, anbern acht, anbern zwölf Groſchen, je nachbem ich eines jeben Nothburft befanb; baß alſo mancher arme Studioſus burch Beihülfe dieſer Wohlthat hier ſubſiſtiren konnte, der ſonſt mit ſeinem wenigen Vermögen nicht auszukommen gewußt, unb beshalb bie Univerſität hätte verlaſſen müſſen. Ja einige hatten ſonſt gar nichts, als was ich ihnen wöchentlich reichte. Die Zahl ſolcher armen Studenten kam auf zwanzig unb brüber, welche faſt alle wöchentlich acht Groſchen, auch etliche zwölf Groſchen empfiengen. Unb bas iſt bie eigentliche Veranlaſſung, baß bis auf dieſe Stunde bie armen Studioſi der Wohlthat des Waiſenhauſes mit theilhaftig ſinb. Denn von ſolcher Zeit an iſt bas Brünnlein Gottes auch für bie armen Studioſos gefloſſen unb hat auch nicht aufgehöret zu quellen. Der Name des Herrn ſei gelobet.

Hiezu kam, baß eine hohe Standesperſon hundert Thaler in eben bemſelben Sommer zur Verpflegung unſerer Armen ſandte; unb ein guter Freund ſandte auch zu Erhaltung der Armenſchule zwanzig Thaler. Alſo ließ Gott nimmer abgehen was einmal angefangen war, ſonbern ließ immer reichlicher zufließen, zu zeigen, baß er gern noch ein Größeres thun, ſo wir nur glauben könnten.

Gegen ben Herbſt mußte ich auf eine Stube bebacht ſein für bie Armenſchule. Weil ich nun in der Pfarrwohnung keinen Raum hatte, miethete ich von bem Nachbar eine Stube dazu. Die Anzahl aber beibes der Bürgerskinber unb der Armen nahm alſo zu, baß ich zu Anfang des Winters noch eine Stube dazu miethen mußte; theilete barauf bie Kinder, unb gab benen Bürgerskinbern einen Praeceptorem unb einen beſonbern benen armen Kinbern. Ein jeder informirte täglich vier Stunden, unb empfiengen jeder wöchentlich ſechzehn Gro= ſchen unb freie Stube unb Holz.

Weil ich aber ſah, baß an ſolchen Kinbern, bavon man ſich ſonſt gute Hoffnung hätte machen mögen, bem Augenſchein nach nichts rechts ausgerichtet wurbe, inbem außerhalb der Schulen wieber ver= berbet warb, was man in der Schule gebauet hatte, machte ich auch ben Anschlag, daß man einige Kinder zu völliger Pflege und Erziehung aufnehmen möchte. Und das war in meinem Gemüthe die erste Veranlassung und der erste Anschlag zur Aufrichtung eines Waisenhauses, ehe denn ich das geringste Capital dazu hatte. Da ich solchen Anschlag guten Freunden eröffnet hatte, ward bald ein christliches Gemüth bewogen fünfhundert Thaler dazu zu vermachen, davon jährlich auf Weihnachten die Zinsen, nämlich fünf und zwanzig Thaler sollten abgetragen werden, wie auch jährlich geschehen ist. Als ich diesen Segen Gottes sah, wollte ich ein armes Waiselein dazu aussuchen, das von solchen jährlichen Zinsen möchte erhalten werden. Da wurden mir vier vater- und mutterlose Geschwister genennet, darunter eins auslesen sollte. Ich wagte es aber auf den Herrn, sie alle viere zu nehmen: doch da das eine von andern guten Leuten aufgenommen ward, nahm ich die übrigen drei und fand sich an des vierten Stelle sofort ein anderes. Diese vier nahm ich, und that sie zu christlichen Leuten, und gab ihnen für jedes Kind wöchentlich einen halben Thaler, sie zu erziehen. Das geschah im Herbst Anno 1695. Hierauf gieng es mir, wie es sonst zu geschehen pfleget, daß wenn mans im Glauben gewaget hat, den Armen einen Groschen zu geben, man darnach ebenso wenig Bedenken hat, einen Thaler daran zu wagen. Denn da ich einmal angefangen, etliche arme Waisen, ohne menschliche Absicht auf ein gewisses Capital auf und anzunehmen (denn die Zinsen von den fünfhundert Thalern reichten nicht hin zu eines einigen Speisung und Kleidung) so ließ ichs auch getrost auf den Herrn ankommen, deren noch mehr dazu zu thun. Und ist demnach das Waisenhaus weder auf ein schon vorhin gegenwärtiges Capital, noch auf ein gewisses Versprechen hoher Personen, die sich etwa zur Herschießung aller Unkosten verbindlich und anheischig gemacht hätten, noch auch sonst etwas dergleichen, wie nachgehends spargiret worden und einige muthmassen wollen, sondern auf den lebendigen Gott im Himmel blos und lediglich angefangen und gegründet worden. Des nachfolgenden Tages, nachdem ich die ermeldten vier Waiselein aufgenommen hatte, kamen gleich noch zwei darzu; des nächsten Tags darauf wieder eins; zwei Tage darnach abermal eins, und acht Tage darnach wieder eins, daß also den 16. November 1695 schon ihrer neune beisammen waren, welche bei unterschiedlichen christlichen Leuten erzogen wurden. Für solche ward ein Studiosus Theologiae mit

Namen **Georg Heinrich Neubauer** zum Aufseher bestellet, der was zu ihrem Unterhalte gehörete unter den Händen hatte und berechnete, und darauf Acht hatte, daß es soviel damals möglich, an keinem Stück, so zu guter Erziehung dienet, ihnen ermangelte. Und also waren die armen Waisen eher da, als ihnen ein Haus erbauet oder gekaufet war."[1]

So war bis zum Ende des Jahrs 1695 der Grund der wesentlichen Anstalten Francke's gelegt, die sich nun in unglaublicher Schnelligkeit weiter entwickelten, immer fort in derselben Weise wie sie begonnen d. h. nicht nach einem vorgefaßten und entworfenen Plane, sondern durch das jedesmal entgegentretende Bedürfniß hervorgerufen, und auf demselben Grunde des unerschütterlichen Glaubens, daß Gott, was in Einfalt zu seiner Ehre und des Nächsten Heil unternommen sei, auch gewißlich fördern und hinausführen werde. Wir setzen die Erzählung der Entwickelung der begonnenen Anstalten, wie sie Francke an der angegebenen Stelle giebt, im Einzelnen nicht fort, und fassen die Hauptpuncte kurz zusammen.

Zunächst zeigte sich diese in Bezug auf die Waisenanstalt. Die im Anfang des Winters erfolgte bedeutende Gabe von 1000 Thalern von Seiten desselben Wohlthäters,[2] der die 500 gegeben, und eine

---

1) Diese von Francke hier und im Ganzen ebenso in der schon 1697 erschienenen „Historischen Nachricht" offenbar aus dem Gedächtniß gegebene Darstellung ist, wie aus dem noch vorhandenen Verzeichniß der Waisen, und der von Neubauer über dieselben geführten, ebenfalls vorhandenen Rechnung hervorgeht, ungenau. Danach wurde am 3. October ein Knabe aufgenommen, dann am 4. Nov. 1 Knabe und 1 Mädchen, die Geschwister, aber jenem fremd waren, am 5ten 2 Knaben, am 6ten 1 desgl., am 8ten 1 desgl., am 16ten 1 Mädchen, am 14ten December 1 Knabe, so daß am Ende des Jahrs 9 Kinder zusammen waren; wobei zu bemerken ist, daß sie nicht alle verwaist waren. Am 5. November übernahm Neubauer die Aufsicht. Dieser treue Helfer Francke's, in allen äußern Dingen seine rechte Hand, von seltener Demuth, Selbstlosigkeit, Geschicklichkeit und Unverdrossenheit bis an seinen 1726 erfolgten Tod, war 1666 im Halberstädtischen geboren, und hatte, obwohl Sohn eines armen Bauers, auf der Domschule zu Halberstadt zu den academischen Studien vorbereitet, die Universität Leipzig bezogen und sich dort Francke angeschlossen. Er war ihm dann nach Erfurt und endlich nach Halle gefolgt, wo er ihm alsbald hülfreich zur Seite trat.

2) Aus einem auf der Rückseite eines Briefs von 1696 gemachten flüchtigen Notat geht hervor, daß es der Geh. Rath von Schweinitz in Berlin war, der in dem Briefwechsel mit Spener oft erwähnt wird. Außerdem sind aufgeführt: Anon.

im Laufe des Winters sich daran schließende andere von 300 und ferner von 100, so wie mehrere kleinere Summen sicherten nicht allein die Fortführung alles Angefangenen, sondern gaben auch den Muth, das Nachbarhaus, in welchem bereits zwei Stuben für das Bedürfniß der Schulen gemiethet waren, für 365 Thaler zu kaufen, um so „zu einem beständigen Wesen einigen Grund zu legen". An das Hintergebäude desselben wurden im Frühjahr 1696 zwei Stuben angebaut, und acht Tage vor Pfingsten die Waisenkinder, die inzwischen auf 12 angewachsen waren, aus den drei Häusern, in welche sie bisher vertheilt waren, unter der Aufsicht und Pflege Neubauers, der auch die wirthschaftliche Einrichtung besorgt hatte, in dasselbe übergeführt. Hienach vermehrte sich die Zahl der aufgenommenen Kinder schnell und wuchs in den nächsten sieben Wochen auf 18, so daß es nöthig wurde, einen verheiratheten Waisenvater zur Führung des nun schon ausgedehnten Haushaltes anzustellen. Die Mittel dazu waren durch eine vor Ostern von einer unbekannten Person Francke „zur Fortsetzung seiner Armenverpflegung" zugegangenen Gabe von 1000 Thalern gewährt. Zu dieser Gabe kamen in den nachfolgenden Monaten nicht wenige andere. Die bis zum Juni 1697 bis zur Höhe von 10 Thlr. eingegangenen unter denselben sind, ebenso wie die geschenkten Victualien in der „Historischen Nachricht" sorgfältig aufgezeichnet; eine Auswahl derselben findet sich in den „Segensvollen Fußstapfen". Hierdurch wurde Francke ermuthigt, in dem angefangenen Werke immer weiter zu gehen. Er entwickelte dasselbe nach allen Seiten hin mit außerordentlicher Weisheit. Der nächste weitere Schritt war, daß er anstatt der Unterstützung durch Geld, welche er bisher aus den empfangenen Gaben vielen Studiosen gewährt hatte, eine regelmäßige Speisung derselben einrichtete. Er begann mit 24 Studiosen, die an zwei Tischen vereinigt und einer bestimmten Tischordnung und Aufsicht unterworfen wurden. Aus diesen wurden die Lehrer der verschiedenen Schulen, die sich bereits entwickelt hatten, genommen. Es war der Anfang des daraus erwachsenden Seminarium praeceptorum. Die Zahl der Theilnehmer nahm schnell zu. Im Juni

1000 Thlr., Fr. v. St.(ammer?) 100 Thlr., Ihre Hoh. (v. Sachsen?) 300 it. 100, it. 100, it. 100 Thlr., Kammer-R. Kr. 10 Thlr., Strieck 20 Thlr., Schaarschmied 500 Thlr., D. Spener 70 Thlr., Hr. Anton 14 Thlr., Fr. Knorre 40 Thlr., v. Hattenbach 50 Thlr. u. a.

1697, wo die Historische Nachricht erschien, war sie bereits bis auf 42 gestiegen. Denn alle übrigen Anstalten wuchsen fort und fort, und die Zahl der Classen mußte allmählich vermehrt werden. Namentlich nahmen die Waisenkinder, die bis zu dem angegebenen Zeitpunct auf 52 gestiegen, und im Unterricht von den übrigen Kindern getrennt worden waren, überdies eine fortgesetzte Aufsicht forderten, ebenso wie die Zöglinge des Pädagogiums, eine immer größere Zahl von Lehrern in Anspruch. Um den nöthigen Raum für die so gewachsenen Bedürfnisse zu gewinnen, wurde auch das neben dem zuerst gekauften liegende Haus, welches mit demselben ursprünglich verbunden gewesen war, für 300 Thlr. gekauft. Mit welchen Schwierigkeiten aber die Führung des bereits so bedeutenden und in stetem Wachsen begriffenen Werkes, namentlich auch in diesen seinen Anfängen, verbunden war, ist leicht denkbar, und wird vornämlich in der „Historischen Nachricht" in aller Einfachheit dargelegt. Zugleich aber wird darin durch eine Anzahl merkwürdiger Gebetserhörungen der feste Grund offenbart, auf welchem Alles, was von Francke selbst und seinen Mitarbeitern geschehen, ruhte, d. i. das unbedingte, aus unerschütterlichem Glauben hervorgegangene Vertrauen auf Gott in Allem, was zu seiner Ehre unternommen war. „Die Welt", heißt es weiter, „hat so bald anders von dem Werk judicirt, und Gott durch ihr Urtheil seiner Ehre, die ihm in dem Werk gebührete, beraubet. Aber das erduldet man gerne, und wünschet ihnen erleuchtete Augen, Gottes Werk zu erkennen, damit sie tüchtig werden, seinen heiligen Namen gebührend zu loben und zu preisen. Wer es nicht vor Gottes Werk, sondern vor ein blos menschliches Fürnehmen erkennet, der gehe hin und thue desgleichen, und sehe dann zu, ob er vorher die Kosten überschlagen, und ob ers auch habe hinaus zu führen. Was aber Gott anfänget, das kann er auch vollenden, und die an ihn glauben sind nur die Werkzeuge, die von seiner Hand gebrauchet werden, und geben ihm die Ehre, wohl wissend, daß sie ohne ihn nichts thun können. Sie suchen dabei nicht ihre Ehre, darum fürchten sie sich nicht zu Schanden zu werden. Sie suchen nicht ihren Vortheil, so fürchten sie sich nicht vor Schaden. Sie beten für die gesegneten Werkzeuge, welche ihnen die Hand bieten und werden im Gebete nicht müde, wenn gleich jene in der Wohlthat ermüden. Sie zürnen nicht, so die Menschen ihre Herzen vor ihnen verschließen, denn sie sehen auf den, der die

Herzen der Menschen in seinen Händen hat, und sie lenken kann, wie die Wasserbäche. Giebt ihnen der Herr Ueberfluß, so lassen sie wieder reichlich ausfließen, doch ohne Verschwendung. Läßt sie Gott in Mangel kommen, so preisen sie ihn, daß er sie im Gebet erwecke und durch solche Umstände ihren Glauben desto kräftiger stärke. Können sie es nicht machen, wie sie wollen, so machen sie es, wie sie können, und bleiben in stiller Hoffnung, daß der Herr seine Herrlichkeit immer besser zeigen werde. Und so der Herr auch seinen Segen zurückhielte, so glauben sie, daß er dessen heilige Ursachen habe und lassen sich als Haushalter an dem Willen ihres Hausherrn vergnügen, nur darauf sehend, daß sie zu jeder Zeit in demjenigen treu sein mögen, was er ihnen anvertrauet. Dieses lehret sie die Erfahrung, daß es umsonst ist, daß man frühe aufstehet, und hernach lange sitzet, und isset sein Brot mit Sorgen, dieweil sie sehen, daß er es seinen Freunden schlafend gebe, welches dem natürlichen Menschen eine Thorheit ist, und ohne Erfahrung so kräftig nicht geglaubt wird. Wenn auch gläubige Kinder Gottes sie furchtsam machen, und ihr Fürnehmen ihnen mißlich fürstellen, so finden sie keine Ursache, sich durch solche Kleingläubigkeit schrecken zu lassen. Denn jene fürchten sich, weil sie auf das Sichtbare sehen, und die Umstände der Zeiten und der Leute erwägen. Sie aber sehen auf das Unsichtbare und ihr Glaube verbindet sich mit der unendlichen Kraft Gottes, und setzen ihre Zuversicht nicht auf den ungewissen Reichthum, sondern auf den lebendigen Gott, der uns dargiebt reichlich allerlei zu genießen." Wir haben diese Stelle vollständig abgedruckt, weil sie nach allen Seiten hin aufs Eindringlichste den Sinn ausdrückt, aus welchem alles das hervorgieng, was Francke in der weitern Entwickelung der geschilderten schwachen Anfänge bis an sein Lebensende für die geistliche und leibliche Förderung seiner Mitmenschen, insbesondere der Jugend that, und was endlich zu dem staunenswerthen Werke führte, welches seit seinen ersten Anfängen bis jetzt eine Quelle des mannigfaltigsten Segens geworden ist. [1]

---

1) Aus diesem unermüdlichen Streben für das Wohl seiner Mitmenschen, namentlich der Armen gieng auch die „Glauchische Almosenordnung" hervor, welche nach seinem Entwurf und Antrag den 8. Juli 1697 bestätigt wurde (abgedruckt in den Fußstapfen S. 112 flgbe); ebenso die „Glauchische Anstalt für die fremden Armen, Exulanten, Abgebrannte u. s. w., so mit Attestatis vor die Thüre kommen."

In wie rascher Entwickelung dasselbe fortschritt und wie reichliche Gaben ihm zuströmten, durch welche dieselbe möglich wurde, geht aus einer kurzen Schrift hervor, die Francke im Juli 1698, also ein Jahr nach der Historischen Nachricht, unter dem Titel „Anstalten, die zur Verpflegung der Armen zu Glaucha an Halle gemachet sind" herausgab. Es ist in hohem Grade interessant, mit welcher Umsicht und Weisheit die verschiedenen Classen von Armen, von den Kindern in den Armenschulen und der Waisenanstalt bis zu den fremden Bettlern, Exulanten und Abgebrannten berücksichtigt, und Alles unter dem Gesichtspunct ihrer geistlichen Förderung zusammengefaßt und zu einem zusammenhangenden Ganzen vereinigt ist. In welchem Maaße die Zahl der dabei Betheiligten gewachsen war, geht daraus hervor, daß die Waisenkinder auf 101 (71 Knaben, 30 Mädchen), die speisenden Studiosen auf 70 gestiegen, und diejenigen überhaupt, die um ihrer Zugehörigkeit zu den verschiedenen Anstalten willen freie Speisung genossen, 200 betrugen. Am Schluß dieser Schrift ist eine genaue Zusammenstellung der Gaben, welche Francke an Geld und mancherlei für die Haushaltung nützlichen Dingen zugeflossen waren, gegeben. Die darin erscheinende Gesammtsumme beträgt „an current Geld" 17938 Thlr. 2 Gr. 2 Pf. und außerdem an hartem Gelde und Gold, wovon die Gesammtsumme nicht gezogen ist, sehr beträchtliche Posten, so daß sich alle Gaben zusammen rund auf 18—19000 Thlr. annehmen lassen, eine Summe, die nach dem heutigen Werthe des Geldes etwa 70000 Thalern entsprechen würde. Durch diese Mittel war es möglich nicht allein die laufenden Kosten zu decken, sondern auch verschiedene weitere Grundstücke anzukaufen. Hiezu gehörte namentlich ein bisheriges Wirthshaus „der güldene Adler" mit einem großen Garten, welches für die Unterbringung der Waisenkinder, die bei ihrer so sehr angewachsenen Zahl in den bisher ihnen angewiesenen Räumlichkeiten nicht mehr Raum hatten, um Ostern des genannten Jahrs eingerichtet wurde. Da es aber diesem Zweck weder seiner Einrichtung, noch seiner Größe nach entsprach, so wurde der schon vorher entstandene Gedanke, ein Haus dafür zu bauen, festgehalten. Um ihn in möglichst entsprechender Weise auszuführen, war Neubauer bereits im vorhergehenden Jahre nach Holland geschickt, um die dort befindlichen Waisenhäuser kennen zu lernen. Die von den Waisen verlassenen Räumlichkeiten wurden dem Pädagogium übergeben, dessen

Zöglinge auch bedeutend zugenommen hatten. Ihre Zahl betrug nach einer im März desselben Jahrs herausgegebenen Zusammenstellung 63. Die in derselben Zusammenstellung aufgeführten, in den verschiedenen Schulen unterrichteten Kinder beliefen sich auf 409, bei deren Unterricht 56 Lehrer, sämmtlich Studiosen, unter der Aufsicht von Inspectoren thätig waren.

Das Jahr 1698 war in sehr verschiedenen Beziehungen von sehr großer Wichtigkeit für Francke und seine Unternehmungen. Das erste und folgenreichste Ereigniß desselben war der Beginn des beschlossenen Neubaues für die mannigfaltigen Bedürfnisse der bereits entstandenen verschiedenen Anstalten, namentlich für die Unterbringung der Waisen, der für sie bestimmten, so wie der andern Schulen, für die Speisung der Studiosen u. dgl. m. Nachdem Neubauer von seiner Sendung nach Holland am 19. Juni zurückgekehrt war, [1] wurde der Grundstein desselben am 13. Juli gelegt. Als Platz dazu hatte Francke eine vor und neben dem goldenen Adler gelegene wüste Stelle gewählt, die theils dem Rath zu Halle gehörte, theils dem Amt Giebichenstein, also dem Kurfürsten, zustand. Den erstern Antheil erkaufte Francke für 30 Thlr., auf dem andern hatte aber bereits im Mai ein kurfürstlicher Accise-Einnehmer in Glaucha ein Gebäude aufzurichten begonnen, wodurch nicht allein seine Absicht verhindert, sondern er auch sonst in seinen Interessen wesentlich geschädigt sein würde. Er bot daher Alles auf, um dieses Hinderniß zu beseitigen und es gelang ihm durch seine Vorstellung, daß es sich ja um die Ausführung eines dem Wohl des Staats gewidmeten Werkes handele, und durch die Fürsprache der einflußreichsten Männer ein kurfürstliches Rescript zu erhalten, durch welches ihm die Benutzung des in Rede stehenden Platzes zu seinem Zweck zugesichert wurde. Er bestand zum Theil in einem Hügel, neben

1) Das Tagebuch seiner Reise ist vorhanden, bricht aber leider mit der Abreise von Amsterdam nach dem Haag, als dem ersten Hauptziel ab. Die Reise, welche am 2. Juni begann, gieng über Magdeburg, Wolfenbüttel, Braunschweig, Hannover, Zelle, Lüneburg nach Hamburg und von dort über Bremen, Oldenburg durch Ostfriesland nach Holland. Es war ihm ein von der theologischen Facultät bescheinigtes Attestat Franckes mitgegeben, welches ihm überall in den erstgenannten Städten, in denen er sich längere Zeit aufhielt, die beste Aufnahme und reichliche Gaben verschaffte, so daß er von Lüneburg schon 392 Thaler nach Halle schicken konnte, ein Beweis, welche Anerkennung Franckes Unternehmungen bereits gefunden hatten.

dem Adler, auf welchem früher die Kinder der ihn besuchenden Gäste
zu spielen pflegten. Die Wahl konnte gar nicht glücklicher sein, und
muß geradezu als providentiell bezeichnet werden, indem sich an diese
Stelle, abgesehen von ihrer überaus gesunden Lage, die an sich von
größter Bedeutung ist, eine Anzahl Gärten schloß, welche die Möglichkeit einer weiteren Ausdehnung der Bauten bot, wie sie später
auch erfolgt ist.[1] Francke hatte zuerst die Absicht, das Haus überall
nur von Holz und Fachwerk bauen zu lassen, aber auf vielfache Re-
monstrationen von Bauverständigen und den Rath des Präsidenten
v. Danckelmann[2] beschloß er, es in Mauerwerk aufzuführen. Zu diesem Beschluß trug nicht unwesentlich bei, daß nicht lange vorher ein
kleiner Bauerhof in Giebichenstein nebst einem Stück Landes, der
Brotsack genannt, angekauft war, worin ein Felsen sich befand, der
gute Bruchsteine gab, so daß nur der Brecherlohn bezahlt zu werden
brauchte. Dieselben anzufahren, erboten sich Freunde der Unterneh-
mung, und erfüllten auch ihr Versprechen. So wurden sämmtliche
Außenmauern, mit Ausnahme der dem innern Hof nach Osten zuge-
wandten, in Stein ausgeführt, weshalb dieses Gebäude trotz der langen Zeit seines Bestehens keine durchgreifende Reparatur bedurft hat.
Ueberhaupt aber ist dasselbe, sowohl seiner äußern Gestalt, als seiner
innern Einrichtung nach, obwohl ohne allen überflüssigen Schmuck,
wahrhaft großartig entworfen und ausgeführt. „Dazu aber", sagt er
in den Fußstapfen (S. 27), „würden mich keine persuasiones und
angeführte Gründe bewogen haben, wenn ich nicht, gleich wie im
ganzen Werk, also auch hierin von Gott wäre gestärket worden, es
getrost im Glauben auf ihn zu wagen. Ob ich nun wohl mit keinem
Vorrath zu bauen angefangen, so hat doch Gott von Zeit zu Zeit
soviel Segen zufließen lassen, daß die Bauleute und Tagelöhner um
der richtigen Zahlung willen gerne und mit Lust gearbeitet: wie denn
auch zu vieler Arbeiter gutem Vergnügen der Bau täglich mit Gebet
angefangen, auch dann und wann bei der Zahlung des Sonnabends
eine Ermahnung an sie gethan, mit ihnen gebetet, und dabei Gott
für den verliehenen Beistand in der vergangenen Woche gedanket

---

1) Nähere Angaben über diese Verhältnisse finden sich in „Die Stiftungen
A. H. Franckes in Halle", Halle 1863 S. 1 flgde.

2) s. Neue Beiträge S. 149.

worben. Gott hat auch sein gnädiges Aufsehen gar merklich gezeiget, bei so mancher augenscheinlichen Lebensgefahr, indem er die Arbeiter für tödtlichen Fällen bewahret, und den wenigen, so durch Fallen einigermaßen beschädigt worden, in kurzer Zeit wieder also geholfen hat, daß sie getrost und freudig an die Arbeit gegangen." Freilich gieng es keineswegs mit Eingang der nöthigen Mittel immer einfach und glatt ab, sondern es kamen, wie überhaupt bei dem ganzen Werk, so auch hier schwere Zeiten des Mangels und der Glaubensprüfungen, aber Francke sowohl als sein treuer Helfer Neubauer, der den Bau leitete, bestand dieselben und sie wurden nicht zu Schanden. In Jahresfrist stand das Gebäude unter Dach, Ostern 1700 konnten die Waisenkinder und Studiosen darin zu speisen anfangen,[1] bald nachher das erste Stockwerk und zu Ostern 1701 die übrigen Stockwerke beziehen. So war trotz mancher höhnischen und ungläubigen Spottreden, mit denen der Bau begleitet wurde, derselbe vollendet, und steht bis auf den heutigen Tag als ein lebendiges Zeugniß des Glaubens Franckes, welcher durch die am Giebel angebrachte goldene Inschrift „Die auf den Herrn harren kriegen neue Kraft, daß sie auffahren mit Flügeln wie Adler" Jes. 40, 31 aller Welt laut verkündet wird. Als eine wichtige Beihülfe zur Ausführung des Baus erwähnt Francke in den Fußstapfen das dafür von dem Kurfürsten gewährte Geschenk von hunderttausend Mauersteinen und dreißigtausend Dachsteinen, welche von der Ziegelei in Giebichenstein geliefert wurden. Sie traten, wie aus einem in Abschrift vorliegenden Briefe hervorgeht, an die Stelle von 1000 Thlr., die derselbe in der später zu erwähnenden Collecte gezeichnet aber bis dahin nicht gezahlt hatte.[2]

Von besonderer Wichtigkeit durch ihre Folgen war eine in eben diesem Jahre von Francke unternommene Reise nach Berlin. Allerdings war er bereits im März des vorangegangenen Jahrs auf Speners Veranlassung in Berlin gewesen. Indessen diese Reise hatte

---

1) Der Speisesaal wurde am 29. April 1700 feierlich eingeweiht. Die dabei von Francke gehaltene „Erweckungsrede zum Lobe Gottes und zum Vertrauen auf Gott" über den 146. Psalm, welche wiederholt gedruckt ist, findet sich in dem „Oeffentlichen Zeugniß vom Dienst Gottes" S. 179—218 (zweite Paginirung).

2) Sie wurden sogar in verdoppeltem Betrage später gezahlt: s. Die I. Fortsetzung der wahrhaften und umständlichen Nachricht vom Waisenhause ꝛc. S. 21 flgde.

nur den ganz besondern Zweck, auf seinen mit ihm eng verbundenen
Freund Schade, der durch seine tiefen Gewissensbedenken über den
Beichtstuhl in die größte Unruhe versetzt war, und in seiner Gemeinde
die traurigsten Wirren zum größten Kummer seiner Freunde, insbesondere Speners, herbeigeführt hatte, einen beruhigenden Einfluß
auszuüben, was man von ihm vor allen andern hoffen zu können
glaubte. Dies gelang indessen nicht. Ganz anderer Art war die
Veranlassung der Reise, die er gegen Ende August dieses Jahrs mit
Elers, der in dem vorhergehenden Jahre nach Halle gekommen war,
und als treuer Mitarbeiter in innigster Verbindung mit ihm stand,
unternahm. Er kam den 29. August in Berlin an und blieb bis
zum 12. September daselbst. Er wohnte, wie auch früher stets, bei
Spener. Der Zweck, den er durch diese Reise zu erreichen suchte,
war die bei dem außerordentlichen Anwachsen der begonnenen Anstalten
dringend wünschenswerth gewordene Erweiterung der ihm bereits seit
October 1697 in Bezug auf die Accisefreiheit zu Theil gewordnen
Privilegien (f. Die Fußstapfen S. 132 flgbe.), sowie anderer Unterstützungen von Seiten des Kurfürsten. Es ist ein ausführliches von
ihm geführtes Tagebuch über diesen Aufenthalt in Berlin und über
die Erfolge desselben vorhanden. Es geht daraus hervor, nicht allein
welche außerordentliche Thätigkeit der verschiedensten Art er in dieser
Zeit entwickelte, sondern auch welches Ansehn er bereits in den höchsten Kreisen, vor Allem bei dem an der Spitze der Leitung der geistlichen Angelegenheiten stehenden und überhaupt seit Danckelmanns
Sturz sehr einflußreichen Herrn von Fuchs stand. Dieser lud ihn
wiederholentlich zur Mahlzeit bei sich ein, und zeigte das größte Interesse für seine Mittheilungen und seine Wünsche. Die Bedeutung der
von ihm ins Leben gerufenen Anstalten, von denen die kurz vorher
erschienene, oben (f. S. 173) angeführte Beschreibung ein kurzes,
aber höchst lebendiges Bild gab, und die durch den so eben begonnenen Neubau noch schlagender ins Auge fiel, wurde in vollstem Maaße
anerkannt. Die rücksichtslose Hingebung für die Sache des Herrn,
die sich in all seinem Thun und seiner ganzen Persönlichkeit aussprach,
machte auf Alle, mit denen er in Verkehr trat, den entschiedensten
Eindruck. So erreichte er seinen Zweck vollkommen. Die erbetenen
Privilegien wurden vollständig bewilligt, und mit Inbegriff der bereits
früher gewährten in ein Gesammtprivilegium, welches unter dem

19. September ertheilt wurde, zusammengefaßt. Dasselbe enthält überaus wichtige Bestimmungen zunächst über den dem ganzen Werke beigelegten „publiquen" Character und die Stellung Franckes als Leiters desselben dazu, sodann aber Gewährung bedeutender Rechte, wie z. B. die Befreiung von allen Reallasten für die neu zuerbauenden Häuser, das Recht des Vorkaufs bei vorkommendem Verkauf von Landstücken, die Back- und Brau-Gerechtigkeit für die Anstalten, das Recht einen Buchladen und eine Buchdruckerei, sowie eine Apotheke einzurichten, so wie verschiedene Handwerker zu halten u. dgl. m. Dieses Privilegium, welches 1702 in erweiterter Gestalt erneuert, und dem ein ähnliches für das Pädagogium hinzugefügt wurde, wovon später die Rede sein wird, bildet die Grundlage der den Stiftungen noch heute eigenthümlichen höchst werthvollen Rechte. Allerdings haben nicht wenige der darin enthaltenen Bestimmungen heutzutage keine Bedeutung mehr, sie waren damals aber überaus wichtig. Außer den angegebenen Rechten wurde darin zur Unterstützung des Werks verordnet, daß jede Kirche im Herzogthum Magdeburg und Fürstenthum Halberstadt, ausgenommen die arm und baufällig seien, jährlich einen Thaler dazu geben, und der zehnte Theil aller Strafgefälle unter 50 Thaler aus denselben Landestheilen „als eine immerwährende Fundation" dem Waisenhause gezahlt werde; endlich aber eine Collecte durch alle Provinzen und Lande gestattet. Von diesen Zuwendungen war die letzte die bedeutendste, doch unterlag die Ausführung dieser Gewährung nicht geringen Schwierigkeiten (s. Fußstapfen S. 57), so daß sie nur in Berlin und drei Provinzen stattfand. Doch gieng sie bis 1701 fort, und das Ergebniß war, wie aus den Anzeichnungen Franckes in seinen noch vorhandenen Schreibcalendern jener Jahre hervorgeht, keineswegs unbedeutend. Die regelmäßig notirten Beträge, welche abgeliefert wurden, beliefen sich einigemal auf 500, einmal sogar auf 540 Thlr. Bei alle dem ist richtig, was Francke an der angeführten Stelle sagt, daß sie mehr eine Beihülfe, als eine hinlängliche Versorgung war, wie viele Leute sich einbildeten.

Ein weiterer Beweis der ihm zu Theil gewordenen Anerkennung war, daß er während seines Aufenthalts in Berlin ohne irgend sein Zuthun zum Professor der Theologie vom Kurfürsten ernannt wurde. Breithaupt hatte ohne sein Wissen an Spener geschrieben, ob nicht bei dieser seiner Anwesenheit dort die dritte theologische Professur bei der Universität besetzt und ihm übertragen werden könne. Spener hatte diesen Antrag dem Herrn von Fuchs mitgetheilt, der denselben gleich am folgenden Tage im Geheimen Raths-Collegium dem Kurfürsten vortrug, und bei der günstigen Meinung, welche dieser von Francke hatte (wenige Tage vorher hatte er geäußert: „Man muß den Mann auf alle Weise secundiren") ohne Schwierigkeit die Gewährung desselben erlangte. Dies geschah am 5. September. Francke bemerkt dabei im Tagebuche: „Dieses war am Tage Nathanael, das heißt von Gott gegeben. Gott lasse mich durch seine Barmherzigkeit einen rechten Nathanael und aufrichtigen Israeliter sein." Herr von Fuchs machte ihm am folgenden Tage persönlich die Mittheilung davon. Zugleich wurde sein Gehalt von 100 Thlr., welches er nur erst seit etwa zwei Jahren genoß (s. S. 136) auf 200 Thlr. erhöht, „so lang", wie es in dem Brief Speners vom 24. September (von diesem Tage ist die Vocation) heißt, „bis zum völligern Gehalt Mittel gemacht werden könnten." Doch sollte er nach eben diesem Brief die bisherige Professur noch dabei behalten. Ein ferneres Zeugniß seiner Gnade gab der Kurfürst dadurch, daß er auf das Ansuchen Franckes befahl, daß alles was in der unter der Aufsicht des bekannten Beger damals stehenden kurfürstlichen Raritätenkammer „etwa überflüßig oder in duplo vorhanden wäre" aufgeschrieben und ihm vorgelegt werde. Es wurde danach dann eine Anzahl Stücke (im Ganzen 16) an Francke für das Behufs des Unterrichts im Pädagogio von ihm angelegte Naturaliencabinet verabfolgt.[1]

Außer dieser auf die amtlichen Verhältnisse bezüglichen Thätigkeit, welche eine Menge Besuche bei hochgestellten Personen nöthig machte, entwickelte er eine außerordentlich große persönlicher Art, wie sie nur aus der Elasticität und Energie seines Geistes erklärt werden kann. Nicht allein predigte er in dieser Zeit dreimal in verschiedenen Zeiten und Kirchen (er war stets bereit dazu, auf die etwa an ihn ergehenden Aufforderungen einzugehen), sondern pflegte lebhaften Ver-

---

1) Das Schreiben Franckes an den Kurfürsten, worin er die betreffende Bitte darlegt, und den Zweck der von ihm angelegten Sammlungen angiebt, ist abgedruckt in „Die Stiftungen A. H. Franckes in Halle" S. 221. Es ist ohne Datum, gehört aber ohne Zweifel, wie auch aus einem vorliegenden Copierbuche, in welches die Schreiben Franckes eingetragen sind, hervorgeht, in die Zeit dieses seines Aufenthalts in Berlin.

kehr mit nicht wenigen mehr oder weniger ihm nahe stehenden Personen, namentlich mit Herrn von Canstein, der wenigstens in der
letzten Zeit seines Aufenthalts in Berlin anwesend war. Ganz besonders ließ er sich angelegen sein, die in den Gemüthern der Anhänger
seines Freundes Schade, welcher den aus seiner tiefen Gemüthsunruhe
erwachsenen Qualen bereits im Juli durch den Tod enthoben war,
vielfach entstandene Verbitterung und Erregung zu beseitigen, was
ihm auch, wenigstens bis zu einem gewissen Grade, gelang.

So war diese Reise eine von dem Herrn überaus gesegnete. Sie
war um so wichtiger, als nicht lange nach derselben sich neue Stürme
gegen Francke erhoben, die seine Stellung heftiger bedrohten, als alle,
welche seit seiner Uebersiedelung nach Halle gegen ihn entstanden
waren. Von besonderer Bedeutung aber war seine Ernennung zum
Professor der Theologie [1] und der dadurch bedingte Eintritt in die
theologische Facultät. Diese war nunmehr von dem Triumvirat
Breithaupt, Anton, Francke gebildet, welches durch gleiche Ueberzeugungen und Ziele, so wie durch herzliche Freundschaft und gegenseitige Hochachtung aufs Engste verbunden war, wie es in gleicher
Weise kaum je an einer andern Universität stattgefunden hat. Es
ist nicht nöthig besonders hervorzuheben, wie sehr durch diese Ein-
müthigkeit die Wirksamkeit aller sich steigern mußte. Francke selbst
gewann je länger je mehr theils durch seine ganze so entschieden hervortretende Persönlichkeit, theils durch den stets wachsenden Einfluß
der mit der Universität im engsten Zusammenhange stehenden Anstalten des Waisenhauses die hervorragendste Stellung in derselben. Die
von ihm bisher bekleidete Professur der orientalischen Sprachen wurde
noch in demselben Jahre dem ausgezeichneten Kenner derselben, der
sie auch schon vorher in Halle gelehrt hatte und unter dem Vorsitz
Franckes Magister geworden war, Johann Heinrich Michaelis
übertragen.

Bemerkenswerth ist noch, daß in diesem Jahre eine Erziehungsanstalt für junge Mädchen vornehmern, überwiegend adlichen Standes
unter der speciellen Leitung einer frommen Französin Mademoiselle
Charbonnet mit dem Namen Gynaeceum ins Leben gerufen

---

1) Er trat dieses Amt durch ein Programm de usu et abusu officii elench-
tici Spiritus S. an: s. A. H. Franckii Programmata etc. S. 27 flgbe.

wurde. Sie sollte für das weibliche Geschlecht sein, was das Päda=
gogium für das männliche war. Sie kam indessen nicht zu kräftiger
Entwickelung troß eines viel versprechenden Anfangs und wurde zu
Anfang des Jahrs 1705 aufgehoben. [1] Auch weitere Pläne beschäf=
tigten Francke damals, wie aus dem im Anhange mitgetheilten „Ent=
wurf der gesammten Anstalten" 2c. hervorgeht, den er im Monat
December eben dieses Jahrs veröffentlichte.

Ehe wir nun an die Darstellung der oben angedeuteten weitern
Ereignisse im Leben Franckes herantreten, wird es angemessen sein,
einige Worte über die Männer zu sagen, welche, nachdem sie bereits
in dem vorangegangenen Jahre nach Halle gekommen waren, doch erst
in diesem entschiedener als seine Mitarbeiter eintraten, und in ähn=
licher Weise, wie schon bisher Freylinghausen und Neubauer,
ihm eine mehr oder weniger lange Reihe von Jahren hindurch die
wesentlichste Hülfe leisteten.

Zuerst und vor allen Andern ist zu nennen Heinrich Julius
Elers (geb. 1667). Wie er mit Francke bei dessen Rückkehr von
Hamburg in Lüneburg bekannt geworden, und nachdem er die Uni=
versität Leipzig bezogen, mit ihm in die nächste Beziehung getreten,
ist oben (S. 42) erzählt. Durch ihn lernte er auch Spener kennen,
den er mit ihm in Dresden besuchte. Nach Franckes Berufung als
Diaconus in Erfurt folgte er ihm dahin und blieb bis zur Vertrei=

---

1) Diese bisher unbekannte Thatsache geht aus der vorliegenden „Handschrift=
lichen Correspondenz" (f. die „IV. Fortsetzung der wahrhaften und umständlichen
Nachrichten" S. 9 flgbe.) hervor, worin es, nachdem bemerkt worden, daß nach und
nach etwa 30 Jungfrauen aufgenommen, heißt, daß „die Nothdurft erfordert, solche
Anstalt auf eine Zeitlang aufzuheben, bis sie mit mehrerem Nachdruck fortgesetzt
werden möchte." Dazu ist es indessen nicht gekommen. Jedoch ist später i. J.
1709 von Frl. Charbonnet, wie Francke in einem handschriftlichen Aufsaß sagt,
„unter seiner wenigen Direction, (d. h. in einem losen Zusammenhang mit den
Stiftungen) zur Erziehung einiger Kinder eine besondere Anstalt eingerichtet worden."
Näheres über diese Anstalt f. bei Eckstein, Natalicia secularia A. H. Francki
etc. S. 14 Not. und Kramer, A. H. Franckes pädagogische Schriften S. 509
Anm., die nach Obigem zu berichtigen sind. Bemerkenswerth ist, daß außer der
selbstverständlichen Anweisung zum Christenthum, dem Erlernen der Elemente und
von allerlei feinen und nützlichen Arbeiten auch die Unterweisung in der französi=
schen Sprache, und, „wenn es etwa verlangt werden sollte", Anleitung zur hebräi=
schen und griechischen Sprache in dem Gynaeceum gegeben wurde.

bung desselben dort. Bald nachher gieng er als Hofmeister in einem
adelichen Hause nach Arnstadt, wo er allmählich durch die von ihm
nach Art seiner Freunde veranstalteten herzlichen Privaterbauungen in
weitern Kreisen sowohl in der Stadt selbst, als auch in der Umgegend
einen wachsenden Einfluß gewann. Dies führte von Seiten des
Magistrats eine Untersuchung gegen ihn herbei, während welcher er
im Gefängniß gehalten, und nach welcher er, obwohl nichts Unrechtes
gegen ihn erwiesen werden konnte, als gefährlicher und verführerischer
Mensch aus der Stadt verwiesen wurde. Danach übernahm er an
zwei Orten, zuletzt in Hamburg eine Stellung als Hofmeister. Diese
letztere führte ihn 1697 nach Halle, indem er seinen Zögling dahin
begleitete, um ihn dem Pädagogium zu übergeben. Sogleich nach
seiner Ankunft nahm er thätigen Antheil an den verschiedenen von
Francke ins Leben gerufenen Einrichtungen. Indessen bereits in dem=
selben Jahre wurde er auf ein besonderes Gebiet der Thätigkeit geführt,
auf welchem er in überraschender Schnelle Außerordentliches leistete,
und nicht allein anf die gesammten Stiftungen Franckes, sondern auf
die weitesten Kreise den gesegnetsten Einfluß bis auf den heutigen
Tag ausgeübt hat. Nach der hergebrachten Tradition ließ er die von
Francke am 1. Trin. 1697 gehaltene Predigt „Von der Pflicht gegen
die Armen", die ihn tief ergriffen und zu dem Entschluß gebracht
habe, sein Leben fortan dem Dienst der Armen zu widmen, drucken,
und brachte sie selbst nach Leipzig, um sie auf der Messe zu vertrei=
ben. Daran hat sich dann weiteres offenbar Anecdotenhafte geknüpft.
Thatsächlich ist, daß der Druck jener Predigt ausdrücklich auf Franckes
Anordnung stattgefunden hat, der sie dem Canzler, Vicecanzler und
Räthen der Regierung und des Consistoriums gewidmet und mit einer
ausführlichen Vorrede versehen hat, worin auf die kurz vorher geneh=
migte Glauchaische Armenordnung (s. oben S. 172 Anm.) Bezug genom=
men wird. Ohne Zweifel hat Elers sowohl den Druck als den Verkauf
derselben, so wie anderer Predigten, die man danach herausgab,
besorgt, wie aus der I. Fortsetzung der wahrhaften und umständlichen
Nachricht 2c., wo Francke S. 47 flgde. über den Anfang des Buch=
ladens berichtet, hervorgeht. Dies ist der Anfang der Buchhand=
lung des Waisenhauses, welche definitiv durch das oben erwähnte
Privilegium ins Leben trat, und mit welcher bald nachher eine Buch=
druckerei verbunden wurde. Andere Verlagsartikel folgten, namentlich

Schriften von Spener, zuerst die Paraphrasis in epistolam I. Iohannis,[1] dann seine Theologischen Bedenken, bald aber auch von andern, allmählich namentlich von Hallischen Professoren der verschiedensten Facultäten, und im Laufe der Jahre hob sich die Anstalt zu einer der angesehensten Buchhandlungen Deutschlands. Der Grund zu diesem außerordentlichen Erfolge war, außer dem sichtlichen Segen Gottes, der aus Elers lebendigem Glauben hervorgehende Drang, den Brüdern, insbesondere den Armen in dieser Weise zu dienen, indem er Mittel schaffte, ihr Wohl zu förbern. Dies gelang ihm mit jedem Jahre in höherm Maaße dadurch, daß die aus der Buchhandlung fließenden Beiträge zur Erhaltung der Stiftungen stetig wuchsen. Aus eben jener Quelle flossen alle die Eigenschaften, die dies ermöglichten: die äußerste Uneigennützigkeit und Selbstlosigkeit,[2] die höchste Gewissenhaftigkeit und Rechtlichkeit in allen Beziehungen, die ausgedehnte Geschäfts- und Litteraturkenntniß, die er sich bald erwarb, und die ihm das größte Ansehen sowohl bei Gelehrten, als bei Geschäftsfreunden verschafften. Dabei sicherte ihm seine ungefärbte, aufrichtige Frömmigkeit, seine Demuth, die ihn jedermann zugänglich machte, und seine Liebenswürbigkeit die allgemeinste Achtung bei Hohen und Niedrigen. Er war eine der angesehensten und gesuchtesten Persönlichkeiten des Franckischen Kreises. Francke selbst stand er von allen Mitgliedern desselben persönlich am nächsten. Er lebte, wie aus seinen leider nur bruchstückweise vorhandenen Tagebüchern hervorgeht, mit seinen Gebanken und seinem Herzen, vielfach auch äußerlich mit ihm aufs Engste verbunden, nahm an Allem, was ihn betraf, den thätigsten Antheil und biente seinen Zwecken wo er nur konnte: genug er gieng ganz und vollständig auf die Gebanken und Ziele seines Lehrers und Freundes ein. Er starb bald nach diesem im Jahre 1728.

---

1) Mit dieser Schrift wurde, wie es a. a. O. S. 49 heißt, „Anno 1699 zu Ostern die erste Messe in Leipzig bezogen und auf derselben andere Sortimenten erhandelt, weil man nun fest resolviret, den Buchladen völlig einzurichten."

2) Elers sowohl als Neubauer blieben unverheirathet. Von einer Besolbung war bei ihnen so wenig, als bei den übrigen Mitarbeitern Franckes die Rede. Sie empfiengen Wohnung, Kleidung und Kost in bescheidenster Weise, was ihnen genügte. Ausführlicheres über Elers s. in „Franckens Stiftungen" II, 452 flgde, wieder abgedruckt in „Knapp, Leben und Character einiger gelehrten und frommen Männer" S. 177 flgde: vgl. den Brief Neubauers im Anhange.

In demselben Jahre, nicht lange nach Elers, kam Justinus Töllner nach Halle. Geboren 1656, war er, nachdem er unter vielen Entbehrungen seine Studien in Leipzig vollendet, Pastor in Panitsch unweit Leipzig geworden. Dort gerieth er, obwohl er bereits nahezu 14 Jahre lang diese Stelle bekleidet hatte, mit einem großen Theil der Glieder seiner Gemeinde und der damit verbundenen Filiale Althen und Sommerfeld in Bezug auf den Beichtstuhl in Zwistigkeiten. Es herrschte in benselben, wie es scheint, überwiegend ein wüstes und trotziges Wesen, und er seinerseits versagte, vielleicht in übertriebener Strenge, wenn seinen im Sinne der pietistischen Grundsätze gestellten Forderungen in Bezug auf die sogenannten Mittelbinge nicht genügt würde, die Absolution und die Zulassung zum heiligen Abendmahl. Hieraus entwickelten sich allmählich die widerwärtigsten Verhältnisse. Als in Folge davon die Angelegenheit vor das Consistorium in Leipzig kam, in welchem die entschiedensten Gegner der Pietisten saßen, und überdies bekannt wurde, daß eine kurz vorher erschienene Schrift vom tausendjährigen Reiche von ihm verfaßt, wenn auch nicht herausgegeben sei, wurde er zunächst vom Amt suspendirt, und, da er bei seinen Ansichten beharrte, desselben entsetzt. [1] Anfangs Mai 1697 kam er mit seiner Frau und sieben Kindern in Halle an, wo er von Francke liebreich aufgenommen, und alsbald in mannigfaltiger Weise auf den verschiedenen Gebieten seiner ausgedehnten Thätigkeit verwandt wurde. Bornämlich und endlich ausschließlich wurde er mit der Inspection der lateinischen und sämmtlicher deutschen Schulen betraut, die er bis an seinen 1718 erfolgten Tod mit großer Treue führte. Auch verfaßte er zum Gebrauch der letztern mehrere wiederholt aufgelegte Schulbücher.

Zu derselben Zeit, wie die beiden vorhergehenden trat, und zwar sogleich im Beginn seiner Studien, in Beziehung zu Francke und seinen Anstalten Hieronymus Freyer, der allerdings, auch seines jüngern Alters wegen (er war 1675 geboren), nicht so bald wie jene einen hervorragenden Antheil an der Mitarbeit Franckes nahm, aber allmählich, insbesondere seit seiner Ernennung zum Inspector des Pädagogiums i. J. 1705, sich die größten Verdienste um diese Anstalt,

---

1) Er hat eine ausführliche Darstellung des ganzen Vorgangs veröffentlicht unter dem Titel: „Justinus Töllners unrechtmäßige Absetzung.“

auf die Francke selbst außerordentlichen Werth legte, erwarb. Er
führte dieses Amt bis an seinen 1747 erfolgten Tod mit ebensoviel
Einsicht als Treue.

Endlich ist Christian Friedrich Richter (geboren 1676) zu
nennen, der 1697 bereits zum Arzt des Waisenhauses als Nachfolger
seines ältern jung verstorbnen Bruders Albrecht ernannt wurde, eine
Stellung, die er, nachdem er das Jahr 1698 hindurch die Inspection
des Pädagogiums mit Eifer und Erfolg geführt, wieder übernahm und
bis zu seinem 1711 erfolgten Tode beibehielt. Er hatte wesentlichen
Antheil an der Entwickelung der 1698 ins Leben getretenen Apotheke
des Waisenhauses, und wurde namentlich durch seine chemischen Arbeiten
der Schöpfer jener zahlreichen Arcana, welche unter dem Namen der
Waisenhäuser Medicamente allmählich eine außerordentliche Verbreitung durch die ganze Welt fanden, und durch die höchst bedeutenden
Erträge, welche aus ihrem Vertriebe nach und nach in steigendem
Maaße lange Zeit hervorgiengen, von höchster Wichtigkeit für die
Stiftungen wurden.[1] Er schloß sich in seinem innig frommen Sinne,
von dem seine köstlichen geistlichen Lieder das herrlichste Zeugniß
ablegen, Francke aufs Engste an. Doch wurde dieses nahe Verhältniß
später in Folge, wie es scheint, von Kränklichkeit und seiner 1707
erfolgten Verheirathung einigermaßen gestört.

Diese Männer vornämlich, nebst den früher genannten Freylinghausen und Neubauer, hat Francke im Sinne, wenn er in den
„Segensvollen Fußstapfen“ (S. 69) am Schluß des Capitels, in
welchem er die „sonderbare Vorsorge Gottes bei diesem Werke“ dargelegt, sich folgendermaaßen ausspricht: „Für das Allervornehmste
und Wichtigste, so dem Werke eine Förderung gegeben, erkenne ich
dieses, daß mir Gott von Anfang her solche Mitarbeiter verliehen,
welche in einer aufrichtigen Liebe zu Gott und ihrem Nächsten gestanden. Daher sie denn nicht um schändlichen Gewinnstes willen die

---

1) Ueber das Nähere davon s. „Die Stiftungen A. H. Franckes in Halle“
S. 233 flgde. Nicht geringen Antheil an diesem Erfolge hatte die von Richter 1705
herausgegebene Schrift „Kurzer und deutlicher Unterricht von dem Leibe und
natürlichen Leben des Menschen nebst einem Selectu medicamentorum zu einer
kleinen Haus- Reise- und Feldapotheke.“ Sie erschien unter später etwas ver-
ändertem Titel bis 1791 achtzehnmal, und ist wohl die erste deutsche medicinische
Volksschrift.

Hand mit angeleget, noch auch auf einige Belohnung ihre Reflexion in so weit gemachet, daß sie um deren willen sich zu Aufnehmung ihrer Mühe und Arbeit verstanden, noch sonst eine Miethlingsart in der Ausrichtung ihrer Geschäfte spüren lassen. Im Gegentheil haben sie das Werk als Gottes Werk angesehen und nicht Menschen, sondern dem Herrn dabei gedienet mit wahrhaftiger Verläugnung und Aufopferung ihrer selbst zum Dienst des Nächsten. Aus welchem Grunde denn auch kommen, daß sie für Uneinigkeit, Neid und andern dergleichen Lastern von Gott in Gnaden bewahret worden: vielmehr einer dem andern die Last auf bedürfenden Fall tragen helfen, und nicht allein ihre untergebene und zum Werk bestellete Leute ihrer Pflicht, sondern auch, wenn der eine an dem andern etwas wahrgenommen, wie er an seinem Theile noch mehr Nutzen schaffen, oder Schaden verhüten könne, solches in Liebe erinnert. Wann mich aber einige schwere Umstände dabei betroffen, haben sie sich nicht allein mit mir conjungiret, sondern auch selbst auf alle Weise mir die Last zu erleichtern getrachtet; daß sie also selbst Glauben und Liebe bei dem Werke wohl zu beweisen gehabt, und manche Erfahrung dabei erlanget, auch von Gott mit vielem herrlichen Trost aufgerichtet und gestärket worden. Daher sie sich auch wenig daran gekehret, wenn sie Andere von solchen täglichen Glaubens- und Liebeswerken, darinnen sie wegen des bei manchen großen Prüfungen entstehenden Nutzens ihre Glückseligkeit gefunden zu haben erkennen, mündlich und schriftlich haben distrahiren wollen." Derselbe Sinn aber, der diese Männer, deren Namen mit der Geschichte der Stiftungen Franckes für alle Zeiten aufs Engste verbunden sind, auszeichnete, erfüllte in höherem oder geringerem Maaße im Allgemeinen alle diejenigen, die sich an Francke anschlossen und an dem von ihm begonnenen Werke arbeiteten. Es war der Geist der Gottgelassenheit und der Hingebung an den Dienst des Nächsten, als rechte Frucht des Glaubens, der in ihnen in seltnem Maaße mächtig war. Das ist der Character des damaligen Pietismus, das ist es, was ihm die Macht gab, neues Leben in der evangelischen Kirche zu schaffen und weit über ihre Grenzen hinaus zu wirken.

Sechster Abschnitt.

Obwohl die Wirksamkeit Franckes, wie in dem Vorhergehenden dargelegt ist, einen alle Erwartung übertreffenden, höchst segensreichen Erfolg hatte, wurde er doch von Neuem in einen Kampf geführt, der gefahrdrohender erschien, als alle, die er seit seiner Uebersiedlung nach Halle zu bestehen gehabt hatte. Derselbe gieng auch diesmal von dem immer noch bestehenden scharfen Gegensatze der orthodoxen Stadtgeistlichkeit und der von Francke und seinen Freunden vertretenen Richtung aus. Die von den Kanzeln der Stadtkirchen gegen dieselbe gerichteten, bald stärkern bald schwächern Angriffe und Schmähungen hörten, trotz des 1692 durch die kurfürstliche Untersuchungs-Commission errichteten Recesses und der darauf erfolgten ernsten Abmahnungsverordnungen, nicht auf. Weder die vor aller Augen liegende, und auch bei einer gegen Ende des Jahrs 1696 auf sein Ansuchen vom Consistorium gehaltenen Visitation anerkannte aufopferungsvolle und erfolgreiche Thätigkeit Franckes für seine Gemeine, noch die in so merkwürdiger Schnelligkeit sich entwickelnden durch ihn ins Leben gerufenen wohlthätigen Anstalten brachten eine Aenderung in der namentlich gegen ihn, als den Hauptvertreter der neuen Richtung, vorhandenen Feindschaft hervor.

Francke selbst wurde durch diese Feindseligkeiten wenig berührt, aber der nachtheilige Einfluß, den dieselben auf nicht wenige Mitglieder seiner Gemeinde ausübten, wurde ihm je länger je mehr zu einer unerträglichen Last. Insbesondere war es die von ihm selbst mit größtem Ernst, von den städtischen Geistlichen, wenigstens theilweise, vornämlich von den an der Glaucha zunächst gelegenen Moritzgemeinde angestellten dagegen höchst leichtfertig gehandhabte Behandlung des damals noch in hohem Ansehen stehenden Beichtstuhls, welche vielfachen Anlaß zu Beschwerden und Klagen gab.[1] Bei diesen Umständen war es nicht zu verwundern, daß Francke bei seinem brennenden Eifer um das Reich Gottes und bei seiner gänzlichen Freiheit von Menschenfurcht und Menschenrücksicht, sich über die traurigen Zustände, die in der lutherschen Kirche meist herrschten, in seinen Predigten wiederholt mit aller Entschiedenheit aussprach. Mit besonderer Schärfe that er dies in einer am 8. Sonntage nach Trin. 1698 auf Grund des Ev. Matth. 7, 15—23 über „die falschen Propheten" hielt. Er stellt

---

1) Von großer Bedeutung sind in dieser Beziehung die Mittheilungen Franckes an Spener über die oben erwähnte Visitation, insbesondere in dem wichtigen Brief vom 1. December 1696. Er giebt darin die Zahl der Beichtkinder seiner Gemeinde, die sich von ihm abgewandt hatten, und vor die Visitatoren gefordert und von denselben ernstlich ermahnt waren, auf 60—70 an. „Es bezeugten sich aber die meisten", schreibt er, „sehr trotzig und blieben auf ihrem bösen Sinn." Und sie verblieben meistentheils darauf trotz der fortgesetzten Bemühungen Franckes, sie zu überzeugen und zu gewinnen. Ja sie bildeten eine Art Verschwörung gegen Francke, und ließen ihm melden, daß sie bei dem Kurfürsten eingekommen wären. Dies veranlaßte Francke näher auf die Sache einzugehen. Die Puncte, die er hervorhebt, sind: „1) Es sind keine von uns abgewiesen ohne a) propter crassam ignorantiam in fundamentalibus fidei articulis, b) propter manifesta signa impoenitentiae, da sie nicht zusagen wollen, sich nicht mehr voll zu saufen, die H. Tage nicht mehr zu entheiligen, sich nicht versöhnen wollen. 2) Viele sind gar nicht von uns zurückgehalten, sondern aus bloßer Frechheit durch böse Exempel und eigne Bosheit gereizet von uns abgewichen und in die Stadt gegangen. 3) In solchem frechen Beginnen sind sie sehr durch die Prediger zu S. Moritz gestärket nicht allein durch ihr unaufhörliches Lästern auf der Cantzel, sondern auch durch ihr widerrechtliches Annehmen meiner Pfarrkinder im Beichtstuhl. Es ist ihnen etlichemal wohl ernstlich vom Consistorio verboten worden, ich habe es ihnen auch sagen lassen und ihnen die Personen gemeldet, nebst unsere Klagen, die wir wider sie hätten, aber sie haben sich an nichts gekehret. Etliche andere Prediger in der Stadt haben auch einige angenommen, aber wenige" c.

darin als die von dem Herrn bezeichneten auf das Entschiedenste die orthodoxen Geistlichen, wie sie damals überwiegend waren, nach ihrem Wesen, ihren Früchten und wie man sich vor ihnen zu hüten habe, dar. Dabei lag natürlich der Gedanke an die Hallischen Geistlichen, obwohl jede nähere Andeutung derselben in der Predigt fehlt und sie allgemein gehalten ist, sehr nahe. Die Predigt machte außerordentliches Aufsehen und fand, nachdem sie gedruckt war, so großen Absatz, daß sie nochmals aufgelegt werden mußte. Die Geistlichen predigten dagegen mit äußerster Heftigkeit, die Ansicht aber, daß sie die Veranlassung einer Klage derselben gegen Francke beim Consistorium und der endlich ernannten zweiten Commission geworden sei, welche nach Guerikes Vorgang (s. A. H. Francke 2c. S. 342) allgemein angenommen war, ist, wie längst nachgewiesen, irrig. Diese wurde vielmehr durch eine andere Predigt herbeigeführt, welche er am Tage Mariae Reinigung (2. Febr.) 1699 über „das Kirchengehen" hielt. In dieser wurde er durch die Zustände seiner eignen Gemeinde, welche, wie oben bemerkt, vielfach durch die Predigten der Stadtgeistlichen geschädigt wurde, dahin geführt, sich über diese auszulassen. Er spricht sich darüber in seiner ersten Vertheidigungsschrift an das Consistorium so aus[1]: „Ich gebe gehorsamst zu bedenken, daß ich nicht ex abrupto auf die Prediger zu Halle, wie man gedenken möchte, invehiret, sondern daß mein ganzes Thema vom Kirchengehen damals gewesen, daher ich nothwendig auf den Zustand der mir anvertrauten Gemeinde sehen müssen, da denn die bösesten und widerspenstigsten Leute in derselbigen sich von unsern Predigten abwenden und in der Stadt zur Kirchen gehen, wir aber darnach, wenn wir sie ihres gottlosen Lebens halber bestrafen, keinen andern Effect davon finden, als daß sie mit vielen Lästerungen gegen uns eingenommen, und immer mehr von dem Gehorsam, den sie dem Worte Gottes schuldig sind, abgewendet werden; also, daß wir bei ihnen nichts ausrichten können, so lange sie diejenigen hören, deren Lehrart und Praxis nicht mit uns auf das Christenthum ernstlich abzielt, sondern in vielen Stücken dawider ist." Er fügt hinzu, daß er sich deshalb mehr als einmal an D. Olearius mit der Bitte um Abhülfe, aber ohne allen Erfolg,

---

1) S. Kramer, Neue Beiträge 2c. S. 82 flgde.

gewandt habe,[1] wie denn auch die bei der Kirchenvisitation an das Consistorium gestellten Petita bis in die drittehalb Jahre ohne eine erwünschte Resolution geblieben sei. Demnach habe er „in seinem Gewissen kein ander Mittel gefunden, als daß er seiner Gemeinde die reine und lautere Wahrheit anzeigete, daß sie übel thäten, daß sie unsere Predigten versäumten, darinnen wir ihnen ihren verderbten Zustand vor Augen stelleten, und doch auch die Mittel zur Besserung fürlegeten, andere aber besuchten, durch welche sie vielmehr, unserer wirklichen Befindung nach, von ihrer Bekehrung aufgehalten würden" &c.

Die betreffende Stelle der Predigt, welche den Anlaß zu der ganzen weitern, sehr ernsten Bewegung gab, lautet: „Ihr werdet am jüngsten Tage schwere Rechenschaft zu geben haben, daß ihr das Wort Gottes so schändlich verachtet. Einige unter euch wollen das Ansehen haben, als wenn sie auch begehreten, das Wort Gottes zu hören, aber sie machen bösen Unterschied. Denn solche Predigten, darinnen ihr alter Mensch recht angegriffen und bestrafet wird, mögen sie nicht gerne hören; hingegen solche, darinnen allerlei weltliche Historien und unerbauliche Auslegungen fürgebracht werden, darinnen das böse Herz nicht gerühret wird, und da sie nicht allein unbestraft wieder herausgehen, sondern noch wohl dazu einen Trost mit heim nehmen können, solche Predigten besuchen sie gerne, und von solchen heißt es dann: Ei, da kriegt man gleichwohl doch noch einen Trost. Sehet, das ist der Grund, warum einige die Ohren abwenden von der Wahrheit und neben der Kirche vorbei und anders wohin gehen, wenn gepredigt wird."

---

1) Bezeichnend ist was er über sein Verhältniß zu Olearius nach der Visitation in dem oben angeführten Brief an Spener schreibt. Es heißt darin: „Mit Hrn. D. Olearius hat man mich im Conf. auf eine solche Weise verglichen, daß ich wohl zufrieden sein kann, indem man nur gesuchet, ihn einigermaßen in Ehren zu halten, welches ich ihnen ja gönnen muß. Gestern bin ich selbst zu ihm gangen und habe von Allem, worinnen ich bishero Anstoß an ihm genommen offenherziger mit ihm gesprochen, darauf wir doch im Frieden von einander gegangen, und er mich gebeten, wenn ich ferner etwas sehen würde, welches er besser machen könnte, sollte ich es ihm nur alle Zeit sagen, er wollte es von mir als einem guten Freunde annehmen, und es für keine ἀλλοτριοσκοπίαν halten. Welches ich denn in Acht nehmen will, und hoffe ich, es sei ein solcher Durchbruch bei ihm nicht ohne göttlichen Segen gewesen" &c. Daß aber in seinem Verhalten keine wesentliche Folge davon zu spüren war, geht aus der obigen Klage Franckes hervor.

„Werden dann solche wegen der Verachtung des Worts erinnert, so sagen sie, wir gehen ja auch in die Kirche, es ist ja auch Gottes Wort, das geprebigt wird. Nun das ist keinem Menschen schlechthin zu wehren, daß er anderswo in die Kirche gehet, so habe ich euch auch allezeit gesaget, ihr möget wohl anderswo in die Kirche gehen, wenn ihr nur besser wiederkommt. Wenn man aber anderswo in die Kirche gehet, und sammelt Lästerungen in sein Herz und Verachtung desjenigen Worts und derjenigen Wahrheit, dadurch man sonst gebessert werden könnte, suchet falschen Trost und losen Kalk, damit man sein Wesen betünche, das ist allerdings zu bestrafen. Ja wenn sie solche Prediger wären, die ihr Amt mit Ernst trieben, wie es billig sein sollte, die das Wort Gottes mit aller Macht trieben, die allen Greueln fein steuerten und wehreten, so wäre es gut, so möchtet ihr hingehen wohin ihr wolltet; aber so man nur suchet die Wahrheit zu verlästern und zu verschmähen, wie kann dadurch die Gemeinde gebessert werden? Es muß auch dieses gesagt werden, es gefalle auch, wem es gefallen will. Denn Kirchengehen ist bei Gott nichts, und gefället ihm gar nicht, so man nur äußerlich Predigten höret. Es muß der Dienst Gottes im Geist und in der Wahrheit geleistet werden, soll er Gott gefallen, und muß in unserer Stadt Halle noch viel ein größerer Ernst hierin bewiesen werden von dem Predigtamt, wenn es zum rechten Stande kommen soll. Sagets nach! der getreue Gott im Himmel wird Gnade geben, daß die Menschen doch endlich einmal aufwachen und unsere Stadt, die in so vielen Greueln stecket, recht angreifen, wo sie angreifen sollen. Nun siehet man leider noch, daß alles so fein hingehet nach alter väterlicher Weise; auf diese Weise ist dem lieben Gott alles Kirchengehen anders nicht, als ein Greuel für seinen allerheiligsten Angesicht."

Dieses Vorgehen erregte natürlich großes Aufsehen und veranlaßte die gesammte Stadtgeistlichkeit, trotz des Versuchs des Professors der Rechte Dr. Bobinus (Bode), eines Zuhörers und Anhängers Franckes, an welchen sie sich durch Olearius und Nicolai als einen Zeugen gewandt hatten, die Sache in Güte beizulegen, am 15. März eine Beschwerdeschrift[1] bei dem Consistorium einzureichen. Sie beklagen

---

1) S. Kramer a. a. O. 79 flgbe., wo alles auf diesen Streit Bezügliche mitgetheilt ist.

sich darin, daß eine solche Aeußerung ein offenbarer Eingriff in ein fremdes Amt sei, „sintemal dem Prof. und Pastori Francken keine Inspection über das Stadt-Ministerium zukomme, auch dergleichen Personalia insgemein in der Kirchenordnung des Herzogth. Magdeburg cap. 18 § 2 ernstlich verboten und daher auf keine Weise könnten entschuldiget oder gebilliget werden, anerwogen dadurch das geistliche Amt bei denen Zuhörern ganz und gar verächtlich gemacht werde." Sie bitten daher um Schutz und sprechen die Hoffnung aus, daß „Francken sein ärgerliches Beginnen nachdrücklich vorgestellet und er dahin angewiesen werde, in Zukunft sein Strafamt behutsamer zu führen und sich um das Ministerium und deren Zuhörer nicht zu bekümmern."

Die Vertheidigung gegen diese Anklage ließ Francke nicht auf sich warten. Er wies in der unter dem 27. April eingereichten ausführlichen Antwort auf die ihm mitgetheilte Eingabe des Ministeriums zunächst darauf hin, daß „wenn sein Vorgehen ein offenbarer Eingriff in ihr Amt wäre, und er sich darin einer Inspection über das Stadt-Ministerium angemaßet, und also gegen die Kirchenordnung des Herzogthums Magdeburg peccirte, so müßten die Hrn. Ministeriales in Halle selbst bekennen, daß sie hundertmal mehr in allem diesem strafwürdig wären, dieweil es stadt- und landkundig sei, wie sie nun über 7 Jahr her continuirlich mit Schelten und Schmähen auf ihn und sein Amt, und zwar oft specialissime fortgefahren, und die Leute gewarnet hätten, daß sie nicht in die Vorstädte in die Kirche gehen und andere Prediger hören sollten; überhaupt aber die ganze Zeit her nichts anders gethan, als ihn bei allem Volk verdächtig und sein Amt verächtlich zu machen." Hieran knüpft er die Darlegung der Gründe, die ihn schließlich zu dem Vorgehen bewogen habe, die oben mitgetheilt sind, und steht keinen Augenblick an, die betreffende Stelle ohne irgend welche Abschwächung, einzureichen.

Von größter Bedeutung aber war in seiner Vertheidigungsschrift ein unter dem Titel „Bekenntniß von dem Ministerio zu Halle in Sachsen, dem Hochlöblichen Consistorio des Herzogthums Magdeburg zu Remedirung überreichet" beigefügtes Schriftstück, in welchem er offen und ohne allen Rückhalt die vielen und großen Schäden der damaligen kirchlichen Zustände in Halle, namentlich in Bezug auf die herrschende Predigtweise, das fortgesetzte Schmähen auf den Kanzeln gegen angebliche Neuerung, das schlaffe Betreiben der Catechisation trotz des ergangenen kurfürstlichen

Befehls, die gewissenlose Administration des heil. Abendmahls und des Beichtstuhls, die Vernachläffigung der Armenpflege trotz vorhandener Mittel und Duldung vielfachen höchst unordentlichen Wesens, und endlich das wenig geistliche Leben der Geistlichen, aus welchem keine wahre Bekehrung hervorleuchte, sehr ausführlich darlegt, und besonders über den Inspector D. Olearius, weil er zur Beseitigung derselben nichts thue, Klage führt.[1] Mit welchem Sinne er aber diese Schrift verfaßt hatte, geht aus dem Eingange und dem Schluß derselben, sowie dem angefügten Gebete deutlich hervor. In jenem heißt es: „Ich bezeuge für Gott, der alle Dinge ans Licht bringen wird, und für Christo Jesu, der unter Pontio Pilato gezeuget hat ein gut Bekenntniß, daß ich diese Bekenntniß von dem jetzigen Ministerio in Halle nicht thue mit dem Gemüthe, einigen Menschen auf einige Weise zu injuriiren, oder mich an jemanden wegen der mir geschehenen vielfältigen harten Begegnungen zu rächen, oder sonst vergeblichen unerbaulichen Streit aus dieser und jener fleischlichen Absicht, die man mir vielleicht imputiren möchte, anzufangen, sondern daß ich in dieser meiner Bekenntniß aufrichtig suche die Ehre meines Gottes, meines Nächsten Nutzen und Bestes, und daß ich darinnen nichts anderes fürbringe, als dessen ich entweder in meinem Gewissen für Gott, daß es die Wahrheit sei, überzeuget, oder dergestalt glaubwürdig, daß es die lautere Wahrheit sei, berichtet bin, ja daß ich ohne diese Bekenntniß, nachdem mir diese Gelegenheit von Gott gleichsam in die Hand gegeben wird, mein Gewissen nicht zu retten, noch eine wahrhaftige Freudigkeit in denen gewißlich bevorstehenden Gerichten Gottes und für den Richterstuhl Jesu Christi zu erlangen wüßte, daher ich denn ohne Haß und Bitterkeit, aber auch ohne alle Menschenfurcht dieselbe fröhlich hiemit ablegen wollen. Ach Herr hilf, ach Herr laß wohl gelingen.“

Der Schluß aber ist folgender: „Es abhorriret auch mein Gemüthe noch bis auf diese Stunde keineswegs von Liebe und Einigkeit. Das ist aber mein eigener Wunsch, daß die Einigkeit auf den rechten Grund gebauet werde. Ehe nun diese in meiner freimüthigen Bekenntniß exprimirte, und sonst mit dem rechtschaffenen Wesen, das in Christo Jesu ist, streitende Dinge abgestellet werden, ist es ja unmöglich, daß

----

1) Dieses Schriftstück, welches, abgesehen von seinem besondern Zwecke, von culturhistorischem Interesse ist, findet sich abgedruckt a. a. O. S. 88 flgde.

ohne Heuchelei sie Frieden halten können. Man belehre sich aber von Herzen zu Gott, so hat aller Streit ein Ende. Von Conferenz und mündlicher Besprechung und so sonst etwas ist, das zum Frieden dienen mag, will ich mich niemals entziehen. So man einen Mißverstand wider mich hat, bin ich bereit, es anzuhören und mit gebührender Bescheidenheit zu beantworten, wenn man nur nicht immer fortfahren will mit der alten Leyer: Es ist ein heimlicher Gift dahinter, welcher ja nach so vielen Jahren endlich würde offenbar worden sein. So man sich aber an dem andern Theile mit Verdacht und Argwohn behelfen will, so wird man endlich innen werden, wie man dasjenige, was des Geistes Gottes ist, geschmähet und verfolget, und was solches endlich für ein Gerichte Gottes nach sich ziehe. Ich bezeuge zum Beschluß nochmals für dem Angesichte des allsehenden Gottes, daß ich diese meine Bekenntniß aus keinem Haß gegen eines einigen Menschen Person, noch jemand zu injuriiren, noch aus einer andern fleischlichen Absicht, sondern blos und allein aus einer wahren Furcht für Gott abgeleget, nemlich weil mir die Verwahrlosung vieler tausend Seelen tief zu Herzen gehet, weil ich in meinem Amte durch den bisherigen verderbten Zustand des Ministerii in Halle sehr verhindert worden, weil ich mein Gewissen gedrungen finde, die Wahrheit, die mir Gott zu erkennen gegeben, frei und öffentlich zu bekennen, und gewiß glaube, daß Gott mich strafen würde, wenn ichs nicht thäte, da so gute Gelegenheit gegeben wird; und endlich weil ich glaube, daß die Gerichte Gottes wegen der überhäuften Sünden nahe sind, welchen ich nicht entfliehen würde, so ich aus Menschenfurcht jetzt heuchelte; und ist mein herzlicher Wunsch, daß diejenigen, welchen Gott es in die Hände giebt, einen Bescheid in dieser Sache abzufassen, diese Ursachen meiner freimüthigen Bekenntniß im Gebet und für Gott erwägen mögen. Es ist einiges so beschaffen, daß meine Seele einen Ekel davor gehabt, es in die Feder zu fassen, aber weil es heißet: Generalia nihil probant, so habe ich nicht umhin gekonnt, nur ein und anderes anzuführen, daraus auch ein jeder erkennen möge, wie hochnöthig dem Ministerio in Halle eine Verbesserung sei. Ich habe Manches ausgelassen, daran ich nur den geringsten Zweifel gehabt, und kann ich nicht wohl anders gedenken, als daß man noch viel mehr finden wird, als ich gesetzet, wenn man es zu einer genauen und scharfen Untersuchung, so wie zu Glaucha unsere Visitation mit unserem guten

Willen angestellet worden, wollte kommen lassen. Sollte ich auch in einigen Umständen, wie bei der allergrößten Fürsichtigkeit leicht geschehen kann, mich auf einige Weise geirret haben, so versichere ich, daß es aus keinem Vorsatz, noch einiger Malice hergekommen, und ich auch den geringsten Umstand nicht würde gesetzt haben, wenn ich einigen Zweifel daran gehabt hätte, und wird auch solches der Thesi meiner Bekenntniß nichts praejudiciren können."

Das daran gefügte Gebet endlich lautet: „Ewiger und gerechter Gott! Die Sache ist Dein, das weißt Du, Dir gebe ich sie in Deine Hand. Behalte meinen Klägern ihre Sünde nicht, und bringe sie zur Erkenntniß, daß sie in sich schlagen mögen; gieb denen, die mich richten sollen, daß sie ein recht Gericht richten, und nicht nach dem Ansehen, und so viel an ihnen ist, was möglich ist, verbessern, auf daß auch sie dermaleinst Freudigkeit haben für dem Richter über Alles. Amen."

Daß Francke sich der Bedeutung des von ihm gethanen Schrittes und der ernsten Folgen, die er haben werde, sehr wohl bewußt war, zugleich aber, daß er ihn mit voller Freudigkeit und Zuversicht zum Herrn gethan, geht aus seinem Schreiben vom 25. April hervor, worin er Spener die Sache mittheilt. Das Schreiben lautet: „Ich preise den Herrn, der mich einmal wieder in mein Element geführet hat, nämlich in das Zeugniß der Wahrheit, welches ich im ganz freudigen und unerschrockenen Vertrauen auf Gott vom hiesigen Ministerio nächst künftigen Donnerstag in hiesiges Consistorium eingebe. Hr. Katsch wird die ganzen Acta überreichen, die dann ohnschwer bald durchzulaufen bitte, damit auf bedürfenden Fall man die Sache inne habe, und in specie mit dem Herrn von Fuchs, dem sie Herr Katsch insinuiren soll, daraus sprechen könne. Quid hominibus ea de re videatur, non curo. Ich bin aufs allergewisseste, daß es der Herr zur Ehre seines Namens wird gereichen lassen, und will indessen mein Angesicht nicht verbergen für Schmach und Speichel, noch meine Wangen für denen, die mich raufen. Denn ich kann nicht anders, als einen großen Sturm darauf vermuthen. Sed victrix et triumphatrix erit veritas, Halleluja. Ein guter Hirte läßt sein Leben für die Schaafe." Spener erwiederte darauf unter dem 29. April: „Die communicirten Acta habe gestern gelesen. Alea jacta est. Der Herr helfe durch. Ich sehe einen schweren Kampf, aber noch keinen Ausgang. Dieser steht allein in der Hand des Herrn. Ich werde dabei

13*

thun, so viel mir Gott Gelegenheit zeigen wird, indessen auch beten". Er billigte das Vorgehen Franckes, welches ja allerdings nicht ohne sehr große Bedenken war, unzweifelhaft nicht, aber da er die Reinheit seiner Gesinnung und seiner Motive kannte, und auch in der Sache selbst mit ihm einverstanden war, tadelte er es auch nicht, und wirkte, soviel er vermochte dazu, zu einem guten Ausgang zu verhelfen. Wie schwer ihm die Angelegenheit auf dem Herzen lag, geht aus allen seinen in jener Zeit geschriebenen Briefen hervor. Aber er ließ es an gutem Rath und treuer Fürsprache nicht fehlen. Namentlich drang er auf Vorsicht und Besonnenheit, insbesondere auch in Bezug auf allerlei Neuerungen, die, wie ihm mitgetheilt worden, gerade in jener Zeit in Franckes Gemeinde vorgekommen waren, wie die Haltung des heil. Abendmahls in Häusern (wie sie stattgefunden, ist nicht klar) und die Auslassung des Exorcismus bei der Taufe durch Freyling- hausen.

Inzwischen nahm der Streit des Ministeriums mit Francke eine ernstere Gestalt vornämlich dadurch an, daß der Vice-Kanzler der Magdeburgischen Regierung Stößer Edler von Lilienfeld nach Berlin kam, und in offner Parteinahme für das Ministerium, für dessen Sache überhaupt die Regierung eintrat, auf ein entschiedenes Eingreifen des Kurfürsten drang: „dieser müsse," wird in dem Brief Speners vom 29. Juli berichtet, „der Regierung in Halle mehr Macht geben, eine gütliche Composition vorzunehmen, auch mit Macht sus- pensionis vel remotionis, wo man nicht herbeigehe." Unter diesen Umständen erschien in Berlin eine persönliche Verhandlung mit Francke wünschenswerth, und dieser reiste deßhalb auf Veranlassung des Herrn von Fuchs am 21. August dorthin, und blieb bis zum 11. Sept. daselbst. Er fand nicht allein bei dem Hrn. v. Fuchs, auf dessen Landsitz Mal- chow er unter Anderm, wie in Berlin wiederholt, predigte, die günstigste Aufnahme, sondern hatte auch eine Audienz beim Kurfürsten. Sein auch in dieser schwierigen Angelegenheit sich offenbarendes, aus der lauter- sten Gesinnung hervorgehendes ernstes Streben, dem Reiche Gottes zu dienen, unterstützt durch die große Bedeutung, die seine Unterneh- mungen bereits damals erlangt hatten, verfehlte ebenso wenig wie früher, den günstigsten Eindruck zu machen und seinen nicht auf Zank, sondern auf den Frieden gerichteten Vorschlägen Eingang zu verschaffen. So konnte Spener in seinem Briefe vom 30. September schreiben:

„Dem Herrn aber sei ewiger Dank über das, worinnen er desselben Gegenwart allhier gesegnet hat zum Zeugniß, daß noch je zuweilen auch zu diesen Zeiten einiger Sieg des Guten erhalten werden solle."[1] In Folge dieser Reise wurde ein kurfürstliches Rescript unter dem 8. September an das Consistorium erlassen, worin es aufgefordert wurde, auf alle Weise eine Verständigung beider Theile herbeizuführen, also „daß sie die bisherigen Mißverständnisse aufheben und sich dergestalt bezeigen, daß eines gegen das andere ein besseres Vertrauen schöpfen mögen, nichts von dem, so passiret oder dergleichen an das Volk bringen" 2c. Als Mittel, die Eintracht zu fördern, wurde eine monatliche Conferenz zwischen der theologischen Facultät und der Geistlichkeit vorgeschlagen, ein Vorschlag, der ohne Zweifel von Francke ausgegangen war. Das Ministerium gieng aber auf die vorgeschlagene Verständigung nicht ein. Es erklärte unter dem 16. October: „die Personal-Imputationes wollten sie nach dem Exempel unseres Heilandes in Vergessenheit stellen, aber was ihr Amt beträfe, wollten sie weiter untersucht haben und worinnen nöthig gerettet sein, bäten daher den Kurfürsten um seines Wahlspruchs Suum cuique willen, daß er sie darinnen anhören wolle." Diese Erklärung machte in Berlin großen Eindruck. In Folge derselben war Herr von Fuchs, wie Spener unter dem 4. November schreibt, „mit mir ganz perplex, man könne den Leuten justitiam nicht benegiren, hingegen stehe es nun auf völliger Separation, und könnte sich Serenissimus nicht pro capite einer Partei, sonderlich die noch die kleinste wäre, declariren. Er liebe geliebten Bruder, meine auch solches in der That gezeigt zu haben, aber dergleichen Angriff und Beschuldigung eines Collegii, als er sehe geschehen zu sein, könne er nicht billigen, sondern in solcher

---

1) Beiläufig mag bemerkt werden, daß er auf der Heimreise in Begleitung Speners und dessen Frau über die Lichtenburg gieng, wo damals die verwittwete Kurfürstin von Sachsen, eine warme Verehrerin Speners, mit ihrer Schwester, der Kurfürstin von der Pfalz, residirte. Auch dort predigte er vor beiden Fürstinnen, die seine Unternehmungen aufs Freigebigste unterstützten. So hatte die Kurfürstin von Sachsen im April eben dieses Jahrs 20 Knaben, die sie neu hatte kleiden lassen, von Dresden nach Halle geschickt, um dort auf ihre Kosten erzogen zu werden, und im Juli hatten beide Schwestern zum Ankauf eines Freiguts alles Geld (6000 Thlr. waren schon von Francke dafür geboten) zu geben versprochen, „zur Fundation auf einige Kind" (wohl jener 20): s. den Brief Franckes vom 15. Juli.

Sache gebühre sich Moderation und Sanftmuth. Denn gehe man einmal zu weit, so könne man's nicht wieder bessern. Ich erwähnte, fährt er fort, ob's nicht durch eine Commission gehoben werden könnte, aber er sagte, man könne den ordinarium judicem nicht vorbeigehen. Doch endlich gedachte er, daß der Regierung und dem Consistorio anbefohlen würde, zum Vordersten zwar einige Composition zu versuchen, in deren Entstehung aber in scriptis sub directorio der Regierung und Consistorii handeln zu lassen, endlich, wenn die Sätze vollbracht, die gesammte Acta anhero zu schicken. Er hat aber heut auch mit Hrn. Geh. Rath von Schweinitz davon geredet und gesagt, wisse nicht, wie es nur anzugreifen sei causa tantopere vulnerata, sonderlich bei der nun offenbaren Trennung, und da die ganze Landschaft dem Ministerio abhärire. Nun lasse den geliebten Bruder selbst ermessen, wie mir darüber zu Muthe worden, und noch sei, da ich selbst menschlicher Weise keinen andern als widrigen Ausgang sehe, den sobald bei der Sachen Anfang besorgt. Daß specialia facta mögen erwiesen werden, wird etwa so schwer nicht sein, aber die General-Imputationes, die die Consequenzen aus jenen sind, und die Hrn. von Fuchs am meisten choquiren, darzuthun wird das allerschwerste, gar aber juristice darzuthun unmöglich sein." In dem oben von Herrn von Fuchs angegebenen Sinne wurde in der That unter dem 7. November eine Verfügung an die beiden genannten Behörden erlassen und da, wie vorauszusehen war, eine Verständigung nicht erreicht wurde, Francke zu einer schriftlichen Erklärung aufgefordert. Er reichte dieselbe unter dem 21. December ein, und legte darin die schon früher berichteten Thatsachen, unter Zurückweisung der dagegen vom Ministerium gemachten höchst unbedeutenden Einwendungen, und namentlich unter entschiedener Festhaltung des von ihm eingenommenen Standpunctes, wonach er zu dem über das Ministerium ausgesprochnen Urtheil sich berechtigt halte, nochmals dar. Das Ministerium seinerseits gab darauf unter dem 8. Januar 1700 eine Erwiederung ein, in welcher es sich auf Thatsächliches gar nicht einließ, sondern durchaus juristisch seinen Standpunct, daß seine verletzte Amtsehre wiederhergestellt werden müsse, entwickelte. Anfangs December hatte Francke ein Schreiben an Herrn von Fuchs gerichtet, dessen Concept er Spener zugleich mit der Uebersendung desselben mittheilte. Dieser schreibt davon, daß er es lieber hinterhalten, als übergeben hätte, „indem es mir scheint", wie es weiter heißt, „daß es eher eine Verbitterung erwecken, als zum Guten helfen möchte: weil mirs aber nicht frei gegeben gewesen, und ich nicht wußte, was der Herr darunter haben möchte, so habe es in Gottes Namen überliefern lassen." Ohne Zweifel hatte Francke in demselben bei aller Geneigtheit zu persönlicher Verständigung seinen Standpunct, von der Wahrheit Zeugniß ablegen zu müssen, festgehalten. Spener aber fährt in seinem Schreiben fort: „Weil nunmehr die Ausführung der Sache und Erweises angeordnet, so weiß nun weiter nichts zu thun, als daß den himmlischen Vater um seine Gnade anflehe, der Weisheit verleihen wolle zu thun, was das Gute am besten befördern kann, und alsdann auch solchen Segen dazu geben, daß wir sehen, wo wir keinen sehen, daß er doch einen guten Ausgang zu schaffen wisse. Dabei bitte aber herzlich, stets zu gedenken, daß wir zwar nimmermehr wider die Wahrheit etwas reden oder schreiben dürfen, aber auch nicht alle Wahrheit zu allen Zeiten zu sagen schuldig seien, sondern auch von einigem zuweilen schweigen sollen, wenn deren Vortrag anderem Guten mehr Schaden thun kann." Diesen im Allgemeinen gewiß richtigen Grundsatz in dem jetzigen Falle, wo es sich nach seiner Ueberzeugung um das geistliche Wohl der ihm anvertrauten Gemeinde handelte, zu befolgen, war Francke nach seiner energischen Natur nicht möglich.

Während so die Sache schwebte, trat ein Ereigniß ein, welches einen außerordentlichen Einfluß auf die weitere Entwicklung derselben hatte. Am 9. December, an demselben Tage, an welchem Spener den obigen Brief schrieb, starb wider Erwarten Olearius in dem Alter von 53 Jahren.[1] Francke meldete dies Spener an demselben Tage in einem Briefe, worin er von seiner Sache mit der größten Ruhe und unverändertem Sinne spricht, was mit Speners Besorgniß einen

---

1) Bemerkenswerth ist, daß in demselben Jahre die Professoren Lehmann und Carpzov in Leipzig, die heftigsten Gegner Speners und Franckes, gestorben waren, Pfeiffer bereits im Anfang und Alberti gegen Ende des vorhergegangenen. So blieben nur noch Schelwig in Danzig und Mayer in Greifswalde als Hauptgegner übrig. Dagegen trat Rechenberg, der Schwiegersohn Speners, als Prof. ordin. in die theologische Facultät zu Leipzig, und die verwittwete Kurfürstin von Sachsen arbeitete eifrig daran, Spener in Folge von Carpzovs Tode wieder nach Dresden zu ziehen, was jedoch zu seiner Freude an unüberwindlichen Schwierigkeiten scheiterte.

characteristischen Gegensatz bildet. Er schreibt: „Mit meiner Sache contra Ministerium gehe es nach Gottes Willen; er siehet meine Arbeit und meine Geduld, und daß ich nicht das Meine suche, sondern seine Ehre. An Menschen kehre ich mich nicht, sie werden meine Last nicht tragen, sondern werden mit ihrer genug zu thun haben. Per mortem Olearii kann die Sache nun schon ein groß Loch gewinnen." Und die Bedeutung dieses Ereignisses zeigte sich bald. Es gab zunächst Spener die Veranlassung, seinen Vorschlag wegen einer Untersuchungs= Commission zur Beilegung der entstandenen Mißhelligkeiten wieder zu erneuern und dazu den Generalsuperintendenten von Liefland D. Fischer „als einen Mann von stattlicher Klugheit und Erfahrung, auch Autorität und redlicher Absicht" vorzuschlagen. Dies wurde sowohl vom Herrn von Fuchs als vom Kurfürsten angenommen. Fischer selbst gieng auf den an ihn gestellten Antrag ein, und man erwartete seine Ankunft in den nächsten Wochen. Indessen verzögerte sich dieselbe durch allerlei Hindernisse mehrere Monate, während deren manche schriftliche Verhandlungen in der Sache stattfanden, die jedoch zu keinem Resultate führten. Endlich kam er gegen Ende März 1700 nach Berlin. Zu der bevorstehenden Commission wurden ihm die Geheimen Räthe von Stößer und Dr. Stryck adjungirt. Der letztere war, ebenso wie Fischer, Francke durchaus günstig gesinnt,[1] wogegen Stößer,

---

1) Bei dem großen Einfluß, den dieser bedeutende Jurist und an der Universität hochangesehene Mann (er war zum Director derselben ernannt) bei verschiedenen Gelegenheiten auf die Verhältnisse Franckes hatte, erscheint es nicht unwichtig, einiges Nähere über die Beziehungen desselben zu ihm zu sagen. Daß er sich bald nach seiner Ankunft, ebenso wie seine Frau, seiner Gemeinde anschloß, haben wir gesehen. Aber er förderte später auch seine Unternehmungen kräftig. Bei dem Neubau des Waisenhauses schenkte er sämmtliche Fenster. Außerdem sind zahlreiche bedeutende Gaben von ihm und seiner Frau in Franckes vorhandenen Tagebüchern verzeichnet. Aehnlich verhielten sich sein Sohn, der ebenfalls Professor war, und dessen Frau, die bei ihrem 1700 erfolgten Tode dem Waisenhause 2000 Thlr. legirte. An seinem Geburtstage (den 3. Dec.) ließ er, der Vater, von 1702 bis zu seinem 1710 erfolgten Tode sämmtliche Waisenkinder und ihre Lehrer mit Wein und Braten bewirthen. Dies alles gieng aus seiner innersten Ueberzeugung hervor. In seinen Vorlesungen wies er, wie sein Sohn, ernst auf die Uebung der Gottseligkeit hin, und in dem Programm vom 2. Dec. 1700, worin er eine Vorlesung über Sedendorfs Christenstaat anzeigt, spricht er geradezu aus, „daß die Lehre von der Gottseligkeit nicht allein von denen Theologis zu treiben, sondern auch von denen Ictis, indem sie der wahrhaftige Grund unserer Jurisprudenz ist, oder doch sein soll."

wie oben bemerkt ist, auf Seiten seiner Gegner stand. Spener schreibt in dem Briefe vom 27. März, worin er dies Francke meldet: „Es ist hohe Zeit gewesen mit diesem Geschäft, da es schon hie verlautet, daß die Magdeburgischen Stände, weil sie so vieles zur Universität geben müßten, gründlich wissen wollten, was von dasigen Theologis gelehret würde. Auch habe ich einige Puncte gesehen, darüber sie sich beschweren wegen der theologischen Facultät, wo auch absonderlich des Handels geliebten Herrn Gevatters gedacht wird. Also hat die Commission Befehl, Alles gründlich zu untersuchen und zu thun, was zur Beibringung und Erhaltung guter Harmonie nöthig." Dies ist der kurze Inhalt der ausführlichen den Commissarien gegebenen Instruction. [1]

Die Verhandlungen der Commission begannen am 13. April. Francke, der acht Wochen hindurch krank gewesen war, schreibt unter diesem Tage an Spener: „Heute bin ich Gottlob zum ersten Mal wieder ausgegangen und mit beiden Herrn Collegis vor der Commission erschienen, deren Eröffnung uns und dem Ministerio geschehen. Mein Gemüth ist bei der Sache in völliger Ruhe und Frieden, denn ich habe weder Lust zu zanken, noch Furcht zu leiden, sondern suche nur mein Gewissen rein und unbefleckt für Heuchelei und Allem, was Gott mißfällig sein möchte, zu bewahren, dazu ich mir dann ferner bitte von Gott genugsames Licht und Kraft zu erbitten, wiewohl ich an seiner Liebe und Treue nicht zweifele. Er wird nicht zugeben, daß seine Ehre durch mich geringer werde, da ich nichts anderes suche als die Verherrlichung seines Namens, und durch den Weg der Erniedrigung und der Liebe danach ringe." Ueber den Gang der Untersuchung selbst schreibt er unter dem 27. April: „Nomine Professorum theologiae (Hrn. D. Breithaupt und D. Anton) sind die gravamina über das Ministerium der Commission auch übergeben. Das Ministerium hat ebenfalls eingegeben, was es gegen einen jeden insonderheit hat, und was ihrem Bedünken nach der Universität eine blâme machet. Es ist meistens gar elend und läppisch Zeug, darauf wohl ein Kind antworten könnte und hätten sie sich kaum gräulicher prostituiren können. Wir sind mit der Antwort parat, welche morgen wird eingegeben werden." Aber das Ministerium hatte eine starke Stütze

---

1) Sie ist abgedruckt in Dreyhaupt a. a. O. II, S. 124 flgde.

an dem Geh. Rath von Stößer, von dem Spener unter dem 8. Mai mit großer Sorge schreibt: „Aus dem Anfang der Commission sehe mit Betrübniß, wie sehr Herr Vicecanzler dem Gegentheil durchhelfen wollte; nun möchte es etwas sein, wo es nur ohne Anderer Präjudiz geschehe. Gleichwohl würde es nicht gut sein, wenn er sich der Commission entschlüge, indem er das ganze Werk ins Stocken setzen, dem Ministerio sich der Commission auch zu entschütten Gelegenheit geben, und die consilia des hiesigen Hofes allerdings zum Schaden der ganzen Sache turbiren würde; soviel mehr, weil unser Hr. Geh. Rath von Fuchs auch immer auf die Ehrenerklärung fället, wie noch sein letzter discours war. Daher ich wünsche, daß sich Mittel und Wege zeigen, Scyllam und Charybdim vorbeizuschiffen und nicht anzustoßen. Der Herr gebe darzu die gehörige und seiner Ehre gemäße Weisheit." Und es gelang endlich, das schwierige Werk zu Ende zu führen. Am 24. Juni konnte schließlich der sehr ausführliche, aus 15 Abschnitten bestehende Receß von den Commissarien und den beiden Partheien unterzeichnet werden. Am 20., den zweiten Sonntag p. Trin., war bereits vorher von den Kanzeln der Stadt und der beiden Vorstädte eine Danksagung wegen des glücklich wieder hergestellten Einvernehmens verlesen, wobei jedoch zu bemerken, daß Francke damit Freylinghausen beauftragte, weil sie die Anforderung enthielt, daß man die Mitglieder des Ministeriums „insgesammt für rechtschaffene Diener Christi halten solle." Das konnte Francke nicht mit voller Wahrheit aussprechen, und sein Gewissen mit einer Unwahrheit beflecken wollte er nicht. Am folgenden Tage hielt D. Fischer in dichtbesetzter Kirche die Friedenspredigt über 2 Cor. 5, 19—21.

Der Receß war in allem Wesentlichen Francke und der theologischen Facultät überaus günstig. In Bezug auf Francke selbst heißt es gleich zu Anfang darin, „daß, obzwar in dem Ministerio Verschiedenes zu verbessern, jedoch zu wünschen gewesen wäre, wenn er die gradus admonitionis nochmalen prämittiret, das Ministerium insgesammt nicht sogleich öffentlich angegriffen, und seine Zuhörer vor demselben durchgehends gewarnet hätte; bevor da demselben viel ungleiche, etwa auch aus Affecten und Präconcepten geflossene Relationes zugekommen sind. Demnach er aber bei uns Commissariis sich so schriftlich als mündlich erkläret, daß er die Erinnerungen aus Trieb seines Amtes und Gewissens und zur Ehre Gottes thun müssen, er auch durch einige aus dem Ministerio, welche ihre Zuhörer vor ihm gewarnet und gegen ihn hart geprediget, nicht sowohl veranlasset als genöthiget worden wäre, und ihm nicht allein leid sein würde, wenn er jemanden aus oft gedachtem Ministerio, so ihm doch nicht bewußt, betrübet haben sollte, sondern daß er es für einen Gewinn achten und ihm zu einer besondern Freude gereichen lassen wollte, wenn er mit denen Herrn Ministerialibus in Liebe und Freundschaft leben, und mit und neben denselben viel Gutes zu Gottes Ehren und seiner lieben christlichen Kirchen Erbau- und Erweiterung stiften könnte; hiernächst das Ministerium, so zwar auf einer Ehrenerklärung bestanden, und sich diesfalls auf ein gewisses kurfürstliches Rescript beziehen wollen, auf freundliches und wohlgemeintes Zusprechen davon abstrahiret, und sich in gleichmäßiger christlicher Intention erboten und anheischig gemacht, so haben wir diesen ersten Punct in der Furcht des Herrn dergestalt gütlich und mit allerseitigem guten Belieben verglichen."

Zugleich wurde „alle dasjenige, was bishero gegen einander geredet und geschrieben worden, in so weit es den andern Theil beleidigen und betrüben kann, als aboliret, cassiret und aufgehoben" erklärt, so daß daran nun und zu ewigen Zeiten nicht mehr gedacht werden soll.

Hinsichtlich der Professoren der Theologie aber wird erklärt, „daß aus derselben münd- und schriftlichen Erklärung, und darauf in der Furcht des Herrn vorgenommenen Untersuchung sich befunden, daß sie einiges Irrthums in der Lehre und Redensarten wider das Wort Gottes, die Augsburgische Ao 1530 den 25 Juni Kaiser Carolo dem V übergebene Confession, und andere im Herzogthum Magdeburg recipirte, dem Worte Gottes und Heil. Schrift gemäße Libros Symbolicos etc. nicht mit Recht beschuldiget, viel weniger überführet worden, also daß sie von aller Heterodoxie frei und unbefleckt erkennet, wie denn auch andrerseits das Ministerium von ihnen pro orthodoxo erkläret worden." Die übrigen Puncte, außer diesen wichtigsten, den eigentlichen Objecten des Kampfes, enthalten verschiedene Weisungen in Bezug auf das beiderseitige Verhalten sowohl in der Amtsführung, als auch in den persönlichen Beziehungen zu einander, „wobei gut befunden worden zu veranlassen, daß löbl. theol. Facultät und das Ministerium zu gewissen Zeiten, entweder alle Monate, oder alle

Quartal, oder auch alle Wochen einmal zusammen kommen und mit einander in der Furcht des Herrn bedenken sollen, was zu der Ehre des Allerhöchsten, zu Erweiterung seines Reiches und zu Vollbringung seines heiligen Willens beförderlich ist," ein Vorschlag, der schwerlich je zur Ausführung gekommen ist. Von höchster Wichtigkeit dagegen sind die vom Punct 9 an über die Art des Predigens, über die sogenannten Mittelbinge, die Catechismus-Examina und das Verhalten bei dem Beichtsitzen, zum Theil sehr ausführlichen und eingehenden Weisungen, die im Wesentlichen den von den Pietisten vertretenen Ansichten und Forderungen durchaus entsprechen.

Diese beiden Schriftstücke wurden schließlich, nachdem sie die Billigung des Kurfürsten erhalten, durch eine Verfügung vom 22. Sept. an die Regierung in Magdeburg gesandt, worin der Kurfürst besiehlt, daß „da wir genugsame Nachricht haben, daß einige unserer evangelisch-lutherischen Prediger, sonderlich in der Stadt Magdeburg und ihresgleichen auf dem Lande, mit erdichteten Namen der Pietisten, Persectisten, neuen Heiligen, Quacker und dergleichen Sectirer, davon wir doch in unserem Lande nichts wissen, für öffentlicher Gemeinde in vielen Predigten aus ungeziemendem und blindem Eifer um sich werfen, dieselben nochmalen ernstlich und bei nachdrücklicher Strafe, auch gänzlicher Remotion von ihrem Amte, gewarnet und ermahnet werden sollen, sich solches fälschlichen Ketzer- und Sectirermachens und Lästerungen gänzlich zu enthalten" 2c. Diese Verfügung nebst den in der Sache erlassenen Schriftstücken wurde durch den Druck veröffentlicht und erhielt dadurch eine weitgehende Wichtigkeit."[1]

Damit war der von Francke aus Gewissensnoth in der entschiedenen Ueberzeugung, daß er um der Ehre Gottes nicht anders handeln dürfe, zugleich aber auch ohne alle persönliche Gereiztheit oder Erregung begonnene, nach menschlicher Berechnung allerdings höchst gewagte und bedenkliche Kampf wider alles Erwarten zu einem durchaus befriedigenden Abschluß gelangt, und die von Francke beim Anfang desselben gegen Spener ausgesprochene Hoffnung (s. oben S. 195), „daß es der Herr zur Ehre seines Namens werde gereichen lassen" aufs Vollständigste erfüllt. Seine Stellung war dadurch nicht nur dem Ministerium, in welchem übrigens bereits während der Commis-

---

1) Sämmtliche Schriftstücke sind abgedruckt bei Dreyhaupt a. a. O.

sion verschiedene Ansichten über die obschwebenden Fragen hervorgetreten waren, sondern auch den maaßgebenden Kreisen in Berlin
gegenüber eine klarere und festere geworden. Wenn auch mit dem
ersteren keineswegs etwa alsbald ein freundliches Einvernehmen eintrat, so wurde doch das Verhältniß wenigstens ein äußerlich friedliches.
Dies bezeugt Francke selbst in einem Briefe an Spener vom 1. August
1702, worin er schreibt: „Es ist ja auch jetzo stille und sind wenigstens keine öffentlichen inculpationes mehr vorhanden." Dem Hofe
gegenüber aber war seine Stellung gesicherter als je. Dazu trugen
noch mehrere andere Umstände besonders bei.

Zunächst fand unmittelbar nach Unterzeichnung des Recesses vom
25. bis 28. Juni eine Visitation der Glauchischen Gemeinde statt. Es
ist nicht klar, ob sie durch den Wunsch Franckes, oder durch eine
Anordnung der Regierung herbeigeführt wurde. Das letztere ist das
Wahrscheinlichere, wenigstens wurde die Ausführung derselben, wie
aus Speners Brief vom 18. Mai hervorgeht, dem D. Fischer übertragen. Ueber den damaligen Zustand der Gemeinde und die Gestaltung der in ihr geübten sehr mannigfaltigen geistlichen Thätigkeit
gaben Francke und Freylinghausen in einem sehr ausführlichen Bericht
vom 27. April eingehende Auskunft.[1] Er bezieht sich, wie vorgeschrieben war, auf sechs Puncte: 1) Wie das Wort Gottes gehandelt und
getrieben werde? 2) Wie man die Sacramente administrire und in
welcher Verfassung das Beichtwesen stehe? 3) Wie man sich gegen
öffentliche Mißbräuche und Aergernisse verhalte? 4) Was man zur
Verpflegung der Armen für gute Anstalten habe? 5) Was für Gehülfen
man im Amte habe, und welcher Vortheile man sich dabei bediene?
6) Was für Segen und Frucht man bei der Führung des Amts bisher verspüret habe?

Der Bericht giebt ein höchst lebendiges Bild von den verschie-
benen Einrichtungen und der wahrhaft bewunderungswürdigen Arbeit,
durch welche Francke und Freylinghausen mit Hülfe ihrer Mitarbeiter
der Gemeinde zu dienen, und wo möglich alle Glieder derselben zur
lebendigen Erkenntniß Gottes und einem wahren Christenthum zu
führen bestrebt waren.[2] Es möchte sich Aehnliches kaum in der

---

1) Er ist abgedruckt in Kramer, Vier Briefe A. H. Franckes S. 28 flgde.

2) Eine besondere Erwähnung verdient in dieser Beziehung, daß Francke,
was in dem Berichte nicht berührt ist, zur Belebung des Hausgottesdienstes in den

Geschichte der evangelischen Kirche finden. Es ist die vollständige Entwickelung dessen, was Francke, wie aus dem Glauchischen Gedenkbüchlein (s. oben S. 122) hervorgeht, seit dem Antritt seines Pfarramts anstrebte. Von besonderem Interesse ist, was über den ersten und den sechsten Punct, in Bezug auf die Predigt einerseits und den Segen und die Frucht, die in der Führung des Amts gespürt sei, andrerseits gesagt ist. Wir theilen daraus Folgendes mit:

„In den Predigten selbst hat man keinen andern Zweck, als der Zuhörer Erbauung zu Gott im Glauben, und daß insonderheit denen unbekehrten und unbußfertigen Menschen, dafür wir den größten Haufen, leider! noch anzusehen haben, ihre Augen mögen aufgethan werden, daß sie sich bekehren von der Finsterniß zum Licht und von der Gewalt des Satans zu Gott, zu empfangen Vergebung der Sünden und das Erbe sammt denen, so da geheiliget werden, Apostelg. 26, 18, diejenigen aber, so von Christo ergriffen sind, und in einem wahrhaftigen Bußkampfe stehen, zu einem rechten Durchbruch im Glauben geleitet, und die dazu gelanget sind, in dem Wege des Heils immer weiter geführet werden mögen ..... So suchen wir uns unsrerseits denn auch alles dessen in unserem Vortrage zu enthalten, welches diesen Zweck hindern oder schwächen möchte. Daher bindet man sich nicht an gewisse Jahrgänge (welche, da sie mit der göttlichen Einfalt und Lauterkeit bestehen können, und nicht nach menschlicher Weisheit und Kunst schmecken, wir sonst gleichwohl nicht verwerfen), sondern wir behalten uns vor, was wir jedesmal zur Erbauung der Gemeinde abhandeln wollen. Man enthält sich auch der fremden Sprachen und redet aufs Einfältigste und Deutlichste, so daß es Knechte und Mägde, ja auch die kleinen Kinder verstehen und fassen können. Man bekümmert sich auch nicht um die alten Ketzereien, sondern siehet vornämlich auf die beiden Hauptketzer, die unerleuchtete Vernunft und den verderbten Eigenwillen der Menschen und widerleget derselben Ausflüchte und Einwürfe, so sie gegen das thätige und innere Christenthum zu

---

Familien ein Büchlein unter dem Titel „Glauchische Haus-Kirchenordnung oder Christlicher Unterricht, wie ein Hausvater mit seinen Kindern und Gesinde das Wort Gottes und das Gebet üben und ihnen mit gutem Exempel vorleuchten soll" i. J. 1699 veröffentlichte und in einer Predigt eine eingehende Anweisung zu dessen Gebrauch gab, auch zugleich die Ankündigung daran knüpfte, daß man die Gemeindeglieder fortan auch zu Hause besuchen werde, was damals ganz ungewöhnlich war.

machen pflegen. Viel weniger sucht man in seinen Predigten Kunst und Weisheit sehen zu lassen, oder sonst die Ohren der Menschen mit Erzählung allerhand weltlicher Dinge und Historien zu kitzeln. Hingegen bleibet man einfältig bei Gottes Wort, und suchet den Sinn des Geistes aus demselben mit einfältigen und deutlichen Redensarten dem Volke beizubringen, man prediget ihm Christum, wie er uns von Gott gemacht sei zur Weisheit und zur Gerechtigkeit und zur Heiligung und zur Erlösung, und daß an ihm ein rechtschaffen Wesen sei, auch nichts in ihm gelte, als eine neue Creatur, Gal. 5, und damit die Herzen Christum im Glauben anzunehmen mögen fähig werden, so führet man sie auf den rechten Grund der wahren Buße, und in derselben zur Erkenntniß seiner selbst und wahren göttlichen Traurigkeit über die Sünde, damit man nicht Most in alte Schläuche gieße, oder das alte Kleid mit einem neuen Lappen flicke. Zu solchem Ende führet man sie auch ab von dem falschen Vertrauen, welches sie auf das opus operatum pflegen zu setzen und lässet sich nicht verdrießen, daß man einerlei Wahrheit zu solchem Zweck mehrmals wiederhole, und ihnen gleichsam einbläue .... Das Strafamt richtet man nicht allein gegen offenbare Sünden und Laster, sondern fürnehmlich gegen den Unglauben, als die Quelle aller Sünden, gegen die Abkehrung des Herzens von Gott auf die Creaturen, und so man auf die Tugenden weiset, führet man zugleich auf den rechten Grund, nämlich den Glauben an den Herrn Jesum, der uns nicht allein äußerlich verändert, sondern uns zu ganz andern Menschen machet von Herzen, Muth, Sinn und allen Kräften. Damit auch, was geprediget worden, unsern Zuhörern um so viel länger im Gedächtniß bleibe, hat man von geraumer Zeit her angefangen, die wichtigsten Materien in den Druck zu geben, zu welchem Ende die Predigten, weil man sie nicht zu concipiren pfleget, nachgeschrieben, ins Reine gebracht und zur Revision und Correctur übergeben werden." Hieran knüpft Francke eine Darstellung des Verfahrens, welches bei dem Nachschreiben seiner Predigten und der Vorlesungen, namentlich der Lectiones paraeneticae, angewendet wurde. Es waren dabei 8, 10 bis 16 Personen thätig, alles Studiosen, welche dafür freien Tisch hatten.

Der in dem Obigen gegebenen Characteristik entsprechen die zahlreichen im Druck herausgegebenen Predigten Franckes vollkommen, und es ist begreiflich, daß dieselben überall einen tief einschneidenden

Eindruck machten. Es waren eben Ergüsse eines von der Liebe zum Heiland ganz erfüllten Herzens, die um so mächtiger wirkten, je unmittelbarer sie in freier Rede dahinströmten. Auch die Innigkeit und Kraft der daran geknüpften Gebete trug nicht wenig dazu bei. Daß die Länge derselben im Allgemeinen weit über das Maaß hinausgeht, welches heutzutage erträglich erscheint, wurde in jener weniger zerstreuten und mehr innerlich gerichteten Zeit nicht als ein Mangel empfunden. Ein näheres Eingehen auf diese Seite der Wirksamkeit Franckes behalten wir einer spätern Betrachtung vor.

Ueber den sechsten Punct, den Segen und die Frucht der Führung des Amts betreffend, heißt es: „Vor allen Dingen haben wir die Barmherzigkeit des Herrn zu preisen, daß er die Verkündigung des Worts zu vieler Menschen wahrhafter Bekehrung und gründlicher Herzensänderung bis diese Stunde gesegnet hat. Wie wir denn auch durch die Barmherzigkeit des Herrn (dem allein Ehre dafür zu geben ist) manches Siegel unseres Amts darstellen können. Exempel anzuführen ist unnöthig, würde auch zu weitläuftig sein. Wollen darbei nur dieses gedenken, daß unter denen, so durch unsern Dienst dem Herrn zugeführt sind, die Studiosi theologiae nicht den geringsten Theil ausmachen, worüber denn Gott um so mehr zu preisen ist, als mehrere Gelegenheit dieselben haben, andere Seelen wieder zu gewinnen und Christo zuzuführen. Die theologische Facultät bietet unserm Ministerio darinnen treulich die Hand, indem dieselbe die Studiosos nicht allein gelehrt, sondern auch fromm zu machen sich angelegen sein lässet. Auch getrauet man sich durch die Gnade Gottes wohl Kinder beiderlei Geschlechts darzustellen, in welchen man das Werk des Herrn nicht wird verläugnen können, sondern vielmehr Ursach haben für viele Barmherzigkeit, an dem kindlichen Alter bewiesen, ihn zu preisen.¹ Indem auch das Wort des Herrn vom Morgen bis an den Abend öffentlich

---

1) Bedenklich ist allerdings, was Francke bei Gelegenheit der Katechisation der Kinder S. 44 erwähnt, „daß man von diesen Kindern wohl gefordert hat, daß sie den Zustand ihres Christenthums zu Papier bringen und communiciren möchten. Sie haben solches auch ganz willig gethan, und hat man durch solchen Weg bei manchem Kinde etwas erkannt, das man nicht in ihm gesucht hätte." Auch unter den Fragen, die, wie ebenda berichtet wird, man „zuweilen an ein jeglich Kind im Besondern, bevorab an die kleinen, richtete," sind einige bedenklich, die allermeisten jedoch (es sind im Ganzen 49) passend.

und besonders, theils im allgemeinen und besonderen Unterricht und Ermahnungen getrieben wird, ist damit unter Alten und Jungen vieler Unwissenheit abgeholfen, also daß wir hoffen, daß unsere künftigen Successores keinen geringen Vortheil haben werden, da wir hingegen alles in großer Unwissenheit und Blindheit gefunden. Wer auch bedenket, was ehemals vor Greuel, Unordnungen und Sünden an Fest-, Sonn- und Werkeltagen in dieser Gemeinde getrieben worden, und den jetzigen Zustand, der zwar noch nicht der beste ist, dagegen hält, wird traun auch nicht den Segen Gottes läugnen können. Sonst waren in der Gemeinde, die nicht viel über 200 Häuser groß, 37 Schenk- und Wirthshäuser nach der Wirthe eigenem Berichte, da man sich leicht vorstellen kann, was für ungöttliches und heidnisches Wesen darinnen getrieben worden. Gott aber, der unser Seufzen darüber angesehen, hat es so wunderlich geschickt, daß die fürnehmsten solcher Häuser uns haben zu unsern Anstalten der Erziehung der Jugend und der Verpflegung der Waisen dienen müssen.[1] Dahero Gott in solchen Häusern gelobet und gepriesen wird, darinnen sonst gesoffen, gespielet, getanzet, ja noch ärgere Dinge getrieben und fürgenommen worden sind, und sind jetzo von solchen Häusern nur noch etliche übrig, die sich aber stille halten müssen, welche Veränderung denn gewiß vielen zu einer großen Ueberzeugung, daß Gott mit im Spiel sei, bishero gedienet hat. Nicht weniger rechnen wir es für einen Segen, daß bishero viele Streitigkeiten und Processe unter unsern Zuhörern durch christliche Vorstellung sind beigelegt worden und noch beigelegt werden, die sonst wohl auf Kind und Kindeskind fortgesetzt worden wären. So sind auch manchen ihre Gewissen also in diesem Jahre gerühret worden, daß sie unrecht Gut, so sie in der Zeit der Unwissenheit und Unbußfertigkeit an sich gebracht, von sich gethan und ihren rechten Herrn wieder gegeben haben. Gott hat uns darinnen bishero nicht wenig manchesmal getröstet, daß er uns viel Merkwürdiges bei Kranken und Sterbenden, als eine Frucht unsers Amts erkennen lassen und solches wohl bei denjenigen, bei denen wir es sonst wohl nicht vermuthet hätten. So haben auch die guten

---

1) Bis dahin waren es namentlich zwei, der goldne Adler und die goldne Krone, denen sich aber bald mehrere andere anschlossen, s. „die Stiftungen A. H. Frankes in Halle" ꝛc. S. 45 flgde.

Anstalten, deren uns Gott sowohl bei dem Beichtstuhl und Verpflegung der Armen gewürdiget, vielen Andern dazu gedienet, daß sie dieselben auch ihres Orts einzuführen, und dieses oft mit gutem Succeß, sich befliſſen haben. Bei dem allen erkennen wir uns für unnütze Knechte und haben noch nicht das gethan, was wir zu thun schuldig sind."

Von großem Interesse ist ebenfalls, wie hier noch kurz erwähnt werden möge, was über den zweiten Punct, die Verwaltung des Heil. Abendmahls und des Beichtstuhls gesagt wird. Es geht daraus hervor, mit welchem Ernst und zugleich welcher Sorgfalt und Besonnenheit er dabei verfuhr.

Nach geschehener Visitation überreichten Francke und Freylinghausen dem D. Fischer eine Anzahl auf die Herstellung einer strengern Kirchenzucht abzielende Puncte, im Ganzen acht,[1] zur Empfehlung bei dem Kurfürsten. Francke hatte dieselben Spener bereits früher mitgetheilt. Denn sie sind ohne Zweifel unter dem „Project" verstanden, von dem Spener unter dem 18. Mai schreibt, „daß es, nachdem er es nach gehaltener Predigt bekommen, und zweimal durchgelesen, aber nach Verlangen gleich wieder übersenden sollen, ihn inniglich contentirt habe, daß er aufs wenigste in dieser Eil nichts zu verbessern wüßte, sondern allein den Herrn demüthigst anrufe, der durch seine Kraft den Nachdruck dazu verleihen wolle: davor wir seine Güte ewig zu preisen haben würden." Francke, dem sehr viel an der Durchführung derselben lag, berichtet darauf, daß er „das Project der Vorschläge Hrn. Geh. R. Stryck übergeben habe, welcher dann verhoffentlich mit Hrn. D. Fischern darüber conferiren und dann suchen wird, daß solche als Vorschläge der Commission an S. kurf. Durchlaucht gebracht werden." Zugleich fügt er hinzu, „daß es wohl gut sein möchte, wenn mein theurester Vater Hrn. D. Fischern schriebe, daß ich sie im Vertrauen communiciret, und wie man sie befunden, daß sie hier kein Bedenken haben, sie mit rechtem Nachdruck aufs Tapet zu bringen." Nichts destoweniger erhielten dieselben, soweit bekannt ist, die Bestätigung nicht, wohl weil sie zu streng erschienen, und ihre Tragweite sich nicht leicht übersehen ließ. Der Bericht über die abgehaltene Visitation aber, sowie der ganze Ausgang der Commissionsverhandlungen konnte nur einen für Francke günstigen Ein-

---

1) Sie sind abgedruckt bei Kramer a. a. O. S. 77 flgde.

druck bei Hofe machen. Von großer Wichtigkeit für die Befestigung
seiner Stellung war ferner, daß D. Fischer, was sowohl er als auch
Spener sehnlichst gewünscht hatten, wie der letztere in seinem Briefe
vom 21. August meldet, zum Generalsuperintendenten und Consisto-
rialis des Herzogthums Magdeburg ernannt wurde.

Nachdem diese tiefgreifende Untersuchung zu Ende geführt worden
war, fand einige Monate später eine andere statt, welche für Francke
ebenfalls von großer Wichtigkeit und bedeutenden Folgen war. Sie
bezog sich auf die von ihm ins Leben gerufenen Anstalten, insbesondere das Waisenhaus. Die Veranlassung dazu wurde durch die Landstände des Herzogthums Magdeburg gegeben, welche, wie bereits bemerkt
ist, Francke nicht günstig waren. Unter dem 4. November 1699
berichtet Spener, daß ein Schreiben derselben eingegangen sei „wegen
des Thalers aus den Kirchen (s. oben S. 178) und Vorschlag wegen
einer allgemeinen vierteljährlichen Collecte, wo es auctoritate electorali ein Waisenhaus vor die Landeskinder angeachtet (sic), und durch
gesessene beeidigte Leute alles versorget und berechnet werden würde.“[1]
Das Schreiben, wie auch schon aus dem weitern Inhalt des Briefs
hervorgeht, hatte indessen keinen Erfolg. Und es ist begreiflich, daß
man keine Neigung hatte, auf den kostspieligen und keineswegs einen
sichern Erfolg verheißenden Vorschlag dem gegenüber, was Francke
bereits ins Leben gerufen hatte, einzugehen. Vielleicht in Folge davon
verlangten nun die Stände Einsicht in die Verwaltung des Waisenhauses. Spener schreibt darüber unter dem 18. Mai 1700: „Herr
M. Meurer wird im Vertrauen communiciren einige Memorialia der

____

1) In einem vorliegenden Copierbuche des Archivs befindet sich ein „Unvor-
greifliches Gutachten von der Nothwendig- und Nutzbarkeit eines Waisenhauses,
und wie dasselbe dem Herzogthum Magdeburg zu Gute in der Stadt Halle mit
göttlicher Hülfe angelegt werden könnte.“ Die ausführlichen Vorschläge in Bezug
auf die Ausführung sind der Art, daß sie nur von einer Behörde ausgegangen sein
können. Ein Datum ist dabei nicht angegeben, aus der Ordnung der Schriftstücke
zu schließen, gehört dieses in das Jahr 1697. Der Thaler aus den Kirchen und
die Collecte ist nicht darin erwähnt. Beides bezieht sich auf das Francke erst 1698
gewährte Privilegium. Daß die Direction des ganzen Armenwesens in den kurfürstlichen Landen möchte in eine Hand gegeben werden, wo möglich die des Herrn
von Schweinitz, der ein Herz dafür habe, spricht Francke in einem eingehenden
und interessanten Brief an Spener vom 28. September 1696 aus. Es blieb ein
frommer Wunsch.

Landstände, daraus man ihre Präoccupation sehen kann. Wegen der Rechnung des Waisenhauses hat Hr. Geh. Rath von Fuchs mit mir geredet, dem ich die Unmöglichkeit des Postulati gezeiget, weil aber gleichwol etwas ex gratia electorali von Collecten eingelaufen, und damit es nicht scheine, man wollte der Stände desideria in nichts attendiren, hat er verlangt, daß gegen Hrn. Gevatter davon Meldung thun möchte, sollte selbst Commissarios mir vorschlagen und den modum tractandi, wie ers verlangte, determiniren. Vielleicht läßt Gott das von Feinden Angegebene wider ihren Willen zur Gelegenheit eines Guten werden."

Francke hatte begreiflicherweise große Bedenken dagegen. Er schreibt darüber in Antwort auf obigen Brief: „Wegen der Stände Postulati, des Waisenhauses Einnahme und Ausgabe betreffend, habe ich mit Hrn. D. Fischer conferiret, welcher gänzlich meinet, solches würde das ganze Werk ruiniren, wie er selbst mannichmal erfahren habe, daher wenn der Kurfürst das Werk erhalten wissen wolle, er darein nicht zu willigen habe. Ich sehe es auch je länger je gefährlicher an, sonderlich daß man die Regierung und Amts-Kammer zu Abnehmung der Rechnung committiren möchte. Es ist solches auch den Privilegiis schnurstracks zuwider; und wenn nur einmal christliche Wohlthäter im geringsten merken, daß Andere die Hände mit drinnen haben möchten, wird niemand mehr was darzu geben wollen. Von den Collecten kann unmöglich Rechnung abgenommen werden, denn die Bücher sind noch hier und da im Lande vertheilet, und wenn man solche examinirte, könnte es ohne eine üble Nachrede manchen zu erwecken nicht abgehen. Denn es haben manche was hineingeschrieben, so nicht erfolget, wie denn S. kurfürstliche Durchlaucht selbst 1000 Thlr. hineingeschrieben, davon doch nicht einen Heller bekommen (s. aber S. 176 Anm. 2), so auch Andere. Zudem wird ja das als ein Willkührliches von Privatis gegeben und nicht vom Lande. Nachdem ich nun die Sache eigentlich erwogen, hatte ich vermeinet, man ließe die Sache ganz anstehen und secretirte sie so gut als möglich, bis diese Commission geendiget, durch deren glückliche Endigung ohnedem vieles wegfallen wird, daß man es dann vielleicht nicht mehr nöthig zu sein erkennen wird. Und sollte dann ja entweder jetzo oder künftig noch denen Ständen willfahret werden müssen, habe ich mit höchstem Dank zu erkennen, daß S. Exc. Hr. von Fuchs verlangt, daß ich selbst Commissarios vorschlagen und den modum tractandi, wie ich es verlangete, beterminiren möchte, und hielte demnach, es könnte der Herr Kammer-Präsident von Danckelmann, der Herr Geh. Rath von Schweiniz, der Herr Geh. Rath Stryck, der Herr Rath Stisser und der Rath Hoffmann zu Commissariis ernannt werden. Den modum tractandi habe ich im Beigehenden exprimiret, welches ich, um besto leichter es vorzustellen, als ein Commissoriale abgefasset. Ich sehe aber nichts, das hinlänglich wäre, das Werk aus der Gefahr zu setzen, daß es nicht in Décadence und Ruin gebracht werde, wenn nicht Gott etwas thut, das man vorher nicht sehen kann."

"Zu merken ist, daß die Amts-Kammer weder allhier noch in Halberstadt mir den geringsten Heller von benen mir assignirten Strafgefällen, so unter 50 Thlr. sein, gegeben; der jährliche Thaler von ben Kirchen ist auch ins Stocken gekommen und habe ich in 2 Jahren etwa 10 Thlr. bekommen.[1] Das ists, was das Land giebt und wollen Rechnung haben! Quam iniquum! Wer fordert aber Rechnung von ihren Klöstern, ba so viele Revenüen inutiliter consumiret werden, und lassens boch so ohne Rechnung hergehen."

Spener antwortet barauf bereits unter bem 25. Mai: "Ich habe gestern durch ein Schreiben Hrn. Geh. Rath von Fuchs dahin zu bisponiren vermeint, daß das unbillige Begehren der Stände wegen der Rechnung beclinirt werde: als ich aber heute zu ihm kam, blieb es doch noch barbei, aber ausbrücklich, daß er (Francke) von benen anderwärts empfangenen Gelbern keine Rechenschaft zu geben habe. Daher es nun also ansehen will, daß Gottes Rath sein mag, was die Widersacher aus böser Absicht vorgenommen, zu des Werkes glücklichen Fortgang und Offenbarung seiner Güte in bem ganzen Werk zu richten. Daher ihm morgen das Project des Commissorialis communiciren will, bavon nicht zweifle, daß er es sich werbe gefallen lassen." Hinsichtlich ber von Francke bezeichneten Commissarii bemerkt er, baß die beiben letztgenannten „ben Ständen sehr verhaßt und auch Hrn. von Fuchs nicht angenehm seien." Uebrigens habe bieser gesagt, baß mit der Sache zu eilen nicht nöthig wäre, und sie wenigstens bis nach Enbigung ber Commission anstehen möge. Damit waren die Vorverhanblungen beenbigt.

----

1) Auf biese Abgabe verzichtete Francke „um der Unwilligkeit willen" balb ganz.

Die Commission, aus den drei von Francke zuerst Bezeichneten und dem an Stelle der beiden Andern getretenen Geh. Rath von Dieskau bestehend, begann ihre Arbeiten am 11. October 1700. Francke hatte, wie aus der Vorrede der Fußstapfen (in der ersten Ausgabe von 1701) hervorgeht, auf Befehl des Kurfürsten eine ausführliche Nachricht von den Anstalten eingereicht, welche der Untersuchung wohl zu Grunde gelegt wurde. Von dem Fortgang und der Dauer dieser ist nichts bekannt, daß sie aber günstig für Francke ausfiel, wie sich nach der billigen Denkweise der Commissarien erwarten ließ, und daß die von Spener ausgesprochene Hoffnung, sie werde zum Segen des Werks ausschlagen, sich erfüllte, zeigte der weitere Erfolg, der von wesentlicher Bedeutung war.

Zunächst führte, wie die kaum beendete unter D. Fischers Leitung geführte Untersuchung auf dem geistlichen und theologischen, so diese auf dem rein practischen, die Verwaltung des Waisenhauses betreffenden Gebiete zu einem gewissen Abschlusse. Die Reibungen auf den beiden Gebieten hören, wenn auch zunächst mehr äußerlich, auf. Man läßt Francke fortan seinen Weg im Wesentlichen ungestört gehen. Aber neben diesem mehr negativen Ergebniß standen mehrere wichtige positive.

Das erste war, daß Francke sich in Folge der Commission veranlaßt sah, im Jahr 1701 die oben wiederholentlich erwähnte Schrift „Die Fußstapfen des noch lebenden und waltenden liebreichen und getreuen Gottes, zur Beschämung des Unglaubens und Stärkung des Glaubens entdecket durch eine wahrhafte und umständliche Nachricht von dem Waisenhause und den übrigen Anstalten zu Glaucha vor Halle" ꝛc. herauszugeben. Sie ist ein Auszug aus der eben erwähnten Nachricht. Er sagt dies ausdrücklich in dem derselben vorausgeschickten Vorwort, in welchem er „die Ursachen, welche zur Edirung gegenwärtigen Berichts Anlaß gegeben," darlegt. Als Hauptursache stellt er allem Andern Folgendes voran: „Nachdem allerlei widrige Spargimente, falsche Concepte,[1] ja Unwahrheiten und Verläumbungen von dem ganzen Werke, ungeachtet des erwünschten Verlaufes der allergnädigst angeordneten Commission, noch immerbar gehöret und damit

---

1) Daß dergleichen falsche Vorstellungen sehr verschiedener Art nicht blos bei den Gegnern Franckes, sondern auch bei Gleichgesinnten herrschten, geht aus einem ausführlichen Schreiben eines seiner Schüler und Freunde, A. W. Böhme, vom J. 1700 hervor, in welchem namentlich deshalb auf eine öffentliche Erklärung gedrungen wird.

das Werk nicht wenig gedrücket worden, und in solchem Falle einem jeden wohl vergönnet ist, zur Rettung seiner Unschuld und Abwendung öffentlicher Verunglimpfung die Wahrheit, sowie sie an sich selbst ist, bevorab in einer bloßen Erzählung allen und jeden vorzulegen; als habe ich vielmehr in dieser Sache, die von keinem Verständigen als eine Privatsache angesehen werden kann, indem es offenbarlich ein gemeinnütziges Werk ist, mich gemüßigt befunden, eine freimüthige Nachricht von der ganzen Sache zu geben; an deren unverfälschter Wahrheit kein bescheidener und ehrliebender Mensch zu zweifeln Ursach finden wird, nachdem dieselbe einestheils auf einer von der hohen Landes = Obrigkeit aus landesväterlicher Sorge angestelleten Untersuchung beruhet, anderntheils die Sache selbst vor Augen ist, da ich mich befürchten müßte, eines Andern von Vielen überzeuget zu werden, wenn ich im Geringsten mit einiger Unwahrheit umgienge; zu geschweigen, daß bei einem solchen Werke, welches keine äußerliche Stütze noch Unterhalt hat, sondern dergestalt von dem bloßen Segen Gottes dependiret, daß, wann Gott denselbigen Segen nicht fortgehen ließe, in kurzer Zeit Alles zu Grunde gehen müßte, kein vernünftiger Mensch präsumiren kann, daß man mit Lügen und Unwahrheit umgehen werde, als wodurch man offenbarlich den Zorn Gottes auf das Werk laden und den Zufluß seines Segens von sich stoßen würde. Zum Ueberfluß aber und um derer willen, die aus vorgefaßten Meinungen auch wohl das, was sonnenklar und Allen vor Augen ist, in Zweifel zu ziehen kein Bedenken tragen, bezeuge ich vor Gott dem Lebendigen, der Alles, was im Finstern verborgen ist, ans Licht bringen und auch den Rath der Herzen offenbaren wird, daß ich mit Wissen und Willen nicht ein einiges unwahrhaftiges Wort in dieser ganzen Schrift gesetzet. Will man auch dieser Betheurung nicht glauben, so wird kein Mittel übrig sein, als daß Gott selbst der Wahrheit Zeugniß gebe durch fernern gesegneten Fortgang des ganzen Werks, und daß er an jenem Tage zu seinem Preis vor allen Engeln und Menschen darstelle, was man jetzo nicht glauben will."

Für unbefangene Leser bedurfte es dieser Betheuerung nicht, denn die nachfolgende Erzählung, wie viele merkwürdige Beispiele der wunderbaren Gnadenerweisungen und Durchhülfen Gottes sie auch enthält, trägt in ihrer Einfachheit das Gepräge der vollen Wahrheit. Aber auf solche Leser konnte Francke, wie aus seinen Worten hervorgeht und bei den damaligen Verhältnissen begreiflich ist, großentheils nicht rechnen. Aber auch für die heutige Zeit, wo die bezüglichen Anschauungen längst ganz andere geworden sind, ist dieselbe von Werth, indem daraus erkannt wird, mit wie tiefem Ernst Francke an diese Publication gieng. Daß er übrigens sich des Segens, der aus derselben hervorgehen würde, wie er aus der 1697 veröffentlichten Historischen Nachricht (s. oben S. 162) hervorgegangen, wohl bewußt war, zeigt sich in dem weitern Inhalt des Vorworts klar, und es hat sich an vielen tausend Seelen erfüllt, was er am Schluß desselben sagt: „Gottes Werk pfleget allezeit bei den Nachkommen seinen größten Segen zu haben, da hingegen diejenigen, zu deren Zeit es geschiehet, es gemeiniglich geringe achten, und sich daran durch Unglauben und Undankbarkeit versündigen. So wird auch der Herr aus großer Gnade und Barmherzigkeit diese Erzählung zum Gedächtniß auf die Nachkommen wohl gedeihen lassen, daß sie seinen Namen darüber hochpreisen und erkennen, daß er der Herr und allein mächtig sei und sonst keiner."

Was den Inhalt der Schrift selbst, auf den wir, um seiner überaus großen Wichtigkeit willen etwas näher eingehen müssen, betrifft, so beginnt sie im ersten Capitel mit der Erzählung von dem Ursprung und der Veranlassung des ganzen Werks, wie sie oben (S. 162 flgbe) danach zum Theil wiedergegeben ist, und führt die Entwickelung desselben in den Hauptpuncten bis zu dem Jahre der Veröffentlichung derselben fort. Von höchster Bedeutung sind die beiden folgenden Capitel, das zweite und dritte, von denen das erstere von der „augenscheinlichen und wunderbaren Vorsorge Gottes, welche sich vom Anfang bis hieher in dem Werke der Armenverpflegung erwiesen" handelt, indem Francke eine große Zahl von Beispielen der vielfachen Hülfe erzählt, wie er bereits in der „Historischen Nachricht" gethan, die ihm zur Fortführung des im Glauben begonnenen und in so überraschender Schnelligkeit zu so bedeutender Ausdehnung gediehenen Werks durch Gottes oft wunderbare Leitung, nicht selten in bringendster Noth, zu Theil wurde. Guerike hat einen großen Theil derselben mitgetheilt, und Niemand kann sie ohne tiefe Theilnahme und eigne Glaubensstärkung lesen. Eine wesentliche Ergänzung dazu giebt das dritte Capitel „von denen mancherlei und zum Theil harten Prüfungen, in welchen das Werk unter dem mächtigen Schutz und Segen Gottes fortgeführet worden" in welchem Francke „kürzlich hinzugefügt, unter was vor beschwerlichen und dem Fleisch und Blut ziemlich unleiblichen Prüfungen das Werk fast allezeit gestanden." Wir müssen es uns versagen, in das Einzelne einzugehen, wie groß auch die Versuchung dazu ist, und begnügen uns, hervorzuheben, daß gerade diese Mittheilungen, denen sich viele ähnliche in den spätern Fortsetzungen der im Anschluß an die Fußstapfen veröffentlichten Nachrichten über das Waisenhaus anschließen, den lebendigsten Einblick in das tiefe Glaubensleben Franckes gewähren. Es ist die vollste Wahrheit, wenn er sagt: „Was es sei, nichts in Händen haben, und doch viele um sich sehen, welche von einem Brot, Kleider und andere Nothdurft fordern, mag ein Vater oder eine Mutter urtheilen, die bei ihren wenigen Kindern Armuth erfahren. Davon kann Niemand urtheilen, der immer Küche und Keller voll hat. Die Vernunft siehet auf das Gegenwärtige, und wenn sie nichts hat, so verzaget sie. Es würde auch mancher es für ein geringes Leiden halten, wenn er gleich selbst Hunger leiden sollte, so er nur nicht die Seinigen vor den Augen hätte, und deren äußerste Noth erkennen müßte; ja mancher möchte auch mit den Seinen noch lieber Noth leiden, als zugleich so viel Andere auf dem Halse haben, und nichts dazu wissen. Solche Stunden nun der Prüfung und äußersten Armuth sind mir bei dem Werk nicht ein- sondern vielmal, daß ichs nicht zu erzählen weiß, auf den Hals kommen, da ich nicht allein nichts gehabt, sondern auch nichts zu kriegen gewußt." Aber das vermochte seinen Glauben nicht zu erschüttern, auch wenn die Hülfe sich verzog, und er lernen mußte, „was das heiße: Meine Stunde ist noch nicht kommen, und daß Gott gar oft eine andere Stunde zu helfen setzet, als wir etwa in unserer Noth uns unterstehen ihm vorzuschreiben." Auf Menschen in solchen Lagen rechnen konnte er nicht, auch lag es ihm fern, selbst in den dringendsten Fällen, wie sie sich nicht selten, namentlich bei dem Bau des Waisenhauses einstellten, an sie zu wenden. Seine einzige Hülfe sah er in Gott, dem sein unerschütterlicher Glaube fest vertrauete, und das einzige Mittel, sie zu erlangen, war das Gebet, die Frucht jenes Glaubens. Die Bewunderung der darin sich offenbarenden Macht aber steigert sich, wenn man die Mannigfaltigkeit der Aufgaben bedenkt, die in den verschiedenen Anstalten lagen. Dazu kommt, daß sie mitten unter den Anforderungen zweier arbeitsreicher Aemter an ihn herantraten, und daß ihn wiederholt ernste Kämpfe, wie oben erzählt ist, innerlich und äußerlich in dieser Zeit lebhaft in Anspruch nahmen. Aber er war nach der ganzen Führung, die er bei dem Werke erfahren, in seinem tiefsten Innern gewiß, daß es die Sache des Herrn sei; darum kam keine Sorge und kein Zweifel in seine Seele. Darum fiel es ihm aber auch nicht von fern ein, es als sein Werk anzusehen, sondern er hat es je und je einzig und allein als das Werk des Herrn bezeichnet (s. S. 171). Aber eben dieser in Allem dem Herrn die Ehre gebende Glaube war es, der ihm unzählige Herzen in der Nähe und in der Ferne zuwandte, so daß sie auf die mannigfaltigste Weise ihm halfen, das, was er zum Besten des Nächsten begonnen, zu förbern und zu erhalten.

Von großer Wichtigkeit ist das vierte Capitel, welches „von der Aufsicht und Administration des ganzen Werkes" handelt. Es giebt eine klare Anschauung der damals schon geordneten Organisation, welche im Wesentlichen auch bei der weiteren, so außerordentlichen Entwickelung des Werks dieselbe blieb, und ein lautes Zeugniß von der Weisheit und Umsicht, sowie auch von der persönlichen Hingebung und Aufopferung Franckes bei dem Werke ist, woburch die Ausführung desselben erst möglich wurde. Wir theilen deshalb dasselbe den Hauptpuncten nach vollständig mit. Es heißt:

„Was die Aufsicht und Administration des ganzen Werks betrifft, beruhet solche 1) auf einer Conferenz, welche täglich von mir, dem Directore, mit denenjenigen gehalten wird, die zur Aufsicht aller und jeder besondern Anstalten bestellet sind, als über die Oeconomie, über die Schulen, über den Buchladen, über die Apotheke und Krankenpflege, über die Studiosos im Waisenhause. Und zwar habe ich jetzt gemeldte Conferenz des Abends nach der Mahlzeit von 8 bis 9 Uhr angesetzet (wiewol sie nach veränderten Umständen auch länger währet), sowohl dieweil ein jeglicher des Tages über seine Hände voll zu thun findet, als auch damit ich auf diese Weise die mir befohlne Aemter den Tag über unverhindert verrichten kann, und durch das Expediens der abenblichen Conferenz von dem allzugroßen Ueberlauf der Mitarbeiter befreiet bleibe."[1]

---

[1] Diese Einrichtung wurde nach Franckes Rückkehr von der Reise nach Holland im Jahre 1705, die er wegen seiner angegriffenen Gesundheit unternommen hatte, geändert. Es war nun Alles fester geordnet, und es trat wohl mehr schriftlicher Verkehr ein.

„In dieser Conferenz nun wird mit einem ernstlichen Gebet der Anfang gemachet, sodann bringet ein jeder von den Mitarbeitern sein Memorial hervor, auf welchem er des Tages über verzeichnet, was ihm unter seiner Aufsicht vorgefallen, welches dann sofort in Ueberlegung gezogen, und um beständig guter Ordnung willen, wie es abgeredet worden, aufgezeichnet wird. Wann dann jeder das Seinige vorgebracht und was ihm folgenden Tages zu thun gegeben, für sich angemerket, wird mit einem Gebet geschlossen.

Zur Administration und Führung des ganzen Werks gehören denn eigentlich:

I.

1) Der Director, welchem auf bedürfenden Fall 2) Adjunctus in pastoratu die Hand bietet, 3) Oeconomus oder der Waisenvater, 4) Inspector der Schulen, 5) Medicus oder auch Inspector der Apotheke und der Krankenpflege, 6) Inspector des Buchladens, welcher diesen ganz unter den Händen hat, 7) Inspector der Studiosorum, die im Waisenhause speisen. Diese alle kommen zu obgedachter Conferenz.

II.

Die sämmtlichen Praeceptores in denen Armen- und Waisenschulen, an der Zahl dreißig. Diese halten eine wöchentliche Conferenz von ihrem Schulwesen bei dem Inspectore der Schulen.

III.

1) Die Waisenmutter, welche blos über die Waisenmägdlein des Waisenhauses bestellet ist, 2) die Nähemutter, welche die Mädchen im Nähen und was dahin gehört unterrichtet, 3) die über die Wäsche und übrige Reinigung der Kinder bestellte Aufseherin, 4) die Krankenmutter, 5) der Apotheker, 6) der Hofmeister auf dem Gütchen in Giebichenstein, 7) der Bäcker, so zugleich den Garten bestellet, 8) der Schneider, so im Waisenhause wohnet.

IV.

Das Gesinde: 1) in der Küche, 2) bei der Wäsche, 3) bei der Wartung der Kranken, 4) beim Einheizen, 5) die Lehrjungen und Gesellen in der Apotheke, im Buchladen, bei dem Schneider, 6) das Gesinde auf dem Gütchen in Giebichenstein.

Aus dieser Verfassung ist dann leichtlich zu erkennen, daß das ganze Werk, wenn es gleich weitläuftiger wäre, ohne meiner Distraction täglich in guter Ordnung möge erhalten werden.“

Das folgende Kapitel, „von dem Nutzen der gemachten Anstalten," sowie die Beilagen, in welchen die bisher ertheilten Privilegien und die beiden Glauchischen Armen-Ordnungen (s. oben S. 172 Anm.) und schließlich eine Antwort auf die vielfach mißgünstige Beurtheilung des Gebäudes, als sei es zu „kostbar", d. i. zu großartig angelegt, enthalten sind, war für jene Zeit wichtig, nehmen aber heutzutage nur ein untergeordnetes Interesse in Anspruch. Doch ist zu bemerken, daß jene Beurtheilung, wie aus dem oben angeführten Brief Böhmes hervorgeht, von Gläubigen ausgieng. Aber in der klaren Erkenntniß des Nöthigen ließ Francke sich so wenig hierdurch, als durch den Spott der Gegner über seine Verwegenheit irre machen. Beides ist gleich bewundernswerth. Von großer Wichtigkeit dagegen ist ein unter dem 7. Januar 1702 von Francke an einen ungenannten Freund erlassenes Schreiben, welches er auch als „Fortsetzung der wahrhaften und umständlichen Nachricht vom Waisenhause 2c." herausgegeben hat.[1] Er legt darin, außer einer sehr großen Anzahl weiterer Beispiele der besondern Durchhülfe und Vorsorge Gottes, seine Stellung zu dem ganzen Werke ausführlich dar, insbesondere aber auch die weitere Entwickelung desselben nach der vollständigen Vollendung und Einrichtung des neuen Gebäudes. Dies geschieht namentlich in Bezug auf die practische Beschäftigung der Waisenknaben (es wurde damals ein Strickmeister für sie angenommen, dessen Instruction mitgetheilt wird), auf die Buchhandlung und die Buchdruckerei, die Apotheke und das Laboratorium (die Medicamenten-Expedition), über welche interessante Einzelheiten mitgetheilt werden. Gegen den Schluß berichtet er endlich noch, „daß ihm Gott auch in dem Jahre (1701) die sonderbare Gnade gethan, außer demjenigen treuen Gehülfen, welchen er schon im Predigt-Amt habe, noch einen an die Seite zu geben, wodurch ihm die

----

1) Diese Fortsetzung ist in dem im J. 1709 erfolgten Wiederabdruck als erste bezeichnet und es sind ihr von 1706 bis 1709 noch sechs weitere gefolgt, welche in gleicher Weise, wie diese, von dem Fortgange des Werks sehr mannigfaltige und wichtige Mittheilungen enthalten. Sie sind sämmtlich zugleich mit den „Fußstapfen", denen nun das Beiwort „Segensvolle" vorangestellt ist, in dem oben angegebenen Jahre neu gedruckt. Den Schluß dieser Veröffentlichungen machen zwei sehr ausführliche Vertheidigungen gegen die von D. Löscher in den „Unschuldigen Nachrichten" gegen das Waisenhaus gerichteten Angriffe, von denen die erste 1709, die andere 1711 erschien.

obliegende Last nicht allein erträglicher gemacht, sondern auch noch
ein Mehreres zum allgemeinen Nutzen unter göttlichem Segen gewirket
werden kann." Er führt dann im Besondern an, daß diese neue
Hülfe ihm zunächst dazu gedienet, daß er mehrere Schriften, von denen
weiter unten die Rede sein wird, den „Nicodemus oder von der
Menschenfurcht" und „Christus der Kern der ganzen Schrift"
habe theils vollenden, theils überhaupt ausarbeiten können. Dieser
neue Gehülfe ist M. Joh. Hier. Wiegleb, ein Freund und Schüler
Franckes, der damals zum Rector der Schule in Glaucha und zugleich
zum Diaconus an der Kirche daselbst, trotz des Widerstrebens des
Herrn von Stößer (s. den Brief Speners vom 13. August 1701 in
Kramer, Beiträge 2c.) endlich ernannt wurde. Im J. 1715 wurde
er Franckes Nachfolger im Pastorat. So tritt mit dem Schluß des
Jahres 1701 und dem Anfang des folgenden ein gewisser Abschluß
auch in diesen Verhältnissen ein.

Von großer Wichtigkeit ist aber das Jahr 1702 in vielen andern
Beziehungen. In diesem Jahre kaufte Francke um Pfingsten einen
Gasthof „die Rose", welcher auf der Südseite des neuen Gebäudes ganz nahe demselben gegenüber lag, und ließ ihn für sich zur
Wohnung einrichten, um seinen Anstalten, denen er sich nun noch
mehr widmen konnte, näher zu sein. Zur bequemeren Verbindung
mit dem Hauptgebäude wurde ein verdeckter Gang zwischen diesem und
dem obern Stockwerk jenes angelegt, welcher bis in die zwanziger
Jahre des laufenden Jahrhunderts bestanden hat.

Von größerer und tiefer greifender Wichtigkeit war die unter
dem 19. September dieses Jahrs erfolgte Erneuerung und Erweiterung des bereits 1698 (s. oben S. 177) gewährten Gesammtprivi-
legiums des Waisenhauses, dem nun auch ein besonderes für das
Pädagogium hinzugefügt war, welches vom Anfang an stets als eine
von dem Waisenhause vollständig getrennte, für sich bestehende Anstalt
angesehen wurde. Um diese Privilegien zu erlangen, reiste Francke
wieder nach Berlin. Er hielt sich diesmal daselbst länger als je vorher, vom 23. August bis zum 16. October, auf, und predigte in dieser
Zeit sehr oft theils für Spener, theils in vielen andern Kirchen. Auch
vor der Königin Sophie Charlotte erhielt er Befehl, zu „Liezenburg
im Gemach" und später vor dem Könige in Oranienburg zu predigen.
Ebenso wurde er vom Herrn von Fuchs, wie früher, nach Malchow

geladen, wo er ebenfalls predigte. Näheres wissen wir leider über diesen Aufenthalt nicht. Auf der Rückreise machte er einen Umweg über Magdeburg, Halberstadt, Wernigerode, Queblinburg zc., wo er überall sich etwas bei guten Freunden aufhielt und auch predigte, so daß er erst am 7. November nach Halle zurückkam. So war es zugleich eine Erholungsreise, die er wohl nöthig hatte. Seinen Zweck erreichte er vollkommen, wie aus dem oben Gesagten hervorgeht. Beide Privilegien sind in den „Segensvollen Fußstapfen" zc. (1709) abgedruckt. Sie sind von den nächstfolgenden Nachfolgern Friedrichs I. ausdrücklich bestätigt und bilden, wie schon oben bemerkt worden, in ihrem Hauptpuncte die Grundlage der heutigen Verfassung der Franckischen Stiftungen. Dieser Hauptpunct ist aber, daß „das Werk, gleichwie es von Professor Francken privatim angeleget worden, als solches hinkünftig unter Unserm hohen Namen, Schutz und Autorität geführet, und als ein publiques Werk consideriert werden; daß die Direction erwähnten Prof. Francken bei seinen Lebzeiten, und so lange er in Unsern Landen bleibet, ob er gleich an einen andern·Ort von Uns berufen werden möchte, gelassen werde; wie denn auch solchen Falls ihm nach Gutbefinden jemanden zu substituiren, der die Subdirection des Werks führe, frei stehen; und endlich, da er nach Gottes heiligem Rath-Schluß mit Tode abgehen möchte, zur Direction des Werks kein anderer, als den er selber bei Lebzeiten darzu benennet und im Testament angesetzet, genommen werden soll." Wie in der Entwickelung der Gesammtverhältnisse des preußischen Staats sich diese Bestimmungen modificirt und gestaltet haben, auszuführen, liegt hier fern, aber daß der wesentliche Kern derselben fort und fort festgehalten ist bis auf den heutigen Tag, ist für das Gedeihen der gesammten Anstalten von höchster Bedeutung. Dieselben Bestimmungen finden sich auch in dem Privilegium des Pädagogiums, doch ist in demselben gleich an die Spitze gestellt, daß es Paedagogium Regium genennet werden solle. Dadurch wurde ihm eine in der damaligen Zeit namentlich sehr bedeutungsvolle Auszeichnung zu Theil, und diese Bezeichnung ist seitdem stets festgehalten. Aber außerdem waren darin sehr wesentliche thatsächliche Vortheile vornämlich für die Lehrer der Anstalt gewährt. Insbesondere wurde bestimmt, daß sie, abgesehen von der ihnen bewilligten Accise-Entschädigung, obwohl sie wie bei den andern Anstalten aus Studierenden bestanden, doch „als Praeceptores publici, gleich

benen andern Collegis des dasigen Gymnasii angesehen; bei sich eröff-
nenden Vacantien, als Rectoraten, Conrectoraten und anderen Bedie-
nungen in denen Gymnasiis und Trivial-Schulen Unserer Lande vor
andern in Consideration gezogen werden sollen; ebenso daß die in
diesem Paedagogio Regio Lehrende auch zum Predigtamt in Unsern
Provinzien und Landen, wenn sie sich bei denen Examinibus in Lehr
und Leben dazu qualificiren, vor Andern befördert werden sollen."
Von welcher Bedeutung diese Bestimmungen auf die Entwickelung der
Anstalt sein mußten, bedarf keiner besondern Nachweisung.

Aber auch noch in einer andern Beziehung war dasselbe Jahr
von eigenthümlicher Bedeutung. Francke fand sich veranlaßt, wohl
in dem Gefühl, daß ein gewisser Abschluß, wenigstens ein fester
Punct in seiner Thätigkeit erreicht sei, ein Sammelwerk herauszugeben, welches gleichsam ein Bild von dem Ergebniß derselben, soweit
es sich durch Schriften darstellen läßt, geben sollte. Es ist dies das
bereits oben wiederholt angeführte „Oeffentliche Zeugniß vom
Werk, Wort und Dienst Gottes." Es besteht aus drei Theilen
in stattlichem Quartformat, von denen jeder die besondere in dem
Titel bezeichnete Beziehung verfolgt und die darauf bezüglichen, theils
schon früher herausgegebenen, theils jetzt erst verfaßten Schriften umfaßt. Die Vorrede ist vom 30. Sept. 1702, doch wurde der darin
auch bereits besprochene dritte Theil allerdings erst im Jahre 1703
im Druck fertig. Alles Polemische ist davon ausgeschlossen; selbst in
den Observationes biblicae, die im zweiten Theile wieder abgedruckt
sind, ist Alles, was in der ersten Ausgabe diesen Character trägt,
fortgelassen. Denn der Zweck der ganzen Herausgabe war, wie auf
dem Titel angegeben ist, „daß Gott in seinem Werk und Wort gebührend anerkannt und mit rechtem, ihm gefälligen Dienst geehret werden
möge." Von hervorragendem Interesse für uns ist der erste Theil,
in welchem Alles, was sich auf die bis dahin ins Leben getretenen
verschiedenen Anstalten und namentlich die Erziehung der Jugend Bezug
hat, vereinigt ist. Es ist nöthig, auf den Inhalt desselben etwas
näher einzugehen. Den Anfang desselben macht der Wiederabdruck
der bereits ein Jahr vorher herausgegebenen Fußstapfen und die
schon oben erwähnte Fortsetzung derselben, welche hier zum ersten-
mal erschien. Diesen beiden Schriften schließt sich der hier zum ersten-
male herausgegebene „Kurze und einfältige Unterricht, wie

die Kinder zur wahren Gottseligkeit und christlichen Klugheit anzuführen sind, ehemals zu Behuf christlicher Informatorum entworfen und nun auf Begehren zum Druck
gegeben."[1] Die Schrift ist hervorgegangen aus der, wie oben erzählt
ist, wiederholt, zuerst in Leipzig, dann in Erfurt, gehaltenen Vorlesung de informatione aetatis puerilis et pubescentis. Sie beruht
auf den mannichfaltigen Erfahrungen, die er in Hamburg bereits,
später in Erfurt, endlich namentlich in Halle gemacht hatte, und legt
seine daraus gewonnenen Principien in aller Einfachheit, aber auch
mit aller Entschiedenheit dar. Ihr innerster Kern, ja ihr eigentlicher
Lebensathem, der sie, wie Alles, was Francke auf diesem Gebiete
gethan und geschrieben hat, erfüllt, ist der Gedanke, daß die Kinder
vor Allem durch den lebendigen Glauben an Christum zu inniger
Vereinigung mit Gott und einem ihm wohlgefälligen Wandel in den
verschiedensten Verhältnissen des Lebens zu führen seien, oder, wie er
es anderwärts kurz ausdrückt, „zu einem rechtschaffnen Christenthume
wohl angeführet werden." Das war ja allerdings keine neue Forderung, sondern ist nichts als die einfache in dem Evangelium begründete und durch dasselbe gestellte Aufgabe der christlichen Erziehung.
Diese war freilich auch als Voraussetzung stets festgehalten, aber es
war allmählich bei der im gesammten kirchlichen Leben eingetretenen
Erstarrung und Veräußerlichung daraus mehr oder weniger das wirkliche Leben gewichen, so daß sie nicht mehr als das treibende, Alles
bestimmende Princip wirkte. Sie dazu wieder erweckt und in den
Mittelpunct aller christlichen Erziehung gestellt zu haben, ist ein hervorragendes Verdienst Franckes, ganz abgesehen von seinen so unendlich wichtigen practischen Leistungen auf diesem Gebiete. Niemand
vor ihm und nach ihm hat dies mit gleicher Energie sowohl in der
Theorie als in der Praxis betont, als er. Wenn dies zum Theil
aus dem energischen Wesen Franckes hervorgieng, so trug doch auch
der eigenthümliche Character des Pietismus, als einer Reaction gegen
das mehr oder weniger erstarrte Kirchenthum, dazu bei. Er trieb,

---

1) Diese Schrift ist auch besonders ausgegeben und 1748 nochmals im Octav
gedruckt. Sie und die beiden nachfolgenden, sowie vieles Andere auf die Erziehung
der Jugend Bezügliche aus den Schriften Franckes ist neuerlich wiederholt abgedruckt, am vollständigsten in Kramer, A. H. Franckes pädagogische Schriften,
Langensalza 1876.

wie jede Reaction zu thun pflegt, zur Entschiedenheit an, aber brachte auch zugleich die Gefahr der Uebertreibung mit sich, von der auch die pädagogischen Ansichten und Maaßregeln Franckes nicht freizusprechen sind. Doch müssen bei ihrer Beurtheilung die Verhältnisse und allgemein herrschenden Anschauungen der Zeit, in welcher er lebte, die von den heutzutage maaßgebenden unendlich verschieden sind, wesentlich in Anschlag gebracht werden. In der hier in Rede stehenden Schrift finden sich solche Uebertreibungen nur in sehr wenigen Beziehungen und sie ist in allen hauptsächlichen Puncten auch noch bis auf den heutigen Tag zur dringendsten Beherzigung allen denjenigen, die mit der Erziehung der Jugend zu thun haben, Eltern, Erziehern und Lehrern, zu empfehlen. Uebrigens ist sie durchaus practisch gehalten und läßt sich durchaus nicht auf theoretische Erörterungen ein. Ihre Voraussetzung ist eben der einfache evangelische Glaube, wie ihn die Schrift lehrt. Sie wurde, wie sie ursprünglich für sie bestimmt war, den Lehrern in den Anstalten empfohlen, und in den Conferenzen derselben vorgelesen und besprochen: natürlich, da sie die Grundansichten, welche in der Praxis realisirt werden sollten, enthielten. Dies mochte auch mitwirken, viel später einen neuen Abdruck erscheinen zu lassen.

Dieser theoretischen Schrift sind zwei andere, welche sich ganz auf die Praxis beziehen, beigefügt, die von der größten Wichtigkeit sind, indem sie ein klares Bild von dem damaligen Zustande der verschiedenen von Francke ins Leben gerufenen Schulen und der in denselben befolgten Methode geben. Sie tragen den Titel „Ordnung und Lehrart", die eine „wie selbige in denen zum Waisenhause gehörigen Schulen," die andere „wie selbige in dem Paedagogio zu Glaucha an Halle eingeführet ist." Dem erstern ist nach der Sitte der damaligen Zeit auch gleich der weitere Inhalt hinzugefügt mit den Worten: „Worinnen vornämlich zu befinden, wie die Kinder in und außer der Schul in christlicher Zucht zu halten, und zum Lesen, zierlichen Schreiben, Rechnen, wie auch zur Musik und andern nützlichen Dingen anzuführen sind;" dem andern in ähnlicher Weise: „Worinnen vornämlich zu befinden, wie die Jugend, nebst der Anweisung zum Christenthum, in Sprachen und Wissenschaften, als in der lateinischen, griechischen, ebräischen und französischen Sprache, wie auch in Calligraphia, Geographia, Historia, Arithmetica, Geometria, Oratoria, Theologia, und denen fundamentis Astronomicis, Bota-

nicis, Anatomicis etc. auf eine leichte und kurze Methode zu unter=
richten, und zu den Studiis Academicis zu präpariren sei." Beide
Schriften wurden zugleich in Separatabdrücken ausgegeben.[1]

Was die erstere betrifft, so war eine in allen wesentlichen Puncten
mit derselben übereinstimmende „Schulordnung für die Waisen= und
übrige Schulkinder" bereits in der 1697 erschienenen Historischen Nach=
richt bekannt gemacht, doch weicht in Folge der seitdem eingetretenen
weiteren Entwickelung und Erfahrung diese spätere Redaction von jener
dennoch bedeutend ab: sie ist in vieler Hinsicht ausführlicher und ent=
hält mehrere Abschnitte, die in jener ganz fehlen und nach den dama=
ligen Verhältnissen fehlen mußten. Dies gilt namentlich von den ersten
14 Paragraphen, welche eine vollständige Anschauung von den damaligen
mit dem Waisenhause verbundenen Schulen und den darin erstrebten
Zielen und damit ihres Characters geben, der ihnen auch bei der
späteren Fortführung verblieben ist. Wir setzen dieselben vollständig her,
weil sich darin zugleich die Ueberzeugungen und Bestrebungen Francke's,
soweit sie sich auf die Erziehung der Jugend bezogen, aufs Klarste
abspiegeln, und daraus am besten erkannt werden können. Sie lauten:

§ 1. Zu dem Waisenhaus gehören jetzt 12 Schulen, nämlich drei
Classes oder Schulen derjenigen Waisenkinder, welche zum Studiren
gehalten werden und daher neben der lateinischen Sprache auch Griechisch
und Hebräisch lernen, wiewohl auch darunter sind etliche Bürgers= und
andere Kinder, die eben dergleichen mit lernen. Die Kinder aber in
diesen Schulen waren im neulichsten Examine an der Zahl 56.[2]

Eine Schul der Waisenknaben, die perfect lesen können, und
gleich andern Kindern in den deutschen Schulen unterrichtet werden,
nur daß sie auch zum Theil Lateinisch, die Historie und Geographie
neben den Physicalibus lernen, an der Zahl 35.

1) Beide Schriften sind ebenfalls vollständig abgedruckt in „Kramer, A. H.
Francke's pädagogische Schriften."

2) Genauere Auskunft über diese Classen giebt Francke in den Fußstapfen
§ 24, wo es heißt: „Auch ist Anno 1697 im September eine Schule a part für
diejenigen Knaben, welche die Eltern gern in den fundamentis studiorum wollen
unterrichten lassen, eingerichtet worden, Anno 1699 aber den 8. Maji mit der
Classe derjenigen Waisenkinder conjungiret worden, so in Sprachen und Wissen=
schaften unterrichtet werden — — — nämlich in der lateinischen, griechischen und
hebräischen Sprache, wie auch in der Historie, Geographie, Geometrie, Musica und
Botanica." Es ist der Anfang der lateinischen Schule.

Eine Schul der Waisenknaben, die nicht fertig lesen können oder einen Anfang zum Lesen haben oder noch buchstabiren, an der Zahl 22.

Dieser beiden Schulen (welche in einer großen Stuben beisammen sind) Lernstunden sind meistentheils Vormittag, Nachmittag arbeiten sie unter der Anweisung eines Strickmeisters, und unter der Aufsicht eines Praeceptoris, da die Knaben theils die Wolle reißen und krempeln, theils spinnen, theils stricken.

Zwei Schulen der Armenknaben, da in der einen die größern Knaben, die wohl lesen können, in der andern die kleinern, die einen Anfang im Lesen haben oder buchstabiren, oder das Abc lernen, im Lesen, Schreiben, Rechnen und theils im Lateinischen unterrichtet werden, an der Zahl 59. Diese Knaben werden auch täglich ein oder mehr Stunden zur Arbeit im Stricken angehalten.

Eine Schul der Waisenmägblein, die beisammen allein informiret und zu gewissen Zeiten zu allerhand weiblichen Arbeit, sonderlich im Nähen, Spinnen und Stricken angewiesen werden, an der Zahl 19.

Zwei Schulen der Armenmägblein, eben auf die Weise wie die beiden Armenschulen der Knaben, eingerichtet, an der Zahl 64. Denn auch diese Kinder müssen nach den Lernstunden arbeiten, entweder nähen oder stricken.

Eine Schul von Bürgerskindern, sowohl der Knaben als der Mägblein, an der Kirche, welche von dem Studioso, der das officium des custodis verwaltet, informiret werden. Und dieses ist die größte Schule, an der Zahl 127. Und endlich noch eine Schule im Weingarten, darinnen auch Knaben und Mägblein informiret werden, an der Zahl 22.[1]

Und also sind der Kinder in allen 12 Schulen beim neulichsten Examine, im September gehalten, zusammen gewesen an der Zahl 404.

§ 2. Ob nun wohl eigentlich nur die ersten 6 Schulen zum Waisenhause gehören; jedennoch weil auch die Praeceptores in diesen andern Schulen im Waisenhaus gespeiset und von dem Segen, den Gott zusendet, meistentheils salariret, auch der Stubenzins und Holzgeld bezahlet und denen Kindern in den 4 Armenschulen die Bücher, Papier, Federn und Tinte geschaffet wird, so werden diese Schulen billig zu dem Waisenhaus mit gerechnet. Und weil durch göttlichen Segen der

---

1) Ueber diese beiden letzten Schulen s. Kramer a. a. O. S. 189 Anm.

15*

Bau des Waisenhauses nun meistens vollendet, so sind diese Schulen auch meistens dahin geleget worden.

§ 3. Zu diesen 12 Schulen sind aus denen Studiosis auf die 30 Praeceptores verordnet, da ein jeglicher in einer gewissen Schulen seine gewissen Stunden zu informiren hat.

§ 4. Ueber diese Praeceptores ist auch noch ein Inspector verordnet, welcher nebst einem Vice-Inspectore die Schulen zu besuchen, und sowohl auf die Praeceptores als Kinder Acht zu haben und sie beiderseits, wo es nöthig, ihrer Pflicht zu erinnern pfleget, damit die Information in guter Ordnung zu der Kinder Bestem und von keinem Theile muthwillig was versäumet werde.

§ 5. Damit aber die Schulen in guter Ordnung fortgesetzet und hingegen aller Unordnung, die sich daran ereignen will, bei Zeiten gesteuert, auch das ganze Schulwesen je länger je besser eingerichtet werde, so wird von dem gedachten Inspectore mit denen Praeceptoribus wöchentlich eine Conferenz gehalten, welche mit Gesang und Gebet angefangen und auch wieder mit Gebet geschlossen wird.

§ 6. Die Kinder in allen diesen Schulen werden dahin angehalten, nicht nur alle Tage in der Woche, sowohl Vormittags als Nachmittags, sondern auch Sonntags vor und nach der Predigt in die Schule zu kommen, damit sie immerzu wohl unterrichtet und besto ordentlicher in die Kirche und Betstunde geführet werden können. Denn wenn die Kinder, wie in den meisten Schulen gebräuchlich, Mittwochs und Sonnabends Feiertag haben, und des Sonntags mögen hingehen wohin sie wollen, so wird dasjenige, was sie die Woche über gelernet, meistentheils wieder verderbet, ja sie werden dadurch sehr zerstreuet, und oft sehr verwildert, daß die Praeceptores genug zu thun haben mit dem Anfang der Wochen sie wieder in einige Ordnung zu bringen. Diesem Unheil zuvorzukommen, müssen gedachte Kinder, wie schon gemeldet, täglich in die Schule kommen.[1]

§ 7. Der vornehmste Zweck in allen diesen Schulen ist, daß die Kinder vor allen Dingen zu einer lebendigen Erkennt-

---

[1] Aus demselben Grunde fanden Ferien nicht statt. So viel es möglich war, sollten die Kinder auch in den Schulen unter steter Aufsicht sein, die Francke in den von ihm gegründeten Erziehungsanstalten als absolute Forderung aufstellte (s. unten Ordnung ꝛc. im Pädagogio § 20).

niß Gottes und Christi und zu einem rechtschaffenen Christenthum mögen wohl angeführet werden. Derowegen wird mit ihnen nicht nur fleißig gebetet, sondern auch Gottes Wort und der Catechismus Lutheri sowohl in der Kirchen als Schulen fleißig getrieben. Dabei sie denn auch angewohnet werden, selbsten aus ihren Herzen zu Gott, ihrem Vater im Himmel um den heiligen Geist, seine Gnade, Erkenntniß, Glauben, Liebe, Gehorsam ꝛc. im Namen Jesu Christi zu beten, und also zugleich die erlerneten Sprüche Heiliger Schrift füglich und andächtig ins Gebet zu bringen.

§ 8. Daher werden die Kinder, die nicht zum Studiren angehalten werden, aber doch den Catechismum Lutheri auswendig können, außer dem, was die Praeceptores in Schulen treiben, täglich eine Stunde vor der Betstunde durch einen gewissen Catechetam im Catechismo unterrichtet. Darauf werden sie und die andern Kinder alle mit einander durch ihre Praeceptores in die Betstunde geführet, allwo entweder die gehaltene Predigt catechetice wiederholet, oder auch ein Stück aus dem Catechismo examiniret wird. Und damit sie auch die Lieder verstehen lernen, so wird ihnen auch Sonnabends in dieser Betstunde das Lied, so den folgenden Sonntag gesungen wird, catechetice erklärt.

§ 9. Obwohl sonsten die Kinder aus allen Schulen, nebst dem Paedagogio in den Betstunden vor dem Altar gestanden und examiniret worden, so hat doch solches, weil die Kinder sich gemehret, und der Raum zu enge worden, bisher nicht mehr geschehen können. Daher geschicht es nun, daß nur etliche Schulen auf einmal wechselsweise zum Examen vor den Altar geführet werden, und also alle Tage andere Kinder vor den Altar kommen.[1]

§ 10. Wenn aber gewisse Schulen vor dem Altar stehen und examiniret werden, so müssen unterdessen die Kinder aus den andern Schulen, welche entweder auf den Porkirchen, oder anderswo in der Kirchen unter der Aufsicht ihrer Praeceptorum sich befinden, zuhören und auf das Examen Acht haben. Und damit die Kinder solches desto eher thun mögen, so werden sie, sonderlich des Sommers nach gehaltener Betstunde von ihren Praeceptoribus in einen gewissen Hof

---

1) Ueber die Einrichtung dieser Betstunden s. Kramer, Vier Briefe A. H. Frandes S. 35 flgde.

nahe am Pfarrhaus, geführet, nach ihren Schulen ordentlich gestellet und von dem Inspectore kürzlich befraget, was sie aus dem Examine behalten, da denn öfters die kleinsten Kinder etwas zu sagen wissen.

§ 11. Das andere, was in diesen Schulen geschieht, ist, daß die Kinder auf eine deutliche Art im ABC, im Buchstabiren, Lesen, Rechnen, Schreiben 2c. unterrichtet werden, wie davon deutliche Nachricht folget. Daher es denn kömmt, daß manche kleine Kinder von 3 und 4 Jahren nicht nur buchstabiren, sondern auch gar fein lesen können, auch über dieses wöchentlich ihre Sprüche lernen.

§ 12. Was aber die ersten 3 Schulen oder Classen der Waisenknaben, darunter auch Bürgerskinder sind, anlanget, so werden darinnen nur solche Knaben, die nächst dem Lesen auch im Lateinischen decliniren können, aufgenommen. Und weil sie, wenn es sein will, studiren sollen, so werden sie nächst dem, daß sie im Grund des Christenthums unterrichtet werden, in denen drei Hauptsprachen, als in der Lateinischen, Griechischen und Hebräischen Sprache, wohl informiret, wie denn manche unter ihnen, sonderlich die in der ersten Classe sind, darinnen gar feine profectus haben, daß sie nicht nur im Lateinischen ein ziemliches (d. h. gutes) Exercitium machen, sondern auch im Griechischen das N. T. und im Hebräischen die Bücher Mosis und die Psalmen exponiren können. Fernerweit werden sie nicht nur im Schreiben und Rechnen, sondern auch in Historicis, in Geographicis, Physicis et Botanicis, wie auch in Musica und Mathesi dann und wann in gewissen Stunden informiret. Anjetzo lernen auch 8 Waisenknaben das Arabische, darinnen sie schon feine profectus haben.[1]

§ 13. Hierbei ist aber zu wissen, daß diese 3 Schulen oder Classen, obwohl die Knaben derselben in Linguis und andern Scientiis informiret werden, doch nicht etwan zu dem Paedagogio gehören.

---

1) Die Veranlassung hiezu gab der gelehrte Araber Salomo Negri aus Damascus, der auf seinen Reisen in Europa 1701 auch nach Halle kam, sich hier längere Zeit aufhielt und in enge Beziehung zu den verschiedenen Anstalten Franckes, namentlich zu dem Collegium orientale trat, von dem weiter unten die Rede sein wird. Francke ergriff diese Gelegenheit mit Eifer, um befähigte Knaben in diese Sprache, theils um ihrer selbst willen, theils wegen des Zusammenhangs derselben mit dem Hebräischen, einzuführen. Wie energische Maaßregeln er nach seiner Weise traf s. in Kramer, A. H. Franckes pädagog. Schriften S. 192 Anm. Ueber Negri s. Franckens Stiftungen I, 236 flgde.

Denn eine andere Anstalt ist das Paedagogium, darinnen nur solche Knaben informiret werden, welche die Information bezahlen können, und also zum Waisenhause ganz nicht gehöret, eine andere aber diese 3 Classen, so eigentlich um der größern Waisenknaben willen, die studiren sollen, angestellet und eingerichtet sind, wiewohl anjetzo fast über die Hälfte auch Bürgerskinder darunter sind.

§ 14. Von den Schulen insgemein, die zum Waisenhaus gehören, ist auch dieses noch zu merken, daß allen Kindern, die darinnen informiret werden, wöchentlich eine Ergötzlichkeit zur Aufmunterung gemachet wird. Denn Sonnabends eine Stunde vor der Betstunde kommen sie mit ihren Praeceptoribus alle zusammen entweder auf den Hof, der nahe an der Pfarre ist, oder ins Waisenhaus im Speise-saal, da der Inspector erstlich ein Lied mit ihnen singet, das morgende Evangelium oder Epistel in der Kürze catechetice erkläret und dessen Nutzen zeiget, darauf mit einem Paar Versen eines Lieds den Schluß machet und wenn es die Zeit leiden will, auch betet, und also eine Vorbereitung machet auf den morgenden Sonntag. Wenn nun dieses geschehen, so werden allen Kindern entweder Semmel oder Obst, als Birn, Pflaumen rc. und was man am besten haben kann, ausgetheilet, worüber sonderlich die kleinen Kinder eine große Freude bezeugen. Daher auch manche gutthätige Herzen öfters bewogen werden, das Geld zu solcher Austheilung der Semmel oder Obst zu verehren, damit sie also auch Theil an solcher Kinder Freude und Ermunterung haben möchten." [1]

Mit diesem Paragraphen, welcher die liebevolle Gesinnung Franckes der Jugend gegenüber, aus der ja überhaupt alle seine so aufopferungsvollen Bestrebungen für dieselbe hervorgiengen, besonders hell hervorleuchtet, schließt der allgemeine Theil der die Schulen des Waisenhauses betreffenden Schrift. Der darauf folgende, die Behandlung der einzelnen Unterrichtsgegenstände betreffende, eigentlich technische Theil hat für den vorliegenden Zweck, wie wichtig er auch für die Kenntniß der damals befolgten Methode ist, keine Bedeutung.

---

1) Diese Vertheilung wurde, wohl in Folge des weitern Anwachsens der Schülerzahl, später auf die jährlich viermal stattfindenden Examina beschränkt, nach denen Francke einige Tage darauf eine Ermahnung an die Kinder zu halten pflegte, und ein Büchlein (meist eine Predigt) nebst obigen Gaben vertheilen ließ.

In ihrem wesentlichsten Ziele übereinstimmend, im Uebrigen aber in Folge der von Anfang an hochgestellten Aufgaben in hohem Grade verschieden ist die zugleich publicirte Ordnung und Lehrart des Pädagogiums. Diese Anstalt ist die eigenthümlichste und pädagogisch wichtigste Schöpfung Franckes (die lateinische Schule ist in ihrer Einrichtung durchaus, soweit es angieng, eine Nachbildung derselben), und es ist deshalb nöthig, dieselbe wenigstens ihren Grundzügen nach kennen zu lernen. Denn sie gewährt einen lebendigen Einblick in die Tiefe und zugleich die Weite seines pädagogischen Blicks, sowie in seine Energie bei der Durchführung seiner Gedanken und der Ueberwindung der denselben entgegentretenden Schwierigkeiten.

Die Veranlassung zu dieser Anstalt ist oben (s. S. 166) nach Franckes eigner Darstellung erzählt. Francke sah darin einen Fingerzeig Gottes, und da zu den zuerst ihm zugesandten Kindern bald mehrere andere hinzukamen, erwuchs ihm bald der Gedanke, wie in der bereits begonnenen Armenschule für die Erziehung der armen Kinder, so auch für die solcher, welche den bemittelten Ständen angehörten, die sein Interesse nicht weniger als jene in Anspruch nahmen, durch eine angemessene Einrichtung zu sorgen.¹ Diese Einrichtung wurde bereits 1696 in einem Aufsatz dargelegt, „worinnen", wie es in einer der betreffenden Ordnung vorausgeschickten „Kurzen Nachricht, wie das Pädagogium angefangen und bishero fortgesetzet ist" heißt, „weitläuftig enthalten war, wie das Werk fortgeführet werden sollte: es wurde auch darinnen denen Praeceptoribus vorgeschrieben, was vor einer Methode sie sich sowohl bei der Information, als übrigem Umgang mit den Kindern gebrauchen sollten. Dieser Aufsatz ist bishero das Fundament gewesen, wonach man sich meistentheils gerichtet; denn obgleich mit der Zeit bei veränderten Umständen darinnen vieles müssen geändert werden, hat man ihn doch als eine stete Richtschnur beibehalten, die Praeceptores darauf gewiesen und ihn öfters durch-

---

1) Er dachte dabei keineswegs ausschließlich an Kinder vornehmer Familien, wie denn auch die Zöglinge der ersten Jahre überwiegend bürgerliche waren. Für Kinder solcher Familien hatte er im Sinne, ebenfalls eine Anstalt zu errichten, wovon der Entwurf vorliegt, und in „Kramer, A. H. Franckes pädagogische Schriften" S. 506 abgedruckt ist. Sie kam nicht zu Stande und das Pädagogium trat dann später thatsächlich an ihre Stelle.

gegangen.“ [1] Der darin aufgestellte Plan weicht sowohl in den gestellten Aufgaben, als auch in den zur Erreichung derselben getroffnen Einrichtungen und angenommenen Methoden völlig von dem ab, was bisher in den höhern Schulen gegolten hatte, und eröffnete vielfach neue Bahnen, wodurch nach den verschiedensten Seiten hin ein wichtiger Anstoß gegeben wurde.

In Bezug auf den Unterricht wurde, abgesehen von dem, was sich auf die Religion als die Hauptsache bezieht, neben entschiedenem Festhalten der drei alten Sprachen, des Lateinischen, Griechischen und Hebräischen, als des Kerns aller höhern Bildung, von Anfang an Geschichte, Geographie und Mathematik, sowie andere sogenannte Realien herangezogen, denen sich sehr bald die deutsche Oratorie und das Französische anschloß. [2] Dabei übte den allergrößten Einfluß auf die Gestaltung der Anstalt der Umstand, daß sie ebenso Erziehungsanstalt wie Schule war, und die in dieselbe eintretenden Kinder auf sehr verschiedenen Bildungsstufen standen, denen der Unterricht entsprechen mußte; ferner daß Francke, da die Anstalt vollständig Privatsache war, sich, durch keine Behörde behindert, durchaus frei bewegen konnte. Der wichtigste Unterschied derselben von der bisher in allen Unterrichtsanstalten befolgten Ordnung bestand in dem anstatt des Classensystems in derselben eingeführten Fachsystem, wonach ein jeder Zögling in jedem besondern Fache der dem Standpunct seiner Kenntnisse entsprechenden Classe zugewiesen wurde. In dieser Einrichtung sah Francke einen ganz besondern Vorzug der neuen Anstalt, und fand darin gar manche Zustimmung. Sie wurde ebenfalls in der später entstandenen lateinischen Schule eingeführt, und nicht allein in beiden Anstalten lange, bis in die neueren Zeiten, festgehalten, sondern auch in mehreren andern angenommen.

Die Ausführung dieses neuen Plans begegnete indessen außerordentlichen Schwierigkeiten. Da kein Local vorhanden war, in welchem die Zöglinge zusammen wohnen, speisen und unterrichtet werden

---

1) Dieser Aufsatz ist handschriftlich noch vorhanden und die Hauptpuncte daraus sind mitgetheilt von Kramer a. a. O. S. 280. Eben dort ist die daran sich knüpfende weitere Entwickelung der diese Anstalt betreffenden Grundsätze eingehend dargelegt.

2) Eingehender wird darüber nach der vollen Ausgestaltung der Anstalt durch Hieronymus Freyer später gehandelt werden.

konnten, wie bei Einrichtung einer solchen Anstalt als selbstverständliche Voraussetzung angenommen zu werden pflegt, so mußten sie (und ihre Zahl wuchs so rasch, daß bis Ende 1697 bereits 69 aufgenommen wurden) in verschiedenen Bürgerhäusern untergebracht werden, in denen sie mit ihren Lehrern wohnten, speisten und unterrichtet wurden. Wie schwierig unter diesen Umständen die Durchführung eines so complicirten Systems wie das Fachsystem ist, sein mußte, ist klar. Es bedurfte, um der Aufgabe zu genügen, der ganzen Hingebung der damit betrauten Lehrer, sowie der Energie Franckes, der, obwohl nicht unmittelbar dabei betheiligt, doch Alles mit seinem Eifer und festem Willen trug. Aeußern Vortheil oder Gewinn hatte Niemand, denn die den Lehrern gewährten Honorare waren äußerst gering. Es galt, dem Reiche Gottes in der Erziehung der Jugend zu dienen. Dazu kam die Schwierigkeit, geeignete Lehrer, und namentlich in so großer Zahl, wie sie jenes System forderte, zu finden, und sie, wenn sie gefunden waren, zu halten. Es waren hier, wie bei den andern Anstalten lauter Studenten. Der Wechsel derselben, in den ersten Jahren auch unter den Inspectoren, war häufig. Die daraus hervorgehenden Mängel machten sich, wie aus den noch vorhandenen Acten hervorgeht, oftmals fühlbar. Aber sie schreckten Francke nicht, er entwickelte auch in dieser Sache eine außerordentliche Ausdauer.

Von großer Bedeutung war auch für diese Anstalt das Jahr 1698. In diesem Jahre trat in die Stelle des Inspectors der damals erst 22 Jahr alte Richter, und obwohl er sie nur ein Jahr hindurch bekleidete, wurde in einer Reihe von ihm gehaltener Conferenzen der einzuhaltende Gang und die Ordnung der Unterrichtsgegenstände so festgestellt, wie sie seitdem beibehalten sind. In diesem Jahre begann Francke auch, mit Publicationen über die neue Anstalt hervorzutreten, theils in lateinischer, theils in deutscher Sprache.[1] Eine derselben, die unter dem Titel „Einrichtung des Paedagogii zu Glaucha an Halle, Anno 1699 im Februario" erschien, hatte er vor ihrer Veröffentlichung mehreren Freunden, namentlich den erfahrenen Schulmännern Lange und Vockerodt und auch Thomasius vorgelegt. Jene stimmten im Wesentlichen bei, wogegen dieser, außer einigen zum Theil nicht unbegründeten, eine große Anzahl höchst wunderlicher,

---

1) Das Nähere s. bei Kramer a. a. O. S. 282 flgde.

ja mitunter geradezu abgeschmackter Einwürfe erhob, welche handschriftlich vorliegen.[1] Diese übertriebenen Ansichten des überhaupt
zu Extremen geneigten Mannes mochten durch die Schriften des Mysti-
kers Poiret, die er in der Vorrede zu einer neuen Ausgabe der
Schrift desselben de eruditione solida, superficiaria et falsa empfohlen hatte, vielleicht auch durch die von Arnold, den er sehr hoch
schätzte, 1698 bei Niederlegung seiner Professur unter dem Titel „Offenherzige Bekenntniß" 2c. herausgegebene Schrift, von der unten die
Rede sein wird, herbeigeführt sein. Francke ließ sich durch dieselben
nicht im Mindesten irre machen, nahm aber doch sowohl in einer
1700 unter dem Titel „Erläuterung der 1699 edirten Einrichtung
des Paedagogii ...... zu wahrer Nachricht und Ablehnung vieler
davon hin und wieder gefasseten ungleichen Gedanken entworfen" herausgegebenen Schrift, als auch in der nunmehr erschienenen abschlie-
ßenden „Ordnung und Lehrart des Pädagogii" vielfach Bezug darauf,
ohne jedoch Thomasius zu nennen.

Inzwischen hatten sich die äußern Verhältnisse insofern günstiger
gestaltet, als nach der Uebersiedlung der Waisenkinder in den goldenen
Adler, welche auch 1698 stattfand (s. S. 173), das von ihnen bis
dahin bewohnte Haus in der Mittelwache, nachdem es durch ein im
Hofe erbautes Seitengebäude vergrößert war, dem Pädagogium überwiesen wurde, dessen Zöglinge wenigstens großentheils dort Raum
fanden; auch wurden denselben in einem gemietheten Hause, dem frühern Gasthofe zur goldnen Krone in der Mauergasse, mehrere Räume
zu Lehrzimmern überwiesen.

Ueberschaut man diese Entwickelung der Anstalt und die derselben
gewidmete Thätigkeit, die neben den vielen andern Aufgaben, die
Francke in Anspruch nahmen, und dem gerade in dieser Zeit so heftig
entbrannten Kampfe mit der Hallischen Geistlichkeit hergieng, so kann
man sich einer tiefen Bewunderung der geistigen Kraft und der uner-

---

1) Eine Auswahl derselben ist mitgetheilt von Kramer a. a. O. S. 283 flgde.
Er geht darin so weit, die Berechtigung öffentlicher Schulen, die „aus menschlichen
und heidnischen Absichten erfunden und von Christus und den Aposteln nirgends
befohlen seien" in Frage zu stellen. Die in Bezug auf dieses Gutachten von Thomasius gegen Francke erhobene Anklage, daß derselbe, obwohl es hätte geheim gehalten werden sollen, es den Lehrern mitgetheilt habe, erwähnt Tholuck, Gesch. des
Rationalismus I, S. 109. Ob die Anklage begründet war, steht dahin.

müblichen Thätigkeit nicht erwehren, die sich in allen diesen Beziehungen offenbarte, und die nur in seinem festbegründeten Glauben und der darauf beruhenden vollen Hingabe an den Dienst des Nächsten ihre Erklärung findet. Zugleich ist es begreiflich, wie dieselbe bei allen unbefangenen Beurtheilern und namentlich auch bei der Regierung die größte Anerkennung gewinnen mußte.

Was nun den wesentlichen Inhalt der betreffenden Ordnung und Lehrart anlangt, so wird es nöthig sein, aber auch ausreichen, die Hauptpuncte mitzutheilen.

Den Zweck der Anstalt betreffend heißt es (Sect. II, § 3): „Wie nun bei einer guten Erziehung fürnehmlich auf viererlei zu sehen, nämlich daß die Jugend 1) in der wahren Gottseligkeit, 2) in nöthigen Wissenschaften, 3) zu einer geschickten Beredtsamkeit, 4) in äußerlichen wohlanständigen Sitten einen guten Grund legen möge, als worinnen das Fundament ihrer zeitlichen und ewigen Wohlfahrt bestehet: also ist auch das Pädagogium dahin eingerichtet, daß man diesen vierfachen Zweck möglichstermaaßen erhalten möge." Eine nähere Bestimmung findet sich § 17, wo es heißt: „Der Hauptzweck, welcher vornämlich bei dem Paedagogio intendirt wird, bestehet darinnen, daß die Jugend nicht allein im Grunde des Christenthums wohl unterrichtet, zur Erkenntniß Gottes und ihrer selbst geleitet, und wie man durch Christum zum Vater kommen solle, sorgfältig angeführet werde, sondern daß sie auch durch fleißige und liebreiche Ermahnungen und gute Exempel, welche, zumal bei der Jugend das Meiste auszurichten und bei denen Gemüthern zum Festesten sich einzusetzen pflegen, zur wirklichen Ausübung der gefaßten Lehren möge erwecket werden.

§ 20. Bei dieser Einrichtung ist eines von denen Hauptstücken, daß die Untergebenen stets in der Gegenwart und Aufsicht der Informatorum gehalten werden, wodurch nicht allein verhindert wird, daß die innerliche Bosheit äußerlich nicht ausbrechen kann, sondern weil ihnen alle Gelegenheit abgeschnitten wird, werden auch die innerlichen Begierden nach und nach geschwächet, und die durch üble Auferziehung gewohnte Laster ihnen wieder abgewöhnet 2c.

§ 23. Die Classes discipulorum sind also eingerichtet, daß einer nicht nur in eine Classe, wie es sonsten in Schulen gebräuchlich ist, sondern in unterschiedliche gebracht wird. Denn es kann einer z. E. in der lateinischen Sprache in die erste, in der griechischen in die andere lociret werden, nachdem er nämlich in einem größere, im andern geringere Profectus hat; und wird nur darauf gesehen, daß einer in einer jeden Sache, darinnen er informiret wird, commilitones von gleichen profectibus findet.

§ 25. Es darf ein Scholar nicht mehr als dreierlei Dinge auf einmal und zugleich treiben, damit keiner mit Arbeit überladen, noch durch Vielheit der Dinge confundiret, sondern das Wenige mit desto größerem Fleiß und soviel gründlicher tractiret und hurtiger zu Ende gebracht werde. Es wird auch keiner eher zu etwas anders gelassen, als bis er das erste wohl gefasset. Also mag einer zugleich lernen die lateinische und griechische, oder die lateinische und hebräische, oder die lateinische und französische Sprache, wie es nämlich eines jeden Zweck und Umstände mit sich bringen, und nächst dem kann er im Schreiben, oder in der Geographie und, wenn dieses erlernet, in einer andern Wissenschaft informiret werden.

§ 26. Alle überflüssige Weitläuftigkeit, welche der Jugend mehr schädlich als nützlich ist, wird nach aller Möglichkeit vermieden und nur darauf gesehen, daß man das Fundament und was nächstdem in jeder Disciplin zu wissen nöthig accurat inculcire, damit jede Disciplin vor dem Examine, welches allemal nach Verfließung 16 Wochen pfleget gehalten zu werden,[1] könne absolviret und die Untergebene sodann zu einer andern angeführet werden. Damit man auch desto besser wahrnehmen könne, ob die Information ordentlich fortgehe, oder ob damit zu langsam verfahren, oder gar zu sehr geeilet werde, wird alle 8 Tage ein Buch herumgegeben, worein die Informatores notiren, wieviel von Wochen zu Wochen absolviret worden rc.

§ 27. Damit aber diejenigen, welche bereits eine Disciplin tractiret und eine andere angefangen, die erste nicht wieder vergessen möchten, wird selbige Mittwochs und Sonnabends justa serie repetiret. Diesen Repetitionsstunden müssen alle, welche jemals in solcher Disciplin informiret worden, beiwohnen. Auch ist der Informator gehalten, selbige sowohl, als die ausführliche Tractation vor

---

1) Es waren demnach jährlich 4 Examina, von denen 2 solemnia, 2 minus solemnia waren. Die erstern dauerten 3 Tage und es fanden Einladungen dazu statt.

dem Examine zu absolviren, damit nach dem Examine nebst denen neuen Lectionibus zugleich die Repetition wieder vom Anfange vorgenommen werden kann 2c. In den nächstfolgenden Paragraphen wird die hiebei befolgte Behandlung näher auseinander gesetzt.

§ 30. Eines von den vornehmsten Stücken, welche die Informatores zu observiren haben, ist, daß sie der Jugend zum öftern und aufs Deutlichste zeigen, daß alle Gelehrsamkeit und alles Wissen eitel und thöricht sei, wenn es nicht die wahrhaftige und lautere Liebe gegen Gott und Menschen zum Grunde habe. Inmaßen der Apostel sowohl als die tägliche Erfahrung bezeuget, daß das Wissen ohne Liebe aufblähet.

In den folgenden Paragraphen ist die Rede von der Relaxation, welche in Drechseln, in Zeichnen, Glas schleifen, Kupferstechen, oder Holz sägen, Führen in den Garten oder das Feld oder in den Buchladen, zu Handwerkern und Künstlern bestand. Auch sonstige Recreationen werden geboten, wie durch Besuch der angelegten Naturalienkammer, wobei allerlei aus der historia naturalis mit unterschiedenen Experimenten beigebracht wird. Des Sommers werden die Scholaren Mittwochs und Sonnabends auf das Feld geführt und lernen dabei die Botanicam, darauf sie die gesammelten Kräuter in die Herbaria viva eintragen. Des Winters werden um dieselbe Zeit ihnen die fundamenta Anatomiae nicht allein in guten dazu dienlichen Kupfern, sondern auch zu mehreren malen an einem Hunde gezeigt. Weil aber wegen der Menge der Scholaren nicht alle zugleich dazu gebracht werden können, wird mit den übrigen nach Beschaffenheit der Zeit und Gelegenheit etwas anderes vorgenommen.

Weiter werden die Maaßregeln dargelegt, durch welche die Zöglinge zu äußerlich wohlanständigen Sitten (zur Unterweisung darin war wöchentlich eine Stunde bestimmt) als namentlich zu Gehorsam und guter Ordnung in allen Dingen angeleitet werden, wobei das Nähere der Eintheilung des Unterrichts und der sonstigen Beschäftigung der Zöglinge während des Tages angegeben ist, was hier mitzutheilen zu weit führen würde. Bemerkenswerth aber ist § 39, worinnen es heißt: „Hiebei ist noch zu erinnern, daß die Scholaren nicht verbunden sind, daß sie alle Disciplinen mit tractiren müssen; sondern es wird theils auf die Capacität eines jeglichen, theils auf den Zweck, den die Eltern selbst mit den Kindern haben, gesehen. Gleichwie es auch keine Nothwendigkeit ist, daß in einem Vierteljahre alle erzählte Sprachen und Wissenschaften dociret werden müssen; sondern es wird praesupponiret, daß dergleichen Discipuli vorhanden seien, denen es nöthig oder nützlich ist; widrigenfalls kann man auch das eine und das andere weglassen."

In den letzten 10 Paragraphen wird von der Handhabung der Zucht und insbesondere und ausführlich von den mancherlei Schwierigkeiten gehandelt, die für den Erfolg der angewandten Bemühungen aus dem Verhalten der Eltern ihren Kindern gegenüber erwachsen. Was die erstere anbetrifft, so ist der § 41 characteristisch, in dem es heißt: „Der Inspector Paedagogii und die Informatores habe ihre gewisse Instruction, nach deren Richtschnur sie das ganze Werk führen. Denen Scholaren sind auch gewisse Leges, welche zu Ende dieser Section angehanget sind, fürgeschrieben, nach welchen sie sich zu halten haben. Man erwartet aber den Segen nicht von menschlicher Klugheit und Arbeit, sondern von dem unendlichen Erbarmen Gottes. Weswegen die sämmtlichen Praeceptores wöchentlich in einer gewissen Stunde sich mit einander im Gebet vereinigen, darinnen sie das ganze Werk Gott vortragen und ihn um Segen und Gnade anflehen, daß Alles zu einem erwünschten Zweck und seiner Ehren möge ausgeführet werden."

Schließlich ist die Erklärung, die im § 49 gegeben wird, wichtig: „Sonsten giebet man das Werk selbst nicht dafür aus, ob habe es bereits eine solche Vollkommenheit erreichet, daß nun nichts mehr daran zu desideriren und zu verbessern stünde, sondern man beliberiret fast täglich darüber, wie es immer in bessere Verfassung und Ordnung gebracht werden möge; man conferirt mit schulverständigen Männern und bemühet sich, alles was man vor die Jugend nützlich erkennet, zu practiciren." Und das war keine bloße Redensart, sondern es geht aus vielen, jetzt noch vorhandenen schriftlichen Aufzeichnungen hervor, wie sehr Francke, obwohl er in dem letzten, dem 50. Paragraph, mit vollem Rechte von dem Segen redet, „den Gott dem Werke bishero beigelegt, und für den man bemüthiglich zu danken hohe Ursache habe," es sich angelegen sein ließ, dasselbe zu immer größerer Vollkommenheit zu führen. So berichtet er denn auch ausdrücklich in der 1707 erschienenen III. Fortsetzung der Fußstapfen, „daß in dem Methodo Paedagogii, so vor einigen Jahren herauskommen, von der Zeit an, da solcher ediret worden, sehr vieles geändert und gebessert ist." Es ist ebenda hinzugefügt, daß „solcher Methodus weit ausführlicher von dem jetzigen Inspectore des Paedagogii, Herrn Hieronymo Freyer, in lateinischer Sprache abgefasset ist, und zu bequemer Zeit ediret werden soll." Dies ist jedoch nicht geschehen. Erst 1721 erschien eine, ohne Zweifel von Freyer verfaßte, obwohl von Francke mit einem kurzen Vorbericht nach seiner Prüfung und Billigung herausgegebene „Verbesserte Methode des Paedagogii Regii zu Glaucha vor Halle."[1] Sie bezieht sich wesentlich auf den Unterricht im Einzelnen, welcher ebenfalls in der zuerst erschienenen Ordnung, Sect. III, ausführlich besprochen ist. Darauf näher einzugehen, liegt hier fern, nur dies mag bemerkt werden, daß in Bezug auf die Erlernung der fremden Sprachen der oben S. 15 und S. 124 angedeutete Gang vorgeschrieben ist, wonach die Schüler möglichst rasch in die Lectüre der Schriftsteller eingeführt wurden, ohne jedoch die Behandlung der Grammatik bei Seite zu setzen: eine Methode, welche unter Voraussetzung richtiger Handhabung und nicht zu zahlreicher Classen, wie sie in dem Päda- gogium und überhaupt in den Schulen Franckes nicht vorhanden waren, nach vielen Seiten empfehlenswerth ist.

Im Uebrigen ist der oben geschilderten Einrichtung in mancher Beziehung mit Recht eine zu große Enge und Aengstlichkeit vorge- worfen. Dahin gehört namentlich die geforderte unausgesetzte Aufsicht, auf die Francke sehr großes Gewicht legte, und der Ausschluß freierer jugendlicher Spiele. Beides gieng aus dem mit dem ernsten Trachten nach Gottseligkeit, welches dem Pietismus eigen war, verbundenen Streben, jedes mögliche Hinderniß derselben fernzuhalten, hervor. Die letztere Maaßregel hatte indessen ihren Grund wenigstens zum Theil auch darin, daß es der Anstalt, bis dieselbe in das für sie erbauete, ihren Zwecken angemessene Gebäude verlegt wurde, was erst 1713 geschah, an einem angemessenen Raume dazu fehlte. Aber auch später wurde in dieser Beziehung mit großer Aengstlichkeit verfahren. Daraus erwuchsen bei der natürlichen und auch berechtigten Neigung der Jugend, ein gewisses Maaß freier Bewegung in Anspruch zu nehmen, gar manche disciplinarischen Schwierigkeiten, wovon die ausführlichen,

---

1) Sie ist abgedruckt bei Kramer a. a. O. S. 357 flgde.

noch vorhandenen Conferenz-Protocolle Auskunft geben. Dieselbe Aengstlichkeit zeigte sich auch in Bezug auf die Wahl der behandelten classischen Schriftsteller, von denen alle diejenigen, durch deren Lectüre nur irgendwie ein der strengsten Sittlichkeit nachtheiliger Einfluß herbeigeführt werden konnte, insbesondere die classischen Dichter, ausgeschlossen waren. Dazu wirkte allerdings auch wesentlich die ganze Stellung, die man schon längst allgemein den classischen Litteraturen gegenüber eingenommen hatte, indem man an ihnen einestheils nur die Sprache, ganz äußerlich formal genommen, anderntheils den Inhalt nur insofern schätzte, als er der Gelehrsamkeit diente. Von ihrer Bedeutung für eine freiere Entwickelung und Bereicherung des jugendlichen Geistes hatte man keine Ahnung. Darum wurden von Francke anstatt der heidnischen christliche Autoren, wie Makarius und Prudentius, zur Lectüre herangezogen, wozu später die von Freyer herausgegebenen Fasciculi, welche Stücke verschiedener Dichter in den gebräuchlichsten Versarten enthielten, kamen.

Daß Francke indessen in dieser Beziehung sich vor den Extremen hütete, zu denen damals in der mächtig erwachten religiösen Erregung nicht wenige, auch bedeutende Männer (wie oben in Bezug auf Thomasius angedeutet wurde) neigten, zeigt ein Vorgang unter den Lehrern des Pädagogiums in den ersten Jahren seines Bestehens, der sowohl an sich, als auch wegen der Art, wie Francke diesen schwierigen Fall behandelte, merkwürdig ist, und deshalb eine Mittheilung verdient. Die ausführliche Darlegung desselben findet sich in den Acten des Königl. Pädagogiums und ist daraus bereits anderwärts mitgetheilt.[1] „Um diese Zeit (im Sommer 1698)" heißt es, „war auch eine sonderliche Bewegung unter denen Praeceptoribus, also daß sie sich unter der Zeit, als der Herr Prof. Francke nach Berlin verreiset war, vereinigt hatten, keine heidnische Autores mehr mit den Kindern zu tractiren, worinnen sie durch die herausgegebene offenherzige Bekenntniß Arnoldi[2] noch mehr gestärket worden: also daß

---

1) s. Kramer, a. a. O. S. 287.

2) Es ist die 1698 anonym unter dem Titel „Offenherzige Bekänntniß, welche bei unlängst geschehener Verlassung eines academischen Amtes abgelegt worden" erschienene Schrift gemeint, welche von Gottfried Arnold bei Niederlegung seiner Professur in Gießen verfaßt ist. Obwohl von der classischen Litteratur im Besondern nicht die Rede darin ist, geht doch durch die ganze Schrift ein tiefer Wider-

einige wirklich anfiengen, den Ciceronem wegzulegen und den Pru-
dentium an dessen Stelle zu gebrauchen, ein anderer, welcher den
Scholaren loco exercitiorum eine Disputation ins Latein zu über-
setzen de puritate styli dictiret, und sonderlich puritatem Ciceronia-
nam recommandiret hatte, fieng an, die lateinische Sprache und sonderlich puritatem linguae aufs Höchste herunter zu machen, daß die
Scholaren darüber nicht wenig in Confusion gebracht wurden. Indessen
kam Herr Professor Francke wieder nach Hause, und wollte durchaus
nicht bewilligen, daß die Autores sollten verändert werden, sondern
die Praeceptores sollten den Ciceronem nach wie vor tractiren, welches die meisten unter ihnen zwar thaten, doch waren sie im Gemüth
dabei sehr niedergeschlagen: einer aber blieb beständig bei seinem Vor-
satze und nahm sich vor, bei dem Examine, so jetzt gehalten werden
sollte, die Praeceptoratur aufzugeben und den Greuel des Studierens
und der Schulen, sie möchten eingerichtet sein, wie sie wollten, öffentlich vorzustellen. Indem er aber damit umgehet, lässet der Professor
Francke, ohnwissend, was dieser zu thun willens war, sämmtliche Praeceptores nach Giebichenstein berufen, daselbst ohne Hinderniß mit ihnen
zu reden und ihre dubia gründlich zu beantworten, welches auch dergestalt gesegnet war, daß eine völlige Harmonie daraus erwuchs und
ein jeder fröhlich wieder an seine Arbeit gieng, ausgenommen daß der
eine sein Gewissen nicht völlig befriedigen konnte, und also bat, daß
er mit lateinischen Lectionibus möchte verschonet bleiben, welches man
ihm auch gerne bewilligte. Doch fuhr er fort, noch immer auf die
lateinische und heidnische Autores zu schelten, so daß sich die Kinder
beschwerten, sie wüßten nicht, was sie thun sollten, einer lobe, der
andere schelte dieses, einer billige, der andere verwerfe dieses. Daher
redete der Herr Professor Francke nochmals mit ihm von der ganzen
Sache, und überzeugte ihn endlich so weit, daß, ob er es gleich selbst
nicht tractiren wollte, er es doch auch nicht als sündlich verwerfen
sollte. Nach einiger kurzen Zeit aber berichtet eben dieser durch ein
lateinisches Briefchen mit freudigem Gemüthe, daß ihn Gott bei Erwä-

---

willen gegen alle weltliche Gelehrsamkeit, deren Königin die Vernunft sei, und ein
Dringen darauf „anstatt aller ausgehauenen Brunnen aus dem unendlichen Ueberfluß des Brunnens des Lebendigen und Sehenden Alles zu nehmen, auch Gnade
um Gnade."

gung des 37. Psalms überzeuget hätte, daß das Studieren nicht allein
nicht sündlich, sondern auch nach gegenwärtigen Umständen der Zeit
nützlich, wo nicht nöthig zu gebrauchen wäre. Welches denn die übrigen Praeceptores zugleich mit aufrichtete und befestigte, also daß dieses
Werk von nun an in guter Einigkeit wieder konnte fortgeführet werden." So bewährte Francke auch hier, wie in der Behandlung der
oben (s. S. 235) erwähnten Einwürfe des Thomasius, trotz der von
ihm so stark betonten Gottseligkeit als des wichtigsten Ziels der Erziehung, die ruhige Klarheit und Besonnenheit des Urtheils, die er stets
bewiesen hatte, und zugleich die Liebe und Weisheit in der Behandlung jüngerer Leute, die ihm eine so große Macht über dieselben gab.
Freilich waren durch die ganze Richtung seines Geistes, durch welche
all sein Thun beherrscht war, Schranken bedingt, die er nicht zu über-
schreiten vermochte, und die sich auch in dem Unterrichtsplan des
Pädagogiums geltend machten, eine so ausgezeichnete Stelle derselbe
auch in der Geschichte der Pädagogik einnimmt.

Der zweite Theil des Oeffentlichen Zeugnisses, der von dem
Worte Gottes handelt, enthält 6 Nummern, welche, mit Ausnahme
der fünften, bereits früher theils deutsch, theils lateinisch herausgegeben waren, jetzt aber neu durchgesehen und theilweise verändert und
verbessert zur Förderung eines bessern und tiefern Verständnisses des
Wortes Gottes zusammengefaßt erschienen. Es sind folgende: 1) Einfältiger Unterricht, wie man die H. Schrift zu seiner wahren Erbauung
lesen solle. Dieser Aufsatz ist später sämmtlichen Ausgaben der H. Schrift
der Cansteinschen Bibelanstalt, und danach auch anderen Ausgaben
vorangestellt, und ist so vielen Tausenden zum Segen geworden.
2) Einleitung zur Lesung der H. Schrift, insonderheit des Neuen Testaments. 3) Besondere Einleitung zum rechten Verstande der Epistel
Pauli an die Epheser. 4) Besondere Einleitung zum Verstande der
Epistel an die Colosser. Diese drei Stücke sind eine Verdeutschung der
oben S. 124 angeführten Manuductio ad lectionem scripturae sacrae.
5) Christus der Kern Heiliger Schrift mit angehängter Beilage, „in
welcher ein Exempel, wie Christus in besondern Materien als der
Kern der Fürbilder und Weissagungen des Alten Testaments zu suchen
sei, an der Auferstehung Christi gegeben wird." Diese Beilage ist aus
einem lateinischen Programm Franckes übersetzt, die ganze sehr ausführliche Schrift aber zugleich in Duodez besonders herausgegeben.

16*

6) Anmerkungen über einige Oerter Heiliger Schrift. Dies sind die oben eingehend besprochenen Observationes biblicae, jedoch, wie bereits bemerkt, mit Weglassung alles Apologetischen und Polemischen.

Einen besondern Werth unter diesen Schriften legt Francke offenbar auf die unter 5 genannte, die er nach der 1701 erfolgten Anstellung Wieglebs als Diaconus zu Glaucha, wie oben erwähnt, verfaßte. Sie ist mit einer vom 16. November des genannten Jahrs datirten Dedication an „Seine sehr werth geschätzten und geliebten christlichen Gönner und Freunde in der freien Reichsstadt Nürnberg und auf der Universität Altorff" versehen, die, obwohl er mit Niemand dort persönlich bekannt war, mit großer Wärme und Anerkennung dessen, was dort für das Reich Christi geschehe, geschrieben ist. Das Ziel, welches er in derselben verfolgte, ist in der ausführlichern Fassung des oben angegebenen allgemeinen Titels ausgedrückt. Sie lautet: „Anweisung, wie man Christum als den Kern der ganzen Heiligen Schrift recht suchen, finden, schmecken, und damit seine Seele nähren, sättigen und zum ewigen Leben erhalten solle." Nachdem er zunächst hervorgehoben und ausführlich begründet hat, daß man dabei vom Neuen Testamente auszugehen habe, „da uns in demselben derjenige in Person dargestellt wird, welcher im Alten Testament verheißen und daselbst in Schatten und Bilderwerk bedeutet worden, und die Evangelisten und Apostel fast nichts anderes thun, als daß sie uns, wie der selige Lutherus sagt, in das Alte Testament treiben, und auf Christum weisen," nimmt er als Erläuterung dessen, was er in Bezug auf den zu befolgenden Weg der Betrachtung gesagt, den Anfang des Evangelii Johannis. „Denn es ist unleugbar," fährt er fort, „daß dieser Text einer der allerherrlichsten ist, und um deswillen in der ganzen Lehre. von Jesu Christo zum Grunde gesetzet zu werden pfleget. Darzu kommet, daß er sonderlich ins Alte Testament weiset, und insgemein für schwer angesehen wird. Nun ist nicht die Meinung, den ganzen Sinn des Geistes und dessen Breite, Länge, Höhe und Tiefe vor Augen zu legen, allermaaßen dieses weder in menschlichen Kräften stehet (indem aller Reichthum der göttlichen Weisheit darinnen begriffen ist), noch der Zweck dieser einfältigen Anweisung eine auch durch die Gnade Gottes mögliche Ausführung der darin enthaltenen Geheimnisse erfordert. Indessen da das Absehen ist, den Leser auf einige Weise die Betrachtung der Heiligen Schrift, und insonderheit das Forschen nach Christo in derselbigen zu erleichtern, will von Nöthen sein, über diesen Text, nämlich Ev. Johannis 1, 1 – 18, unterschiedene Betrachtungen anzustellen, deren neun sein werden." In diesen Betrachtungen nun legt er in ausführlicher, eindringlicher, lebendiger und durch und durch practischer Weise die Hauptpuncte und mannichfaltigen Beziehungen dieses reichen Textes dar, und weist schließlich nach, wie man auf Grund der daraus gewonnenen Einsicht Christus als bereits im Alten Testament nach seinen drei Aemtern als Prophet, Hoher Priester und König bezeugt erkennen, und wie man die ihm nach seiner göttlichen und menschlichen Natur, sowie nach seinen Aemtern in der Heiligen Schrift Neuen und Alten Testaments beigelegten Namen recht verstehen könne. Eine dringende Mahnung, in welchem Geist und Sinne man Christum in der Schrift suchen müsse, wenn man ihn wahrhaft finden wolle, und ein inniges Gebet schließt die vortreffliche Schrift, die ihren Zweck, daß jeder in den Stand gesetzt werde "dieser Spur weiter nachzuforschen, und immer mehrere Schätze der Weisheit und der Erkenntniß, die in Christo Jesu ist, zu entdecken," gewiß bei Vielen erreicht hat. Der heutigen Zeit liegt freilich eine so geartete Forschung fern.

Der dritte Theil des Oeffentlichen Zeugnisses, der von dem Dienst Gottes handelt, enthält eine große Zahl von längern und kürzern Schriften, welche sämmtlich sich auf die practische Ausübung des Christenthums beziehen, und mit wenigen Ausnahmen bereits früher erschienen waren. Sie alle einzeln aufzuzählen, würde zu weit führen, wir beschränken uns auf die wichtigsten und für die Kenntniß Franckes wesentlichsten. Mehrere derselben sind bereits früher als hier befindlich erwähnt, wie namentlich "das Glauchische Gedenkbüchlein" (s. oben S. 122) und "Timotheus zum Fürbilde allen Theologiae studiosis dargestellet" (s. oben S. 155). Neu hinzugekommen sind einige wenige, namentlich die 1701, nachdem sie schon früher begonnen, vollendete vortreffliche Schrift, "Nicodemus oder Tractätlein von der Menschenfurcht." Sie ist "denen verordneten Kirchen- und Schullehrern in Teutschland" gewidmet. Wenn irgend Jemand befähigt war, eine solche Schrift zu verfassen, so war es Francke, der oft genug in seinem Leben erfahren hatte, was es mit der Menschenfurcht auf sich habe, und wie sie allein zu überwinden sei. Er beginnt in der mit der größten Bescheidenheit und dringlichsten Herzlichkeit

geschriebenen und als Widmung vorausgeschickten Ansprache an die
Brüder damit, wie er gedrungen sei von der Liebe zu seinem Nächsten, diese Schrift zu schreiben. „Meine Seele hat manchmal darüber
geseufzet," schreibt er, „wann sie gewahr worden, wie verderbt es
nicht allein unter andern Menschen, sondern auch unter unserm Orden
aussehe, sonderlich aber ist mir tief zu Herzen gegangen, wann ich
aus unzähligen Proben erkennen müssen, daß die Menschenfurcht unter
den Lehrern fast eine allgemeine Krankheit sei. Denn wenn ich dagegen gehalten, mit welchem Geist und mit wie unerschrockenem Muth
die Knechte Gottes, beides im Alten und Neuen Testament alles Ansehn der Menschen aus den Augen gesetzet und als die Boten des
Herrn ihr Gewerbe an die Menschen so rein und derbe bestellet, obs
gleich mit lauter augenscheinlicher Lebensgefahr verknüpfet gewesen,
und wir jetzt so um den Brei hergehen und die Wahrheit so wenig
an jedermanns Gewissen offenbaren, wie ferner jene mit Christo ihrem
Herrn und Meister so vieles über ihrem Zeugniß erlitten, wir aber
so predigen, daß den meisten unter uns nicht der Schatten von solchen
Leiden begegnet, so ist mir der Unterschied zwischen uns und jenen
so groß vorgekommen, daß ich mich herzlich dafür entsetzet" 2c. Schließlich sagt er darin: „Ich habe meinen Mund zu euch aufgethan, und
mich erkühnet, so einfältig mit euch zu reden, wie es etwa ein Kind
thun möchte. Ich will gern geringe sein in euren Augen, meine
Brüder. Verachtet nur nicht die Wahrheit, die nicht mein, sondern
meines Heilandes ist. Ich schäme mich auch nicht, euch zu bekennen,
daß ich mich nicht dafür halte, daß ichs ergriffen habe. Dieses aber
sage ich in der Wahrheit, dessen mir mein Gewissen Zeugniß giebet
in dem heiligen Geist, und welches mir der gerechte Richter an jenem
Tage bezeugen wird, ich suche nicht einige neue und fremde Lehre,
wie sie auch Namen haben möge, sondern weil ich Gnade funden habe
für dem Angesicht des Herrn, mein eignes Elend zu erkennen und den
Weg zu finden, welchen Christus den schmalen Weg nennet, so ist
dieses mein Tichten und Trachten, in Aufrichtigkeit und Einfältigkeit
meines Herzens, daß ich auf demselbigen Wege selbst beständig verharren, ihn immer ernstlicher betreten, und, wenn es möglich wäre,
alle Menschen darauf weisen möchte 2c." Es würde zu weit führen,
die Schrift weiter im Einzelnen zu verfolgen, es mag genügen zu
bemerken, daß sie mit einer aus der reichsten Erfahrung geschöpften

Kenntniß der bezüglichen Verhältnisse und des menschlichen Herzens, mit eindringendem Ernst und ebenso großer Gründlichkeit und Klarheit geschrieben ist, und nur zu wünschen wäre, sie möchte heutzutage, wo alles darin Gesagte dieselbe Geltung hat, wie zu Franckes Zeit, recht viele Leser finden. Sie wurde wiederholentlich im Einzeldruck, zuletzt (zum sechsten Male) 1826, aufgelegt. Ebenfalls vorher noch nicht durch den Druck bekannt gemacht war weiter die „Zweifache schriftliche Ansprache an Einige auswärtige christliche Freunde," die er zwei frommen Studiosen, „welche um ihrer Gesundheit willen in die Heimath reisen mußten" 1701 als offnen Brief mitgab, um sie in gleichgesinnten Kreisen mitzutheilen. Sie sind ein lebendiges Zeugniß von ebensoviel Demuth als Liebe und Weisheit, zumal die erste, in welcher er auf das Dringlichste zu lebendiger Gemeinschaft, zugleich aber zu rechter allgemeiner Liebe ermahnt, und vor Richten und Absondern ernstlich warnt. Zugleich offenbaren sie den Sinn, der ihn in dieser Beziehung erfüllte, aufs Deutlichste.

Von den übrigen in diesem Theile enthaltenen Schriften mögen noch erwähnt werden die oben (s. S. 47) besprochenen „Schriftmäßigen Lebensregeln," denen er als Anhang die Sätze „von der Christen Vollkommenheit," die einst dem Rath zu Erfurt mit seiner Vertheidigung übergeben waren (s. S. 90) hinzugefügt sind; die als Anhang der „Verantwortung gegen die Beschreibung des Unfugs ꝛc." zuerst veröffentlichte, nun aber weiter ausgeführte und mit lebendiger Begeisterung und Wärme geschriebene „Betrachtung von Gnade und Wahrheit, was in der Heiligen Schrift durch diese Worte bedeutet werde, wie unser ganzes Christenthum darauf beruhe, und der Mensch durch deren wahre und lebendige Erkenntniß völligen Trost sammt Leben und Kraft in seiner Seele erlangen möge;" ferner die „seinen ehemaligen Zuhörern und sonst lieben Freunden in der Stadt Erfurt" gewidmete „Schriftmäßige Anweisung, recht und Gott wohlgefällig zu beten," eine auf dem Grunde eines tiefen und innigen Gebetslebens und daraus geschöpften Erfahrung, sowie einer seltenen Kenntniß des innersten Wesens des menschlichen Herzens ruhende Schrift. Sie war, wie aus der vom 13. April 1695 datirten überaus innigen Widmung hervorgeht, durch den herzlichen Drang hervorgerufen, die Glieder seiner frühern Gemeinde „auch abwesend theils in der erkannten Wahrheit zu stärken, theils den Eifer und den Glauben und die Arbeit der Liebe und die Geduld der Hoffnung, die, wie ihm fürkommen und ers zum Theil habe glauben müssen, nicht zu aller Zeit, noch bei Allen zugenommen, sondern vielmehr bei einigen schwächer worden, ja bei diesen und jenen gar verloschen, aufs neue zu erwecken, und sie zu erinnern, daß sie gedenken an die Worte, die er ihnen gesaget habe, da er ihnen aus der heiligen göttlichen Schrift bezeuget, wie sie in der Wahrheit Jesu Christi einhergehen und mit ihrem ungeheuchelten Wandel zeigen sollten, daß sie die Gnade unsers Herrn Jesu Christi in dem Lichte des Heiligen Geistes erkenneten." Ein jedes der vier Capitel der Schrift schließt mit einem brünstigen Gebet, und den Schluß bildet ein trefflicher Morgen- und Abendsegen, und endlich dem oben (s. S. 96) erwähnten, hier wohl zum ersten Male gedruckten herrlichen Liede mit der Ueberschrift: „Die Stimme der Braut: Wann werde ich dahin kommen, daß ich sein Angesicht schaue?" ꝛc. Angefügt ist eine „Merkwürdige Anfrage von der Gewißheit und Versicherung der Erhörung des Gebets nebst einem darauf erfolgten Responso der theologischen Facultät zu Kiel von 1686." Von Wichtigkeit ist weiter der 1697 bereits herausgegebene „Kurze und einfältige Entwurf von den Mißbräuchen des Beichtstuhls," worin er in kurzer Zusammenstellung, da die Frage von dieser „Angst- und Marterbank aller treuen Knechte Gottes Gottlob auf die Bahn gebracht," die Mißbräuche an Seiten der Beichtkinder, dann der Beichtväter, endlich die Mittel, gegen die Mißbräuche des Beichtstuhls zu gebrauchen, darlegt. Aus Allem leuchtet der tiefe Ernst, die große Sorgfalt und die seelsorgerische Weisheit, mit welchen er diesen wichtigen Theil seines Amts ansah und behandelte. Daß er schließlich dadurch veranlaßt wurde, auf das Beichtgeld ganz zu verzichten, haben wir oben (s. S. 159) gesehen. Die erste Veröffentlichung dieser Schrift fiel in die Zeit der unglücklichen Kämpfe seines Freundes Schade über eben diese Frage.

Außer den angeführten selbständigen Abhandlungen enthält dieser Theil noch einige bei verschiedenen Gelegenheiten, wie bei der Einweihung des neuen Speisesaals, und der Krönung König Friedrichs I. gehaltene Reden und eine Anzahl Vorreden, die Francke zu Schriften Anderer geschrieben hatte. Von größerer Bedeutung sind darunter zwei, die eine mit dem Titel „Beantwortung der Frage, was von dem weltüblichen Tanzen zu halten sei," die andere „Von der Erziehung der Jugend." Diese letztere war zuerst 1698 erschienen und einer von Francke veranlaßten Uebersetzung von Fénelons Schrift „De l'éducation des filles" vorausgeschickt. Obwohl nur kurz, enthält sie treffliche Gedanken und ist gleichsam eine Vorläuferin des „Kurzen und einfältigen Unterrichts"[1] zc. Was die erstere betrifft, durch welche Francke eine von ihm herausgegebene bezügliche Schrift seiner Schüler Keßler und Wiegleb in Gotha eingeführt hatte, so enthält sie über die damals so vielfach behandelten sogenannten Mitteldinge überhaupt und das Tanzen insbesondere im Wesentlichen die Gedanken, welche Francke in dem oben (s. S. 27) erwähnten Briefe an Sagitarius, allerdings in gedrängter Kürze, ausgesprochen hatte. Sie gehen alle auf die strenge Geltendmachung der im Evangelium deutlich ausgesprochenen Forderungen aus, die Francke ausführlich darlegt, und die darin gipfeln, daß Alles gethan werden müsse aus Glauben, zu Gottes Ehre, in dem Namen Jesu Christi, mit Vermeidung alles dessen, was Andern zum Anstoß und zur Versuchung werden könne und mit Bekämpfung der Liebe zur Welt. Hienach steht er nicht an auszusprechen, daß das weltübliche Tanzen Sünde und zu meiden sei. In allgemeinerer Weise hatte er etwa in derselben Zeit diese Frage nach den Mitteldingen in der „Verantwortung gegen die Beschreibung des Unfugs" (s. oben S. 124) behandelt, woraus zur größern Klarstellung seiner Ansichten über diesen Punct gestattet sein möge, den dort an die Spitze gestellten Hauptgedanken hier mitzutheilen. Er sagt daselbst: „Das ist allezeit meine herzliche Meinung gewesen, so lange Glaube und Liebe im Herzen unverletzt bleibet, können alle äußerlichen Dinge an und für sich den Menschen nichts schaden. Denn das Reich Gottes bestehet nicht in äußerlichen Dingen, sondern in Gerechtigkeit, Friede und Freude im H. Geist (Röm. 14, 17). Sobald aber Glaube und Liebe verletzet wird, welches leichtlich geschehen kann durch Aergerniß der Schwachen, durch Verschwendung der Zeit, durch unnützes Geschwätz, durch gegebene Gelegenheit zu sünblichen und weltlichen Lüsten, welche wir nothwendig verläugnen müssen (Tit. 2, 12), durch unnütze Anwendung der leiblichen Güter, Gaben und Kräfte, oder durch andere dergleichen sünbliche Umstände, sobald sind es nicht mehr Indifferentia, sondern wider Gottes heiliges Gebot." Hieraus geht hervor, daß, so streng auch Francke über die vorliegende

---

1) Sie ist abgedruckt in Kramer a. a. O. S. 89 flgde.

Frage urtheilt, es ihm doch wesentlich bei allem betreffenden Thun auf die Stellung des Herzens ankommt. Im Wesentlichen stimmte damit die Ansicht Speners, namentlich in Bezug auf das Tanzen: s. Hoßbach a. a. O. II, 90 ff., vgl. ebenda 187 ff. und Schmid a. a. O. S. 282. So enthalten diese drei Theile einen überaus reichen Schatz von Gedanken und Principien, wie sie aus der so mannichfaltigen Wirksamkeit Franckes seit seinem Eintritt in seine Stellung in Halle, abgesehen von den mit dem geistlichen Amt unmittelbar zusammenhangenden, vielfach gedruckten und weit verbreiteten Predigten, als bleibender, nach außen wirkender Ertrag derselben hervorgegangen waren. Sie haben alle ohne Ausnahme den Zweck, der Förderung des Reiches Gottes durch Weckung eines lebendigen Glaubens nach den verschiedensten Seiten hin zu dienen, und es ist kein Zweifel, daß sie dazu in hohem Grade mitgewirkt haben. Denn nicht allein diese Sammlung im Ganzen, sondern auch viele darin enthaltenen Abhandlungen, die, wie bemerkt, in wiederholten Ausgaben erschienen, fanden eine große Anerkennung. Mit dieser Sammlung trat aber auch ein gewisser Abschluß in der Art der schriftstellerischen Thätigkeit Franckes ein, die in derselben erscheint. Die practischen Aufgaben, die ihm mit jedem Jahre in gesteigertem Maaße erwuchsen, ließen ihm nicht mehr die Zeit dazu.

In das Jahr 1702 fällt noch ein für die Förderung der Universitätsstudien und der theologischen Wissenschaft überhaupt höchst wichtiges Unternehmen Franckes, die Gründung des Collegium orientale theologicum. Es trat im Monat Mai[1] dieses Jahrs ins Leben,

---

1) Wenn in „Franckens Stiftungen" II. 280 der Anfang des Collegiums in den Monat März gesetzt wird, so beruht dies auf dem allerdings naheliegenden Mißverstand der in der Einleitung des Statuts befindlichen Angabe, die auf den Anfang des gefaßten Plans und der darauf bezüglichen Berathungen sich bezieht. Es liegen außer dem schließlich festgestellten und in der lateinischen Fassung von den Mitgliedern der theologischen Facultät und Joh. Heinr. Michaelis unterschriebenen Statut noch drei frühere Entwürfe vor, aus denen die allmähliche Entwickelung des zu Grunde liegenden Gedankens hervorgeht. Jenes Statut wurde Hiob Ludolf mitgetheilt, der im Laufe des folgenden Jahrs ein ausführliches Gutachten darüber mit vielen, zum Theil zutreffenden Bemerkungen abgab. Als besonders interessant heben wir nur hervor, daß er, indem er annimmt, daß es bei dem ganzen Institut doch wohl auch auf den Verkehr mit orientalischen Völkern abgesehen sei, als das günstigste Gebiet für eine Missionsthätigkeit Abessinien

und wurde aus 12 Studiosis theologiae, die, wie es in dem Statut heißt, „gute fundamenta in denen nöthigen Wissenschaften, sonderlich in linguis orientalibus und theologia, auch sonsten feine dona, andere wiederum zu lehren, von Gott haben, und von deren Gottesfurcht und guten Intention man das Beste zu Gott hoffet." Ueber den Zweck heißt es im § 2 des Statuts: „Der Zweck, welchen man bei gegenwärtiger Anstalt mit den (vorher im Statut namentlich angeführten) auserlesenen Subjectis suchet, ist dieser, daß sie vor allen Dingen in der H. Schrift einen festen göttlichen Grund legen und mächtig werden, solche im Geist und in der Kraft nebst denen dazu nöthigen adminiculis apodictico zu treiben (1 Cor. 2), das ist, was Paulus sonst ausspricht, zu ermahnen in der heilsamen Lehre und zu strafen die Widersprecher (Tit. 1), damit man also aus ihnen wohl fundirte und wahrhaftige Gottesgelehrte, auch mit Wissenschaft genugsam begabte Theologos und tüchtige Docentes (daran es ja leider mehr als zu sehr fehlet) in hohen und niedern Schulen, oder wo sie Gott in seiner Kirchen brauchen will, durch göttliche Gnade erziehen möge. Mit einem Worte, das Studium scripturae solidum wird zum Hauptscopo dieses ganzen Collegii gesetzet, welches denn um so viel nöthiger ist, je mehr man zu dieser letzten Zeit wahrnimmt, daß die Welt immer tiefer in den Unglauben hineinfället und der Atheismus und Scepticismus von Tage zu Tage einreißet, zu geschweigen der gräulichen Ignoranz in dem rechten reali studio theologiae und schrecklichen Verachtung göttlichen Worts, welchen gefährlichen malis man mit möglichstem Nachdruck zu begegnen auch mit durch diese Anstalt zu begegnen intendiret." Das sehr sorgfältig ausgearbeitete Statut, welches im Anhange nach der ebenfalls vorliegenden deutschen Fassung vollständig mitgetheilt ist, um einen vollen Einblick in dieses merkwürdige Institut zu gewähren, legt die Einrichtung desselben und die den

---

bezeichnet. Daß jene Annahme nicht unberechtigt war, geht aus einem spätern Aufsatz Francke's (s. Kramer, A. H. Francke's pädagogische Schriften S. 516) hervor, wo er als einen Zweck der Anstalt angiebt, „daß, wenn Gott zur Verherrlichung seines Namens eine Thür des Worts im Orient öffnet, immer einige geschickte Leute parat seien, die man dahin senden könne." Welche weitere große Hoffnungen er von der Entwickelung derselben hegte, findet sich ebenda ausgesprochen. Daß sie sich nicht erfüllten, zeigt die weiter unten angeführte Stelle aus dem 1722 geschriebenen Brief an Cotton Mather.

Mitgliedern derselben vorgeschriebenen Beschäftigungen genau dar. Es geht daraus hervor, daß die an dieselben gestellten Ansprüche sehr hoch waren. Als Inspector derselben war ein Adjunct der theologischen Facultät bestellt, der mit ihnen zusammenwohnte und mit ihrer speciellen Aufsicht betraut war. Ueberdies nahmen die beiden theologischen Collegen Franckes und besonders der Professor der orientalischen Sprachen Joh. Heinrich Michaelis, unter deren Beirath das Statut entworfen war, lebhaften Antheil an der Entwickelung des Collegiums. Als eine „Neben=Arbeit" wird in dem § 20 des Statuts aufgeführt, was sie als Beihülfe zu der beabsichtigten durch Michaelis auszuführenden neuen Ausgabe der hebräischen Bibel thun sollten, was in der Wirklichkeit aber, wenigstens bei mehreren Mitgliedern desselben, bald ein Haupttheil ihrer Beschäftigung wurde. Ueber den Antheil, welchen sie an der nach Ueberwindung vieler Hindernisse endlich im Jahre 1720 erschienenen, heute noch hochgeschätzten, auch äußerlich sehr stattlichen Ausgabe hatten, giebt die Vorrede von Michaelis Auskunft. Aber neben dieser speciellen Beschäftigung giengen sowohl ihre eigenen, besonders auf die orientalischen Sprachen gerichteten Studien, als auch ihre Thätigkeit in der Unterweisung Anderer fort. In Bezug auf die ersteren war von besonderer Wichtigkeit die Anwesenheit des bereits oben (s. S. 230 Anm.) erwähnten gelehrten Arabers Salomon Negri aus Damascus, der sich damals in Halle ein volles Jahr aufhielt. Er fieng seinen Unterricht im Arabischen schon vor der Errichtung des Collegium orientale an und übte namentlich auf ein hervorragendes Mitglied desselben, den spätern Prof. Christian Benedict Michaelis, großen Einfluß aus. Nach ihm kam ein anderer weniger berühmter Araber, Kali Dabichi aus Aleppo, nach Halle und setzte ungefähr ein Jahr lang den Unterricht im Arabischen, Syrischen und Persischen fort. Im Jahre 1704 wurden durch den wachsenden Ruf der Universität und der Anstalten Franckes fünf Griechen nach Halle gezogen, welche Aufnahme in den letztern fanden. Sie traten in nahe Beziehung zu den Mitgliedern des Collegium, die sie mit dem Neugriechischen bekannt machten, von denen sie aber ihrerseits Unterricht im Altgriechischen, das nur zwei von ihnen kannten, sowie in anderen Sprachen, vornämlich im Lateinischen, das ihnen ganz fremd war, Unterricht empfiengen, um in den Stand gesetzt zu werden, den Vorlesungen zu folgen.

So war das Collegium der Mittelpunct einer sehr regen wissenschaftlichen Thätigkeit, die sowohl der reichern und tiefern Durchbildung der Mitglieder desselben, als auch vieler andern zu Gute kam. Keine andere Universität besaß etwas Aehnliches. Das Verdienst aber, es ins Leben gerufen zu haben, gebührt, trotz der oben erwähnten Theilnahme der andern Professoren, allein Francke. Die Mitglieder sowohl als der Inspector bekamen zunächst ihre Wohnung auf dem eben fertig gewordenen Waisenhause, wie in dem Statut angegeben ist, und die unbemittelten unter ihnen wurden aus der Armenkasse Franckes erhalten. Das waren aber eigentlich alle: denn in der 1707 erschienenen III. Fortsetzung der „Wahrhaften und umständlichen Nachricht" S. 7 schreibt er, daß „nur ein einiger bei dieser Anstalt ganz von seinen eigenen Mitteln gelebet." Und da es sich herausstellte, daß die ihnen zuerst angewiesenen beiden Zimmer, in denen sie je sechs zusammenwohnten, obwohl sie als „räumlich" bezeichnet werden, für die Erfüllung des Zwecks zu enge seien, wurden in dem von dem K. Postmeister Mateweis kurz vorher neu erbauten stattlichen Hause auf dem großen Berlin die beiden obern Stockwerke im Jahre 1703 gemiethet, in denen sie je zwei in einem Zimmer wohnten.[1] Die innere Einrichtung der Anstalt wurde dadurch selbstverständlich nicht berührt. Es kam aber dadurch noch der Vortheil für dieselbe hinzu, daß außer dem Inspector derselben auch der Professor Michaelis in demselben Hause wohnte, also der Verkehr der Mitglieder mit diesem sehr erleichtert war. Die Zahl der Mitglieder blieb nicht immer dieselbe. In der oben angeführten III. Fortsetzung der Nachrichten schreibt Francke, daß „nachdem Ostern des Jahrs 1707 derjenige Termin, bis auf welchen sich die mehrsten Mitglieder verbindlich gemacht hatten, zum Ende gelaufen, die Zahl derselben dadurch merklich verringert worden, und deren nur so viele beibehalten seien, als die unter Händen habende Edirung der Hebräischen Bibel nothwendig erfordert, wie denn dieselben sich auch obligiret, so lange zu bleiben, bis diese Bibel völlig herauskommen sei, deren denn an der Zahl fünfe seien. Indessen dienten doch diese fünfe der studierenden Jugend mit collegiis, soviel

---

1) Das Nähere hierüber s. in „Franckens Stiftungen" 1, S. 230 flgde. In dem oben S. 251 Anm. angeführten Aufsatz ist die Absicht ausgesprochen, für die Anstalt ein eignes Haus zu bauen.

die Arbeit an der Hebräischen Bibel zulasse." Die oben erwähnten Griechen waren inzwischen einer nach dem andern wieder abgegangen, und es wurden, wie Francke an derselben Stelle berichtet, weder andere Griechen, obwohl mehrere es wünschten, noch andere Mitglieder angenommen, „damit," wie er sagt, „in der engern Zusammenfassung nur das Bibelwerk, mit dessen Druck man bis in die Bücher der Könige kommen ist, desto hurtiger und unverrückter fortgehen möchte, um damit, sobald als möglich zu Ende zu kommen." Er hoffte unzweifelhaft, daß dies viel schneller geschehen werde, als es in Folge der vielen Hinderungen, die Michaelis in der Vorrede desselben ausführlich darlegt, der Fall war.

Die angeführte Aeußerung Franckes ist die letzte eingehende Nachricht über das Collegium. Und obgleich er an der angeführten Stelle hinzufügt: „Im Uebrigen ist man gar nicht gesonnen, diese Anstalt, wie es scheinen möchte, ganz einzuziehen, sondern man ist vielmehr bedacht, dieselbe, dafern Gott Mittel dazu an die Hand geben wird, in Ansehung des herrlichen Nutzens noch mehr zu erweitern," scheint dies nicht geschehen zu sein. Denn bei der Erwähnung des Collegium in der von Francke i. J. 1714 an den Pastor Cotton Mather in Boston geschickten ausführlichen Narratio de orphanotropheo Glauchensi[1] wird S. 8 berichtet, daß nachdem Chr. Ben. Michaelis nach seiner Beförderung zum Professor im Jahr 1713 als letztes Mitglied dasselbe verlassen habe, „aus gewissen Ursachen neue noch nicht gewählt seien, was jedoch zu seiner Zeit, und vielleicht mit Gottes Willen möglichst bald, geschehen werde." . Aber auch jetzt ist es offenbar nicht geschehen. Dies geht aus den Worten, womit Joh. Heinrich Michaelis in der Vorrede der Bibel seinen Bericht über das Collegium schließt, deutlich hervor. Sie lauten: Nec spem abjicimus fore, quin denuo ad pristinam ejus formam instaurandum rediturus sit vir bono publico natus, expeditis illis, quae illud hucusque sufflaminarunt: quum praesertim nunc plures adsint collegae, qui cum ipso divina gratia adjuti omni ex parte facient, ut in posterum quoque praesto sint viri juvenes ad omne opus bonum instructi et parati. Faxit Deus feliciter. Auch in dem ausführlichen Schreiben,

---

1) Diese höchst lehrreiche Narratio ist von Eckstein herausgegeben unter dem Titel: Natalicia secularia A. H. Franckii etc.

das Francke unter dem 6. März 1722 wiederum an Mather sandte,[1] ist zwar eingehend von der damals nun vollendeten Ausgabe der Hebräischen Bibel die Rede, an der auch das Collegium seiner Zeit einen großen Antheil gehabt hätte, aber es ist nicht als noch bestehend erwähnt, obwohl gewissermaaßen Gelegenheit dazu durch die Mittheilung gegeben war, daß Salomon Negri 1715 wieder nach Halle gekommen und ein Jahr geblieben sei. Aber es heißt von ihm nur, daß er einige junge Leute unterrichtet habe, und diese sich unter seiner Leitung im Schreiben und Sprechen übten, auch sonst von ihm lernten. Ganz anders würde Francke geredet haben, wenn es sich um Mitglieder des Collegium orientale gehandelt hätte. Merkwürdig ist die Aeußerung, mit welcher er in diesem Briefe die Erwähnung des Salomon Negri und des Rali Dabichi schließt. Sie lautet: Non exigui sumptus in hanc virorum orientalium operam facti sunt, eo fine, ut etiam ab his proferendae veritatis subsidiis instructi essent juvenes, qui Deo modum hac litteratura cum fructu utendi monstrante, adhiberi possent ad usum ecclesiarum orientalium, quas quisque qua potest ratione juvare libenter debet. Fateor spem fructus insignioris non adeo manifestam esse, sed dum vel minima ad eam rem praesidia Deus in antecessum comparandi occasionem offert, grati utimur illa. non dabitantes, quin majora, et ea, quibus succincti negotium aggredi possimus, suo tempore sit subministraturus, pluribus eo animum intendentibus, et praesertim iis quibus per commercia facilior patet via. Interea quamvis nullus eorum, qui nostris impensis has litteras didicerunt, aliquid ad publicam veramque utilitatem conferret, operae pretium cum usura satis ampla reddidit cl. prof. Michaelis junior qui ex hac institutione in nostram bibliorum editionem intulit plurimam lucem, inter reliqua ab arabica lingua et arabice scriptis versionibus sacri codicis petitam. Accedit quod Dadichiana disciplina non mediocriter profecerit Schultzius ille Ziegenbalgii et Grundleri in Indica

---

1) Dieses Schreiben hat Callenberg 1735 drucken lassen unter dem Titel: Narratio epistolica ad Cott. Matherum — — — directa. Er sagt in der Vorrede, daß er dasselbe im Namen Franckes und unter dessen Billigung geschrieben habe; es muß sogar zum Theil unter dessen Dictat geschehen sein. Was Schulze in dem Artikel über das Coll. or. in „Franckens Stiftungen" 1, S. 233 aus den beiden Briefen an Mather citirt, ist falsch und geradezu unbegreiflich.

legatione evangelica successor, cui apud Mohamedanos, quos in illo tractu frequentes esse dicunt, hujus linguae et Alcorani intelligentiam usui fore speramus. Diese Worte zeigen, daß die bei der Gründung des Collegium gefaßten weit aussehenden Hoffnungen neben den nächstliegenden, in dem Statut des Collegium orientale ausgesprochnen, Aufgaben sich nicht erfüllt hatten. Vielleicht war diese Ueberzeugung der Grund, daß Francke das Institut eingehen ließ. Aeußere Hindernisse, die Michaelis in der angeführten Stelle seiner Vorrede andeutet, pflegten ihn nicht abzuhalten.[1] Auffallend ist, daß von 13 Mitgliedern, welche Michaelis namentlich aufführt, 1720 bereits 5 als verstorben bezeichnet werden.

In die Periode, welche mit dem Jahre 1702 abschließt, gehört schließlich noch eine Thatsache, welche, obwohl weder von Francke selbst, noch von irgend jemand sonst erwähnt, doch von Bedeutung für ihn ist, und deshalb berichtet werden muß. Er wurde nämlich am 12. Oct. 1701 zum auswärtigen Mitglied der in dem vorhergegangenen Jahre gegründeten Societät der Wissenschaften zu Berlin erwählt. Das darüber von ihm beobachtete völlige Stillschweigen erklärt sich wohl daraus, daß Francke auf solche Ehren kein Gewicht legte (es ist bekannt, daß er nicht Doctor theologiae wurde, was ihm seine Gegner sogar zum Vorwurf machten), und jene Mitgliedschaft damals noch nicht so hoch angeschlagen wurde, als heutzutage. Seine Wahl hängt unzweifelhaft mit seinen Beziehungen zu Leibniß zusammen, der vornämlich die Stiftung der Societät herbeigeführt hatte und zum lebenslänglichen Präsidenten derselben ernannt worden war. Francke war mit ihm 1697 in Briefwechsel getreten, und zwar, wie aus der vorhandenen Antwort von Leibniß hervorgeht, in Folge der von diesem herausgegebenen Novissima Sinica,[2] die, wie es scheint, ihn in hohem

---

1) Ich will hier schließlich zu bemerken nicht unterlassen, daß Dreyhaupt in seiner Beschreibung des Saalkreises II, S. 148 berichtet: „Es wird auch dieses Collegium orientale fortgesetzet, als wozu bereits 1709 von zwei Standespersonen, von jeder 1000 Thaler legiret worden." Von welcher Zeit (das Werk erschien 1755) diese Notiz zu verstehen sei, ist unklar. Von den angeblichen Legaten ist sonst nichts bekannt, überhaupt die ganze Angabe sehr fraglich.

2) Die hier gegebenen Mittheilungen verdanke ich überwiegend der interessanten Schrift meines lieben Freundes, des Hrn. Miss.-Insp. Plath „Die Missionsgedanken des Freiherrn von Leibniß." Wenn er indessen S. 6 sagt, daß dieser mit

Grabe interessirten. Der Brief Franckes ist nicht bekannt. Die Antwort von Leibniß hat Guhrauer (s. dessen „Freiherr von Leibniß" II. Band, Anmerkungen zum vierten Buch S. 19) mitgetheilt, wonach wir sie hersetzen. Sie lautet: Sane etsi nullum alium fructum percepissem opello meo de Novissimis Sinicis, quam quod te ad cogitationes meis similes magis magisque exstimulavit, videor mihi satis abundeque profecisse nec in vanum laborasse. Legi nonnulla Tua et instituto docendae juventutis valde sum delectatus. Videris recte rectum iter instituisse, quod simul ad virtutem et doctrinam ducere possit. Equidem scholas esse seminaria reipublicae dudum dictum est, sed nemo uspiam hortulanus plantas novellas tam negligenter tractat, quam nos teneras illas stirpes in malum bonumve flexibiles prout prima manu fuere. Valde opto, ut consilia tua recte procedant inveniantque imitatores. Fortasse hac una ratione sperari potest, fore ut obtineamus homines aptos missionibus, qui puram religionem non minore zelo successuque propagent quam alii traditiones suas. In ben letzten Worten tritt das Interesse für bie Mission, welches Leibniß erfüllte, lebhaft hervor. Wie bestimmte Gestalt dasselbe gewonnen und mit welcher Beharrlichkeit er es verfolgte, ist in ber angeführten Schrift Plaths auf bas Anschaulichste bargelegt. Es geht baraus hervor, baß sein Hauptplan in ber Christianisirung China's bestanb, welche durch Sendung lutherischer Missionare, unb zwar auf bem Wege durch Rußlanb, erstrebt werben solle. Dazu setzte er bie mannigfaltigsten Triebfebern in Bewegung, namentlich suchte er auch auf Rußlanb zu wirken, um sich ben Weg nach China zu bahnen. Dabei hatte er sein Augenmerk besonbers auch auf Francke gerichtet. So schreibt er in einem Brief an Joh. Fabricius in Helmstädt,[1] vom 9. Mai 1698, in welchem Jahre

---

Francke von 1697—1714 in Correspondenz, unb zwar im Missionsinteresse, gestanben, so beruht bies auf einem sonberbaren Mißverändniß ber baselbst angeführten Stelle aus bem oben citirten Werke Guhrauers (s. Th. II, S. 214 vgl. bie Anm. zum IV. Buch S. 19), bie gerabe im Gegentheil beweist, baß es in jener Zeit nicht ber Fall war. Im Jahr 1714 begann wieder ein Briefwechsel zwischen beiben Männern, indem Francke, wie aus einer vorliegenden Notiz hervorgeht, sich an Leibniß, ber bamals in Wien war, in einer ganz äußerlichen Angelegenheit mit ber Bitte um seine Vermittlung wandte.

1) s. Kortholt, Leibnitzii epistolae I, 25.

der Czar Peter von Deutschland nach Rußland zurückkehrte: Dominum Francum quaeso in transitu a me saluta et dic sperare me consilia ejus mihi probatissima bene processura porro, et desiderare, ut per Ludolphum juniorem [1] cum Moscovitis jam redituris fructuosum aliquid efficere curet, quo scholae ad ipsius morem apud Russos aperiantur, quod posset esse initium procurando

---

1) Dieser jüngere Ludolf, Heinrich Wilhelm, war ein Neffe des berühmten Hiob Ludolf. Da über ihn fast nichts bekannt ist, stehe ich nicht an, bei seiner sehr nahen Stellung zu Francke und dessen Bestrebungen, aus seinen zahlreichen Briefen, welche vorliegen, einiges Nähere mitzutheilen. Geboren zu Erfurt 1655, wurde er 1686 Secretär des Prinzen Georg von Dänemark, spätern Gemahls der Königin Anna von England, und kam dadurch in nahe Beziehung zu beiden Höfen. In Folge einer schweren Krankheit legte er seine Stelle nieder, und benutzte die ihm gewährte Pension nach wiederhergestellter Gesundheit zu verschiedenen Reisen. Von 1693—95 hielt er sich in Rußland auf, und knüpfte viele Verbindungen mit hochgestellten Personen an. Danach lebte er hauptsächlich in Holland und England. Schon damals wechselte er Briefe mit Francke, trat aber zu ihm in ein engeres Verhältniß während eines viermonatlichen Aufenthaltes in Halle, und gieng ganz auf seine Ziele und Pläne ein. In den Jahren 1698 und 99 machte er eine Reise nach dem Orient, und hielt sich namentlich in Constantinopel, Palästina und Kairo auf. Der Gedanke, der ihn bei dieser Reise und nach derselben besonders erfüllte, war der, die orientalische Kirche zu beleben, überhaupt das Evangelium im Orient zu verbreiten. In dieser Richtung hatte er, wie es scheint, nicht geringen Einfluß auf Francke. Er legte seine Gedanken in einer Abhandlung, die er an die Society for propagating christian knowledge richtete, dar (s. die nach seinem 1712 erfolgten Tode erschienenen Remains S. 143 flgde), wurde zum correspondirenden Mitgliede derselben ernannt, und von ihr in der von ihm 1703 veranstalteten Ausgabe des N. T. in neugriechischer Sprache, die damals unter den Griechen verbreitet wurde, unterstützt. In eben diesem Gedanken veranlaßte er den oben erwähnten Araber Salomon Negri, den er persönlich mit Mitteln versah, von England nach Halle zu gehen, und sandte einen Griechen, der ihm bei der Herausgabe des N. T. geholfen hatte, eben dorthin. Von Wichtigkeit war, daß er die Anstellung des Schülers und eifrigen Freundes Franckes, Anton Wilhelm Böhme, der in London eine Schule eingerichtet hatte, als Hofprediger des Prinzen Georg vermittelte, wodurch derselbe in den Stand gesetzt wurde, auf die mannigfaltigste Weise für die Unternehmungen Franckes zu wirken, wie später gezeigt werden wird. Aber auch sonst war er eifrig für das Reich Gottes thätig, wozu ihm seine vielfachen Beziehungen zu hohen und höchsten Personen, die seine ungefärbte Frömmigkeit schätzten, häufige Gelegenheit gaben. Einige Notizen über ihn s. in Böhme, erbauliche Schriften, übersetzt von Rambach 1731, wo sich die auf Ludolf gehaltene Leichenpredigt S. 786 flgde befindet.

nostris aditus usque ad Sinas. Dieselben Gedanken sind in einem Schreiben von Leibnitz an Ludolf selbst vom 11./21. Mai 1698, welches abschriftlich vorliegt, ausgedrückt. Es handelt zunächst von Francke, über welchen Ludolf, nach den während seines Aufenthalts in Halle (vom Anfang November 1697 bis in den März 1698) empfangenen lebhaften Eindrücken, an Leibnitz geschrieben zu haben scheint. Der Brief lautet: Comme j'approuve extrêmement les desseins qui tendent à produire un bon effet pour la gloire de Dieu et pour le soulagement des hommes, et que je ne suis nullement pour une dévotion quiétiste ou fainéante, j'applaudis fort aux travaux tels que Mr. Francke a entrepris. Il faudrait quelque chose de semblable dans toutes les grandes villes. J'espère que son exemple y servira. Il me semble que cela pourrait servir encore aux protestans à envoyer des missionaires pour la propagation de la religion répurgée, et que les Moscovites, qui n'ont que trop besoin d'instruction, pourraient servir de degré pour aller à la Chine. Et on pourrait concourir ainsi aux intentions du Czar. Il est vrai que chez les Moscovites il faudrait faire abstraction de tout ce qui pourrait choquer leurs préjugés de religion et ne s'attacher qu'à cultiver leur esprit et leurs moeurs, car le reste suivrait de soi même au moins autant qu'il est nécessaire. Il y a bien des erreurs et des abus qu'on peut tolérer. Die in diesen Briefen angedeuteten Ansichten legte Leibnitz, als er im Jahre 1700 die Aufforderung erhielt, sich gutachtlich über die in Berlin zu errichtende „Société des sciences und ein Observatorium" zu äußern, in zwei Denkschriften nieder,[1] in denen unter andern Zwecken, welche dieselbe zu verfolgen habe, vornämlich „die Fortpflanzung des reinen Evangelii" hervorgehoben, und auf die mancherlei günstigen Verhältnisse hingewiesen wird, um dasselbe durch Rußland, mit dem man im besten Einvernehmen stehe, bis nach China zu verbreiten. Bei dieser Gelegenheit thut der Philosoph die merkwürdige Aeußerung: „Ja noch mehr zu sagen, wer weiß, ob nicht Gott eben deswegen die pietistischen, sonst fast ärgerlichen Streitigkeiten unter den Evangelischen zugelassen, auf daß recht fromme und wohlgesinnte Geistliche, die unter Kurfürstlicher Durchlaucht Schutz gefunden, dero beihanden sein möchten, dieses kapita-

---

1) S. das Nähere bei Plath a. a. O. S. 44 flgde.

liste Werk fidei purioris propagandae besser zu befördern und die Aufnahme des wahren Christenthums bei uns und außerhalb mit dem Wachsthum realer Wissenschaft und Vermehrung gemeinen Nutzens als funiculo triplici indissolubili zu verknüpfen." Der Gedanke, durch die Academie die Fortpflanzung des wahren Glaubens zu fördern, ist auch in dem Stiftungsbrief, der am 11. Juli 1700, als am Geburtstage des Kurfürsten, erfolgten Gründung der Academie, jedoch nur in allgemeiner Haltung, aufgenommen. Die bezügliche Stelle darin heißt: „Nachdem auch die Erfahrung giebt, daß der rechte Glaube, die christlichen Tugenden und das wahre Christenthum sowohl in der Christenheit als bei entlegenen, noch unbekehrten Nationen nächst Gottes Segen den ordentlichen Mitteln nach nicht besser als durch solche Personen zu befördern, die nebst reinem, unsträflichem Wandel mit Verstand und Erkenntniß ausgerüstet seiend, so wollen wir, daß unsere Societät der Wissenschaften sich auch die Fortpflanzung des wahren Glaubens und der christlichen Tugenden unter unserer Protection angelegen sein lassen solle, jedoch bleibt derselben unbenommen, Leute von andern Nationen und Religionen, wiewohl jedesmal mit unserm Vorbewußt und gnädigster Genehmhaltung einzunehmen und zu gebrauchen."

Nach diesen Aeußerungen von Leibnitz, die durch die Großartigkeit des darin enthaltenen Plans, trotz dessen Unausführbarkeit, und die Unbefangenheit und Richtigkeit der Beurtheilung der in Frage kommenden Persönlichkeiten und religiösen Richtungen überaus merkwürdig sind, kann es nicht verwundern, daß Francke, ohne Zweifel auf seine Empfehlung, zum Mitglied der Academie erwählt wurde. Dieser Zusammenhang ist um so unzweifelhafter, als außer mehreren andern auch Ludolf der jüngere an demselben Tage aufgenommen wurde. Denn es ist wohl entschieden an Leibnitz zu denken, wenn es im Protocoll dieses Tages heißt: „In praesentia des Herrn praesidis, Herrn Hoffpr. Jablonski, Hrn. Hoffr. Chuno und Hrn. Kircher wurden nachstehende subjecta verschiedentlich recommendirt und in die Societät aufzunehmen beliebt" 2c. [1]

---

1) Die obigen in den Acten der Academie der Wissenschaften befindlichen Angaben verdanke ich der gütigen Mittheilung des z. Secretärs der Academie Herrn Prof. Dr. E. Curtius.

Ich würde auf diesen Punct, auf den Francke selbst, wie bemerkt, kein bedeutendes Gewicht legte, nicht so speciell eingegangen sein, wenn mich nicht ein sehr merkwürdiges Schriftstück dazu veranlaßt hätte, welches meiner Ueberzeugung nach damit zusammenhängt. Es befindet sich in dem Missionsarchiv der Franckischen Stiftungen und ist, nachdem Dr. Germann in seinem Buch „Ziegenbalg und Plütschau" I, S. 200 dasselbe erwähnt, und einen kurzen Auszug davon gegeben hatte, von Plath als Anhang seiner Schrift vollständig mitgetheilt. Es ist überschrieben: Pharus missionis evangelicae, seu consilium de propaganda fide per conversionem ethnicorum maxime Sinensium, prodromus fusioris operis ad potentissimum regem Prussiae Fridericum, in quo veritatis demonstratio, causae moventes, conversionis praeparatoria, tentamen legationis evangelicae, subsidia necessaria, obstacula, ut et modus conversionis et conversorum conservatio primis fundamentis delineantur et censurae societatis Brandenburgicae scientiarum, ut et eruditorum omnium et piorum seriae deliberationi subjiciuntur. Nach den letzten Worten zu schließen, sollte man erwarten, daß die sehr ausführliche Abhandlung gedruckt wäre. Das ist aber nicht geschehen. Auch davon, daß sie etwa der Academie vorgelegen hätte, findet sich nach den Mittheilungen des Hrn. Prof. Curtius keine Spur. Die Gedanken, die darin ausgeführt werden, sind, wie Plath mit vollem Recht bemerkt, vollständig die Leibnitzischen, so daß der Verfasser derselben damit genau bekannt sein mußte. Wer war aber der Verfasser? Plath stellt keine Vermuthung darüber auf, mir hat sich aber je länger je mehr die Ueberzeugung aufgedrängt, daß es Francke ist. Darauf führt sowohl die in ihrer Begründung sehr eingehende biblische Gelehrsamkeit, als auch die, wie Germann mit Recht bemerkt, überaus hohen an die Vorbereitung der Candidaten gestellten Forderungen, die ganz dem energischen Character Franckes entsprechen;[1] vornämlich aber die ganze Fassung der Schrift, in welcher sich sowohl im Ganzen als in vielen Einzelnheiten die Ansichten Franckes deutlich zeigen. Ganz besonders bezeichnend für ihn ist eine Stelle, in welcher es bei Gelegenheit der zu

____

1) Man vergleiche nur, was er alles den Missionaren in Tranquebar zum Studium empfiehlt in den 1715 geschriebenen „Zufälligen Gedanken" rc. (s. Germann, Ziegenbalg und Plütschau II, S. 134 flgde); ebenso die den Mitgliedern des Collegium orientale gegebenen Vorschriften.

beschaffenden Mittel heißt: Novi fratres, quibus gloria Dei et Ecclesiae incrementum cordi est, qui, utut nullas in hoc mundo nec quaerant, nec habeant divitias, tamen ultro se obtulerunt ad promovendum hoc pii moliminis opus, ita ut quivis aliquot millia thalerorum huic usui destinata colligere sibi confidant; quid si horum laudabile exemplum imitari vellent et alii, quam facile maximis in emporiis et civitatibus a bonis civibus emendicare pecuniae summam possent! Wer konnte dies damals anders schreiben als Francke, namentlich da er gerade in dieser Zeit durch die ihm für das Waisenhaus bewilligte Collecte in dieser Hinsicht vielfache Erfahrungen gemacht hatte? Auch eine andere Stelle, wo er, von dem Zwecke der Mission mit lebhafter Begeisterung spricht, paßt ganz auf Francke, insbesondere auch der Schluß derselben, der so lautet: Imo adhuc majus quippiam sperare audeo ex missionibus nostris Evangelicis, scilicet unionem religionum; dediscent enim iis in locis minutias quaestionum minus cardinalium protestantes, in quibus sine disputandi pruritu unice de animarum salute res agitur juncta manu promovenda, dabit et Deus, ut ad saniorem mentem redeant Pontificii exemplo missionariorum suorum, qui non quisquilias camerae romanae vendiderunt, sed simplici animarum lucro juxta normam scripturae s. pie fuerunt intenti. Dieses letztere günstige auf die Jesuiten bezügliche Urtheil war wohl aus den Novissima Sinica geschöpft. Uebrigens ist bei der erhofften unio religionum, wie aus dem unmittelbar darauf Folgenden hervorgeht, keineswegs an eine Union der beiden protestantischen Kirchen zu denken, wie Germann meint, sondern offenbar nur an ein einträchtiges Wirken in der Hauptsache, wie es auch Leibnitz in seiner Schrift forderte. Gegen eine Union in jenem Sinne hat sich Francke wiederholt erklärt, dagegen das letztere stets empfohlen und beobachtet.[1] Daß ihm aber die Leibnitzischen Pläne und Gedanken

---

1) Seine Ansicht spricht er im J. 1722, wo die Unionsbestrebungen bei den Evangelischen Ständen in Regensburg eifrig betrieben wurden, in dem erwähnten Briefe an Cotton Mather, der ähnliche Gedanken geäußert hatte, aus. Er schreibt: Hoc ibi sub festinatione mea praetormisi, quod scribis de facienda evangelicorum et reformatorum concordia. Tuam propensionem, cujus sinceritatem multa probant documenta, non possum non magni facere. Nec ego nec ullus vir cordatus tam inhumanus erit, ut nolit haec doctrinarum divortia et horum incommoda tolli. Sed aliud est pacem optare, aliud hoc ecclesiarum statu,

genau bekannt sein konnten, obwohl ein bezüglicher Briefwechsel damals nicht stattfand, unterliegt bei den Beziehungen, welche er namentlich mit Berlin hatte, wo Jablonski ganz in dieselben eingeweiht war, durchaus keinem Bedenken. Und daß die Mittheilungen, die der Verfasser der Denkschrift erhalten hatte, aus mittelbaren Quellen hervorgegangen, zeigt die Stelle, in welcher unter den Gründen, welche den König in den Stand setzten, viel zur Bekehrung der Heiden in den äußersten Gebieten Rußlands und China's beizutragen, auch hervorgehoben wird, daß es geschehen könne propter fundatam nuper Societatem Brandenburgicam, quae non solum culturam scientiarum et missiones intendit litterarias, physicas, geographicas, sed etiam evangelicas, quod ex diplomate fundationis et instructione societati data patet, in qua inter alia haec ad rhombum nostrum facientia extant verba auro contra cara: „Bei welcher Gelegenheit auch dahin zu trachten, wie denen barbarischen Völkern in solchen Quartieren das Licht des Christenthums und reinen Evangeliums anzuzünden, und in China selbst von der Land- und Nordseite denen seewärts kommenden Evangelischen hierunter die Hand geboten werden könnte." Daß dieser von Leibnitz gehegte und ausgesprochene Gedanke in der Stiftungsurkunde der Societät durch Verallgemeinerung abgeschwächt war, haben wir gesehen. Er mochte jedoch in der obigen Fassung Francke durch irgend einen seiner Berliner Freunde als der darin wirklich aufgenommene mitgetheilt sein. Und gerade der Mangel an Uebereinstimmung derselben mit der officiellen beweist, daß die Denkschrift nicht aus einem Leibnitz unmittelbar nahe stehenden Kreise hervorgegangen ist. Und von welchem Theologen damaliger Zeit hätte man eine so begeisterte Empfehlung der Mission erwarten können? Von wem konnte man es dagegen eher, als von Francke, der wie wir

---

et hac animorum διαθέσει consilia irenica agitare et perficere velle. Pro concesso cognitionis mihi modulo aliter judicare nequeo, quam horum conatus irritos fore, ut fuisse eventus saepe declaravit. Sic ego sentio, docere nos ex mandato Christi oportere homines de poenitentia et adjungenda Evangelio fide, hac via quam plurimos lucri facere conari, tolerare dissensum, nec eo amorem quem alter alteri debet sinere profligari, reliqua Deo permittentes. In dem von Callenberg veranstalteten Abdruck dieses wichtigen Schreibens ist diese Stelle weggelassen. Ueber Franckes Stellung zur reformirten Kirche vergl. Kramer, Neue Beiträge S. 126 flgde.

sahen, sie bereits bei der Gründung des Collegium orientale im Auge hatte, und sich, sobald die Gelegenheit sich dazu bot, später bei der Förderung derselben so eifrig und erfolgreich betheiligte? Dabei ist noch dies bemerkenswerth, daß unter den von den Mitgliedern jener Anstalt zu treibenden Sprachen auch „wenn künftig, wie es scheint, Gelegenheit werde" neben dem Armenischen, Persischen, Türkischen, Neugriechischen auch Sinisch aufgezählt ist. Wenn aber in der Denkschrift als der nach China führende Weg Rußland bezeichnet ist, so lag dies Francke, abgesehen von den von Leibnitz ausgesprochenen Gedanken, bei seiner engen Verbindung mit dem jüngern Ludolf, der, wie bemerkt, mehrere Jahre dort gelebt hatte, vor Andern nahe. Auch war der Weg dahin in gewisser Weise schon dadurch gebahnt, daß Schüler von Francke, vor Allen der früher erwähnte, ihm nahe stehende Schaarschmidt, sich seit Jahren dort befanden. Und wer endlich hätte eher veranlaßt sein können, die Denkschrift der neugegründeten Societät der Wissenschaften vorzulegen, als Francke nach seiner Ernennung zum Mitgliede derselben? Daß dies aber bald danach geschehen sei, geht aus der Ueberschrift derselben hervor, in welcher die Societät als jüngst gegründet bezeichnet wird. Hienach scheint die Abfassung der Schrift etwa um die Zeit der Gründung des Collegium orientale gesetzt werden zu müssen. Als ein ganz äußerlicher Grund dafür, daß Francke der Verfasser derselben sei, mag noch dies angeführt werden, daß in dem Verzeichniß der in dem Missionsarchiv befindlichen sehr zahlreichen Actenstücke, bei diesem, sowie einigen wenigen andern, ausdrücklich bemerkt ist, daß es aus dem Nachlaß des jüngern Francke stamme. Es scheint also nicht, wie die von Außen kommenden Schriftstücke meist, von vornherein in das Archiv genommen, sondern mit der Nachlassenschaft Franckes in den Privatbesitz des Sohns gekommen zu sein.

Gegen diese hier aufgestellte Urheberschaft Franckes darf aber nicht etwa die durch die ganze Schrift hindurchgehende Ueberschwänglichkeit, welche die Unausführbarkeit der vorgetragnen Gedanken übersieht, geltend gemacht werden. Auch später hat er noch manche andere sehr weit aussehende und wegen ihrer Großartigkeit nicht zur Ausführung gekommenen Pläne gefaßt. Darin zeigt sich die Eigenthümlichkeit seines Geistes, der sich nicht genügen ließ an dem, was unmittelbar vorlag, wie umfassend es auch war, sondern sich, wo es die

Förderung des Reiches Gottes galt, immer größere und weitere Ziele
steckte. Dadurch erreichte er, was noch heute unsere Bewunderung
erregt, wenn auch bei Weitem nicht Alles, was er wünschte.

Nach allem diesem habe ich keinen Anstand genommen, diese
Denkschrift trotz ihrer Ausdehnung, in dem Anhange als ein merkwürdiges Zeugniß des frühen und energischen Interesses Franckes für
die Heidenmission abdrucken zu lassen. Sie findet sich allerdings, wie
oben bemerkt, bereits in der oben angeführten Schrift von Plath,
ist aber nach dem gewöhnlichen Schicksal vereinzelter Abhandlungen
wohl wenig bekannt geworden, wozu auch beigetragen haben mag,
daß über den Verfasser auch nicht einmal eine Vermuthung vorlag.

Anhang.

I.

XXX Regeln zur Bewahrung des Gewissens und guter Ordnung in der Conversation oder Gesellschaft (f. S. 47).

(Schriftmäßige Lebensregeln.)

I. Gesellschaft gibt viel Gelegenheit zu sündigen. Willst du dein Gewissen bewahren, so sei eingedenk, daß der große und majestätische Gott nach seiner Allgegenwart der Vornehmste in der Gesellschaft sei. Vor eines so großen Herrn Gegenwart sollte man noch wohl Scheu haben.

II. Was du thust, siehe zu, daß dir niemand (viel weniger aber du dir selbst) deinen innern Frieden und deine Ruhe in Gott störe.

III. Rede nicht von deinen Feinden als aus Liebe, zu Gottes Ehren und zu ihren Besten.

IV. Dringe dich nicht dazu viel zu reden. Wenn dir aber Gott Gelegenheit gibt zu reden, so rede mit Ehrerbietung, gutem Bedacht, Sanftmuth, so viel du gänzlich Gewißheit hast, mit liebreicher Ernsthaftigkeit, mit deutlichen, klaren Worten, ordentlich und mit gutem Unterscheid, ohne Uebereilung der Sprache, ohne Wiederholung, wo es nicht die Nothwendigkeit erfordert.

V. Laß dich nicht verwegen ein, von den Dingen dieser Welt zu reden, wenn nicht Gott dadurch geehrt, dein Nächster gebessert und deiner Nothdurft geholfen wird. Es ist ein Wort des Herrn: Alles was ihr thut in Worten oder Werken, das thut in dem Namen des Herrn Jesu, und danket Gott und dem Vater durch ihn. Col. 3, 17.

VI. Hüte dich, daß deine Rede nicht stachlicht oder spöttisch sei. Alle anzügliche und lächerliche, oder nur unverständige Sprüchwörter und Redensarten, welche Aergerniß erregen können, meide. Frage andere, ob du dergleichen an dir habest. Denn die Gewohnheit macht, daß man es selbsten nicht gewahr wird. Fluchen ist unter denen groben Sünden. Wer flucht, verfluchet sich und das Seinige.

VII. Wenn du von Gott und deinem Heilande redest, so rede davon mit großer Demuth und Ehrerbietigkeit als vor seinem Angesicht. Schäme dich den Namen Jesus zu einem Sprüchwort zu machen.

VIII. In Erzählungen sei sehr behutsam. Denn der Lügengeist herrschet darinnen. Man ersetzet die Umstände aus eigner Erfindung, wenn das Gedächtniß nicht alles behalten. Man prüfe sich, wenn man etwas erzählet, ob man nicht in diesem und jenem mit Ungewißheit geredet. Lächerliche und üppige Historien stehen keinem Christen an. Denn sie sind entweder nicht wahr, oder doch ungewiß, oder sind wider die Liebe des Nächsten, oder laufen hinaus auf einen Mißbrauch geistlicher Dinge, oder erweden bei einem andern den Verdacht, daß man ihn damit meine, oder machen, daß noch mehr dergleichen und die noch schlimmer sind, erzählet werden. Gute und insonderheit lebendige Exempel der Tugenden, und die von der göttlichen

Vorsehung, Allmacht, Gütigkeit, Gerechtigkeit Zeugniß geben, laß nicht aus deinem Gedächtniß, denn man kann viel damit bauen. Aber erzähle aus guter Gewißheit, darzu deutlich, vornämlich ordentlich, ohne Zusatz, und wo dir etwas entfallen ist, so halte es für keine Schande es zu gestehen.

IX. Wenn du von dir selber redest, so siehe zu, daß nicht eigne Liebe darunter sei.

X. Falle nicht von einer guten Rede gleich auf eine andere. Denn damit verderben sich die meisten, daß sie darnach von keiner Sache ausführlich zu reden wissen, sondern bald von diesem, bald von jenem zu reden anfangen; bleib bei einer Rede, so lange es andern nicht beschwerlich ist, so wirst du vielem Mißverstande zuvorkommen, dich und andere mehr erbauen und dir einen guten Schatz sammlen, von wichtigen Dingen mit guten Gründen und ausführlich, wenn es noth thut, zu reden.

XI. Gedenke, daß an sich selbsten sind böse Worte, als Fluchen, unnützlich Schwören, grobe unzüchtige Reden: daß auch sind unnütze Worte, die zu nichts dienen und keinen rechten Endzweck haben. Und daß sind auch gute Worte, die zur Ehre dessen gerichtet sind, der das Wort schon vorher weiß, das auf deiner Zunge ist. Böse und unnütze Worte meide, denn du sollst für einem jeden Rechenschaft geben. Der guten befleißige dich.

XII. Alle deine Gesellschaft sei entweder aus Noth, oder aus Hoffnung zur Besserung oder doch vorsichtig erwählet. Den äußerlichen Umgang mit den Gottlosen kann man nicht meiden, aber gib dich nicht in ihre Gesellschaft ohne Noth. Sie werden dich eher verführen, als du sie gewinnen wirst. Mußt du aber mit ihnen umgehen, so hüte dich um so mehr.

XIII. Viele Reden sind gut, aber sie werden nicht in der rechten Gesellschaft und am rechten Orte geführet. In der Kirche kann auch die beste Rede den Schwachen einen Anstoß geben.

XIV. In anderer Gegenwart rede nicht heimlich oder ins Ohr, oder in fremder Sprache. Denn das bringet Argwohn und ein anderer meinet, daß du ihm nicht trauest.

XV. Wenn andere reden, die insgemein wollen gehöret werden, so fange du nicht mit einem allein an zu reden; denn das bringet Unordnung und Verdruß.

XVI. Wenn du etwas vorbringest, was du von einem andern weißt oder gehöret hast, so bedenke zuvor wohl, ob auch der andere damit werde zufrieden sein, daß du es nachsagest. Zweifelst du daran, so schweig lieber.

XVII. Fällt dir jemand in die Rede, so schweige. Denn das gefället dem andern wohl, daß man ihn auch höret. Und wenn du gleich fortredest, so wird er dich doch nicht recht hören. Denn er denket darauf, was er selber sagen wolle.

XVIII. Falle aber selbst niemand in die Rede. Denn das ist einem jeden von Natur zuwider, wenn man ihn nicht aushöret. Du wirst zuweilen meinen, du habest es wohl gefasset und hast es doch nicht recht begriffen. Der andere wird heimlich verachtet, wenn man ihn nicht ausreden lässet. Denn einem großen Herrn, den du ehren wolltest, würdest du es nicht thun. Gehe in dich, wenn du andern in die Rede fällest, du wirst befinden, daß dein Mund ohne rechten Bedacht herausgeplatzet. Du wirst bei jedermann leichter Liebe gewinnen, wenn du jedermann mit großer Gedulb anhörest.

XIX. Wenn dir jemand widerspricht, so sei ja wohl auf deiner Hut. Denn das ist die wahre Gelegenheit, dich in Gesellschaft zu versündigen. Leidet Gottes Ehre und des Nächsten Bestes nicht darunter, so laß es gehen. Man streitet oft viel und wenn der Streit aus ist, so hat man wohl an beiden Seiten noch weniger Gewißheit von der Sache als vorhin. Wenn jemand auch der Wahrheit widerspricht, so hüte dich ja für aller ungestümen Gemüthsbewegung. Denn das ist nur ein fleischlicher Eifer. Hast du die Wahrheit vernehmlich und mit guten Gründen vorgestellet, so sei zufrieden, mit weiterm Zanken wirst du wenig gewinnen. Der Widerpart wird der Sache mehr nachdenken, wenn er siehet, daß du deiner Sache gewiß bist und nicht streiten wollest. Lernet er nicht mehr von dir, so lernet er doch Sanftmuth und Bescheidenheit aus deinem Exempel.

XX. Wenn man Spielen, oder sonst kurzweilige Actiones, Tanzen, Springen rc. anfänget, so bedenke man zuvor, weil bei diesen Dingen viel unanständiges und wüstes Wesen vorgehet, gemeiniglich auch unzüchtige Geberden und Reden nicht ausbleiben, daraus andere größere Sünden folgen, ob dir nicht rathsamer sei, dich davon zu machen, als lange dabei zu bleiben, da die Gelegenheit dich verleiten könnte, in dasselbe unordige Wesen einzuwilligen oder wenigstens dir allzuschwer sein möchte, den Frieden Gottes in deiner Seele zu bewahren.

XXI. Wenn du andere ihrer Sünden wegen bestrafen sollst, so schütze nicht die unbequeme Zeit vor, wenn dich deine Furchtsamkeit oder Blödigkeit davon abhält. Die Furchtsamkeit und Blödigkeit muß eben sowohl als andere böse Gemüthsbewegungen überwunden werden. Doch bestrafe dich allemal zuvor selbst, ehe du andere bestrafest, damit deine Bestrafung aus Mitleiden herrühre. Strafe mit Liebe und großer Vorsicht und Bescheidenheit, damit der andere nur auf irgend eine Art in seinem Gewissen möge überzeuget werden, daß er nicht recht gethan. Christus strafet auch mit einem Blick, da er Petrum ansah, als er ihn verläugnet hatte; und er fieng doch bitterlich an zu weinen. Er strafte aber auch mit ausbrücklichen, dürren Worten. Die Liebe muß hierinnen dein Lehrmeister sein. Nur mache dich anderer Sünden nicht theilhaftig.

XXII. Wenn es bei der Mahlzeit ist, so bleibe ja bei der Mäßigkeit im Essen und Trinken. Wenn man dich nöthiget zum Ueberfluß, so denke, daß es lauter Versuchungen sind, dich wider deinen Gott zu versündigen. Laß dich ja nicht verleiten, der Annehmlichkeit des guten Geschmacks zu folgen und den Bauch bis oben zu füllen. Es wäre dir besser, daß du oft aber wenig äßest, damit du in der Nüchternheit des Gemüths, und in der Geschicklichkeit etwas Gutes zu thun erhalten würdest, als daß du den Magen auf einmal voll schüttest, und aus dem lieblichen und freudigen Wesen einer nüchternen Seele gesetzet wirst. Durch viel Essen und Trinken wird Leib und Seele beschweret. Eine beständige Mäßigkeit wird eine große Probe sein deiner geistlichen Klugheit. Wenn dein Mund noch so lecker ist, das Beste für dich zu wählen, dich mit der nieblichen Speise des Geschmacks willen zu sättigen, und unordentlich zu essen und zu trinken, ohne rechten Hunger und Durst, so bist du noch nicht mäßig.

XXIII. Allezeit, und bei aller Gesellschaft hüte dich für allen unanständigen Minen, Hand=Gebehrden und unordentlicher Stellung des Leibes. Es bezeuget Unord=

nung im Gemüth, und verrathen sich dadurch deine heimlichsten Gemüthsbewegungen. Dein lieber Jesus wird solches nicht gethan haben, warum wolltest du ihm im Aeußerlichen nicht nachfolgen, welches ja das Geringste ist. Laß dich von einem guten Freunde erinnern. Denn dieses möchtest du an dir selber nicht erkennen.

XXIV. Hüte dich vor unnützen Lachen. Alles Lachen ist nicht verboten. Denn es geschiehet wohl, daß sich der Allerfrömmste nicht über weltliche, sondern über gött=liche Dinge also inniglich erfreuet, daß sein Mund mit einem bescheidenen Lachen von der Lieblichkeit, die in seinem Gemüthe entstanden Zeugniß giebet. Aber es wird gar leicht damit gesündiget, und dem Herzen zu einer gefährlichen Zerstreuung des Sinnes (Buch der Weisheit 9, 15) der Weg gebahnet, welches bald wird gewahr werden, daß es zu leichtsinnig worden, wenn es sich wieder in tiefer Demuth zu dem allgegenwärtigen Gott nahen will. Insonderheit wenn andere über Scherz und Narrentheidung lachen, so hüte dich, daß du nicht mit lachest. Denn es gefället Gott nicht, warum gefället es denn dir? Gefällt es dir aber nicht, warum lachest du denn darüber? Lachest du, so hast du mit gesündiget. Siehest du ernsthaft, so hast du schon die Sünde in der unnützen Schwätzer ihrem Gewissen gestrafet.

XXV. Wenn es andere in ihren Reden worinnen versehen, oder von dem rechten Wege abgeschritten sind, so befleißige dich, daß du es durch eine vernünftige Rede wieder bei Zeiten ins Geschick bringest, so wirst du viel Weitläuftigkeit ver=hüten. Dieser Gabe befleißigen sich wenige, und ist doch sehr nöthig.

XXVI. Ziehe dich niemals einem andern vor, und erhebe dich nicht des Vorzuges, den du um guter Ordnung willen nach deinem Stande einnehmen mußt. Du bist Staub und der andere ist Asche. Für Gott seid ihr beide gleich. Darum laß es dir, so viel an dir ist, gleichviel sein, wo du gehest oder stehest. Die Liebe ist demüthig und erwecket durch ihre Demuth wieder bei andern Liebe. Aber ein hoffärtiger Mensch ist einem jeden beschwerlich.

XXVII. Ehre jedermann in der Gesellschaft, aber fürchte dich für keinen. Denn Gott ist größer als du und er. Vor dem fürchte dich.

XXVIII. Sei nicht traurig und verdrießlich bei den Leuten, sondern freudig und lieblich, denn das erquicket jedermann.

XXIX. Wenn du merkest, daß die Gesellschaft dir nicht nothwendig ist, oder daß die Ehre deines Gottes anderweit besser könne befördert werden, oder daß die Liebe dich nicht bringe, deinem Nächsten durch deine Gegenwart zu dienen, so laß dir ja nicht lieb sein, bei der Gesellschaft zu bleiben. Keinen Augenblick mußt du dabei sein, wenn du keinen andern Zweck hast, als daß du nur die Zeit unnützlich passirest. Das stehet einem Christen übel an, daß ihm mit seinem Gott die Zeit lang wird. Auch Fromme versehen sich hierinnen manchmal und fallen daher in viele unnütze Worte und Werke, die danach ihre Seele verunruhigen.

XXX. Siehe, ob dein Herz gleich beschaffen sei, es sei in der Einsamkeit oder in Gesellschaft, findest du das nicht, so hast du große Ursache, dich der Einsamkeit noch mehr zu befleißigen, als der Gesellschaft, damit du dein Herz zuvor in rechte Ordnung bringest. Findest du es aber, so siehe zu der bu stehest, daß du nicht fallest.

———

II.
Von der Christen Vollkommenheit (S. 90).

1.

Wir werden allein gerecht durch den Glauben an den Herrn Jesum ohne Verdienst und Zuthun der Wercke, indem uns der Himmlische Vater um der vollenkommenen Genugthuung und des hochtheuren Verdienstes willen seines Sohnes los und ledig spricht von allen unsern Sünden.

2.

Durch diese Rechtfertigung, welche durch den Glauben geschiehet, wird der gerechtfertigte Mensch als ganz und gar vollkommen, ja als die Gerechtigkeit Gottes selbst angesehen, wie S. Paulus schreibet: Gott hat den, der von keiner Sünde wuste, für uns zur Sünde gemacht, auff daß wir würden in ihm die Gerechtigkeit Gottes. Gleich wie nun Gott den Herrn Christum ansiehet als Sünde (weil ihm unsere Sünden zugerechnet worden) also siehet er den Sünder an als gerecht und ganz vollkommen, weil er dem Sünder die Unschuld und Gerechtigkeit Christi schencket und zurechnet als sein eigen.

3.

Wer diese Vollkommenheit nicht hat, der kann nicht seelig werden. Denn das heißt nichts anders als glauben an den Herrn Jesum, und ist die Vollkommenheit nicht in uns, oder unser, sondern in Christo oder Christi, um welches willen wir für vollkommen geachtet werden von Gott, und also seine Vollkommenheit durch Zurechnung unser wird.

4.

Wenn aber der Mensch nun gerechtfertiget ist, so kan er seiner Seeligkeit ganz gewiß seyn; aber er findet bald die Schwachheit des Fleisches und die angeborne sündliche Unart. Er verlanget von Grund seines Herzens nichts anders als Gott und das ewige Leben, und achtet alles was in der Welt ist, Augenlust, Fleischeslust und hoffärtiges Leben für Dreck und Schaden dagegen: aber er befindet, daß die Erbsünde sich in seinem Fleisch reget, und ihm bald allerhand Zweiffel und böse Gedancken, bald böse Reizungen des Willens verursachet, so befindet er auch, daß wegen der großen und langen Gewohnheit zu sündigen er sich noch öfters in diesem und jenem im Aeußerlichen übereilet mit Worten und Wercken.

5.

Solche anklebende Unart und Uebereilungen aber werden dem gerechtfertigten Menschen nicht zugerechnet. Denn es ist keine Verdammung an denen, die in Christo Jesu sind, nemlich die nicht wandeln nach dem Fleisch, ob sie wol das Fleisch reizet, sondern nach dem Geiste. So wendet sich ein Wiedergeborner, sobald er seinen nicht aus Vorsatz begangenen Fehltritt erkennet, in wahrhaftigem Glauben gleich zu der Gnade Jesu Christi, und ist der Sünde von Herzen feind.

6.

Daher wenn der wiedergeborne Christ solch Gebrechen seines Fleisches erkennet, so streitet er mit allem Ernst wider das Böse, das sich in seinem Fleisch herfürthut, und zwar nicht durch eigenes Vermögen und Kraft, sondern tödtet durch den

Geist des Fleisches Geschäffte, und verläßt sich auff die Kraft Jesu Christi, welcher ihm von Gott gemacht ist zur Heiligung, und in ihm das Böse überwindet.

7.

In solchen seinen sündlichen Gewohnheiten und Gebrechen bleibet aber der gerechtfertigte Mensch nicht allemal gleich stehen, sondern leget durch Gottes Gnade das Böse immer mehr und mehr ab, und wächset auch von Tag zu Tag im Glauben und in der Liebe, gleich wie man im leiblichen Alter erstlich ein Kind ist, darnach ein Jüngling, darnach ein Mann wird.

8.

In solchem Wachsthum aber mag der Mensch so weit kommen, als er immer will, wird er dennoch nie ganz vollkommen, sondern kann wachsen und zunehmen im Guten so lange er lebet. Und wer sich in dem Verstande der Vollkommenheit rühmet, betrügt sich selbst und andere.

9.

Doch kann nicht geläugnet werden, daß auch in dem Verstande auf gewisse Maße eine Vollkommenheit dem Menschen von der H. Schrifft beygeleget wird, nemlich wie ich etwa einen pflege einen Meister in einer Kunst zu nennen, ob er gleich die Kunst nie auslernen kan, und noch viel Meister über sich hat. Also will die Schrifft nicht, daß der Mensch ganz vollkommen in diesem Leben werden könne, daß er ohne Sünde und Reitzung zur Sünde sey, sondern daß der Mensch zu einer männlichen Stärcke in Christenthum kommen könne, sich der alten Gewohnheiten zu entschlagen, und sein Fleisch und Blut zu überwinden, und daß ein Mensch immer vollkommener sey als der andere. So spricht die Ep. an die Hebräer, daß für die Vollkommenen gehöret starcke Speise, und beschreibet die Vollkommenen, daß es die sind, die da haben durch Gewohnheit geübte Sinnen, zum Unter= scheid des Guten und des Bösen, nicht aber die, so durch sündliche Lust nicht mehr gereitzet würden.

10.

Daraus erfolget, daß es beydes wahr sey in gewissem Verstande: Wir sind voll= kommen, und wir sind nicht vollkommen. Nemlich wir sind vollkommen durch Chri= stum und in Christo durch unsere Rechtfertigung und nach der zugerechneten Gerech= tigkeit Jesu Christi. Wir sind aber und werden nicht ganz vollkommen, daß wir nicht mehr sollten wachsen können nach der Ablegung des Bösen und Annehmung des Guten, oder nach der Heiligung.

11.

Demnach wer hierinnen nicht irren will, muß die beyden Articul von der Rechtfertigung und von der Erneurung oder Heyligung wohl unterscheiden, oder er wird sich immer mehr und mehr in den Streit wickeln.

12.

Daher auch folget: Ein Gerechtfertigter hat keine Sünde, nemlich nach der Recht= fertigung, und hat Sünde nach der Erneuerung. Denn was dem Menschen noch anklebet, wird ihm nicht zugerechnet um Christus willen.

13.

Wenn nun der Mensch, der bereits gerechtfertiget ist, betet ober zur Beicht gehet, betet er, daß ihm Gott seine anklebenbe Sünde um Christi willen vergeben, und nicht zurechnen wolle, gleichwie er weiß und versichert ist, baß an ihm, als ber ba ist in Christo Jesu, keine Verdammung ist.

14.

Daher genießet auch ber gerechtfertigte Mensch bas H. Abenbmahl zur Stär-ckung seines Glaubens und zur Besserung bes Lebens.

15.

Bey bem allen aber hat sich ber Mensch wohl in Acht zu nehmen, baß seine Buße nicht Heucheley sey, sondern baß er schaffe, baß er seelig werde mit Furcht und Zittern. Sonst kann ber Trost von ber Gnabe Christi leicht auf Muthwillen gezogen werden, baß ber Mensch bie Welt lieb hat, und sich boch berebet, bie Liebe Gottes sey in ihm, welcher Betrug wol bie Hölle sehr volkreich machet.

III.

Entwurf der gesammten Anstalten, welche zu Glaucha an Halle durch Gottes sonderbaren Segen, theils zur Erziehung der Jugend, theils zur Verpflegung der Armen gemachet sind, wie sichs damit verhält im Monat Decembri 1698 (S. 217).

1) Eine Anstalt zur Erziehung Herren-Standes, Adelicher unb anderer für-nehmer Leute Söhne.[1]

2) Eine Anstalt zur Erziehung Herren-Standes, Abelicher und sonst fürnehmer Leute Töchter.

3) Eine besondere Anstalt für Schlesische Kinder.[2]

4) Ein Paedagogium ober Anstalt zur Erziehung ber Kinder, welche von frem-ben, theils weit entlegenen Orten auf ihrer Eltern Kosten erhalten, und zum Stu-biren erzogen werden.

5) Ein besonderes Paedagogium für biejenigen Kinder, welche nur im Schrei-ben, Rechnen, Lateinischen, Französischen und in ber Oeconomie angeführet werden und bie Studia nicht continuiren, sondern zur Aufwartung fürnehmer Herren, zur Schreiberei, zur Kaufmannschaft, Verwaltung ber Land-Güter und nützlichen Künsten gebraucht werden sollen. So bishero noch mit bem n. 4 benannten Paedagogio mehrentheils verknüpfet, künstig aber babon abgesondert werden wird.[3]

---

1) Diese Anstalt ist nicht zur vollen Ausführung gekommen, s. S. 232 Anm.

2) In einer Wieberholung bes „Entwurfs" rc., „wie sichs bamit verhält im Monat Januario 1699" steht anstatt obiger Worte „eine besondere Anstalt für einige abeliche Kinder." Es sind bamit mehrere Kinder, 5 Mädchen und 7 Knaben, gemeint, welche auf Kosten ber Freifrau von Gers-borf, ber Großmutter Zinzenborfs, erhalten wurden, und welche, wie es scheint, bamals eine beson-bere Abtheilung bildeten.

3) Diese Anstalt ist nicht ins Leben getreten. Es mögen bamals Waisenknaben ober auch anbere Kinder zu bem angegebenen Zweck an bem Unterricht im Pädagogium theilgenommen haben, wie vor Einrichtung ber lateinischen Schule biejenigen, welche stubieren sollten.

6) Eine Schule für mehrentheils einheimische Bürger=Kinder, welche zum Stu=
diren erzogen werden, welche nicht so kostbar ist, als das Paedagogium.[1]

7) Eine andere Bürger=Schule, darinnen die Knaben im Christenthum, Lesen,
Schreiben, Rechnen und in der Musik unterrichtet, und also zu Handwerken erzogen werden.

8) Eine dergleichen Bürger=Schule, darinnen die Mädchen im Lesen, Schrei=
ben, Rechnen, Catechismo, Neuen Testament und Choral=Singen unterwiesen werden.

9) Das Waisenhaus, von welchem und andern damit verknüpften Anstalten
eine gedruckte Nachricht vorhanden.

10) Aus demselben werden die guten und geschickten Ingenia ausgelesen, und
nach der bei ihnen befindlichen Capacität zum Studiren oder sonst zu guten Künsten
dem gemeinen Wesen zum Besten erzogen.

11) Sechs auserlesene Knaben werden durch ein besonderes Legatum zum Stu=
diren mit allem Fleiß angeführet.

12) Die übrigen Knaben werden zu Handwerken erzogen und in ihrem Chri=
stenthum wohl unterrichtet.

13) Die Waisen=Mägdlein werden in einer besonderen Aufsicht erzogen, und
sowohl im Christenthum als in allerhand weiblicher Arbeit angewiesen.

14) Sechs Tische armer Studiosorum (an der Zahl 70) genießen die freie Kost.

15) Ein Tisch Knaben haben im Waisen=Hause Armuth halber die Kost frei,
und werden sonst im Paedagogio (davon n. 4) zum Studiren gehalten.

16) Ein Kranken=Haus, dazu ein besonderes Legatum.

17) Ein Armen=Haus für etliche alte Männer und Weiber, dazu auch ein
besonderes Legatum.[3]

18) Eine Anstalt für Bürgers=Leute, die in ihrer Jugend im Lesen oder Cate=
chismo versäumet sind.

19) Eine Anstalt für einheimische Armen, welche täglich eine Stunde unter=
richtet werden und dabei Almosen empfangen.

20) Eine Anstalt für alle ankommende fremde Bettler und Exulirende, welchen
täglich 2 gewisse Stunden gesetzet sind, in welchen sie zusammen zu kommen beschie=
den werden, und dann erst guten Unterricht im Christenthum, hernach auch Almosen
empfangen.

21) Eine arme Knaben=Schule.

22) Eine arme Mädchen=Schule, welchen die Schule ganz frei gehalten wird,
die darnach wieder zu den Ihrigen gehen.

23) Eine besondere Anstalt für die Kinder, so zum Abendmahl gehen sollen,
welche täglich eine Stunde unterrichtet werden.

Insgesammt sind in dem ganzen Informations=Werk 27 Classes, und die
Kinder insgesammt etwa 500.

Ach Herr hilf! ach Herr laß wohl gelingen!

---

1) Dies ist die lateinische Schule.

2) Es ist ohne Zweifel das „Wittwenhaus" in der Sommergasse gemeint, welches im Herbst
1698 bezogen wurde und noch besteht. Es war wohl Anfangs nicht blos für Wittwen bestimmt. Das
Legatum hatte der Freiherr von Canstein gewährt. (Näheres s. Fußstapfen S. 29 flgbe.)

IV.
Neubauer an A. W. Böhme, 24. November 1715 (S. 238).

(Der nachfolgende Brief giebt einen sehr lebendigen Einblick in die äußern Verhältnisse nicht blos Neubauers, sondern der Mitarbeiter Franckes überhaupt. Ueber Böhme s. was S. 258 Anm. bemerkt ist. Er stand mit Neubauer wegen der ostindischen Mission in vielfachem Verkehr. Sein Schreiben, worauf sich Neubauers Brief bezieht, ist nicht vorhanden. Er hatte ihm offenbar ein Geschenk an Geld geschickt. Ueber Neubauer selbst vgl. S. 169, wo jedoch, was ich bei dieser Gelegenheit zu erwähnen für Pflicht halte, irrthümlich gesagt ist, daß er Francke nach Erfurt gefolgt sei. Er trat erst im Sommer 1693, wo er nach längerer Unterbrechung seiner Studien nach Halle kam, wieder in Verbindung mit ihm.)

Werthester Herr Böhme. Dessen geliebtes vom 1. hujus ist vorgestern richtig eingelaufen und hat mit seinem ganz unvermutheten Inhalt viel Freude bei mir erweckt. Ich preise Gott, der des l. Br. Herz dazu erweckt, und wünsche von dem reichen Vergelter aller Wohlthaten eine reiche Gnadenbelohnung. Ich erkenne dabei ein gar liebliches Spiel der göttlichen Providenz, welches mir bei dieser an sich selbst schon erfreulichen Sache die Freude und Süßigkeit vermehrt, daher ich mich der Freudenthränen nicht enthalten konnte, auch aus dieser unvermutheten Hülfe eine Stärkung des Glaubens gewann und eine Zuversicht, daß mir in einem andern Kummer die göttliche Hülfe auch unvermuthet zur rechten Zeit erscheinen werde. Es ist an dem, daß ich eines der größten Salarien, welche in unserm Hause an ledige Personen gegeben werden, genieße, auch damit billig vergnügt bin, in Erwägung, daß in unserem Lande für eine Station, dergleichen ich etwa möchte bedienen können, kein reicher Salarium gegeben wird, demnach ich auch übel thun würde, wenn ich mehr begehrte. Denn ich habe wöchentlich 1 Thlr. Kostgeld und daneben einen Thaler für die andere Nothdurft als Kaffee, Wäsche, Bett, Linnenzeug und Kleidung. Stube und Licht wird mir daneben umsonst gegeben. Ich habe aber eine alte Mutter, die nunmehr 80 Jahr alt ist, der ich von dem wöchentlichen Thaler nun so lange, als ich die Pension gehabt (hoc est ab anno 1707), wöchentlich 6 Groschen zur Beihülfe in ihrer Verpflegung mit allen Freuden abgegeben habe, und also nur 18 Groschen zu meiner Nothdurft übrig behalten, die dann fast in dem meiner Constitution nunmehr unentbehrlich scheinenden Kaffee, Linnen und Bettwäsche, Schuh- und Kleider-Flicken aufgewandt sind, also daß kaum zu einem Paar neuer Schuhe und Strümpfe was übrig blieb und gar nichts, davon binnen etlichen Jahren ein neu Kleid sammeln könnte: wie denn auch das Kleid, so vor brittehalb Jahren neu machen ließ, von einer damals mir auch unvermuthet aus Schlesien zugesandten Gabe von 20 Kaisergulden genommen habe. An der Kost konnte ich nicht abbrechen, weil mir der Herr Professor den Tisch fürn Thaler geordnet hatte, auch das Geld immediato von ihm selbst für die Kost gezahlt wurde. Solchem nach mußte ich meinen Staat gar enge halten, wenn ich ohne Schulden auskommen wollte. Es ging aber doch noch. Allein vor 2 Jahren, da meine alte Mutter schwächer wurde und in Sorgen gerieth, sie würde mit den 6 Groschen nicht auskommen, nun sie mit ihrer Arbeit nichts darneben verdienen könnte, resolvirte ich ihr wöchentlich 12 Gr. zu geben und that es mit Freuden, wagte es auch auf den lebendigen Gott, daß er mir durchhelfen würde. Meinen Staat aber konnte ich nicht enger einziehen, der Tisch mußte so ä.

1 Thlr. continuirt werden, Kaffee konnte ich nicht missen, das Linnen mußte gewaschen, Schuh und Strümpfe geflickt sein, ohne was der Anlauf der Armen hinnimmt; so konnte nichts anders daraus erfolgen, als daß ich aus der Kasse, die ich administrire, was borgen mußte. Ich habe dabei auf Gott gesehen, der weiß, daß ich es nicht ändern kann, auch mich in casum mortis damit getröstet, daß meine Kleider und Bücher diese Schuld würden ersetzen können. Doch da der Herr Professor in die Stadt zog und mein Tisch à 1 Thlr. ausfiel, ergriff ich die Gelegenheit in der Kost zu menagiren und nahm einen Tisch à ½ Thlr. an. Nach ein paar Monaten däuchte mir, meine Constitution wolle eine solche Diät in diesem Alter nicht gewohnen, da ich so viele Jahre kräftigere Speise gehabt und stieg daher in der Kost bis auf 16 Groschen, womit ich annoch continuire. Aber eben an dem Tage, da Abends des l. Br. Brief einlief, war mir früh zu Muthe, als ob ich Vorboten eines Fiebers spürte und entstund dabei die Frage in meinem Gemüth, ob ich auch recht thäte, wenn ich durch allzu geringe und bisher ungewohnte Diät mir ein Fieber zuzögen, da ich nun bei der Frage mich zu keiner Antwort determiniren konnte, ließ ich sie unbeantwortet stehen und schritt zu meiner Arbeit, dabei mir die Gedanken und die Fieber-Motus zugleich wegfielen. Doch am Abend beantwortete mir Gott meine Frage, da er also zeigte, wie er schon für mich gesorgt habe, daß ich nicht nöthig hätte meinem Leben die nöthige Pflege zu entziehen. Etwa vergnügt es den l. Br. aus dieser Erzählung zu erkennen, wie ihn Gott gebraucht habe, meiner und meiner Mutter Dürftigkeit und Kummer für diesmal abzuhelfen, denn sie nimmt, was ich ihr gebe, mit bekümmertem Gemüthe an, sorgend, daß ich es mir abbreche, so daß ich sie dann trösten muß und ihr vorstelle, Gott werde für mich schon sorgen. Wie wird sie sich freuen, wenn sie von mir vernehmen wird, ich habe auf einmal so viel bekommen, als sie in zwei Jahren consumire. .

10. Febr. 1717: Ich muß auch melden, daß Herr Professor Francke proprio motu mir meinen Gehalt vermehrt und fast aufgebrungen habe, weil ich modest dabei war, also daß wöchentlich einen Thaler über das vorige habe, damit bei mehr zunehmenden Jahren meiner Pflege besser warten könnte. Vale, Tuus

Halle.   G. H. Neubauer.

V.

Project des Collegii orientalis theologici, abgefasset im Majo 1702.

Man hat im Namen Gottes zu Nutzen seiner Kirchen, darinnen es an genugsamen treuen Arbeitern fehlet, sich entschlossen, ein gewißes Collegium OO. theologicum von 12 tüchtigen Personen und einem Inspectore zu fundiren, welches dann im Monat Martio Ao 1702 seinen Anfang genommen, und so weit gediehen,

1. Daß nunmehr in der Woche nach Cantate, zu Ausgang der Leipziger Messe, die ausgelesene membra desselben mit Gott fundirten Collegii orientalis theologici benebenst dem Inspectore beysammen: welches denn solche Studiosi theologiae sind, die gute fundamenta in denen nöthigen Wißenschafften, sonderlich in linguis OO. und theologia, auch sonsten seine dona, andere wiederum zu lehren, von Gott haben, und

von deren Gottesfurcht und guten Intention man das Beste zu Gott hoffet. Ihre Namen sind folgende:

M. Johannes Tribbecho, Gothanus, Facult: theol. Adjunctus et Collegii hujus Inspector; Tobias Renbe, Jacob Henning, M. Joh. August Krebs, Wilhelm Christian Schneider, Christian Benedict Michaelis, Abraham Kalle, Georg Carl Petri, Jerem. Phil. Krug, Joh. Gustav Reinbeck, Georg Joh. Hemle, Christoph Prätorius, Matthäus Zanber.

2. Der Zweck, welchen man bey gegenwärtiger Anstalt mit ietzt benannten ausgelesenen Subjectis suchet, ist dieser, daß sie vor allen Dingen in der H. Schrifft einen festen göttlichen Grund legen und mächtig werden, solche im Geist und in der Krafft nebst denen dazu nöthigen adminiculis apodictice zu treiben, 1 Cor. 2., das ist, was Paulus sonst ausspricht, zu ermahnen in der heylsamen Lehre, und zu strafen die Widersprecher, Tit. 1., damit man also aus ihnen wohl fundirte und wahrhaftige Gottgelehrte, auch mit äußerlicher Wissenschafft genugsam begabte Theologos und tüchtige Docentes (daran es ja leyder! mehr als zu sehr fehlet) in hohen und niedern Schulen, oder wo sie Gott in seiner Kirchen brauchen will, durch göttliche Gnade erziehen möge. Mit einem Wort, das Studium scripturae solidum wird zum Haupt=Scopo dieses ganzen Collegii gesetzet, welches dann um so viel nöthiger ist, je mehr man zu dieser letzten Zeit wahrnimmet, daß die Welt immer tiefer in den Unglauben hineinfället, und der Atheismus und Scepticismus von Tage zu Tage einreißet; zu geschweigen der gräulichen Ignoranz in dem rechten reali studio theologiae, und schrecklichen Verachtung göttliches Worts, welchen gefährlichen malis man mit möglichstem Nachdruck zu begegnen auch mit durch diese Anstalt intendiret.

3. Weil aber ein solcher wichtiger Scopus in einem oder zwey Jahren ordentlicher Weise nicht zu erhalten, und ja dieses der allgemeine Fehler ist, welches alle rechtschaffene Lehrer bedauren, daß die Studiosi insgemein cruda et immatura studia von Universitäten nach Hause bringen, und so in die Aemter kommen, so haben sich gedachte zwölf Studiosi auf gut Befinden der Superiorum und Patronorum dieser löblichen Anstalt nebst ihren Eltern, oder die sonst über sie zu sprechen haben, freywillig reversiret, in diesem Collegio 4 oder mehr Jahre, nach Beschaffenheit des Alters und anderer Umstände, treulich und beständig, so Gott anders Leben und Gesundheit verleihet, auszuhalten, um ihre studia zu einer rechten Solidität und Maturität unter göttlichen Segen zu bringen, und oberwähnten Zweck, so viel an ihnen ist, mit der Zeit zu erhalten. Denn keiner aus diesem numero welchen soll, er könne denn zuvor einen oder, wie man hoffet, mehrere Successores auffweisen, denen er das ihm von Gott verliehene Talent mit solchem Fleiß und Treue wieder mitgetheilet, daß man sie billig an seine Statt setzen könne, wodurch denn ein stetes Seminarium tüchtiger und geschickter Leute erhalten wird, keinesweges aber der intendirte Haupt=Zweck durch Abgang deren gegenwärtigen Subjectorum hinwegfället, sondern eines ieglichen Stelle sofort mit einem andern ersetzet werden kann.

4. Damit es nun an guter Einrichtung der studiorum nicht fehle, hat die ganze theologische Facultät nebenst dem H. Professore lgg. OO. dieses über sich genommen und fleißig deliberiret, wie dieses gute Werck möchte wohl angefangen und zum Zweck geführet werden, von deren consilio und approbation herkommt,

was nun in specie von denen studiis sowohl insgemein, als insbesondere wird gemeldet werden.

5. Nemlich, weil die Schrift ihr erster und vornehmster Zweck ist, sollen sie 1) denselben allzeit wohl erst bedencken, und alle ihre labores dahin richten, so ferne sie ihnen zu diesem Zweck dienlich seyn, damit sie sich nicht in andre Nebendinge zu sehr diffundiren, und am Ende des Ziels verfehlen mögen; darum wird nothwendig erfodert, daß sie die meiste und beste Zeit auff lectionem et meditationem Scripturae wenden; 2) sollen sie mit heiligen Herzen und Händen dieses studium in rechter Furcht Gottes angreiffen, wohl bedenckend ihre natürliche große Blindheit und Unvermögen, wie man mit allen andern Wissenschaften noch eher könne zu rechte kommen, aber hierzu gehöre vor allen Dingen die göttliche Weisheit, die um den Thron Gottes ist, das ewige Wort des Vaters, der ewige Geist Gottes, woraus diese Worte und Buchstaben geflossen sind. Darum sollen sie mit stetem und unermüdetem Gebet Gott den Vater der Lichter um die gute Gabe seines Heil. Geistes anrufen, und also inter perpetua cordis suspiria in der Schrift forschen. 3) Ihr studium soll also dahin gerichtet seyn, daß sie nicht nur ein und andere Wahrheit aus der H. Schrift fassen, und davon nur obenhin discuriren können, sondern daß sie zuförderst de Scriptura ipsa, ejus auctoritate divina, efficacia etc. vor Gott durch seinen Geist in ihren Herzen suchen göttlich gewiß zu werden, und auf solche Weise denn auch nachmals mit allen göttlichen Wahrheiten in der Schrift umgehen. Wenn sie nun eine göttliche und gründliche Gewißheit vor sich in ihren Seelen gefunden, sobann sollen sie besorget und beflissen seyn, wie sie auch, wenns bey Gelegenheit von ihnen sollte erfodert werden, solches vor andern Menschen klärlich darthun und beweisen, auch wenn ihnen allerhand opponiret wird, göttliche Wahrheit retten und vindiciren können. Und so sollen sie nicht nur einen und andern Spruch, sondern alle Bücher der Heil. Schrift tractiren, daß sie von deren scopo, argumento, partitione, sensu, zumal dictorum primariorum und difficiliorum gründliche Rechenschafft zu geben wohl lernen, um göttliche Lehre einmal in der Kirche Gottes aus seinem Wort würdig vorzutragen, und den Widersprechern das Maul zu stopfen.

6. Was die Methode betrifft, wie sie die Schrift lesen sollen, hat man vorerst gut und nöthig befunden, daß sie frühe Morgens und Abends bey ihren Betstunden eine lectionem cursoriam über die gantze teutsche Bibel anstellen, und selbe mit guter Aufmercksamkeit durchgehen sollen, also, daß man einem ieglichen gewisse Bücher ausgetheilet aus dem A. und N. Test., die er insonderheit sich wohl bekannt machen, deren scopum, argumentum und divisionem nach den sedibus materiarum wohl untersuchen, auch teutsch und lateinisch zu Papier bringen soll, welches bisher wohl von statten gangen, und zweifelt man nicht, es werde in weniger Zeit auf solche Weise die Bibel durchtractiret werden zu sonderbarem Nutzen der Studiosorum, die auf solche Weise aufgemuntert werden, recht Acht zu haben, und zu behalten sonderlich dasjenige, was in ihren ausgetheilten Büchern zu finden, daß man also in diesem Collegio künfftig gleichsam vivas concordantias haben wird. Ja es kann sich auch das Publicum dessen künfftig zu erfreuen haben, wenn dergleichen Hand-Bibel in Druck kommen möchte, da man 1) den Zweck eines ieden Buchs, 2) den Inhalt und Abtheilung desselben, 3) die Summarien nicht nach den Capiteln

(welche dennoch bleiben) sondern nach denen Anfängen einer ieden materio abgefasset, 4) ein gutes Register über die sedes materiarum, 5) eine accurate chronotaxin, oder Zeit=Ordnung, daß man gleich wissen könne, in welche Zeit ein ieglicher biblischer Text gehöre, alles kurz, deutlich und einfältiglich verfasset, beysamen hätte.

7. Ueber diese lectionem cursoriam, welche sie zusammen verrichten, soll ein ieglicher vor sich, oder auch conjunctim die Hebräische Bibel des Jahrs einmal, das N. T. Graecum aber 3 mal mit Verstand und gutem Bedacht durchlesen, sich nützliche cogitata und observationes aus solcher Lesung annotiren, und alle 14 Tage zum höchsten alle Monat specimina observationum, daraus man seinen Fleiß sehen könne, aufweisen.

8. Weiter so sollen sie in der Woche mit Andacht ein gewisses biblisches Buch vornehmen, und dasselbe hauptsächlich und mit ganzem Ernst und Fleiß zu ihrer Erbauung richten, darbey sie zugleich Gelegenheit haben werden, ihre Gaben im proponiren nützlich anzuwenden; und zwar in solcher Ordnung, daß alle Tage ein besonder collegium biblicum über gewisse Bücher A. und N. T. 1 Stunde lang soll gehalten werden, in welchem allemal zwey von dem Collegio OO. theol. nebst andern 10 oder 12 Studiosis alle Tage andere seyn sollen, welche collegia pietatis der Adjunctus facult. theol. dirigiren wird. Auf welche Art man alle Woche 60 und mehr Studiosis dienen kan.

9. Weilen aber zum rechten Verstand der Schrift absonderlich die fontes hebräischer und griechischer Texte nothwendig wollen getrieben seyn, als sollen auch alle und iede membra dieses Collegii pari studio dieselben Haupt=Sprachen, in welchen sie bereits ziemlich versiret sind, ferner wohl excoliren, die idiotismos V. et N. Test. mit allem Fleiß merken, die LXX interpretes sich wohl bekannt machen, und deren stylum mit denen phrasibus N. T. stets conferiren, welches ein treffliches Licht zum Verstand der Schrift giebet, u. zu eben dem Ende geordnet, was n. 7 von jährlicher Durchlesung des Hebr. codicis und mehrmaliger Wiederholung des N. griechischen Testaments gesaget worden. Es wird ihnen auch alle Gelegenheit an Hand gegeben werden, sich docendo im Griechischen und Hebräischen zu üben, wovon unten mit mehrerem.

10. In andern OO. Sprachen, worinnen die meisten schon was feines praestiren, sollen sie ebenfalls nach dem Zweck dieses Collegii mit unverdrossenem Fleiß sich üben, als im Chaldaeischen, Syrischen, Arabischen, Rabbinischen, Talmudischen, Æthiopischen, also, daß was ein ieber bereits gelernet, er auch conserviren, und sich daneben sonderlich auf eine gewisse Sprache unter ietzt genannten lege, die er vor andern wolle excoliren und dociren, entweder aufs Chaldaeische und Syrische, oder aufs Rabbinische und Talmudische, oder aufs Arabische und Æthiopische, desgleichen aufs Griechische ꝛc., welches dann auch schon geschehen, daß sich zwey und zwey miteinander vereiniget und auf ietzt gedachte studia sich appliciret haben. Wenn künftig, wie es scheinet, Gelegenheit seyn würde, Armenisch, Persisch, Sinisch, Türkisch, Neugriechisch zu lernen, wird man darauf bedacht seyn, daß es von einem und andern, der sich noch nicht mit linguis obruiret, gefasset werde. Die aber nicht ex professo sich auf orientalia legen, haben etwa aus den andern Sprachen als Polnisch, Sclavonisch, Russisch, oder den Stylum und Matthesin zu excoliren erwäh=

let. Wie denn nicht wird gewehret werden, auch in occidentalibus linguis, Franzöischen, Italiänischen, Englischen ꝛc. nachdem ein ieder Lust hat, und es dienlich erkannt wird, was zu thun, weilen in den occidentalibus Bibliorum versionibus ein guter Schatz zu finden.

11. Damit sie aber nicht auf die externos linguarum cortices, in welchen göttliche Wahrheit verdecket und eingeschlossen lieget, allein fallen und dabey behangen bleiben, sondern alles auf die wahre Theologie, so aus der Schrifft genommen, appliciren mögen, ist beschlossen worden, daß alle mehr gedachte Subjecta dieses Collegii wenigstens ein oder zwey collegia theologica beständig halten, und sowohl bey Tisch daraus conferiren, als vor sich privatim solches repetiren sollen, damit sie successu temporis alle partes theologiae, Thesin, Antithesin, Exegesin, Homiliam sacram et Historiam ecclesiasticam etc. durchhören, und darinnen ein recht fundament legen mögen, damits in der Wahrheit ein Collegium OO. theologicum heißen könne, aus welchem einmal tüchtige Lehrer können genommen werden. Was einem ieden vor collegia angewiesen sind, wird der Catalogus unten ausweisen.

12. Dabey hat man nützlich befunden, daß sie wöchentlich aus denen thesibus theologicis einmal von dem Inspectore examiniret werden. Desgleichen daß sie ein exercitium catechizandi hätten, welches ihnen denn bey den Armen aufgetragen worden, damit sie Gottes Wort aufs einfältigste zu treiben lernen möchten. Doch werden sie gar nicht obruiret, sondern es kommt dieses wöchentlich nur einmal herum.

13. In Philosophicis sollen sie auch möglich Fleiß beweisen, und wird einem ieden, der es nöthig hat in diesem oder folgendem Jahre den cursum oder doch die nöthigste partes philosophiae durchzutractiren Anleitung gegeben werden. Man siehets auch gerne, daß ein und andrer sich in specie auff physicam, matthesin und philosophiam moralem etc. recht appliciret, indem man solche Leute wohl wird brauchen können. Dabei werden etliche, die zumal Rabbinica und Talmudica tractiren, die alte Philosophie der Hebräer und anderer Völker, bey denen noch ein Licht gewesen, untersuchen, und denen armen Juden aus ihren eigenen principüs zu begegnen möglichsten Fleiß anlegen. Wie denn zu solchem Ende der Talmud von einem sonderbaren Gönner zum Anfang der neuen Bibliothek, so zu diesem Collegio soll angeleget werden, in 12 schönen frantzöischen Bänden zu gutem Exempel denen, so gleiches zu thun vermögend seyn, verehret worden.

14. Absonderlich sollen sie sich eines reinen und saubren lateinischen Styli befleißigen, weil sie zumal künftig Specimina publica ediren werden. Und wird man um beswillen alle Tage eine Stunde insgesammt zu exercitiis Styli anwenden, darinnen man Cellarii Antibarborum, Gyntheri latinitatem restitutam, nachmals gute und zum Zweck dienliche autores e. g. Lactantium, lesen, und immer dabey einen und den andern periodum schreiben soll; und wird man ietzt im Anfang dieses Collegii, da die Nebenarbeiten noch nicht recht angangen, die Zeit zu solchen propaedeumatibus gern anwenden, damit die defectus, so man verspüret, sich nach und nach verlieren mögen. Dazu wird gar dienlich seyn, daß sie oft aneinander selbst, oder an ihre Gönner und Freunde auswärts lateinisch schreiben, und nichts setzen, davon sie nicht Gewißheit der Purität wegen zuvor haben. Weßwegen alles, was elaboriret wird, von einem ieden soll consiret werden.

15. Im Latein = reden sollen sie quovis modo sonderlich über Tisch sich exerciren, allwo sie gar füglich dasjenige, was sie frühe und Nachmittags in collegiis gehöret, oder sonst gelesen und observiret haben, conferiren können; wie solches bereits angefangen worden, und künftig, wenn man in den völligen laboribus stehet, noch besser wird continuiret werden.

16. Jeder soll vorerst alle halbe Jahr ein Specimen publicum über eine auserlesene theologische oder philosophische materie privatim mit allem Fleiß elaboriren, obs gleich nicht eben lang und viel ist, und nach vorhergeganger accuraten censur derer Hrn. Theologorum, die das Ihrige zu solchen elaborationibus gar gerne beytragen werden, solches publice halten, typis et impensis orphanotrophei. Auf diese Weise wird alle 14 Tage einer disputiren, ohne dem wöchentlichen actu disputatorio privato, darinnen theils gewisse Materien, theils was sonderlich in der Woche dubious gewesen, vorkommen wird.

17. Ferner ist beliebet worden, damit man sich bey Zeiten zum dociren gewöhne, daß ein ieglicher, worinnen er was praestiret in Sprachen und Wissenschaften, solches entweder Kindern oder Studiosis wieder beybringe, und lehre, täglich eine, zum höchsten 2 Stunden, da denn etliche das Hebräische und Griechische bey den Waysenknaben, andere die Historie und Geographie, andere Arabisch, andere Syrisch und Chaldäisch, wie oben zum Theil erwähnet worden, bekommen und willig angenommen haben.

18. Doch soll keiner mehr als 3 bis 4 Stunden mit collegiis active und passive zu thun haben, damit ihnen Zeit bleibe zur lectione und meditatione privata, wie auch sonderlich zum Gebet, damit sie allemal mit neuer und frischer Krafft, Lust, und Freudigkeit an ihre Arbeit gehen, und dieselbige unter göttlichem Segen verrichten mögen, als vor den Augen des HErrn, und allemal wohl bedenken, wohin sie beruffen sind, damit sie niemals verlassen des Herrn Gebot, und von dem Wege des Lebens sich ablehren, sondern vielmehr in ihrem Christenthum wachsen und süßen Geruch geben, wie die Lilien, Sir. XL, auch so oft sie mit Gottes Wort zu thun haben, es ihre Lust und Freude seyn lassen, in demselben zu suchen, und den Willen und Rath Gottes daraus zu erkennen. Denn wer diese Eigenschaft nicht hat, ist ein untaugliches Glied dieses Collegii und soll lieber braus bleiben.

19. Wer an sich einen morbum chronicum oder andere Haupt = Mängel und Schwachheiten des Leibes mercket, die ihn künftig möchten untüchtig machen zu beständiger Abwartung der laborum in diesem Collegio, desgleichen so sichs finden solte, daß iemand von denen membris Collegii von den todten Werken nicht Buße gethan, behält man sich allemal die Freyheit bevor, denjenigen, der in wissentlichen Tod = Sünden, und bey beharrlichem unwiedergebornen Zustande nach geschehenen Vermahnungen sich nicht von Herzens Grund bessert, bald zu excludiren, damit man keine Schlange in seinem Busen erziehen möge.

20. Die Neben = Arbeit wird bestehen 1) in collatione codic. Hebr. praesertim MSS., weil eine neue Hebr. Bibel dirigente Lgg. Professore soll gedrucket werden, und dürfte diese Arbeit, die allerdings nützlich ist, wohl ein gut Viertel Jahr täglich 2 Stunden wegnehmen; 2) in correctione illius imprimendi codicis, die aber nur von etlichen vier oder sechs soll verrichtet werden; 3) in describendis

notis B. cujusdam autoris, beßen Nov. Test. graecum als ein sonderbarer Schatz durch göttl. Providenz zu Handen kommen, wovon das Publicum einen guten Nutzen künftig zu hoffen hat, zu welcher Arbeit gute Zeit gegeben worden; 4) in excerpendis autoribus optimis et rarissimis ad Scripturae intelligentiam facientibus, und dieses wird etwas mehr Zeit kosten, aber auch großen Nutzen zu einem künftigen Commentario geben; 5) in legendis Eruditorum Actis Lips. et aliis librorum Catalogis ac mensibus, quibus comparatur necessaria librorum notitia; 6) in lectione novellarum Germanicarum, Gallicarum etc. mit Zuziehung der Geographischen Tabellen. Welche zwey letztere Stück, wie auch das dritte in die horas recreationis vor oder nach Tische versparet werden.

(Hier folgt ein „Catalogus specialis aller collegiorum und laborum, die ein jeder im nächsten halben Jahre übernehmen soll" der, obwohl nicht ohne Interesse, doch zu sehr ins Einzelne führen würde, und deshalb weggelassen ist.)

Die labores communes, so oben erzählet worden, sind vor sich, und müssen allemal darunter verstanden werden. Damit man aber auch Nachricht habe, wie es mit ihrer Wohnung, Tisch, Unterhalt, und andern äußerlicher Ordnung beschaffen sey, so ist folgendes zu wissen.

1. Wohnen sie im Waysenhause auf zwey räumlichen dazu aptirten Zimmern, darbey ein kleines vor den Inspectorem, haben ihr Appartament auf dem Schlaf=Saal, wie auch ein besonderes Oratorium und eigenes Kranken=Stübchen, welches Gott gebe, daß sies dazu nicht sonderlich gebrauchen mögen.

2. Gehen sie alle miteinander an einen Tische, an welchem sie alleine speisen: und giebet iedermann wöchentl. 1 Thlr., wovor des Mittags wohl gespeiset wird, des Abends aber nimmt man was weniges zur Nothdurft. Man wird auch ferner alle mögliche Vorsorge thun, daß ihre Gesundheit bestens conserviret werde, und sie allemal munter zu vorgelegter nützlicher Arbeit seyn und bleiben mögen.

3. Ueber Tisch wird lateinisch aus denen Capiteln der Bibel, die man frühe gelesen, wie auch aus denen collegiis, so man besuchet, und was man sonst vor sich gelesen und observiret, geredet, daß die colloquia statt einer Repetition seyn können, wie mans denn mehr und mehr darnach einrichten wird, doch daß auch Frey=heit bleibe, zuweilen einen andern guten Discurs auff die Bahn zubringen.

4. Frühe Morgens stehen sie Glock 4 auf, verrichten ihr Gebet nach der Ordnung einer um den andern sammt der lectione Bibliorum cursoria, doch mit steter Absicht auf die Erbauung, bis Glock 6. Nachmals wendet ein ieder noch Zeit auf die besondere Lesung der Schrift in fontibus, wovon oben Meldung geschehen, und gehen darauf an ihre collegia und labores ordinatos. Des Abends verrichten sie wieder ihr Gebet und Lesung der Bibel von 8 bis 9 und gehen darauf zu Bette.

5. Man recommendiret ihnen auch fleißig den secessum ad orationem, zu welchem Gebrauch ihnen das Oratorium eingegeben worden. Doch ist dieses ein freyes Werck, nach dem es ein ieder in seinem Gewissen findet, wie wohl man allemal an das theure consilium des sel. Arnds denken soll, daß billig ein ieder Christ ohne die gewöhnliche Uebung früh und Abends sich am Tage eine Stunde sammlen soll, und sein Herz zu Gott richten, welches Studiosi, die die schönste Zeit haben, am besten ausrichten können.

6. Zu ben horis recreationis ist sonberlich bie Zeit eine halbe Stunbe vor unb eine ganze Stunbe nach Tisch von 1—2 ausgesetzet, boch sollen bie Zeitungen, Catalogi librorum unb bergleichen Dinge, bie bas Gemüthe nicht angreifen, son= bern vielmehr aufwecken, barinnen füglich gelesen werben.

7. Zum apparatu ihrer studiorum haben sie ohne bie Bücher, berer sie eine ziemliche Quantität untereinanber selbst zusammen bringen, ben Buchlaben bes Wahsen= hauses, wie auch bes Inspectoris Bibliothecam zu gebrauchen, unb soll künfftig eine eigene Bibliothek zu biesem Werde funbiret werben, barzu ber Anfang burch Gottes Segen von einem Patrono gemacht worben.

8. Mit ihrem Unterhalt ist es also gethan, baß man eine gemeine Casse angerichtet, zu welcher alles, was ein ieber von Mitteln bekommt, es sey wenig ober viel, (bona fide) geben wirb, welches bann einem ieben auff seine besonbere Rechnung ber Einnahme unb Ausgabe wirb angeschrieben. Wer nun de propriis subsistiren kann, bem ists besto besser unb ehrlicher, wiewohl bie allerwenigsten in bem Stanbe sinb, baß sie solches könnten. Wems aber fehlet ober nichts hat, bemselben wirbs aus ber Armen=Casse von bem Hrn. Prof. Francken willig gereichet. Doch hoffet man zu Gott im Glauben, wenn Gott ferner, wie er angefangen, bie Herzen gütiger Patronen, bie Gottes Ehre in solchen guten Anstalten auf alle Weise zu beförbern, sich eine Freube machen, erwecken unb lencken wirb, baß man benn balb im Stanbe sein möchte, ber Armen=Casse, bey welcher Gott ben gethanen Vorschuß mit sieben= fältigem Segen ersetzen wolle, nichts weiter zu entziehen.

9. Der Inspector wirb sowohl auf ihr Leben unb studia genau Acht haben, als auch orbentliche Register aller laborum halten, unb sie in ber Theol. Facult. aufweisen. Die Theol. Facult. aber selbst, unb in specie Hr. Prof. Francke, als fundator et director, wirb fleißig visitiren.

DEus benedicat porro hisce conatibus ex alto.

VI.

Pharus missionis evangelicae

seu consilium de propaganda fide per conversionem ethnicorum, maximo Sinen-sium, prodromus fusioris operis ad potentissimum regem Prussiae Fridericum, in quo *veritatis demonstratio, causae moventes, conversionis praeparatoria, tentamen legationis evangelicae, subsidia necessaria, obstacula*, ut et *modus conversionis* et *conversorum conservatio* primis fundamentis delineantur et censurae societatis Brandenburgicae scientiarum, ut et eruditorum omnium et piorum seriae deliberationi subjiciuntur.

Circa conversionem ethnicorum notanda veniunt sequentia:

A. *Veritatis demonstratio.* Quod speranda sit ultimis hisce N. T. tem-poribus universalis gentium conversio, probatur dictis V. T. Genes. IX. 27: Alli-ciet Deus Japhetum, ut habitet in tentoriis Schemi, eritque Canaan servus eis. Gen. XVII. 4: De me, ecce foedus meum tecum, quod pater futurus es multi-tudinis gentium. Gen. XLIX. 10: Non desistet tribus e Jehuda, neque legislator e medio pedum ejus, usque dux venturus erit filius ejus, et erit ei obedientia populorum. Num. XXIV. 23. 24: Denique proferens sententiam suam dixit: Eheu, quis vivet, ex quo disposuerit hoc Deus fortis? Sed cum naves a littore Cittaeorum solventes afflixerint Assyrios, et afflixerint Hebraeos, tunc etiam populus ille in pepetuum peribit. Deut. XXXII. 21: Ipsi commoverunt me ad Zelotypiam per ea quae non sunt Deus fortis, provocarunt me vanitatibus suis: Ego quoque ad Zelotypiam vocabo eos, per eum, qui non est populus, per gentem stultam provocabo eos. Psalm. II. 8: Pete a me, et donabo gentes in possessionem, nam et fines terrae possessionis tuae. Psalm. VIII. 2: Jehova domine noster, quam magnificum est nomen tuum in universa terra, cui exponis super coelestem decorem tuum. Psalm. XXII. 28. 29: Recordabuntur et convertentur ad Jehovam omnes fines terrae, et incurvabunt se coram te, exhibentes honorem omnes familiae gentium. quoniam Jehovae est regnum ipsum, et dominium habet in gentes. Psalm. XLV. 17. 18: Loco parentum tuorum erunt filii tui, praepones eos principes in omni terra. Memorabo nomen tuum in unaquaque aetate, idcirco populi celebrabunt te in seculum et sempiternum. Psalm. L. 1: Deus fortis, Deus Jehova eloquitur, et inclamat terram ab ortu solis usque ad occasum ejus. Psalm. LXVIII. 15. 18: Cum expanderit omnipotens reges in hac terra, niveus eris in Tzalmone monte maximo, monte Basanis, monte frequente gibbis, monte Baschanis etc. Psalm. LXXII. 7—11. 17—19: Florebit temporibus ejus justus et amplitudo pacis, donec non sit luna, et dominabitur a mari uno ad alterum, et a flumine, quaqua sunt fines terrae etc. Psalm. LXXXII. 8: Surge o Deus, judica terram, tu enim possessionem habes judiciorum in omnibus gentibus. Psalm. LXXXVI. 9: Omnes gentes quas eis afficis venientes incurvant se coram te, Domino, et honorem habent nomini tuo. Psalm. XCVI. 10: Dicite in gentibus, Jehova regnat, etiam stabilietur orbis habitabilis ne dimoveatur, judicaturus est populos rectissime. Cantic. VIII. 11—14: Vinea fuit Salomoni in Baal Hamon tradiditque vineam illam custodibus, ut unusquisque adferret pro fructu ejus mille argenteos. Vinea mea, quae mea est, ante me est: mille tibi, o Salomo, et ducenti custodibus cum fructu ejus. O habitatrix hortorum, socii advertunt vocem tuam, quam me vellem audire. Fuge dilecte mi et similis esto capreae aut pullo cervorum in montibus aromatum. Es. II. 2. 3. 4: Erit ergo, ultimis temporibus, ubi constitutus fuerit mons domus Jehovae in vertice aliorum montium et elatus supra colles, ut confluant ad eam omnes gentes. Es. XI. 6—10: Quapropter commorabitur lupus cum agno et partus cum hoedo recubabit, vitulusque et juvenis leo ac pecus pingue simul erit, et puer parvulus Dux inter eos futurus est etc. Es. XXXV. 7. 8. 9: Abiisse torridum locum in stagnum et siticulosum in scaturigines aquarum, in caula draconum, cubili cujusque gramen esse cum arundine et junco. Et erit illic agger et via, quae via sanctitatis vocabitur, qua non transibit pollutus sed erit istorum viator, ne stulti quidem poterunt deerrare. Non erit ibi Leo, et violentia, ulla fera non conscendet eam; non invenietur ibi, sed ambulabunt ea vindicati. Es. XLIX. 6—18—21: Dicit, inquam, levior videris, quam ut sis mihi servus, ad erigendum tribus Jahacobi et custoditos Israelitas reducendum? ergo constituo te in lucem gentium, ut sis salus mea, usque ad extremitatem terrae. Attolle circumquaque oculos tuos, et vide, isti omnes congregantes se accedunt tibi, ut vivo ego, dictum Jehovae, istis omnibus tanquam ornamento vestieris, circumligabis eos tibi tanquam sponsa. Adeo ut dicas cum animo tuo, quis genuit mihi istos, cum fuerim orba et solitaria? huc illuc migrans, aut fugitiva fui, et istos quis educavit? En ego relicta fui sola, isti ubinam fuerunt? Es. LII. 10: Nudat Jehova brachium sanctitatis suae ante oculos omnium gentium, ut videant omnes fines terrae salutem Dei nostri. Es. LV. 4. 5: En testem nationum constituo cum, antecessorem et praeceptorem nationum. En gentem, quam non agnoveras, vocabis, et gentes, quae non agnoverant te, ad te accurrent propter Jehovam Deum tuum, et ad Sanctum Israelis cum ornaverit te. Es. LVI. 7. 8: Adducam quoque ipsos ad montem sanctitatis meae, et laetificabo eos in domo orationis meae, holocausta eorum et sacrificia eorum accepta erunt in altari meo, nam domus mea domus orationis vocabitur omnibus populis. Dictum Domini Jehovae congregantis depulsos Israëlis; illos amplius aggregaturus ei sum ad aggregatos ejus. Es. LX. 2: (Nam ecce! tenebrae operiunt terram et caligo nationes) et super te orietur Jehova, et super te gloria ejus conspicua erit. Es. LXVI. 18. 19. 20: De me autem, cum factorum erga hos, cogitationumque erga hos quaeque adveniet, congregando omnes gentes et linguas quae venientes visurae sunt gloriam meam etc. Jer. XVI. 19: Jehova, robur meum, et munitio mea, profugumque meum in die angustiae, ad te gentes venient e finibus terrae ac dicent, utique falsum majores nostri, vanitatem et inutilia. Jerem. XXXIII. 9: Quod erit mihi celebri gaudio, laudi et ornamento apud omnes gentes terrae, quae audient totum hoc bonum, quod ego facturus sum illis, et expavescentes commovebuntur ad totum illud bonum, et ad totam illam pacem, qua ego affecturus sum illos. Dan. VII. 27: Regnum dominatusque et amplitudo regnorum, sub toto coelo dabitur populo sanctorum excelsorum, cujus regnum erit perpetuum, et omnes dominationes et servient et auscultabunt. Joel III. 2: Congregabo quoque omnes gentes et deducam eas in convallem Josaphati, ut disceptem cum eis ibi cum populo meo, et possessione mea Israële, quod disperserint eum per gentes, et terram meam partitae fuerint. Zephan. II. 11. 12: Terribilis erit Jehova in eis, cum emaciabit omnes Deos terrae, et incurvabunt se honorem habentes ei quisque e loco suo omnes regiones gentium. Hagg. II. 7: Et commoturus sum omnes gentes, ut veniant desiderati omnium gentium, et impleturus domum hanc gloria, ait Jehova exercituum. Zach. VIII. 20—23: Sic ait Jehova exercituum: adhuc erit, cum venient populi, et habitatores civitatum multarum etc. Malach. I. 11: Nam ab ortu solis usque ad occasum ejus magnum erit nomen meum in gentibus, et in omni loco suffimentum afferetur nomini meo, et munus purum; quia magnum nomen meum erit in gentibus, ait Jehova exercituum. Dictis N. T. Matth. XXIV. 14. 30. 31: Et praedicabitur istud Evangelium regni in toto terrarum orbe, ut sit testimonio omnibus gentibus, et tunc veniet finis. Et tunc conspicietur signum filii hominis in coelo. Et

tunc plangent omnes generationes terrae, et videbunt filium hominis venientem
super nubes coeli cum virtute et gloria magna. Et mittet angelos cum tuba
magna, et congregabunt electos ejus a quatuor ventis, a summitate coelorum
usque ad summitatem illorum. Matth. XXVIII. 19: Ite ergo docete omnes
populos, et baptizate eos in nomine Patris, Filii et Spiritus S. Joh. X. 16:
Sunt autem mihi etiam oves aliae, quae non fuerunt ex caula hac atque etiam
eas oportet me adducere, et audient vocem meam, fietque totus grex unus et
unus Pastor. Act. I. 8: Sed recipietis virtutem Spiritus S. postquam super-
venerit in vos, eritisque mihi testes et Hierosolymis et in tota Judaea et Sa-
maria et usque ad ultimas terras. Act. X. 11. 12: Et vidit coelos apertos, et
vas quoddam devinctum quatuor angulis, et simile erat linteo magno, ac demit-
tebatur e coelo super terram. Et erant in eo omnia viventia, quadrupedia et
reptilia terrae, et volucres coeli. Rom. XI. 25: Volo autem, ut sciatis, fratres
mei, mysterium hoc, (ut non sitis sapientes in cogitatione animae vestrae)
quod coecitas cordis ex parte aliqua facta fuit Israëli, donec ingrediatur plenitudo gentium. Apoc. XV. 4: Quis non timebit te Domine, et glorificabit nomen
tuum, nam solus sanctus, quem omnes gentes adorabunt. Apoc. XXI. 10. 17.
24: Et exportavit me per Spiritum in montem magnum et sublimem, et osten-
dit mihi civitatem illam magnam, sanctam inquam illam Hierusalem, e coelo
descendentem a Deo etc. et gentes ambulabant in luce etc.

Ex scriptis Patrum petitis testimoniis et consensu Theologorum 1. Romanorum, 2. Lutheranorum, 3. Reformatorum. Quod in specie orientalium ethnicorum et maxime Sinensium conversio speranda sit, probatur: 1. quia a Prophetis praedicata Psalm. LXXII. 10: Reges, Oceano accolae et insulani munus
reddent, reges Schebae et Sebae, donarium offerent. Psalm. LXXXVII. 4—6:
Memoro Aegyptium et Babylonium apud noscentes me, ecce Palaestinum et
Tyrium cum Aethiope, hunc genitum ei ibidem. Ideo de Zione fore ut dica-
tur, hic et ille vir genitus est in ea, ipsumque stabiliturum eam excelsum.
Jehovam annumeraturum conscribendo populos, hic genitus est ibidem excel-
lentissime. Es. XIX. 23: Tempore illo erit agger ex Aegypto in Assyriam quo
commeent Assyrii in Aegyptum, et Aegyptii in Assyriam, ut colant Aegyptii
cum Assyriis. Es. XLII. 11: Attollant vocem desertam et civitates ejus, villae,
quas inhabitat Kedar, canant habitatores Petrae; e vertice montium vociferen-
tur. Es. XLIX. 12: Ecce isti e longinquo venient. Ecce quoque illi ab aqui-
lone et ab occasu, denique isti e terra Sineeorum. Es. LIX. 19: Ut reverean-
tur inde ab occasu nomen Jehovae et inde ab ortu solis, gloriam ejus, cum
invadente tanquam fluvio hoste Spiritus Jehovae contra eum incurrerit. Es. LX.
4—15: Attolle circumquaque oculos tuos et aspice, omnes isti congregantes
se accedunt tibi, filii tui e longinquo adveniunt, et filiae tuae ad latus, tanquam a nutricibus apportantur etc. Es. LXVI. 19: Ponam in his signum, et
mittam ex his, qui evaserint ad gentes, in Oceanum, Pulem et Ludum jacu-
lantes arcu Thubalem et Javanem etc. Zach. VIII. 7: Sic ait Jehova exercituum, ecce ego servaturus sum populum meum e terra Orientis et e terra
occasus solis. Malach. I. 11: Nam ab ortu solis usque ad occasum ejus magnum

erit nomen meum in gentibus, et in omni loco suffimentum afferetur nomini
meo, et munus purum; quia magnum nomen meum erit in gentibus, ait Jehova
exercituum. 2. Quia futurae conversionis praeludia jam dedit Deus non flocci
pendenda, ut fundata commercia, confoederationes cum Christianis, Pontificio-
rum tentamina sat felicia, et populorum orientalium maxime Sinensium ingenia
docilia saniorum scientiarum capacia. 3. Tandem et eo tendunt Theologorum
cordatorum nostri aevi pia desideria; quod excerptis literariis probabitur.

Quod vocatio gentes convertendi etiam ad nos pertineat, probatur sequen-
tibus argumentis: Vivimus ultima N. T. tempora, quibus dicta Prophetica de
universali gentium conversione agentia κατ' ἐμφασιν implenda. Gentium conversio praecedere debet conversionem Judaeorum juxta Deut. XXXII. 21. Rom.
XI. 25. Hinc in cassum laborabitur in reductione Israëlis, nisi viarum Dei
methodus observetur et gentium plenitudo armis militiae nostrae spiritualibus
intrare compelletur. Praeter dicta superius allata nos movere debent Dei mandata Luc. XIX. 10. 1 Thess. 1, 8. 1 Petr. 2, 17. Luc. XIV. 23, maxime illud
catholicum Matth. XXVIII. 19, quod non unius seculi opus est, sed omnium
per quae promisit adesse Christus, et praecipue ultimae instantis N. T. periodi.
Et quidni munus applicaremus sanctae molis operi pro executione ejus, quod
in dies petimus Matth. VI: Veniat regnum tuum, fiat voluntas tua. Caritas
proximi, quae per leges tum naturae tum Scripturae nos obligat, jubet nos
sollicitos esse de liberatione animarum e tenebris ethnicismi. Si enim detesta-
mur ruditatem Levitae et Sacerdotis, saucium praetereuntium, quidni seque-
remur pietatem Samaritani? Suadent exempla Apostolorum, maxime Pauli
industria, cujus imitatores esse jubemur, Petri, qui conversus fratres corrobo-
rare jubetur, et aliorum virorum Apostolicorum, qui per saxa, per ignes,
et horrida viarum successu haud contemnendo facem Evangelii accenderunt.
Pia molimina Christianorum, futurae messis praeliminaria, nos excitare debent,
quantos fecerint progressus auspiciis regum Galliae, Hispaniae et Papae, theologi Pontificii, et prae aliis Jesuitae, loquuntur historiae, quid non sperandum
a purioris doctrinae christianis? Tentarunt idem ex Reformatis Genevenses
et Angli in America, et Belgae in Orientali India, quanto majori cum successu
tentabitur concurrentibus omnibus requisitis temporis, personarum et subsidio-
rum. Viam nobis aperit Deus per commercia populorum, confoederationes
principum, et facilem apparatum mediorum, quibus conversio gentium promoveri poterit; quam apertam Evangelii portam nolle intrare quid aliud esset,
quam ignaviae, incredulitatis, immisericordiae et impietatis notam incurrere.
Metuendum ne cunctantes Deus protrudat aliquando foras persecutionibus et
domesticis calamitatibus, qui sponte praesentia Dei consilia et mandata promto
exsequi obsequio tergiversamur.

Quod potentissimus Borussorum Rex et S. Elector Brandenburgicus mul-
tum contribuere possit ad convertendos ethnicos in extremis Moscoviae et
Chinae: propter pietatem, et singularem pro Dei gloria promovenda zelum,
quo Sacra ejus Regia Majestas flagrat, et ad magna quaevis pro incremento
Ecclesiae suscipienda coelitus vocata. Propter selectam consiliariorum et

ministrorum, quibus pietas et gloriae divinae promotio cordi est, qui pro eruditione ac pietate nil intentatum linquent consiliis et auxiliis, ut regnum Christi
veniat. Propter fundatam nuper Societatem Brandenburgicam, quae non solum
culturam scientiarum et missiones intendit literarias, physicas, geographicas,
sed etiam evangelicas, quod ex diplomate fundationis et instructione societati
data patet, in qua inter alia haec ad rhombum nostrum facientia extant, verba
auro contra cara: Bey welcher Gelegenheit auch dahin zu trachten, wie denen Bar=
barischen Völkern in solchen Quartieren biß an China das Licht des Christenthums,
und reinen Evangelii anzuzünden und in China selbst von der Land= und Nord=
Seite denen Seewärts einkommenden Evangelischen hierunter die Hand geboten wer=
ben könnte 2c. Cum igitur pia mens haec sedeat tot viris egregiis de ecclesia
et republica literaria optime meritis, vis haec unita fortius aget, quam unquam
privati, (qui principes et magistratus scriptis suis ad expedienda consilia tam
salutaria excitare jam toties tentaverunt) et nervum rerum gerendarum ex fundo
locupletissimo suppeditabit, exoptatum pro futura salute animarum nobis D. v.
promittimus successum. Propter intimam et confoederatam Caesaris Moscoviae
cum Regia Majestate Brandenburgica amicitiam, quae non sine fatali Dei pro-
videntia, dum praesens esset Ao. 1698 in Prussia, fundata et legationibus confirmata, ita ut jam concesserit Caesar omnibus subditis Brandenburgicis liberum commercium et privilegia cum Moscoviticis subditis communia, et certa
nobis spes sit plenariae concessionis per diploma Caesaris manu et sigillo
confirmatum impetrandae ad adeundos Chinenses. Cum igitur per Moscoviam
via brevior et commodior detur ad magnum imperium Sinensium, quod Belgae,
Galli et alii maximis sumtibus vitaeque periculis terra marique per horrida
Arabiae deserta adire vel frustra vel magno sumtuum et temporis dispendio
tentaverunt, et difficulter impetraverunt, viam nobis apertam Evangelii mon-
strat Deus, quam Moscovitarum caravanae quotannis terunt. Haec et a nobis
minoribus sumtibus spe spiritualis lucri terenda est via, eo, quod non solum
Moscoviae ultimae regiones et ditiones immediate ad Chinae fines se exten-
dant, per quas facilior patebit aditus, verum etiam, quod propter confoedera-
tionem Sinensis Imperatoris cum Caesare Moscoviae quae per rationes utrius-
que status toties confirmata, et sarta tecta tenetur, advenis nostris Europaeis
liberior accessus detur ad intima regni penetralia. Tandem propter Borussiae
situm et bona terrae, quae prae omnibus aliis accolis maris Baltici electri
copiam quotannis tradit, quibus mercibus (quas orientales et maxime Chinenses
unice desiderant et magni faciunt) mutua commercia perque ea commercia
spiritualia facillime stabiliri poterunt. Concurrentibus igitur tot egregiis mediis
et subsidiis, quis negabit potentissimum nostrum Regem et S. Electorem a coelo
vocari ad expeditionem hanc sacram instituendam. Agedum tentent Angli
Evangelii propagationem in India occidentali, curent Belgae conversionem
ethnicorum in India Orientali, nostrum erit Sinensium conversionem intendere.

B. *Finis Legationis esto primarius:* Dei gloria. Ad hanc conversionem
gentium promovendam vocant nos sanctissimi Numinis attributa, Theologorum
officium, et cujusvis christiani conscientia, ut summum illud bonum cum iis

communicetur, qui nefando hactenus idolorum imo Daemonis cultu miserrime litant. Animarum salus: quis enim negabit seria Dei mandata Matth. VII v. 12. Matth. V. 7. Matth. XXV. 35. 36. nos obligare ad quaerendas animas aeternae condemnationi proximas. Paramus naves ad apportandas merces et divitias, quidni applicaremus animum ad lucrandas animas, maxime cum aeterna salus superet parasangis infinitis divitias mox perituras, et unica anima e Satanao rictu liberata praeponderet navem delicatissimis Orientis divitiis onustam. Nae si animarum ex ethnicismi tenebris liberationem ulterius differemus christiani, certe in extremo judicio damnandi insurgent ethnici, Va et Ah contra nos clamabunt, et immisericordiae reos nos agent coram judice justissimo calvas excusationes ferro nescio. Secundarius finis salus reip., quae ut suprema lex est in jure publico, sic eandem conversione gentium promoveri in republica tum convertente, tum convertenda firmiter credimus. Nam cum non omnia omnis ferat tellus, commerciis mutuis juvabuntur regiones, ad cultiorem vitam redigentur ethnici, non solum moratiores, sed etiam ii, qui hactenus belluarum instar conveniunt, et qui opimis terrae bonis vel non vel male utuntur, ad legitimum donorum usum adducentur, vitae, sanitatis, tranquillitatis et pacis consilia a nobis discent, nec nos pudebit a populis nonnullis politioribus vicissim didicisse regulas in statu politico, oeconomico proficuas. Imo adhuc majus quippiam sperare audeo ex missionibus nostris evangelicis, scilicet unionem religionum; dediscent enim iis in locis minutias quaestionum minus cardinalium protestantes, in quibus sine disputandi pruritu unice de animarum salute res agitur juncta manu promovenda, dabit et Deus, ut ad saniorem mentem redeant Pontificii exemplo missionariorum suorum, qui non quisquilias camerae Romanae vendiderunt, sed simplici animarum lucro juxta normam Scripturae S. pie fuerunt intenti.

    C. *Praeparatoria futurae missionis evangelicae* fiant Academia vel Seminario missionariorum, cujus notanda veniunt personae dirigentes, docentes, et docendae. Dirigentes hoc magnae molis opus erunt Fridericus Rex noster potentissimus et S. Elector, a cujus potentia et pietate nobis pollicemur in legationis adornatione, protectione, et tempestivis mandatis, exoptatum pro dilatatione Ecclesiae Dei successum; Societas Brandenburgica sub ejus umbone erecta. Ea enim cum membra habeat in omni literatura et scientiis versatissima, et rerum exoticarum gnara consiliis et auxiliis causam Dei promovebit. Docentes hujus Academiae erunt Professores diversorum locorum, facultatum et scientiarum selectiores, qui pro donis suis teneantur ex studiosorum numero aptissimos aliquot seligere, et studiis ad scopum facientibus imbuere et praeparare. Cum vero non omnis eruditio Academiis sit alligata, sed et alibi dentur viri docti, qui pro eruditione sua quicquam contribuere potuerunt, eorum quoque informationi et pietati concredantur aliquot subjecta, quae sedula praeparabunt informatione totidem futurae missionis membra. Docendae personae sunt studiosi ex turba academica selectissimi variarum scientiarum et facultatum a professoribus commendati, a Societate examinati et approbati, non infimae sortis, sed optimi et capacissimi ingenii, adulti, nullo scandalo infames,

19 *

pietate conspicui, vitae modestia probi, curis domesticis non intricati, corpore sani et zelo fervidi, non avari, nec superbi, mundum et delitias mundanas abnegantes, et sincera pietate gloriae Dei et animarum saluti devoti, futurae missionis candidati. Studia missionariorum nostrorum erunt scopo accommodata, pro ingeniorum inclinatione distributa. Studium linguarum maxime excolendum erit missionariis nostris. Trium principalium linguarum, utpote Latinae, Graecae et Hebraicae, probe gnaros praesupponimus candidatos nostros, quibus addere oportebit studium linguarum iis in locis, ad quae tendimus, usitatarum, utpote Moscovitica, Sinica, Arabica etc. Nec difficultas linguarum studiosos nostros deterreat, labor improbus omnia vincit: spatio aliquot annorum φιλόγλωττος si non ad consummatam, saltem tantam harum linguarum cognitionem pervenire poterit, ut animi sensa proferre possit, perfectionem iter et praxis dabunt. Docendae sunt hae linguae a professore illarum probe gnaro, qui optima methodo earum facilitet intellectum, cui adjungendus, si haberi poterit interpres, qui jam in Moscovia vel China vixit in linguis illis versatissimus, qui ad praxin et colloquia studiosos fundamentis adjutos quotidiana et sedula informatione ducat. Studium theologicum solide et pie pertractandum. Theologos missionis nostrae bene oportet esse fundatos in theologia didactica ad manifestandam veritatem et conscientias hominum; elenchtica, ut parati sint ad bella Jehovae maxime contra adversarios in futuris nostrae missionis locis obvios, ut Pontificios, Graecos, Ethnicos, Mahomedanos gerenda, et practica, ad persuadendos auditorum animos, eosque Christo lucri faciendos. Studium philosophicum non negligendum, praecipue physicum et ethicum, quibus moratiorum ethnicorum animi sensim demulcentur, et ad majora praeparantur. Mathematicum maxime commendatum est, quantum profecerint hujus studii ope Romanorum missionarii loquuntur historiae, hinc optimi ex Academiis seligendi mathematici, qui subjecta tradant in mathesi Pontificios si non superantes, saltem palmam facientes dubiam. Eo vero summopere respiciendum erit ut fundamenta theoretica ad praxin applicentur experimentis physicis, mathematicis, oeconomicis ostendendo, quanta per solidam scientiarum cognitionem in remp. redundet utilitas. Quid juris consultis et medicis incumbat, dabunt harum facultatum professores, qui studiosos eorum informationi concreditos instituent pro scopo, ut medici scientiam suam morbis iis in locis obviis accommodabunt, sic juris consulti juris naturae et gentium tractatione fere omnem absolvent operam. Subsidia necessaria sunt: Sumtus pro excitandis informatoribus, sustentandis alumnis et comparandis libris, quorum sumtuum fundus inferius assignabitur. Supellex librorum ad studia solidiora missionariis nostris necessaria comparanda ex bibliothecis publicis suppeditanda. Pro varietate studiorum varii usu venient libri, quorum selectum et usum professores Academiae nostrae dabunt. Commendamus interim autores, qui ex professo contra ethnicos scripserunt: inter Patres eminet Justinus Martyr, Athanagoras, Theophilus Antiochenus, Clemens Alexandrinus, Chrysostomus, Tertullianus, Minutius Felix, Origenes contra Celsum, Cyprianus, Arnobius Afer, Lactantius, Augustinus etc. Vel qui de missionibus constituendis et gentibus convertendis dedere consilia, vel relationes posteritati reliquerunt ut inter Pontificios Joseph a Costa de procuranda Indorum salute, Thomas a Jesu de conversione gentium, Bartholomaeus de las Casas de destructione Indiarum, Trigantius de expeditione ad Sinas, Riccius, Pater le Comte in Relationibus Sinicis, Xaverius, Rovenius de missionibus ad propagandam fidem, Petrus de la Cavalleria Zelotes Christi contra Judaeos Saracenos et Gentiles, Ludovicus Granatensis ad Symbolum fidei, Fridericus Lumnius de extremo judicio et Indorum vocatione, Antonius Possevinus de juvandis Indis, Hieronymus Savoranola. Ex Lutheranis Johannes Micrelius Stetinensis in Ethnophronio, Justinianus Baro, libro cui titulus: **Ernsthafte Ermahnung an alle Evangelische Obrigkeiten und Prediger die Bekehrung ungläubiger Völker vorzunehmen.** Leibnizius dedit Novissima Sinica. Ex Reformatis Justus Hearnius de Legatione Evangelica ad Indos capessanda, Le Maire astrum gentilismi, Hombek de conversione Indorum et Gentilium. Tandem et ex itinerariis multa missioni nostrae utilia addisci poterunt: videantur Neuhoff, Dapper, Della Valle, Favernier, Baldaeus etc. Commercium literarium instituendum cum viris doctis et piis per varias Europae Academias et urbes, quorum judicia et consilia colligenda, cum accolis et incolis regionum convertendarum. Alendi peregrinis in locis fidi relatores, qui statum regionum et incolarum referant, et sua aperiant consilia, quibus proficui quid illis in locis praestari possit. Legibus certis Academia nostra firmanda, quas societas et tempus dabunt.

D. *Tentamen conversionis per legationem evangelicam.* Hujus observandae veniunt personae variae conditionis facultatum, scientiarum et artium ut viri politici, quorum princeps legatus. Hic pro autoritate principis sui tanquam caput legationis in via procurabit subsidia itineris, dabit praesidium defensionis, et erit pastoribus et missionariis nostris, quod David Samueli, Josias Jeremiae, Hiskias Esaiae, Constantinus Silvestri, Theodosius Ambrosio, ac praeter ea, quae habet in commissis propagationem Evangelii pro prudentia sua stabilire conabitur. Jurisperiti, in jure naturae et gentium probe versati, qui quaestiones sui fori decident et consiliis salutaribus missionarios nostros secundabunt, ut et politica sua eruditione et conversionis suada principum corda lucrari conabuntur. Secretarii et scribae in variis linguis versatissimi, qui commercium literarium diligenter curabunt, et acta legationis societati referent. Itidem scriptis communicabunt cum accolis et incolis, quod tam promto ore proferri nequit, et quicquid ullo modo officii sui erit sedula manu praestabunt. Ecclesiastici sunt: Pastor aetate gravis, eruditione eminens, prudentia theologica clarus, pietate insignis, a societate reliquis ministris missionis praepositus, qui res ecclesiasticas pro pio arbitrio diriget, controversias modeste decidet, caritatem fraternam sine ullo superbiae fuco alet, et junioribus consiliis suis succurret. Reliqui ministri sacri, necessariis scientiis et doctrina imbuti, corpore sani, et mente generosi, in exsequendis consiliis promti, labore indefessi, vita probi et exemplares, animarum quovis modo licito salutem procurabunt assidui. Medici, qui arcana sciant morbos curandi obvios, aditum et hi parabunt, si grandiores decumbant, quorum cura magnatum captabitur benevolentia, itidem cum aegrotis, quos morbus rebus divinis reddidit attentos, disserentes, si non corpus medicamentis, saltem animam piis remediis lucrari conabuntur, nec forte arcana nobis hactenus incognita ab abjectis illis populis, ut olim ab Arabibus didicisse pigebit nostros Galeni, Hippocratis et aliorum avorum filios. Mechanici in legatione nostra usum praestabunt non postremo habendum. Quid enim praestiterint Jesuitae inventis suis mathematicis, experientia testatur. Astrologiae debent aditum usque ad ipsa imperii Sinensis penetralia, inventis militaribus debellationem moenium gentilismi, geographiae, qua orbis cognitionem docuerunt Chinenses, stemmatum christiani Israëlis inter ethnicos illos Cananitas distributionem. His si accesserint pictores artificiosi, automatarii ingeniosi, artisque vitrariae, aliarumque scientiarum illis in locis hactenus minus cognitarum vel excultarum gnari, et hi suppetias ferent legationi nostrae majora quaerenti. Negotiatores legationis nostrae socios agnoscimus proficuos non solum pro facilitandis sumtibus, sed etiam pro stabiliendis commerciis per terrena spiritualibus. Innata enim est omnibus populis peregrini quid et aliis ex locis adveni habendi et comparandi sibi libido, lucrum pro scopo habent nunquam non mercatores, habeant et nostra pro scopo lucra legitima sed animarum incomparabili superpondio sanctificata. Milites agmen claudant nostrae missionis, ut quidem arma militiae nostrae non sint carnalia, sed spiritualia, nec ferro sed verbo propaganda fides, non tamen scripturae contraria sed secunda in tam longa et periculosa peregrinatione proficua, et ad tutelam convertentium et conversorum a barbarorum invasionibus licita dabunt praesidia, christianis nostris defensionem non rejicientibus.

E. *Media ad executionem missionis Evangelicae necessaria* sunt: Pecunia, sine qua nec supra dicta fieri poterunt praeparatoria, nec ipsa missio institui, vel ultra lares transferri, praedae huic inhiat omnis populus Tros Rutilusque fuat, sine pecunia vix viam monstrabit rusticus nec transitum permittet telonarius, nec aquam porriget, panemque caupo, quibus igitur modis parabitur hic rerum gerendarum nervus? Ad hoc alicujus momenti obstaculum removendum notent sequentia. Deus supremus director, qui Apostolos suos sine pera exire voluit pauperculos, et hic nobis causam suam agentibus providebit. Principis cura et autoritas legati sui, qui jure populorum cum comitatu liberum in locis quae adit, habet accessum, exponsas, si non omni ex parte liberas dabit, saltem maximam partem suppeditabit. Non deerunt principes, qui pro Dei gloria subsidiis pecuniae suppetias ferent missioni nostrae, Deus qui corda regum manu tenet, corda magnatum diriget, ut pro viribus suis et liberalitate necessitatibus missionis nostrae succurrant. Societas scientiarum Brandenburgica de propaganda fide non minus quam de scientiarum augmento sollicita pro liberalitate protectoris sui, ex fundo locupletissimo ad pium nostrum usum necessaria subsidia sub spe magni et aeterni animarum lucri ex parte procurare non detrectabit. Nobiles patritii et divites mercatores tum missionis nostrae tum pastorum suorum persuasionibus excitati pro divitiis sibi a Deo concessis quotannis certam pecuniae summam pio huic usui destinabunt. Erexero Hispani Societatem Americanam, stabiliverunt Belgae Societatem Orientalem, quid si concurrerent optimi ex negotiatoribus, quibus pietas et religio cordi est, qui erigerent societatem spiritualem, qua pari ardore intenderent animarum lucrum ut dictae societates negotia terrena, et quilibet e divitiis suis exiguam pecuniae summam in Dei gremium deponerent, persuasum mihi habeo, si haec societas nostra vel unicam tantummodo lucrata fuerit animam, quod majori redeat pretio onusta navis, quam illarum societatum, quae vel auro vel argento vel gemmis vel delicatissimis aromatibus onusta redit classis; lucrum sanctuarii bilanx discriminabit, supremus rerum arbiter tandem judicium feret, et quae societas pluris et majoris ponderis divitias fuerit lucrata ad littus illud aeternitatis examinabitur. Collectae per singulas regiones magistratuum Evangelicorum, qui promotionem gloriae divinae et Evangelii propagationem necessariam ducunt, indigentiae missionis nostrae succurrent. Pecunias colligimus, quoties vel templum aliquod extruendum, quis pro templo spirituali in cordibus ethnicorum erigendo eleemosynam denegabit? Pauperes alimus magnis nonnunquam sumptibus, quis ad revera pauperes ethnicos e leonis infernalis rictu eripiendos exigua subsidia dare detrectabit? Contribuimus, quoties bella gerenda ad hostes debellandos, quis ad debellandum Satanae regnum et miserrimas animas a damnatione liberandas parva eleemosyna pia nostra juvare conamina recusabit? Conscientias testor christianorum! Mammonis mancipia ad hanc rem nobis coram extremo judicio respondebunt. Reductio expensarum minus necessariarum thesaurum sanctum missionis nostrae mirum quantum augebit; meum non est hic rimari, quid ad necessarios, quid ad minus necessarios et ad otiosos, planeque inutiles adhibeatur usus. Conscientia dictabit principibus, nobilibus et negotiatoribus, annon hic et illic quid sine damno et detrimento status, honoris, et commoditatis decurtari possit, si quid decurtaremus de superbo vestitu, miseras veste justitiae destitutas facilius vestiremus animas. Si minus delicate viveremus et ferculorum apparatu superfluo onustas reformaremus tabulas, si, quod potui malo sano impenditur, detraheretur, et pio nostro destinaretur usui, ne laetum illud maximi remuneratoris προσφώνημα nobis polliceremur: esurivi, et vos me cibastis etc. Huc referre licebit otiosorum salaria. Non quidem omne paupertatis solamen denegamus ministris de bono publico bene meritis et emeritis: ferre tamen quis poterit carum nimis otium eorum, qui plane nil egerunt ecclesiae aut reip. proficuum, et tamen lautis saginantur praebendis, inutilia terrae pondera, otiosa campi pecora, ut taceam canonicatus, quibus otiosorum beatus tam pretioso redimitur pretio, ut et bona ecclesiatica olim piis usibus destinata, secularibus nonnunquam et profanis usibus impensa, quam profanationem ferre olim non potuerunt reformatores nostri, nec ferent hodie pia pectora atro potius quam albo lapillo notandam. Poenae fiscales piis hisce usibus impendi poterunt, luant superbi, qui ultra conditionem et statum suum fastuoso sese extollunt vestitu, et supercilium deponere discant, mulctam luant blasphemi, nominis divini et rerum sacrarum profanatores, luant rixosi, et pruritum carnis dediscant, luant voluptuosi, qui famae maculam, et conscien-

tiae frivole temnunt stigmata, luant fures in re potius, quam in acre, quot-
quot illegitimis mediis vel bonis proximi inhiant, vel villicationis qualiscun-
quae rationes reddere nequeunt.

F. *Methodus conversionis*, quamvis per omnia normae Apostolicae
maxime propter defectum miraculorum, et aliorum donorum extraordinariorum
accommodari nequeat, nec partibus omnibus absolutae praescribi missionariis
nostris possint regulae, propter differentias tum locorum tum personarum, sed
cujusvis pietati res haec sacra committenda sit, aliquid tamen praemonuisse
extra sphaeram non erit. Gradus conversionis observandi, exemplo Pontificio-
rum, qui praedicationem Evangelii inchoarunt, in India continuarunt, felici
cum progressu, utut lamentabili eventu in Japonia, et tandem etiam ad Chinenses propagaverunt, sic et nobis per gradus eundum erit; Pontificii pedem
fixerunt Goae, quaeramus nos metropolin sacri commercii Caesaris benevoli
consensu in finibus Moscoviae, in qua stabilienda non solum negotiatio, altera
societatis nostrae manus, sed etiam schola et seminarium pro consummandis
missionariis instituenda, ad quam solidis studiis alliciantur principum accolarum filii, qui proselyti christiani facti, ad populum patrium excurrentes visa
et audita referant, et animos praeparent ad recipienda Evangelii semina. A
magistratu et praefectis urbium libertas docendi impetranda tum principis nostri
legatione, tum accolarum intercessione tum societatis nostrae liberalitate, quae
per diplomata protectoris fundanda, et poena in eos statuenda, qui quavis
molestia vel missionarios nostros affecerint, vel cursum Evangelii ullo modo
sufflaminare fuerint ausi. Piis colloquiis et conversatione modesta animi devinciendi maxime primorum regni, quorum unus Christo lucrifactus plures exemplo
suo secum adducet. Moratiores populi prius invadendi, quos naturae lumen
cultiori doctrinae jam fecit attentos. Nec oberit nostrae Sinensium, quam
intendimus, conversioni, si praecepta ethica Confutii reformata et in scholam
christianam, in quantum cum legibus naturae et scripturae conveniunt, adop-
tentur. Ethnicis, quos adire dabitur, honesta quaevis offerantur officia, convin-
cantur, quibus modesta mens sedet de amore, quo erga eos flagramus, quem
probamus abnegatione patriae nostrae, devoratis itinerum molestiis, non divitias, nec honores, nec mundani quippiam quaerentes, sed unice animarum
lucra, et eorum, quos alloquimur, aeternam salutem. Data quavis occasione
colloquiis aliquid de Deo et rebus divinis immiscendum, a curiosis quaestionibus, debiles adhuc conscientias fatigantibus abstinendum, et ad illorum inter-
rogata simplicia et pia responsa reddenda. Concionibus veritas propaganda
in aedibus privatis, in biviis et locis publicis, ubi concursus populi observa-
tur. Ii qui Bonziis suis, quoties verba faciunt, et nugas vendunt, benevolas
aures praebent, non detrectabunt peregrinos audire de rebus divinis naturae
legi consonis, et aeternam vitam concernentibus. Prudenter tamen, et quae
ad pietatis praxin, post simplicem primorum christianismi fundamentorum
cognitionem pertinent, tractabit missionarius noster, habita ratione loci, temporis, et personarum, ante omnia praejudicia de antiquitate gentilismi, de
novitate christianismi maxima exulantis Evangelii obstacula extirpare cona-

bitur concionator. Catechesin ante omnia tractabunt missionarii nostri, unica enim catechesatione plus praestabunt quam pluribus concionibus, nam per quaestiones et responsa animi sensa facile cognoscimus, si nos non perceperint catechumeni, instamus, et aliis aliisque verbis eandem volvimus veritatem, donec cordi et impressa. Si dubia habent, solvimus, ad quaestiones humaniter respondemus, et ut plura adhuc serio desiderent, excitamus et licito quovis modo abstergimus taedia, in id summatim intenti, ut discant credenda, facienda et oranda. Cantiones quoque suum habebunt in opere conversionis usum, si igitur Psalmi vel ex cantilenis nostris optimae, in linguam convertendae nationis transferrentur, et traderentur cantandae, non solum veritas firmius impressa haerebit, verum etiam demulcebuntur, et dulci suada trahentur auditorum animi, pia excitabitur devotio, et fides ad sacram, posteritatem propagabitur majori memoriae tenacitate, quam ethnicismi somnia, quorum adhuc hodie multis in locis apud plebem vix ac ne vix quidem delebilia in antiquis cantilenis rudera extant, quod exemplorum inductione fusius olim probabitur. Opera caritatis gentilibus praestita vim habent animos sibi devinciendi, et benevolentiam populorum captandi, maxime aegrotorum cura, et moribundorum visitatio. Docuit missionarios Pontificios experientia, quod non facilius sint convincendi, quam quando decumbunt miseri, ubi discunt vanitatem rerum mundanarum et eo attentiores redduntur ad vitae aeternae meditationem, et magis promtos se exhibent, ad salutaria accipienda consilia, imo qui per vitam lucrifieri non poterunt, dirissimi christiani nominis hostes et persecutores, tamen morbo fracti, ad portam aeternitatis σκληροκαρδίαν suam dolentes, Jesum victorem agnoscentes ipsi nomina dederunt. Tandem et sacramentorum administratio erit confirmatio foederis, quibus novi nostri proselyti ad castra Christi transeuntes fidem jurare tenebuntur. Haec vero sacramenta, initiationis alterum, alterum corroborationis quibus quando et quomodo administranda tum theologia, tum prudentia, tum praxis missionarios nostros docebit.

G. *Obstacula* vero non deerunt, quibus infernalis et Stygius ille hostis, cujus res agitur destructione regni sui, per instrumenta sua quicquid contra molietur, ut cursui Evangelii obicem ponat, et quodcunque per gloriam Dei tentabitur mille impedimentis sufflaminare conabitur hostium Christi formidabilis triga Satanas, mundus et caro. Si igitur tempore pacis de bello cogitandum, utile erit nobis bella Jehovae aggressuris praemeditari molestias, ut vel tela praevisa minus noceant, vel propositis persecutionibus humilitatem discant missionis nostrae candidati, nec quicquam praeter optatas cogitantes victorias nimium efferant animum, vel vanam coram mundo gloriam quaerant, sed de necessaria armatura sibi prospiciant, ut tandem duriora quaevis majori animo perferre possint. Obstacula, quae praesagit animus primis ductibus delineata, erunt sequentia: Theologorum nostrorum dissensus, conversionem gentium vel negantium vel dubitantium. Negabunt nonnulli sperandam esse universalem conversionem, idque vel ex diversitate principii, vel ex male intellectis Scripturae S. dictis, quae propositum dissuadere, videntur ut Jerem. XIII, Aethiopem cutem non mutare; Matth. VII, margaritas porcis non esse

objiciendas; Act. XVI, Spiritum prohibuisse in Asia praedicare; Matth. XXIII,
redargui Pharisaeos terras et maria circumeuntes, ut proselytum faciant etc.
Dantur theologi, et quod dolendum inter Protestantes, qui ὑπόθεσιν φυλάτ-
τοντες et tenues τῶν πατρώων παραδόσεων non minus de gentium conversione
quam de Judaeorum rigidum nimis ferunt judicium: suffocandos esse tales
proselytos statim post conversionem, si boni quid sperandum; qui scripta prophetica tractant ut arborem vetitam, quam vel intueri attento oculo vel spei
folium decerpere capitale. Sunt, qui putant promissiones propheticas de gentium conversione agentes jam dudum Apostolorum temporibus impletas, vel
tanquam individuum vagum posthabitis temporum oeconomiis omnibus existimant
temporibus accommodandum, quod κατ' ἐξωχὴν et in emphasi sua sub ultima
periodo impletum iri credimus, et qui novitatis temerariae accusant eos, qui
sub finem N. T. meliora sperant tempora, eosque praecipiti praejudicio mox
Chiliasmi et nescio cujus haereseos reos agunt, qui regnum in hisce terris
gloriosum sperant. Prout vero nostrae provinciae nec virium est, placita et
sententias theologorum concentrare, et omnibus, ut sententiae nostrae subscri-
bant persuadere, optandum tamen esset, ut in timore Dei Spiritum S. in prophetis attente audirent loquentem, ac in caritate ac pace ferrent alios qui sententias suas solidis Scripturae dictis superstruunt antiquitatis consensu novitatis
maculam abstergunt, et pia sequuntur vestigia virorum Dei de Ecclesia optime
meritorum, et de ethnicis, quibus meliores nos olim non eramus, mitius sen-
tirent. Novimus quidem Aethiopem cutem non mutare, ast tamen animum
exemplo Candacis Act. VIII. Margaritas porcis non esse objiciendas credimus,
ast tamen nec canibus prohibitam colligere particulas e mensa dominorum
decidentes, more Cananaeae, Matth. XV. sub finem V. T., quid non licebit
sub finem Novi T., in quo sibi sublato pariete intergerino Ecclesiam ex omnibus populis colligere decrevit Christus. Scimus, Spiritum prohibuisse, ne Paulus in Asiam transiret pro tempore, qui tamen Paulo et Apostolis, et viris
omnibus apostolicis mandavit, ut irent in totum mundum. Pharisaeos et eorum
sequaces atro carbone notandos censemus, qui vel spe lucri vel gloriae mun-
danae aliorum salutem quaerere praetendunt, et propriam negligunt, vel non
filios Dei, sed filios faciunt Gehennae, sequaces non Christi, sed sectarum,
Scripturae S. contrariarum. Sed his et aliis negantium objectionibus alibi fusius
satisfiet. — Dubitantium de universali gentium conversione sententiae subscri-
bent alii, qui quidem optandam, sed vix sperandam eam putant. Laudant
quidem pia desideria et intentionem, sed de successu desperant, propter obstacula
a parte Dei, et a parte conversorum. Credimus, inquiunt, conversionem futu-
ram gentilium omnium, sed tempus ignoramus, et modum, quo Deus tantae
molis opus expediet. Verum est, nos annum et diem ignorare, quae tempora
stricte velle assignare temeritatis esset, interim tamen tempus ethnicorum a
Prophetis habemus assignatum, et apud plurimos theologos pro confesso stat
sententia, quod sub initium septimae periodi haec conversio sit speranda, et
quod ultimum illud N. T. tempus, si non jam coeptum, saltem instet, quo
septimus Angelus suam buccinabit tubam. An ergo putaremus Deum spretis

mediis ordinariis hanc conversionem per mera miracula fore expediturum, vel magnum illud opus unius esse anni, et non potius per gradus et media ordinaria consummandum? Ecquis igitur aegre ferret ad praeparatoria regni Christi se accingentes, et signa temporum non praepostere habentes pro viribus et vocatione sua et donis a Deo concreditis viam Regi gloriae adventanti, ad tot mandata totidem legitimae vocationis symbola aperientes? — A parte convertentium non minora (inquient) occurrent obstacula. Ubi Patroni et Principes ajent, depravatis hisce temporibus qui animos mille negotiis et curis intricatos ad hoc opus applicabunt? R. Hos Deus dabit et excitabit, ille qui corda regum ut rivulos flectit, et quo vult, dirigit. Ubi Principes erant temporibus Apostolorum, quibus tamen Christi trophaea, ultra Romanorum extulerunt aquilas. Is qui Ecclesiae dedit Constantinos, Theodosios, Carolos Magnos mediis et spississimis ethnicismi tenebris, et nobis patronos excitabit, proposito nostro faventes, tali tempore, quo felici rerum exitu pia conamina secundare promisit. Et porro an de pietate principum omnium nostri temporis omnino desperandum? quasi non haberet Deus amplius reges de salute Ecclesiae magis, quam de rep. sollicitos. Sed curam omnem Zionis parietibus palatiorum suorum et ditionum angustis cancellis includentes vel tam flocci pendentes miserrimas animas (vias Deo monstrante et media proficua assignante) ne lapidem quidem extra terras suas pro gloria Dei et Ecclesiae incremento movere velint. Absit, ut de tot Ecclesiae nostrae nutritiis tam abjectas alamus cogitationes. Sed unde pecuniam sumimus, et subsidia ad tam pretiosam missionem adornandam necessaria? inquient, qui de novis expensis loquitur, in aulis principum surdis fabulam narrabit. — R. Deus providebit. Superius assignavimus sumtus necessarios comparandi media, plura et adhuc faciliora dabit Deus et dies. Quid, si concurrerent unanimi consensu principes Protestantium, et alerent quivis quotannis aliquot alumnos in convictoriis suis scopo nostro sese accommodantes, an non concurrentibus singulorum principum missionariis exercitus Christi Diabolo formidabilis sine ullo reip. damno formari poterit. Et quid, si pastores se huic operi promovendo rite devoverent, annon quisque tum concionibus suis persuasoriis, tum privatis adhortationibus ad auditores locupletiores certam pecuniae summam ad pium nostrum montem derivare poterit? Novi fratres, quibus gloria Dei et Ecclesiae incrementum cordi est, qui, utut nullas in hoc mundo nec quaerant, nec habeant divitias, tamen ultro se obtulerunt ad promovendum hoc pii moliminis opus, ita ut quivis aliquot millia thalerorum huic usui destinata colligere sibi confidant: quid, si horum laudabile exemplum imitari vellent et alii quam facile maximis in emporiis et civitatibus a bonis civibus emendicare pecuniae summam possent! Quot dantur negotiatores, qui jam per pravos debitores, jam per itinerum pericula, jam per infidos servos graviora patiantur damna! an tales detrectabunt pro Dei gloria exiguam impendere pecuniae summam, qui aliquot millium damna toties forti tulerunt animo. Revera ubi vel scintilla superest pietatis, quisque ex optimis pro ratione benedictionis aliquid pio nostro usui destinabit. — Sed unde subjecta capacia sumenda? Uxoratos detinebit liberorum blanditiis, frangent illum gratae conjugis mixtae preces. R. Fateor equidem hanc unam e maximis esse tentationibus, et propterea consultum est, ut tales seligantur, qui istius modi non expositi sunt remorae, interim vocante Deo, quis non et hac in parte tenerrimos abnegaret affectus? secus qui faceret, plane dignus, cui Christus acclamaret: Quicunque Patrem et matrem, fratres, sorores, addo et liberos non abnegat, me dignus non est. En uxor tua est Ecclesia convertenda, liberi tui in ulnis tibi apportabuntur. Tuos non temere deseris, sed ad majora avocaris, et familiae tuae, si eam more Patriarcharum patriam relinquentium per itinerum difficultates tecum ducere non poteris, Jehova iis providebit. Porro amor patriae dulcis soli deterrebit multos, qui alias sat capacitatis haberent ad digna in conversionis negotio apud exteros praestanda officia. Ad quid excurremus (dicent) ad ultimos mundi angulos, qui in patria ad honores et divitias paratam jam videmus viam faciliori negotio calcandam et periodo magis constanti terendam. — R. Pudeat revera theologum talia carnis et sanguinis obstacula saltem cogitasse: ibi patria, ubi bene, et ibi bene, ubi causa Dei agitur; etiam patria cum Abrahamo, vocante Deo, abneganda. Abjecta nimis sunt et vilia ingenia, quae non nisi patriis se vivere posse putant laribus, quasi Deum nobis non haberemus praesentem, et in iis a patria dissitis regionibus, et aeque facilis ad coelum ubique locorum non pateret aditus. Propterea studiis incumbimus, ut Deo serviamus, ipso ita jubente, et extra patriam inter Garamantes et Indos. Qui honoribus et divitiis parandis unice inhiant, spreta gloriae divinae promotione, vocante Deo peregrinis in locis neglecto Ecclesiae incremento, et posthabita Evangelii inter miserrimos ethnicos propagatione, videant ne ipsis tanquam idololatris Mammonis et voluptatis tandem in ultimo judicio acclemetur illud: Esurivi et non cibastis me. Ulterius instabunt dubitantes, et objicient difficultates obvias linguarum et locorum, dicent: per quot loca transeundum, tot linguarum notitia erit comparanda. Et quamvis praeparati fuerint missionarii multis annis, quis tam exacte linguas et maxime sinicam, inter omnes alias difficillimam discere poterit, ut prompte loqui et animi sensa exprimere possit. — R. Alicujus esse ponderis et hoc argumentum, lubenter fateor, ast non tanti, ut deterrere nos possit; tot linguae perfecte in patria discuntur peregrinarum nationum, quarum regiones tamen nunquam adire datum est. Annon ergo linguis orientalibus imbui et digne praeparari poterunt missionis nostrae candidati? linguarum difficultas non impedit negotiatores, qui merces quaerunt auro inhiantes, et ad animas Christo lucri faciendas intelligere peregrinas nationes nolimus? sic filii mundi prudentiores erunt filiis lucis. Et posito quod ad perfectam linguae cognitionem nuda informatione quis pervenire non possit, annon alia supersunt media, quibus et iis in locis, quos adimus, linguarum praevia aliqualis cognitio consummari poterit, si in finibus Moscoviae institueretur seminarium, in quo proselyti, aliquot linguae gnari nostros candidatos informarent, methodo Patrum Goensium, quam facile et haec tolleretur difficultas. Praeterea fidi missionis interpretes haud parum sua succurrent opera, quod ore diserto proferri nequit, in principio tamen exprimet lingua, donec tempus, industria, praxis nostros docuerit missionarios, quod Pontificios non majori linguarum apparatu instructos. — Sed nova circa conversionem gentium occurrit difficultas, missis omnibus istis difficultatibus praeliminaribus: coelum et terram et tartara contra movebunt hostes, partum hunc primo in balneo ut supprimant. Non deerunt inter politicos tecti hujus propositi nostri hostes, qui totum hoc opus extra sphaeram activitatis Principis sui esse judicabunt, exponi hac ratione regiones tot periculis non necessariis, subditos enervari, nummos extra patriam dilapidari, curam proprii populi negligi; rem ipsam plurimis saluti reip. adversis consequentiis esse obnoxiam, eventum esse dubium, et tandem nil exinde ad nos redundare commodi quod principum interesse commoveat. Sic judicabunt tales, qui ita Deo et principi serviunt, ut Diabolus non offendatur, qui rationem status, monstrum illud horrendum, informe, ingens, cui lumen ademtum, unice adorant et Dei causam non agunt. Cordatiores tamen excitavit, et excitabit adhuc Deus politicos, qui rem altius pensitantes salutaria magis dabunt consilia, et pro prudentia sua et pietate forte obviis morbis remedia dabunt, vel ad minimum cum Gamaliele dicent: Si opus illud a Deo, nos non impediemus, si vero inventum humanum, sponte ruet. Act. V. Inter hostes nomine christianos quoque non infimi erunt Pontificii, maxime Jesuitae, qui in China rerum potiti sat scandalorum objicient ad cursum purioris Evangelii sufflaminandum, excitabunt contra nos principes, quorum benevolentiae se insinuarunt, et missionarios nostros reddent quovis modo suspectos; excitabunt plebem, nova monstra praedicari clamantes, et pro retinendo spiritualis lucri monopolio pro more omne movebunt saxum. — R. Et haec tela praevisa nocebunt minus, caussae nostrae bonitas triumphabit. Quid non contra minabantur Papa cum suo clero et tot principes seculares tempore reformationis, et tamen Deo dante, causa Evangelii triumphabat. Deus quoque illos in locis fidos purioris Evangelii servos conservabit, tuebitur, et corroborabit, et causae nostrae excitabit patronos, etiam inter adversarios, a Jove Vaticano remotos, viros Deum timentes qui animarum salutem unice quaerentibus unice invidebunt, imo faciliorem speramus potius animarum messem, ethnicis per pastores ethnicos magnam partem jam depurgatis, maxime apud Sinenses, populum solidioris scientiae avidum, si Biblia in linguam Sinensem traslata ad christianismum jam conversis traderentur legenda. His et aliis conversionis mediis concurrentibus, ne quidem Diabolus ex inferno impedire poterit, quo minus ad maturiorem perveniant frugem. quos Deus vult reformatos. Inter ethnicos hostes numeramus principes, in quorum terris religionis mutatio intenditur, omnem mutationem qui putant noxiam, et hanc statui suo minus proficuam judicabunt, adeoque missionem nostram habebunt suspectam, et inhibitionibus progressum omnem impedient potius, quam promovebunt. — R. Idem et jam dudum Pontificiis erat metuendum, tamen non deterrere potuit eos obstaculum. Dantur viae, quibus principum ethnicorum animi, si non nostras in partes trahi, saltem procliviores reddi poterunt, ut caussae nostrae faveant convicti, quod licentia Evangelium in ditionibus suis praedicandi res sit toti regno utilis. — Ast sistit se nova exercitui Jehovae debellanda hostium turba, quam formant sacerdotes ethnici. Eorum enim interest regnum Diaboli conservare. — R. Deus, cujus bella gerimus, et horum machinationes avertet, et tela in propria eorum vibrabit pectora, praesente actionibus nostris Deo, sat praesidii nobis erit tutela ejus, si hactenus conversorum avertere non potuerunt animos, avertendis adhuc convertendorum animis impares erunt, etsi eorum ilia rumperentur. — Tandem, inquiunt, obstabit a parte convertendorum gentis genium, intentioni nostrae minus secundum; est enim ut plurimum ethnicis intellectus stupidus, judicium imbecille et inconstans, voluntas lubrica et tota natura rudis, infida, ingrata, honoris, pudoris inscia, vitiis tota quanta sepulta etc. — R. Medico non indigent sani, sed aegroti, hic scopus Evangelii ut ad meliorem redigantur frugem et vitia naturae dediscant homines, quibus praedicatur, et vitae probitate mandatis Christi reddantur conformes; nec adeo spissae et sibi semper similes tenebrae gentilismi incumbunt omnibus, dantur nationes prae aliis moratiores, ut ager agro praestat, sic gens genti; Deo illuminante sedula informatio corriget, quos natura barbaros genuit. Et quid dicam barbaros, cum nos ad gentem tendamus, quae consensu geographorum jam dudum excelluit prae omnibus nationibus terrae ingenii acumine et ingenii donis, multis in scientiis et artibus Europaeos superantem. Sive enim spectes legibus solidis superadificatam politiam, et regiminis formam, sive scientias tum naturales, tum morales, sive sagacitatem in inveniendis rebus tum politiae tum oeconomiae proficuis, itidem genti innatum sciendi ardorem, nec non excultam populi in conversatione modestiam, humanitatem et ad legis naturalis officia quamvis pronam inclinationem, est, quod nobis plura promittamus promovendo aeterni ponderis opere praesidia, quam sunt obstacula, successu temporis, Dei benedictione et missionariorum prudentia theologica facile tollenda.

Demum ne prodromi leges praeliminare hoc nostrum transgrediatur opusculum, sed missioni nostrae evangelicae colophonem imponamus: verbo dicendum, quid ad conversorum, quam speramus, conservationem faciat. Media conservantia sunto sequentia: Constans principum nostrorum propositum et Societatis cura omne id contribuendi, quod ad fundatarum novarum ecclesiarum conservationem faciet, tum consiliis, tum auxiliis et saepe iteratis legationibus maxime injuncta, et seriis mandatis confirmata concordia inter constituendos in conversorum terra praesides et pastores, ut et novorum missionariorum successiva praeparatione et emissione servorum ad vineam Dei, zelo haud interrupto, continuanda; pastorum ecclesiis conversis datorum labor indefessus in informatione juventutis et adultorum per catechisationes et conciones, item adoptio Sinensium et aliorum orientalium digne praeparatorum ad ministerium, tandem et conversationis humanitas, operum caritatis exercitium, vitiorum fuga, vitae inculpabilitas, et disciplina moderata nactam conversionis Spartam tuebuntur. Porro fidelium omnium in illa διασπορᾷ ethnica pietas et ardor cognitam veritatem quovis modo licito ad posteros propagandi, patientia christiana in omnibus aerumnis, et supervenientibus durioribus fatis constans propositum, mundana quaevis generosa et Deo devota mento abnegandi, immo et Deo sic jubente, agnitam veritatem maximis in periculis vitae contra caram habendi, et sanguine martyrii obsignandi, plantatam firmabunt Ecclesiam. Tandem preces Ecclesiae nostrae unius sanctae Catholicae, piorum omnium indesinentia suspiria, quibus cor paternum Dei dies noctesque fatigabimus sub clementissimo Dei omnipotentis nostri protectoris umbone integrum hoc aeternae molis opus coronabunt.

Nachtrag zu S. 257.

Nachdem der Druck des vorliegenden Bandes bereits vollendet war, hat sich das Original des auf der oben angeführten Seite nach Guhrauer abgedruckten Briefs von Leibnitz an Francke gefunden. Dasselbe ist viel ausführlicher, als jene kurze, überdies in manchen Einzelnheiten willkührlich geänderte, in allem Wesentlichen jedoch treue Mittheilung, und enthält neben weniger Bedeutendem viel Wichtiges, was sich auf das Verhältniß beider Männer, und namentlich auf die von Leibnitz ausgegangenen Gedanken über die Mission nach China bezieht. Es freut mich, dies hier nachträglich mittheilen zu können. Ich bemerke zuvörderst, daß der Brief vom 7. August 1697 datirt, und, wie aus demselben hervorgeht, durch einen Besuch Neubauers auf seiner Reise nach Holland veranlaßt ist. Dieser hatte bei der Durchreise durch Hannover (f. S. 174 Anm.) Leibnitz aufgesucht, ihm das auf die Novissima Sinica bezügliche Schreiben Franckes übergeben, und in Anknüpfung an die eben erst erschienene „Historische Nachricht", die er zugleich überreichte, mündliche Mittheilungen über dessen Unternehmungen gemacht, über welche jener seine höchste Befriedigung unter weitern ausführlichen Darlegungen ausspricht. Von besonderer Wichtigkeit sind aber die an die dann folgende Erwähnung jener Schrift von ihm geknüpften Aeußerungen, die ich vollständig hersetze. Sie lauten: Optarem haec (i. e. Novissima Sinica) non tam curiositati nostrae, quam publicae utilitati servire. Profecto consilia duorum maximorum monarcharum, Moschi et Sinensis, magnas rerum in melius mutationes portendunt, modo nos iis ita sciamus uti, ut simus nos ipsi instrumentum gloriae Dei, quae quidem sine nobis implebit orbem, sed nostrae obligationis felicitatisque est, ut, quantum in nostra potestate est, promoveatur regnum Dei, quod in vera virtute sapientiaque latissime propagata consistere dubium mihi non videtur. Eo minus Franciscus Mercurius Baro ab Helmont, qui nunc ab aliquot diebus apud nos est, magnoque et ipse affectu publicum bonum curat, mecum sentit, monarchae Moschici iter et curam ornandi imperii novam rerum faciem minari, praesertim cum illud Sinas Europaeis connectat, ubi similia agitantur. Haec habent oriens et septentrio, sed accedit a meridie rex Abessinorum etiam ipse moliens praeclara. Quantum dedecus nostrum, imo quantum crimen est, parata messi, pulcherrimis occasionibus vocanti Domino deesse, dum interea omnia movent Pontificii, et filii hujus mundi plus nimium sapientiores sunt filiis lucis. Et quod pessimum est, apud protestantes passim non tantum non curantur recta, sed et irrisui habentur et impediuntur, ut vix de talibus communicare cogitationes cum aliis audeas, nisi pro chimaerarum pacente haberi velis Columbi exemplo.

Equidem ego videre videor egregias quasdam rationes vota nostra etiam in hoc genere paulatim in rem conferendi et alliciendi fortasse etiam alios, qui res hujus seculi curant; optarem tecum posse conferre coram. Atque utinam liceret tibi his nundinis instantibus Brunsvigam usque excurrere itinere non magno nec incommodo. Nam et ego illuc accedo; ita fortasse constitueremus aliqua profutura in posterum. Longius irem libenter, nisi nunc negotia probiberent. Fac, quaeso, ut discam mature, an tale quid sperare fas sit.

Was Francke geantwortet, ift nicht befannt; die von Leibniß gewünfchte Zufammenfunft hat aber nicht ftattgefunden, wie ein furzer Brief deffelben vom 12. Mai 1698 beweist, worin er den gleichen Wunfch, jedoch in viel unbeftimmterer Weife, andeutet. Francke hatte zunächft andere Aufgaben zu erfüllen, aber die in dem merkwürdigen Briefe ausgedrückten Gedanken find haften geblieben, und haben ihre Wirkung gehabt.

Halle, Buchdruderei des Waifenhaufes.